外国文论简史

刘象愚　主编

北京大学出版社
PEKING UNIVERSITY PRESS

图书在版编目(CIP)数据

外国文论简史/刘象愚主编. —北京:北京大学出版社,2005.10
(21世纪外国文学系列教材)
ISBN 978-7-301-08121-1

Ⅰ.外… Ⅱ.刘… Ⅲ.文学理论-文学史-外国-高等学校-教材
Ⅳ.I109

中国版本图书馆 CIP 数据核字(2005)第 024231 号

书　　　名：外国文论简史
著作责任者：刘象愚　主编
责 任 编 辑：张　冰
标 准 书 号：ISBN 978-7-301-08121-1/I·0702
出 版 发 行：北京大学出版社
地　　　址：北京市海淀区成府路 205 号 100871
网　　　址：http://cbs.pku.edu.cn
电 子 邮 箱：zbing@pup.pku.edu.cn
电　　　话：邮购部 62752015　发行部 62750672　编辑部 62767347
排　版　者：北京华伦图文制作中心
印　刷　者：三河市北燕印装有限公司
经　销　者：新华书店
　　　　　　650 毫米×980 毫米　16 开本　35.5 印张　558 千字
　　　　　　2005 年 10 月第 1 版　2013 年 7 月第 4 次印刷
定　　　价：42.00 元

未经许可,不得以任何方式复制或抄袭本书之部分或全部内容。
版权所有,侵权必究　举报电话：010－62752024
　　　　　　　　　　电子邮箱：fd@pup.pku.edu.cn

目 录

导论　外国文论的传统与创新 …………………………………… (1)

第一部分　西方文论

（古代与中古　公元前 8 世纪—公元 13 世纪）

第一章　古代文论 ……………………………………………… (3)
　　第一节　古代文论概述 ……………………………………… (3)
　　第二节　古希腊文论:柏拉图与亚里士多德 …………………(16)
　　第三节　古罗马文论:贺拉斯与朗吉弩斯 ……………………(37)

第二章　中古文论 ………………………………………………(47)
　　第一节　中古文论概述 ………………………………………(47)
　　第二节　圣奥古斯丁与阿奎那的文艺思想 …………………(50)

（近代　13 世纪—19 世纪）

第三章　文艺复兴时期的文论 …………………………………(54)
　　第一节　文艺复兴时期文论概述 ……………………………(54)
　　第二节　意大利文论 …………………………………………(61)
　　第三节　英国文论 ……………………………………………(67)

第四章　古典主义文论 …………………………………………(73)
　　第一节　古典主义文论概述 …………………………………(73)
　　第二节　法国古典主义文论与布瓦洛 ………………………(80)
　　第三节　英国古典主义文论 …………………………………(87)
　　第四节　德国古典主义文论 …………………………………(92)

第五章　启蒙时代文论 ……………………………………… (98)
第一节　启蒙时代文论概述 ………………………………… (98)
第二节　法国文论与伏尔泰、卢梭、狄德罗 ……………… (105)
第三节　德国文论与莱辛、康德、黑格尔 ………………… (116)

第六章　浪漫主义文论 ……………………………………… (141)
第一节　浪漫主义文论概述 ………………………………… (141)
第二节　德国浪漫主义文论与施莱格尔兄弟 ……………… (149)
第三节　英国浪漫主义文论与华兹华斯、柯尔律治 ……… (156)
第四节　法国浪漫主义文论与夏多布里昂、斯达尔
　　　　夫人 ………………………………………………… (166)

第七章　现实主义与自然主义文论 ………………………… (172)
第一节　现实主义与自然主义文论概述 …………………… (172)
第二节　法国文论与泰纳、圣伯夫、左拉 ………………… (177)
第三节　俄国文论与别林斯基、车尔尼雪夫斯基 ………… (185)
第四节　英美文论与亨利·詹姆斯的小说理论 …………… (194)

（现当代　19—20 世纪）

第八章　现当代文论 ………………………………………… (204)
第一节　现当代文论概述 …………………………………… (204)
第二节　唯美主义文论 ……………………………………… (215)
第三节　直觉主义文论 ……………………………………… (223)
第四节　象征主义文论 ……………………………………… (236)
第五节　精神分析与神话—原型批评理论 ………………… (243)
第六节　俄国形式主义文论 ………………………………… (255)
第七节　现象学与阐释学文论 ……………………………… (270)
第八节　存在主义文论 ……………………………………… (291)
第九节　英美新批评文论 …………………………………… (304)
第十节　结构主义文论 ……………………………………… (318)
第十一节　接受美学与读者反应批评 ……………………… (335)
第十二节　从结构主义到后结构主义文论（一） ………… (342)
第十三节　从结构主义到后结构主义文论（二） ………… (367)
第十四节　西方马克思主义文论 …………………………… (386)

第十五节　新历史主义批评 …………………………………… (410)
第十六节　女性主义批评 ……………………………………… (421)
第十七节　后殖民主义批评 …………………………………… (432)
第十八节　巴赫金的文论 ……………………………………… (443)

第二部分　东方文论

(古代与中古　公元前 15 世纪—公元 19 世纪初期)

第九章　古代与中古文论 ………………………………………… (463)
　　第一节　古代与中古文论概述 ……………………………… (463)
　　第二节　古代与中古印度文论 ……………………………… (468)
　　第三节　古代与中古阿拉伯文论 …………………………… (481)
　　第四节　古代与中古日本文论 ……………………………… (488)

(近现代　19 世纪中期—20 世纪初期)

第十章　近现代文论 ……………………………………………… (500)
　　第一节　近现代文论概述 …………………………………… (500)
　　第二节　近现代印度文论 …………………………………… (508)
　　第三节　近现代阿拉伯文论 ………………………………… (514)
　　第四节　近现代日本文论 …………………………………… (522)

重要人名中外文对照表 ………………………………………… (532)
重要作品中外文对照表 ………………………………………… (536)
后　记 …………………………………………………………… (540)

导论
外国文论的传统与创新

当我们这本《外国文论简史》读完校样,即将付梓之际。中国文论界正在展开一场激烈的论争。论争的焦点是如何看待传统的文学观也即近一两个世纪形成的现代文学观。一派意见以为,传统的文学以及与之相关的文学理论已经"死亡",文学研究已经向"文化研究"转变;另一派意见则认为,仍然要在理性地吸纳新观念的同时,维护传统的文学与文学理论的疆界。毫无疑问,这场争论是西方自 20 世纪 70 年代以来展开的那场相似论争在不同时空中某种不同形式的接续。考虑到这样一个语境,我们有必要首先讨论现代文学观及其相关的概念,然后再阐述外国文论的传统及其创新。

一

现代意义上"文学"的概念是晚近才形成的。18 世纪之前,西方并没有所谓 literature 之类的概念,从其拉丁语的辞源上看,littera 只不过表示"文字"而已,后来引申为"写作"以及一切"印刷的书面文字"等意思,所以,从古代、中古一直到 18 世纪,西文中的"文学"(英文的 literature、法文的 la littérature、意大利文的 la letteratura、德文的 Literatur 等)基本上是在非常宽泛的意义上使用的。根据这样的用法,今天我们所谓人文科学、社会科学、自然科学所有领域的文字都是文学,换句话说,一首诗是文学,一篇哲学论文是文学,一篇论述鼠疫的文字也是文学,一篇讲述天体运行的文字还是文学。直到 18、19 世纪之后,文学才获得了现代意义,人们才逐渐把那些具有艺术魅力的诗歌、小说、散文、戏剧叫做文学,并试图从不同的角度给"文学"下定义。半个世纪之前,美国著名文学理论家、批评家韦勒克等在其《文学理论》中指出,文学就是那些具有"虚构性"(fictionality)、"想像性"(imagination)和

"创造性"(invention)的口头与书面创作。在我看来,韦氏的这个定义比较准确地指出了文学不同于其他人文社科领域的本质特征,具有普遍的意义。汉语中的"文学"在古代同样是泛指一般的写作与文字的。孔子教授门人弟子有"四科",分别叫做"德行"、"言语"、"政事"、"文学"(见《论语》"先进"篇),而这里的"文学"并不特指我们今天意义上的诗歌、小说、戏剧等语言文字的艺术品,而是泛指包括《诗》、《书》、《易》、《礼》、《乐》等经典在内的所有古代文献。只是到了清末民初,西文中的 literature 才通过日文的中介逐渐引入我国,我们也才有了现代意义上的"文学"概念。章太炎在1906年写的《文学论略》中还说"文学者,以有文字著于竹帛,故谓之文",章氏是著名国学大师,连他这样的学者都把所有刻写在竹帛上的文字叫做"文学",这足以说明当时中国的学人大多数还没有文学的现代观念。

按照韦勒克等许多学者的看法,literature(文学)与 literary study(文学研究)是完全不同的。如前所述,literature 指文学的创作及其作品,而 literary study 则指对于文学艺术品或总体的或个别的理解、解释、批评和研究。此外,韦氏还就"文学研究"做了进一步的界定,他认为,文学研究有三个重要的领域,那就是 literary theory(文学理论),literary criticism(文学批评)和 literary history(文学史)。对文学的原理、范畴、判断标准之类的研究应该属于"文学理论";而对于具体的文学艺术作品的评价、判断等则属于"文学批评";对于文学作品做历史的研究则属于"文学史"。

当然,这种关于文学研究一分为三的理论仅仅是一种基本的、粗略的分野。事实上,文学理论、文学批评和文学史三者之间的关系是比较复杂的。首先,从发生学的角度看,三者的发生有一个因果与先后的时序。其次,从存在形态看,三者都呈现出相互包容的形态,换言之,三者并没有泾渭分明的疆界,实际情形往往是你中有我,我中有你。最后,从方法论上看,三者既相互关联,又各有侧重。

从发生学的角度看,文学批评常常是伴随文学创作而产生的,文学理论的产生则要在稍后一段时间。换言之,对于具体作品的评价往往是先于理论上的总结的。一般的规律总是先有文学创作,然后有文学批评,最后才有文学理论和文学史。例如,诗三百从周初到春秋中期的五六百年间,经过民间的创作、传唱,再经民间的"献诗"和官方的"采诗"到所谓孔子的"删诗"和编订,首先是大量的民间创作的存在,然后才有"献"、"采"、"删"、"编"的活动。《汉书》中说:"行人振木铎徇于路以採诗,献之太师,比其音律,以闻于天子";《国语》中说:"故天子听政,使公卿至于列士献诗,……而后王斟酌焉";《史记》中说:"古者诗三千余篇,及至孔子,去其重,取可施于礼义,上採契,后稷,中述殷周之盛,至幽厉之缺,凡三百五篇,孔子皆弦歌之,以求合绍武雅颂之音。"这里太师的"比"、王的"斟酌"、孔子的"去"、"取"、"採"、"弦歌"都包含着比较、评价以至最终决定取舍的"批评"活动。特别是孔子的"删"、"编",没有现代意义上的"批评",要从芜杂重复的"三千余篇"中选取十分之一编订成书,无论如何是难于想像的。《诗》成书之后,中经"秦火"到西汉时期的"毛诗"才获得了理论上的总结。《诗大序》说"故《诗》有六义焉:一曰风,二曰赋,三曰比,四曰兴,五曰雅,六曰颂"。唐人孔颖达又进一步对《诗》的这"六义"做了解释,他认为,风、雅、颂是诗的体制、形式,赋、比、兴是诗的表现手法。这样,"六义"就不仅成了关于《诗经》的理论,也成了中国古典诗歌理论中的一个重要组成部分。再如,《荷马史诗》同样是首先在民间形成,经过若干世纪游吟诗人的传唱,在漫长的传唱过程中经历反复的增删改窜,最终到公元前八九世纪,才由一位名叫荷马的盲诗人最终编订成书。没有荷马和在他之前的许多大小游吟诗人的"批评"活动,《伊里亚特》和《奥德赛》就决不会是我们今天所看到的样子。《荷马史诗》成书之后数百年,亚里士多德才能够在《诗学》中对"史诗"的理论加以总结,提出史诗采用"叙事"的模仿形式,而悲剧采用"动作"(即表演)的模仿方式,并围绕模仿方式的不同,对史诗与悲剧加以比较,论述了史诗在格律、情节结构等方面的特征。由此可见,只有当文学作品存在之后,才会有一定的批评活动,而后才能有理论上的提升与总结,换言之,只有当文学已经有了相当程度的自觉之后,文学的批评和理论才能形成一定的气象。文学创作是因,文学批评和理论乃至文学史是果。这似乎是一条具有普适性的定理。正因为文学批评的活动往往先于甚至大于理论的抽象,所以至今仍有不少学者并不明确区分理论与批评,还有的学者就径直使用文学批评来指称文学理论。

从存在方式看,无论文学理论、文学批评,还是文学史,都不是一种纯然的形态,而是相互包容,相互依存的。约翰生博士在他的《莎士比亚戏剧序言》中评论莎士比亚,说他"超过了所有作家,至少超过了所有现代作家",因为莎士比亚"是自然的诗人,向读者举起了一面照出生活和风尚的忠实的镜子",这是文学批评,但他的这个著名判断却不能没有理论的视角,而这个理论视角就是自亚里士多德以来的"模仿论",即文学艺术必须模仿和再现自然的观点;王国维在他的《红楼梦评论》中说《红楼梦》是一部"彻头彻尾的悲剧",可以与歌德的《浮士德》相提并论,成为近代文学中第一流的作品,这也是文学批评,但他这个独特而著名的批评却必须有一个理论前提,这个理论前提就是叔本华关于悲剧的理论。叔本华认为悲剧有三种:一种是因恶势力酿成的悲剧;另一种则是由于命运造成的悲剧;还有一种是由于日常环境中各种关系的牵制形成的悲剧。这种悲剧正因为没有恶势力和命运作祟而愈显惨痛。王国维就是根据叔本华这一悲剧三分的理论判断《红楼梦》属于这第三种悲剧,因而是一部"悲剧中的悲剧"。

文学理论的情形也复如此。理论的产生必须以文学创作和批评为依据,一般来说,一个理论观点的提出总是要以对作品的分析和评论为基础,没有对作品的研究与批评是不可能提出什么见解的,退一步讲,即便有人从自己的头脑中凭空想出什么理论来,空洞的理论也是没有说服力的,甚至是没有意义的。亚里士多德正是在对希腊三大悲剧家的作品做了深入的分析和批评之后,才提出了"悲剧是对于一个严肃、完整、有一定长度的行动的模仿"这一著名定义的;刘勰在《明诗》篇中提出诗歌的产生是由于人的情感的自然流露("人禀七情,应物斯感,感物吟志,莫非自然"),诗歌的本质在于抒情吟志,还说四言"雅润",五言"清丽",而这些论点的提出没有对《诗经》、《离骚》、汉代的四言诗、魏晋的五言诗的大量分析和批评是无法想像的。可见,理论与批评常常是胶着地相互纠缠在一起的,事实上很难分清彼此。这也正是不少学者不赞成将文学理论与文学批评截然分开的道理所在。

文学史虽然是对文学所作的历史阐述。但在历史的阐述中也是离不开批评和理论的。例如杰伊·帕里尼(Jay Parini)主编的《哥伦比亚美国诗歌史》(*The Columbia History of American Poetry*)就用四个专章讨论非裔和土著的诗歌(即第 2 章"早期的非裔美国诗歌"、第 17 章"哈莱姆复兴期的诗歌"、第 27 章"黑人艺术诗歌"、第 29 章"土著美国诗歌"),而过去出版的一些美国诗歌史(如戴维·珀金斯的《现代诗歌史》)就对非裔美国诗歌注意很不够,对印第安土著的诗歌则完全无视;夏志清上世纪 60 年代初在美国出版的《现代中国小说史》中对张爱玲、钱钟书、沈从文给予了专章的论述和很高的评价,而这在大陆出版的权威的现代文学史(如王瑶、唐弢等人的)中却是没有的。这两个例子充分说明,文学史中作家作品的选择、材料的取舍、评价的高低等都取决于理论和批评观点的不同。显而易见,没有理论和批评观点的文学史是不存在的。

从方法论的角度看,文学理论是对文学的原理所做的本体论的研究,它强调总体性、系统性和普遍性,在方法上侧重抽象与概括;文学批评是对具体作家作品的研究,它强调具体性、个别性与特殊性,在方法上侧重分析与判断;文学史是对文学的历史研究,它强调时间性、关系性和历史性,在方法上侧重考证、探源、梳理和阐发。文学理论和批评主要是静态的研究,而文学史主要是动态的研究。当然这种分别同样是大体的、粗略的,事实上,无论文学理论、文学批评还是文学史在方法论上同样会有交叉和重合。

对于文学研究中这种三分的理论,尽管有不同的见解,并没有也不可能达成完全的共识,但笔者仍然觉得,采用这一理论有助于厘定文学研究的基本范畴,说明文学研究的大致性质。

从总体来说,文学理论的主要目的是对文学作本体论的探索。什么是文学?文学的存在方式是怎样的?文学的本质、功用、目的、意义是什么?文学有什么样的形式特征?什么样的内在结构?又有什么样的外部关系?应该说,回答这类问题就是探讨关于文学自身的理论。美国学者韦勒克与沃伦的《文学理论》就是试图对上述问题做出系统的理论阐发的一部代表性著作。两位作者在序言中明确地说,他们的目的是承续从亚里士多德开始的西方"诗学"和"修辞学"的传统,力图把文学的理论、批评和文学的历史结合起来。此书在19章的篇幅中,就文学自身、内部与外部诸问题做了精彩的讨论。此书尽管在论述过程中不乏具体的批评或历史的论述,但在总体上却是一本典范的理论建构之作。因此,它出版半个多世纪以来,一直是文学理论家、批评家们不可缺少的参考书和高校文学系科的教学用书。刘勰的《文心雕龙》也是一部类似的著作。全书50篇,除第50篇"序志"外,其余49篇中,前4篇("原道"、"征圣"、"宗经"、"正纬")论述文学的基本问题,可谓"总论",用作者的话说是文学的"枢纽";第5至第25篇论述各种不同的体裁,可谓"文体论";第26至第44篇讨论文学创作中的各种问题,可谓"创作论",第45至第49篇论述文学批评,可谓"批评论",这四部分虽然各有专论,但都涉及了文学的内部与外部关系,而且相互关联,首尾一贯。尽管其中不可能不讨论大量的作家作品,但却依然是一部体大思精的理论之作。此外,像贺拉斯的《诗艺》、朗吉弩斯的《论崇高》、布瓦洛的《诗的艺术》、莱辛的《拉奥孔》、瓦尔泽尔的《内容与形式》、彼得森的《诗的科学》、托玛谢夫斯基的《文学理论》以及陆机的《文赋》、叶燮的《原诗》等都是典型的文论之作。

文学批评的主要任务是对个别的、具体的文学艺术品的分析、评论、判断。如果说文学理论的任务是全局的、总体的,那么,文学批评的任务就是局部的、部分的。文学批评为文学理论的提升奠定了基础。因此,在实践的层面上,我们依然可以为文学批评保留一个实在的空间。也就是说,将其视为一个相对独立的领域。例如,T. S. 艾略特在20世纪的西方文学中具有巨大影响,他既是一个诗论家,但也是一个诗评家,而且他的诗歌评论并不在他的诗歌理论之下:他批评弥尔顿,高度赞扬但丁、德莱顿、邓恩和玄学派诗人以及瓦雷里等法国象征派诗人,在20世纪的诗界影响十分深远。此外,他还提出了"批评"有三种的著名论点:创造性批评,这种批评接近我们所谓的印象式批评,强调批评中的创造性因素,因而使批评趋于主观和散漫,这种批评对诗歌(文学)毫无意义;历史和道德批评,这种批评从本质上说不是文学批评,这样的批评家不是文学批评家,而是历史家、道德家,这种批评也是不足取的;诗本体批评,这种批评的目的是为了诗歌的创造,往往是由诗人与批评家合二为一的人来进行的,因此是真正有益于诗歌的批评(《诗歌批评简论》)。当然,艾略特关于诗歌的一些理论也是广为人知的,例如他关于诗歌的"非个人化"观点、诗歌创作过程中"统一感受性"与"客观对应物"的观点等,不过,我们依然要首先把他称作一个重要的批评家,然后才是理论家。同样地,布拉德雷(A. C. Bradley)虽然提出过"为诗而诗"(Poetry for poetry's sake)的著名论点,但他的影响主要还是集中在他的"莎评"方面,他的《莎士比亚的悲剧》被米德尔顿·默里称作"英语世界惟一的、最伟大的批评著作",许多学者认为,他无疑是20世纪最重要的莎评家之一。

文学史的领域比文学理论和文学批评显然要分明些。顾名思义,"文学史"就是关于文学的历史,或者说它既是"文学"又是"历史"。作为"文学"史,它必须有别于"思想史"、"哲学史"、"宗教史"、"政治史"等种种非文学的历史;作为文学"史",它将不同于文学的"理论"和"批评",而应是对"文学"的"历史"的阐述。在文学的范围内,可以有不同种类的文学史。例如从总体的角度,我们有查德威克兄妹的三卷本《文学发展史》;从民族和国别的角度,我们有勒古伊和卡扎米安的《英国文学史》、罗伯特·斯皮勒的《美国文学史》、刘大杰的《中国文学史》;从文学类型的角度,我们可以有托马斯·华顿的《英国诗歌史》、默里·埃利奥特的《哥伦比亚美洲小说史》、约翰·罗素·布朗的《牛津插图本戏剧史》、郭预衡的三卷本《中国散文史》；从文学内部的诸种因素看，我们可以有圣茨伯里的《英国散文节律史》、日尔蒙斯基的《诗韵：历史与理论》、韦尔纳的《隐喻的起源》等；从文学研究的角度看，我们可以有韦勒克的八卷本《现代文学批评史》、卫姆塞特与布鲁克斯合著的《文学批评简史》以及我们这本《外国文论简史》等。

二

外国文论是外国文学理论的简称，它包括西方与东方（中国除外）两大部分。无论是西方还是东方，它们的文论都像它们的文学一样具有数千年的悠久历史，形成了一个伟大的传统，这个传统在不断创新中发展变化。

西方文论的源头是古希腊罗马。古希腊罗马文论之后是中古文论，从文艺复兴开始的近现代包括了文艺复兴、古典主义、浪漫主义、现实主义、现代主义等流派，从20世纪后半叶开始的西方文论主要是所谓的后现代文论，在三千年的过程中，经过一代又一代的传承，不同时代的文论传承嬗变，形成了一个伟大的传统。

古代希腊罗马曾经出现过高度的人类文明，其文学艺术曾有过辉煌的成就。《荷马史诗》，埃斯库罗斯、欧里庇得斯和索福克勒斯的悲剧，阿里斯托芬的喜剧，维吉尔的史诗《埃涅阿斯纪》，贺拉斯的诗歌，奥维德的《变形记》，古希腊罗马神话都是彪炳千秋的杰作。随着这些灿烂的文艺之花，也绽放出鲜艳的文艺理论之花。那就是柏拉图、亚里士多德和贺拉斯、朗吉弩斯的文论著作。《理想国》（部分）、《文艺对话录》、《诗学》、《诗艺》、《论崇高》构筑了古希腊罗马文论的宏伟大厦，这些著作讨论了文艺的起源、目的、本质、特征、创作等各个层面，它们提出的"模仿说"、"寓教于乐说"、"崇高"说对后来的古典主义文论、现实主义文论乃至浪漫主义文论产生了持久的影响，成为数千年来西方文论的本源。

中古文论虽然与基督教神学自始至终纠缠在一起，但在总体上仍然是古代文论的继承与发展。无论是圣奥古斯丁关于"美"的"整一和谐"的观点，还是阿奎那关于"美"的形式和本质的观点，都可以见出柏拉图或亚里士多德的影响。文艺复兴时期的文论全面系统地继承发扬了古希腊罗马文论的传统，进一步发展了亚里士多德、贺拉斯等人的

"模仿说"以及"寓教于乐说"。这一时期的文论对中古文论中的神学因素给与了批判,强调文学艺术要反映世俗生活,高扬人的主体精神,反对泥古不化,主张推陈出新。可以说,这一时期的文论是充满人文主义精神的文论。

17、18世纪,西欧形成了古典主义的文艺思潮。批评家和文论家们对文艺复兴时期的文艺作了深刻的反思。他们认为,人文主义强调思想解放,充分肯定人自身的能力和价值,高扬人的主体性是不错的,但过分强调人性中追求享乐与人的欲望的宣泄却形成了激情有余而理性不足的弊端。因而,他们主张要将"理性"作为衡量一切的尺度,提出了"崇尚理性"、"模仿自然"、"师法古典"、"恪守规范"等古典主义文论的基本原则。古典主义文论对此前的文论特别是古希腊罗马文论中提出的各种问题做了更为全面深入的探讨。法国的布瓦洛,英国的德莱顿、蒲柏,德国的高特舍特、文克尔曼等是古典主义文论的代表,他们的文论对后来的启蒙文论与现实主义文论具有较大的影响。

启蒙时代文论是启蒙运动思想的产物,也是对启蒙时代文学的理论概括。启蒙主义思想继承了文艺复兴时期人文主义文论反封建、反教会的优良传统,它强调天赋人权,要求社会解放,充满强烈的革命精神。启蒙时代文论像古典主义文论一样是推崇理性的,但作为新兴资产阶级思想的代表,他们却反对古典主义维护王权的立场和总体上贵族式的审美趣味,他们主张文艺要高扬启蒙精神,反映现实生活,体现资产阶级和平民的思想感情和审美趣味。伏尔泰虽然在总体上维护古典主义文论的基本原则,但却不赞成布瓦洛把古典标准绝对化因而盲目模仿古典作家的观念,他提出要用发展变化的眼光来衡量不同民族、不同风格的文学艺术,主张不同民族的文艺彼此沟通,相互学习;卢梭提出"回归自然"的口号,主张探索人类的心灵世界,从而使情感成为文学艺术表现的对象;莱辛对诗歌与绘画界限做出了明确区分,从而对古代"诗画一律"的观念提出疑问;康德对美、美感、崇高、审美判断、艺术活动等范畴做了深入分析,为现代美学奠定了基础;黑格尔提出"美是理念的感性显现",并说想像、灵感、环境等因素在艺术创造中具有重要作用,还对艺术史进行分类,对诗、悲剧等文类做了深入的理论阐述。作为启蒙时代文论家的代表,他们的思想对后来的浪漫主义文论与现代主义文论产生了十分重大的影响。

浪漫主义文艺思潮是在启蒙思想家,特别是卢梭的思想、德国古典哲学、英法空想社会主义思想的背景下产生的。它高举民族主义和个人主义的旗帜,强调抒发个人情感和意志的重要,鼓吹天才,张扬个性,突出想像的作用,向往心灵的自由和解放,热烈歌颂自然,热中于挖掘民俗与民间文艺的宝藏,竭力推崇当时尚未得到充分重视的莎士比亚,表达对哥特式小说、中世纪宗教神秘以及异域情调的强烈兴趣,可以说,它继承了比其他思潮远为宽广的传统。法国学者雅克·巴尔松在《柏辽兹与浪漫世纪》中对它作了准确的概括:"浪漫主义既珍视理性、珍视古希腊罗马遗产,又珍视中世纪遗产;既珍视宗教,又珍视科学;既珍视形式的严谨,又珍视内容的要求;既珍视现实,又珍视理想;既珍视个人,又珍视集体;既珍视秩序,又珍视自由;既珍视人,又珍视自然",因此,它既有民族的、大众的、中古的、原始的传统,又有现代的、文明的、理性的传统。浪漫主义文论像浪漫主义文艺一样兼收并蓄,上承历代文论,下启后世文论,在西方文论史上占有极其重要的地位。

浪漫主义文论的代表人物有德国的施莱格尔兄弟、英国的华兹华斯、柯尔律治、法国的夏多布里昂和斯达尔夫人等。弗利德里希·施莱格尔反对古典主义清规戒律对诗歌的束缚,主张诗人要尽情抒写自己的情怀。他认为诗歌要表现自我,张扬个性,追求一种无限的精神,因此,从本质上说,诗歌与宗教是相通的。他还强调文学批评与文学史的内在有机联系,反对非历史主义与相对主义的文学批评观。奥古斯特·威廉·施莱格尔对"古典诗歌"与"浪漫诗歌"做了著名的区分,他认为古典诗歌是造型的、建筑的,而浪漫诗歌是图画的;古典诗歌强调体裁的纯净,而浪漫诗歌强调多种诗歌成分的混合;古典诗歌追求世俗与道德的主题,而浪漫诗歌追求一种无限的精神。他还提出了艺术和美无目的的论点,对"批评"做了界定,并倡导个性化的批评活动。华兹华斯的诗学强调情感与自然的力量,他提出"一切好诗都是强烈感受的自然流溢,它来自于在平静中重新汇集的情感";他还提出,诗人仅仅有强烈真挚的情感是不够的,诗人还要有敏锐的感受力,要有"沉思"的能力,要通过沉思把诗人的个人情感转化为人类的共通情感;把自然的情感转化为艺术的情感。在诗歌的语言上,他坚决主张摈弃那些刻意求工求雅的"诗意辞藻",大量采用人们日常使用的语言,即那些真实自然,富有真情实感的辞藻语汇。他热爱自然,号召诗人到大自然中去讴歌自然,在他看来,自然是人性、神性和理性的完美结合,正是这样的自然观为他的诗学奠定了基础。柯尔律治对诗歌中有关想像的问题做了著名的论述,对"想像"(imagination)与"幻想"(fancy)做了理论上的区分。他认为想像中有第一位和第二位的想像,第一位的想像是创造性的,能够自动地产生,能创造全新的思想,并将其完满地表达出来;而第二位的想像却没有创造性,它只是第一位想像的"回声",它受到诗人意识与意志的干预,因此只能对现存的思想加以重组,而缺乏原创的精神,因此,第一位的想像是高级的,而第二位的想像则是低级的,柯尔律治把这第二位的、低级的想像称作"幻想"。柯尔律治还像华兹华斯一样强调情感在诗歌创作中的重要作用。另外,他还强调诗歌内在的有机统一性。夏多布里昂宣扬神秘才是美的观点,把美与神秘、美与宗教联系起来,竭力主张表现坟墓、废墟、迷梦、无常、怪诞一类的事物,体现了一种"病态"的审美意识。斯达尔夫人则认定文学的发展与社会风尚、民族心理、法律、宗教,甚至地理、气候、环境有紧密关系,根据这一观念,她提出欧洲文学可分为南方文学与北方文学两类,从而形成不同的文学个性。她的这些思想为后来泰纳等人的文学社会学的观点开辟了道路。

现实主义文论在西方文论史上也占有重要一席。现实主义文论的核心命题是文学反映现实,再现人生。而文学反映现实再现人生的方式,就是要通过典型化,再现典型环境中的典型人物。现实主义文论的源头一样可以追溯到亚里士多德。它也受惠于文艺复兴时期与启蒙时代文论的滋养以及德国古典哲学的启发。现实主义文论的代表人物有法国的泰纳、圣伯夫、左拉,俄国的别林斯基、车尔尼雪夫斯基,英国的亨利·詹姆斯等人。泰纳以"种族、环境、时代"作为决定文学的三要素的理论蜚声文坛;圣伯夫开创了"传记式"的批评方法,即通过作家的生平个性来说明其创作,然后再从其作品来研究作家的生平个性,循环往复,相互印证;左拉提出写"实验小说",强调借鉴生物学中的"实验"与"观察"等方法,要求文学具有绝对客观的"真实性",从而把现实主义的"真实"观推向自然主义的极端;别林斯基从"典型"、"形象思维"、"历史的审美批评原则"等不同侧面完善了"再现论";车尔尼雪夫斯基以"美即生活"的鲜明命题进一步加固了"反应论"的理念。亨利·詹姆斯研究"小说的艺术",肯定小说反映现实生活的客观性,但同时又提出小说家并不是要反映我们所谓的日常生活,而是要"带着现实的氛围"去"创造生活的幻觉"。他还强调从一个"视点"(point of view)或者以一种"焦点意识"(focal consciousness)为中心展开多层面的叙述,去捕捉生活的真实感。此外,他还提出小说是一个统一的有机体的论点,并从内容与形式即人物、情节、场景、结构等方面论证了小说的有机性。

20世纪前半期的西方文论大致属于"现代主义"文论,而后半期的文论则可看作"后现代主义"文论。现代文论包括了象征主义、唯美主义、直觉主义、俄国形式主义、英美新批评、结构主义、精神分析批评、现象学与阐释学、接受美学与读者反应批评、存在主义等流派;后现代文论则包括后结构主义、女性主义、新历史主义、后殖民主义等流派,而西方马克思主义则似乎贯穿了整个20世纪。无论现代文论还是后现代文论,都具有多元性和复杂性。所谓"多元性",是说20世纪的文论不仅表现为多种流派的共生并存,而且表现在每一个流派内部在内涵与形态上的多样性;所谓"复杂性",是说20世纪文论的各家各派都相互渗透又相互排斥,无法划出明确的疆界,也难以做出清晰的界定,而且每一种流派内部也相互依存又相互独立,难以达成一致和共识。此外,从总体上说,20世纪文论对传统的历代文论既有反叛又有继承。

粗略地说,20世纪前半期的现代文论主要有三种倾向:一是关注文学艺术本身及其内部的各种问题。如果说历代文论特别关注的是文艺作品的现实、社会、时代、自然、历史、道德等各种外部问题,那么,现代文论则开始集中探讨文学本身和内部的形式、体系、结构等问题;这种"向内转"的倾向可以用"形式主义"做大体概括。这种倾向以象征主义、唯美主义、直觉主义、俄国形式主义、英美新批评、结构主义为代表。二是对内在心理世界的深入探索,这同样是一种"向内转"的倾向,但与第一种"向内转"有所不同,它转向的不是作品和文本,而是作为主体的作者与读者。这种倾向以精神分析批评、现象学与阐释学为代表。三是把关注的焦点从传统的作者、作品及其外部世界转向读者。这种倾向的代表有接受美学与读者反应批评等。

象征主义文论强调诗歌的暗示性、象征性、神秘性和音乐性。爱伦·坡提出诗歌要追求超自然美;波德莱尔提出"象征的森林"和"应和"的理论;马拉美强调象征的神秘;瓦雷里提倡"纯诗"和音乐性。他们探讨的全都是被切断了任何外部联系的诗本身。直觉主义(或称表现主义)文论重视的同样是直觉、印象、象征等问题,克罗齐提出的"艺术即直觉,直觉即表现"的著名命题也是诉诸于文学本身的。柏格森提出的"生命冲动"和"意识绵延"为"意识流小说"的诞生在一定程度上提供理论前提。唯美主义文论继承了康德的"美的无功利"学说,标榜"为艺术而艺术"的艺术至上主义,佩特追求纯粹的形式美、王尔德提出生活和自然模仿艺术、戈蒂叶强调艺术的无功利性,他们的这些极端的理论不仅切断了艺术与生活的关系,甚至颠倒了这种关系。

俄国形式主义吸收了未来主义反现实主义重视形式的思想，集中探讨文学的形式因素。雅可布森提出"文学性"的概念，即文学之所以成为文学的那些决定性因素，主要是关于形式、技巧、语言的运用；什克洛夫斯基提出"陌生化"的理论，这种理论认为艺术家要有化陈旧为新颖、化熟悉为陌生的能力，而主要的途径是通过将形式艰深化、奇特化的技巧或手法，不断翻新文学的语言和形式，因此，他又提出了"文学即技巧"（或译"手法"）的观点。穆卡洛夫斯基进一步阐释了"陌生化"理论，提出必须有意识地从审美角度扭曲正常的语言成分，从而使语言和形式变得艰深、奇特。他的侧重点开始从纯形式向语义、功能、结构的层面转变，开始从文学自律性向自律性与他律性的互动转变，可以说，他是俄国形式主义向结构主义过渡的一个中间环节。具体地说，英美"新批评"有三个源头，一是从阿诺德到20世纪20年代之后英国剑桥的理查兹、燕卜荪、利维斯等一些学者强调客观、科学、无功利的文本批评与细读的理论；二是艾略特强调诗歌"客观性"、"非个人性"、"科学性"的理论；三是由韦勒克、雅可布森在30年代之后引入的俄国形式主义理论。新批评派的主体是美国南方的一批批评家兰色姆、退特、布鲁克斯、肖勒尔、卫姆塞特和比尔兹利等。兰色姆强调文学研究只能是对文学本体的研究，即对文学自身及其内部规律包括语言、结构、技巧、韵律、隐喻、悖论、矛盾、含混等种种形式因素的研究，并提出了诗的"构架—肌质说"；泰特提出了诗的"张力说"；布鲁克斯提出诗的"有机整体说"；卫姆塞特与比尔兹利则提出了"意图谬见"与"感受谬见"的理论。这些理论的核心是对文学与文本本身做排他式的研究。结构主义文论虽然发端于索绪尔的结构主义语言学，但依然可以见出与俄国形式主义及英美新批评一脉相承的联系。即它们都把研讨的重心置于文学本体即文学的形式结构与语言上。如果说，俄国形式主义主要关注文本的形式技巧和语言，新批评主要关注文学本体及语言的话，结构主义主要关注的则是文本的结构功能和语言。雅可布森侧重研究诗歌功能，提出以隐喻为诗歌功能换喻为散文功能的二元对立模式；普洛普对大量的俄国民间故事做了结构分析，提出所有的民间故事都可以化简为31种功能；列维-斯特劳斯主要研究神话的深层结构，创造了"神话素"的概念；莫斯科—塔尔图符号学派的代表洛特曼与乌斯宾斯基侧重研究语言符号学与文化符号学，力图从符号学的角度阐明各种艺术语言与作品结构的意义联系以及文化符号与文化意义的关联。结构主义叙事学的主要人物，前期的巴尔特提出叙事作品可分为功能层、行动层和叙述层的理论;托多洛夫认为许多叙述结构都可以化简为一两个基本句式,因此可以从"句法"的角度建立基本的叙事模式,他提出叙述结构可以分成词类、命题、序列和故事四个层次;格雷马斯提出了"符号方阵"与"行动元"的概念;布雷蒙从逻辑的角度研究叙述结构,提出了叙述结构中因与果、手段与目的、可能性、过程与结果之间的关系;热奈特对叙述时间、叙述方式、叙述主体等作了深入研究,区分了"作者直接叙事"与"模仿"、"叙述"与"话语"、"叙事"与"描写"的不同。

  精神分析批评是以弗洛伊德和荣格的心理分析理论为基础的,或者说是将现代心理学的理论应用于文艺研究的一种模式。弗洛伊德对人的心理结构做了深层次的开掘,提出了关于"无意识"、"梦"、"力必多"、"俄狄浦斯情结"等心理学的假说。根据这些心理学的假说,弗洛伊德提出,艺术家都有"俄狄浦斯情结",他们之所以要创作是为了满足自身的"本能欲望",创作无非是"白日梦"的实现,文学艺术实质上不过是无意识中被压抑的欲望的宣泄,是性本能的升华,而文学批评也就仿佛释梦一样,要从作品中发掘出作者隐藏着的无意识欲望。荣格提出"集体无意识"的理论,为"原型批评"奠定了基础,按照这种批评理论,作家的创作莫不来自集体无意识,文艺作品中存在的也都是遗存在集体无意识中远古的、神话的原型意象。现象学文论的基础是胡塞尔的现象学哲学,它的代表有布莱等日内瓦学派的批评家。日内瓦学派提出,文学作品既非外在世界的再现,也非对作者经验到的客体的描摹,而是作者意识的显现;从这一前提出发,文学批评就是对作者意识的意识,换句话说,批评是作者的精神世界向批评家心智的内在空间的转化。按照布莱的说法,文学批评和阅读,就是要揭示作者在作品中表现的"心理意识"或者说"精神意识",他称这种意识为"我思",批评与阅读就是要揭示这种"我思"的结构,因此,日内瓦学派常常被称作"意识批评派"。阐释学文论从古代的解经学和语文阐释学发展出来,吸取近代哲学的精神,形成了现代阐释学,使阐释学从认识论、方法论的层面上升到本体论的层面。海德格尔提出,任何理解都不可能是纯客观的,它必然要从"此在"的具体时间性与历史性语境出发,换言之,我们理解任何事物,头脑中必然会有一个"先在"的结构,这种理解的"前结构"使任何客观的理解成为不可能,也会使任何阐释成为一个"阐释循环",而批评家的任务不是要逃避这个阐释循环,而是要正确地进入这个阐释循环;伽达默尔进一步论述了这种哲学阐释学,指出艺术作品存在于意义的显现与理解活动之中,艺术作品的存在方式类似游戏,批评家的任务就是参与其中,通过读解,使作品的意义得以显现,使作品获得真正的存在。

接受美学与读者反映批评把理论的重点放在读者的接受和参与上,特别强调文学创作与作品存在中读者积极主动参与的意识。姚斯指出,读者对作品的接受不是发生在作品已成之后,而是在艺术家创作之初,因为,任何读者在其阅读一部具体的作品之前已经处在一种先在理解与先在知识的状态,换言之,任何艺术品在创作之前,艺术家都必须考虑读者对它的"期待视域",从这个意义上说,读者是自始至终都参与了艺术品创作过程的;伊塞尔认为,阅读活动是一种积极的创造性活动,它是一种内在于文本的存在,因为任何文本中都存在许多意义不确定的空白点,期待读者去填补。对于读者来说,文本其实是一种"召唤结构",而无数参与读解活动的具体读者则在总体上构成了那个现象学意义上的"隐含的读者"。

20世纪后半期可以统称为后现代主义的文论对前半期的现代主义文论既有反叛也有承续。后结构主义文论(或曰解构主义文论)是后现代主义文论的核心,在20世纪后半期影响最大。顾名思义,我们很容易看出,后结构主义文论是从结构主义文论发展而来的,但它又对结构主义中存在的矛盾做了深刻的反思。它一方面以结构主义为前提,另一方面又尖锐地指出其中的问题。德里达、福柯、拉康、后期的巴尔特是后结构主义的代表。德里达志在解构以"逻各斯中心主义"为特征的西方形而上思想体系,他从拆解结构主义的基本观念起步,进而提出了"延异"(或译"分延")、"播撒"、"踪迹"(或译"痕迹")、"擦抹"(或译"涂抹")等一系列解构的概念,不仅把消解的矛头指向传统中一切正统的、权威的、中心的思想观念,而且为后现代文论中的其他流派提供了启示和灵感。福柯理论的焦点是西方的思想史,他采用"知识考古学"与"知识谱系学"的方法,对话语与权力的关系做了精辟的分析,说明整个一部西方思想史无非是话语与权力的运作。拉康从分析弗洛伊德关于无意识的理论起步,指出无意识与语言的同构关系,进而把精神分析与索绪尔的结构主义语言学结合起来,通过婴儿"镜像阶段"的理论预设,提出人类心理结构可以分作"想像"、"象征"与"真实"三阶段的观点,从而得出独特的结论:无意识创造自我,"能指"在永远漂移,因而,要想获得稳定的"自我"正像要获得确定的"所指"一样,只能是一种幻觉。巴尔特从自己前期的结构主义顺理成章地发展出后期的后结构主义,分析了"作品"与"文本"、"可读文本"与"可写文本"的区别,提出"作者的死亡"、"文本的享乐"等观点。

后结构主义在美国的巨大影响体现在被称作"耶鲁批评家"们的文论中。耶鲁批评家的代表人物是德·曼、布鲁姆、哈特曼和米勒。他们借用德里达的基本观念在修辞学的研究与文学批评中发展出一套自己的话语。他们提出"误读"的不可避免,批评家的"洞见"往往来自他的"盲目",创作实质上就是克服对前辈作家的"影响的焦虑",批评读解的目的是产生意义的矛盾、含混与多元,批评也是无始无终话语链条上的一个环节等观点,对当代西方批评影响甚大。

西方马克思主义以卢卡奇与法兰克福学派为起点,是贯穿整个20世纪的一派文论,影响仅次于后结构主义。此派理论的起源可以追溯到马克思的"异化"和卢卡奇的"物化"理论,在现代主义阶段,无论是卢卡奇的"反映论"、法兰克福学派的"批判理论",还是结构主义的马克思主义,其出发点与旨归都是探索文学艺术与社会现实的关系。60年代之后的西方马克思主义也被人称作"新马克思主义"或"后马克思主义",代表人物主要是伊格尔顿、詹姆逊和被人称作法兰克福第二代的哈贝马斯。伊格尔顿早年追随的是一条反黑格尔传统的马克思主义路线,而詹姆逊追随的却是一条秉承黑格尔传统的马克思主义路线,但他们后期都较多地接受了后结构主义的影响,哈贝马斯虽然在一定程度上仍坚持老法兰克福学派的社会批判立场,但却试图在后现代的氛围中另辟蹊径。伊格尔顿重视文学生产与意识形态生产之间的关系,对传统的文学、审美和意识形态观念采取了消解的立场;詹姆逊标榜"辩证批评"的口号,认为资本主义后工业社会的文化呈现了一种破碎的、无中心的、多元的异化状态,并指出后现代文艺的平面感、碎裂感、无深层感、无中心感正是这种"晚期资本主义文化逻辑"的本质体现。西方马克思主义的思想观点对女性主义、新历史主义、后殖民主义文论产生了不可忽视的影响。

女性主义批评肇始于60年代产生于欧美的妇女解放运动(或称女权主义运动),从一开始就具有强烈的政治和意识形态色彩。它从西方马克思主义、精神分析批评、后结构主义和后殖民主义等许多流派借用了思想资源和理论工具,从性与性别的基本点出发,仔细分析女性在社会、历史、文化中历来处于从属地位的根源,力图消解文学与文学批评中始终占统治地位的"男性中心主义"。女性主义批评的代表有美国的肖瓦尔特、法国的西苏和伊利格瑞。一般地说,美国的女性主义批评具有明显的西方马克思主义的痕迹,而法国的女性主义则较多地沾染了精神分析与解构主义的气味。新历史主义是一个影响相对较小的批评流派。它虽然也像老历史主义一样重视社会历史语境与文学艺术的关系,但却采取了一种完全不同的路径。新历史主义较多地接受了福柯和德里达的后结构主义历史观、文化观,注重文本分析、话语分析,力图解析文化中各种复杂的因素,说明文学对意识形态的抵抗与颠覆作用,从而为文学与社会时代的关系描绘出全新的图景,因此在一定意义上,新历史主义更接近一种文化研究的理论。后殖民主义批评同样具有鲜明的意识形态性。它像女性主义一样,吸纳了后结构主义、西方马克思主义、女性主义等众多批评流派中可资利用的资源,以赛义德的"东方主义"为理论前导,对长期以来处于边缘和"被殖民"地位的少数族裔文学做了深刻的剖析和理论探索。斯皮瓦克对殖民话语霸权、认知暴力、他者以及霍米·巴巴对"文化杂种"等问题的论述都具有较大的理论意义。

综上所述,可见西方文论从古至今,代代相传,源远流长,形成了一个伟大的传统,东方文论的情形也相仿佛。从近现代看,东方文论受西方文论影响较多,但就古代而言,东方文论同样具有属于自身的丰富资源和优良传统,这个传统同样是历史悠久的、伟大的。

东方文论除中国之外的几个主要源头应该是印度、阿拉伯、日本等。印度的文论可以追溯到最古老的诗歌总集《梨俱吠陀》,此后的文论则散见于诸如《梵书》、《奥义书》等典籍中,直到公元前后传为婆罗多牟尼所著的《舞论》对梵语戏剧的理论与实践、形式与内容、目的与意义等范畴做出全面论述。大约在公元7世纪之后出现的《诗庄严论》与《诗镜》则是梵语诗学的开山之作。到近现代,泰戈尔、普列姆昌德等继承并发展了印度古代文论的精神,并借鉴西方文论的精华,将印度文论推向了一个新阶段。阿拉伯古代文论的起源可以上溯到伊斯兰教建立之前的时期,那时出现了"悬诗"及其鉴赏与品评。此后,贾希兹的《修辞达意书》讨论修辞达意的问题并论及诗歌语言、伊本·萨拉姆的《诗人的等级》评价了古代及伊斯兰早期的诗人及其诗作、伊本·古太白的《作家的文学》和《诗与诗人》着重探讨作家与作品的关系、伊本·穆阿太兹的《白蒂阿》在继承《修辞达意书》的基础上进一步全面系统地探讨诗歌中的修辞和语言问题,成为对后世颇具影响的一部纲领,这些著作成为阿拉伯文论的奠基之作,为诸多近现代阿拉伯作家、批评家继承并发扬。日本文论可以在其最早的文学作品《古事记》、《怀风藻》《万叶集》中寻得踪迹。藤原浜成在8世纪后期完成的《歌经标式》是第一步关于诗学的著作,此书借鉴中国古代诗学理论,讨论和歌的音韵、文体,指出其格律中的弊病,并就诗歌与时代、社会的关系和诗歌的功能及艺术特征做出了论述,对后世的文论产生了重大影响。总之,东方文论像西方文论一样具有悠久的历史和丰富的古代资源,其近现代虽然受西方文论影响很大,但其精神仍然蕴含在自己的民族文学传统中。

三

我们说外国文论是一个"伟大"的传统,这个"伟大"表现在什么地方呢?首先,所谓"传统",就其字面而言,它应该包含两个方面的基本意思。一是"传",即"世代流传、不断承续"之类的意思。就其语义而论,这个"传"应当包含历史的延续性、传承方式的集体性。所谓历史的延续性,有两个方面的涵义,其一是说任何传统的东西都与过去紧密相关,甚至可以追溯到它的初始或者说本源;其二是说任何传统的东西必将有超越时代的本质上的连续性。所谓传承方式的集体性,也有两个方面的涵义,其一是说任何传统都是集体的行为,这里的"集体"可以是一个民族或一个种族,也可以是一个阶层或一个团体,但却不能是个体的行为,任何个体的行为都不能构成传统;其二是说任何传统的东西都有社会的、文化的意义,没有社会和文化意义的东西或行为,即便是集体的,也不能成为传统。从上面我们对外国文论所做的历史勾勒,可以清晰地看出数千年外国文论的传承完全满足"传统"这些本质特征,也就是说,它既具有历史的延续性,又具有传承方式的集体性。

"传统"中的第二层基本意思是"统"。"统"是什么呢?按照《说文》,"统"与"纪"同义。古代由蚕茧制丝,必须用热汤煮之,然后抽其统纪,才能成丝,可见,"统"或"纪"原本是茧中较为硬直的部分,后引申为"纲纪"、"本"、"始"等意。在现代文化层面的一般意义上,"统"和"纪"指那些支撑和建构一个民族文化大厦的东西,譬如思想、观念、道德、伦理、政治、体制等。而在文学和文论的领域里,则指那些蕴含了重大文学观念的作品以及具有纲领性、体制性的理论著作。就文学与文论而言,"传统"要"传"的这个"统"就是指这些作品与著作,而这些作品与著作可以用"经典"概括之。

毫无疑问,传承了数千年之久的外国文论的确拥有一个包含了无数经典的伟大宝藏。说到这些经典,我们不能不想起柏拉图的《文艺对话录》和《理想国》、亚里士多德的《诗学》、贺拉斯的《诗艺》、传为朗吉弩斯的《论崇高》、布瓦洛的《诗的艺术》、文克尔曼的《古代艺术史》、德莱顿的《论戏剧诗》、蒲柏的《论批评》、莱辛的《拉奥孔》和《汉堡剧评》、歌德的《谈话录》、康德的《判断力批判》、黑格尔的《美学》、华兹华斯的《抒情歌谣集序》、柯尔律治的《文学生涯》、泰纳的《艺术哲学》、勃兰兑斯的《十九世纪文学主潮》、车尔尼雪夫斯基的《艺术与现实的审美关系》、阿诺德的《文化与无政府状态》、亨利·詹姆斯的《小说的艺术》、索绪尔的《普通语言学教程》、弗洛伊德的《作家与白日梦》、荣格的《心理学与文学》、克罗齐的《美学》、阿多诺的《美学理论》、本雅明的《启迪》和《理解布莱希特》、尼采的《悲剧的诞生》、婆罗多牟尼的《舞论》、伊本·穆尔太兹的《白蒂阿》、藤原浜成的《歌经标式》等等。20世纪还有众多产生了很大影响、已经或即将成为经典的著作,限于篇幅就不一一列举了。

这些经典真是弥足珍贵,堪称无价。它们有的具有博大精深的内涵,对后世影响极大。例如,亚里士多德的《诗学》就构筑了一个几近完整的理论体系。它的讨论深入文艺的各个领域,涉及了文艺的本质、功能、与现实的关系、心理机制等层面,还探讨了悲剧、史诗等体裁,特别集中论述了悲剧的各种问题,以其广度和深度对西方文论产生了强烈而持久的影响,成为西方文论的总根源。康德作为现代美学的开山之祖,其《判断力批判》同样具有博大精深的性质。这部宏伟的著作对"美"、"美感"、"审美判断"、"崇高"、"想像"、"艺术活动"等现代美学范畴作了全面精深的探讨,它提出的美的无功利性、主观性、审美判断来自想像力而非知解力、艺术创造第二自然等命题成为现代美学的经典命题。它们有的虽然未必像《诗学》与《判断力批判》那样体大思精,却能以某一方面的独到而为后世树立楷模。例如,在文学与其他艺术的关系方面,从古代以来,文论家们大都从不同的侧面探讨"诗画一律"的命题,但莱辛通过精辟地分析同一题材在诗与画中的不同表现,从时间与空间的不同视角对这两种艺术形式做出明确的区分,得出诗画并非一律的鲜明结论,《拉奥孔》也因此独树一帜,成为后来历代文论家论及此问题时必然要参阅的伟大著作。此外,经典之作往往有从自己的母胎中孕育新作的能力,使其传统能代代相传,源远流长。显而易见,亚里士多德的《诗学》开启了贺拉斯的《诗艺》和布瓦洛的《诗的艺术》;荣格的《心理学与文学》和弗雷泽的《金枝》为鲍德金的《诗歌中的原型》和弗莱的《批评的剖析》提供了前提。从康德的《判断力批判》到黑格尔的《美学》、阿多诺的《美学理论》,从阿诺德的《文化与无政府状态》到利维斯的《伟大的传统》再到雷蒙·威廉斯的《文化与社会》,我们可以清晰地看出一条传承的谱系来。可以说,正是这些经典著作的丰厚蕴含、戛戛独造与再生能力使这个传统始终保持着强大的生命力。这些经典及其所蕴含的博大精深的思想作为外国文论传统最可宝贵的内容,经过一代又一代的读解、阐释,使外国文论的伟大传统不断焕发出更加鲜艳夺目的光彩。

外国文论传统的"伟大"还不仅仅体现在它有数千年的传承和它有无数的经典上。从更深的层面说,传统必须具有"创造"精神。"创造性"应该是传统得以生生不息,源远流长的内驱力。这种创造精神就是要不断克服前辈经典作家对后人所产生的那种"影响",在前辈学人思想的基础上有所发展,有所补充,有所发明,有所创新;甚至在借鉴前人的基础上,对前人的主要观点做出颠覆性改造,形成所谓"创造性叛逆"。前者有如河流的疏浚、拓宽,从而加深加宽其流淌;后者有如河流的改道,看似新造,但不失其源流。前者我们可以举出亚里士多德对柏拉图"模仿说"的拓展,卡斯特尔维屈罗对亚里士多德"整一律"的补充,泰纳"三要素说"对斯达尔夫人、圣伯夫等人开创的社会批评传统的综合与拓展,新批评派对俄国形式主义与理查兹等批评理论的发明与创新等。后者我们可以举出莱辛"诗画不一说"对古代学者"诗画一律说"的叛逆,形式主义、新批评与结构主义等现代主义文论关于内部研究对现实主义文论外部研究的反拨,巴尔特的"作者死亡说"对前人"作者是作品之父说"的颠覆,解构主义文论对前人文论的消解等。如果说前者是传统的改良派,后者就是传统的革命派,但不论是改良还是革命,传统总是其基础和前提,在一般情况下,已经形成的伟大传统是很难被摧毁的。

就传统本身而言,它不仅要求后人遵循它已经指明的方向,发扬光大它的精神,在他的基础上继续前进;而且也应接纳与它不同的观点,甚至涵泳向它提出的挑战。它应该具有兼容并包、海纳百川的雅量。从本质上说,正是那些反对甚至否定的意见,推动着传统本身不断成长壮大。荣格作为弗洛伊德的私淑弟子,一方面继承了弗氏的基本思想,另一方面又反对他把无意识、梦与力必多等统统归因于性的泛性论,从而创造了关于"集体无意识"等新理论,进一步推动了心理分析学说的发展,拓宽了这一学说的视野,使其在宗教、艺术、文学、哲学等领域得到广泛应用。在一定意义上可以说,没有荣格的叛逆与创造,就没有心理分析批评的传统。

在对外国文论的传统与创新做了上述扼要的阐述之后,我们也许可以回过头来再稍微谈谈目下国内文论界正在进行的这场论争了。显而易见,文学与文论(包括中外)已经形成的伟大传统是断然不能死亡的,但是,这个伟大的传统却必须在开拓与创造中获得源源不断的生命力。一方面我们说传统的文学观文论观不会消失;另一方面,我们也要看到,传统的文学与文论观必然要随时代的发展而变化,这正是"时运交移,质文代变"的道理。由此我们可以说,那些以激进、反叛的面貌出现的文学疆界拓展论、变化论、文化转向论依然来自这个伟大的传统,而最终也必将成为这个伟大传统的有机组成部分。

第一部分

西方文论

▲ 古代与中古

公元前 8 世纪—公元 13 世纪

第一章 古代文论

第一节 古代文论概述

古代文论的起源就在古代文学艺术起源的地方。西方古代文论的历史源头也就自然发生在西方古代文学艺术起源的爱琴海域。就一般人类文化的发生学原理而言,文论的发生规律应当有这样一个逻辑的起点和顺序:1.文学艺术的实践基础;2.审美观念的促动;3.理论上的概括。然而,由于人类原始思维的浑然一体性,最初的文论是上述三个方面浑然不分的。由此,西方古代最初的文论也就是留存于神话作品中关于文艺发生的见解。产生于公元前约9—8世纪的荷马史诗《奥德赛》中,有歌人德摩多科斯应邀为俄底修斯歌唱时,诗中这样描述这位歌人:"他叨受缪斯的宠爱殊恩,却又是祸和福并至兼行;一面是双目失光明,一面是歌喉妙胜。"① 公元前8世纪左右,古希腊诗人赫西俄德在其诗作《工作与时日》、《神谱》中描写自己在神圣的赫利孔山下牧羊,缪斯女神教他如何吟诗。他曾这样说:"我们知道如何把许多虚构的故事说得像真的,但是如果我们愿意,我们也知道如何述说真事。"② 这些西方最早的文论思想都触及了关于诗的起源(神授)、特征(想像)等问题。这时的文论还处于萌发阶段,它们皆以类似最初神话思维的方式,悄悄地给我们透漏了诗(文艺)的"诗性智慧"秘密:诗的

---

① 荷马:《奥德赛》第八卷,傅东华译,商务印书馆,1947年。
② 赫西俄德:《工作与时日·神谱》,张竹明、蒋平译,商务印书馆,1991年,第27页。

神授起源说是人把自我创造性想像对象化为神灵，它确定了西方文论心灵投射创作论的最初解说，同时又把人类的诗性创造归结于一个发生学上的起点、原因，从而开启了西方文论形而上学的帷幕；诗的想像特征说是揭示诗发生于感觉、想像而非判断、推理，所以荷马史诗中的歌人及其传说中的荷马都是盲人，它奠定了西方文论情感形式化特征论的雏形。

公元前6—5世纪，希腊社会进入奴隶社会全盛时期，工商业奴隶主掀起民主运动所酝酿出的民主观念及其相应的多神教信仰、自由民的自由精神等等，孕育出了马克思所言的"正常的儿童"文化。悲剧、喜剧、音乐、雕刻等艺术达到了高度繁荣，自然科学、哲学及其审美观念皆获得了空前的发展，关于文艺实践的理论概括已具备初步条件，于是开始产生和形成最早的比较有系统的文论思想。

所谓"希腊人是正常的儿童"是指希腊文明作为人类文明初始阶段，希腊人的心理素质获得了健全发育。所以，在希腊人那里一方面是艺术想像、审美意识灿烂辉煌，另一方面是科学思维、理性精神健全完善。换个方式说，希腊文明一方面把爱神阿芙洛狄忒作为其感性情感的象征，另一方面又把智慧神雅典娜作为其理性才思的象征。我们必须通过二者相互沟通的导引才可能通向黑格尔称作"精神现象学"中的文艺及文艺理论的殿堂。所以，我们对希腊文论乃至西方古代文论的研究就不得不同时与爱神、智慧神对话。作为爱神外化形式的文学艺术常常归类于专门的文学史，我们的文论探讨不得不更多地请教智慧神外化形式的哲学美学。

希腊哲学的开端是伊奥尼亚的哲学家，他们都从自然哲学的层次认为宇宙万物都有感性基础上的始基或本原，比如泰勒斯（Thales）认为是水，阿那克西美尼（Anaximenes）认为是气。赫拉克利特（Herakleitos）虽然对宇宙万物理解得更深刻一些，但他仍然认为宇宙万物的始基或本原是有自身变化规律的火。赫拉克利特还初步揭示了世界上"一切皆流"及对立统一的辩证思想，但他的辩证思想基本停留于世界万物存在、变化的自然辩证法水平，还未涉及人与世界的认识论层次上的主客体辩证法理论。由此，整个伊奥尼亚哲学给西方文论所奠定的就只能是自然哲学的基础。在此基础上，西方文论也就只能产生把现象与本质相等同，甚至就是把感觉到的现象直接认作基本本质的自然朴素的模仿论。比如赫拉克利特就首先否认艺术是神的产物，而主张"艺术模仿自然"。后来的德谟克利特（Demokritos）认为非直观感觉的原子与虚空是万物的本原,他首先用这个原子理论解释人类认识问题。他认为人的感觉和思想都是客观世界不断流溢出来的原子形成的"影像"作用于人们的感官和心灵而产生的。根据这种朴素的唯物论,德谟克利特仍然得出了"艺术模仿自然"的结论。他认为"模仿自然"其实就是模仿"影像"。他说:"在许多重要的事情上,我们是模仿禽兽,作禽兽的小学生的。从蜘蛛我们学会了织布和缝补;从燕子学会了造房子;从天鹅和黄莺等歌唱的鸟学会了唱歌。"① 德谟克利特这种摈弃人的主观能动作用的自然模仿论,一方面源于"感觉和思想是由透入我们之中的影像产生的;因为若不是有影像来接触,就没有人能有感觉或思想"② 的素朴认识论,这种素朴认识论里所包含的原初性文艺研究还和科学仿生学混同不分;另一方面又显然是把文艺现象划归于人类认识的感性限度内,即文艺所触及的只是客观事物流溢出来的影像。同时,德谟克利特在以原子论思想进一步解释认识论问题时,还区分了感性和理性两类认识,认为感性认识是认识的最初阶段,人的感官并不能感知一切事物,例如原子和虚空就不能为感官所认识。当感性认识在最微小的领域不能再看、再听、再嗅的时候,就需要理性认识来帮助,因为理性具有一种更精致的工具。由此,德谟克利特把感性认识称为"暗昧的认识",把理性认识称为"真理的认识"。他认为,原子之间本身没有什么性质的不同,人们的感觉所感知的各种事物的颜色、甜、苦都是习惯,是人们主观的东西。换句话说,人们对"影像"的不同判断皆源自于人们的主观感觉差异。于是,德谟克利特无意间完成了一个文艺研究方向的转移,即从客观自然转向了主观思维,同时也就无意间触及了人的思维与世界事物的主客体辩证关系,以及在这种辩证关系中人作为思维主体的能动性。所以,德谟克利特对文艺的见解里就难免包含着与朴素"自然模仿说"截然不同的东西,即强调文艺创作须凭主观的灵感和热情。他认为:"一位诗人以热情并在神圣的灵感之下所作的一切诗句,当然是美的。""荷马,赋有神圣的天才,曾作成了惊人的一大堆各色各样的诗。""永远发明某种美的东西,是一个神圣心灵的标志。"③ 也就是说,诗人凭天才和灵感来写作,其中神起着决定性作用。德谟克利特的这些看法已经超越了"自然模仿"理论,其深

---

① ③ 德谟克利特:《著作残篇》,引自伍蠡甫主编《西方文论选》上卷,上海译文出版社,1979年,第4页。

② 同上书,第5页。

刻处在于它们揭示了文艺创作活动中的主体性、创造性。当然,宥于当时的认识水平及思维方式,德谟克利特也将他所猜测到的主体性、创造性归结于神灵、天赋。当然,德谟克利特此处所探讨的主体创造仍属于感性层次上的"影像",而理性层次上的本原则超越了文艺触及的范围。但是,德谟克利特又以"动物只要求为它所必须的东西,反之,人则要求超越这个"①预示了模糊的人类认识从现象向本质过渡、人类实践活动从生存必然向精神自由过渡的猜想。德谟克利特的文论思想所包含的全部深刻性与矛盾性,奠定了古希腊文论探讨的基本方向:第一,文艺是感性层次上的人类文化认识活动,它所触及的是感觉现象,感觉现象后面尚有理性本原;第二,文艺创作活动的奥秘在人的思维主体,人的思维主体蕴涵着从现象向本原趋近的可能性。

古希腊时期与伊奥尼亚哲学相对应的是毕达哥拉斯(Pythagoras)派哲学。他们在宗教上主张灵魂轮回,在哲学上提出了数的理论,在对美的探讨上提出了和谐说。毕达哥拉斯派的灵魂转世说很可能是受了奥尔弗斯神秘教义的影响(希腊北方色雷斯的保护丰收之神狄俄尼索斯,也被称为酒神,他传入希腊后,得到了希腊人特别是妇女们的狂热崇拜。由于崇拜仪式的野蛮性,后来由传说中的改革者奥尔弗斯精神化。由精神的沉醉代替了肉体的沉醉,创立了奥尔弗斯教义。奥尔弗斯教义相信源自于酒神死而复生原始信仰的灵魂轮回)。毕达哥拉斯派认为,灵魂是个不朽的东西,身体是灵魂的坟墓或囚笼。人在世的时候,灵魂被束缚在身体里面,人死以后,灵魂就轮回转世。为了使灵魂净化,毕达哥拉斯派除了订立一些清规戒律以外,还十分重视体育与音乐,并把它们视为净化灵魂的方法。他们发现声音的长短、高低、轻重等质的差别是由于发音体(如琴弦)在数量上的差别所决定的,所以,音乐节奏的和谐是由一定数量比例产生的。他们研究音乐的时候,发现了音乐和数学的关系,提出了数的理论与和谐的学说。他们还研究了建筑、雕刻艺术中,按什么样的比例才会产生美的效果,提出了所谓"黄金分割"理论。他们认为和谐无所不在,宇宙中的一切都充满和谐,和谐是绝对的宇宙秩序。和谐是美、是善,斗争是恶、是丑。他们甚至把数看作万物的始基或本原。他们说,万物皆数,数是万物的原型,万物都是对数的模仿。数的原则统治着宇宙中的一切现象。他们认为,万物的本原是一,从一产生二。二是从属于一的不定质料,一则是

---

① 德谟克利特:《著作残篇》,引自伍蠡甫主编《西方文论选》上卷,第5页。

决定二的原因。从完满的一与不定的二中产生出各种数目。从数产生出点,从点产生出线,从线产生出面,从面产生出体,从一个体产生出感觉所及的一切形体,再产生出四种元素:水、火、土、气。这四种元素以各种不同的方式互相转化,于是创造出有生命的、精神的、球形的世界。毕达哥拉斯派还从一中引出奇与偶、有限与无限的对立,提出了十组对立的范畴。这十组对立范畴作为宇宙的规定,追根究底都是由一派生出来的。所以,毕达哥拉斯派认为,物质世界具有数的性质,都以一为基础。毕达哥拉斯派对美的思考已具有相当深度与广度:第一,毕达哥拉斯派视数为万物的本原。我们知道,数并不是物质本身,它只是物质存在的量的规定性。这明白无疑的唯心思想表明毕达哥拉斯派已将认识的焦点从直观感觉的物质事物转向了事物与事物的关系,从而还进一步探讨了这种关系的规律性(数的比例),这就把人类认识的目的从表面的物质现象过渡到了深层次的本质。第二,随着认识焦点的转移,人的认识主体作用提到了重要位置。因为数所代表的事物与事物的关系,以及由这种关系所呈现出的规律都是人参与的结果,是人凭着自己的主体性对事物予以比较、归纳、概括、抽象的结果。音乐的长短、高低、轻重,建筑、雕刻等的比例,离开了人的心理判断,则无所谓和谐与否。人类认识世界本质的关键是人的主体能动性,同时,人能够认识世界,又是因为人的心灵和宇宙都是按照一定的秩序(数的比例)构成的,这又是人的思维与世界具有同一性的依据。特别是由数的关系所推出的"和谐说",更是触及了人的心理知觉形式同宇宙呈现形式的某种契合。第三,在毕达哥拉斯派由数的关系所引出的宇宙形态十种对立范畴中,有两种极为重要的范畴:一与多、善与恶。前者包含了对事物普遍性与特殊性的思考,表明其思维的方向在于探讨个体何以生成超个体、感性何以生成超感性、认识何以通过诸多的现象通向惟一的本质。后者表明其认识已经将道德判断引入世界和宇宙判断,因而其思维已经从自然向社会、从物质向人迈进。毕达哥拉斯派还由和谐引出善与恶、美与丑,从而在审美判断中融入了道德判断。第四,毕达哥拉斯派从宗教的迷狂角度,发现了体育与音乐对灵魂的净化作用,这里面似乎已初步包含着纯"游戏状态"的审美精神的原始萌芽。毕达哥拉斯派关于美的思考,比较有广泛性地提出了美学的探索方向,从而对西方文论关于审美的研究发生了深远的影响。

罗马的思想家西塞罗说:"苏格拉底以前的早期哲学,在阿那克萨哥拉、阿开劳斯的教导下,研究数、运动以及万物产生及复归的源泉,这些早期的思想家热衷于探讨天体行星的大小、距离和轨迹;苏格拉底第一个把哲学从天上拉了回来,引入城邦甚至家庭之中,使之考虑生活和道德、善与恶的问题。"①西塞罗的意思是说,从苏格拉底开始,哲学才由对自然的研究转向对人类认识和道德伦理的研究。这也就是叶秀山先生在论及苏格拉底时所称的"心灵的转向"。苏格拉底(Socrates,公元前469—前399年)的"心灵的转向"源自于他独特的人生体验和哲学思考。苏格拉底的人生体验也就是他经历了雅典奴隶主民主制从兴盛繁荣到腐败衰落全过程后对雅典奴隶主民主制的深刻认识。古希腊雅典奴隶主民主制度孕育出的自由民阶层曾经意气风发地创造了令人神往的灿烂文化。但是,奴隶制度下的民主制本就是历史的一个奇迹。民主制不能解决奴隶制度的基本矛盾,它的深处始终潜伏着奴隶制的根本危机。这种危机必然在奴隶制度发展的某一时期产生新的困窘。正如叶秀山先生所说:"奴隶制与民主制本身存在着不可克服的矛盾,历史发展到一定阶段,为了保持奴隶制(这在当时是基本的、历史必然的),必须抛弃民主制这种政制形式。"②民主制腐败衰落的最直接后果就是使自由民成为历史进步的绊脚石。正如恩格斯所说:"随着商业和工业的发展,发生了财富积累和集中在少数人手中以及大批自由公民贫困化的现象;摆在自由公民面前的只有两条道路:或者从事手工业去跟奴隶劳动竞争,而这被认为是可耻的、卑贱的职业,并且不会有什么成功;或者变成穷光蛋。他们在当时条件下必不可免地走上了后一条道路;由于他们数量很大,于是就把整个雅典国家引向了灭亡。"③叶秀山先生更具体地阐述了这些走向没落的自由民如何阻碍了历史的进步并同时说明了苏格拉底的政治理想。他说:"这部分人由于经济上没有出路,就利用自己的特权,企图在政治上投机。""这样一批人聚集在雅典的公民大会中,使这个大会发生了重大的变化。"④"公民大会变成在智者学派教育、影响下各个政治家摇唇鼓舌的俱乐部,其结果则是往往被一些图谋私利的蛊惑家所操纵。每一个人都想成为中心,成为'原子'而独立于他人,这些'原子'、'尺度'凑在一起,互相碰

---

① 格思里:《希腊哲学史》3卷,引自叶秀山《苏格拉底及其哲学思想》,人民出版社,1986年,第73页。
② 叶秀山:《苏格拉底及其哲学思想》,第24页。
③ 恩格斯:《家庭、私有制和国家的起源》,引自《马克思恩格斯选集》第四卷,人民出版社,1972年,第115页。
④ 叶秀山:《苏格拉底及其哲学思想》,第25页。

撞,形成一团'混乱'、一阵'漩涡',于是现实的问题是:要不要选拔一些真正有政治知识的人,真正有德行的人来治理城邦,从而更好地保护公民(奴隶主)的利益。苏格拉底认为,治理城邦(国家)需要一支专业的队伍,而不能把国家分散在没有知识的普通公民手中。"[1]苏格拉底的人生体验及其相应的政治理想升华为哲学意识就是他对知识的独特追问和反思。根据《申辩篇》所记载,苏格拉底由于追求真正的知识而发现认识自我的重要性。他认为当时许多自认为最有知识的人实际上并没有真正的知识,他们的知识都经不起诘难和深究。苏格拉底认为自己比他们聪明,不是因为他有知识,而是因为他知道自己无知识。"自知其无知"并非苏格拉底出于道德伦理的谦虚,而是有着强烈的历史理由和深邃的哲学意义。苏格拉底认为,因为外在的感觉世界常变,所以人们对自然真理的追求是无穷无尽的,得到的知识也就不可能是确定的。苏格拉底劝告人们放弃对自然的研究,转而在伦理问题上寻求普遍真理(伦理问题意味着从人与自然的关系向人与人社会关系的转移,普遍真理意味着从个别现象向普遍本质的转移)。苏格拉底叫人不要去研究无穷无尽的自然因果,而应该研究体现了神的智慧和意志的社会目的(苏格拉底以目的论代替了对事物的因果论的研究)。苏格拉底强调研究社会目的的具体路径就是"认识自己",也就是认识"真正的我"。这个真正的我就是人的灵魂或"理智"。他认为一个人有灵魂或理智才能明辨是非、善恶,才能成为一个有道德的人。苏格拉底的意思是说:一个有知识的人也就是充分认识了自我的人,而认识自我也就是认识到自己在社会中所应扮演的角色、所应履行的责任、所应谨守的本分,认识了自我也就获得了最高的知识。最高的知识就是对"善"这个永恒普遍的、绝对不变的目的的认识。苏格拉底实际上建立了一种知识即美德的哲学思想体系,其中心内涵是探讨人生的目的和善德。他强调人们应该认识社会生活的普遍法则和自己,从而获得最高的生活目的和至善的人生美德。所以,苏格拉底认为"美德就是知识",不道德便是无知的同义语。苏格拉底的知识论与伦理说交织在了一起。知识是伦理的基础,伦理是知识的目的。由此,苏格拉底开启了西方哲学从自然向人类认识和道德伦理的第一次颇有意义的精神转向。与此相应,苏格拉底对美的认识及其文论思想也发生了一个很大的转变。苏格拉底以前的哲学学派主要从自然哲学的观点研究美和文

---

[1] 叶秀山:《苏格拉底及其哲学思想》,第28页。

艺问题,他们要替美和文艺问题找自然哲学的解释,苏格拉底主要从社会哲学的观点去看美和文艺问题,他要为其作社会哲学的解释。他从他的社会哲学目的论和伦理学出发,主张善和美的统一,并且都以实际的功用为标准。他把美和效用联系起来看,美必定是有用的,衡量美的标准就是效用,有用就美,无用或有害就丑。他说:"我们使用的每一件东西,都是从同一个角度,也就是从有用的角度,而被认为既是善的,又是美的。""粪筐"由于"适合它的目的","也是一件美的东西";相反,如果不能适合它的目的,"金的盾牌也是丑的了"。总之,"每一件东西对于它的目的服务得很好,就是善的和美的,服务得不好,则是恶的和丑的"。① 苏格拉底从其哲学美学出发,第一个提出了文艺的目的范畴。世界的最高目的是善,文艺服从了善也就服从了最高目的。由此,苏格拉底确立了他的目的论的文艺本体论。这种目的论的文艺本体(本质)论不仅贯穿整个古希腊文论,而且一直贯穿于19世纪以前的整个西方文论。另外,苏格拉底所谓"美在有用,有用则美"的目的论美学判断,使我们不难发现,一件东西的有用与否,即最终美不美的判断,是相对于使用者而言的。因此,美的判断也就不能说完全在事物本身,而是相对于人的主观意愿而言的,也就是说,美是相对的。阿斯木斯评论苏格拉底的这一思想时这样说:"美不是事物的一种绝对属性,不是只属于事物,既不依存于它的用途,也不依存于它对其他事物关系的那种属性。美不能离开目的性,即不能离开事物在显得有价值时它所处的关系,不能离开事物对实现人愿望它要达到的目的的适宜性。就这个意义说,美和善两个概念是统一的;也就是从这个意义出发,苏格拉底始终一贯地阐明了美的相对性。"② 美的相对性启迪了我们,美既不完全在客体属性,也不完全在主体判断。这中间暗含着一种"美在主客体关系"的远为深邃的猜测。这个问题带动了历史上对于美及文艺问题一直延续至今的深入讨论。苏格拉底还从他的哲学美学思想出发,进而探讨了文艺现象学的创作与实践。苏格拉底曾与雕刻家克莱陀一起,借雕刻艺术而阐发了自己的文艺创作思想。苏格拉底认为,艺术模仿应该超越自然感官上的比例、颜色而深入到人的心境、精神,美的形象除了直接模仿活人的俯仰屈伸、紧张松散的姿势(形式),以达到形象的真实、生动之外,还要将人在活动中的情感、具有社

---

① 色诺芬:《回忆录》,蒋孔阳译,引自伍蠡甫主编《西方文论选》上卷,第8—9页。
② 朱光潜:《西方美学史》上卷,人民文学出版社,1979年,第37页。

会伦理内容的眼色和面容描绘出来。很容易看出,苏格拉底的创作思想是他目的论文艺美学观的具体阐发。他实际上是主张创作者超越感性的感觉而深入到理性的认识,超越表面的形式而进入深层的内容。不过,苏格拉底的形式、内容有其特定的蕴涵:形式是感官所遇个别的、生动的比例、颜色、姿态,内容是积淀在精神、心理中的社会的、概念化的伦理道德。

古希腊的文论思想,到此已经形成相当好的基础,需要探讨的问题也大体明确。在此条件下,应运而生的柏拉图、亚里士多德对美和文艺进行了真正系统的哲学思考,建立起了完整的文艺理论体系,从而成为以后西方文论的奠基者。

同属于西方古代文化源头的还有与希腊文化差不多平行发生,同时又继承发展的古罗马文化。古罗马文化也建立于奴隶社会基础上,也是奴隶制文化。古罗马文化与古希腊文化有许多不同之处:希腊属海洋型的工商业文化比较发达的典型;罗马属内陆农耕文化,且农业随着不断的战争征服,很快从自给自足的小农经济过渡为贵族大规模使用奴隶,主要种植葡萄、橄榄等的大田庄制。古希腊(主要是雅典)建立了民主政治,科学发达,哲学繁荣,文学成为活跃的政治生活的一部分,美学和文艺理论取得了很高成就;罗马则建立了专制统治,军事技术及工程技术发达,国家观念及法律意识等繁荣,哲学、文学以及文艺理论基本模仿和继承希腊文化的成就。

罗马并非直接继承希腊最灿烂时期的文化,因为当罗马开始强大的时候,希腊文化已经开始步入了它的衰落期。罗马主要是通过亚历山大里亚的媒介,接受了后期希腊文化,即所谓"希腊化"时期的文化影响。公元前338年,马其顿王菲力二世征服了希腊各邦。公元前336年,亚历山大继承马其顿王位,并于公元前334年开始东征。他在12年时间里,建立了一个横跨欧亚非三洲的强大帝国。亚历山大的东征对东西方文化的发展产生了巨大的影响。他不仅企图征服世界,而且企图用希腊文明来改造世界,将世界希腊化。据记载:亚历山大在12年征战中建立了七十多个新的城市,成为传播希腊文明的中心,其中最著名的就是以他名字命名的埃及的亚历山大里亚城。希腊文明与当地的政治、经济、思想文化融合在一起,西方史学家把这些国家统称为希腊化国家。亚历山大死后,帝国分裂为三个王国。从公元前3世纪末开始,这些王国先后被罗马逐步征服。西方史学家也就把从亚历山大东征开始到公元前30年,三个王国中的最后一个被罗马征服为止的这一时期称为希腊化时期。在这以后,希腊作为独立国家的历史暂时中断了,欧洲政治的中心转移到了罗马。希腊文明却并未就此终止,随着罗马征服希腊化各地区,主宰地中海世界,希腊文化更向西传布开来。罗马也认识到希腊文化的优越性,于是继承发扬了希腊文化。所以,讨论罗马文化也就不得不以希腊化时期作为起点。西方学者常常将罗马帝国时期文化看作希腊文化的第三个时期,前两个时期分别为:自由城邦时期、希腊化时期。比如罗素在其《西方哲学史》里就这样编排。黑格尔在其《哲学史讲演录》中的划分也大体如此,不过称谓有所不同。我国学者一般明确指明希腊化以后为古罗马文化时期,只是在讨论的时候,把希腊化时期与古罗马结合一体,比如全增嘏先生的《西方哲学史》、朱光潜先生的《西方美学史》都是如此安排。

希腊化时期,希腊城邦奴隶制时代所创造的古典文化在更大的范围内得到了传播,并且与东西方各个民族的文化融合在一起。亚历山大所建立的亚历山大里亚城成了著名的科学和学术文化研究中心。在这座城市内还建筑了当时规模最大的图书馆(藏书50万卷)和带有科学研究性质的博物馆,吸引了当时大批的学者来做图书文献的整理工作和各种科学研究工作。这些学者为不少科学部门奠定了基础,特别在数学、力学、天文学方面贡献巨大。值得注意的是:这些科学家们可以和此前各个世纪里的希腊人的才能相媲美,但是,他们不像他们的前人那样把一切学艺都当作自己的领域,并发挥着包罗万象的哲学思考;他们更是近代意义上的专门家。他们都一心一意地做科学家,而不渴望有哲学上的创造。不仅在学术范围里,而且在一切领域中,这个时代都以专业化为其特征。古代哲学与科学相比开始走向了暮年。正如黄颂杰先生所说:"在希腊化和古罗马时期,哲学家们的注意力已经不再集中在解决自然和社会的根本问题,而集中在寻求个人幸福,寻找摆脱痛苦的途径。因此,伦理学就成了他们哲学体系的中心或根本,所谓本体论、认识论和逻辑学只被当作伦理学的准备或者手段、工具。"①

统治希腊化至罗马时期的哲学思想主要有犬儒学派与斯多葛主义、伊壁鸠鲁学派、怀疑学派。犬儒学派出自苏格拉底的弟子安提斯泰尼(Antisthenes,约公元前440—前360年),他信仰"返于自然",鄙弃奢侈与一切人为的感官快乐追求。他的弟子狄奥根尼(Diogenes,约公元前404—前323年)更是决心像狗一样生活下去,所以被称为"犬

---

① 全增嘏主编:《西方哲学史》上卷,上海人民出版社,1983年,第224页。

儒"。据说亚历山大曾经拜访他,问他想要什么恩赐,他回答说:"只要你别挡住我的太阳光。"①他对德行具有深深的热爱。他认为俗世的财富与德行相比较简直无足计较。他追求从欲望解放出来的道德自由。犬儒学派所言的"财富与德行"、"欲望与自由",其实质是"世俗功利与人生态度"的分割,他们通过这种分割倡言了一种人生观。犬儒学派所倡言的人生观的哲学基础是人的主体性,它可以在默认客观境遇的必然性后,公然在精神上蔑视并中断客观结果的实现,从而以生命态度的自由意志超越客观的生存境遇。这种人生观和主体超越性在文化上直接预示着两个结果:第一,在苏格拉底所奠定,柏拉图进一步完善的文艺目的论内涵里渗入了非功利的精神超越性;第二,为西方文化迎接基督的降临敞开了胸怀。这是继苏格拉底将人作为认识客体后,又将人的价值问题提升到了哲学的层次。

斯多葛主义接收了犬儒学派中最好的东西,并将其变为更为完备和圆通的哲学。其学说始终坚持不变的主要思想是宇宙决定论和人类自由论。比如创始人芝诺(Zenon,约公元前336—前264年)相信自然过程是严格地为自然律所决定,而在一个人的生命里,德行是惟一的善。每一个人只要能把自己从世俗的欲望之中解脱出来,就有完全的自由。后来的塞内加(Seneca,公元前4—公元65年)在被尼罗赐死时,更以一种苏格拉底式的视死如归对其忧伤的家属说:"你们不必难过,我给你们留下的是比地上的财富更有价值得多的东西,我留下了一个有德的生活典范。"②再后来的爱比克泰德(Epictetus,约公元50—138年)更是认为,每个人都是剧中的一个演员,神指定好了各种角色,我们的责任就是好好地演出我们的角色,不管我们的角色是什么。马尔库斯·奥勒留(Marcus Aurelius,公元121—180年)则深信"神"给每个人都分配了一个精灵作为他的守护者。可以说,斯多葛主义比犬儒学派更加强调了与人类自由相对的客观自然的坚固必然律,它将人生观和主体性所产生的超越性更看作是保持宇宙和谐、服从神的意志,从而高度实现自己生命意志的行为。

怀疑主义成为一种学派的学说是由皮浪(Pyrhon,约公元前360—前270年)提倡的。他认为,我们对任何事物只能认识它所表现出来的现象而不能知道它的本质、真相。面对同一事物,不同的人可以做出

---

① 罗素:《西方哲学史》上卷,何兆武、李约瑟译,商务印书馆,1963年,第295页。
② 同上书,第329页。

不同的判断。他是要通过否认知识的可能性来达到"不动心"、不受干扰的理想生活。由此,皮浪主张对事物采取淡漠无情、无动于衷,莫之是、莫之非的态度。"最高的善就是不作任何判断,随着这种态度而来的就是灵魂的安宁,就像影子随着形体一样。"①皮浪检讨了人类认识的相对性,从而再推出人生道德伦理选择的相对性,由此过渡到人生方式的随意与安宁。他虽然继苏格拉底以后又提出了认识论命题,但其局限于传统认知为基础的本体论角度谈道德伦理、人生方式,显然没有能够区别开纯粹理性与实践理性的差异,因而未能产生新的意义。但此哲学却可能对文艺理论研究产生两点影响:第一,中止了人们对文艺本质进行讨论的兴趣;第二,剔除了关于文艺目的内涵的深入探索。

伊壁鸠鲁(Epikouros,公元前341—前270年)认为哲学的任务在于告诉人们达到幸福的手段,研究自然及其规律乃是达到幸福的前提。伊壁鸠鲁在哲学上的最大贡献首先在于继承并发挥了德谟克利特的原子论。马克思曾评价他关于原子自动倾斜或偏离的学说在于肯定偶然性的存在,从而在客观上为追求个人的自由幸福找到了理论根据。伊壁鸠鲁认为每个人都是自由的,人们既不要把必然性绝对化,以致把它变成了不可抗拒的命运,也不要把偶然性绝对化,以致把它变成了不可捉摸的幸运。他主张人应该自由地寻求和享受人间的快乐和幸福生活。但伊壁鸠鲁的快乐并非专门追求物质和感官享受,而是包含心灵上、精神上的愉悦。他认为:"肉体的健康和灵魂的平静乃是幸福生活的目的。"②伊壁鸠鲁以其"偏离说"为基础肯定了一般与个别、普遍与特殊二元对立项中后项的价值,从而将认识的焦点从寻求一般、本质转移到了关注个别、感觉。以此为基础,伊壁鸠鲁强调人的自由性,自由的目的就是追求快乐,快乐的基础是肉体健康、灵魂平静。就文艺审美来说,伊壁鸠鲁的研究有两个方面的意义:第一,将文艺模仿的本质追求引向了现象描述;第二,在文艺自由精神里注入了审美快感范畴。

希腊化时期的文学实际已是古希腊文学的尾声,罗马文学只是希腊文学传统的继承与模仿。所以,从亚历山大里亚的学者们直至罗马时期的文艺理论都因缺乏昌盛、繁荣的文艺创作实践基础和结合社会现实的哲学理论而发生了一种文艺研究方向的转移,即从文艺的现实

---

① 《西方哲学原著选读》上卷,北京大学哲学系外国哲学史教研室编译,商务印书馆,1981年,第177页。
② 《古希腊罗马哲学》,三联书店,1957年,第368页。

基础、社会功用等根本问题的讨论转向了文艺形式技巧的分析。这个时期的文论作品主要是修辞学论著,纵然偶尔论及文艺问题,也还是从修辞学角度入手。因此,有人把亚里士多德去世后的五六百年时期称作"修辞学时期"。这些修辞学思想的功绩在于奠定了修辞学和语法学的基础,铸造了这两门科学中的一些范畴术语,提出了一些分类标准。当然,在这个时期的思想里还是可以发现对后世有足够影响的文艺探索。如希腊化时期的斯多葛派哲学家克吕西普斯所谓:"有许多动物所以被大自然创造出来是为了美的缘故。"比如大自然是为了孔雀尾巴的缘故而创造出孔雀的。① 这种目的论的见解源于斯多葛派哲学"宇宙和谐"的泛神论思想。其价值在于指出了自然美的问题。这种自然美同人的创造物是相似的,同人的情绪也是和谐一致的。它诱发我们进一步追问:有没有一种与人的心灵美感相契合的形式? 它来自人的心灵还是来自自然本身、来自人的心灵与自然的相互关系? 于是又引出了美与审美的问题。再如斐罗斯屈拉特所写的《阿波罗琉斯传记》里的一段描写则是从文艺着重模仿发展到文艺着重想像的转折点。阿波罗琉斯向一位埃及哲人指责埃及人把神塑造为一些下贱的动物,并且告诉他希腊人却用最虔敬的方式去塑造神像。埃及哲人就问:"你们的艺术家是否升到天上把神像临摹下来,然后用他们的技艺把这些神像塑造出来,还是有什么其他力量来监督和指导他们塑造呢?"他回答说:"确实有一种充满智慧和才能的力量。"埃及哲人又问:"那究竟是什么力量? 除掉模仿以外,我想你们不会有什么其他力量。"接下来就是这样一种有名的回答:"创造出上述那些作品的是想像。想像比起模仿是一种更聪明伶巧的艺术家。模仿只能塑造出见过的事物,想像却也能塑造出未见过的事物,它会联系到现实去构思成它的理想。模仿往往畏首畏尾,想像却无所畏惧地朝已定下的目标勇往直前。如果你想对天神宙斯有所认识,你就得把他联系到他所在的天空和众星中间一年四季的情况,菲底阿斯就是这样办的。再如,你如果想塑造雅典娜女神像,你也就必须在想像中想到与她有关的武艺、智谋和各种技艺以及她如何从她父亲宙斯的头脑中产生出来的。"②这里所提出并说明的"想像"思想里已经蕴涵了"人化自然"的原始猜想。

  罗马时期,还开始了长久统治西方的崇拜古典的风气。无论在创

---

① 鲍桑葵:《美学史》,张今译,商务印书馆,1985年,第131页。
② 朱光潜:《西方美学史》下卷,第682页。

作还是理论方面,罗马人都把古希腊的成就看作不可逾越的高峰。希腊人强调艺术模仿自然,罗马人毫不怀疑地接受了这个原则,并进而一方面探讨怎样模仿的技巧,另一方面又把古希腊成功模仿自然的作品本身也当作模仿的对象,因而他们同时强调模仿古人,由此创立了"古典主义"的文艺观(西方不少人认为真正的古典主义属罗马文化时期,后来17世纪的古典主义属新古典主义或伪古典主义)。罗马人的古典主义一方面提出了古典式人文主义的内容,建立了古典式人文主义的审美规范;另一方面也迈出了根据自己情况继承前人文化传统的新步伐。可以说,古典主义是希腊审美理想与罗马文化现实的统一。朱光潜先生认为:"罗马文艺作为希腊文艺的继承来看,不免是'取法乎上,仅得其中'。它的发展很符合一般文化由成熟转到衰颓时所常现出的规律,原始的旺盛的生命力和深刻的内容已不存在,人们所醉心的是艺术形式的完美乃至于纤巧。希腊文艺落到罗马人手里,'文雅化'了,'精致化'了,但是也肤浅化了,甚至于公式化了。……在文艺理论与美学思想方面情形也大致如此。"①朱光潜先生对罗马文艺、文论等的概括十分准确。另外,这个时期还产生了在西方文论史上有着深远影响的文艺理论思想,那就是以贺拉斯、朗吉弩斯、普罗提诺等为代表的文论探索。

第二节 古希腊文论:柏拉图与亚里士多德

古希腊文论的主要代表人物是柏拉图和亚里士多德,他们不仅丰富和深化了前人的文艺理论思考,而且各自建立起了完整的文艺理论体系,从而为以后西方文论的发展提供了两种基本的理论原型,由此成为西方文论史上的第一座高峰。

一、柏拉图

(一) 柏拉图的哲学美学思想

柏拉图(Plato,公元前427年—前347年)的哲学思想源自于他对自己所处精神文化的选择性继承和进一步弘扬光大。首先,柏拉图从

---

① 朱光潜:《西方美学史》上卷,第99页。

毕达哥拉斯派吸取了奥尔弗斯主义的宗教倾向、出世精神以及毕达哥拉斯派对数的崇敬,并且把表达万物关系的数视为万物始基、原型的思想。这就确立了柏拉图精神倾向的信仰主义特征和哲学方法论上的神秘主义表述方式。其次,柏拉图从巴门尼德吸取了"存在"是惟一、永恒的"存在"学说,从赫拉克利特吸取了关于感觉世界中没有任何东西是永久的,而是变动不居的思想。这就决定了柏拉图总试图超越个别、偶然而寻求一般、必然的认识论基本倾向。其三,柏拉图从苏格拉底继承了对社会伦理问题的首要关怀,以及为世界寻找目的论以替代因果论解释的企图。这就促成了柏拉图寻求知识与美德、真善美和谐统一的至高理性的理想。

柏拉图围绕自己所继承的精神文化展开了他的哲学思考,他思考的成果就是他的"理式"论的诞生。他以"理式"论为中心,构建了一个包括本体论、认识论、伦理学及其方法论的庞大哲学体系。柏拉图的"理式"论思想体系的核心包括两个方面:第一是他作为获取知识的手段和方法的认识论;第二是他视知识与美德为社会目的的本体论。

柏拉图的认识论试图超越个别、具体的事物而寻求共性、一般;超越表面的诸多现象而寻求本质的惟一定义;超越特殊的感觉而寻求普遍的概念;超越瞬间、流动的感性印象而寻求永恒、不变的理性知识。柏拉图的认识论看到了主观先验范畴对客观世界的整合力,看到了思维逻辑对物质现象的概括力,也看到了共性、一般、定义、概念、理性知识与人的思维主体的密切关系。然后,柏拉图将认识论的原则转换了本体论的规定,将认识论范畴内的概念、一般、共性、本质等变成了本体论范畴内的世界发生的始基、本原,将先验的思维逻辑、主体能动性等认识论的原理变成了世界之所以发生、发展的理由、根据,因此也就将他的认识论的最高"理式"(Idea)变成了自在自为的实体,变成了世界存在的最高依据。柏拉图之所以如此,关键在于他继承并发扬了苏格拉底认识与道德合二而一的理论。在柏拉图看来,认识的过程就是认识到人类思维界限的过程,就是了解到感觉世界常变、自然真理无穷无尽的过程,也就是领悟到人类社会的伦理真理普遍确定的过程。真正的知识不应是无穷无尽的自然因果现象,而应是体现着神性智慧的社会目的本质。社会目的本质的具体内涵就是各行其责的正义原则,而各行其责的正义原则的实现就是充分认识了自己的至善美德。于是,苏格拉底"认识自己"的伦理劝告经柏拉图的哲学思辨后更具思维的逻辑和理性的根据。认识自然世界因果转向了理解人类社会目的,理解人类社会目的也就是领悟自我所应扮演的正确角色和所应承担的道德责任,也就是实现知识与美德合二而一的"真正的我"。由此,认识论的研究变成了伦理学的探索,宇宙论的思考变成了人类学的追问。这里所说的人类学追问应从两个方面来理解:第一,人类社会与生俱来的带着血缘纽带、亲情关系的素朴伦理只是一种抽象的礼仪规定,它不能随着社会的发展而继续有效地承担人与人关系的调剂功能,只有将此抽象的伦理还归于每个个人的具体生存体悟,使每个个人赤裸裸地面对伦理理性的提问,经过思辨性的理论反省,完成对个别、特殊、现象的超越,把捉住一般、普遍、本质的概念,从而获得具有哲学思辨性的道德真理。这便是柏拉图认识论的主要任务。第二,追问道德真理的思辨反思过程同样也是认识社会的过程,这个过程所要获得的真理,也就是社会的目的本质。获得了真理就是彻悟了社会道德内涵,也就是理解了世界的目的、宇宙的本原。所以,柏拉图的认识与道德、知与行皆交织于"理式"原则。"理式"既是认识论的范畴,更是社会目的和人生行为准则,从而也是人类世界的本体原则。由此,柏拉图建立起了一个包罗万象的"理式"论的本体论。同时,柏拉图的"理式"论的本体论也就非常自然地将人类世界本原从古代神话的外在"物活论"的神秘解释,经认识论的反思而还原成了社会目的论所必然指向的人的心灵、思维及精神本质。当然,这种还原是以对人的心灵、思维及精神本质的神化或者说异化方式所实现的。这里面既包含了人类思想认识的巨大进步,也包含着对人的心灵、思维及精神本质的熠熠光辉的部分遮蔽。

  柏拉图的美学思想直接来自于他的"理式"论。依据上述的理论逻辑,我们也就不难重新估价他的美学思想中的真知灼见:第一,柏拉图的美学思想表明,美不在客体属性,因为客体"之所以美,就只能是它分有了美本身","美的东西是美使它美的"。[①] 也就是说,美的事物之所以美的原因在于美的"理式"。而"理式"的本质就是人的心灵、思维及精神本质,那么,美也就通过"理式"而回到了人,回到了人的心灵和精神,回到了认识与道德合一的自由境界。第二,美因此而是绝对、永恒,它不再是变动不居的个体感觉,而是超越感性的、普遍的理性思维尺度。这尺度里积淀了人类的认识与实践、知识与道德的统一,从而最终显现为真善美的统一。所以,美的认识不是单纯的快感,而是"凭临美的汪洋大海,凝神观照,心中起无限欣喜,于是孕育无量数的优美

---

① 柏拉图:《斐多篇》,引自《西方哲学原著选读》上卷,第73页。

崇高的道理,得到丰富的哲学收获"。① 也就是说,美是超越功利世俗的自由观照,它摆脱了肉体对灵魂、蒙昧对智慧、欲望对道德的羁绊而高飞远举,升跃到心灵的自由境界。

怀特海说:"一部西方哲学史不过是对柏拉图的注脚。"② 这话有些夸张,但用于评价柏拉图对西方文艺思想发生、发展的影响,却不无一定的理由。柏拉图当之无愧地是第一个真正系统地阐述了文艺的起源、本质、特征及文艺创作原理的哲学家。他建立起了一个庞大的文艺理论体系,从此奠定了文艺研究在相当长一段时间内的基本方向。鲍桑葵说:"对于一个重大问题的理论的真正进展来说,一个思想家的立论有缺点,并不重要,重要的是他应该把正确的经验整理成为条理分明的整体,并对它做出适当的论述,以致把最重要的问题都提了出来。"③ 应该说,柏拉图对文艺的研究完成了这样的一种努力。

(二) 柏拉图的文艺思想

1. 目的论的文艺本质论

柏拉图文艺思想的出发点是他的"理式"说。在他的《理想国》卷十里,他首先从古希腊流行的模仿说入手,肯定了文艺对现实世界的模仿,但现实世界又是对"理式"世界的模仿,因而文艺就是"模仿的模仿"。用他自己的实例说:床有三种,第一是床之为床的"理式",其次是木匠依床的"理式"所制造出来的个别的床,第三是画家模仿个别的床所画出来的床。这三种床中只有床的"理式",也就是床之为床的道理才是永恒不变的,所以只有它才是真实的。木匠制造的床则只是一种模本,至于画家所画的床,则是"模本的模本"、"影子的影子",因此,它"和真理隔着三层"。④ 由此可知,柏拉图文艺本质论的出发点是文艺与真实世界的关系,也就是文艺能否认识真实世界的问题。在柏拉图心中有三种世界:理式世界、现实世界和艺术世界。理式世界属于理性世界,现实世界和艺术世界属于感性世界。柏拉图否认文艺模仿现实具有真实性,而将获得真实性的理想指向了属理性世界层面上的理

---

① 柏拉图:《会饮篇》,引自朱光潜《柏拉图文艺对话集》,人民文学出版社,1963年,第272页。
② 余英时:《从价值系统看中国文化的现代意义》,见《文化:世界与中国》第一期,三联书店,1987年,第91页。
③ 鲍桑葵:《美学史》,第73页。
④ 朱光潜:《柏拉图文艺对话集》,第67—79页。

式世界。柏拉图实际上是把文艺真实性的理想指向了社会目的,也就是指向了充分体现其人类心灵、思维和精神本质的道德理想。由之建立了他的目的论的文艺本体论。

柏拉图关于文艺本质的思想超越了赫拉克利特等人为代表的传统模仿说。首先,传统模仿说只关注主体对客体的对应模仿,这种对应模仿只停留于马克思所指出的"对事物、现实、感性,只是从**客体**的或者**直观**的形式去理解,而不是把它们当作**人的感性活动**,当作**实践**去理解,不是从主观方面去理解"。① 柏拉图却将文艺模仿行为经现实客体而指向了超现实的"理式"。现实是个别,"理式"才是一般;现实是感觉印象,"理式"才是概括定义。"理式"又无非是人的心灵、思维及精神本质的神圣化,那么模仿经现实中介而诉诸的就是人之精神实践主体。文艺超越现实,逼近"理式",就是对人的主体实践能动性的充分解放。其次,传统的模仿说只将文艺模仿限定在自然因果的现实范围里,而柏拉图却将文艺模仿转向了社会目的。文艺模仿现实只是中介,文艺模仿"理式"才是目的。因为现实只是自然的存在,"理式"才是自由的理想,现实只是自在的机械呈现,"理式"才是自为的目的追求。文艺的目的并不在于描述那可见的自在的现象,而是指引人接近那不可见的自为的本质。柏拉图的"理式"类似于后来康德哲学所言的"物自体",它是人类实践精神里至高无上的道德律令和行为决断,是深切关怀现实人生又超越世俗羁绊的自由精神。所以,文艺模仿不是现实必然的再现,而是自由理想的象征。所以,柏拉图在他的《斐德若篇》里,将"诗神的顶礼者"摆放到了与爱智慧者、爱美者同样的离"理式"最近的第一等人中。②

当然,柏拉图还不能够正确地解释文艺何以可能成为离"理式"最近的人类文化活动之一。他只能从神话思维的角度表述他的诗性理解,由此也就派生出了他的"迷狂"说。在《斐德若篇》中,柏拉图讲了四种因为神灵凭附,从而能够窥见"理式"的迷狂。其中"第三种迷狂,是由诗神凭附而来,它凭附到一个温柔贞洁的心灵,感发它,引它到兴高采烈神飞色舞的境界,流露于各种诗歌,颂赞古代英雄的丰功伟绩,垂为后世的教训,若是没有这种诗神的迷狂,无论谁去敲诗歌的门,他

---

① 马克思:《关于费尔巴哈提纲》,《马克思恩格斯选集》第一卷,人民出版社,1972年,第16页。
② 柏拉图:《斐德若篇》,引自朱光潜《柏拉图文艺对话集》,第123页。

和他的作品都永远站在诗歌的门外,尽管他自己妄想单凭诗的艺术就可以成为一个诗人,他的神智清醒的诗遇到迷狂的诗就黯然无光了"。① 柏拉图的迷狂说显而易见地神秘化了文艺作为人类精神文化实践活动的自身规律,但他却提出了一个重要的文化事实,即人类社会中有许多创造性的实践活动,因为涉及复杂的心理过程和高超的人生态度,不可能凭寻常的生命意识和理智的知觉方式予以把握,它们需要通过神秘的沉醉和复杂的想像才能得以彻悟。这种沉醉与想像也是普通文学艺术家永远不可企及而又不断努力接近的最高境界。所以,我们也就不难理解,柏拉图为什么在《斐德若篇》中将"诗神的顶礼者"即他理想中的诗人摆放在最接近"理式"的第一等人中,而又将现实中即实际存在的诗人摆放在离"理式"较远的第六等人中。也就是说,文艺要达到的道德目的、要实现的心灵自由,并非是现实中已然存在的文艺现象,而是人类历史中文艺将不断追求的永恒本体。追求还不是现实,犹如人类历史的崇高理想还不是当下的现实一样。文艺追求也正因为是永难企及的无限追求,才更确立了自己作为人类心灵家园的本体地位。

2. 功用论的文艺价值论

柏拉图的目的论的文艺本体论揭示了文艺的理想境界在于窥见现象后面的本质、感性后面的理性、物质后面的精神。本质、理性、精神在人类历史实践中皆体现为一种超越自然因果的社会目的。社会目的在柏拉图这里还可分为理想与现实两个境界。理想是一种永难企及的自由目的,现实则是自由目的在社会现实中的具体运作。也就是说,作为目的的自由理想是不可能加以讨论的"物自体",能够加以讨论的只是目的在社会现实中具体运作的"现象界"。由此,我们也就有了柏拉图的功用论的文艺价值论。所谓功用论的文艺价值论,就是以社会道德功用判定文艺价值。这其实也就是文艺目的论的本体论在社会历史中的现实化,也是理论思辨在实践运作中的具体化。由于道德在人类社会中有其特定的政治内涵,柏拉图所推崇的道德则服从于他的"理想国"精神,符合他的"正义"原则。这些道德内涵所要求的文艺价值判定也就自然具有了他的"理想国"和"正义"色彩。柏拉图的"理想国"和"正义"本不过是他理想中的乌托邦意愿,相应的文艺价值标准也必然只是海市蜃楼般的幻象。社会现实中的文艺状况却终归像安泰神一

---

① 柏拉图:《斐德若篇》,引自朱光潜《柏拉图文艺对话集》,第118页。

样不能脱离脚下的大地母亲,它也就必然与柏拉图政治理想中的"理想国"的价值尺度有一条巨大的鸿沟。因此,我们也就不难理解,柏拉图何以要对现实中的诗及诗人给予猛烈的责难。他首先从内容方面检查了荷马史诗和悲剧,发现它们把神和英雄描写得跟平常人一样满身都是毛病。他们互相争斗、欺骗、陷害,他们爱财、怕死、贪图酒食享乐、遇见灾祸就哀哭,他们甚至奸淫掳掠、无所不为。在柏拉图看来,这样的榜样决不能使青年人学会真诚、勇敢、镇静、节制,因而也就不能将他们培养成理想国的"保卫者"。按柏拉图的道德功用看,荷马史诗及其悲剧的影响都是坏的。它们既破坏了希腊宗教的敬神和崇拜英雄的信仰,又使人的性格中的理智失去了控制,让情欲等"低劣部分"得到了不应当有的放纵和滋养,从而毁坏了"正义"。据此种种考虑,柏拉图在他的《理想国》卷三中对诗人下了一道逐客令,而后在卷十里把这道禁令又十分干脆地重申了一遍。此外,柏拉图还以他的理想国的道德功用观,检查了音乐,并对音乐的选择也下了与他的文艺理想一致的判决书。① 由此可知,柏拉图对文艺的基本态度及价值标准是:文艺必须对社会有道德功用,有道德功用在社会现实中的具体化就是服从社会的政治道德教育。柏拉图还从文艺形式方面检查了文艺模仿对人的性格的影响。依他的分析,文艺模仿形式不外三种。第一种是完全用直接叙述,如悲剧、喜剧;第二种是完全用间接叙述,"只有诗人在说话",如颂歌。第三种是头两种方式的混合,如史诗和叙事诗。他认为第二种方式最好,最坏的是第一种。柏拉图这里所触及的其实是处于萌芽状态的文类意识,它与文艺道德功用的多寡其实并无必然的关系。但从后来已经发育成熟的文类所蕴涵的美学特征看,第一种形式显然比较有利于显现社会生活中的矛盾冲突,第二种形式则有利于传达全知全能上帝一样的启迪和教诲,第三种形式是显现矛盾冲突与启迪教诲的结合。柏拉图从道德功用的角度偏爱第二种形式也就自在其情理中了。

  柏拉图是西方第一个明确地把道德功用视为文艺评价标准的哲学家。正如鲍桑葵所说:"他实际上就是赞同艺术的目的不在于审美兴趣,而在于实在的兴趣,即道德的兴趣。"② 由此,柏拉图也就从他的目的论的文艺本体论出发,一方面将道德现实化于人类社会的具体政治

---

① 朱光潜:《柏拉图文艺对话集》,第56、58、87页。
② 鲍桑葵:《美学史》,第71页。

形态之中,另一方面又将道德现实化于文艺价值的判断标准之中。前者确立了目的论的文艺本体论的历史支撑点,后者开创了从社会功用角度规定文艺研究的方法论原则。这种以道德确立文艺目的、以功用规定文艺研究方法论原则的基本路径,一直贯穿于19世纪以前的整个西方文论中。柏拉图的这种功用论的文艺价值论,也可能给文艺的成长和发展带来两个方面的弊端:第一,强调文艺道德功用的同时,可能忽略了属于文艺自身依据的审美性,从而阻碍了文艺研究建立起充分区别于道德训诫和认识求知的本体论基点,甚至也影响了文艺目的论本体论的正常发育。第二,强调道德功用与政治形态的合二而一,更是将文学放上了一张历史理性的"达玛斯忒斯的床",它无情地束缚了文艺诉诸感性生命的原始力量,羁绊了文艺超越历史现实的自由精神,最终可能消解了文艺寄寓人类心灵、抚慰人类情感的价值理性使命。

3. 灵感论的文艺创作论

灵感论的创作论在柏拉图的文艺思想中的表述方式极为有趣。他关于灵感的解释有两种:第一种是神灵凭附诗人或艺术家,使他们处于迷狂状态,然后在迷狂中输给他们灵感,暗中操纵他们的创作。所以,诗人是神的代言人,诗歌是神凭依人所发布的诏令。① 第二种是不朽灵魂从前生带来的回忆。② 柏拉图关于灵感的第一种解释的理论基础直接来自他的目的论的文艺本体论。窥见"理式"本原后的豁然贯通、大彻大悟本是文艺的最高理想境界,这种理想境界对现实中的诗人来说既是永难企及的美的彼岸,又是永远召唤着诗人的至高诏令。这诏令只有凝神贯注、沉醉迷狂的人才能得以聆听,而聆听并代为传达此诏令的过程就是真正天才诗人的文艺创造过程。可以看出,这种灵感解释与古希腊传统的"神灵"说有密切的文化联系。按古希腊神话,人的各种技艺如占卜、医疗、耕种、手工业、诗歌和艺术等都是由神发明、传授的,每种技艺都有一个负专责的神灵。还可以看出,这种解释与更为原始的奥尔弗斯宗教教义也有密切的文化联系。柏拉图曾经这样说:"酒神的女信徒们受酒神凭附,可以从河水中吸取乳蜜,这是她们在神智清醒时所不能做的事。抒情诗人的心灵也正像这样。……不得到灵感,不失去平常理智而陷入迷狂,就没有能力创造,就不能作诗或代神

---

① 柏拉图:《伊安篇》,引自朱光潜《柏拉图文艺对话集》,第7—8页。
② 柏拉图:《斐德若篇》,同上书,第119—127页。

说话。"①柏拉图对灵感的这种解释承继了古希腊神话对文艺创作的心理发生学起源的诗性猜测,这其实是触及了文艺创作心理发生学的诗性智慧奥秘。这种诗性智慧可以从两个方面来理解:第一,文艺创作心理过程的非理性而感觉、非推理而想像,也就是后来维柯所说的"想像性的类概念"规律。第二,文艺创作心理过程其实也是人类自我心灵想像的对象化、异化,也就是维柯所说的"以己度物的隐喻"规律。这两个方面的理解正好说明了柏拉图灵感论创作原理的第一种解释的内在涵义:所谓神灵凭附的迷狂状态,无非是诗人创作时难以描述的心理运行状态;所谓窥见"理式"的光辉(或聆听神的诏令)中的理式(神灵),无非是人自我心灵想像对象化、异化的结果。

柏拉图灵感论的第二种解释源自于柏拉图神秘化了的认识论。柏拉图的认识论认为,感觉不能提供可靠的知识,只能给人以变化的、矛盾的印象。知识应以"理式"世界为对象,只有"理式"才是真实可靠的真理,感觉只是"理式"的影子。柏拉图用了一个著名的"洞穴比喻"说明,他描述人在现实的感觉世界中,如同在黑洞中背向着洞口摸索,只有当人们回头看到洞外的阳光,才看到光辉灿烂的理式世界,才看到了真理。柏拉图认为,理式世界与感觉世界是对立的,理式世界是超越历史时空的永恒的存在。那么,关于理式世界的知识是如何获得的呢?柏拉图认为,人在出生前已经具有知识,只是在出生以后忘记了。只有通过某种具体的事物才可以回忆起这种先验的知识。由此,柏拉图创立了他的"知识回忆说"。柏拉图的回忆说是和奥尔弗斯主义的灵魂不朽思想联系在一起的。灵魂与肉体有原则的区别,肉体是物质性的"多",因而要分解消散,灵魂是精神性的"一",它是不生不灭的永恒。按古希腊人的观念,只有不朽的灵魂才能认识不朽的理式。灵魂认识理式的方式就是轮回转世。不朽的灵魂带着先验的理式认识来到感觉世界,由于受到所寄寓的肉体的窒息,忘掉了生前对于理式的认识。这时候,人就需要排除肉体的干扰、障碍,在平心静气的回忆中想起真正的知识。柏拉图的回忆说有两个方面的意义。第一,根据人类认识的一般发生学原理,认识主体的心灵不是一张白纸,而是具有先验的认识结构和思维图式。这种认识结构与思维图式一方面不断对客观现实信息进行选择处理,产生同化作用;另一方面又不断为顺应新的客观信息而发生认识结构和思维图式的变化,发生顺化作用。也就是说,人的认

---

① 柏拉图:《伊安篇》,引自朱光潜《柏拉图文艺对话集》,第8页。

识活动都是先以过去实践认识活动所形成的认识结构或思维图式为其前提,然后又在不断接纳、整合新信息的时候调整、改变自己已有的认识结构和思维图式,从而构建起选择、处理新信息的新的认识结构和思维图式。马克思主义的认识论将其称为实践—认识—再实践—再认识的辩证过程。柏拉图以神秘主义的方式猜测到了人类认识论原理的复杂机制,当然,他还不能够科学地说明这种所谓先验的认识结构、思维图式本来源于人类认识改造世界的内化积淀。第二,柏拉图关于肉体与灵魂的区分,实质上是认识功能结构里物质与精神的区分。物质的责任是解决基本的生存问题,所以它关注的是现世的利益、功利的计较、得失的盘算,因而也就受制于尘俗的羁绊,往往忘记了人生的社会目的和道德使命。精神的责任是解决其高远的生命意义,所以它追求的是真理的彻悟、心灵的自由、精神的解放,因而也就究天人之际、问古今之理,最后豁然明白社会的目的及自我的责任,从而也就获得了世界人生的真谛,接近了最高的理式。

柏拉图关于灵感的两种解释,始终不渝地表达了文艺创作过程里感性属性与理性属性的统一、审美与认识的统一、情感寄托与道德训诫的统一。这些对立统一项中的前项是文艺之所以为文艺的本体规定,后项是文艺之所以具有与哲学、历史、宗教相同人文学深度的依据;前项诉诸于一种妙不可言的心理机制,后项诉诸于一种亘古不变的思维本质;前项赋予文艺创作以"人同此心"的审美形式,后项赋予文艺创作以"心同此理"的真理及道德内容;前项往后延伸至模仿论的文艺特征论,后项往前连接着目的论的文艺本体论。由此,柏拉图的灵感论的文艺创作论也就发展了德谟克利特最早在理性与感性相区分的基础上所提出的文艺创作灵感说。柏拉图的灵感论更为具体地揭示了文艺创作中理性认识与感性体验、道德目的与审美愉悦以及内容与形式的对立统一。正如鲍桑葵所说:"在柏拉图关于艺术的明确理论以外,他把美主要看作是智力的表现。早期文学中所主张的诗意灵感说,被主张模仿的批评界不适当地——或许可以这样说——抛在一边,他则每次提到时,都以不同程度的讽刺口吻加以采纳。但是无论什么时候,他大概都有一种健全的心理洞察力,认识到创作天才和批评天才都是明明白白存在的事实,创造性的想像中所包含的真理不是凭有条有理的理性所能领悟的。"[1]同时,柏拉图还以其神秘的表述方式暗示我们关于

---

[1] 鲍桑葵:《美学史》,第66页。

理性与感性各自所具有的无限复杂性和深邃性,尽管他还不能完全正确地解说这种复杂与深邃。

4. 模仿论的文艺特征论

柏拉图对古希腊流行模仿说的继承和发展还在于他明确地将模仿视为文艺的主要特征。他在《理想国》卷十中说:"关于每件东西都有三种技艺:应用、制造、模仿。""我们可以说,从荷马起,一切诗人都只是模仿者。"①这样,他从模仿的角度区别了文艺如何不同于其他人类实践活动,由此创立了他的模仿论的文艺特征论。古希腊最早期的朴素模仿说还不能称为文艺模仿说。比如德谟克利特关于人向禽兽学习的模仿说更类似于我们今天人类科学实践活动中的仿生学。柏拉图以模仿为中心全面展开了克罗齐所称的对文艺的"严厉否定"。他说:"影像的制造者,就是我们所说的模仿者,只知道外形,并不知道实体。""从荷马起,一切诗人都只是模仿者,无论是模仿德行,或是模仿他们所写的一切题材,都只得到影像,并不曾抓住真理。""模仿者对于模仿题材没有什么有价值的知识,模仿只是一种玩意,并不是什么正经事。""模仿诗人既然要讨好群众,显然就不会费心思来模仿人性中理性的部分,他的艺术也就不求满足这个理性的部分了;他会看重容易激动情感的和容易变动的性格,因为它最便于模仿。""我们现在理应抓住诗人,把他和画家摆在一个队伍里,因为他有两点类似画家,头一点是他的作品对于真理没有多大价值;其次,他逢迎人性中低劣的部分,这就是第一个理由,我们要拒绝他进到一个政治修明的国家里来,因为他培养发育人性中低劣的部分,摧残理性的部分。""再如性欲、愤恨,以及跟我们行动走的一切欲念,快感的或痛感的,你可以看出诗的模仿对它们也发生同样的影响。它们都理应枯萎,而诗却灌溉它们,滋养它们。"②柏拉图所列举的文艺模仿罪状可以概括为:外形、影像、无用、感性情感。柏拉图对文艺的严厉否定,其主观原因已在前面"功用论的文艺价值论"部分有所阐述,但如果从客观结果看,柏拉图对文艺模仿的见解则系十分有趣的歪打正着。或者说,他对文艺特征的判词是"播下跳蚤,收获了象牙"。跳蚤已不言自明,象牙则可以从两个方面来理解。

第一,文艺与真理问题:文艺模仿的对象的确是事物的外形(形

---

① 柏拉图:《理想国》,引自朱光潜《柏拉图文艺对话集》,第77、76页。
② 同上书,第77、76、79、84、86—87页。

式),但这外形中却积淀着内容。它蕴涵着人类社会生活的概括化、典型化,蕴涵着理智认知的深邃度和道德实践的领悟水平。更为重要的是,它蕴涵着人类几千年以来生存经验的内化心理形式,所以才能以磁石般的引力连接着人类历史中的无数心灵。其实,柏拉图自己十分崇仰的神就其人类文化发生学角度看,也不过是对人形体的模仿,庄严肃穆的神殿也不过是对民间普通住房外形的模仿。当然,这种形式外观的模仿不仅仅限于某一具体的人、某一具体的房,而是概括了、集中了整体的人、所有的房。文艺模仿所采取的方式是影像(形象)。然而,这种感性形象中却包藏有理性的深刻认知。所不同的是,它指向理性的方式不是以分类、整理的逻辑方式,而是如后来维柯所称的"诗性智慧",即"想像性的类概念"和"部分代全体的象征隐喻"方式。它同样能够让人体悟到深邃的历史底蕴、人生哲理。比如古希腊神话就以想像、象征的方式揭示了具有哲学深度的自然观、历史观、人生观。文艺模仿所诉诸的是人的情感欲念,情感欲念本是人的生命存在的一部分,它们自有其存在的理由。因为,人毕竟是世界的最终目的,人的感性存在(包括情感与欲念)作为活生生的生命属性,也就自有其充足的存在价值。而且,人的情感欲念还是其心理中最为深长久远的原始动力,它蕴蓄着人从自然脱胎而出的历史信息,它是连接人与自然的血缘纽带。遗憾的是,随着人与自然之主客体关系的确立,科学智性的逐步发展和日渐精密,人的情感欲念慢慢地被遮蔽、掩盖在人类心理的深层次领域,人常常面对心灵的问题却不能不保持缄默,惟有文艺可以渗入人类心灵的深层次领域,滋养原始的生命本真,拯救人之为人的活生生的感性生命。

第二,文艺与审美问题:文艺模仿的对象是外形(形式),但它正因为其形式才能产生区别于其他人文学科的审美性。模仿人的神,就是因为在其形式上显现出一种生命的张力,才使人感到一种伟大、崇高的"神气",才得到生命扩张的审美愉悦。模仿民房的神殿也由于其雄伟、宽阔的形式,才让人产生庄严肃穆的精神超越和心灵飞升。这个时候,也就只有"假"的神,无人住的神殿,才可能以无目的和目的形式力,撞击人的心灵,产生"完形"的审美效力,从而使人在一瞬间体味出强烈的情感激动和快慰。比如音乐与舞蹈,皆是以高低参差的旋律、扭曲夸张的姿势建构起了一种"力"的模式,在撞击人的心灵时引起审美的发生。文艺模仿采取形象方式的本质就是以形象、象征的方式构筑了一个个简化了的艺术符号世界,让人借以观照人类自我的生存与死亡、爱恋与仇恨、幸福与苦难,甚至将广袤繁复、难以捉摸的精神错综与心理困惑变得清晰可见,从而帮助人洞见有限后面的无限,并赋予人的心灵以超越性的大智大勇。文艺模仿诉诸于情感,更是从本体论的高度确立了文艺的自足价值。在人类社会发展中,自然科学作为解决人与自然关系的根本手段,获取了对客观规律的高度认识,同时又不经意间捣碎了人以自我为中心的心灵家园;社会科学作为解决人与人关系的根本手段,推动了人类社会活动的有效实践,同时又揭示了历史中始终不渝的历史与人伦、感性与理性、自然与社会、必然与自由的二律背反。历史的进步常常是以非此即彼的方式迫使人做出艰难而又痛苦的选择。文艺则以心灵代偿的功能弥补人类精神上的失落,从而在认可历史必然的同时获得情感的慰藉、心灵的自由。鲍桑葵就说柏拉图"而且还觉察到,各种再现性艺术和各种实用性艺术之间的区别可以看作是游戏和一本正经之间的区别"①。这里所说的游戏精神其实就是非功利、超道德的审美精神。实际上,柏拉图所憧憬的理想国(乌托邦)本就是超越人类历史的幻想境界,它决无人类历史的若干自身悖论和那么多的心理矛盾,所以,他对《神谱》、《荷马史诗》以及其他神话故事中所揭示的人类社会历史观感到失望,因此,他从绝对的伦理理想角度统统予以了驳斥。由此,与其说柏拉图不满意诗,毋宁说他不满意对历史做了诗性解释的神话和文艺创作;与其说柏拉图不满意文艺作品中所蕴涵的人类社会历史观,毋宁说他不满意人类社会历史本身;与其说柏拉图反对文艺,向往真理,毋宁说他反对必然现实而向往自由乌托邦。也就从这个意义上,我们可以说,柏拉图在西方历史上,第一个凭朦胧中的价值理性信念向历史理性做出了分道扬镳的正式姿态。

二、亚里士多德

(一)亚里士多德的哲学思想

亚里士多德(Aristotle,公元前384—前332年)是古希腊著名的哲学家、渊博的学者。他总结了泰勒斯以来古希腊哲学发展的成果,首次将哲学和其他科学区别开来,开创了逻辑学、伦理学、政治学和生物学等学科的独立研究。他的学术思想对西方文化的发展产生了巨大影响。亚里士多德的著作分为两大类:第一是为大众写的对话形式的通

---

① 鲍桑葵:《美学史》,第72页。

俗读物,但大都已经散失;第二是为自己学生写的比较深奥的讲稿,也就是我们今天所看到的作品。西方哲学史家通常把亚里士多德的著作大体分为如下几类:1.逻辑学著作;2.自然哲学、自然科学著作;3.心理学著作;4.哲学著作;5.伦理学、政治学、经济学著作;6.美学及文艺理论著作。亚里士多德在知识领域中做过许多方面的探讨和研究。他根据研究的对象和目的将科学分成几个类型:一是逻辑学,二是理论科学,三是实践科学,四是制作科学。归属于理论科学中的《形而上学》(或《物理学后诸篇》)是亚里士多德论述有关哲学基本理论思想的哲学著作。它是亚里士多德不同时期的演讲汇编而成的文集,共14卷。亚里士多德本人并未使用"形而上学"一词,他称关于宇宙本原的理论为"第一哲学"。最初,安德罗尼柯在编订亚里士多德的这部文集时,将其排列在物理学著作后面,故取名为《物理学后诸篇》以表明其前后位置。后来,"物理学之后"却成了专指研究宇宙根本问题的学问术语,中文把它译为"形而上学",意指关于有形物体之上的思辨的学问。

罗素说:"亚里士多德作为一个哲学家,在许多方面和所有他的前人都非常之不同。他是第一个像教授一样地著书立说的人:他的论著是有系统的,他的讨论也分门别类,他是一个职业的教师而不是一个凭灵感所鼓舞的先知。他的作品是批判的、细致的、平凡的,而没有任何巴库斯激情主义的痕迹。"①的确,亚里士多德可谓是第一个试图从谨严而又符合逻辑的角度,对他以前的哲学观进行冷静的批判总结,对他所在的客观世界进行分门别类区别性研究的哲学家。亚里士多德开始了研究方法上的转变,奠定了科学主义的思维新方向。由此,亚里士多德以建立一种符合逻辑、清楚明白的科学理论方式,蔚然形成了他的百科全书式的知识体系,这个知识大厦的支柱就是他的"形而上学"(或本体论)理论。亚里士多德的形而上学是从对柏拉图的批判开始的。他从三个方面指出了柏拉图"理式"论的矛盾:1.不能说明事物的存在;2.不能解释理式与事物的关系;3.不能说明事物的运动变化。总而言之,亚里士多德认为柏拉图"理式"论的根本矛盾,就在于它把"理式"看作离开个别事物而独立存在的实体,也就是说把事物的一般和个别割裂开来。应该说,亚里士多德对"理式"论的批判是深刻而充满睿智的。亚里士多德的形而上学得以建构的基本理论就是他的"四因

---

① 罗素:《西方哲学史》上卷,第211页。

说",亚里士多德的哲学思想也最集中地包含在他的"四因说"理论中。亚里士多德指出,哲学研究的对象是"作为存在的存在"、是"其自身就是属于作为存在的东西"的普遍存在、是最初的本原和原因,其他分门别类的学科都是从这个全体上割取一部分而进行的专门研究。亚里士多德认为,事物存在的最初原因共有四种:1.质料因;2.形式因;3.动力因;4.目的因。这四种因素可以更概括地归结为二因:质料因和形式因。动力因和目的因都可以归之于形式因。这样,一件事物的形成就是质料的形式化(质上加型),以求达到其自身目的的过程。亚里士多德又进一步认为,形式不但是事物的普遍本质,而且是事物所要达到的目,同时又是诱发事物趋向目的的动力。由此,亚里士多德进一步得出结论:有一个永恒不动的、非感性的实体,一个完全没有质料的"纯形式",它是运动的第一发动者,是宇宙万物的动因、目的,是纯粹的"隐得来希"(神)。亚里士多德的哲学思想虽然比柏拉图的哲学理论更精细,却仍然充溢着矛盾。因而,亚里士多德在本体论的建构上并没有比柏拉图走得远很多。正如罗素所说:"形式是实质,它独立存在于它所由以体现的质料之外,——这种观点似乎把亚里士多德暴露在他自己所用以反对柏拉图理念说的论证之下了。他的形式原意是指某种与共相迥然不同的东西,可是它却又具有同样的特点。他告诉我们说形式比质料更加实在,这就使人联想到理念具有惟一的实在性。看起来似乎亚里士多德对于柏拉图形而上学实际上所做的改变,比起他自己所以为的要少得多。"①不过,从认识方式看,柏拉图的理性由于对神秘理式的追求,大致属激情型的奥尔弗斯文化传统;亚里士多德的理性由于凭思维法则的分析、演绎,大致属理智型的奥里匹亚文化传统。

(二)亚里士多德的《诗学》

亚里士多德论述有关美学、文艺学基本理论思想的著作是《诗学》,它在亚里士多德的科学分类中属于制作科学。制作科学是关于材料塑造和制造的知识,而材料常常指的是语言材料,制作也往往指的是词句的制造。有人怀疑《诗学》的现存本为第一卷,另外还有已经遗失的专门讨论喜剧的第二卷。亚里士多德是第一个用科学的观点、方法来阐明美学概念、研究文艺问题的人。在《诗学》里,亚里士多德所采用的就是很谨严的逻辑方法。他把所研究的对象和其他相关的对象

---

① 罗素:《西方哲学史》上卷,第217页。

区分开来,先找出它们的异同,然后再由类到种地逐步区分,逐步找规律、下定义。比如,他先指出诗的艺术与其他艺术的异同,然后分析各种诗的成分和各种成分的性质,继而逐步寻找并探索各种诗的规律和创作原则。《诗学》还贯穿着若干科学的观点,比如它从生物学带来了有机整体的概念,从心理学带来了艺术心理学原理的见解,从历史学带来了艺术种类起源、发展及转变的观点。科学观点和方法基础,使《诗学》成了第一部系统的西方文论文献。

《诗学》可分为四部分:1.文学原理总纲,包括第1—3章。它们讨论了模仿作为文学区别于其他制作艺术的要点,同时说明模仿的不同媒介、对象、方式等种差又是文学艺术的内部分类根据。比如由媒介的不同可以区分出画家、雕刻家与诗人、演员、歌唱家,前一类艺术使用颜色、形态,后一类艺术使用声音;再如由对象的不同可以区分出悲剧与喜剧,前者模仿比我们好的人,后者模仿比我们坏的人;还如由方式的不同可以区分史诗和戏剧,前者使用叙述,后者使用动作。2.文艺发展起源论,包括第4章。它们讨论了诗、悲喜剧的起源和发展。3.悲剧、史诗论,包括第5—24章、第26章。它们具体讨论了悲剧、史诗样式论(第5章),悲剧论(第6—22章),史诗论(第23—24章),悲剧、史诗优劣论(第26章)。4.文艺标准论,包括第25章,它们以反驳批评家对诗人指责的方式,讨论了文学(诗)的判断标准。

《诗学》的讨论方式:以模仿作为文学的起点,以种差作为文学分类的根据,以不同样式、优劣的比较作为阐述文学的表现方式、判断标准。

《诗学》的理论价值:国内学者如朱光潜、罗念生等先生认为主要是解决了文艺与现实的关系,说明了文艺的社会功用等等;国外学者如卫姆塞特、布鲁克斯等则认为是研究了文艺模仿论、媒介论及悲剧论等等。

鲍桑葵说:"如果说过去从来也没有人具有亚里士多德那样伟大的智慧的话,那么可以肯定,从来也没有一个有智慧的人遇到那样可贵的机会。在我们所研究的实在化了的美的领域中,不仅有一批最伟大的作品产生出来,得到完全的承认,而且,后来还有一个鼎盛时期。这个鼎盛时期按其性质来说,也不能不刺激理论上的思考。而且,这种理论上的思考不仅有完备的材料可资利用,而且这种材料大部分还由柏拉图整理就绪。这样,在一位最伟大的开山大师之后,就产生了一位最伟大的研究家。"①的确,亚里士多德师承柏拉图在文艺思想上的见解,极大地推进了文艺科学的建立。《诗学》至少可以包含下列几个方面的重要研究:

1. 天性论的文艺起源论

亚里士多德认为:"一般说来,诗的起源仿佛有两个原因,都是出于人的天性。"②亚里士多德关于文艺起源的这个思想符合他的哲学"四因说"中的动力因设定。他把文艺创作的起源归结于人的天性,其实是将柏拉图所神化、因而也异化了的人的意识、精神还给了人自身。尽管天性说本身只涉及文艺创作动力的现象层面,还没能触及文艺动力在人类实践活动中的来源,从而也无法说明动力因如何在目的因的导引下,释放出形式因,从而将质料因变成具有一定生命的有机形式,以及这种生命形式如何既实现了文艺作品的诞生,又吻合了文艺鉴赏者的心理。不过,亚里士多德的天性说毕竟将神秘的"理式"表述变成了直观的人性表述,这无疑奠定了文艺研究的人文主义新方向。

2. 目的论的文艺本体论

亚里士多德说:"人从孩提起就有模仿的本能(人和禽兽的区别之一,就在于人最善于模仿,他们最初的知识就是从模仿得来的)。人对于模仿出来的成品总感到喜悦。"③也就是说,文艺的目的在于满足人求知与快感的天性。反过来说,满足了人的求知与快感的天性也就实现了文艺的目的,从而也就实现了文艺本身。亚里士多德关于文艺目的的这个思想符合他的哲学四因说中的目的因设定。亚里士多德还进一步用诗与历史的比较阐发了他的求知说。他说:"显而易见,诗人的职责不在于描述已经发生的事,而在于描述可能发生的事,即按照或然律或必然律可能发生的事。历史家与诗人的差别不在于一个用散文,一个用'格律';……二者的差别在于一个叙述已经发生的事,一个描述可能发生的事。因此,写诗这种活动比写历史更富于哲学意味,更被严肃地对待;因为诗所描述的事带有普遍性,历史则叙述个别的事。"④亚里士多德的意思是说,诗不能只模仿偶然性现象而是要揭示本质和规律,要从个别人物事迹中见出必然性与普遍性。其实,亚里士多德在

---

① 鲍桑葵:《美学史》,第74—75页。
② 亚里士多德:《诗学》,罗念生译,中国戏剧出版社,1986年,第7页。
③ 同上书,第7页。
④ 同上书,第19页。

其《形而上学》里曾经表达过同样的意思,他说:"我们认为知识与理解属于技术,不属于经验,我们认为技术家较之经验家更聪明(智慧由普遍认识产生,不从个别认识得来);前者知其原因,后者则不知。凭经验的,知事物之所然而不知其所以然,技术家则兼知其所以然之故。"①而后,亚里士多德又以其悲剧的"卡塔西斯"作用和诗的理想化阐发了他的快感说。他说悲剧"借引起怜悯与恐惧,来使这种情感起卡塔西斯作用"②。"卡塔西斯"(katharsis)是宗教术语,意思是"净洗",又是医学术语,意思是"宣泄"或"求平衡"。罗念生先生以为结合亚里士多德"中庸之道"的伦理学思想应该做这样的解释:亚里士多德认为人皆有怜悯和恐惧的情感,但这种情感不可太强,也不可太弱。情感可以由习惯养成。怜悯和恐惧情感太强或者太弱的人在看悲剧演出的时候,都只会发生适当的情感。他们如果多看悲剧演出,就可以养成新的习惯,在这种习惯里只发生适当强度的情感。这大概就是悲剧的卡塔西斯作用,可以解释为陶冶。亚里士多德对于诗的理想化则这样说:"诗人既然同画家和造型艺术家一样,是一个模仿者,那么他必须模仿下列三种对象之一:过去有的或者现在有的事、传说中的或人们相信的事、应当有的事。""如果有人指责诗人所描写的事物不符合实际,也许他可以这样解答:'这些事物是按照它们应当有的样子描写的',正像索福克勒斯所说,他按照人应当有的样子来描写,欧里庇德斯则按照人本来的样子来描写。"③亚里士多德把天性归结于求知与快感两个方面,从而使文艺的目的具有了充实的内容。求知是肯定文艺的认识作用,这个问题同他关于文艺能够揭示事物本质和普遍规律的思想密切相关,此处毋庸赘言。重要的是,他肯定了文艺给人知识的同时,还能引起快感,也就是说,文艺除认识作用以外,还有审美价值。在具体研究快感的内涵时,亚里士多德以为,文艺能够引起快感是由于两方面的原因,一方面快感是由于求知而产生的,"求知不仅对哲学家是最快乐的事,就是对一般人也是最快乐的事,只是一般人求知的能力比较薄弱罢了。我们看见那些图像所以感到喜悦,就因为我们一面在看,一面在求知,能对每一个事物有所认识"④。另一方面,快感也有不是由于模仿

---

① 亚里士多德:《形而上学》,吴寿彭译,商务印书馆,1959年,第2页。
② 亚里士多德:《诗学》,第12页。
③ 同上书,第60、62页。
④ 同上书,第7页。

所产生的,而是"由于技巧或着色或其他类似的原因"①。亚里士多德此处所说两个方面中的前一个标志着文艺与一般人文学科的共性,后一个则标志着文艺区别于一般人文学科的个性。如果前者是内容、理性因素,后者则是形式、感性因素。这里已初步暗含着后来黑格尔关于"美是理念的感性显现"的思想萌芽。不管亚里士多德的这个思想是否真正把握住了文艺的本质,但可以看出他已经真正触及了审美的感性、形式因素。再进一步,从亚里士多德的悲剧"卡塔西斯"作用及"诗的理想化"主张,我们还可以看出,亚里士多德的审美快感又明显地区别于生理性的单纯欲望,而是沉淀着伦理理性的内容。正如鲍桑葵所说:"他在美和单纯的愉悦之间划界限时,就比在美和道德之间划界限时,更为坚决。"②亚里士多德在其《修辞学》里就为美下了这样的定义:"美即是因其为善故能使人感到欣悦的那种善。"③由此,美不仅仅在感官和想像的领域,美还同苏格拉底、柏拉图所推崇的道德目的融会一体。由此,在前面所述的认识(求知)以外,文艺的内容还包含着伦理的因素,所以,亚里士多德的文艺本质观无疑包含着真善美统一的思想萌芽。

3. 模仿论的文艺特征论

亚里士多德说:"史诗和悲剧、喜剧和酒神颂,以及大部分双管乐和竖琴乐,一般说来,都是模仿,只在三方面有差别,即模仿所用的媒介不同,所取的对象不同,所采的方式不同。"④在对模仿的媒介、方式、对象作了比较研究后,亚里士多德最为推崇的是悲剧的模仿,因为"悲剧是对于一个严肃、完整、有一定长度的行动的模仿"⑤。换句话说,悲剧模仿的主要内容是人的行为与遭遇。再进一步,亚里士多德通过"诗与历史"的比较表明他所说的模仿已不是简单地再现事物外形、描述个别现象,而是要表现内在本质、普遍规律。他还通过"诗的理想化"论述表明他所说的模仿已超越单纯现状的忠实摹写,而是充满了理想化的创造。或者说,他的模仿是来源于现实又高于现实的审美创造。亚里士多德肯定了文艺的本质特征就是模仿。模仿不仅是文艺区别于其他制作艺术的根据,也是文艺自身分类的依据。早在亚里士多德以

---

① 亚里士多德:《诗学》,第7页。
②③ 亚里士多德:《修辞学》,引自鲍桑葵《美学史》,第84页。
④ 亚里士多德:《诗学》,第1页。
⑤ 同上书,第12页。

前,模仿论就已经成立。但是,前苏格拉底时期的思想家通常将模仿看作各种人类实践活动方式的共同特点,并不仅仅限于文艺活动。从苏格拉底开始,才把文学艺术活动称为模仿,柏拉图则在此基础上做了进一步的发挥。亚里士多德从批判他的老师柏拉图开始,肯定了感性世界的真实性。在此基础上,他更将人的生活看作文学艺术的模仿对象。在他的《诗学》中,他最推崇悲剧,而在悲剧的几大要素中,他最看重人的行动,以及由人的行动所构成的情节。由此,亚里士多德奠定了文艺为人生的价值倾向。正如车尔尼雪夫斯基所说:"无论柏拉图或亚里士多德都认为艺术的尤其是诗的真正内容完全不是自然,而是人生。认为艺术的主要内容是人生——这伟大的光荣应归于他们。"①在亚里士多德看来,现实的人生,包括人的性格、内心感受和精神活动,乃是文艺所要模仿的原型。可以说,亚里士多德是文艺反映人生的最早提倡者,并由此奠定了文艺创作为人生的新方向。亚里士多德关于诗与历史的比较以及诗的理想化思想,则是为文艺模仿提出了一个典型化的问题,从而在文论史上最早为典型说奠定了基础。亚里士多德的模仿论是古希腊传统模仿说的质的飞跃,模仿实际上是创造的同义词。这种创造甚至有化丑为美、化腐朽为神奇的力量。如他所说:"有些事物尽管本身引起痛苦,可是我们喜欢看惟妙惟肖的图像,例如尸首和最卑鄙的动物的形象。"②这中间似乎已暗含了审美心理学所揭示的复杂的审美态度问题。当然,亚里士多德自己并没有自觉地意识到他依据常识感所推断出的预见以及其中所蕴藏的审美意义。

4. 整一论的文艺创作论

所谓整一论的文艺创作论主要包括三个方面的意义。第一是种差与创作的整一吻合:不同的媒介、对象、方式皆同相应的创作原则维持整一性。第二是创作者的人物个性与创作的整一吻合:严肃的人模仿高尚的行动,轻浮的人模仿卑鄙的行动。根据不同的模仿可以区分出喜剧诗人和悲剧诗人。第三是情节构思与创作的整一吻合:包括情节的完整、安排的合理、转折的符合逻辑(后来所谓三一律的来源)。亚里士多德的创作论从理论上源自于他的生物有机目的论。他以种差的分析,从科学的角度研究了文艺创作与创作媒介、对象、方式的有机统

---

① 车尔尼雪夫斯基:《论亚里士多德的〈诗学〉》,引自汝信《西方美学史论丛续编》,上海人民出版社,1983年,第6页。

② 亚里士多德:《诗学》,第7页。

一问题,从而启示人们根据文学自身的内部规律研究文艺的创作机制。后来莱辛的"诗画"区别其实是在更为紧迫的历史条件下,继续了亚里士多德所开启的对于这种问题的讨论。他以个性的分析,初步涉及创作者的主体心理,以此启示人们注意文学创作的心理发生原理。他以情节构思的分析,一方面表明亚里士多德所关注的文艺主题是人的行动,另一方面也可以看出亚里士多德如何将形式因理论贯彻于文艺创作原理,也就是探讨人怎样秉承着天性中的创造动力,为着一个理想的目的,"怎样致力于把千头万绪的生活景象集中为统一的、有条有理的、动人而自然的画面"。① 这里似乎已经暗含着审美中介在形式上的猜想。

5. 悲剧论

亚里士多德悲剧理论的出发点是他关于悲剧的定义:"悲剧是对于一个严肃、完整、有一定长度的行动的模仿;它的媒介是语言,具有各种悦耳之音,分别在剧的各部分使用;模仿的方式是借人物的动作来表达,不是采用叙述法;借引起怜悯与恐惧,来使得这种情感起卡塔西斯的作用。"②此定义可以从三个方面理解:第一是悲剧艺术种差论,说明悲剧是行动的模仿,采用的媒介是语言,运用的方式不是叙述而是动作。第二是悲剧艺术特征论,说明悲剧引起怜悯、恐惧心理。第三是悲剧功用论,说明悲剧的作用是陶冶情感。亚里士多德还从悲剧效果的角度,具体探讨了悲剧人物与境遇的关系,他说:"第一,不应当写好人由顺境转入逆境,因为这只能使人厌恶,不能引起恐惧或怜悯之情;第二,不应当写坏人由逆境转入顺境,因为这最违背悲剧精神——一点也不符合悲剧的要求,既不能打动慈善之心,也不能引起怜悯与恐惧之情;第三,不应当写极恶的人由顺境转入逆境,因为这种布局虽然能打动慈善之心,但是不能引起怜悯与恐惧之情,因为怜悯是由遭受不应当遭受的厄运的人引起的,恐惧是由这人与我们相似而引起的;因此上述情节既不能引起怜悯之情,又不能引起恐惧之情。此外还有一种介于这两种人之间的人,这样的人不十分善良,也不十分公正,而他之所以陷于厄运,不是由于为非作歹,而是由于犯了错误,这种人名声显赫,处境顺利……"③此段表述可以概括为,悲剧是关于高贵家族的人因犯错

---

① 鲍桑葵:《美学史》,第93页。
② 亚里士多德:《诗学》,第12页。
③ 同上书,第25页。

误而酿成惨祸的故事。其中包含有两层意义:首先,亚里士多德以主人公的三个不应当表明,悲剧的主人公不应该是伦理学意义上的人,而应是历史实践中的人。结合古希腊的悲剧性作品来理解,我们便可看出其中所蕴涵的深邃意味。悲剧主人公之所以应当是名声显赫、处境顺利的王公贵族是因为早期的重大历史变革总是由上层贵族所驾驭和控制,所以悲剧的实质往往是社会历史变革所造成的心灵痛苦、情感受难。由此,亚里士多德通过奠定历史文化基础,深化了他的"恐惧与怜悯"说,其说明虽仍然属特征论范畴,却初步触及了悲剧的内在实质。其次,悲剧主人公所谓不十分善良、十分公正,也不是为非作歹,而只是犯了错误酿成了悲剧。也就是说悲剧判断的标准不是道德规定而是社会生活。由此,亚里士多德通过充实心理学内容,而具体化了他的"卡塔西斯"说,虽仍然属功用论领域,却也相当深地涉及了悲剧的审美超越性。亚里士多德的悲剧论,尽管未能为悲剧的本质找到概括性定义,但他毕竟第一个从科学角度提出了悲剧理论,而且相当深刻地触及了悲剧中的许多重要问题。

第三节　古罗马文论:贺拉斯与朗吉弩斯

一般认为,古罗马文论深受希腊哲学和文论的影响,但与热爱智慧和思辨理性的希腊人相比,罗马人更注重实用理性,反映在他们的文艺理论建树中,没有出现像柏拉图和亚里士多德那样完整的美学和文艺理论体系建构,却对具体的文艺操作技巧和形式更感兴趣。其主要代表人物是贺拉斯与朗吉弩斯。

一、贺拉斯的《诗艺》

贺拉斯(Quintus Horatius Flaccus,公元前65—前8年)是古罗马著名的诗人和文艺批评家。他的文艺理论思想主要集中在两卷《书札》中。在《书札》中,最重要的是第二卷里的第三封给皮索父子三人的信。这封信,后来被著名的修辞学家昆提利努斯称为《诗艺》。这就是那部在17世纪古典主义时代产生重大影响的美学史上的经典,也是古罗马文艺思想的集大成之作。

贺拉斯在《诗艺》中并不像希腊人那样喜欢追问诗的本质或原理

是什么,自然也就不会涉及艺术的本体论问题,所以,很难说他写的是一部很纯粹的美学著作。在《诗艺》中,我们看到的主要是一些从写作实践的角度谈论的经验性的意见。《诗艺》是以诗体书札的形式写成的,在贺拉斯发扬这种形式之前,最常见的是以西塞罗为代表的散文体书札。这种诗体书札的特点是内容容量大,表达也较为自由,但往往显得松散驳杂,与罗马早期讽刺诗颇有相似之处,贺拉斯就曾把自己的诗称作"闲谈"。从《诗艺》的内容来看,也确实如此,它涉及的论题包括选材、语言、思想、情感、人物、情节、悲剧、音律、天才、功能、批评、技艺等等,几乎面面俱到,但大多是经验之谈,缺乏深入细致的论证,论题之间也缺乏严谨明晰的结构和系统。所以,《诗艺》的结构历来是个有争议的问题。但即使如此,大致的轮廓还是可以看清楚的,《诗艺》中的谈论主要是围绕两个主题,即诗歌和诗人展开的。

(一) 关于诗歌:"整体"原则、"魅力"、"寓教于乐"

贺拉斯在谈论诗歌时,首先提出了一个重要的原则,那就是力求整体的统一与和谐。这一原则贯穿了贺拉斯在《诗艺》中谈及的诗歌的所有方面。它首先意味着,不能脱离现实,不能把完全矛盾的事物或属性凑合在一起。他说:"不错,我知道,我们诗人要求有这种权利,同时也给予别人这种权利,但是不能因此就允许把野性和驯服的结合起来,把蟒蛇和飞鸟、羊羔和猛虎,交配在一起。"①矛盾的或不现实的事物只能破坏和谐,不会被人接受,就像一种庄严的描写中突然出现了"绚烂的词藻"(原意是"红布头",这个词后来成为了古典主义时期文学批评的一个专门用语),只会让人皱眉。这个原则还意味着,局部的刻画必须服务于整体的效果。贺拉斯说:"在艾米留斯学校附近的那些铜像作坊里,最劣等的工匠也会把人像上的指甲、毛发雕得纤微毕肖,但是作品的总效果却很不成功,因为他不懂得怎样表现整体。"②要能保证整体的良好效果,在选材时就应该选择那些力所能及的题材,这样才能做到文辞流畅、取舍适当、条理分明,也就是达到了整体的统一与和谐。这个原则还要求,要深入理解事物自身的特点和同一性,这样才能使创作抓住要点又不偏离现实。比如,在谈论诗中人物的塑造时,他强调了人物的语言必须要与他的遭遇和身份相符,"神说话,英雄说话,经验

---

① 贺拉斯:《诗艺》,杨周翰译,见《文艺理论译丛》,人民文学出版社,1958年,第52页。
② 同上书,第53页。

丰富的老人说话,青春、热情的少年说话,贵族妇女说话,喃喃不休的乳媪说话,走四方的货郎说话,碧绿的田垄里耕地的农夫说话,柯尔库斯人说话,亚叙人说话,生长在特拜斯的人说话,生长在阿尔格斯的人说话,其间都大不相同。"①人物的性格还不能超出人物所属的基本类型,写阿喀琉斯就要把他写得急躁、暴戾、尖刻和无情,写美狄亚就得写她的凶狠和剽悍,诸如此类,塑造新人物也要在一个鲜明的类型中刻画他,一旦超出就不免会产生矛盾。性格还必须与人物的年龄一致,"我们不要把青年写成个老人的性格,也不要把儿童写成个成年人的性格,我们必须永远坚定不移地把年龄和特点恰当配合起来"。②

在贺拉斯关于诗歌的见解中,有两点是值得特别注意的,因为它们是第一次如此正式地被提出并对后来的文艺思想产生了影响,那就是"魅力"和"寓教于乐"。贺拉斯说:"一首诗不应以美为满足,还应有魅力,能按作者愿望左右读者的心灵。"③他关于"美"的观念无疑是继承自希腊的,亚里士多德曾把"美"归结为"秩序、匀称与明确",贺拉斯的整体原则所确保的正是这种源于形式的"美"。但除此之外,贺拉斯还意识到,"魅力"同样重要。这里的"魅力"指的主要是,优秀的诗歌所发挥出的那种能够抓住读者情感并主导其心理活动的感染力。而要达到这种效果,作者自身真诚的情感的投入是首要的,贺拉斯说:"你自己先要笑,才能引起别人脸上的笑,同样,你自己得哭,才能在别人脸上引起哭的反应。你要我哭,首先你自己得感觉悲痛,这样,特勒弗斯啊,帕留斯啊,你的不幸才能使我伤心……"④在柏拉图那里,诗歌中对感情的模仿是需要提防和限制的,因为它滋长人性中低下的欲念并使之支配我们的心灵,同时也就使得理性失效,最终会造成迷乱,这也是柏拉图要把诗人赶出"理想国"的重要原因。在这点上,贺拉斯已经走出了希腊思想,已经能够正视感情在诗中的积极作用了。贺拉斯在谈到诗歌的功能(也可以视作"诗人的职责")时说:"诗人的愿望应该是给人益处和乐趣,他写的东西应该给人以快感,同时对生活有帮助。……寓教于乐,既劝谕读者,又使他喜欢,才能符合众望。这样的作品才能使索修斯兄弟赚钱,才能使作者扬名海外,流芳千古。"⑤如此明确地提

---

① 贺拉斯:《诗艺》,见《文艺理论译丛》,第56页。
② 同上书,第58页。
③④ 同上书,第55页。
⑤ 同上书,第63—64页。

出"寓教于乐",提倡把诗歌教育和娱乐两方面的功能结合起来,认为好的作品两者缺一不可,这是不多见的。虽然,亚里士多德已经纠正了柏拉图否定"快感"的观点,认为快感即使不是至善,也是人的天性——人天生会对和谐而整一的音调、节奏和结构(也就是形式之美)产生愉悦或满足感,所以,"人对于模拟的作品也总是出于天性的感到愉快"①。对此应该给予重视和正确的引导,而不是否定和压制。亚里士多德的思想无疑为贺拉斯在实践层面上进一步提出"寓教于乐"这样的观点作好了准备。另外,我们还应该看到,当时观众范围的扩大和地位的提高也是一个原因,他们已经不单单是受教育的对象,也是需要被取悦的消费主体了,贺拉斯说:"当时的观众还不似今日拥挤,那时聚集的人群确是屈指可数的,而且他们都是清醒、纯洁、有廉耻的人。但是后来国势日盛,疆土日拓,城市的围墙日益扩大……观众中夹杂着一些没有教养的人,一些刚刚劳动完毕的肮脏的庄稼汉,和城里人和贵族们夹杂在一起——他们又懂得什么呢?"②由此可见一斑。

(二)关于诗人:"天才"论、"判断力"

构成《诗艺》的另一大部分是贺拉斯关于诗人的言论,其中包括诗人应该怎样处理传统和创新的关系、怎样正确地对待可能犯的错误和批评,而最为突出的则是他关于诗人的"天才"和"判断力"的意见。"天才"是自古希腊以来各家文艺思想都思考过的重要话题,贺拉斯也不例外,他不能容忍一个"平庸"的诗人,他说:"中等的律师和诉讼师纵然不及麦萨拉那样雄辩,纵然不及奥路斯·卡斯开留斯那样博学,但是他还是有一定的价值。唯独诗人若只能达到平庸,无论天、人或柱石都不能容忍。"③那么天才又是从何而来呢?当时"灵感论"、"迷狂论"很流行,似乎诗人只需要依靠其天赋,等待某种灵感或迷狂降临就可以了,而与其后天的苦学并无关系,这种论调造就了不少伪诗人,也就是贺拉斯斥之为"疯癫的诗人"并劝人远离的那种,也就像他描述的那样:"德谟克利特相信天才比可怜的艺术要强得多,并且把头脑清醒的诗人排除在赫立冈之外,因此就有好大一部分诗人竟然连指甲也不愿

---

① 亚里士多德,《诗学》,罗念生译,见《文艺理论译丛》,第4页。
② 贺拉斯:《诗艺》,见《文艺理论译丛》,第59页。
③ 同上书,第64页。

意剪了,胡须也不愿意剃了,流连于人迹不到之处,回避着公共浴场。"①对此,贺拉斯的看法是:"苦学而没有丰富的天才,有天才而没有训练,都归无用;两者应该相互为用,友善团结。"②他认为天才是需要的,但不能迷信天才,苦学诗艺同样重要。可见,他对诗人成功的秘密看得非常现实,这与他强调诗的反复修改和虚心听取批评,以及在力图创新的同时一定要重视对传统的继承与研究完全一致。这些无疑都是"苦学"的具体内容,只有在这些方面有所收益,天才才能真正实现在作品中。

至于"判断力",贺拉斯说:"判断力是开端和源泉。"③这句话后来成为了古典主义作家的信条。我们知道,在古希腊,创作是以形式之"美"为主要旨归的,这要求诗人有准确细致地观察和模仿的能力。但到了贺拉斯的时代,光有这种能力已经不够了,诗人还必须接受更多的知识,还要处理"魅力"(诗中的情感)的问题及更广泛的题材、处理传统与创新的关系等等,也就是说,诗人需要从一个更广阔的视野出发着眼于更高的标准(不单单是"美",还有"魅力"、"崇高"等)更为综合地把握自己的创作。"判断力"的提出是这种更高要求的体现,顺应了新时代的创作趋势。有了这种"判断力",作品自然会合乎法度,贺拉斯说:"一个人如果懂得他对于他的国家和朋友的责任是什么,如果懂得怎样去爱父兄、爱宾客,懂得元老和法官的职务是什么,派往战场的将领的作用是什么——那么他必然也懂得怎样把这些人物写得合情合理。"④"判断力"提出之后,就被后来的美学家接受和发扬,比如,狄德罗、康德都为这个概念注入过新思想。可见,其影响是不可忽视的。

《诗艺》的主要意图可以用贺拉斯自己的话来说明,"我不如起个磨刀石的作用,能使钢刀锋利,虽然它自己切不动什么。我自己不写什么东西,但是我愿意指示别人:诗人的职责和功能何在,从何处可以汲取丰富的材料,从何处吸取养料,诗人是怎样形成的,什么适合于他,什么不适合于他,正途会引导他到什么去处,歧途又会引导他到什么去处。"⑤总的来说,贺拉斯的观点是折中、务实、又稳中求新的,有着典型

---

① 贺拉斯:《诗艺》,见《文艺理论译丛》,第62页。
② 同上书,第65页。
③ 这句名言又译为:"要写作成功,主要的源泉是要知道(写什么)。"所谓"判断力"的实际意思就是"知道"写什么和怎么写。《诗艺》,见《文艺理论译丛》,第62页。
④ 同上书,第63页。
⑤ 同上书,第62页。

的罗马人的精神气质,所以,很难用多数人评价的"保守"来形容他。尽管他的思想远没有他的希腊前辈那样深入细致、系统而宏伟,但他能谦逊而准确地继承他们,还能结合罗马时代的实际情况提出新见解,这些都是可贵之处。当贺拉斯用自己质朴而通俗、直接而亲切的语言道出这些看法时,他的思想当然也就更容易为多数人所接受,因而能获得长久的流传。这也是他之所以能与他的前辈比肩的原因吧。

二、朗吉弩斯的《论崇高》

古罗马的审美理想无疑是"崇高",但在众多阐释"崇高"的著作中,那部署名为"狄奥尼西奥斯·朗吉弩斯"的《论崇高》是最有影响的。其作者究竟是谁,历来有争议,有人认为是狄奥尼西奥斯·哈利卡尔那索斯,也有人认为是公元1世纪中期的一个生活在罗马的希腊修辞学教师,"朗吉弩斯"也只是沿用,仍没有完全令人信服的理由,所以有的学者称作者为"伪朗吉弩斯"。从其内容来研究,现在的学者大多认为《论崇高》是公元1世纪的作品。

朗吉弩斯(Longinus,公元213—273年)是古罗马后期著名的政治家和文艺批评家,还擅长演说、哲学、修辞学,学识非常渊博。署在他名下的这部《论崇高》是一封以一个叫特伦天的年轻学者为对象的长篇书信,一共分44节,传至今日其中已有三分之一的内容遗失了,但通篇的思路仍清晰可见,主题集中鲜明,有很高的理论价值。我们已经知道,在罗马帝国时期,古希腊人所理解的"美"的概念已不足以描述其时代的精神追求,"崇高"作为一种整体的精神理想开始被人们关注。但最初,"崇高"只是作为某种修辞效果而为人所知的,比如,《论崇高》开篇就批评的凯雪立斯的观点。这种观点往往只从修辞学的实际操作的角度来把握崇高,而不能发掘它在人的心灵深处的根源,所以,这时候,即使"费力于罗列千百种例子来说明崇高的性质",仍不能使我们"在懂得崇高方面有所进步"[①]。那么,在朗吉弩斯看来,"崇高"具体指的是什么呢?

从表面上看,所谓"崇高"总表现为"一种措辞的高妙",而这种"高妙"内含着一种力量,能把人带到一个全新的超出常情常理的境界或高度,在其中,读者感到一切超出了自身原来的视野,以往的判断或观

---

① 朗吉弩斯:《论崇高》,钱学熙译,第1章,见《文艺理论译丛》,第33—34页。

念也就失效了,只能被一种惊叹之情所充满。朗吉弩斯认为,这种力量是通过"一个崇高的思想"在其"恰到好处的场合"显现出来的,"会以闪电般的光彩照彻整个问题,而在刹那之间显出雄辩家的全部威力"。① 在面对这样的作品时,我们会感到"灵魂为真正的崇高所提高",它引起的思想远远超出了它表面上说出的,并必将"顽强而持久地占住我们的记忆"②。朗吉弩斯就这样描述"崇高"在审美心理上发生作用的过程,用"惊诧"、"提高"、"占住记忆"这样的词汇大致描述了"崇高"的心理标准。而且这种"崇高"还被赋予了最高的普遍性,"一般说来,我们可以认为永远使人喜爱而且使一切读者喜爱的文辞就是真正高尚和崇高的"③。可见,在朗吉弩斯看来,真正的崇高是超越了时代和个人的限制的。这与他强调后人对作品的评判是一致的,也显示出了其思想的广阔胸襟,表达出了一种全新而成熟的,既是美学也是精神上的追求。

那么,凯雪立斯未能说明的"崇高"的根源是什么呢？朗吉弩斯总结了五点,"第一而且是最重要的是庄严伟大的思想,如我论芮诺封的作品时所曾指出的。第二是强烈而激动的情感。这两个"崇高"的条件主要是依靠天赋的,以下的那些却可以从技术得到助力"。接下来的技术方面的三点,分别是:"运用藻饰的技术"、"高雅的措辞"和"整个结构的堂皇卓越"。④ 天赋与技术的区分并不独特,独特的是朗吉弩斯在这两方面的具体阐述和其中的观点。

（一）天赋方面:"高尚的心型"、激情

"崇高可以说就是灵魂伟大的反映。"而伟大的灵魂,或者说"高尚的心型"⑤,首先意味着庄严的思想。对出自伟大灵魂的思想,朗吉弩斯始终充满了尊敬和信心,"一个毫无装饰的、简单朴素的崇高思想,即使没有明说出来,也每每会单凭它那崇高的力量而使人叹服的"⑥。对思想如此推崇,自然会让我们想起柏拉图。柏拉图从他的"理念论"出发,认为只有真理和智慧带来的快乐才是真正纯粹而持久的快乐,感性的快乐是低级的。对此,朗吉弩斯应该是不会反对的,他不仅像柏拉

---

① 朗吉弩斯:《论崇高》,钱学熙译,第 1 章,见《文艺理论译丛》,第 34 页。
②③ 《论崇高》,第 7 章,同上书,第 37 页。
④ 《论崇高》,第 8 章,同上书,第 37—38 页。
⑤⑥ 《论崇高》,第 9 章,同上书,第 38 页。

图那样认为理性和思想是高尚人格的基础,还进一步认为这也是"崇高"这种美学理想的基础,"思想充满了庄严的人,言语就会充满崇高;这是很自然的"①。在很大程度上,朗吉弩斯是在追求以思想为基础的崇高人格与其作品的统一。

朗吉弩斯重视崇高的思想,也重视激情。贺拉斯在《诗艺》中虽然也讲作品的感情效果,但是很有限,仍是以传统法则和理智为基础的。朗吉弩斯则把感情抬得更高,他强调"不必说服读者的理智"②,而应该直接以强烈的效果诉诸读者的情感,占据他们的整个感受。"这种真情通过一种'雅致的疯狂'和神圣的灵感而涌出,听来犹如神的声音。"③这种感情是积极有力的,不同于卑贱低迷的那些,诸如怜悯、哀伤、恐惧。它往往因其强烈又"恰到好处"而凸显出崇高的品质,也因此具有不一般的感染力。激情是一种真正的创作中的投入,表面华丽或严谨的作品常常因为内部缺乏崇高的激情而成为平庸之作。它还是一种对待崇高理想的热情,而当时的罗马却普遍地缺乏这种热情,所以朗吉弩斯说:"当代的天才是为那种冷淡所葬送了,这种冷淡,除却个别的例外,是在整个生活里流行着的。"④对激情如此重视,在当时是很罕见的,可以说是为"从现实主义倾向到浪漫主义倾向的转变"⑤做好了准备。

(二) 技术方面:"模仿和竞争"、"想像"

除天赋之外,通向"崇高"还有一条道路,就是:模仿过去伟大的诗人和作家,并同他们竞争。在朗吉弩斯看来,荷马、柏拉图等都是表率性的伟大作家,他们的作品都提供了崇高的典范,也提供了模仿和竞争的典范。与这些典范竞争,竞争者自然能从中获得正确方向和巨大的动力,由此而接近典范的高度,"因为用竞争的目光注视这些卓越的榜样,它们就会像灯塔那样放光来指导我们,而且会提高我们的灵魂使它充分达到我们所想的高度"⑥。顺便要指出的是,朗吉弩斯虽然主张

---

① 朗吉弩斯:《论崇高》,第9章,见《文艺理论译丛》,第38页。
② 《论崇高》,第1章,同上书,第34页。
③ 《论崇高》,第8章,同上书,第38页。
④ 《论崇高》,第44章,同上书,第50页。
⑤ 朱光潜:《西方美学史》上卷,《朱光潜全集》第6卷,合肥:安徽教育出版社,1990年,第131页。
⑥ 《论崇高》,第14章,见《文艺理论译丛》,第40页。

"模仿"古代作家但也并不是盲目推崇,对他们也不乏准确的批评,比如,他指出柏拉图就有一种"无节制的使用生硬的比喻和牵强的寓言"①的倾向。此外,在通往"崇高"的道路上,除了昔日的伟大作家,大自然也应该成为被"模仿"和"竞争"的对象,它是"崇高"的另一个客观方面的源泉。大自然中的长江大河、高山险壑无疑能带来心灵上的某种震撼或感染,能触发我们对"崇高"内涵的领悟,但同时"就是整个世界,作为人类思想的飞翔领域,还是不够宽广,人的心灵还常常越过整个空间的边缘"②。这就产生了与自然的"竞争",这往往意味着源于自然的景象在作品中变成某种更有力也更深厚的"奇观",也常常因此带上了神话或幻想的色彩,比如,荷马史诗中的景观的描写。朗吉弩斯还指出,追求崇高中的"模仿"和"竞争",无论是对过去的作家,还是对大自然,在人的心理上都是有根据的,因为"在我们的灵魂中植有一种不可抗拒的对于一切伟大事物、一切比我们自己更神圣的事物的渴望"③。很明显,朗吉弩斯的"模仿"始终是与"竞争"和所要表现的"心灵"联系在一起的,所以,已经远远超出了希腊意义上的"模仿说"。"竞争"的提出,也充分显现了朗吉弩斯思想中的那种对超越的渴求及其活力和自信,这个概念也与下面要谈到的"想像"密切相关。

创造性的想像是在"模仿"和"竞争"中有所超越的关键,也与思想和激情有着密切的联系。这种想像就是"说话人由于感情的专注和亢奋而似乎见到他所谈起的事物并且使读者产生类似的幻觉"④,也就是"恰当地运用形象"。思想与激情需要通过这种想像才能变成作品中的艺术形象,"恰当地运用形象"还意味着使形象形成一个高于现实的和谐的艺术整体。朗吉弩斯还从"目的"出发区分出两种想像:诗人的和演说家的。"诗的形象以使人惊心动魄为目的,演说的形象却是为了意思的明晰。但是两者都有影响人们情感的企图。"⑤这是美学史上第一次对"想像"直接加以阐述,从此,文艺理论中又多了一个能有效地帮助我们更加深入地理解创作过程的概念。

虽然,在朗吉弩斯看来,作为天赋的伟大灵魂是首要的,但要把崇高的思想和激情安排并发挥得适时适度,仍需要有"科学的方法"。盲目地强调天赋,而忽视技巧,就会"像一只没有了压舱石而漂流不定的

---

① 朗吉弩斯:《论崇高》,第32章,见《文艺理论译丛》,第45页。
②③ 《论崇高》,第35章,同上书,第46页。
④⑤ 《论崇高》,第15章,同上书,第40页。

船那样陷入危险"①。所以,《论崇高》中用很大的篇幅来论述各种具体的语言技巧和结构的问题。语言之所以重要还因为"用语言表达的思想和这些表达思想的言语,总是密切相连的"。② 语言技巧主要指的是各种修辞的准确运用,朗吉弩斯在这方面谈得很具体,逐一指出怎么运用会带来怎样的效果,显示出他对雄辩术的精通,但谈论始终围绕"崇高"这个核心展开。至于结构,朗吉弩斯强调整体的和谐,"所以崇高的原因之一是选择所写事物的特点和把它们联合成一个有生命的整体的能力"③,为了保证整体的有机性,必须防止"一切不严谨,不合适,或令人厌倦的东西。这种毛病会损坏总的效果,而给崇高的大厦以补缀成的、有破绽的面貌,而这大厦是应当有一个坚实而一致的结构的"④。这种整体观无疑与亚里士多德、贺拉斯以来的思想是一致的。

  在罗马帝国后期,《论崇高》的出现是不同凡响的,整部著作写得热情、大胆、充满了活力和新的气息,似乎朗吉弩斯有意要把它写成自己所阐述的崇高的典范之作。《论崇高》前所未有地把出自伟大灵魂的思想和激情提高到了醒目的地位,它也是"整个古代惟一一部没有赞美形式主义的模仿而强烈呼唤创造性想像的论著"⑤。朗吉弩斯第一次明确地把"崇高"作为最高的审美范畴提出,它不再是一种简单的修辞或风格,而和天赋与技艺、思想与情感、模仿与创新、审美心理等基本美学问题结合在一起并成为这一切的中心。1554 年,有学者把它从手抄本印成了书加以发行和推广后,《论崇高》开始迅速引起人们的关注。到了近代,朗吉弩斯提出的"崇高"范畴及其他一些观点已经被广泛接受,康德、席勒都对"崇高"作过不同方面的论述和发展。很明显,《论崇高》经受了时间的考验,它常常被与亚里士多德的《诗学》相提并论,朗吉弩斯也被人称为"自亚里士多德以来最伟大的批评家"。

---

① 朗吉弩斯:《论崇高》,第 2 章,见《文艺理论译丛》,第 35 页。
② 《论崇高》,第 30 章,同上书,第 44 页。
③ 《论崇高》,第 10 章,同上书,第 38 页。
④ 同上书,第 39 页。
⑤ 《诗学史》上册,〔法〕让·贝西埃、〔加〕伊库什纳编,史忠义译,天津:百花文艺出版社,2002 年,第 45 页。

第二章 中古文论

第一节 中古文论概述

西方中古时期的文化自始至终皆与基督教纠缠一体,解读西方文论也就不得不首先解读基督教的若干理论。基督教直接源于犹太民族信仰的犹太教,它全盘接受了犹太教经典《旧约》和"原罪说"及对"救世主"的信仰。它宣布耶稣就是救世主,是上帝的儿子,经童贞女马利亚之身降临人间。他在人间行了不少神迹,宣讲了许多教训,传布了福音,招收了门徒,后来被提庇留皇帝派驻犹太的总督彼拉多钉死在十字架上,但三天后又复活升天。基督教会就是耶稣从他的信徒中挑选十二人建立起来的。基督教还吸收了东方埃及、叙利亚等地区流行的一神教观念和古希腊、罗马的哲学和伦理学思想。基督教从产生到发展走过了由非法到合法的两个阶段:1.公元1世纪到3世纪中叶,从秘密活动到半公开活动;2.公元3世纪中叶至4世纪初,从半公开化到被立为国教,从没有公开组织到教会的成立。公元476年西罗马帝国灭亡以后,日耳曼诸王国统治者纷纷放弃了多神教而接受了基督教。在教皇格利高里任职(590—604)中,基督教势力蓬勃发展起来,开始占有大量的土地,征收大量的税款,教会组织也逐步封建化了。可以这样说,公元6世纪以前的基督教会受世俗王权的压迫,教会圣徒的奋斗就是在摆脱世俗王权的制约。6世纪以后至10世纪,教会的权力逐渐僭越世俗王权。10世纪以后至文艺复兴,有识之士则在努力奋斗使教会与世俗王权各自为政。

基督教在西方中古时期的特殊地位,使中世纪哲学中的争论也有着特殊形式。当时,占主导地位的哲学是为封建制度和基督教服务的所谓经院哲学。经院哲学是在古代基督教"教父哲学"基础上形成和发展起来的,它的目的和任务就是论证基督教教义。"教父哲学"产生于罗马帝国奴隶社会末期。当时,基督教开始向国教演变,宗教神职人员进一步将基督教信条理论化,形成了一整套基督教教义,从而出现了基督教哲学。在历史上,这些制定教义的人被教会尊称为"教父",其学说也被称为"教父哲学"。"教父哲学"的主要代表是德尔图良(Tertullianus,约公元160—222年)、奥利金(Origenes,约公元185—254年)、奥古斯丁,其基本教义可概括为:1. 创世说,即上帝从虚无中创造出世界上的一切事物。上帝是世界的主宰,他是一个有意志、智慧、感情的人格化神,他具有圣父、圣子、圣灵三个"位格",这三者共存于同一神的"本体"之中,也就是所谓的"三位一体"论。2. 原罪说,即认为人类的祖先亚当和夏娃在天堂的花园(伊甸乐园)中偷吃了禁果,犯下了大罪。他们的罪孽就此而遗传下来,所以他们的子孙一生下来就是有罪的。3. 救赎说,即认为世人受苦受难,无法自救,只能指望上帝派遣一位救世主来到人世,教导人们忍受现实苦难,信奉上帝,从而获得来世的拯救。4. 来世赏罚说(天国报应说),认为人们要使自己的肉体死后升入天堂,就必须服从天命所确定的身份地位,鄙弃一切物质的欲望,否则死后就要被打入地狱,遭受惩罚。5. 天启说,即认为人们的认识和理性要服从信仰,跟信仰抵触的一切知识都是无用的,信仰完全来自上帝的启示,一切真知都是上帝启示的产物。"教父哲学"的五点可以归结为三个方面:第一,目的论的自然观(1. 创世说);第二,罪恶论的历史观(2. 原罪说,3. 救赎说);第三,价值理性的人生观(4. 来世赏罚说,5. 天启说),其核心在于信仰。经院哲学大致形成于公元9—10世纪,它的成熟和系统化则是在公元13世纪,它的最重要的代表是托马斯·阿奎那。公元11世纪以后,西欧封建社会的生产发展较快,但是,各个国家在政治上的四分五裂却阻碍着商品经济的发展,所以,建立强大的君主制民族国家是生产力和社会发展的必然趋势。从11世纪到13世纪,欧洲相继建立了法兰西、德意志和英吉利等民族国家。当时的国王或皇帝出于自身的利益,一般都赞成国家的统一。以教皇为首的教会势力却反对统一的民族国家的形成。因为,只有处于混乱和分裂状态中,教会作为当时欧洲仅有的统一组织,才可以凌驾于各国之上,才能拥有至高的权力。经院哲学研究的对象不是自然界和现实生活中的客观事物,而是超验世界的上帝、天使和圣徒等等。经院哲学家在早期借用的思想资料主要是柏拉图主义、新柏拉图主义和奥古斯丁主义。从11—12世纪起,经院哲学通过阿拉伯哲学的媒介,开始利用亚里士多德的哲学。13世纪后,经院哲学完全避开了柏拉图的哲学,更加大量地运用亚里士多德形式逻辑工具。经院哲学主要运用亚里士多德《工具论》中的"范畴篇"、"解释篇"从概念到概念以及抽象定义、区分、排列和组合的方法,尤其是三段式的演绎方法。它们为自己规定的任务就是为天主教教义作论证和辩解,并使其系统化和哲学化。经院哲学大体分为两个阶段:从 9 世纪到 12 世纪末是准备和形成时期,出现了唯名论与实在论的斗争;从 13 世纪到 15 世纪中叶是经院哲学兴盛和开始衰落时期,出现了托马斯·阿奎那和反托马斯主义的各种思潮。

唯名论与实在论延续了几个世纪的争论焦点是关于一般(概念)或共相是否实在的问题,也就是追问究竟一般(共相)还是个别(殊相)是真正实在的问题。唯名论认为真实的存在只有个别,一般仅仅是人用来表示个别事物的名词或概念。实在论认为一般是先于个别事物、独立于个别事物的客观"实在"。它们是上帝创造个别事物时的原型。这个问题的理论实质是柏拉图、亚里士多德所探讨的一般(共相)和个别(殊相)的关系问题的继续,但在中世纪,这个问题却同当时的历史现实和政治争论有着直接和间接的关系。唯名论认为一般不过是声音、符号或概念,只有个别才是真实存在。这就意味着否定渗透于各个国家的罗马天主教会具有无上的权威。首先,唯名论认为普遍的天主教会只是一个名词,而非实在的东西,各个个别的国家才是真实的存在。其次,唯名论认为教会所宣扬的具有普遍性的教义也是不真实的。既然只有个别实体才是真实的,那么圣父、圣子、圣灵就是三个实体、三个神,而不可能是三位一体的上帝,犯罪也只是个别人的具体行为,而不是人类共同的抽象"原罪"。第三,个别人的信仰可能更可靠。人的救赎不一定要通过教会的路径。人的眼光应从虚幻的彼岸转向活生生的现世生活。实在论的观点正好相反,他们以一般高于个别来证明上帝是最高的存在,天主教会是上帝在人间的代表,它比王权更具实在性。唯名论与实在论的争论在人类认识范围里的深刻意义在于它延续了从古希腊的柏拉图、亚里士多德开始到后来的经验主义与唯理主义关于人类思维属性的深入探讨。

西方中古时期基督教占统治地位,其美学及其文艺思想也自然属于神学的一部分。如朱光潜先生所说:"从圣奥古斯丁到圣托马斯,中世纪欧洲有一股始终一贯的美学思潮,就是把美看成上帝的一种属性,上帝代替了柏拉图的'理式'。上帝就是最高的美,是一切感性事物(包括自然和艺术)的美的最后根源。通过感性事物的美,人可以观照或体会到上帝的美。从有限美见出无限美,有限美只是无限美的阶梯,它本身并没有独立的价值。"①中古文论的代表人物在美学理论上做出了深入思考的是奥古斯丁、托马斯·阿奎那。

第二节　圣奥古斯丁与阿奎那的文艺思想

一、奥古斯丁:整一和谐源自上帝的文论思想

圣奥古斯丁(Aurelius Augustinus,公元354—430年)青年时期爱好哲学思考,他因为追问罪恶的来源问题而皈依摩尼教。后来,奥古斯丁对摩尼教逐步感觉不满,又受到罗马米兰城基督教主教安布罗西乌斯的影响,正式脱离了摩尼教而醉心于柏拉图的著作。奥古斯丁在经历剧烈的思想斗争后,终于在32岁时信奉基督教。奥古斯丁在基督教教会里的一系列活动,使他成为当时基督教神学的主要代表。奥古斯丁写过一部美学专著《论美与适合》,但早在他写《忏悔录》之前已失落。《忏悔录》本来是一部自传作品,其内容主要是记述奥古斯丁皈依基督教的人生感受和思想历程,同时歌颂天主的恩泽和伟大。奥古斯丁的美学言论也表现在他的《忏悔录》里,他在用新柏拉图主义论证基督教教义的同时,结合了神学、哲学和美学思想。

奥古斯丁关于美的见解大致可以归纳为两点:第一,他给美所下的定义是"整一或和谐",给物体美所下的定义是"各部分的适当比例,再加上一种悦目的颜色"。从表面上看,奥古斯丁的美似乎是在物质形式,其实,他关于形式的理论与他的神学思想密不可分。奥古斯丁认为,无论在自然中,还是在艺术中,使人感到愉快的那种整一或和谐并非对象本身的属性,而是反映出上帝本身的整一。由此可见,他关于无限美(最高美、绝对美)与有限美(感性事物美、相对美)的关系的思想基本上还是柏拉图(感性事物的美只是理式美的影子)以及普罗提诺(物体的美只是因为与世界灵魂、理型直至太一的联结)思想的继续。同时,奥古斯丁强化了在普罗提诺那里还处于萌芽状态的象征思想。第二,奥古斯丁认为,有限世界在本质上虽是杂多的,却具有上帝所赋予的整一或和谐。在这和谐的整体里,美是绝对的,丑却是相对的,孤

---

① 朱光潜:《西方美学史》上卷,第128页。

立地看是丑,但在整体中却由于反衬而烘托出整体的美,也就是说,丑是形成美的一种因素。因此,丑在美学中不是消极的而是积极的范畴。这一理论无疑是美学思想的一个特殊贡献。鲍桑葵说,"古代形式美学中同统一相关联的多样性被奥古斯丁更深刻地解释为矛盾双方的对立"①,这中间已包含着深刻无比的辩证思想。

二、托马斯·阿奎那:美的形式寄寓上帝内容的文论思想

托马斯·阿奎那(Thomas Aquinas,1225—1274)是欧洲中世纪末期著名的基督教神学家和经院哲学家,他的观点在本质上同实在论者一样,认为理性不能同信仰发生矛盾,理性必须从属于信仰。不过,在理论形态上,托马斯并没有抛弃理性、感性和世俗生活等等。他运用亚里士多德的学说,对基督教神学作了精致的论证。他肯定了哲学、科学都有存在的理由,但这理由就是它们都是供神学驱使的奴仆。他从经验事实和自然事物出发,得出了他关于上帝存在的五大论证,即:不推动之推动者、最终因、目的因、自身必然性、事物的真实性等级。他在认识论方面,认为人的认识能力包括两个方面:感觉和理智。人的感觉能力是灵魂和肉体的组合活动。外在形体作用于人的感官就产生印象,印象代表所感受到的个别的物质对象,它本身是个别的,还不能成为知识,真正的知识是认识一般的东西,这就需要理智。所以,理智的认识在某一阶段是来源于感性认识,但"由于感性是以单个的和个体的事物作为它的对象,理智则以共相(普遍的事物)作为自己的对象。因此,感性的认识先于理智的认识"②。理智的活动能够从印象中抽象出一般概念,揭示出印象中蕴涵着的形式和普遍的因素。托马斯认为,理智也以物体的物质作为自己的对象,但它可以通过自己的活动从感觉对象的印象中抽象出普遍性。由于理智所具有的这种既倾向于可感觉的个体,又倾向于抽象的一般的双重能力,所以,它对于不能感觉的对象——上帝,就只能达到不充足和不完全的知识,并非一无所知,又并非全知,剩下的则要靠信仰了。托马斯的伦理学也是亚里士多德学说和基督教思想的混合。他认为上帝创造了万物,在创造中他怀有显示

---

① 鲍桑葵:《美学史》,第177页。
② 托马斯·阿奎那:《神学大全》,引自《西方哲学原著选读》上卷,第271页。

自己是全善的目的,万物的性质就体现出他的善良。这样,一切创造物都是以上帝为最终目的的,有理性的创造物只能凭特殊的理解和认识上帝来达到这种目的。人的至善就在于认识上帝,这也是人的最大幸福。托马斯·阿奎那哲学的历史文化意义有这样几点:1.托马斯·阿奎那使用经验事实和方式来证明上帝的存在,其启迪性在于它消除了非理性的思维盲区,假定了感性存在与理性思维的同一性,同时把自然万物、人类实践纳入了一个有秩序的理性主义框架中,从而也就有益于推动人类历史实践活动的深入。当然,这同时也可能遮蔽了相应真理的显现。在西方思想文化史上,这种存在与思维的同一性意识,尽管具体内容不断变化,但其形式却一直延续到 19 世纪。2.托马斯·阿奎那肯定了理性与信仰的区分,尽管这种区分是以信仰作为前提的,但它预示了后来但丁关于理性与信仰各自价值的肯定,甚至预示了后来康德关于纯粹理性与实践理性各自意义的判定。3.托马斯·阿奎那的认识论进一步提出了感性与理性的区分及其关系,它无意间做出了对唯名论与实在论争论的综合性尝试。这种企图直至后来的康德才在经验主义与唯理主义论争的新基础上得以完成。

托马斯·阿奎那的美学思想散见于他的《神学大全》。其观点体现在几条关键的美学言说中:1."美的条件有三:第一,完整性或全备性,因为破碎残缺的东西就是丑的;第二,适当的匀称与调和;第三,光辉和色彩。"2."善和美在本质上是同样的东西,因为二者都建立在同一个真实的形式上面;但它们的意义却不相同,因为善与欲望相对应,其作用恰如最后因,而美则与知识相对应,其作用有如形式因。各种事物能使人一见而生快感即称为美。"3."美与善是同样的东西,尽管重点不同。善为一切人所希冀想望的东西;而美的本质就在于只需知道它和看到它,便可满足这种要求。……善是能使欲望要求得到满足的东西,而美的事物一被觉察即能予人以快感。"4."纯洁和均衡可以构成美或优美的东西。狄俄尼索斯说,上帝是美的,因为他就是一切事物均衡和纯洁的原因。"①托马斯的思想值得我们注意的有两点:第一,美的三个因素都是形式因素,所以,美在形式。但是,在形式里寄寓着来自上帝的内容。形式是上帝之光的象征。这里其实又蕴涵着两层意义:美是理念感性显现的本质论和美

---

① 托马斯·阿奎那:《神学大全》,引自伍蠡甫主编《西方文论选》上卷,第 149—150 页。

依赖象征寓意的特征论。第二,美与善的区分其实是指明美无外在功利目的,但美有内在的认识目的。认识的终极指向是最高的上帝之美,但认识的途径却在感性的直观。

▲ 近代

13 世纪—19 世纪

第三章 文艺复兴时期的文论

第一节 文艺复兴时期文论概述

文艺复兴时期是一个由社会的经济基础转型导致意识形态转型的时代。代表新兴资产阶级的意识形态所带来的是人的自觉与自由,是从以神为本到以人为本,是思想的大解放与大酝酿。在这样以人为本的时代,文艺观念也随之发生了巨大的变化。文艺观念的转变,既是人权与神权斗争的结果,又是人文主义者反对神权、争取人权的重要手段之一;既是对当时的文学艺术实践的总结,又是发展人文主义新文艺的需要;既是对古希腊罗马的现实主义文艺思想的继承和革新,也是对中世纪民间文艺思想的借鉴与发展。

总体上看,这一时期的文艺观,是对中世纪教会文艺观的反拨。出于维护神权的需要,中世纪的基督教教会基本上接受了柏拉图否定文艺的观念,认为虚构的艺术亵渎神灵,不能反映神的真理;世俗的文艺伤风败俗,使人偏离对神的虔诚信仰。在与神权统治的斗争中,一种强调文艺要反映世俗生活、服务于人、适应于新兴的人文主义文艺发展的新兴文艺观发展起来了,汇入到文艺复兴的滚滚洪流中。但文艺复兴时期还只是思想解放和酝酿的时代,而不是思想成熟的时代,在文艺理论方面也是如此。因此,这一时期文艺理论的发展,是与争论和探讨相伴随的。归纳起来,所争论和探讨的主要问题,大致有以下几个方面:

第一,对古典的批判与继承问题的争论与探讨。

所谓文艺复兴,是指希腊罗马的古典文艺和学术在13—16世纪的再生。当时新兴的资产阶级知识分子,看到古希腊罗马文化中的人本主义精神有利于对抗基督教教会的神权思想,于是发掘、整理和研究古希腊罗马的文化典籍,举起了复兴古代文化的大旗。很显然,复兴古代文化的目的,并不是要回到古代,而是借此反对封建思想,建立适应资本主义发展和资产阶级需要的新思想和新文化。在争取人权的旗帜下,人文主义者走到了一起。但在新的时代里究竟怎样对待古代文化,并不是所有的人都意见一致,因而在文艺复兴的策源地意大利,首先引发出了一场反映保守思想和革新思想对峙的"古今之争"。争论的导火线是怎样评价诗人阿利奥斯陀(Ariosto,1475—1533)采取新的形式,将人文主义思想与民间文学结合而写成的传奇体叙事诗《疯狂的罗兰》(1516—1532),但其实质则是对古典文化的批判与继承问题。

保守派认为古人胜于今人,一切取法于古典权威,严守贺拉斯的"学习古人"的号召,把亚里士多德奉为"诗艺的永久的立法者",将以亚里士多德和贺拉斯为代表的古典理论奉为经典,视作不能改变的法则。保守派的代表人物是明屠尔诺(Minturno,1500—1574),他的代表作《诗的艺术》(1564),集中地反映了他的保守观念。他认为无论哪种艺术,都要踏着古人的足迹前进。因为"真理只有一个,曾经有一次是真的东西在任何时代也会永远是真的……时代尽管推移,真理总永远是真理"①。他说那些指责古人的人是自作聪明,而那些紧紧追随古人的人是应该得到赞赏的人。从这一原则出发,他们指责阿利奥斯陀的新型诗不合乎亚里士多德和贺拉斯所规定的创作原则,是野蛮人的产物。他认为艺术应该模仿自然,但他所指的主要是模仿古典作品,古典的东西所确定的规律是不可改变的。除了明屠尔诺外,保守派的代表人物还有维达(Vida,1486—1566),他在《论诗艺》(1527)中,主张"去造访古人,囊括古人的全部财富",把古典文艺理论著作看成是不可改变的法典。另外屈理什诺(Trissino,1478—1550)在他的《诗学》(1529)中也主张不能越出古典的范围。

而革新派则强调与时俱进,认为文学创作不应该受到古典权威的束缚。在他们看来,新的文艺作品虽然不符合古典的规则,但却符合时代的要求,符合意大利民族和风俗的要求。古人固然是伟大的,但今人也同样伟大,甚至可以比古人更伟大。人文主义的著名作家钦提奥

---

① 伍蠡甫主编:《西方文论选》上卷,第189页。

（Cinthio,1504—1573）为了反驳当时尊古非今的倾向、支持阿利奥斯陀的传奇体叙事诗,专门写下了《论喜剧和悲剧创作》和《论传奇体叙事诗》。他认为,诗人不应该迷信古典权威,"有判断力和有熟练技巧的作家们不应该让前人所定下来的范围束缚他们的自由,而不敢离开老路走一步。"①因为亚里士多德和贺拉斯这两位老人既不懂我们的语言,也不懂我们的写作方式。如果我们被局限于他们制定的规则而不能越雷池一步的话,必然会束缚自己的创作才能。在他看来,阿利奥斯陀的创作尽管不符合古典理论的法则,但它本身是有规则的,那就是适应新的时代的要求。当然,钦提奥并不是主张抛弃古典,而是主张化古典的东西为现代所用。

除钦提奥外,卡斯特尔维屈罗、瓜里尼（Guarini,1538—1612）、马佐尼（Mazzoni,1548—1598）、维加（Vega,1562—1635）、塔索（Tasso,1544—1599）等都是具有革新意识的理论家。卡斯特尔维屈罗在对亚里士多德的《诗学》进行翻译、整理的过程中,附有提要和篇幅巨大的诠释,广泛地探讨各种文艺问题。他的革新意识体现在他对当代的戏剧创作十分重视,并不把古代的理论当作金科玉律,而是根据自己的观念对它们进行改造利用,特别是他对亚里士多德的"整一律"理论和贺拉斯的"寓教于乐"的理论的改造上。他在亚里士多德原有的"情节一致律"之外,又提出了"时间一致律"和"地点一致律"。

针对保守派对悲喜混杂的田园诗体戏剧《忠实的牧羊人》（1585）的攻击,作者瓜里尼专门写下了《悲喜混杂剧体诗的纲领》（1601）来表达自己具有革新意识和民主倾向的戏剧思想。

在"古今之争"中,尽管争论的双方分歧很大,也不很成熟,但它成为了文艺复兴时期文艺理论发展的开端和契机,对活跃文艺思想起到了巨大的促进作用,带动了对文艺的其他问题的探讨。

第二,对文艺与现实关系问题的探讨。

在文艺与现实关系问题上,文艺复兴的文艺理论家基本上都崇尚"模仿说"。13、14世纪的人文主义者为了反对基督教神学否定文艺的作用,为文艺辩护,说诗与神学一样,也隐藏着深刻的真理。比如但丁就提出"诗为寓意"说,薄迦丘更是直截了当地宣称诗即神学。在神学势力十分强大的情况下,他们以神学的理论框架作为外衣,来回击教会对世俗文艺的否定,表现现实的内容,实际上是"模仿说"的变相反映。

---

① 伍蠡甫主编：《西方文论选》上卷,第185页。

15、16世纪的人文主义则脱下了神学的外衣,理直气壮地提出艺术是自然(不仅仅指客体的自然)的模仿,是反映现实的"镜子"。达·芬奇认为自然是绘画的源泉,艺术应该师法自然。他说:"画家的心应该像一面镜子,永远把它所反映事物的色彩摄进来,前面摆着多少事物,就摄取多少形象。"① 塔索认为,"诗是用韵文来模仿的艺术"。在他看来,模仿的愈是逼真,就愈有价值。塞万提斯(Cervantes,1547—1616)也十分重视模仿自然,认为文艺应该忠实于现实,反映生活的真实。他在《堂吉诃德》的序里借一位朋友之口说:"它(《堂吉诃德》)所有的事只是模仿自然,自然便是它惟一的范本;模仿得愈加妙肖,你这部书也必愈见完美。"② 马佐尼在谈到诗的性质的时候说:"诗总是一种模仿的艺术,因此它的目的总是事物形象的正确再现。"③ 锡德尼把艺术看作是"一种再现,一种仿造,或者形象的表现"④。莎士比亚更是明确指出,"戏剧是自然的镜子"。

"镜子说"在文艺复兴时期的文艺与现实的关系中处于支配地位,尽管它基本上是亚里士多德的"模仿说"的延伸,在观念上没有大的突破,但它在新的历史条件下注入了新的内容,丰富和发展了现实主义反映论。这首先体现在对艺术家的主观能动性的强调上,比如达·芬奇的"第二自然"说,就是对艺术家的艺术创造性的强调。在这一问题上,这一时期的理论家几乎不谋而合,只是在不同的人笔下,对自然改造的方式各有不同。但丁、薄迦丘主张模仿自然时赋予自然以寓意;达·芬奇提倡理性的思考和能动的反映;钦提奥、卡斯特尔维屈罗、瓜里尼等人都十分强调艺术的虚构,主张不拘泥于自然原有的样子,而应该追求它应有的样子;锡德尼、塞万提斯、培根、莎士比亚等人认为在模仿自然时要具有想像力;薄迦丘、塔索、马佐尼等人还提出了"天才"、"惊奇"等概念。这一时期对现实主义反映论的发展和丰富,还体现在对模仿的对象或文艺的题材的扩展。他们不拘泥于亚里士多德所提出的诗只能"模仿行动"的论断,而根据当时文艺作品的实际,将模仿的对象由人的行动扩展到人的情绪和心理、整个自然界以及"凡是科学,技艺,以至历史所包括的一切题材"⑤。

---

① 伍蠡甫主编:《西方文论选》上卷,第183页。
② 同上书,第208页。
③ 同上书,第199页。
④ 同上书,第231页。
⑤ 朱光潜:《西方美学史》上卷,第161页。

第三,对文艺的社会功用的探讨。

在文艺的社会功用方面,文艺复兴时期除了卡斯特尔维屈罗等极少数人提出"诗的发明原是专为娱乐和消遣的"外,基本上沿袭了亚里士多德的"净化说"和贺拉斯的"寓教于乐"的观念。不同的人,在不同的历史阶段,因为不同的需要,有不同的偏向。有的倾向于"教",有的倾向于"乐",有的教乐并重,但都反对教会否定文艺的社会功用的观念。

在文艺复兴初期,但丁、薄迦丘等人借用中世纪流行的"寓意说",强调文艺的社会教育作用,以反对教会对文艺的社会功用的否定。但当文艺的社会地位巩固以后,人们就不再满足于对文艺的社会教育功用的强调,而是慢慢走上了一条偏向"乐"的轨道。比如屈里斯罗就十分强调喜剧的作用,提出了一套详尽的喜剧理论,把喜剧的笑的快感也列入美感范畴,为后世的喜剧理论的研究开辟了一条道路。如果说屈里斯罗在强调文艺的娱乐功能的同时还兼顾其教育作用的话,那么随后的卡斯特尔维屈罗则把娱乐强调到了作为诗的惟一目的。他舍"教"而只取其"乐",认为发现真理的任务应该留给哲学家和科学家,无疑矫枉过正。到16世纪后半期,反拨之风渐熄,对文艺的社会功用的认识,又回到了"寓教于乐"的轨道上。塞万提斯主张文艺必须具有社会教育功能,对只供人消遣而不关世道人心的骑士文学大力抨击,提倡可以娱人又可以教人的文学,提出文学中喜剧诙谐的部分使人娱乐,而严肃的部分要给观众教益,达到"既能教诲又能娱人的境地"。对文艺的社会功用进行较为深入的探讨的是塔索,他明确指出艺术的目的是美,第一次提出了艺术的两重性(欣赏和有益)问题。他关于"教"和无利害的快感是艺术的低级因素,而欣赏是艺术的崇高因素的理论,是从古希腊以来向德国古典美学过渡的重要一环。尽管他认识到艺术的审美本质,但作为一个君主专制论者,他却让艺术的审美本质屈从于有益原则,认为"只有跟正直相联系,给人以许多教益的娱乐,才是诗人的目的"[①]。同时他还将文艺与政治联系起来,明确指出文艺要教育人民大众,要依存于政治。与塔索一样,马佐尼、锡德尼等人也从审美的角度探索艺术的社会功用。马佐尼承认诗有娱乐的性质,但它又是一种应受社会功能制约的消遣。他提出了"惊奇感"的概念,认为"诗的目的在于产生惊奇感"。所谓"惊奇感",即一种与崇高相关的审美娱

---

① 杨荫隆:《西方文论家手册》,时代文艺出版社,1985年,第77页。

乐。在文艺服务的对象上,他主张诗既给普通人读,又应该给有知识的高明人读,做到"雅俗共赏"。锡德尼在主张诗既给人教益又给人娱乐的同时,又区别了"愉悦"与"哄笑"的不同。他把"愉悦"看成是"与教育相渗透"的笑,认为喜剧的目的在于引起愉悦而不仅仅是笑。

总之,这一时期就文艺的社会功用的争论主要是"教"与"乐"的侧重点问题。总的倾向是"教"与"乐"并举,并且认定人民大众是文艺服务的对象,应该说是个进步。尽管已经有人看到了文艺的美感作用与娱乐教育作用的不同,但对美与善的关系问题没有深究。

第四,在艺术形式方面的探讨与革新。

这一时期的理论家们在艺术形式上进行了多方面的探讨,这首先体现在语言的革新上。他们打破了作为封建意识服务工具的拉丁语被独尊的局面,而主张采用为民众所熟悉的俗语写作。但丁是民族语言文学的奠基者,他在《飨宴篇》(1304—1307)中极力为俗语(意大利民族语言)辩护;在《论俗语》(1304—1308)中,他主张从民间活生生的俗语中提炼出一种标准的意大利民族语言,作为文学的语言。与但丁一样,薄迦丘也提倡使用民族语言创作,因为俗语是高贵光辉的语言。他要求诗人掌握丰富的语言,使用"祖国的语言出色地写作"。文艺复兴时期,几乎所有的人文主义者都提倡用民族语言创作。尽管在具体的要求上各有不同,有的主张使用平凡、清楚、不经雕琢的语言,如屈里斯罗;有的主张用韵文进行创作,应用诗人的才情创造出有格律的诗的语言,如卡斯特尔维屈罗;有的主张使用"雅俗共赏"的语言,如马佐尼;有的主张按照题材和体裁的不同使用不同的语言,如锡德尼;有的要求语言要符合人物的身份,如维加、塞万提斯、莎士比亚等,但从传播人文主义的新思想和建立民族文学的需要出发,可以说是这一时期语言革新的总体趋势。

这一时期在艺术形式上最值得一提的是体裁上的创新。亚里士多德集中探讨的是悲剧与史诗,贺拉斯关注最多的也是戏剧,而但丁把用俗语写作的挽歌也列入诗的体裁中。在但丁的笔下,悲剧与喜剧的概念也扩大了,超出了戏剧体裁的范围,而包含其他在题材和风格上相同的诗体。继钦提奥等人为《疯狂的罗兰》辩护,肯定了传奇体叙事诗的地位后,瓜里尼等人又为《忠实的牧羊人》辩护,肯定了悲喜混杂的田园诗体戏剧。在瓜里尼看来,既然在自然界里混合是极普遍的现象,那么在艺术中就可以混合,悲剧与喜剧混合是完全合乎艺术规律的。亚里士多德给戏剧定的规则是,悲剧只写上层人物,而喜剧只写下层人物,悲剧和喜剧不能混杂在一起,上层人物和下层人物不能同台出现。

人们墨守亚里士多德的规定,对此,瓜里尼十分不满。他说,亚里士多德将悲剧规定为只能写上层人物,喜剧只能写下层人物,"但亚里士多德却把寡头政体和大众政体混合在一起来形成共和政体。在共和政体之下,公民不都是人,而政府的措施不就是人的行动吗?如果这两个阶层的人在实践中可以混合在一起,诗艺在戏拟中就不可以也把他们混合在一起吗?"①在他看来,将悲剧和喜剧结合起来,可以"不至于使听众落入过分的悲剧的忧伤和过分的喜剧的放肆"。瓜里尼对亚里士多德文艺思想的修正,对悲剧与喜剧混合体裁的追求,是文艺复兴时代市民的力量和要求的反映,为文艺在体裁的发展上拓展了空间。塞万提斯、维加、莎士比亚等人,不仅从理论上肯定这种新兴的艺术体裁,而且用自己的艺术实践证明了它不朽的生命力。总之,在体裁方面,他们主张文学体裁应随时代的发展而发展,根据所反映的内容安排作品的体裁。

除了语言和体裁外,这一时期的理论家在艺术的表现技巧上均有所创新。特别是把艺术摆在科学的基础上,强调艺术家要着意追求艺术表达方面的科学技巧,推动了西方艺术向前迈进的步伐。

总之,这一时期的文艺思想,不仅在反封建反神权的斗争中出色地完成了自己的历史使命,将文艺由天国拉回到人间,起到了为人文主义新文艺服务的目的,而且在艺术理论与表现技巧上也有一些新的、有价值的探索。这些探讨,消除了中世纪基督教在文艺理论发展道路上设置的种种障碍,成为了文艺理论从古希腊罗马时代进入近代的一个桥梁,为后世文艺理论的发展与繁荣做了必要的准备。

但客观地讲,这一时期的文艺理论,其总体成就并不高,与这样一个伟大的时代是极不匹配的。这体现在这个时期的文艺观尽管有所创新,但基本上是对古希腊罗马的文艺观的延续、修正与补充,并没有形成自己有深度的理论体系。因此,也就没有出现有影响的文艺理论家和对后世产生深远影响的理论著作。究其原因,首先是因为文艺复兴时期不仅是一个理性不足的时代,而且是一个呈现出艳丽的感性色彩的时代。刚刚从神学束缚中解脱出来的人们,以新奇的目光看待世界,感受人生,宣称人有满足一切自然本性的权利,将激情、快乐乃至疯狂都看作人性伟大的品格加以颂扬。这种强调情感而不是理性的现实人生观,导致这一时期人们的感性发达而理性思辨欠缺,而这恰恰有利于

---

① 伍蠡甫主编:《西方文论选》上卷,第197页。

文艺创作而不利于理论建构,所以这个时期的文论远不如文艺那么发达。其次,这一时期的文艺理论是为现实斗争服务的,基本上是一种以唯物主义思想为指导的现实主义文艺观。尽管它不无价值和意义,但却因为对社会功能的强调而忽略了对文艺的审美本质的探讨。

第二节 意大利文论

文艺复兴虽然是全欧性的运动,但它的发源地和主要活动场所却在意大利。其原因在西方文学史的介绍中已有详论,这里不再赘述。在这场新文化运动中,文艺发展最早的也是意大利,在文艺复兴的初期就涌现出像但丁、彼特拉克、薄迦丘、阿利奥斯陀、塔索、达·芬奇、拉斐尔、提香、米开朗琪罗等一大批文学艺术巨匠。文学艺术的杰出成就不仅对欧洲其他各国民族文学的建立起到了鼓舞和典范作用,而且也为这一时期的文艺理论与美学思想的发展提供了基础。

在文艺理论与美学思想方面,意大利同样处于领先地位。围绕《疯狂的罗兰》、《忠实的牧羊人》、《解放了的耶路撒冷》、《神曲》等进行的一系列"古今之争",尽管也涉及其他国家,但最先和最主要的却是在意大利,其他国家的争论也是由意大利扩散的。如前所述,"古今之争"成为了文艺复兴时期文艺理论发展的开端和契机,它不仅涉及对文艺理论的所有问题的探讨,而且也带动了欧洲各国文艺理论的发展。

在文艺复兴运动中,意大利出现的文艺理论家最多,其成就也最为突出,其主要有但丁、薄迦丘、达·芬奇、卡斯特尔维屈罗等。

一、但丁的文艺思想

但丁·阿里盖利(Alighieri Dante,1265—1321)是中世纪过渡到文艺复兴时期的著名诗人,也是文艺复兴思想的先驱、西方近代民族语言理论和文艺理论的奠基人。他对哲学、科学、音乐、绘画、诗歌等都颇有造诣,是个多才多艺的巨人。他的文艺作品主要有用意大利语写成的诗集《新生》(1292—1293)、介绍各种知识的《飨宴》(1304—1307)和伟大的长篇叙事诗《神曲》(1307—1321)。但丁的文艺思想主要见于《飨宴》、《论俗语》、《致斯加拉大亲王书》三部著作中,概括起来,主要有三个方面的内容。

第一,建立为新文学服务的民族语言。但丁在文艺理论上最大的贡献是为意大利民族语言文学的建立奠定了基础,其主要思想见于《飨宴》和他最重要的理论著作《论俗语》中。《飨宴》的第一卷是但丁为民族语言——俗语辩护的尝试。所谓俗语,是与教会和官方所使用的拉丁语相对的各区域的地方语言。在但丁看来,死板、僵化、脱离大众的拉丁语不利于文学的发展,而俗语是一种既能表达情感,又能表达思想,既适合写诗,又适合写散文的优秀语言。写作的目的就是向人们传播知识,只有用俗语写作,才能为广大的人民群众所接受。他认为拉丁语是"日暮斜晖",而意大利俗语则是"新升的旭日",必将代替拉丁语。

如果说《飨宴》第一卷还只是为民族语言辩护的话,那么《论俗语》则开始建构一套为民族文学服务的新的民族语言理论。但丁认为,俗语是自然语言,比人为的文言高贵。他主张在意大利各地方俗语的优点的基础上,建立统一的民族语言,这种民族语言既是全民族传达思想、交流感情的工具,又是作家创作所采用的语言。他为建立这种民族语言制定了标准,那就是"光辉的、基本的、宫廷的和法庭的"①。所谓"光辉的",即"那种发光照亮别的,自己也被照亮的东西"②,或者是那种被提炼和过滤了的文明、正确、简练、优美、清楚、完整、流畅的语言。所谓"基本的",即是一种既来自于地方方言但又不局限于地方、超越于地方方言的,全意大利的标准语言。所谓"宫廷的",即它应该是意大利的官方语言,被所有的人接受和运用。所谓"法庭的",即它应该是高度正确的,在语音词汇语法等方面都规范、合乎逻辑规律,可以运用于学术的语言。如果仅此而已的话,它只是一部语言学著作,但事实上,他的民族语言理论的建立是为民族文学的建立服务的。但丁认为,这种俗语,是为内容服务的,应该用来处理伟大的主题。他所说的伟大的主题是指"安全、爱情和美德",即"武士的英勇,爱情的热烈,和意志的方向"③。从他所说的伟大的主题来看,他是用俗语为新文学服务,表现爱国主义精神、人文主义思想,反映为市民阶级服务的时代要求。

第二,"诗为寓言"说。如前所述,文艺复兴初期的一些理论家,为了为文艺争取合法的地位,借用被中世纪教会所接纳的惟一的文艺理

---

①② 伍蠡甫主编:《西方文论选》上卷,第167页。
③ 同上书,第172页。

论——寓言理论,来证明诗歌的神圣性质,但丁即其中之一。当《神曲》问世后,他把它的《天堂》篇献给曾给予他保护和恩泽的康·格朗德亲王,并写了一封信介绍《神曲》的主题、主角、形式、目的、作品的名称和作品所关系到的哲学等问题,这封信即我们现在所说的《致斯加拉大亲王书》。在这封信里,他提出了"诗为寓言"说的观点。他在解释写作《神曲》的意图时说:"为了进一步阐述我们的意见,必须说明这部作品的意义并不简单,相反,可以说它具有多种意义,因为我们通过文字得到的是一种意义,而通过文字所表示的事物本身所得到的则是另一种意义。头一种意义可以叫做字面意义,而第二种意义则可称为譬喻的、或者神秘的意义。……我们了解了这一点之后,就可清楚地看出环绕主题的不同意义一定有两层。因此我们必须从字面意义上,然后又从寓言意义上,考虑这部作品的主题。仅从字面意义论,全部作品的主题是'亡灵的境遇',不需要什么其他的说明,因为作品的整个发展都是围绕它而进行的。但是如果从寓言意义看,则其主题是人,人们在运用其自由选择的意志时,由于他们的善行或恶行,将得到善报或恶报。"① 从这段话我们可以看到,但丁借助中世纪流行的"四义说",即字面的、譬喻的、道德的和寓言的意义,把诗看作与《圣经》一样是具有意义的,这就为文学艺术的合法性奠定了基础。但丁在此基础上又创造性地指出,字面意义以外的意义都可以叫做寓言,因为"它们同字面的历史的意义不同",从而提出了"诗为寓言"的理论。尽管他的文艺思想还没有完全摆脱神学观念的束缚,但我们必须看到,他的"诗为寓言"说的理论不是为了宣扬神学思想,而是为了表现人文主义思想。

在文论史中,但丁也如同他的诗歌创作一样,是个处于新旧交替时期的、继往开来的文艺理论家。

二、薄迦丘的诗论

薄迦丘(Giovanni Boccaccio,1313—1375)是意大利人文主义的先驱之一。他的著名的短篇小说集《十日谈》是文艺复兴初期第一部产生巨大影响的人文主义文学作品。他的主要文艺理论著作有《但丁传》、《异教诸神谱系》等。

与但丁一样,他也借用神学的理论框架为文艺辩护,提出了"诗是

---

① 伍蠡甫主编:《西方文论选》上卷,第159—160页。

神学,而神学也就是诗"的观点。他在《但丁传》中说:"我说神学和诗可以说差不多就是一回事,如果他们用的题材是一样的;我甚至可以说,神学不是别的,正是上帝的诗。……从此可见,不仅诗是神学,而神学也就是诗……"①他充分地肯定了文艺的社会作用,认为诗的热情可以"锻炼和焕发精神力量"。但他又真诚地认为,诗这种"热情的而又精细的创作"的产生是"导源于上帝的胸怀"。由此可见,他的理论也与但丁一样,没有完全脱离神学的窠臼。

但薄迦丘除了认为诗的效果是"导源于上帝的胸怀"外,也认识到完美的形式和诗人本身的修养对诗所产生的影响。他主张采用虚构、想像以及各种技巧来表现诗的真理,让它"隐藏在虚构的美好之中和合身的外衣下面"。他还认为诗人除了具有生活、学识、技巧和热情外,还必须具有天才。

薄迦丘在人文主义新文艺的建立中功不可没,但客观地讲,其理论成就并不高。

三、达·芬奇的艺术理论

达·芬奇(Da Vinci,1452—1519)是文艺复兴时期人文主义的重要代表,被恩格斯称为文艺复兴时代多才多艺的"巨人"。他不仅是杰出的画家、艺术理论家,而且在自然科学的各个方面都有突出的贡献。他的名作《最后的晚餐》《蒙娜丽莎》可谓家喻户晓。他的艺术理论主要见于后人根据他的笔记手稿编纂而成的《画论》和《笔记》,其中所体现的艺术思想,在当时有极强的现实意义,对后世艺术的发展也产生了较大的影响。

总体看来,他的艺术理论是现实主义的。他推崇"模仿说",主张艺术应像镜子一样反映自然。但这并不意味着他无视作者的主观创造,他主张艺术家应该以理性为指导去反映自然,使作品既源于自然又高于自然。他说:"那些作画时单凭实践和肉眼的判断,而不运用理性的画家,就像一面镜子,只会抄袭摆在他面前的一切,却对他一无所知。"他所谓的理性,一方面是指艺术家应该掌握各个方面的科学知识,在知识的指导下模仿自然;另一方面,是指创作过程中艺术家的思维活动。在解释这种活动时,他提出了"第二自然"的概念。他说:"画

---

① 伍蠡甫主编:《西方文论选》上卷,第176页。

家应该研究普遍的自然,就眼睛所看到的东西多加思索,要运用组成每一事物的类型的那些优美的部分。用这种办法,他的心就会像一面镜子真实地反映面前的一切,就会变成好像是第二自然。"①所谓"第二自然",其实就是对艺术创造性的强调,强调艺术作品不是自然的简单照搬,而是艺术家对自然进行改造的产物。达·芬奇要求艺术家在研究普遍的自然的基础上进行创作,实际上已经涉及了艺术的理想化和典型化的问题。

在达·芬奇的现实主义艺术理论中,始终贯穿着现实主义创作精神。他继承和发展了但丁所开创的以人为艺术创作中心的理论,始终把人和人的思想作为艺术表现的核心。他明确指出,一个优秀画家应该描写人和他的思想意图。这种思想,是文艺复兴时期以人为中心的人文主义时代精神的体现。

达·芬奇的艺术理论虽然主要是就绘画而言的,但他同样适应于其他的艺术门类。其中的人文主义、现实主义创作思想,是值得肯定的。但他主要是论述绘画与自然的关系,而对艺术与现实斗争的联系却较少涉及,特别是对艺术的社会功用很少提及。另外,他认为"诗人的作品比不上绘画那样令人满意"的观点,无疑是武断和片面的。

四、卡斯特尔维屈罗的文论

卡斯特尔维屈罗(Castelvetro,1505—1571)是意大利文艺复兴时期一个具有异端色彩的批评家和文艺理论家。他宣扬人文主义思想,因为公开赞成普选权而受到教廷的迫害,长期流亡瑞士,潜心学术研究,终其余年。他的著作大都遗失,仅存的是在翻译、整理亚里士多德的《诗学》过程中所写的诠释,即《亚里士多德〈诗学〉的诠释》。他通过诠释和有意"误读"《诗学》,广泛地探讨各种文艺问题,融入自己的文艺观。他在诗的起源与目的、文艺服务的对象、诗的题材与语言、戏剧的艺术法则等诸方面都提出了自己与众不同的见解。

在诗的起源与目的、文艺服务的对象上,他提出了"消遣娱乐"说。他指出:"诗的发明原是专为娱乐和消遣的,而这娱乐和消遣的对象我说是一般没有文化教养的人民大众。"②在他看来,亚里士多德根本不

---

① 伍蠡甫主编:《西方文论选》上卷,第 183 页。
② 同上书,第 193 页。

应顾及教益。即使要顾及教益,也应该对教益顾及得很少。或者"把教益限于一种,即造成恐惧和哀怜的净化"①。卡斯特尔维屈罗反对将文艺变成宣扬基督教教义的工具,反对将文艺变成为统治者和罗马教廷服务的工具,而主张舍"教"取"乐",明确提出文艺服务的对象应该是"一般没有文化教养的人民大众",在当时的历史条件下,反映的是当时新兴资产阶级的需要,无疑是有一定进步意义的。在当时那样一个崇尚感性的时代,"乐"本身就包含着人文主义思想。但是,我们又必须看到,他把"乐"强调到了作为诗的惟一目的的地步,无疑是矫枉过正了。无论他的主观愿望如何,但在客观上,他的观念对后来的唯美主义文艺观产生了影响。另外,他认为文艺服务的对象应该是"一般没有文化教养的人民大众"的观点,也是片面和经不起推敲的。

在诗的题材与语言上,他认为诗的题材与语言不同于历史的题材与语言。历史的题材"是由世间发生的事件的经过或是由上帝的意志(显现的或隐藏的)供给他的",历史学家所使用的语言是推理的语言。而诗却不然,"诗的题材是由诗人凭他的才能去找到或是想像出来的,诗的语言也不是推理用的那种语言"②,诗的语言是韵律的语言、形象化的语言。也就是说,诗是创造性的模拟,是想像的虚构,它近似于现实但又不是现实。他还认为科学技术也不能作为诗的题材,因为科学技术是经过理性所认为必然的事,它会限制诗人的想像。在这个问题上,卡斯特尔维屈罗有不少片面、偏颇和绝对之处,比如诗的题材是由诗人凭他的才能去找到或是想像出来的观念、历史是用推理的语言写成的观念。但他对形象思维和逻辑思维加以区别,这不能不说是对文艺理论的一个重大贡献。

卡斯特尔维屈罗在戏剧的艺术法则上也有一些自己的创见,最为突出的是他在亚里士多德原有的"情节一致律"的基础上,又提出了"时间一致律"和"地点一致律",形成了"三一律"的雏形。亚里士多德是说过"悲剧以太阳运行一周为限或稍超过一点"的话,但他是指演出的时间而不是真实的时间。至于地点一致律,亚氏根本就没提过。"三一律"的提出,是对中世纪神秘剧情节庞杂纷乱、地点变动不居、发生的时间过于漫长而失真等混乱现象的革新。尽管它是对亚氏观念的"误读",但它消灭了戏剧艺术的混乱散漫现象,使情节、地点、时间集

---

① 伍蠡甫主编:《西方文论选》上卷,第194页。
② 同上书,第192页。

中,让观众产生一种"近似"感。特别是对文艺作品形式的规范,也不是完全没有意义的。但后来到法国古典主义那里,"三一律"却变成了束缚文艺发展的教条,这尽管不是它的本意,但它也不是完全没有责任的。

卡斯特尔维屈罗在"古今之争"中的革新意识顺应了时代的发展,他的文艺观念反映了新兴市民阶级的要求,具有民主倾向和进步意义。他对亚里士多德的理论的整理、诠释和发挥,奠定了亚氏理论在意大利文艺批评中的领导地位,对欧洲文艺复兴时期的文艺理论以及法国古典主义的形成都起了重要的作用。但他的文艺观的偏激之处是明显的,对后世文艺理论的发展带来了一些负面的影响。

第三节 英国文论

由于远离欧洲大陆,英国的文艺复兴运动开始得比较晚,它的创作实践方面的代表人物莎士比亚也出现得比较迟,所以它的文艺理论与文艺批评也远不如意大利那么丰富多彩。但在意大利和欧洲大陆其他国家的影响下,它也逐步发展起来。尤其是到了 16 世纪,英国迅速赶上了欧洲大陆文艺复兴的步伐。特别是在人文主义文学方面,可以说是异军突起,无论数量还是质量,都远远超过了其他国家。随着文学创作的繁荣,文艺理论也迅速发展起来,出现了锡德尼、培根、莎士比亚等理论家,提出了一系列富有创见的文艺观念。

一、锡德尼及其《为诗辩护》

锡德尼(Philip Sidney,1554—1586)是英国文艺复兴时期的诗人、文学批评家。他的主要文学作品是英国文学史上第一部田园生活传奇《阿卡狄亚》,其文艺观念主要见于为驳斥斯蒂芬·高逊(Stephen Gosson)贬低与反对诗的小册子《罪恶的学堂》而写的《为诗辩护》中。高逊从清教徒的立场出发,认为社会风气的恶化是因为文学所致。他把批判的对象瞄准包括诗在内的一切因创造形象而具有艺术性的文学,彻底否定它们的认识作用和教育作用,认为它们是罪恶的学堂。面对这种敌视世俗文艺的神学逆流,锡德尼写下了《为诗辩护》,来表达自己的人文主义思想,并阐述了自己关于艺术的观点。

针对高逊等人对诗的攻击,锡德尼肯定了诗的地位,认为它是知识的保姆。他指出:"诗,在一切人所共知的高贵民族和语言里,曾经是无知的最初的光明的给予者,是其最初的保姆,是它的奶逐渐喂得无知的人们以后能够食用较硬的知识。"①在他看来,诗人就如同学术之母,哲学家、历史学家、伦理学家、神学家等无一不是从诗中汲取营养。因此,诗歌创作或者说文学艺术创作是一项高尚的事业,它有充分的权利存在和发展。为此,他还着重论述了诗歌或者说文学艺术的性质和功用。

在关于文学艺术的性质方面,他在继承亚里士多德和贺拉斯的理论的基础上,提出了"诗是创造"说。他承认诗歌以及一切文学艺术都是模仿自然的,它"是一种模仿艺术,……是一种再现,一种仿造,或者形象的表现"。但是,他认为艺术模仿自然同时又高于自然。不过,他认为其他艺术都要依靠自然、遵循自然、受制于自然,而"只有诗人,不屑为这种服从所束缚,而是为自己创新的气魄所鼓舞,在其造出比自然所产生的更好的事物中,或完全崭新的、自然中所从来没有的形象中……升入了另一种自然,所以他与自然携手并进,不局限于她的赐予所许可的狭窄范围中,而自由地在自己才智的黄道带中游行。"②诗如同学问之父,在模仿自然时创造另一自然,因为它可以运用虚构、想像来加以提升。他充分肯定了诗歌是诗人创造性的产物,阐述了艺术源于生活而又高于生活的道理,无疑是正确的。但他在具体论述时又偏重诗歌高出自然的一面,给人一种忽视生活基础的感觉。

锡德尼认为,作为一种"形象的表现"的诗,其目的和作用在于教育性和怡情性。他说,诗人的"创作是为了模仿,而模仿是既为了怡情,也为了教育,而且怡情是为了鼓舞人们去实践那个他们本来会逃避的善行,而教育则是为了使人们了解那个感动他们、使他们向往的善行"③。这一提法其实并没有什么新颖之处,关键在于锡德尼对此进行了卓越的阐述。他在诗歌与其他学科的对比中,尤其是与哲学、历史的对比中论述其审美教育功能。他主要围绕两个方面进行论述,一是因为它的形象性,它具有愉悦和感动人们向善的功能。他指出:"一幅完美的图画,因为他为人们的心目提供了一个事物的形象,而于此事物,

---

① 伍蠡甫主编:《西方文论选》上卷,第227页。
② 同上书,第231页。
③ 同上书,第233页。

道学家只予以唠叨的论述,这论述既不能如前者那样打动和透入人们的灵魂,也不能如前者那样占据其心目……"①第二个方面是因为诗歌的形象性和审美特性,使它具有能愉悦和感动更广大的人们去行善的作用,即通过它的怡情功能,吸引人们去行善。为此,他在论述悲剧与滑稽剧时,认为滑稽剧应该有"愉悦"而不仅仅只是"哄笑",因为"哄笑"只是一种生理的快感而缺乏审美特性,不能起到怡情和教育的效果。他把喜剧的目的由传统的笑改变为引起愉悦,这也是他的一个创见。

总之,他从文学艺术的性质——虚构、想像、创造性、源于生活又高于生活、愉悦等——出发,充分肯定了文艺的认识作用、教育功能和娱乐功能,丰富和发展了文艺复兴时期的文艺理论。但应该指出的是,他所说的"诗",本来是适应一切文学艺术的,但他出于为诗歌辩护的目的,认为诗歌是其他艺术之母、之父,这就无视了艺术的客观规律。

二、培根的文艺理论

培根(Francis Bacon,1561—1626)是英国经验主义哲学和现代实验科学的创始人、散文作家、美学家。他出身贵族,是英国资产阶级化的贵族的思想代表,主要著作有《论文集》、《学术的进展》、《新工具》和《新大西洋》等。他提倡实验科学和归纳的认识方法,用富有时代精神的唯物论反对中世纪经院哲学和神学。他强调感觉与知识,认为认识源于实践,他有句名言:"知识就是力量,要借服从自然去征服自然。"即把感性认识看作是知识的基础,强调认识的实践功用,这是他哲学思想的核心,也为英国经验主义哲学奠定了基础。但他的思想中还残留着宗教观念,提出"二重真理论",主张感觉和经验、神示和信仰同为真理的来源。他的文艺思想和美学思想主要见于《学术的进展》第二部中。

从他的哲学思想出发,他把人类的学术分为历史、诗和哲学三个部分,把人类的理解力分为记忆、想像和理智三种活动,认为"历史涉及记忆,诗涉及想像,哲学涉及理智"。他认为想像有复现的想像(即记忆)和创造的想像,而诗的想像是一种创造的想像,创造的想像的主要特征是"放纵的自由"。他认为诗除了在语言的韵律上受到限制外,

---

① 伍蠡甫主编:《西方文论选》上卷,第 235 页。

"在其他各方面是极端自由的",诗是"真实地由于不为物质法则所局限的想像而产生的",它可以"任意将自然界所分开的东西结合起来,把自然界所结合的东西分开"。基于以上分类、归类和分析,他把诗的涵义大大扩展了,认为凡属虚构历史而能使心灵感到满足的作品,都可称为诗,从而提出了诗"不是别的,它就是那可用散文或韵文表达的'虚构的历史'"①的定义。他与其他的人文学者一样,认为诗高于自然,因为这种"虚构的历史"能"在某些方面给予人心一点点满足",在他看来,"在这些方面事物的本性却不能给人这种满足,因为世界是相应地低于灵魂的"。"虚构的历史"之所以能给予人心一些满足,就是由于"它具有一种比在事物本性中所发现者更为丰富的伟大、更为严格的善良、更为绝对的多样性"。

培根认为诗的想像与虚构的特征,使它高于历史,具有更大的教育功能和审美娱乐功能。"因为真正历史中的行动与事件没有那种满足人心的宏大范围",而诗却能虚构出"一些更伟大、更英勇的行动与事件",这样,诗就能给人"弘远的气度、道德和愉快"②。通过想像与虚构,创造出比真实的历史更为理想化的审美形象,在给人愉悦的同时,提高人的心灵,达到教育的作用。他认为诗在培植人的德行的功能上,远胜于抽象理论的论证。正因为诗是虚构的故事,所以他主张读者可以重新解释和创造性地发挥,这可以说是一种接受美学思想的萌芽。

在美的问题上,他反对当时流行的美在于形状的比例和颜色的观念,不赞成从许多面孔中选择最好的部分去构成一个顶美的面孔的办法。他认为艺术不能凭机械的拼凑,而要凭艺术家的灵心妙运;美不在于部分而在于整体,要追求一种动态美。

总之,培根在继承柏拉图的诗的起源说和亚里士多德的诗的"模仿说"的基础上,重视诗的想像与虚构,看到了它的独特的美,丰富了文艺复兴时期的文艺理论和美学思想,一些观念对后世文艺理论的发展起到了启发作用。但他的神学思想残余又使他唯心地将"上帝的启示"作为衡量标准,在他看来,诗之所以高于其他的学科,是因为它"更能符合于上帝的启示"③。

---

① 伍蠡甫主编:《西方文论选》上卷,第247页。
②③ 同上书,第248页。

三、莎士比亚的文艺思想

莎士比亚(William Shakespeare,1564—1616)是英国文艺复兴时期最伟大的戏剧家和诗人。一生共创作了 37 部戏剧、2 部长诗和 154 首十四行诗。他的戏剧,代表了文艺复兴时期人文主义文学艺术的最高峰。他没有专门的理论著作,其文艺观念和美学思想主要散见于他的戏剧和诗歌中,滔滔不绝地涌现在剧中人的台词里,总体来看,是一种现实主义的文艺观。

在艺术与自然的关系上,他主张艺术要反映自然,力求真实。在《哈姆雷特》(1601)中,他劝演员要拿一面镜子去照自然,他还借哈姆雷特之口说:"自有戏剧以来,它的目的始终是反映自然,显示善恶的本来面目,给它的时代看一看它自己演变发展的模型。"[①] 他还明确指出,戏剧应该"是自然的镜子"、"人生的缩影"。因为,自然是艺术的源泉,它比艺术更丰富、更美好,因此好的艺术就应该反映自然。不仅要反映自然,而且要力求真实。他在十四行诗第 54 首中说,美离不开真,"美看起来要更美得多少倍,若再有真加给它温馨的装潢"[②]。他的创作实践也是在这种现实主义艺术观的指导下进行的,因为现实主义艺术观的核心就是真。他始终坚持把真实地反映人生、反映自然、反映时代作为自己的创作原则和创作宗旨。

莎士比亚主张艺术要反映自然,力求真实,但并不是自然主义的反映,并不意味着他无视艺术想像。他所说的自然,是经过艺术家加工和提炼过的自然;他所说的真实,是源于自然的一种艺术真实。所谓加工和提炼,所谓艺术真实,都离不开艺术家的虚构与想像,想像可以创造出一种艺术所需要的真实。在《仲夏夜之梦》中,他借忒修斯之口道出了艺术的想像本质:"疯子、情人和诗人,都是幻想的产儿:疯子眼中所见的鬼,多过于广大地狱所能容纳;情人,同样是那么疯狂,能从埃及人的黑脸上看见海伦的美貌;诗人的眼睛在神奇的狂放的一转中,便能从天上看到地下,从地下看到天上。想像会把不知名的事物用一种形式呈现出来,诗人的笔再使它们具有如实的形象,空虚的无物也会有了居

---

① 《莎士比亚全集》(9),人民文学出版社,1978 年,第 68 页。
② 《莎士比亚全集》(11),第 212 页。

处和名字。强烈的想像往往有这种本领……"①莎士比亚还十分重视想像对构思情节的作用,在《亨利五世》的致辞中,他直接向读者呼吁:"发挥你们的想像力,来弥补我们的贫乏吧。"通过想像,"一个人,把他分身为一千人,组成一只幻想的大军。我们提到马儿,眼前就仿佛真有万马奔腾,卷起了半天尘土。……凭着想像力,把它们搬东移西,在时间里飞跃,叫多少年代的事迹都挤塞在一个时辰里。"②莎士比亚对想像的看法涉及了文学的创作特质,有重要的理论价值。

---

① 《莎士比亚全集》(2),人民文学出版社,1978年,第350页。
② 《莎士比亚全集》(5),第242页。

第四章 古典主义文论

第一节 古典主义文论概述

古典主义是17世纪末、18世纪初流行于欧洲的一种文艺思潮。因为它以古希腊罗马的文艺为典范,因而被称为"古典主义"。古典主义文论既是对这一时期创作实践的总结,也是指导创作的一种理论纲领。它的策源地和主要活动场所是法国,但影响到了英国和德国等主要欧洲国家。它并不是一成不变的,在不同的国家、不同的时期、不同的作家身上,它的具体主张和信念不尽相同,但都基本上遵循了"崇尚理性"、"模仿自然"、"师法古典"、"严守规范"等创作原则。在概述部分,我们主要以法国为例,介绍它的产生、形成与发展以及功过得失。

一、古典主义文艺理论的产生

古典主义文艺思潮的产生不是偶然的,有着历史的必然性。从社会政治的角度看,它是封建社会向资本主义社会过渡时期,新兴的资产阶级借助中央王权与贵族阶级进行斗争和妥协的现实在文艺上的反映。经过30年宗教战争的蹂躏,17世纪初的法国经济凋敝、封建割据、王权旁落。亨利四世执政后,为复兴经济、制约封建割据和重振王权,颁布了一系列发展资本主义的政策,使新兴的资产阶级迅速壮大。到路易十三时期,基本上形成了僧侣、贵族、资产阶级三足鼎立之势。资产阶级的壮大对贵族阶级造成了直接威胁。资产阶级与贵族阶级都需要王权来与对方抗衡,这样就形成了王权凌驾于一切之上的政治局面。到路易十四时期,法国发展成了当时欧洲最强的中央集权君主制国家。在两个阶级互相对峙,他们文艺上的主张谁也无法占统治地位的历史条件下,经过君主专制扶持的古典主义文艺应运而生,成为这一时期占主导地位的文艺思潮。资产阶级只能在百般迁就王权的前提下,委婉曲折地表达一下自己的利益和愿望。所以,古典主义文艺思潮是君主专制制度在思想文化上的反映,是一段特殊历史的产物。

从哲学影响看,当时占主流的唯理论以及唯物主义哲学对这一时期的文艺观产生了深远影响。笛卡儿(René Descartes,1596—1650)是唯理论哲学的创始人,他特别强调理性的作用,把人的理性看作是真理的最高标准,主张一切都要靠理性去判断。什么是理性呢?在认识论上,笛卡儿认为理性是一种先天的认识能力,是一切认识之源。人可以凭借它认识万物的真伪,辨别是非。他认为感觉不足恃,想像不可靠。在方法论上,唯理论与经验论正处于对立地位,它重视逻辑的演绎法而不用归纳法。在他看来,一旦被证明是真理,那就是普遍的、永恒的,因为可以用此理推彼理。尽管时代推移、民族不同,但理却不变。宇宙万物有一定的常理,道德人心有一定的情理,文学艺术有一定的义理。在美学观上,他认为真即美。真是永恒不变的,万物之美全在真。真存在于条理、秩序、统一、均整、平衡、对称、明晰、简洁、规律等中,而人只有凭理才能认识真。在道德论上,他认为感情必须受意志统御,而意志又必须受理性支配,只有这样才能达到善行。以笛卡儿为代表的唯理论直接影响了古典主义文艺思潮,古典主义最著名的口号就是"崇尚理性"。除了唯理论外,唯物主义哲学也对古典主义产生了影响。唯理论将理性当作普遍的人性,而以伽桑狄(Rierre Gassendi,1592—1655)为代表的唯物主义哲学则认为人性就是人的自然本性,善行在于遵循人性的自然和自然的人性。这种唯物主义哲学尽管不占主流,但同样也对古典主义产生了影响,比如它的另一个重要的口号就是"模仿自然"。古典主义文论中的许多观点可以说就是这两种哲学,特别是唯理论哲学的直接演绎。

从文艺自身的角度看,古典主义是针对人文主义文艺激情有余而理性不足的现象,在一定程度上的反拨;而古典主义文论既是对古典主义创作实践的总结,也是建设维护专制制度的文艺的需要,对文艺复兴以来文艺的混乱局面的一次自觉的规范与整饬。人文主义文艺充分地表现了人的能力与潜力,改变了神学统治下人无所作为、消极被动的局面,唤起了人们的思想解放和人性觉醒的意识。但在这场人神移位的运动中,人固然部分地实现了其自身的价值与意义,却很不彻底。尽管我们说文艺复兴是一个理性复兴与重构的时代,但真正的理性精神,应该是其内涵的两个层面的融合。一方面,应该具有人文精神;另一方面,又要在社会道德规范之下宣泄原欲。但文艺复兴时期人的自觉呈现出过分艳丽的感性色彩,上演了一场狂欢的盛宴。比如薄迦丘将个性解放与现世幸福等同于性开放和现世享乐,肯定了损人利己、尔虞我诈、不择手段的个人主义思想。伊拉斯谟公然宣称人有满足一切自然本性的权利,将激情、快乐乃至疯狂都看作人性伟大的品格加以颂扬。《巨人传》中最理想的社会模式是德廉美修道院,而它的信条就是"随心所欲,各行其是"。特别在文艺复兴后期,一些作家为了迎合小市民的心理,采用低级趣味的描写,倾向于淫猥的自然主义。文坛上的这种局面,的确需要一定的理性加以规范与整饬。尽管它不是古典主义文论产生的根本原因,但在一定程度上也促成了古典主义文论的出现。

二、古典主义文论的形成与发展

法国古典主义文论的形成与发展,大致与君主专制的盛衰相伴随。政治安定、经济发展,使文学艺术出现了繁荣的景象。但由于缺乏统一的领导和艺术上的规范,对立的派别互相排斥、艺术创作任凭感情驱使、语言庞杂不纯,使得文学艺术的创作处于混乱状态,很不利于王权的巩固。对此,一些效忠于王权的人提出整饬文艺,其中代表人物是马莱伯(Fraçois de Malherbe,1555—1628)。在形式上,他要求纯洁语言,反对杂语,主张将宫廷和上流社会的通用语言作为书面语言,反对矫揉造作的文风;在内容上,他提出文艺要为王权服务,歌颂君主的"伟大",反对无约束的激情,要求艺术创作要把理性视为最高原则和惟一向导。他的理论给后世文艺的发展戴上了枷锁,但客观地看,在当时是符合时代精神的,也顺应了文坛的混乱局面需要整饬的要求。宰相黎塞留深知文艺对巩固王权的作用,采纳了他的建议。一方面大力提倡文化艺术,推行奖励文艺学术的政策。另一方面,成立了"法兰西学院",设立40个终身制的院士职位,作为王权在文艺界的代表,规范文学艺术,确立审美趣味和文学批评的标准,将文艺纳入为王权服务的轨道之中。但审美趣味和文学批评标准的确立并不是一蹴而就的,而是要经历一个漫长的酝酿与发展过程。这其中包括同与古典主义精神对立的派别的斗争、古典主义者之间在审美趣味与批评标准上的分歧引起的争论、古典主义的民主意识与保守意识之间的斗争等。在法国,参与这场争论和斗争的理论家主要有沙坡兰(Jean Chaplain,1595—1674)、高乃依(Pierre Corneille,1606—1684)、拉辛(Jean Racine,

1639—1699)、莫里哀(Molière 1622—1673)、布瓦洛(1636—1711)、圣·艾弗蒙(1610—1703)等,直到 1674 年布瓦洛的《论诗艺》出版,才被奉为古典主义的法典,最终确立了古典主义理论的规范。

在"法兰西学院"成立之初,文坛上存在着"厚古派"与"崇今派"、"复古派"与"雕琢派"、"宗教文学"与"通俗文学"等的争论。"厚古派"以古典为典范,对反映现实的文学采取鄙视态度,而"崇今派"则一笔抹杀文艺的继承性。"复古派"提倡以法国古代作品为模范,要求严谨的诗律、典雅的风格、中世纪的主题,忽视文艺反映现实的原则。起于贵族沙龙的"雕琢派"反对复古,主张写实,但讲求纤巧雕琢的风格、迂回曲折的表达、无伤大雅的幽默。"宗教文学"墨守中世纪神学思想,而"通俗文学"反映现实生活,但却流于淫猥的自然主义。古典主义在对所有这些流派既有批判又有吸收的基础上,借用马莱伯等人的理论,形成了自己的雏形。总体地看,古典主义基本倾向于古典现实主义的创作原则。在古与今的关系上,一方面提倡师法古典,另一方面要求反映时代的精神,即"旧瓶装新酒"。在内容上,要拥护王权、推崇理性、自我克制。在艺术上,要求完美的形式。"法兰西学院"成立之初,由于古典主义创作实践尚处于萌芽状态,不能作为文论的依傍,因此文艺理论还只是一种总的倾向,没有具体的规定。在这种总的倾向之下,又存在着民主意识与保守倾向之间的争论与斗争。这些争论与斗争极大地丰富了古典主义文艺理论。

1636 年,高乃依的《熙德》上演,获得了巨大成功。这部古典主义悲剧的奠基之作,却因为其中的民主倾向遭到了保守派的攻击。保守派认为它在主题上违反了"合礼"原则,伤风败俗;形式上违反了"三一律"。保守派的观念集中体现在沙坡兰的《对熙德的感想》(1638 年)中,它是在黎塞留的授意下写成的,代表了王权的意思。在诗的教育与娱乐问题上,沙坡兰强调以"理性"为最高原则,主张艺术标准与道德标准并重。他所说的道德标准,包括伦理和礼仪两方面的涵义。就伦理而言,要体现出"公民义务"与"人性义理"。即在行为方面,个人利益和家庭利益要服从于社会利益和国家利益;在心理方面,意志统辖感情,而意志要服从理性。就礼仪而言,人的喜、怒、哀、乐都要有节制,不能过分;人的言、谈、应、对都要守规矩,不能越礼;人的一举一动要合乎身份与地位,不能因为感情而做出有伤大雅的事情。从沙坡兰给文学艺术所规定的道德标准看,它所反映的是君主专制的政治思想、道德观念和行为准则,所崇尚的是贺拉斯的"类型性格论"和"定型性格论",

所带来的是文学艺术对人物共性的强调而缺乏个性。

沙坡兰所说的艺术标准,涉及悲剧所包含的成分、结构布局,遵循的规则等方面的规定。在成分方面,他把亚氏所说的悲剧的六大成分简约为四大成分,即故事,包括主题的构成和安排;品德作风,包括心灵的习惯和它的种种激情;感情,包括为表达主题所包含的一切思想;措辞,也就是悲剧所使用的语言。主题必须以"理性"为最高原则,而其他部分在这一最高原则之下,可以有自己的自主和自由。在结构布局方面,他提出必须要有"结"和"解"。他如此解释"结"和"解":"一篇剧本的'结'是一件意料不到的事,它突然发生而阻止了戏里动作的进展;'解'是另一件意料不到的事,它突然发生而有利于这动作的完成。"①他还明确要求悲剧必须恪守"三一律"。怎样做到既使剧情丰富以达到悲剧效果又恪守"三一律"呢?他提出要精炼剧情的内容,尽量减少穿插,可以篡改史实的时间和地点以保持剧情的假设时间和地点。

在文艺与现实的关系问题上,他从亚氏的"模仿说"出发,提出艺术必须"模仿自然"。但他对之有所发展,他所说的自然,既指事的自然性,即事物发展的义理;又可能指人的自然性,即普遍存在的人性。而前面我们说过,唯理论将理性看作是普遍存在的人性,那么遵循自然要么就是遵循事物的自然性,要么就是遵循理性。从这一概念出发,他提出了像真性与真实性对立和普遍性与个别性对立两个原则。

他从亚氏的"可能性和可信性"与文艺复兴时期的"近似性"等概念出发,进一步推演出"像真性"的概念。所谓"像真性",即悲剧所描写的事情必须尽情尽理,而"尽情尽理",就是事情的发展必须按照事物的内在逻辑进行。但客观存在决定主观意识,他所说的"尽情尽理",其实质就是要合乎君主专制下的贵族阶级的"情"与"理"。其实沙坡兰是很懂得艺术的规律的,他主张寓教于乐,提出了"奇情"的概念,即通过描写出乎意料的事情来吸引读者和观众,从而将义理寓于其中。当然,他反对怪诞的神奇,主张以现实为基础的神奇,既像真但又不是真。他认为文艺应该通过对一般意义的事物的"像真性"的描写,反映出事物发展的普遍规律。

《对熙德的感想》反映了古典主义的主导思想,可以说是古典主义文论的宣言书。针对保守派的攻击,高乃依及其拥护者也进行了辩护和反击,于是掀起了一场文艺史上的"熙德论战"。但在王权干涉下,

---

① 转引自缪朗山:《西方文艺理论史纲》,中国人民大学出版社,1985年,第364页。

他被迫保持沉默,在随后创作的《贺拉斯》、《西拿》等作品中,其倾向趋向妥协。直到 1660 年,他根据自己的创作实践和经验,写了《论戏剧》、《论悲剧》、《论三(整)一律》等文,来探讨戏剧的规律,同时,也算是对当初保守派的攻击的一种回答。

高乃依信奉古典主义,但反对拘泥于成规,主张根据实际情况来采纳古典的原则,用发展的眼光看问题。他说:"我们得到的充分材料足以超越这些范围,所以便不必再踏古希腊人的足迹。"①他的创作实践主要在悲剧方面,他的文艺思想也主要以悲剧为中心展开。在悲剧的题材方面,他认为悲剧是庄严的,应该描写重大题材。他不同意亚氏按人物的高低贵贱区分悲剧与喜剧的做法,而认为其区别在于"悲剧的题材需要崇高的、不平凡和严肃的行动;喜剧则只需要寻常的、滑稽可笑的事件"②。他接受了亚氏的"净化说",但认为它只解释了如何产生恐惧和怜悯之情,而未说明如何以恐惧、怜悯来净化情欲。因而,他在对亚氏的"净化说"进行完整的解释的基础上又指出,应该以恐惧和怜悯二者或其中之一为手段,来净化情欲,既避免后果,更消除原因,真正实现悲剧的道德目的。针对攻击他违反"三一律"的说法,他认为诗人应该有更多变通的权利。他主张灵活运用,根据具体情况来扩大地点的广度,延长时间的长度。他总结说:"只要它们经过实践的考验而获得成功的,例如在我作品中所采用的那些得到成功的方法,我便决定遵循它们。"③在悲剧的社会功用上,他认为其目的在于娱乐,但也要通过一定的规律达到教育的目的。

在古典主义文论的确立过程中,拉辛、莫里哀等人都以自己的创作实践为基础,提出了自己的美学思想。拉辛提出悲剧人物的矛盾律的观念,认为人物的性格应该是多面而不是单一的。他反对描写一般化理想的完人的做法,反对抽象的像真性,主张维护现实的真实性。尽管他在创作中揭露封建势力的黑暗,但他仍然主张文艺应该为社会服务、为现实服务。高乃依、拉辛等人的文艺观与以沙坡兰为代表的正统古典主义文艺观有很大的区别,具有民主意识。但从本质上看,他们仍然是古典主义者,仍然遵循着古典主义的主要原则。而莫里哀的美学思想,则具体化了新兴资产阶级的意识。作为喜剧家,莫里哀的理论贡献

---

① 伍蠡甫主编:《西方文论选》上卷,第 254 页。
② 同上书,第 255 页。
③ 同上书,第 265—266 页。

主要在喜剧方面,他往往通过给自己的作品作序的方式将他的美学思想表达出来。在《伪君子》的序里,他一反古典主义者提高悲剧而贬低喜剧的传统观念,认为喜剧是一种社会制裁力,是对时代恶德的批判。他认为"喜剧在纠正恶习上极有效力。一本正经的教训,即使最尖锐,往往不及讽刺的力量"。他在强调喜剧的教育功能的同时,又十分重视其娱乐功能,主张教育和娱乐并重。在《伪君子》的序中,他给喜剧下的定义是:"喜剧是一首精美的诗,通过意味深长的教训,指摘人的过失。"在他看来,有教训而无娱乐,喜剧就不能成为喜剧,教训的目的就不能达到。有娱乐而无教育,喜剧就成了浅薄的闹剧。在《妇人学堂的批评》中,他强调喜剧要面向现实,应该是"一面公众的镜子",照出形形色色的过失和毛病。他认为喜剧的讽刺力量在于真实,不能"抛开真实不管",而要在真实性的基础上做到"形象逼真",使被讽刺的毛病具有最大的概括性,从而显示出其本质。他在继承屈里斯罗喜剧理论的基础上,把喜剧的笑提高到具有社会制裁力量的重要地位,指出喜剧的笑中含有真假、美丑、善恶的冲突。在文艺的批评标准问题上,他的口号是"维护常识"、"尊重理性"。他所说的"常识"即合乎人性的和自然的东西。在他看来,古人有古人的规则,今人应该有今人的规则,应该凭"常识"制定规则。什么是合乎人性的和自然的东西呢?他认为应该是让人喜欢和感动的东西。莫里哀在喜剧理论上的创见是巨大的,但他毕竟生活在古典主义的气氛里,这使他往往把喜剧人物定型化和类型化,缺乏变化,缺乏心理描写,带上了时代的局限。

从上可以看到,在古典主义的绝对权威确立之前,始终存在着保守观念与民主意识之间的斗争。正因为各种不同倾向、不同意识的争论和斗争,极大地推动了古典主义文论的建设,使之臻于成熟。布瓦洛是古典主义文论的集大成者,他的《论诗艺》被当作古典主义的法典,其观念就是古典主义文论的特征。

但时代是发展的,随着资产阶级的日益壮大,布瓦洛的从形式到内容都彻底代表君主专制政治标准和文艺标准的文艺理论,不可避免地遭到了新兴资产阶级的抨击。17世纪90年代,以圣·艾弗蒙为代表的"今派"向以布瓦洛为代表的"古派"发起了猛烈攻击,引出了一场轰轰烈烈的"古今之争"。究其实质,它是资产阶级在向封建制度冲击前,为占领文艺阵地所作的舆论准备,带有一种革命准备的性质。

三、古典主义文论的功过得失

古典主义文艺思潮在中央集权的初始和全盛时期是功不可没的，它结束了文坛的混乱局面，把文学艺术引向了正轨。对于巩固中央集权，也有其历史的合理性。它强调"模仿自然"，注重古典传统的继承，提倡社会功能与娱乐功能并存，这都是值得肯定的。它在艺术技巧上的许多革新也是很有价值的，特别是具有民主意识的理论家的文艺观念，推动了西方文艺理论的发展。

但是，在古典主义的理性原则中，我们看到的只是对"君权神授"的所谓永恒真理的维护。尽管它也在一定程度上用道德伦理约束遏止了原始情欲的泛滥，但撕开国家义务、道德伦理这块遮羞布，可以看到它所维护的实际上是服务于封建君主政体的政治要求和为封建王权统治服务的道德准则，其目的是为了挽救贵族阶级没落的命运。它在思想上像一个巨大的牢笼一样，将人类的情感紧紧囚禁；在艺术上的公式化、概念化、教条化的种种规定，也限制了文艺的发展。

第二节 法国古典主义文论与布瓦洛

17世纪初，欧洲的文化中心由意大利移至法国，法国文学迎来了一个鼎盛时期，欧洲文艺理论也首先在法国迎来了古典主义思潮。①法国古典主义是法国封建社会向资产阶级社会过渡时期的产物。1661年，后世称为"太阳王"的路易十四独揽大权，宣称"朕即国家"、"君权神授"，绝对君主制完全建立起来。为了将文艺也纳入王权的控制之下，必须对文艺创作和批评的原则、标准予以规范，由此制定出一系列古典主义文艺理论的法规。

---

① 法国人称这种思潮为"古典主义"；为了与其他古典主义相区别，也有人称之为"新古典主义"。英语classicism一词是由拉丁文classicus（第一流的、典范的、传统的）衍生而来的，所以后世所谓的"古典作家"就不仅指古代作家，而且指一流作家，所谓的"古典作品"也不仅指古代作品，而且指经过千秋百世检验的典范作品。因此，古典主义自然含有"学古"和"法上"两层意义，即取法于古代的一流作品，这一直是各个时代古典主义的理论核心和基本原则。

一、布瓦洛与《诗的艺术》

布瓦洛（Nicolas Boileau-Despréaux,1636—1711）是古典主义文论的立法者和集大成者。从1669年开始,布瓦洛耗费5年时间完成了他的文学批评代表作《诗的艺术》(1674),发表后,受到路易十四的赏识,遂被钦定为古典主义文学的理论法典。

《诗的艺术》是一部用亚历山大诗体写成的美学、文艺学理论专著,论述了古典主义的理论基础和原则、艺术和现实的关系、古典作品的继承与创新以及创作的技巧等诸多理论问题与创作实践问题。《诗的艺术》作为古典主义的理论法规,一方面继承了贺拉斯《诗艺》中的一些观点,另一方面总结了高乃依、拉辛和莫里哀等当代作家的创作经验,体现了17世纪所强调的理性精神。

（一）理性原则

"崇尚理性"是古典主义的理论基础。布瓦洛认为,对于一个诗人,天才、训练和自身修养固然必不可少,但要想真正精通诗艺,就必须遵从"理性",因为"理性"是创作的灵魂和指导源泉,语言的选择、韵律的结构、性格的刻画、情节的安排、主题的构思都要遵循理性原则。他说过:"首先须爱理性:愿你的一切文章永远只凭着理性获得价值和光芒。"①在布瓦洛看来,离开了"理性",便无法写出合情合理的文章,无法取得创作的成功。

笛卡儿的理性主义是布瓦洛文艺思想的哲学基础。笛卡儿认为,感情从属于意志,意志从属于理性。因此,布瓦洛强调在文学创作中,技巧、文词、感情也要统统从属于理性,这是古典主义的根本原则:语言不过是表达思想的工具,诗人首先要注意文思,思路不清,语言就会混乱,"因此你写作之前先要学构思清楚。全要看你的思想是明朗还是暧昧,你的文词相应地就是含糊或清晰"。②形式要服从内容,诗人不要因为迁就一个韵脚而致词不达意,"在理性的控制下韵不难低头听命,韵不能束缚理性,理性得韵而丰盈。但是你忽于理性,韵就会不如

---

① 布瓦洛:《诗的艺术》,任典译,人民文学出版社,1959年,第一章,第37—38行。
② 伍蠡甫主编:《西方文论选》上卷,第294页。

人意;你越想以理就韵就越会以韵害理。"①布瓦洛认为理性远比情感和想像优越,理性是一切诗人行为的准则和追求的目的,也是人们衡量、批评艺术的最高准绳,一个诗人只有靠着理性,才能抑制住欲望的冲动、感情的泛滥和想像的放纵,才能避免辞藻的华丽、形式的雕琢和文思的奇巧,而使自己的创作永远合乎理性的规范。笛卡儿又指出,最大的理性应是服从"太阳王"路易十四的绝对统治。而布瓦洛所强调的也恰恰是这种要求艺术家通过创作来歌颂君主、报效宫廷、效忠国家、为君主专制服务的"理性"。高乃依的《熙德》被誉为古典主义的典范之作,剧中男女主人公在责任、义务、荣誉、国家利益与爱情的矛盾冲突中,以爱情服从责任,以理性克制情感,从而获得了荣誉,最终也获得了爱情。所以,固然悲剧还必须表现出惊恐和悲怆,使观众产生快感,但归根到底,一切都必须遵循理性,受理性的规范,实现真、善、美的有机统一。

  艺术形式除了要服从内容的理性要求外,其自身也要符合理性,要和谐恰当,有机统一。"必须里面的一切都能够布置得宜;必须开端和结尾都能和中间相配;必须用精湛的技巧求得段落的匀称,把不同的各部门构成统一和完整。"②"戏剧则必须与义理完全相合,一切要恰如其分,保持着严密尺度。"③这个原理运用在戏剧上,就是必须遵循"三一律",遵循"情节、时间与地点一致"的艺术法则。"三一律"的说法来源于文艺复兴时期意大利文论家钦提奥和卡斯特尔维屈罗对亚里士多德《诗学》的解释,布瓦洛在《诗的艺术》中将它立为法规,强调剧作家必须遵守,从而成为古典主义戏剧的突出标志。"剧情发生的地点也需要固定,说清。比利牛斯山那边诗匠能随随便便,一天演完的戏里可以包括许多年;在粗糙的演出里时常有剧中英雄,开场是黄口小儿,终场是白发老翁。但是我们,对理性要服从它的规范,我们要求艺术地布置着剧情发展;要用一地、一天内完成的一个故事从开头直到末尾维持着舞台充实。"④当然,刻意要求在一个地方、一天的时间之内演完一个故事,并非亚里士多德的本意,这种曲解正是因古典主义者崇尚理性、排斥想像的观点而造成的。最初,"三一律"的合理性成分促进了法国戏

---

① 伍蠡甫主编:《西方文论选》上卷,第 290 页。
② 同上书,第 295 页。
③ 布瓦洛:《诗的艺术》,第三章,第 122—123 行。
④ 伍蠡甫主编:《西方文论选》上卷,第 297 页。

剧的规范化,促使古典主义在戏剧方面取得了辉煌成果,但很快就成了阻碍戏剧艺术健康发展的桎梏,直到18世纪浪漫主义戏剧兴起,雨果在《〈克伦威尔〉序言》中予以批判,"三一律"才失去其权威性。

(二) 自然原则

"模仿自然"是文艺创作的基本规律。在文艺与现实的关系上,布瓦洛继承了亚里士多德和贺拉斯的"艺术模仿自然"的观点,承认艺术是对自然的模仿,只有模仿自然的作品才是真的、善的和美的,才能达到表现理性的目的,使人们获得理性的满足。"虚假永远无聊乏味,令人生厌;但自然就是真实,凡人都可体验:在一切中人们喜爱的只有自然。"①

布瓦洛所说的艺术模仿自然的"自然",并不是指自然风景和感性世界,也不全指遵循自然的客观规律而存在的社会人生,而是指理性和理性化了的自然人性,它集中体现了真、善、美的统一。首先,他的"自然"是指"常情常理",指体现在事物中的"理性";艺术只有表现这种合于理性的"常情常理",才能真实感人,才会是美的。"切不可乱开玩笑,损害着常情常理,我们永远也不能和自然寸步相离。"②"切莫演出一件事使观众难以置信;有时候真实的事可能不像真情。我绝对不能欣赏一个悖理的神奇,感动人的绝不是人所不信的东西。"③"自然就是真,一接触就能感到。"④"只有真才美,只有真才可爱,真应该到处统治,寓言也非例外:一切虚构中的真正的虚假,都只为使真理显得更耀眼。"⑤凭理性去衡量善与恶,凭理性去鉴别艺术作品的真与伪,只有遵循理性,创作才能做到"善和真与趣味融成一片"。布瓦洛所谓的"真"和"美",都是从合乎理性的角度出发的,被赋予了独特的内涵,表现出鲜明的古典主义倾向。依据亚里士多德在《诗学》第24章中关于"一桩不可能发生而可信的事,比一桩可能发生而不可能成为可信的事更为可取"的观点,布瓦洛强调"似真性",主张艺术书写经过诗人选择和加工的自然,主张作家书写虽然在现实中不可能但在艺术上是可信的事情,惟有这样的事情才是真实的。其次,布瓦洛的"自然"指的是"自

---

①⑤ 布瓦洛:《诗简》,转引自朱光潜:《西方美学史》上卷,第187页。
② 布瓦洛:《诗的艺术》,第57页。
③ 同上书,第三章,第47—50行。
④ 同上书,第57页。

然人性",一种普遍、恒常和绝对的人性,一种理性化的人性,它表现在人物的身上便成为贺拉斯所说的类型性格。例如,描写传统人物时,"写阿迦门侬就该写他骄蹇而自私;写伊尼阿斯写他对天神的敬畏之情。凡是写古代英雄都该保存其本性。"①描写喜剧人物时,"因此,你们作家啊,若想以喜剧成名,你们惟一钻研的就该是自然人性,谁能善于观察人,并且能鉴识精审,对种种人情衷曲能一眼洞彻幽深,谁能知道什么是风流浪子、守财奴,什么是老实、荒唐,什么是糊涂、吃醋,则他就能成功地把他们搬上剧场,使他们言、动、周旋,给我们妙呈色相。"②描写不同年龄的人时,"青年人经常总是浮动中见其躁急,……中年人比较成熟,精神就比较平稳,……老年人经常抑郁,不断地贪财谋利。"③

(三) 古典原则

"模仿古典"是艺术创造获得成功的重要途径。贺拉斯提出罗马的文艺应以古希腊文艺为典范,因此,布瓦洛提出法国文艺也应以古希腊罗马文艺为典范,学习古人模仿自然的方法和规律。布瓦洛等人认为,"古典就是自然",古希腊罗马的文艺之所以值得崇尚和模仿,在于它们已经被历史证明是优秀的,在于它们正确地模仿了自然,揭示了永恒的真理,表现了普遍的人性,"荷马之令人倾倒是从大自然学来,他仿佛向维纳斯盗得了百媚宝带。他的书是众妙之门,并且是取之不尽。"④所以,后人若想在创作上获得成功,最可靠的方法就是对荷马、维吉尔等人的作品"爱不释手,日夜地加以揣摩"⑤,就是"守古"和"仿古"。古典主义悲剧成功地借用了古希腊罗马经典作品的题材、人物和形式,严格遵守着古典戏剧的传统法规,以此创造出表现理性的新文艺,实现为封建王权服务的目的。拉辛的古典主义悲剧《安德洛玛克》就取材于古希腊悲剧家欧里庇得斯的《安德洛玛克》和《特洛伊妇女》;高乃依的大部分悲剧取材于古罗马的历史故事。同样,古典文艺理论家所归纳的一切创作规律也是放诸四海皆准、施诸万世可行的,布瓦洛的《诗的艺术》就是对贺拉斯的《诗艺》的仿效和墨守;"三一律"的艺

---

① 布瓦洛:《诗的艺术》,第三章,第 110—114 行。
② 同上书,第三章,第 359—366 行。
③ 同上书,第三章,375 行以下。
④ 同上书,第三章,第 295—300 行。
⑤ 同上书,第 18 页。

术法规就是对古典戏剧创作准则的遵守和沿袭。可以说,17世纪法国古典主义艺术创作和艺术批评所取得的成就,是跟布瓦洛等人对古希腊罗马文学的题材和艺术经验的重视和借鉴分不开的。

(四) 道德原则

道德原则是实现文艺的社会功用的重要保障。布瓦洛认为艺术的目的应是"寓教于乐",取悦读者和观众,给人以道德的影响;认为文艺的最高理想是理性,是真、善、美的和谐统一,为此,必须重视和加强作家的道德修养。首先,作家应有社会责任感,应该摈弃伤风败俗、低贱粗俗、下流滑稽的思想内容和语言文字,崇尚乐而不淫、谑而不虐、品味高雅、充满理性的作品,描写封建贵族的生活和业绩,歌颂路易十四的圣明与德政,以教化民众。

> 你的作品反映着你的品格和心灵,因此你只能示人以你的高贵的小影。危害风化的作家,我实在不能赞赏,因为他们在诗里把荣誉丢到一旁,他们背叛了道德,满纸都诲盗诲淫,写罪恶如火如荼,使读者喜之不尽。①

再者,作家自身要有高尚的人格修养和正确的审美态度,不做奔走豪门摇尾乞怜、仗势欺人压迫优秀作家的无耻之徒,"我们自尊自爱吧,莫干这卑劣勾当:靠阴谋获得荣名,徒见其钻营丑相。"②不贪图荣华富贵,而要"为光荣而努力啊!一个卓越的作家绝不能贪图金钱,把得利看成身价。"③作家要去"认识都市、研究宫廷",了解城市的世相百态,而首要的是熟识宫廷的审美趣味。例如塑造封建贵族的英雄人物时,要写出他们"论勇武天下无敌,论道德众美兼赅"的"自然人性";相反,如果艺术家不写这样的人的"常情常理",就是违背自然人性,例如他认为市井、乡民的世俗生活就不应该成为艺术描写的对象,他责怪莫里哀太爱平民,"常把精湛的场面来演出那些扭捏难堪的嘴脸",以致"丢开风雅与细致",这些都鲜明地表现出布瓦洛的封建贵族立场和态度。

---

① 布瓦洛:《诗的艺术》,第三章,第91—96行。
② 同上书,第四章,第119—120行。
③ 同上书,第四章,第125—126行。

二、圣·艾弗蒙与布瓦洛的"古今之争"

布瓦洛的《诗的艺术》一经发表,欧洲各国便立刻有了译文,影响很大。英国的德莱顿、德国的高特舍特把它奉为金科玉律;然而,反对它的也大有人在,如以法国的查理·贝洛勒、圣·艾弗蒙等为代表的崇今派。

圣·艾弗蒙(Saint-Évremond,1610—1703)是古典主义时代杰出的革新家,他的文论著作有《论古代和现代悲剧》(1672)、《论对古代作家的模仿》(1678)。在这些文章中,他激烈地批评了布瓦洛的古典主义理论,肯定"今胜于古"。首先,他反对文艺创作和文艺批评的复古、泥古倾向,不承认存在永恒的真理,提倡以"稳健的常识"代替"幻想的错觉"——普遍而绝对的理性法则,因为时代在前进,"我们时代的精神和寓言与神怪故事的精神是对立的。我们喜爱干脆的事实。"①"想永远用一些老规矩来衡量新作品,那是很可笑的。"②再者,圣·艾弗蒙驳斥了亚里士多德关于悲剧的"净化说",他指出,"由于引起人们恐惧和怜悯心理的过火的表演是古代悲剧的要素,这样岂不是将剧院直接变成了一所恐惧和怜悯的学校了吗?在那儿,人们只学会畏惧一切危险,对于任何灾祸束手待毙。"③圣·艾弗蒙认为,古代悲剧的真正目的是要教人从悲剧人物的伟大崇高的品格中吸取力量,陶冶情操,而"净化说"却贬低了悲剧的教育意义,培养了人们消极避世的思想,所以,现代悲剧应描写的是伟大的情感和崇高的德行,以引起观众的赞赏、爱慕和仿效。最后,圣·艾弗蒙批判了文学创作中一味沉湎于幻想和虚构的仿古风气,他说,"古代的男女诸神,……使舞台上出现一切伟大而不寻常的事迹;……但在今天,所有这些神奇事迹对于我们完全只是一种虚构的故事而已。对我们说来,神是不存在了,对神说来,我们也是不存在了。"④圣·艾弗蒙的这些见解代表了新兴的资产阶级对文艺作品的要求,具有强烈的现实主义精神,充满勃勃生机,务实而自信。以他为首的"崇今派"和以布瓦洛为首的"复古派"之间的"古今之争"动摇

---

① 伍蠡甫主编:《西方文论选》上卷,第272页。
② 同上书,第273页。
③ 同上书,第269页。
④ 同上书,第267—268页。

了法国古典主义理论的权威地位,到 19 世纪欧洲资产阶级完全取得胜利时,古典主义的清规戒律终于被浪漫主义的理论攻击得一败涂地。

布瓦洛的古典主义文艺理论迎合了贵族的艺术品味和王权的政治要求,总结了文学创作的经验,规范了文艺理论和文学批评,为法国古典主义建立了体系化的理论纲领。它包含着某些积极因素,如强调真、善、美的统一,强调理性、自然和古典作品的价值;但又具有明显的保守性,严重束缚了艺术的自由发展,违背了艺术生产的自身规律,因此,遭到了 18 世纪的启蒙主义文论家的猛烈抨击。

第三节 英国古典主义文论

17 世纪中叶,英国进行了资产阶级革命,推翻了君主专制,建立了立宪制度。但在 1660 至 1688 年间有过短暂的王政复辟时期,在此期间,法国古典主义的影响渗透到了英国,德莱顿、蒲柏和约翰生等人立足本国文学传统对其进行了批判的接受,从而形成了一种有着浓厚英国民族特色的古典主义文论思想。

一、德莱顿的文学批评思想

约翰·德莱顿(John Dryden,1631—1700),英国诗人、剧作家和批评家,文艺论著有《论戏剧诗》(1668)、《论英雄诗》(1677)、《悲剧批评的基础》(1679)等。德莱顿首先对以乔叟、莎士比亚、本·琼生(Ben Johnson,1573—1637)等为代表的英国传统文学予以了评析和确认,他是英国文学史上第一个有系统理论主张的文艺批评家,是英国古典主义的创始人,被誉为"英国文学批评之父",他所处的时代被称为"德莱顿时代"。

《论戏剧诗》是德莱顿的文艺理论代表作,模仿的是柏拉图的对话体,设计了四个人物角色,围绕着继承本国文学传统还是仿效法国古典主义这个中心问题展开文学讨论。引发德莱顿写作此书的一个重要现实原因是:1663 年,一个法国人访英归国后,在一本名为《航行》的小册子中,依照"三一律"评判和讽刺英国的戏剧俗不可耐:"他们的诗人,根本不顾地点与时间(24 小时)的统一,他们的喜剧情节,从头到尾需时 25 年,第一幕,王子刚刚结婚,下一幕他的儿子已开始游学与建功立业了。"①《论戏剧诗》就是对这一言论的及时而有力的反驳。

书中参与对话讨论的四人是：尤金尼阿斯、李西底阿斯、克里蒂斯和尼安德，他们分别代表当时文坛的一种主要流派的观点，其中尼安德代表的是德莱顿本人的观点。第一个发言者是克里蒂斯，他是一位正统的或极端的古典主义者，他认为古希腊罗马的剧作家和批评家已经发明了戏剧方面的一切条件和原理，现代人应当将其奉为圭臬，严格遵循，而英国当时的诗歌确已发展到了古代的那种完美形式。第二个发言者是尤金尼阿斯，他是英国古典主义的代表，他认为古代人所做的诗并没有采取他们的批评家的原理，他们的创作企图失败了；倒是现代人的戏剧（而且暗示是英国的当代戏剧）成了不悖那些古典条例的最佳例证。第三个发言者是李西底阿斯，他接受了前两人的基本观点，赞同模仿自然的古典条例是戏剧创作的基本要求，但是他站在了法国古典主义戏剧一边，认为完全符合古典要求的戏剧不是当代的英国戏剧，而是法国戏剧，因为后者富于理性，而不像前者那样在舞台上表现凶杀死亡、荒唐混乱和既悲且喜的场面；他还应大家的要求，陈述了大家认可的戏剧定义："戏剧是人性的正确而生动的意象，表现人的情感与习气，及人生命运的变化，其目的在于娱乐与教导人类。"②最后，第四个发言者尼安德（Neander）——意为"新人"，即德莱顿自己——指出"法国戏剧诗的优美处，是将已完美的使它更趋完美，却无能将不完美的使之完美：法国戏剧诗的优美是雕琢的优美，不是活生生的人的优美，因为法国的戏剧缺乏戏剧诗之灵魂的鼓舞，而戏剧诗之灵魂是模仿人生的习性与情感。"③而从戏剧"生动性"的角度来看，德莱顿认为英国伊丽莎白时代剧作家的作品才堪称典范。他说"在一切古今的作家中，莎士比亚具有最辽阔最丰富的文学灵魂"，④"他是天生有学问的；他不需要戴上书籍的眼镜去窥察自然；他向内心一看，就发现自然在那里"，虽然"他往往平凡无味，有时调侃之词流于俏皮，严肃之词变为浮夸。但是在伟大的机缘呈现在他面前的时候，他总是伟大的。"⑤这里，

---

① 〔美〕卫姆塞特、布鲁克斯：《西洋文学批评史》，颜元叔译，中国人民大学出版社，1987年，第164页。
② 同上书，第165页。
③ 同上书，第166页。
④ 同上书，第167页。
⑤ 〔美〕佛朗·霍尔：《西方文学批评简史》，张月超译，南京大学出版社，1987年，第77页。

作为一名古典主义者,德莱顿推崇的依然是"自然"和"理性",因此他对莎士比亚作品中不够崇高、严谨和文雅之处颇感美中不足,而称赞本·琼生是"任何剧院所能有的最富学养与最谨严的作家",认为他的《沉默的女人》是最为规则的古典戏剧,虽然他的才气远没有莎士比亚大;然而,德莱顿又是一个相当温和、相当开明的古典主义者,一个无比热爱本国文学传统的古典主义者,他甚至认为蒲柏和弗莱契所描绘的乱荡行径和巧智(wit)对话,是无人可以超越的成就,他能从历史发展和民族特性的角度,分析"莎士比亚和弗莱契的创作符合他们所生活的民族的和时代的精神"。

德莱顿的另一部文论著作是《悲剧批评的基础》,在此书中,他一方面继承了亚里士多德的悲剧观,另一方面又突破法国古典主义的束缚,结合英国悲剧创作实践中的创新之处,对悲剧中人物的行动和个性予以了强调。他认为行动是被表现出来的,而不是被叙述出来的;行动必须是单一的,同时又必须是井然有序的,要表现出一个完整的过程;悲剧人物性格和行动既是崇高伟大的,又是有缺点的,这样才能激起观众的恐惧和怜悯之情;性格是表情和思想的纽带;性格必须具有鲜明性,必须与人物的身份、年龄、性别等相一致,必须与历史或传说中的人物性格相符,必须在整出剧中前后一致,具有稳定性;性格要充分表现出人物的激情和个性。总之,悲剧要有"净化"和"寓教于乐"的教育意义。

德莱顿的批评领域非常广泛,除以上观点主张外,他还提出了诗歌的寓意问题和英雄剧的问题,坚持诗应用韵律,赞赏巧智,认可悲喜剧,指出英国戏剧中的悲喜交错变化比法国单一的悲剧或喜剧更能给观众带来欣赏的乐趣。作为英国古典主义的开创者,德莱顿对英国乃至西方文艺批评理论思想的发展做出了巨大的贡献。

二、蒲柏的文学批评思想

亚历山大·蒲柏(Alexander Pope,1688—1744)出生于伦敦的一个布商家庭,幼年时受到良好的教育。他自幼聪慧,阅读广泛,诵览英、法、拉丁诗篇及古代批评著作,18岁时开始发表诗歌,23岁即出版了传世的批评著作《论批评》(1711)。主要诗作有讽刺诗《夺发记》和哲理诗《人论》;其他批评著作还有《荷马史诗序》和《莎士比亚全集·序》。

《论批评》是一篇用五步抑扬格英雄体写成的诗,分三段,共744

行。主要谈及了两个问题:批评的标准——"自然";"巧智"(wit)——想像力和判断力的结合。文章一开篇,蒲柏即指出,在现实中,作品的毁誉成败常常取决于批评家的评判,而错误的批评比起糟糕的创作危害更大也更长久,所以批评家要具备良好的判断力,要遵循评判的标准,"首先要信奉自然,照它正确的规范,用始终如一的规范,制定你的判断。正确无误的自然!始终是非常绚烂,像明朗的,不变的,普照的阳光一般,……她是艺术的准绳,又是根源和目的"①。艺术是模仿自然的,而对于蒲柏而言,"自然"就是古典文学范本所树立的创作规则和标准,"古时的规律,是发现而非发明的,还是自然,不过是条理化的自然"②。古典法则源于自然,它就是自然,只不过是被发现和被规范的自然;自然是永恒不变的,古典法则也是永恒不变的,所以模仿自然就是模仿古人、模仿古典作品、模仿古典作家的自然人性。蒲柏所说的"自然"显然受到了贺拉斯《诗艺》和布瓦洛《诗的艺术》的影响,但他将法则和古典与自然相统一,无疑是对教条古典主义的一种突破,他劝告诗人依照自然本身的规律进行创作,而不要拘泥于古典主义的法规,因为创作法则不是人为而是自然的,"自然与荷马相同一致"。

  蒲柏提出了自己的"巧智"说。他认为"巧智"也是源于自然的,它符合自然的法则,是自然的恩赐之物,"是自然,把时常想到却从未很好表达的东西,加以整理,使之鲜明突出,这时候才有了真正的巧智。"③"巧智"是一个具有英国本土特色的批评术语,最初仅指一般性的认知,其后,意义发生一系列变化,从明快利落的知晓、开玩笑、词锋锐利的对话,到诗歌创作的敏锐性或幻想、想像和联想,最后成为位于一极的识别类似的想像力和位于另一极的识别差异的判断力的结合,成为一种艺术的智慧,一种创造具有独特审美意味的艺术形象的能力和一种艺术天赋。例如形容一位女士的胸脯白如雪,还够不上巧智,但若接着说它冷如雪,便是巧智。由此可见,蒲柏的"巧智"是一种遵循自然和古典法则、蔑视外来的古典主义陈规,同时又拥有艺术自由和艺术想像的创作手法,这里,他巧妙地协调了古典原则和艺术创造之间的关系,使得"巧智"成为英国古典主义的特色之一。

  蒲柏对于古典主义的最大贡献在于一方面把布瓦洛的古典主义英

---

① 章安祺编订《缪灵珠美学译文集》第二卷,人民大学出版社,1998年,第17页。
② 〔美〕卫姆塞特、布鲁克斯:《西洋文学批评史》,第217页。
③ 伍蠡甫:《欧洲文论简史》,人民文学出版社,1985年,第102页。

国化,另一方面又把英国的传统理论古典主义化;一方面进一步在英国确立了古典主义,另一方面又带给古典主义更多的变通。

三、约翰生的文学批评思想

塞缪尔·约翰生(Samuel Johnson,1709—1784)是英国古典主义后期的代表人物。他出生于一个小书铺业主家庭,曾就读于牛津大学,后因家庭经济拮据中途辍学。1749年发表了重要的说教长诗《人类欲望的虚幻》;1765年,编注了八卷本《莎士比亚戏剧集》;1775年,被牛津大学授予博士学位;1784年病逝,入葬威斯敏斯特大教堂。他的主要批评著作是《〈莎士比亚戏剧集〉序言》(单行本)(1765)。

约翰生在《〈莎士比亚戏剧集〉序言》中重点讨论了两个问题:首先是对"三一律"的合理性提出质疑,他认为情节整一和主人公单一是正确和自然的,但对时间整一和地点整一给予了无情的批判,"若一个人能在此刻把舞台想像为埃及的宫殿,则另一刻也能想像舞台为阿克地姆(Actium)的海峡。想像力,假使我们承认想像力的存在,其幅度与内容没有极限。……一切存在型式之中,以时间最能屈就于想像力的调摆;数年的流逝可如数小时的流逝,一样容易被想像力所接受。"①莎士比亚以降的英国文学传统的耳濡目染使约翰生看到,文学创作和文学批评的标准是自然和理性,而不是那些人为的、教条的陈规旧章,舞台仅仅是舞台,观众不会当真把它当作现实中的某个城,既然如此,换个地点有何不可?而"在回想中我们很容易把实际行动所需要的时间加以压缩。因此当我们看见对实际行动所做的戏剧模仿时,我们也就乐于容许这个时间的被压缩了。"②艺术的真实不可与现实的真实相混淆,艺术是需要想像和可以想像的。再者是对"类型"的重要性的强调,他说,"诗人的任务不是考察个别事物,而是考察类型;是注意普遍的特点和注意大体的形貌。"③约翰生评论莎士比亚的剧中角色的"行动和说话都是受了那些具有普遍性的感情和原则影响的结果,这些感情和原则能够震动各式各样人们的心灵,并且使生活的整个有机体继续不停地运动。在其他诗人们的作品里,一个人物往往不过是一个个

---

① 〔美〕卫姆塞特、布鲁克斯:《西洋文学批评史》,第169页。
②③ 〔美〕佛朗·霍尔:《西方文学批评简史》,第87页。

人;在莎士比亚的作品里,他通常代表一个类型。"①他看到了莎士比亚戏剧中人性的普遍性,具有普遍性感情、语言和原则的剧中人物都是普通人物,他们吸引了各种各样的观众;但是,莎士比亚又是一个真正能够模仿自然的诗人,他的人物性格直接来自于现实生活,具有鲜明的个性。约翰生的"类型"理论既强调共性又强调个性,具有一定的辩证性和合理性,但同时也表明,身处古典主义式微和启蒙运动、浪漫主义兴起的过渡时期的约翰生,在思想理论上不可避免地具有矛盾性,一方面推崇和坚持古典主义,另一方面又不满和批判古典主义。

另外,约翰生在重视快感的基础上强调"寓教于乐",提出以莎士比亚的作品为楷模,以理性和常识评判作品,称赞巧智,总之,作为英国古典主义末期的批评大师,他在理论观点上既有保守性又有突破性,既崇尚古典又重视现实,代表了一种平实稳健、以本民族传统和本民族特色为荣的古典主义。

第四节　德国古典主义文论

德国的古典主义思潮比起法国和英国来要晚得多,而且一般被划进德国的启蒙运动之中。法国古典主义蓬勃展开之时,德国内战频仍,正是一片封建割据的混乱局面。待到法国进入启蒙运动时期,在实现国家统一和建立民族文学的吁求驱动下,受到外国理论思潮影响的德国知识分子开始奋起直追,一步跨入了启蒙时代。德国启蒙运动是从模仿和搬用法国古典主义理论开始的,所以它的前一半可以划为古典主义时期。

一、高特舍特和莱比锡派

德国古典主义的代表人物是高特舍特(Johann Christoph Gottsched,1700—1766)。他曾在柯尼希堡大学学习神学、哲学和文学,后来成为莱比锡大学的教授。高特舍特的文学批评著作是《批判的诗学》,基本上是布瓦洛理论的照搬和挪用,虽然毫无创新,但在德国当时落后的历史条件下,这种对法国古典主义的介绍和提倡却有着振聋

---

① 伍蠡甫主编:《西方文论选》上卷,第527页。

发聩的作用,从而也奠定了高特舍特在德国文坛上的权威地位。1741年,作为莱比锡派的领袖,高特舍特发动和领导了莱比锡派和苏黎世派之间的一场大论战。晚年的高特舍特在文学理论和文学主张方面变得愈加保守、顽固和反动,声誉一落千丈,遭到了后起的启蒙学者的猛烈抨击。

高特舍特认为,要建立统一的民族国家,必须结束一切混乱状态,创造统一的德国民族文学。为此,首先必须纯洁和规范文学语言,订立法规和标准,走法国古典主义的道路,以扫除德国文坛上的各种不良现象,如许多作家用方言俚语甚至外国语写作,宫廷诗人崇尚巴洛克(Baroque)式的矫揉造作的体裁,戏剧方面则流行一种形式杂乱散漫、内容幼稚无聊、以丑角为中心人物的所谓的"历史大戏",从而为德国文学开辟一片新天地。

《批判的诗学》分两部分:第一部分,论诗的一般原理,提出文学创作的两大原则是模仿和富于教育意义,要求诗人实地观察生活,塑造艺术形象,刻画真实人性,劝告诗人不但要研究贵族的生活,也要表现平民的痛苦;主张一切合乎理性、遵从传统。第二部分,论文学的种类,特别是史诗和戏剧。鉴于德国剧坛的混乱状态,高特舍特提倡悲剧和喜剧以法国古典主义作品为楷模和典范,特别是针对"历史大戏",提倡坚持"三一律",以使得德国的戏剧创作有章可循。例如,高特舍特规定悲剧的情节结构的写作方法应是"诗人先挑选一个他要用感性形式去印刻在读者心中的道德主张。于是他拟好一个故事的轮廓,以便把这个道德主张显示出来。接着他就从历史里找出生平事迹颇类似所拟故事情节的有名人物,就借用他们的名字套上剧中人物,这样就使剧中人物显得煊赫。"[①]这是一个典型的公式化、概念化的"主题先行"的例子,它强调诗人要以"感性形式"去揭示预设的"道德主张",体现理性的原则。高特舍特对法国古典主义的忠实宣扬给德国文艺界吹入了一股清新的空气,吸引了大批的信徒,形成了"莱比锡派"。

然而,高特舍特对布瓦洛理论的继承并非一种去芜存菁的扬弃,他推崇理性,却忽视了文学的感情因素;他从布瓦洛的诗学中抄袭了许多清规戒律,却束缚了作家的创作自由;他提倡以法国古典主义作品为德国文学的惟一典范,却忽视德国中世纪民间文学的传统,否认其他欧洲国家的优秀作品,排斥文学中一切超出陈规的创新和进步;他指摘莎士

---

① 朱光潜:《西方美学史》上卷,第290页。

比亚的戏剧破坏了"三一律",又抨击弥尔顿的《失乐园》使用奇迹和神话。所以,1751年以后,当英、法启蒙运动进入高潮,德国知识分子迅速成长起来时,高特舍特的古典主义法规和思想就成了德国文学前进道路上的障碍,遭到了新兴诗人和文论家如波特玛和布莱丁格等人的唾弃和批判。

波特玛(Johann Bodmer,1698—1783)和布莱丁格(Johann Jacob Breitinger,1701—1769)两人都是瑞士苏黎世大学的教授。波特玛著有《论诗中的惊奇》(1740)和《论诗人的诗的图画》(1741),布莱丁格著有与高特舍特著作同名的《批判的诗学》(1740)。以他们为首的苏黎世派反对高特舍特的机械死板的法规,在40年代掀起了对莱比锡派的激烈批判。首先,两派在模仿对象上有分歧:高特舍特推崇法国的高乃依和拉辛,波特玛和布莱丁格则提出以英国诗人弥尔顿为楷模。再者,两派对理性和想像在文学创作中的作用有不同看法:高特舍特主张作家应凭借理性的指导来表现现实世界中人性的真实,苏黎世派则接受了英国经验主义关于想像的理论,认为指导诗人的不应是理性和法规,而应是想像和情感,主张"诗的模仿不是取材于现实世界而是取材于可能世界","诗人所模仿的是自然转化可能世界为现实世界的能力",主张艺术应有想像作用和理想作用,艺术的境界应是一切可能世界中最好的世界,诗所表现的世界应该是奇特的、不平凡的、足以引起惊奇感和充满浪漫色彩的,像弥尔顿的《失乐园》那样。最后,苏黎世派对民间文学、自然风景和田园诗歌的审美趣味恰好与高特舍特所推崇的宫廷文学和城市文学截然相反:波特玛是最早一位研究中世纪德国民间文学的学者,他曾发掘整理《尼伯龙根之歌》、《巴赛伐尔》和民间爱情歌谣,开了德国中世纪文学和民间文学研究的先河,为德国浪漫主义运动准备了条件;他还同布莱丁格一起翻译了弥尔顿的《失乐园》和英国民歌以及英国一些描写自然的诗如汤姆生的《四季》,推动了浪漫主义运动的形成和发展。

尽管高特舍特不过是布瓦洛在德国的代言人,他的古典主义理论缺陷颇多,特别是到了后期变得愈加刻板和僵死,但是,"对德国民族传统文学却起了补偏救弊的作用,从此德国文艺逐渐接近近代文明社会,开始走向规范化,统一化,语言文学开始纯洁化,特别是对于法国戏剧的宣扬引起了改革德国戏剧和建设戏剧理论的要求,为下阶段德国文学的发展铺平了道路。这些成就都不能不归功于高特舍特。"①

二、文克尔曼的艺术批评思想

文克尔曼(Johann Joachim Winckelmann,1717—1768)是德国18世纪杰出的古代艺术史家、美学家和文艺理论家。他是西方美学史上第一个对古希腊造型艺术进行深湛研究和科学概括的学者。1755年,发表了论文《对古希腊绘画和雕刻的反思》(又译为《关于在绘画和雕刻中模仿希腊作品的一些意见》),1764年,他的名著《古代艺术史》出版,对德国的美学和文艺理论发展产生了深远的影响。在他之前,多数美学家是从诗学的角度来探讨美学问题的,很少有人涉及古代造型艺术,文克尔曼拓展了美学的研究领域,开创了这种研究的风气。

作为一名古典主义者,文克尔曼所崇拜和热爱的"古典"并不同于布瓦洛、德莱顿或高特舍特的"古典",他不满于奉罗马艺术为典范的拉丁古典主义对古典作品的歪曲,主张回到人类艺术的童年阶段——研究和学习古希腊时期的造型艺术,体会古典作品的思想和精神,因为理想的美,在于"克服自然"和"高于自然本身",它是通过艺术家的理性创造的有灵感的自然,"在希腊人的艺术形象里综合或者概括了最优美的自然和理想的美的各个部分;或者,它大概是包括两者的最高概念。"②所以,要想表现理想的美,就要模仿古希腊艺术家们的杰作,"通过对希腊人的模仿更好地模仿自然"。

《古代艺术史》是一部多卷本的巨著。首先,文克尔曼反对墨守陈陈相因的书本知识,提倡用理性、感情和理解力直接接触和研究古代文物;再者,文克尔曼认为,一个时代和一个民族的艺术与这种艺术所处的物质环境和社会背景是紧密相关的。在文章的导言里,他指出"艺术史的目的在于叙述艺术的起源、发展、变化和衰颓,以及各民族各时代和各艺术家的不同风格,并且尽量地根据流传下来的古代作品来作说明。"③总结"希腊艺术达到卓越成就的原因,一部分在于天气的影响,一部分在于希腊人的政治体制和机构以及由此产生的思想情况……就希腊的政治机构和体制来说,古希腊艺术的卓越成就的最主

---

① 朱光潜:《西方美学史》上卷,第291页。
② 马奇主编:《西方美学史资料选编》上卷,上海人民出版社,1987年,第698页。
③ 朱光潜:《西方美学史》上卷,第303页。

要的原因在于自由。在希腊,自由随时都有它的宝座。"①在文克尔曼看来,希腊人享有得天独厚的气候和地理条件,因而在体力和智力上都胜于其他民族;雅典的政治体制是自由的民主政体,希腊人的生活方式是健康而自由的,艺术家有思想的自由和创作的自由。虽然文克尔曼理想化了希腊奴隶制度的社会民主和艺术自由,但却是对当时德国封建专制的一种抗议,推动了社会的进步,预示了启蒙主义运动的到来。

在《古代艺术史》中,文克尔曼以艺术风格的变革为标准,将希腊艺术的发展划分为四个时期:古朴风格期、崇高风格期、秀美风格期和仿古风格期。虽然这种分期方法未必允当,而且分期与历史事实也并不相符,但是以四种风格分别代表希腊艺术的发生、发展、演变和衰落四个阶段,却是合乎事物发展规律的。文克尔曼认为,第二个时期的崇高风格是希腊艺术的最高造诣,正如他在《对古希腊绘画和雕刻的反思》中所说的,无论就身体姿态还是就面部表情而言,古希腊造型艺术的一般优点、突出标志和最高法律都在于"高贵的单纯和静穆的伟大"。

> 希腊人的艺术形象表现出一个伟大的沉静的灵魂,尽管这灵魂是处在激烈情感里面;正如海面上尽管是惊涛骇浪,而海底的水还是寂静的一样。②

文克尔曼认为,崇高是美的最高理想,是真正的美;因此,崇高表现的应是"一个伟大的沉静的灵魂"。他以古希腊的著名雕刻群像《拉奥孔》为例做了细致的分析:在维吉尔的诗中拉奥孔号啕大哭,两条长蛇绕他们父子的腹部三圈,绕颈两圈;而在雕刻中拉奥孔的面孔只表现出叹息,长蛇只盘绕在他们父子的腿部,人像身体上的极端痛苦,"尽管表现出来了,然而面孔和全身姿态却并未显出任何狂烈的激动","身体感受到的痛苦和心灵的伟大以同等的力量贯注于整体结构,而且好像是经过平衡了似的。"于是,"他的苦楚打动我们的心灵深处,但是也促使我们希望我们自己能像这位伟大人物那样承受得住苦楚。"③相反,如果只表现拉奥孔父子的痛苦,而不表现他们心灵的和谐与宁静,那就会陷入古代艺术家称为"狂烈激动"的错误之中。

---

① 朱光潜:《西方美学史》上卷,第303—304页。
② 同上书,第302页。
③ 马奇主编:《西方美学史资料选编》上卷,第728页。

另外,文克尔曼还在继承贺拉斯等文论家的观点的基础上提出了"诗画一致"说,"有一点似乎无可否认,绘画可以和诗有同样宽广的界限,因此画家可以追随诗人,正如音乐家可以追随诗人一样。"①再有,文克尔曼认为,艺术形象形式上的"统一和单纯"才是一种"纯粹美",这"颇有些像从泉中汲出的最纯净的水,它愈是无味,愈是有益于健康,因为这意味着它排除了任何杂质"②,即不表现任何心境状态和激奋的情感。

文克尔曼推崇古希腊艺术,坚持以社会历史分析和实物考察的方法研究艺术和艺术史,无疑具有进步意义和正确性;但是他提出的"高贵的单纯和静穆的伟大"、"诗画一致"等观点却是矛盾、偏颇或错误的,由此也引发了美学史上的一场重大学术争论。直到启蒙思想家和文艺批评家莱辛在《拉奥孔》(1766,又名《论绘画和诗的界限》)中,科学地分析了古代雕刻和古典诗歌对"拉奥孔"这一题材的不同处理方式,才论证了造型艺术和诗歌之间存在着实质性的区别,纠正了文克尔曼的古典艺术的特点在于"静穆的伟大"的看法。

---

① 朱光潜:《西方美学史》上卷,第303页。
② 马奇主编:《西方美学史资料选编》上卷,第699页。

第五章 启蒙时代文论

第一节 启蒙时代文论概述

启蒙时代的文论思想是在启蒙运动的深刻影响下形成的。启蒙运动出现于 18 世纪。当时,欧洲的封建统治日趋腐朽,各阶层反封建斗争日益坚决,资本主义经济不断成长,自然科学和唯物主义迅猛发展,全社会普遍提出了解放思想、变革现实的要求,启蒙运动由此拉开序幕。

一、启蒙运动

启蒙运动(Enlightenment)是继文艺复兴之后欧洲社会反封建、反宗教的又一场思想文化运动,其现实意义在于为即将到来的民主革命做舆论准备。它以理性为武器,以天赋人权为号召,肯定自由、平等、博爱的价值,反对外部权威、等级特权和蒙昧主义,矛头直指宗教迷信和专制统治,主张建立一个永恒真理与正义的"理性王国",即理想化的资产阶级共和国。"启蒙"一词原意是"照亮"或"启迪",意味着冲破封建专制和教会蒙蔽所造成的盲从迷信,用近代科学文化的"理性光辉"照亮民众的头脑,启迪蒙昧的心灵,最终通过革命手段,实现社会解放,建立"理性王国",让民众成为自己的主人。

启蒙思想家对封建制度及其上层建筑展开了全面而有力的批判。其中,宗教迷信和专制统治被看作是封建罪恶的集中体现,"拴在人类脖子上的两大绳索"(狄德罗),科学发展和社会进步的死敌。启蒙思想家以唯物论动摇封建统治的思想基础——唯心主义,以自然神论或无神论否定其权力依据——君权神授,以自然法则和天赋人权反对其社会原则——等级特权,并在社会组织、政治形式、思想意识、文化习俗等各个领域展开了广泛的批判。他们在理论上大胆创新,尊重感性经验,倡导个体理性,普及自然科学成果,宣扬民主和法制观念,提出"主权在民",要求设立议会,实行三权分立……正如恩格斯所言:

> 他们不承认任何外界的权威,不管这种权威是什么样的。宗教、自然观、社会、国家制度,一切都受到了最无情的批判;一切都必须在理性的法庭面前为自己的存在作辩护或者放弃存在的权利。……以往的一切社会形式和国家形式、一切传统观念,都被当做不合理的东西扔到垃圾堆里去了……①

启蒙运动的核心概念和价值尺度是理性。为此,启蒙的世纪又称理性时代。所谓理性,指的是人的独立思考能力,即人通过自己的头脑,根据科学文化知识理解世界万物,做出独立判断的能力。笛卡儿的命题"我思故我在",把理性视为人性的根本。启蒙思想家用理性取代信仰,一切从怀疑开始,重新解释自然和社会现象,把人的理性看作反封建反蒙昧的武器和判断万事万物的标准。这种理性,同古典主义以国家意识、国王意志为代表的社会理性显然不同,实际上是以个人意识为基础的个体理性。自宗教改革以来,它已变得日益成熟。

当然,启蒙思想家从来没有否认私有制,从未回避自由、平等与人权实质上要以市场自由、交易平等和个人利益为基础。启蒙理论说到底,是资产阶级社会要求的思想形态,并在特定历史条件下被当作了全人类的理想。当然,这绝不是有意识的欺骗。启蒙思想体现了历史发展的方向,代表了全社会的意愿。

启蒙思想的真正局限,在于其唯物论主要限于感性直观的机械论,历史观没有越出唯心主义范畴,同时过分强调精神的力量和启蒙教化的作用,寄希望于"开明君主"和少数"天才"。他们抽象地理解人,把人性普遍化、永恒化,把理性绝对化;甚至有的提出"自然人"理论,号召"返回自然",开历史倒车。当然,这不是思想水平问题,而是历史的局限。

启蒙运动在为行将到来的革命启发民众觉悟的同时,促使民众逐步形成了思想自由、意志自由、情感自由的人权意识,追求独立人格,用批判打破迷信,用理性取代信仰,进而在文艺复兴的基础上,迎来了思想解放的又一个活跃局面,造成了近代科学与人文学术前所未有的大

---

① 《马克思恩格斯选集》第三卷,第56—57页。

繁荣,也使美学与文论跃上了历史发展的新台阶。

二、思想线索

18世纪的欧洲,由于政治经济发展不平衡,文化传统存在差异,各民族所经历的启蒙道路也不尽相同。然而贯穿其间的思想线索,主要是人的觉醒和对形而上学的解构,以及对王权和神权所代表的专制社会的外部权威的瓦解。主要成就是法国感觉论思想和德国主体性哲学。

18世纪初,由于航海业繁荣,荷兰成为当时社会经济最发达的国家之一。思想家们提倡科学,主张理性,批判教会神学对心灵的束缚,开启蒙运动之先河。英国则已完成光荣革命,此时正处在工业革命进程之中。其哲学上的经验论传统发展到培根、洛克与休谟,坚持知识起源于经验,共相不具有客观实在性,进而把感性原则用于检验心灵与上帝,彻底取消了所有实体的存在,又从怀疑论走向了不可知论。

法国对启蒙的需求最迫切,启蒙运动最彻底,思想最激进。但其关注的焦点明显地集中在了社会政治方面。其标志是以狄德罗为核心的"百科全书"派的形成。在思想上,狄德罗所代表的唯物主义,从笛卡儿的个体理性出发,发展了英国的经验论,批判了德国理性主义把认识主体看作某种精神性实体的形而上学,强调主体与认识的物质统一性,形成了激进的感觉论思想,并以之作为自由平等、社会革命的理论根据,走向了彻底的无神论。在他们手上,一种妥协的哲学被改造为一种革命的理论。

德国尽管政治分裂,经济落后,现实处境困窘,然而适逢民族文化建设高潮,文化巨人不断涌现。特别是在欧洲民主浪潮的冲击下,"狂飙突进运动"兴起,有力地促进了民族文化的建设。其长于思辨的民族性格,加上宗教改革的思想萌芽和对经验派、理性派哲学的总结超越,终于在思想领域酝酿成熟了博大精深的德国古典哲学。特别是康德,综合了理性论和经验论成果,全身心致力于发扬主体性,摧毁形而上学,在思想领域真正确立了以人为中心的原则。通过其批判哲学,康德剥夺了一切超验实体存在的理性根据,揭露了上帝、灵魂、世界整体一类虚幻理念凌驾于感性现实之上的不合法地位和虚弱本相。哲学研究的对象从超感觉超经验的外部实体转向主体性,即人的认识、意志和情感;研究方法从理性独断转向对经验做先验综合,从现实基础出发,批判地考察认识的结构与形式;最终目标是在哲学领域,肯定人是中心,取代上帝的地位和作用。

康德结束了传统的本体论,开创了以主体论为标志的新哲学,完成了一场哲学史上的哥白尼革命。康德的结论是:以抽象实体为对象建立形而上学是不可能的。形而上学"从未作为科学而存在"。形而上学走向衰亡的时机"已经到来"①。康德之后,德国古典哲学走了一条发展辩证法,复辟形而上学的道路,最终形成了无所不包但却相对保守的黑格尔绝对理念的辩证体系。

纵观启蒙思想的历史发展,其成就似乎可以在理论层面概括为认识上的永恒真理论、实践上的人类解放论和价值观上以人为主体的理论。

启蒙理想力图获得关于世界的永恒真理。近代学术各领域为此应运而生,其使命即在于揭示外部客观世界和内在主观世界的本性,获取专门知识。哲学放弃了知识发现的任务,转而为近代学术提供证明,论证其合法性。正是在这个意义上,笛卡儿肯定以独立思考为特征的理性主义原则,认为知识的合法性在于其合乎理性的尺度。洛克提出以心灵为白板的隐喻,说明知识的合法性在于它们来自感性经验。康德探索先验哲学,肯定知识的合法性在于其有限性,体现了感性经验和理性先验相统一的要求,一定程度上突破了绝对化的思想樊篱。

启蒙理想力求实现普遍的人类解放。追求真理正是为了获得解放。解放体现了某种有关历史的思考,即人类始终都在趋向于一个作为终极目标的自由王国。启蒙运动为西方带来了自由主义的解放,即通过政治民主和工业革命,克服奴役与贫穷,走向自由的境界。根据自由主义的主张,解放的主体是人民,其合法性取决于民意,实现正义的途径是民主协商,理想目标是自我管理。事实上,理想的遥远、过程的艰难和理解上的歧异,已经使不止一代人感到有必要另辟蹊径。

启蒙理想的基石是一个以人为主体的神话。人是掌握真理的认识主体和实现解放的行为主体。启蒙之前,上帝全知全能,圣经是权威。一切真理取决于圣经,人只需服从上帝的安排。信仰成为至高无上的美德。而启蒙运动以人的意志取代了上帝,以独立思考取代了圣经,以自由的理想取代了天国。人为自然立法。人成为万物的尺度,知识的根据。人既是立法者,按照自己的意愿建立起正义的制度;又是服从法

---

① 康德:《未来形而上学导论》,庞景仁译,商务印书馆,1978年,第165、162页。

律的公民,自觉自愿地遵守法律的规定。人的立法者与公民的双重身份,意味着法律意志和公民意志的内在一致,成为社会正义的保证。

三、启蒙文学

启蒙文论是对启蒙文学的理论概括。启蒙文学产生于启蒙运动,成为18世纪欧洲文学的主流。它在启迪群众头脑,挣脱封建枷锁,激发第三等级的变革热情,进而为社会革命制造舆论的过程中发挥了重要作用。同时,又在主题、人物、题材、文体、技法和语言等方面,给19世纪文学以重要影响。

启蒙文学表现出为心灵启蒙所必需的特征:一是鲜明的政治倾向性和强烈的民主精神。启蒙作家大多是思想家和社会活动家,要求文学为社会改造服务,因而使启蒙文学体现了明确的批判态度和显著的现实针对性,直接诉诸人权,宣扬平等、自由、博爱,揭露封建罪恶,抨击现实的不合理,为第三等级要求政治地位和民主权利。二是全新的题材与人物。启蒙文学着重描写日常生活,以第三等级为主人公,表现其思想感情和道德理想。他们努力挣脱人格依附被动受难的地位,希望自己起来掌握命运,运用自己的力量和智慧争取斗争的胜利和美满的生活,常常把王公贵族教皇神父当作嘲弄揭露的对象。三是注重哲理议论,辅之以讽刺性形象、寓意性情节和感人至深的抒情。然而往往忽视性格刻画和环境描写,特别是两者间的关系,"把个人变成时代精神的单纯的传声筒",多少有公式化、概念化之嫌,牺牲了文学的艺术追求和审美特征。四是创作方法体裁样式多样化。启蒙文学先是从古典主义转向朴素现实主义,接着受感伤主义影响,又促成了浪漫主义的产生。这中间,在挣脱古典主义清规戒律的过程中,许多崭新文体被创造出来。例如哲理小说、市民剧(正剧)、现实主义小说、书信体和游记体小说、教育小说、讽刺小说,都是启蒙文学的创造。

启蒙文学继承了人文主义反封建、反教会的优良传统,同时在新的历史条件下又有所发展。相对而言,人文主义文学反封建侧重生活与伦理领域,大力破除禁欲主义和来世观念,追求个性解放、现世幸福和自然人性的满足;反宗教仍披着宗教外衣,揭露教会黑暗腐败、僧侣贪婪伪善;主人公多为帝王将相、神父贵族等上层人物,形式技法注重向古希腊罗马借鉴。而启蒙文学反封建矛头直指专制体制及其全部上层建筑,在天赋人权、理性批判的前提下否定君权神授等级特权,要求社会解放,体现出强烈的革命精神;反宗教抛掉了宗教外衣,公开批判神学信仰的荒谬,倡导以人为本独立思考,揭露教会是人间地狱、教皇是心灵暴君的真相;主人公多为第三等级平民百姓,艺术方法与形式摆脱了盲目的模仿依赖,根据民族传统现实需求多所创新。

四、启蒙文论

总的说来,启蒙文论在文艺复兴挣脱宗教神权心灵枷锁的基础上,进一步从对世俗王权的精神依附和对古人、外国人的思想模仿中解放出来,全面总结了资产阶级新文学的历史成就,体现出彻底革新的根本特征,成就卓著。它的发展,就大势而言,可以说兴起于英国,全盛于法国,到德国古典美学和文论达到高潮。法国和德国文论以下将辟专节另论,这里仅对英国文论成就做扼要概括。

在启蒙史上,英国走在了全欧洲的前面,成为法国和德国的先声。早在17世纪后期,英国即已完成政治革命,推翻了君主专制,建立了内阁负责的议会民主制。到18世纪中期,工业革命全面铺开,机器生产的工厂逐步取代手工作坊,英国成为经济与社会发展先行一步的国家。在思想上,英国接连出现培根、洛克、休谟等大家,形成经验主义体系。文学上充满活力的现实主义小说、自怨自艾的感伤主义流派,都令世人耳目一新。英国崭新的思想文化成就,通过各种途径,对法国和德国的启蒙文论产生了深刻影响。

然而,究其文论成果,启蒙时期的英国又不及法国和德国。这中间的原因或许在于,英国民主革命不够彻底,资产阶级对王权和贵族实行了妥协,文学过早局限于家庭生活、个人体验,显得狭隘琐细,经验主义哲学过分轻视理性,体现着内在自发的怀疑论和不可知论的悲观倾向,导致其文论成就明显地打了折扣。启蒙时期的英国文论努力贴近现实主义和感伤主义的艺术实践,大多表现为经验归纳或创作探讨式的议论批评,没有出现体系严密、影响深远的理论专著。

18世纪英国有影响的批评家是艾迪生(Joseph Addison,1672—1719)、扬格(Edward Young,1683—1765)和菲尔丁(Henry Fielding,1707—1754)。他们的文论见解见之于艾迪生在《旁观者》杂志上发表的有关文章,扬格的论文《论独创性写作》和菲尔丁的小说《约瑟夫·安德鲁斯》、《汤姆·琼斯》的序言和议论性穿插。

在他们看来,"自然"和"人性"是文学艺术的主要表现对象和第一性存在。尽管文学艺术写不尽自然的广阔和人性的多样,却可以满足好奇的人们的想像活动和认识自我的需要。所以,伟大的天才都要读"自然和人这两本书"(扬格),因为独创性都从这儿发源。当然,在肯定自然与人性的美学优先性的同时,他们并不否认文学艺术的独特价值。成功的艺术描写"往往能引起我们许多生动的观念,甚至比所描写的东西本身引起的还多"。艺术的加工和虚构,可以使人们"看到当初注意不到或观察不到的许多方面",从而带给人们"一个更复杂的观念"。这样一来,同艺术相比,自然又或多或少"显得浅弱和模糊"(艾迪生)。

想像力是艺术创造与欣赏活动必不可少的条件。正是通过健全的想像力,感官才从"外界的事物取得生动的观念",记忆才把这种"观念"长期地保留在心灵里,心灵才能对它们做加工整理,"及时把它们组合成最能打动读者想像的词藻和描写",判断才能够"辨别哪些表现的方式最能尽量把这些形象体现得生动,装点得美妙"(艾迪生)。这里所谓的"观念",多半可以理解为"经验"。想像力以经验为基础,展开艺术活动。

个性化的情感体验和独创性的艺术表现是伟大作品的生命。艺术表现的对象不是古代经典,而是鲜活生动的人生经验。在尊重自然和依靠想像的前提下,艺术家应当放弃模仿而追求独创。因为只有愈少抄袭,才愈接近荷马。独创性的文笔就像一根魔杖,能够"从不毛的荒野里召唤出一个鸟语花香的春天"。天才的标志,正是不合规矩的美和不受束缚的创造。天才的作品之所以打动人心,在于它充满了亲切的感受和真实的热情。在这里,扬格的文论观逐渐从注重经验走向了强调情感,体现了感伤主义的某些特点。

表现自然人性必须借助人物类型。对作家来说,"人是最理想的题目"。只是如菲尔丁所言,"我描写的不是某甲、某乙,我描写的是性格;不是某个人,而是类型。"这种类型既非罪大恶极,亦非完美无缺,而是具有真实感和可信性的性格。这需要"对人性有最精确的认识",努力做到"性格的协调",就是说人物的行动要合情合理,前后连贯,内在一致,有其现实可能性。作家应该把自己看作"人性""便餐"的提供者,"只要出钱,欢迎人人来吃"。理所当然,作家有责任适应读者的口味,因为他既不是在搞小范围的"私人宴请",也不是居高临下"施舍粥饭"。显然,菲尔丁已经具备了平民读者的自觉意识,但是他对人物的理解却没有摆脱古典主义的局限。

第二节　法国文论与伏尔泰、卢梭、狄德罗

欧洲的启蒙运动虽然发源于英国,但真正的高潮却是在法国出现的。18世纪的法国处在路易十五统治时期,资本主义经济在工业方面虽有明显的发展,但是封建专制和教会统治妨碍着资本主义经济的进一步发展。在法国社会,贵族和僧侣是社会的一、二等级,他们的人数也只有全国人口的十分之一,但他们却占有大量的土地,享有多种特权。资产阶级和城市平民、农民等都属于第三等级。他们人数虽多,但是没有政治权利,再加上英法的连年战争,严重地削弱了国内的经济力量,人民群众迫切要求社会变革。于是,在英国工业革命和英国启蒙运动的影响下,掀起了法国的启蒙运动。

法国启蒙运动是法国思想史、文化史、社会运动史的一次深刻的历史变革,在这场伟大的变革中,启蒙思想家们高举起理性的大旗,他们鼓吹理性的王国,提出一系列理性规范下的资产阶级思想体系,诸如"永恒真理"、"永恒正义"、自由、平等、博爱等资产阶级理想化的观念。这些观念后来都成为资产阶级革命的重要指导思想,为法国大革命做了充分的舆论准备。文艺领域中的启蒙运动是从反新古典主义中发展起来的。新古典主义是路易十四时代所崇尚的高雅、华贵、庄重雄伟等趣味的文化成果,它是继意大利文艺复兴之后对优美的希腊、罗马文化的第二次复兴。新古典主义的最高原则是理性,此外,它推崇高雅的基调,强调尊严与荣誉,形式上流露出一股雍容华贵的气息和哥特式建筑的精雕细刻。新古典主义虽然创造了令人尊敬的艺术成就,但是它在总体上是贵族式的审美趣味。启蒙思想家与古典主义在渊源上有一定的联系,但是他们代表的是资产阶级的思想观点,从而提出文艺要反映现实生活,体现资产阶级和其他平民的思想感情和审美情趣。在文艺领域中为宣传启蒙思想服务。其中,伏尔泰提出的文学发展观,各民族文学的相互交流;卢梭的情感理论和自然观,以及狄德罗的严肃戏剧理论,都是在反古典主义斗争中创立的适应时代需要的理论观点,为18世纪的启蒙文学辨清了道路、指明了方向。

一、伏尔泰的文论

伏尔泰（原名 François Marie Arouet，笔名 Voltaire，1694—1778）是法国启蒙运动时期著名的哲学家、文学家。他出身于富裕的资产阶级官僚家庭，因宣传启蒙思想，鼓吹信仰、言论、出版自由，触犯了君主专制制度，被政府逐出巴黎，并两次入狱。作为法国启蒙思想的发起人之一，他的思想是充满矛盾的，甚至还相当保守，在哲学上他相信自然神论，但还未摆脱唯心主义；在政治上他提倡开明君主制，但同时又鄙视下层人民；在宗教方面，他一生坚持把基督称为"坏蛋"，并且对教会和教士进行了最为猛烈的攻击。但他同时又认为上帝作为一个赏善罚恶的最终根据自然是不可否认的，他的名言是："即使没有上帝，也必须造出一个上帝来"；在文艺方面，伏尔泰基本上还是留恋古典主义传统，不但钦佩拉辛，为"三一律"辩护，而且在创作实践方面仍应用古典形式写史诗和悲剧，瞧不起反映市民生活的新剧种——严肃喜剧。这种矛盾特别表现在他对莎士比亚的评价上。伏尔泰是最早向法国人介绍莎士比亚的，他一方面赞赏莎士比亚具有雄强而丰富的天才，又责怪他没有好的审美趣味，也不懂规则，完全是个"怪物"、"乡村小丑"和"喝醉了的野蛮人"。伏尔泰思想上的矛盾，真实地反映出法国上层资产阶级的复杂心态，他们既有革命的要求，又未能完全摆脱传统思想的束缚，因而他的思想带有过渡的性质。

但是，伏尔泰的《论史诗》(1733)却具有纠正古典主义教条的积极意义。文章较多地表现了发展的观点和开明的主张，是法国启蒙运动的一篇重要文论。文章针对布瓦洛的"理性原则"，指出艺术是发展变化的，因而衡量艺术的标准也是发展变化的，相对的艺术不可能有永恒不变的绝对标准，而那些僵化的评论家、教授、注释家们向诗人发指示、下定义、规定法则，其实是"用权威的口吻谈论自己所不能做到的事"，最终导致扼杀艺术的生命活力。诗的本质在于想像，在富于想像的艺术中变革那些僵化了的民族性、风尚习俗和生活方式。为此，伏尔泰特别强调要深入了解各相邻民族鉴赏趣味的差别，考虑他们的不同风格，了解艺术在不同国家里的发展方式，他说："毫无疑问，一个研究文学的人考察一下产生于互不联系的各个时代和国家的不同类型的史诗，这不仅能得到很多乐趣,而且也会得到很大的好处。"①因此,我们必须扫清学究们的偏见,消除民族间的相互轻视,进行广泛的相互交流和沟通,以期深入研究自己邻居的作品和风俗习惯。其目的不是为了相互轻视,嘲笑别人,而是为了从中受益,在总结归纳各民族文学特点的基础上,发展出一种不同民族艺术中都可以找到的某种共同的艺术鉴赏趣味。伏尔泰对各民族文学相互交流看得如此重要,表明他是一个具有世界眼光的启蒙思想家和文论家,从这个角度来说,西方批评界把他的这种观点看成是比较文学的理论先驱,确实当之无愧。

伏尔泰强调艺术是发展变化的,但并不反对借鉴古希腊罗马作家的优秀文学传统,而是不赞成盲目地去模仿他们,他说:"我们应该赞美古人作品中被公认为美的那一部分,我们应该吸取他们语言和风俗习惯中一切美的东西。在任何方面都逐字逐句地学步古人是一个可笑的错误。"②他举例说,荷马敢于描写希腊诸神喝醉酒时的那种笨拙样子,而今天的诗人却不敢写一群围着台子饮酒作乐的天使或圣者。因为荷马时代人们是崇敬神灵的,而今天的人们却已丧失了对神的神圣感,因而前者能引起人们的美感而后者不能。因此,伏尔泰强调人们在赞美古人时切不可把赞美变成盲从。同时,伏尔泰指出,学习借鉴古代艺术与研究各民族自己的艺术经验应有机地结合起来,从中看出相邻民族鉴赏趣味的差别和不同风格。"意大利语的柔和和甜蜜在不知不觉中渗入到意大利作家的资质中去。在我看来,词藻的华丽、隐喻的运用、风格的庄严,通常标志着西班牙作家的特点。对于英国人来说,他们更加讲究作品的力量、活力和雄浑,他们爱讽喻和明喻甚于一切。法国人则具有明澈、严密和幽雅的风格。他们既没有英国人的力量,也没有意大利人的柔和,前者在他们看来显得凶猛粗暴,后者在他们看来又未免缺乏须眉气概。"③正是由于多民族文学有自己独特的审美趣味和风格特征,所以,学习和借鉴他们时必须注意自身的特点,迎合时代的需要,绝不可盲目借鉴。

二、卢梭的文论

卢梭(Jean-Jacques Rousseau,1712—1778)是18世纪法国启蒙运

---

① 伍蠡甫:《西方文论选》上卷,第324页。
②③ 同上书,第323页。

动时期影响深远的一位思想家、作家。卢梭的学术著作有《论人类不平等的起源和基础》(1755)、《社会契约论》(1762)等;文学著作有《新爱洛绮丝》(1761)、《爱弥儿》(1762)、《忏悔录》等。由于卢梭不同寻常的人生经历,使他有机会接触到各阶层的人们,丰富的生活阅历又加强了他的思想深度,加上他亲自参加田间劳动,隐居乡间,因而对大自然产生了一种由衷热爱和深刻体验,使他的思想既出于启蒙运动又以启蒙运动的对立阵营出现。在《论科学与艺术》(1750)中,卢梭对近代社会发展起来的科学和艺术成就予以坚决的否定,卢梭指出:"随着科学和艺术的光芒在我们的地平线上升起,德性也就消失了。"①

> 人类是邪恶的,假如他们竟然不幸天生有知识的话,那么他们就更坏了。②

卢梭是站在人类情感的角度把科学、艺术看作是腐蚀人类灵魂,败坏德性的根本原因;在《论人类不平等的起源和基础》中,卢梭把人类不平等的产生也看成是文明的发展、科学和艺术的进步带来的。卢梭认为,由于有特殊才能和力量的人会引起公众的重视,而公众的重视则体现为一种价值,这样就走向了不平等的第一步,也是走向邪恶的第一步。人类从此就有了财富、权力、利己之心,并导致人类不平等的产生。卢梭对人类社会中富人与穷人之间的不平等是极不满意的,对于富人损人利己、巧取豪夺,掠夺穷人的财富更是深恶痛绝,"他们好像饿狼一样,尝过一次人肉以后,便厌弃一切别的食物,而只想吃人了。"③卢梭正是出于对文明的蔑视,对现存社会的不满,进而提出了"返回自然"的口号。卢梭对自然及人的自然状态是极其崇敬的,他在《爱弥儿》中曾主张人们扔掉书籍,到大自然中去体验真正的智慧,认为大自然才是一本真正的大书。卢梭认为太古时代是人性最完美的时代,是人的自然状态的最高理想,卢梭正是把太古时代人类原始、古朴的生活与现代文明社会的丑恶进行对比,并构想出现代社会的一种社会理想。但是,虽然卢梭真诚地向往自然人性和古朴、原始的理想社会状态,但他并不是要把人拉回到自然状态中去,而是要人们借助回顾来省察现存社会的偏差与缺陷。康德曾中肯地指出:"完全没有理由把卢梭对

---

① 卢梭:《论科学与艺术》,选自李瑜青主编《卢梭哲理美文集》,安徽文艺出版社,1997年,第164页。

② 同上书,第172页。

③ 卢梭:《论人类不平等的起源和基础》,商务印书馆,1997年,第126页。

那些胆敢放弃自然状态的人类的申斥,看作一种对返回森林之原始状态的赞许,他的著作……其实没有提出人们应该返回自然状态,而是认为人们应该从他们目前所达到的水准去回顾它。"[1]因此,卢梭对人类自然状态的向往,其根本立足点在于要人们在文明社会里始终关注并重视人类自然状态中的古朴、单纯、孤独的生活方式,而最终目标则是如何建立一个美好的、富有人性的文明社会。他崇尚人的自然状态,实质上是要拿它来与现存社会作对比,指出现存社会过分推崇理性必将给人的精神世界造成灾难。卢梭就是从这一思想高度出发,发掘出人的情感世界在人的精神世界和社会生活中的价值,从而在本质上移动了启蒙运动的重心,使启蒙运动得以在更为广泛的领域继续深入下去,而卢梭所开创的人类心灵之路,恰好又成为浪漫主义的真正开端。

卢梭"回归自然"的口号虽然没有实践意义,但却在文艺观上开创了一片崭新的天地。卢梭认为,大自然是人类真正的故乡,人只有回归自然的怀抱,才能使灵魂得到净化,情感才能得到自由的表现,个性才能得到充分的发挥。卢梭的《新爱洛绮丝》、《爱弥儿》、《忏悔录》等创作则是作家自身情感和个性的自然流露,是浪漫主义观念的具体体现。卢梭还结合自己的创作实践,简要总结了他的创作经验。卢梭指出要真切地表达人类情感的细微魅力,必须要有精细的感觉,能在别人身上发现纯洁、缠绵、敦厚的感情;要辨别出真正的自然情感,还必须善于分析人心。精细入微地体味种种细微的情感,从而创作出具有丰富情感内容和内在力量的文学形象来。此外,卢梭对人物塑造也有自己的看法,他说:"的确,我这部小说是在最炽热的心醉神迷中写出来的;但是人们以为必须有实在的对象才能产生出这种心醉神迷的境界,那就想错了;人们绝对意识不到我的心能为想像中的人物燃烧到什么程度。"[2]其意思是,人物塑造不一定实有其人,可以是想像中的人物,也可以是对青年时代的遥远回忆,最主要的并非是要找到一个描写对象,而是作家自己要有真切的情感体验。卢梭的这些文艺观点虽然不够详尽,却比较典型地反映出浪漫主义的特征,可以说是浪漫主义文学观念的雏形。

总的来说,卢梭对后世的伟大贡献并不在于他的文学观念,而在于他为文学开创了一个新的领域。无论是古典主义时期,还是启蒙运动

---

[1] 《康德全集》第8卷,第221页。
[2] 李瑜青主编:《卢梭哲理美文集》,第277页。

时期,文学都以表现抽象的理性规则或反映外在客观世界为主要内容,而对人类隐秘丰富的内心世界则无人问津,惟有卢梭才真正开始了对人类心灵世界的探寻,从而使情感成为文学表现的对象,情感的价值也随着文学的探寻而得到人们的普遍认同,卢梭为文学开创的这条情感之路,不仅成为浪漫主义的主要表现对象,而且还深刻地影响着人类心灵世界的变革。

三、狄德罗的文论

狄德罗(Denis Diderot,1713—1784)是18世纪法国启蒙运动思想家、唯物主义自然哲学家、文艺理论家和作家。他创办并主编了《百科全书》,以编纂《百科全书》为中心,汇集了全国的学术精英。狄德罗还亲自撰写近千条专题,其中最著名的有《美之根源及其性质之哲学的研究》(《论美》,1750)。狄德罗的其他学术著作有《哲学沉思录》、《关于物质和运动的哲学原理》、《论戏剧艺术》(也译《论戏剧诗》,1758)、《绘画论》(1765)、《论天才》等。

狄德罗的哲学思想基本上是唯物主义的,他承认世界的物质性、运动的普遍性和世界的可认识性,并能用唯物辩证的观点解释生物发展的现象。但是,他的社会历史观却是唯心主义的,他认为社会制度的性质是由社会的政治组织决定的。他相信理性,认为思想支配世界。因此他把社会制度的改革寄希望于开明君主,认为有了崇尚理性的君主,社会变革就能得到实现,从他的哲学观念中可以看出,狄德罗也和他的先驱者一样,没能超越他们自己时代的限制。

狄德罗的文论观主要有以下几个方面:

(一)关于自然与逼真的理论

狄德罗对文艺具有广泛的兴趣,他不仅从事文艺的创作,而且对戏剧、小说、音乐、绘画都进行了深入的研究,他的文艺观继承了亚里士多德以来的模仿说传统,但在继承的基础上又有创新。他认为艺术必须模仿自然,因为凡是自然所创造出来的东西没有一样是不正确的,作为艺术的美是模仿的美,它必须忠于自然,与自然本身相吻合。而狄德罗所说的自然,是指客观存在的世界,包括物质世界、精神世界和人类社会,他指出:一切客观存在的现象都是真实的、正确的,都是其产生存在的原因,而自然中的多种现象之间存在着一种"隐秘的联系和一种必然的配合","自然"的这种性质和范围,就决定了艺术模仿自然的合理性,如果不严格地模仿自然,那将是平庸的、软弱的和不完善的。如果模仿得愈完善,就愈能符合各种原因,人们就愈觉得满意。另一方面,狄德罗所说的自然又是指冲破古典主义清规戒律束缚的野性自然,古典主义者也崇尚自然,但这种自然是抽象化的人性,是"方法化过的自然",这种自然始终和"合适"与"妥帖得体"联系在一起,这种自然的最高表现形式就是路易十四的宫廷生活,一切都显得彬彬有礼、雍容华贵,透露着一股贵族的豪华与奢侈,这种自然才是古典主义者模仿尊敬的对象。狄德罗的自然是一种没有被"文明"污染过的原始生活,是不含任何雕琢的原始的狂野自然,狄德罗说:"诗人需要的是什么? 是未经雕琢的自然,还是加过工的自然? 是平静的自然,还是动荡的自然? 他喜欢纯净肃穆的白昼的美呢,还是狂风阵阵呼啸,远方传来低沉而连续的雷声,或闪电所照亮的上空中黑夜的恐怖? …… 诗需要的是巨大的、野蛮的、粗犷的气魄。"①就人的精神世界和人类社会来说,狄德罗的自然也有自己的特点,他说:"自然在什么时候为艺术提供范本呢? 是在这样一些情景发生的时候:当女儿们在垂死的父亲床边扯发哀号;当母亲敞开胸怀,指着哺育过他的双乳恳求他的儿子;当一个人剪下自己的头发,把它撒在他朋友的尸体上;当他托着朋友尸体的头部,把尸体扛到柴堆上,然后搜集骨灰装进瓦罐,每逢祭日用自己的眼泪去浇奠;当披头散发的寡妇,因死神夺去她们的丈夫,用指甲抓破自己的脸;当人民的领袖在群众遭遇到灾难时伏地叩首,痛苦地解开衣襟以手捶胸;当父亲抱着他初生的儿子,高高地举向上天,指着婴孩起誓,向神祇祈祷……"②由上可知,狄德罗要求文艺向自然吸取的是它的原始野蛮的自然气息,这种自然气息之所以富有诗意,是因为它没有任何理性之约束,纯粹是原始情态下人的情感和活力的自然流露。狄德罗在上述列举的人的各式人生情态,都不含任何矫揉造作的成分,其中的每一种情态都是人发自内心的自发活动。而古典主义者要求的那种"父亲称儿子为先生,母亲称女儿为小姐"的人生情态不仅无任何自然可言,而且也无任何真情可言。因此,狄德罗所说的自然,虽然也包含着一定的

---

① 狄德罗:《论戏剧诗》,伍蠡甫、胡经之主编《西方文艺理论名著选编》上卷,北京大学出版社,1985年,第254页。
② 狄德罗:《论戏剧诗》,见《狄德罗美学论文选》,人民文学出版社,1984年,第205—206页。

理性成分，但更为重要的是对人的内心情感的关注，惟有在情感上做到真实可信，才能真正打动人、感染人。狄德罗也是这样要求诗人的，他说，观众观看表演时，要让他们感到"仿佛碰到一次大地震，看到房屋墙壁都在摇晃，觉得脚所站的土地又要陷下去似的"。①

狄德罗正是在这个基础上提出文艺创作应该遵循的"逼真"理论，"逼真"的涵义是既模仿自然，又不能抄袭自然，而是在遵循自然规律的基础上做到情理上的真实。一本历史往往只是一部坏小说，因为它只是符合事实的真实，但一本好的小说却是一部好历史，这是因为好小说能做到"逼真"，表现了情理的真实。一个演员，如果需要他在舞台上表演入睡，而他果真睡着了，他只能做到符合事实而不能做到"逼真"，他的表演是失败的。假如一个画家画了一幅凡尔赛宫中替国王缝制皮鞋的鞋匠的画，那幅画不是"逼真"的，因为鞋匠替国王做皮鞋是要回到工厂里去做的，不会在皇宫里替国王做鞋子，这样就违反了情理的真实。狄德罗的"逼真"理论，本质上是要求作家在模仿自然中反映事物的内在联系，不必追求艺术与外在事物的完全一致。所以艺术家"比起历史学家来，他的真实性要少些，而逼真性却多些"。狄德罗的这个思想对以后欧洲的现实主义文艺理论产生了重要影响。

要达到艺术的"逼真"，必须要有想像的才能，没有想像就不可能达到逼真。想像是文艺创作中的特殊思维方式。狄德罗结合自己的创作经验，指出，"想像是人们追忆形象的机能"，想像不是脱离生活的空想，而是要有丰富的生活经验，在此基础上，作家可以充分发挥自己的才能，"假想出一些事件"、"杜撰些言词"、"对历史添枝加叶"等等，通过这些艺术的想像活动，去感染人，去提起人们的兴趣，从事物的多种偶然现象中表现出必然性，通过作品富于审美趣味的特殊形态去表现生活的本质。但是作家进行想像的艺术创造活动，也不是胡思乱想，而是要遵循事物的自然秩序和普遍规律，想像如果背离自然的内在法则，不仅不能引起"惊奇"，而且还会造成艺术作品的失真，破坏作品表现情理真实的要求。在狄德罗看来，形象思维是有逻辑性的，想像活动也有它一定的规范，艺术家遵循的是在假想中进行推理的原则，他从某一已知现象出发，"把一系列的形象按照它们在自然中必然会前后相连的顺序加以追忆"②，最后塑造出一个符合自然法则和人性的普遍规律

---

① 《论戏剧诗》，伍蠡甫、胡经之主编《西方文艺理论名著选编》上卷，第232页。
② 同上书，第240页。

的艺术形象。狄德罗以唯物论的哲学思想为出发点,简述了模仿说、逼真论和想像的基本特点,提出了西方文艺思想中一些重要理论问题,如想像具有逻辑性问题。狄德罗继承并总结了前辈的观点,在文艺发展的新形势下,在理论上提出自己的看法,虽然他对上述问题的探讨可以说是初步的,但对后人来说,却具有重要的启发作用。狄德罗的一些文艺观点,实际上已具备了浪漫主义思想的某些特点,他的思想和文论对推动法国及欧洲的浪漫主义运动也起了不可忽视的作用。

（二）关于严肃喜剧的创作主张

狄德罗作为启蒙运动的重要思想家、《百科全书》的主要组织者和撰稿人,他十分注重戏剧对人们的教育作用。在《论戏剧诗》中,他认为,任何一个民族,都需要适合于他们的戏剧,"假使政府在准备修改某项法律或者取缔某项习俗的时候,善于利用戏剧,那将是多么有效的移风易俗的手段"。[①] 为此,狄德罗提出在传统的悲剧和喜剧之外,还需要创作另外一种严肃喜剧,他认为传统的喜剧以人的缺点和可笑之处为对象,传统悲剧以大众的灾难和大人物的不幸为对象,这些都不能为很好地表现下层群众的思想感情、宣传启蒙思想服务。而严肃喜剧则是以人类的美德和责任为对象的,对人的美德和责任的宣传正是启蒙运动的重要任务。为了使戏剧作家能承担这一艰巨的宣传教育任务,狄德罗认为他们应具备哲学家的头脑,深入地研究人的内心,同时还必须深入了解社会上各行各业的情况,以便更好地把握人的本性。而揭示人的本性的内在本质就在于弘扬人的美德,把人们培养成为有道德观念和有德行的人。严肃喜剧的创作与其他戏剧创作的最大差异在于,它以更庄严、更高尚、更激烈、更富有感情的内容打动人们的内心,激发人们向善,引导人们去爱道德恨罪恶。狄德罗强调,由于严肃喜剧贴近人的情感和内心世界,能够引起人们强烈的愉悦,因而它不仅对一般人,而且对恶人也具有很好的教育效果,因为"在戏院的池座里,好人坏人的眼泪交汇在一起。在这里,坏人会对自己可能犯过的恶行感到不安,会对自己曾给别人造成的痛苦产生同情,会对一个正是具有他那种品性的人表示气愤……那个坏人走出包厢,已经比较不那么倾向于作恶了,这比被一个严厉而生硬的说教者痛斥一顿要有效得

---

① 《论戏剧诗》,伍蠡甫、胡经之主编《西方文艺理论名著选编》上卷,第252页。

多。"①此外，严肃喜剧也对风俗败坏的民族具有强大的道德感化作用，使那个民族中作恶多端的人不再倾向作恶，而严肃喜剧的道德教育作用之所以会如此强大，它能给人们提供美感愉悦是一方面，另一方面在于它具有主题上的严肃性。严肃喜剧以人类的美德和责任为主题，它能够直接提出严肃的道德问题。狄德罗以他自己写的《苏格拉底之死》的提纲为例，剧本提纲表现出苏格拉底灵魂的不朽、人格的坚贞以及他对自己所崇尚的道德和哲学的执著。狄德罗认为，这样的剧本虽然只有一篇，但却具有深刻的表达力和哲理性。但是，严肃喜剧主题的严肃性并不妨碍剧作所带给人们的美感愉悦，它们如果安排得好，就完全可以获得有机的统一，并且互相把对方的效果推向极致。

狄德罗为了实现严肃喜剧的道德教育作用，还提出了一系列戏剧创作的主张，这些主张大到文艺创作的普遍性问题，小到对话的写法，一些枝节问题的处理，都做了富有个性化的阐释，有些问题我们在上面已提到过，下面主要谈谈其中两个方面的问题：

一是人物性格的描写问题。古典主义戏剧过分重视人物性格的刻画，结果使人物性格脱离情境变成了概念的演绎。狄德罗虽然也非常重视人物性格的刻画，认为它直接关系到这出戏是否能获得成功，但是，戏剧中的人物性格必须根据他们的处境来决定。狄德罗认为，如果人物的处境愈棘手愈不幸，他们的性格就愈容易决定，所以，"人物处境要有力地激动人心，并使之与人物的性格成为对比，同时使人物的利益互相对立。假如你写阿尔赛斯特恋爱，就让他爱上一个风流女子，如果是阿巴贡，就让他爱上一个贫苦的女子。"②这样，把两个不同利益的人物放在一起对比，他们的性格就容易显出特征，除此之外，就没有必要再加上性格之间的对比了，因为在生活中，性格与处境间的对比，不同人物利益间的对比随处都有，而生活中人物的性格都是千差万别，倘若在戏剧创作中把一个性格与另一个性格相对比，虽然会使其中的一个性格更突出，但剧情和对白都会觉得异常单调和不自然，这样做的结果就是使戏剧违背生活，妨碍了故事的真实性。

狄德罗认为，戏剧中的人物语言、语气等都要符合"诗里的真实"，要和戏剧作家所塑造的人物性格相符合；不能对性格进行讽刺式的夸张，既不能过分美化，也不能过分丑化，善与恶都不能刻画得过分；在戏

---

① 《论戏剧诗》，伍蠡甫、胡经之主编《西方文艺理论名著选编》上卷，第230—231页。
② 同上书，第246—247页。

剧创作时,要注意人物性格应随剧情的发展而有所变化,反对人物性格始终如一。此外,狄德罗在谈到演员和他所扮演的剧中人物性格的关系时,强调要让演员适应他所扮演的角色,而不是让角色去适应演员。

总的来看,狄德罗的人物性格理论是在批判古典主义性格理论的基础上,同时也是在适应启蒙运动的实际情况下提出来的,他的人物性格理论继承和发展了亚里士多德关于情节是戏剧的基础和灵魂的观点,强调性格与情境的有机融合,使人物性格始终能在具体的环境中得到确定和发展,避免了简单化、概念化的倾向,为启蒙运动塑造令人喜爱的人物形象提供了实践性很强的理论指导。狄德罗的人物性格理论对今天繁荣我们的文艺仍具有较高的借鉴价值。

二是结构布局问题。狄德罗结合自己的创作经验,认为布局是件非常艰难的事情,他主张布局要适合剧作者的才能和性格,并且不要怕艰难,不要怕费时,须仔细探讨钻研,他认为剧作者的才能就是从不怕艰难中钻研得来的,在谈到戏剧的整体布局和具体安排的关系时,狄德罗主张先有整体布局,然后再安排个场,要经过长时间的思考,"绝对不在布局尚未确定以前就把任何一个枝节的想法落笔"。而且剧作家在布局全剧时,不应追求一个"片时的惊讶",而应该引起观众"长时间的焦急",使戏剧产生长远的效果。至于情节的开始,要选择适当时机,不能距戏剧的结局太远,也不能太近,戏剧家要适当交代主题,要使剧情的发展愈来愈快,同时要保持清楚和明白,选择适当时机谨慎从事。在谈到戏剧的结构时,狄德罗批评了当时有人追求"所谓生动的剧情"的观点,提出戏剧创作要用简单的结构。他认为对一个剧本来说,无论它的情节多么复杂,人们看过之后很容易就记住故事了,但不容易记住台词,而故事被人知道了以后,复杂的剧情便失去它的效果了。但是,简单的结构并不是毫无内容的平铺直叙,而是应该包含丰富多彩的意境,美妙的意境会使人们回味不已、倾听忘倦,在任何时候都能感动人心。

(三)对作家、批评家的要求

狄德罗在《论戏剧诗》的最后部分,对当时文艺界的恶劣风尚进行了激烈的批评,并对自己心目中的理想作家、批评家提出要求。狄德罗认为,时下的作家和批评家由于缺乏美德和知识而愈发变得狂妄自大,作家认为自己的作品应该被捧到九天之上,而批评家则通过对已故作家的赞美来抬高自己的身份,对在世的作家则突出他们的缺点以显示自己的高明,这些都给文艺界造成极端混乱和不良影响。狄德罗感叹世风不古,认为古代的作家和批评家都是谦虚好学的,批评家总是在学完各派哲学后才从事文艺事业。而作家则把自己的作品留在身边很久才公之于世,他们之所以能够这样做,其根本原因就是他们都有良好的道德修养,惟有艺术家爱美德,追求真理,艺术才能得到真正的繁荣。狄德罗号召作家、批评家:"你想当作家吗?你想当批评家吗?那就请首先做一个有德行的人。如果一个人没有深刻的感情,别人对他还有什么指望?而我们除了被自然中的两项最有力的东西——真理和美德深深地感动以外,还能被什么感动呢?"①因此,狄德罗要求作家、批评家除具备高尚的道德修养外,还必须具有追求艺术真理、献身艺术的精神。"闭户读书15年","攻读历史、哲学、伦理学、自然科学和艺术,到了55岁,成为一个善良的人、有学问的人、有高尚趣味的人、伟大的作家和卓越的批评家"。此外,狄德罗在《画论》中还要求作家到乡间小酒店去,观察街道、公园、市场和室内,留心正在吵架的两个同学……,通过这类对事物反复无穷的观察,就会获得对生活的真正感受,从而为自己的创作提供丰富的题材,创作出优秀的文艺作品。

　　法国启蒙主义文论是法国启蒙思想在文艺领域里的延伸和深化,它既承担了启蒙思想传播的艰巨任务,又在新的历史时期发展深化了文艺的基本思想,使文艺能始终适应时代的需要。在法国启蒙主义文论的代表人物中,伏尔泰是从古典主义向启蒙主义过渡的中间人物,他的思想既具有启蒙的性质,同时也包含了古典主义的某些观念。卢梭既是启蒙思想的极力倡导者,又是最早认识到启蒙思想局限性的思想家,因而他的"返归自然"的口号,他对情感的崇尚,都明显地具有深化启蒙思想的倾向。狄德罗从批判古典主义中提出了戏剧改革的主张,他的一些文艺思想不仅适合于戏剧领域,同样也适合于一切文艺领域,从而为启蒙运动的现实主义文学特质提供了坚实的理论基础。

第三节　德国文论与莱辛、康德、黑格尔

　　整个18世纪,德国处于经济落后、政治黑暗的瘫痪分裂状态。自16世纪以来,宗教改革和农民起义相继失败,反封建斗争遭遇严重挫

---

① 《论戏剧诗》,伍蠡甫主编《西方文艺理论名著选编》上册,第264页。

折。17世纪的30年战争摧毁了民族经济,导致农奴制死灰复燃,封建割据变本加厉。"神圣罗马帝国"名存实亡,帝国议会形同虚设,全国分裂为三百多个诸侯小邦国和一千多处骑士领地,德意志民族处于小国寡民、一盘散沙状态,在社会发展各方面都远远落后于英国和法国。规模有限的资本主义生产有赖于宫廷和军队订货,表现出显著的封建依附性。资产阶级力量弱小而分散,既没有能力,也没有勇气提出政治革命或产业革命的要求。

面对这一历史条件,德国启蒙运动的任务就不是发动革命,而是集中全力争取民族统一。然而,实现统一需要文化基础。于是,民族文化建设成为当年德国别无出路的一代平民知识分子施展才华的惟一天地。幸运的是,德国此时已拥有宗教改革以个人意识觉醒为实质的思想萌芽,并且有条件综合法国启蒙主义和英国经验派、德国理性派的思想成果。这就造成了18世纪德国文论以至于思想文化的空前繁荣,并在不足百年间走到了世界前列。

18世纪德国文论的发展大体和文学同步,可以分为启蒙酝酿(1700—1770)、狂飙突进(1770—1785)、魏玛古典主义(1786—1805)三个时期,分别以莱辛、康德和黑格尔为代表。

启蒙酝酿时期的基本成就,是学习借鉴外国,为民族文论奠基。40年代以前,主要是推行戏剧改革,打开文化僵局。40至70年代,莱辛的理论探索有力地推进了德国文论的全面发展。其间的道路,大体上是从法国古典主义和布瓦洛,走向英国文艺复兴和莎士比亚,又借助希腊古典实现创新,最终完成民族文论的自立自强。德国文论由此走向繁荣。

狂飙突进是德国文化史上第一次全国性的反封建运动,体现着青年一代挣脱封建束缚、要求心灵解放的狂热反叛情绪。他们反对外部权威,肯定内心情感,强调个性地位,讴歌理想化的大自然,追求民族特色,为此大力发掘民间遗产。运动产生了广泛影响,为民族文论的进一步发展提供了条件。在一定意义上,康德的哲学思考同狂飙突进的内在精神不谋而合。

魏玛古典主义是德国启蒙运动的升华和发展,体现德国思想界的复杂心态:既对大革命失望,又不愿放弃人道主义,转而寄希望于开明君主,通过审美教育培养完整和谐的人性,实现社会解放理想。魏玛宫廷一度成为德国文化中心。其思想影响,渗透了黑格尔艺术哲学的每一角落。

一、莱辛及其《拉奥孔》

莱辛（Gotthold Ephrain Lessing,1729—1781）是德国民族文论的奠基人。他的创新开拓为德国文论后来的发展提供了一个很高的起点。莱辛的贡献,主要体现为他的《拉奥孔》（1766）和《汉堡剧评》（1769）。

《拉奥孔》是西方文论史上的名著,曾在德国学术界引起轰动。其副标题"论画与诗的界限,兼论《古代艺术史》的若干观点",鲜明地体现了论著的现实针对性。莱辛的意图,是通过对同题作品所做的比较研究,提出不同艺术形式各有其特点,不能笼而统之一概而论,盲从"诗画同一"原则,或追随古希腊理想。他以艺术个性对抗外部权威,破除传统偏见,比如模仿古代的价值原则,理性克制的创作方法和单纯静穆的审美理想。在莱辛看来,文克尔曼尽管把目光转向了古希腊,转向了人,终究还是保留了法国古典主义保守僵化的艺术普遍论、规律永恒论和抽象人性论。

《拉奥孔》立足于作品分析,揭示了不同艺术形式内在规律的不同。拉奥孔是古希腊传说中特洛伊的英雄、阿波罗神庙的祭司。战争末期,他因警告国人提防木马计而触怒神明,致使自己和两个儿子被海神派来的巨蛇缠死。公元前50年前后,这一题材被罗德岛的三位艺术家用于雕塑。史诗《埃涅阿斯纪》对此也有专门描述。莱辛比较了雕塑和史诗对拉奥孔题材的不同处理,论证艺术活动必须尊重特定形式的内在规律和描写对象的个性特点,不能盲从教条。

实际上,提出"画与诗的界限"问题,本身已经体现了莱辛的怀疑精神和独立思考。早在古希腊,西摩尼德斯即宣称:"画是无声的诗,诗是有声的画。"柏拉图在艺术都是模仿、都远离真理的意义上,把诗与画归为同类。贺拉斯《诗艺》附和上述观点,提出在讲究观赏角度和距离方面,"诗歌就像图画"。及至17、18世纪,"诗画同一说"为艺术界广泛接受,成为无可置疑的信条。文克尔曼更进一步,提出不论诗还是画,都应以古希腊艺术理想,即"高贵的单纯和伟大的静穆"为准则。这不仅误导人们违反艺术规律,盲目地在诗里追求画面描绘,在画里寄托诗的寓意,致使描写自然景色的田园诗和象征抽象概念的寓意画流行一时;而且鼓励了循规蹈矩、迷信盲从的人格和崇拜权威、压抑自我的习气。

论争的焦点,是如何理解不同艺术形式对拉奥孔的痛苦所做的不同处理。在群雕中,拉奥孔虽然承受着心灵和肉体的巨大痛苦,但其面部表情和形体姿态并没有因此而剧烈变形或痉挛扭曲。这里看不到撕心裂肺的哀号,有的只是悲伤节制的叹息。文克尔曼认为,艺术的目的在于表现心灵的高贵,即虔诚克制和忍耐顺从。群雕体现的正是古希腊艺术理想。

莱辛提出,事情完全不是这样。群雕中拉奥孔之所以不哀号,只是体现了造型艺术的审美原则。剧烈的面部变形和形体扭曲,同雕塑的视觉需要不兼容。视觉艺术的内在规律决定了"雕刻家要在既定的身体痛苦的情况下表现最高度的美","所以他不得不把身体痛苦冲淡,把哀号化为轻微的叹息"。

> 不是因为哀号就显得心灵不高贵,而是因为哀号会使面孔扭曲,令人恶心。①

一个有力的佐证,是雕塑家出于同样的考虑,没有让神庙祭司拉奥孔穿上衣服。这当然也超出了人情事理,其目的仍然是要满足造型艺术的审美要求。不同艺术的内在规律不同。如维吉尔的史诗突出描写拉奥孔放声号哭,既没有损害形象的英雄本色,也没有降低史诗的艺术价值。

在莱辛看来,尽管一切艺术都"模仿自然",但"画和诗无论是从模仿的对象来看,还是从模仿的方式来看,却都有区别"②。就具体对象而言,画适合于描绘"在空间中并列的事物",因此静态物体是"绘画所特有的题材"。诗适合于叙述"在时间中先后承续的事物",因此动作过程是"诗所特有的题材"。从使用媒介看,画用的是自然符号,即线条和色彩,可以为感官直接感知。诗用的是人为符号,即声音和语言,只能为心灵间接想像。由艺术效果着眼,画诉诸眼睛,通过物体描绘造成视觉效果,适宜感受有限的形体的美。诗诉诸耳朵,通过过程叙述造成听觉和语言效果,适宜想像无限的行动的真。

画是造型艺术,其最高原则是视觉美。为了追求艺术美,"艺术家们宁愿违反真实"。比如为了避开面部的丑,把拉奥孔的哀号冲淡成叹息;为了展现形体的美,让拉奥孔赤身裸体。视觉审美的内在规律,

---

① 刘思慕译:《歌德自传》(上),人民文学出版社,1983年,第16页。
② 莱辛:《拉奥孔》,朱光潜译,人民文学出版社,1979年,第3页,此节以下莱辛引文均出自此书。

迫使造型艺术不得不牺牲表情与习俗的经验真实。

诗是语言艺术,其最高原则是想像的真。维吉尔写拉奥孔放声号哭,正是忠实于人的"自然本性"和经验真实。诗人的目的,在于赋予拉奥孔有血有肉的个性。为了想像的真,"诗人们不得不让最勇敢的人痛哭流涕。"

在肯定不同艺术内在规律不同的前提下,莱辛提出了艺术描写的理想对象——"有人气的英雄"。在莱辛心目中,人作为模仿对象,其理想之处不在于单纯静穆,而在于独具个性。

> 他的哀怨是人的哀怨,他的行为却是英雄的行为。
> 有人气的英雄既不软弱,也不倔强,但是在服从自然的要求时显得软弱,在服从原则和职责的要求时就显得倔强。

在莱辛看来,文克尔曼宣扬单纯、静穆,抹杀个性,实质上是在鼓吹禁欲克制、被动忍耐的斯多葛哲学。"斯多葛派的一切都缺乏戏剧性",因为它缺乏个性。而诗人"所要求的不是静穆,而是静穆的反面。因为他们所描绘的是动作而不是物体。动作包含的动机愈多,愈错综复杂,愈互相冲突,也就愈完善。"在这里,理想之争不仅是艺术观的分歧,而且体现了消极忍耐听天由命和肯定个性呼唤变革两种人生观的冲突。

在画与诗的深入比较中,莱辛还形成了诗高于画的观点,同时注意到二者之间的联系与转化,提出了化动为静、化静为动两条艺术暗示的途径,体现了他文论思考的辩证特征。

《拉奥孔》的局限是缺乏历史主义观点,很少注意文艺现象同特定历史时期现实生活的联系,很少在艺术分析中揭示艺术现象的社会意义。同时,没有实现同古典主义的彻底决裂,因而常常把古希腊艺术看作永恒标准,以之规范不同时代不同民族的艺术;把人物个性抽象化,理解为各种道德素质的拼盘。不过,莱辛的文论毕竟还是完成了从王权向民主、从模仿外国向民族独创的立场转变。

二、康德的文论思想

德国古典美学的发展,始于康德的主体性探讨,终于黑格尔的绝对理念殿堂。其间,从肯定心灵力量、注重个性发展、破除外部权威,到崇奉理念本体、关注历史演变、重建形而上学,形成了一条独特的从内到外的发展线索。然而贯彻始终的主题,是对文艺现象的理论关注。

康德(Immanuel Kant,1724—1804)是哲学革命的肇始者,德国古典美学的奠基人。康德的思想充满活力,深刻地概括了他的时代,进而改变了人类思想史。康德在文论史上的意义,主要不在于具体观点,而是他深入个体心灵,开创主体论,破除形而上学的全新思路,成为后来众多文论流派形成发展的思想资源和理论根据。20世纪以来,西方文论界所出现的反传统要求、向内转和非理性倾向、语言革新形式实验主张,或隐或显,几乎全都受到了康德的影响。

(一) 思想发展

康德思想的发展,以1770年为界,可以分为两个阶段。前批判时期,康德致力于自然科学研究,造诣精深。主要成就是"星云说"和"潮汐说"两个著名的科学假说,创造性地解释了天体起源和宇宙发展,将之描述为一个生生不息、永无止境的运动过程,对破除宗教神学观和形而上学自然观有重要意义。

几乎与狂飙突进同时,康德进入了他的批判时期,相继完成三大批判,包括《纯粹理性批判》(1781)、《实践理性批判》(1788)和《判断力批判》(1790)。自此,康德从科学转向哲学,从探索自然转向主体心灵,从对象研究转向方法论,并以其三大批判,建构起以人为中心,否定外部权威的主体性哲学或批判哲学体系。

康德的思想转折,既有现实原因,也有哲学根据。康德哲学和法国大革命一样,都在启蒙现实的直接激励下酝酿生成。法国启蒙思想家为革命而准备的自由、平等、民主、人权等口号,始终吸引着康德,影响到他内心深处。特别是卢梭,使康德摆脱成见"发现了人","学会了尊重人",认识到"必须恢复人性的真实观念"。康德曾把卢梭比做"第二个牛顿",认为"牛顿第一次在以前被认为是无规则可循的纷繁复杂的现象中发现了秩序和规则,而卢梭则在复杂万端的人类中发现了人所共有的天性"。[①]

康德思想的转折,还取决于他所继承的哲学遗产。欧洲哲学自近代以来,形成了理性主义和经验主义两大流派。前者由笛卡儿开创,经莱布尼茨、沃尔夫发展,形成了以理性论、实在论、先验论为支柱的理性主义。他们断言,理性来自天赋,不仅可以认识世界,把握实在,而且可

---

① 《汉堡剧评》,第46页。

以超越感性现实达到彼岸世界,确定世界本体。后者由培根开创,经霍布斯、洛克,到18世纪的贝克莱和休谟,发展出唯心、唯物两个走向。经验主义强调,认识来自经验。离开感性经验,一切认识都不可靠。其中唯心论者认为经验必以主体感觉为限,因而不可能确定客观实在的本来面目。经验主义的支柱是经验论、主观论、内在论。到了康德时代,两大流派各走极端,形成了盲目乐观的独断论和悲观失望的怀疑论的对峙。

康德早年曾是沃尔夫的信徒,是休谟的怀疑论把他从独断论的迷雾中唤醒。他终于认识到,在尚未对人的认识能力进行考察之前,无论是断言它无所不能,还是从根本上怀疑认识,都没有根据。康德围绕主体性中心,"掀起一场哥白尼式的革命",综合理性论与经验论成果,论证人是目的和形而上学的虚妄,用方法论哲学取代了形而上学旧哲学。

康德并未最终解决理性论和经验论的矛盾。他的信念、气质和所受的教育,都使他倾向于对先验理性的肯定。他无法做到在历史唯物论的实践基础上,实现感性经验和理性形式的真正统一,只能在形式上努力综合这两者。批判哲学肯定感性经验及其作用,但是把重点放在了对先验理性及其主体性基础的系统探讨上。这是康德哲学的特点,是其成就和局限之所在。

(二) 哲学特征

《纯粹理性批判》序言开宗明义:批判哲学是对获取知识所必须的先于经验的一般主体能力的批判。康德哲学不是对客观世界的思考,而是要把握主体能力本身。它所涉及的不是对象和有关对象的知识体系,而是在先验的可能限度内获取知识的条件和方法[①],是对主体能力、结构和作用的探讨。正因为立足于先验能力之上,批判哲学又称先验哲学。

根据传统,康德把主体心灵区分为知、情、意三个领域,相应的有三种能力。三大批判与之呼应,针对性地探讨认识活动、审美活动和道德活动的先验原理,确定其范围、条件和依据。

就认识活动而言,关键在于知识何以可能。《纯粹理性批判》肯定一切知识始于经验。然而经验具有个别偶然性,知识却要求普遍必然性。为此,必须赋予经验以普遍必然的形式。这种先在于经验的认识

---

① 康德:《纯粹理性批判》,蓝公武译,商务印书馆,1982年,第3页。

形式叫先验形式。知识由经验内容和先验形式两个要素构成,具备来自经验、提供新东西和普遍必然三个属性。

知识只能以先验综合判断为形式。这可以分三步说明。一是知识表现为判断,即概念之间的逻辑联系。它由主词、宾词和系词构成,如"人是社会动物"、"地球是行星"。二是判断有分析与综合两种。其中主词和宾词具有同一关系的叫分析判断,如"黄金是黄色金属"、"人类由人组成"。它无须感性经验,不提供新东西,没有知识价值。主词宾词不具有同一关系的叫综合判断,如"物体有重量"、"地球是行星"。它有赖感性经验,提供新东西,值得进一步探讨。三是综合判断又有后验先验之别,其中全赖经验的叫后验综合判断,如"天气热"、"这人好"。尽管它来自经验,提供新东西,但不具备普遍必然性,也不是知识。只有先验综合判断才是先验理性形式对感性经验内容的综合,真正属于知识,如"热使物体膨胀"、"爱有益于社会"。它既来自经验,又提供新东西,还具备普遍必然性。这样,康德就以先验综合判断为根据,回答了知识何以可能的问题。

在康德看来,知识的经验内容和先验形式,无不内在于人。这就意味着,尽管知识是自然的法律,人却是知识的主人。正是在这个意义上,康德提出了"人为自然立法"的命题。人所生活的世界既不是神的创造,也不由神来主宰。人创造了世界。人通过知识,成为世界的主人。上帝、灵魂和世界本原等形而上学观念都是不合理的存在。至此,服从外部权威、为上帝献身的信条,被听从内心召唤、人是目的的原则所取代。批判哲学在论证人的地位、摧毁形而上学的意义上,成为民主革命的思想根据。哲学从形而上学思辨走向主体性探讨,从本体论走向认识论。

在理性有限性的讨论中,康德指出,理性仅在经验范围内有效。什么时候它越界用于对物自体的认识,什么时候就将陷于二律背反。人一旦面对物自体,理性即无能为力,只好依赖信仰。康德主张无神论,认为物自体不可知,有点儿敬鬼神而远之的意思。信仰的意义,在于维系道德。

《实践理性批判》专论道德。对道德而言,问题不在于认识到什么,而在于应该做什么。应该基于信仰,成为人所面对的先验律令。它无法用理性说明,却具有至上权威。道德不属于外力强制。它出于意志自由。自由的根据是作为实践理性的道德信仰。

这就形成了主体性活动的两个相对独立的领域。认识意在求知,寻求必然性；道德意在行善，出于自由意志。寻找两者间的内在联系，成为《判断力批判》的任务，即通过审美研究，沟通知识与道德，把必然和自由联系起来，使批判哲学成为一个有机整体。

（三）美学原始

在康德看来，判断力有决定和反省之别。决定判断力把规律和范畴用于个别事物或事物间关系，构成知识。审美判断属于反省判断力，仅与愉快或不愉快的情感相联系，功能在于调节心灵诸机能。它不同于认识或道德判断，但又涉及认识和道德。

判断各有其先验原理为根据。认识判断的根据是知性范畴，道德判断的根据是绝对律令，审美判断的根据是合目的的形式①。目的指的是主体心灵的内在目的。所谓合目的的形式，就是当审美对象引起主体想像力同知性、意愿等心灵能力自由运动契合一致时，审美对象所具有的形式。面对这种形式，心灵诸机能进入自由和谐的活跃状态，主体体验到审美情感。

审美判断在想像力同知性、意愿的自由和谐的活动中，把认识判断和道德判断联系在一起，实现了对心灵诸机能的调节。在审美活动中，既可以见出自然的必然，又可见出精神的自由。康德由此找到了联系认识和道德两个领域的纽带。《判断力批判》成为批判哲学的内在需要和有机组成。康德的美学思想主要集中于审美判断力分析，包括对美、崇高和艺术活动的探讨等内容。

（四）美的分析

康德对美的分析，主要以美感为对象。② 他借用逻辑判断的四组范畴——质、量、关系和状态，讨论美的条件，通称审美四契机。

契机一，从质的角度看，美是无功利的快感。审美判断不夹杂任何功利观念，进入了对于对象纯然淡漠的静观境界。其快感既不是产生于感官刺激，也不是来自道德赞许，而是出于审美欣赏，只和愉快不愉快的情感相连。

美感无所欲求。它所关注的，仅仅是对象形式所引起的主体机能自由和谐的活动。它不同于感官或道德快感，不以对象的实际存在为

---

① 康德：《判断力批判》，宗白华译，商务印书馆，1987年，第18—19页。
② 同上书，第39页。

前提。美感即自由感,惟有人才可能享有。因为美感超越了感官欲求和道德利害的驱使,成为只有人才能达到的境界。人是感性和理性的统一,既可由于形式感而获得愉悦,又可以借理性意志而超脱欲求。①

契机二,从量的角度看,美不凭借概念而普遍引起愉快。美感虽然是主观感受,但因其产生于审美判断,判断在先快感在后,摆脱了功利束缚,所以像知识一样对每个人都普遍有效。只是美感的普遍性不取决于客体,不依赖概念范畴,而是出自所有心灵对内部机能自由和谐运动的共同需要。② 感官快感无法传达,属于纯粹的个人趣味。审美判断像知识一样可以传达,所以具有普遍性。

契机三,从关系角度看,美体现无目的的合目的性。在审美领域,对象没有外在目的,却符合主体的内在目的。这是因为对象与审美主体之间能够构成的惟一关系,是对象形式通过情感调节主体心灵诸机能的关系。比如赏花,既不需要了解花的结构、属性,也不需要考虑花的用途价值,只是花的形象激发了想像力和知性、意愿的活跃,使人在自然造物面前,体验到愉悦的美感和内心的自由。

根据对象及其概念完满性的要求,康德区分出自由美和附庸美,亦称纯粹美和依存美。纯粹美不以对象概念为前提,不受其束缚,属于对象"为自身而存在的美"。依存美"却以这样的一个概念并以按照这概念的对象的完满性为前提",附属于对象概念,体现为"有条件的美"③。事实上,纯粹美不过是个逻辑抽象,只能满足理论论证的需要。世界万物作为人的对象,无不与其心灵能力有着千丝万缕的联系,只能归于依存美。康德并不推崇纯粹美。他甚至断言,"鉴赏因审美的愉快和理智的愉快相结合而有所增益"。④ 至于后人曲解康德,导致纯艺术论滥觞,并非康德的本意。

在康德看来,理想的美是依存美。理想美是理性观念的表象,美的标准。⑤ 它不是抽象观念,而是符合观念的表象;它体现为个别形象,形成于人的内心,以先验原理为基础,成为主体的审美标准。只有人才能独具有理想的美,因为只有人才能独具有"理性的纯粹观念及想像力的巨大力量"。既然如此,理想美就不仅体现为审美判断,同时也是

---

① 《判断力批判》,第46页。
② 同上书,第48、54页。
③ 同上书,第67页。
④ 同上书,第69页。
⑤ 同上书,第70页。

道德判断。"美是道德的象征①"。

契机四,从状态角度看,美体现不依赖概念的必然性。必然性存在于对象和美感之间,根据的是康德假设的先验"通感"。② 这种通感立足于人人共有的心灵诸机能的自由活动,彼此间能够普遍传达。康德强调,这不仅仅出于心理观察,而且来自逻辑必要。否则,美学将不可避免地陷入怀疑论的泥潭。

康德把美的必然性建立在先验通感基础上,确有脱离对象实际、脱离主体实践之嫌。然而,他把美的必然性与人的社会需要联系起来,提出美是一种社会现象,却为解决问题提供了合理思路。他说:"一个孤独的人在一个荒岛上将不修饰他的茅舍,也不修饰他自己,或寻找花卉,更不会寻找植物来装点自己。只在社会里他才想到,不仅做一个人,而且按照他的样式做一个文雅的人(文明的开始)。"③可惜,康德囿于其先验体系,没有沿着这一线索展开更深入的研究。

(五)崇高探讨

《判断力批判》把崇高视作美学基本范畴,对崇高感的形成与特征展开了系统的哲学分析。康德的思考,在美与崇高的联系和区别中展开。二者的共性,是同为反省判断,都有先验依据,可以根据审美四契机来考察。其间又有区别,表现在审美对象、美感来源和美学性质等诸多方面,体现了崇高独有的特征。

在康德看来,美体现概念完满,采用有限的形式,通过想像的刺激造成促进生命的感觉,给人以爱的愉悦;崇高体现道德律令,借助无限的象征,克服瞬间的阻滞,带来生命力更加强烈的喷涌,造成夹杂着痛感的悲壮。④

就对象而言,美基于有限,崇高基于无限。美的对象,其形式凭感官就可以把握。崇高的对象却因其形式具有无限性,超出了感觉能力,使人无法做整体把握。形式无限包括数量和力量两方面。数量的崇高既是绝对的大,数学的逻辑无法判断;又是无比的大,经验的标准不能衡量。其实自然中的一切都是有限的。因此,数量无限只能是一种先

---

① 《判断力批判》,第 74 页。
② 同上书,第 76 页。
③ 同上书,第 141—142 页。
④ 同上书,第 83—84 页。

验观念。力量的崇高有赖于条件:对象本身威力巨大,但对主体不构成威胁。[①] 例如面对火山喷发的纪录片。这时震撼天地的自然伟力,才可能在恐惧之余,引发赞叹,形成崇高感。

从根源看,崇高感产生于心灵诸机能中的理性,即道德意志的自我控制能力。面对无限,对象超越了主体的感官范围以至知性和想像力,无法把握无力抗争。此时,人既不被压倒,也不为自身的渺小而自卑,反而勇敢地唤起心灵的力量,维护人的尊严和优越感。这中间的关键,是意志力的运用。在意志力作用下,人动员起艺术想像,借助意象象征完成感性超越,进而把握或战胜了对象,审美主体从痛感进入崇高。

因此,崇高要求在数量上总括包容对象,或是在力量上压倒战胜对象。二者内容有别,实质相同,即通过心灵超越无限,获得崇高的感受。[②] 康德由此断言,崇高感的形成取决于主体条件。只有能够感受崇高的人,才是理想的人。否则,即使面对崇高的对象,人所看到的也只是"艰难、危险、困厄"。

从性质观察,崇高是消极的快感。它由痛感转化而来,经历了生命力的瞬间阻滞,立刻继之以因此更加强烈的喷射。它的产生必然要经历理性与对象的抗争,或因想像力瞬间受阻而迷茫惊讶,或因不可抗力而痛苦震惊。只有经过心灵抗争,才能实现理性的高扬升腾。否则,势必削弱崇高感特有的激昂深沉。因此,崇高感"更多的是惊叹或崇敬"。

(六)艺术活动论

在康德心目中,艺术有两类:快适艺术和美的艺术。前者单纯是为了欢娱消遣,后者旨在促进心灵诸能力的陶冶,提供反省愉悦。所谓艺术活动,主要是就美的艺术而言。

美的艺术是自由愉悦的活动

它类似于游戏,以伴随着美感的自由活动为特征。它不属于强制性劳动,也不受外部目的的牵制,已经"从劳动转化为单纯的游戏"[③]。康德在此虽然混淆了强制劳动和创造性劳动的界限,而且对艺术创造的艰辛缺乏充分估计,但他强调艺术的游戏特性,有其可取之处。

---

① 《判断力批判》,第100页。
② 同上书,第97页。
③ 同上书,第150页。

美的艺术是天才的表现

这里涉及天才的独创性、自然性、典范性和仅限于美的艺术四个特点①。就是说天才不是模仿,不遵循某种既定法规进行创造;天才表现为自然禀赋,为艺术立法;天才的创造是艺术典范和"评判的准绳";天才仅限于美的艺术,其他领域无天才可言。

康德认为,美的艺术作为有意识的创造,只能服从内心感悟。康德将此视为无法之法,无规律的规律,无目的的合目的性。它是一种不能用概念说明的自然倾向,就像有机物朝着自身所是生长那样。在康德看来,导致艺术独创性的根源只能是自然。天才即自然。对此二者,理性无法说明。艺术没有秘诀,"因而也不能教给别人"。②

当然,康德并没有把天才神秘化。他把创造性天才的心理因素区分为四种,说明创造是想像、知性、理性智慧和鉴赏力自由协调活动的结果。其中,想像力最活跃,居于主导地位。它以直观形象为媒介,表现为创造性联想、类比、象征等。想像决定了艺术创造的形象化特征。知性使想像所产生的形象蕴涵意义,符合艺术的内在逻辑。天才还需要足够的理性智慧,以捕捉和表现有丰富内涵和深刻伦理价值的东西,使艺术形象具有充实的理性内容。最后,上述机能必须在鉴赏力中获得整合统一,以保证艺术品成为审美对象。

艺术创造的中心是审美意象

康德把意象看作艺术作品的生机、活力和灵魂。艺术天才归根到底是"表现审美意象的功能"。所谓审美意象,是一个可以诉诸直观的感性形象。它不是经验世界的翻版,而是想像力重新创造的"第二自然",能够超越经验局限达到理性的境界,表达丰富而非单一的理性观念。康德认为,审美意象是感性形象与理性观念的统一、个别与普遍的统一、有限与无限的统一。审美意象既没有确定的概念与之完全契合,又难以用语言表达说明。因此,言有尽而意无穷是它的特征。惟其如此,面对审美意象,人们才拥有无限遐思、自由想像的空间。审美意象构成了诗的天地。

(七) 成就、局限和影响

"每一个时代的哲学作为分工的一个特定的领域,都具有由它的

---

① 《判断力批判》,第 152—153 页。
② 同上书,第 155 页。

先驱者传给它而它便由以出发的特定的思想资料作为前提。"① 哲学如此,美学亦然。康德的观点,应该说并非全出于独创。其中,许多来自对前人的继承。如美不涉及利害观念和欲求,想像力介于知性和理性之间,自由美和依存美两相区分,崇高感源于主体心灵的扩张和由痛感转化为快感等,在英国经验派美学家、批评家的笔下都曾出现,并已得到不同程度的论述。

然而在美学史上,康德毕竟做出了划时代的伟大工作。这突出地表现为他美学思考的体系化和主体化两大成就。

根据普遍联系的要求,康德对前人许多零星模糊的观点加以系统化,从而构成了相对完整的审美思考,不仅使具体观点在系统的理解中上升到哲学高度,获得了更深刻更合理的阐发;而且通过局部观点的体系化,集中而完整地概括出审美活动的独特性质和规律。在一定意义上,"康德和体系是可以相互交换的两个词。可以说,倘若在这一点上不承认他的独创性,则是全部不承认他的独创性。康德美学体系的出现,这是从根本上震撼世界的事件。"②

康德的独创性还体现为美学思考的主体化。批判哲学的核心是人,是以先验原理为总纲的主体性理论。在康德看来,美是心灵积极、能动的创造。没有活跃的想像力,没有同知性、意愿自由和谐的运动,审美判断就没有可能。因此,在康德美学中,主体性是美之所以可能的条件和根据。离开主体性,一切审美现象统统无从谈起。

康德美学的主要局限,是其主体性超越社会历史、脱离实践活动的抽象性。支配所有认识、道德和审美活动的抽象主体性,或许高于感觉论唯物主义,足以战胜经验主义的不可知论和理性主义的形而上学,但它毕竟只是康德所设想的纯粹主体,与现实主体的面貌还存在相当差距。主体性只能是实践的产物,不能与其历史的具体的内容相剥离。否则,不但审美判断无法落在实处,诸心意机能也都成了无根之论。康德的弱点,恰恰成为后来黑格尔的优点。美学史正是这样在千回百转中为自己开辟着道路。

---

① 《马克思恩格斯选集》第四卷,第485页。
② 吉尔伯特、库恩:《美学史》,夏乾丰译,上海译文出版社,1989年,第428页。

三、黑格尔的文艺理论思想

黑格尔(Georg Wilhelm Friedrich Hegel,1770—1831)是德国古典美学的集大成者,近代西方客观唯心主义哲学的主要代表,辩证法大师。黑格尔热爱艺术,熟悉欧洲文学,乐于同歌德等名人交往。他丰富的艺术经验,对其美学抵制抽象性、关注感性现实产生了有益的影响。①

黑格尔通过绝对理念的自我运动,把外部世界和全部历史纳入逻辑思辨,把辩证法推向成熟,从而建立起前所未有、无所不包的哲学体系,最终用形而上学取代了主体性。他把美学视作艺术哲学,对艺术现象展开了大量、具体而深入的探讨,达到了逻辑与历史、概念与经验的辩证统一。黑格尔的美学思考,大多与文论问题紧密结合在一起,因而同时体现为文论成就。

黑格尔的代表作是《美学》(1835—1838 整理出版)。全书体系庞大、内容丰富、涉猎广泛,是西方美学和文论史上罕见的鸿篇巨制。同时,作为一个体系,《美学》又结构严谨、线索清晰。贯穿全书的中心思想是他关于美的核心命题,美是理念的感性显现,其他内容不过是同一命题在不同领域的展开和推演。然而,这一命题却不是来自人类艺术实践的总结和概括,而是其形而上学体系的产物。② 因此,有必要对黑格尔哲学有所了解。

(一) 思想基础

黑格尔哲学建立在客观唯心主义和辩证法结合的基础上,其核心是源于柏拉图的绝对理念。绝对理念是客观外在的世界本源、万物的本体,但又体现黑格尔的特点。首先,绝对理念是思维与存在、主体与客体的统一。

> 理念不是别的,就是概念、概念所代表的实在,以及这二者的统一。③

理念并非单独存在于虚空,而是作为普遍性存在于个别之中。

其次,绝对理念内部包含着对立面的矛盾冲突,体现为运动发展的

---

① 《黑格尔通信百封》,上海人民出版社,1981 年,第 130 页。
② 黑格尔:《美学》第 1 卷,朱光潜译,商务印书馆,1981 年,第 32 页。
③ 同上书,第 135 页。

过程。

> 理念自身就是辩证法,在这种辩证过程里,理念永远在那里区别并分离开同一与差别、主体与客体、有限与无限、灵魂与肉体,只有这样,理念才是永恒的创造,永恒的生命和永恒的精神。[①]

绝对理念可以外化为万物,万物作为理念运动发展,流转生灭,演化无穷,形成了整个世界,包括自然界、精神世界和人类社会蔚为壮观的历史。

以上两点,黑格尔分别借鉴了谢林的精神与自然绝对同一和费希特的存在自身即运动发展的思想,克服了柏拉图理念与现实截然分离、孤独静止的局限。

绝对理念辩证式发展,经历了逻辑、自然、精神三阶段历程,体现自我肯定,异化为他物,克服异化回归自身这样一个肯定、否定、否定之否定的三段论模式。在逻辑阶段,绝对理念取抽象形式存在,经过"有"、"本质"、"概念"三段式发展,否定自身转化为自然界。进入自然阶段,绝对理念取感性形式存在,表现为大千世界,经过"机械性"、"物理性"、"有机性"三段式发展,在人的身上突破自然进入精神。到了精神阶段,绝对理念取理性形式存在,表现为人的精神和人类社会,经过主观精神(个人意识,如本能、感觉、理性)、客观精神(社会意识,如法律、道德、伦理)、主客观统一的绝对精神三段式发展,借助艺术、宗教、哲学三种形式,实现了自我认识和自我回归。

这样看来,艺术在黑格尔体系中,不过是精神发展初级阶段个人意识的表现形式。感性形象既是其特点,又使之受局限,不能完全而充分地表达理念。

黑格尔美学是其哲学思想在艺术领域的延伸和系统表述,主要包括三部分内容:美学原理、艺术史类型、艺术种类及其特征。

(二) 美学原理

美学原理涉及美的概念、艺术根源、环境与性格的关系、艺术才能等问题。

1. 美是理念的感性显现

在黑格尔看来,美是绝对理念发展到精神阶段,主观精神活动即艺

---

① 黑格尔:《小逻辑》,贺麟译,商务印书馆,1980年,第401页。

术的创造。美学即艺术哲学。美自身内在地具有理念内容和感性形式两个因素。理念体现于感性形式,形式蕴涵着理念内容。美是两者不可分割的统一。① 其中,理念构成美的内容,是美的本质所在。

理念是概念与实在的统一。只有包含实在的丰富内容及其具体特性,理念才有可能转为美的形象。② 但理念又不受具体的时空条件和偶然性的限制和歪曲,因而比实在更客观、更真实。艺术美是理想美。它更接近于概念本质,成为"从一大堆个别偶然的东西之中所拣回来的现实"③。

感性显现指理念的形象化。这体现艺术不同于宗教和哲学的特征。它包含形象的理念化,把感性形象提升到心灵层次。感性形象的美的关键,在于它是否受过心灵洗礼,表现人的精神旨趣。

美是理念与感性的统一、内容与形式的统一、个别与普遍的统一,艺术的品位取决于两相结合的程度。艺术美的保证,在于其仿佛自然天成。审美活动具有"令人解放的性质"④。内容决定形式,形式缺陷往往起因于内容问题。艺术领域不存在离开个别的普遍,因为个人意识即主观精神。黑格尔既反对古典主义把人物类型化,又反对浪漫主义片面强调个性。

2. 艺术根源于实践创造

人是绝对理念发展到自然阶段最高层次的产物。只有人才能进入精神境界,以艺术形式实现个人意识。个人的意识不仅通过反思,而且通过实践的方式来获得。就是说,人借助实践来实现自己,比如写诗作画。实践必然改变外物,创造第二自然。第二自然消除了外部世界与人的隔膜疏远,使人在外物中重新发现自己。因此,美的创造是人的对象化实践的结果,是人类改造世界的独特方式。⑤

艺术在使世界人化的实践中,将人与世界的关系由矛盾对立转化为和谐统一。这是一种创造性的人与环境的关系。⑥ 黑格尔从人的对象化实践的观点展开的艺术探索,尽管篇幅不多,且以绝对理念的发展为基础,却体现了他艺术思想的超群绝伦。

---

① 《美学》第 1 卷,第 122 页。
② 同上书,第 25 页。
③ 同上书,第 201 页。
④ 同上书,第 147 页。
⑤ 同上书,第 39 页。
⑥ 同上书,第 326 页。

马克思高度关注黑格尔的思考,并加以唯物主义的改造。马克思指出,人的本质不是理念,而是社会关系的总和。对象化不是心灵活动,而是人通过实践改造客观世界,同时也改造自己的主观世界的过程。对象化的结果不是理念的自我实现,而是人的本质的丰富性在特定历史条件下的展开。实践创造了人类本身,也创造了美。

3. 环境决定性格

黑格尔根据其辩证法,把环境与性格联系起来加以考察。这在文论史上,是一个了不起的进步。

在黑格尔看来,艺术世界的决定性因素是环境,这可以从一般世界情况和情境两方面来理解。一般世界情况指艺术所表现的大环境,如社会条件或时代背景,尤其是其中黑格尔所看重的精神文化因素,如宗教、伦理、法律、理想等"心灵现实"或"普遍力量",以此作为人物性格和情节动作的依据。情境指特定人物与行动形成发展的环境,是一般世界情况的具体化。比如《浮士德》所表现的一般世界情况是文艺复兴时代的人生理想,情境则是浮士德的个人境遇。情境概念最早由狄德罗提出,是艺术中形成冲突、展现性格的机缘。黑格尔对之十分关注,认为艺术"最重要的一方面从来就是寻找引人入胜的情境"①。

黑格尔把情境分为三种。一是无定性情境,它仍保留着抽象性,没有具体规定性。例如古代庙宇,风格庄严、静穆,却不表现个性。二是有定性而无冲突的情境,它获得了一定的具体性,却不具备矛盾冲突,不能展现性格的复杂方面。例如古希腊早期雕塑,还有抒情诗。三是有冲突情境,因冲突"见出严肃性和重要性"②成为理想情境。情境基于人际关系。人与人之间互为情境。情境中冲突愈多愈艰巨,破坏力愈强大剧烈,愈具有艺术价值。情境的作用,在于性格塑造。"人格的伟大和刚强只有借矛盾对立的伟大和刚强才能衡量出来。"③

冲突自身根源不同,可以来自"物理的或自然的情况",如疾病或灾害;或是以社会条件为基础,如起于血缘关系的王位之争或继承权之争;再就是因心灵差异而产生的冲突。黑格尔认为,理想的冲突,是心灵差异所造成的意志冲突。它由人的行动引起,深入到心灵内部,体现着精神力量之间的对立和斗争。

---

① 《美学》第 1 卷,第 254 页。
② 同上书,第 260 页。
③ 同上书,第 227 页。

性格是理想艺术表现的中心。艺术的最终目标,是把环境转化为行动和性格,塑造出富于感染力的"这一个"。其中,转化的关键在于情致,理想性格自有其特征。

情致指的是人物性格的核心,即支配性格心理与行为的理念,类似于通常所说的主导倾向。情致不是概念认识,也不是主观幻想、情欲愿望。它体现为情与理的结合,由普遍力量转化而来,是一般世界情况的内在化和心灵化,与家庭、祖国、名誉、友谊、社会地位、爱情等等有关。①

> 情致能感动人,因为它自在自为地是人类生存中的强大力量。②

艺术家需要淋漓尽致地将情致的全部生动性和丰富性表现出来。

理想性格作为一个包含普遍性的个性,具有复杂性、特殊性和坚定性。复杂性指每一个人物都各自拥有其内心,其间容得下人间万象。"每个人都是一个整体,本身就是一个世界。"特殊性体现性格自身的确切规定性,同性格动机与动作内在联系,同时不会破坏性格的生动完满。③ 坚定性指的是人物始终如一忠实于自己的情致,进而显示出性格的力量、神圣和无限性。否则,失去了支撑,"复杂性格的种种不同方面就会是一盘散沙,毫无意义"④。黑格尔反对用虚伪的杂多冒充性格的丰富性,人为制造性格的分裂。他还否定浪漫感伤、软弱多变的形象,认为他们飘忽不定,既没有勇气面对现实,又没有力量实现自我。《熙德》《少年维特之烦恼》的主人公,则被视为缺乏性格坚定性的病态人物。

4. 想像与灵感

黑格尔把想像看作艺术家"最杰出的本领"、人类把握现实的独特方式。其特点首先是听从理性思考的召唤。对内在与外部现实"按照其全部广度和深度加以彻底体会",按照内在联系和矛盾运动对事物加以表现。"轻浮的想像决不可能产生有价值的作品。"⑤其次是始终借助形象、伴随着情感。可以说,形象性是想像活动的基本特征,情感

---

① 《美学》第 1 卷,第 279 页。
② 同上书,第 296 页。
③ 同上书,第 304 页。
④ 同上书,第 307 页。
⑤ 同上书,第 358 页。

是使想像"生气"灌注的保证。

在黑格尔眼里,灵感是"活跃地进行构造形象的情况本身"①。其特点是:活跃性,大量形象瞬时涌现并迅速组合;专注性,艺术家完全沉浸于灵感,全神贯注于形象创造;冲动性,艺术家始终处于躁动不安、一吐为快的心理状态。至于灵感的根源,则是对生活材料的熟悉和占有。灵感来自艺术家丰富密切的生活经验。他把大千世界五光十色的形象融会贯通于自己的心灵,"看得多,听得多,而且记得多",终于使"对象完全变为自己的对象"②。

想像与灵感都必须具有独创性。所谓独创性,就是艺术表现中主体与对象完美交融的个性特征。

> 一方面,独创性揭示出艺术家最亲切的内心生活;另一方面,它所给出的又恰是对象的特征。③

(二) 艺术史类型

根据内容与形式两者关系的不同形态,黑格尔区分了艺术史三阶段及其基本类型。第一阶段,形式压倒内容,产生古代象征型艺术;第二阶段,形式与内容完美结合,造就希腊古典型艺术;第三阶段,内容压倒形式,形成近代浪漫型艺术。

1.象征型艺术是人类早期的艺术

由于理念的抽象性和不明确性,不足以自我生成表现形式,只能到外界寻找寄托。在象征中,其感性形象原本外在于理念,两者只是在一定意义上形成联系,没什么必然性。理念通过形象"隐约地暗示"自己。形象以其个别特点同理念"遥相呼应",至于其他特点则可能与理念毫不相干。因此,"象征在本质上是双关的或模棱两可的"④。象征本身的暗示性、多义性,造成了象征艺术的特点:模糊性、神秘性和暧昧性。

黑格尔认为,东方艺术属于象征型,其典型形式是建筑。例如埃及金字塔就是人为建造的巨大象征,它的每一部分几乎都被赋予了象征涵义:尖顶象征日光,甬道象征人生奥秘,石门象征神界的威严等。即

---

① 《美学》第 1 卷,第 364—365 页。
② 同上书,第 365 页。
③ 同上书,第 373 页。
④ 《美学》第 2 卷,第 12 页。

便如此,它仍然显得神秘空洞。黑格尔认为象征艺术的繁荣出于古代东方人对自然的依赖和专制统治下人的不自由。人要想找到自己,在艺术中自由地表现自己,还有很长的路要走。

理念自身在发展,必然要求适应自己的新的表现形式。象征艺术经历了不自觉的象征、崇高的象征和自觉的象征三段式发展后,走向古典型艺术。

2. 古典型艺术出现在古希腊,其理念内容已经转化为心灵性存在,不必借助外界事物,只需把心灵表现出来,就取得了感性形式。

既然理念内在于形式,融入了形式的每一因素;形式就不会外在于内容,而是适应着内容的需要并充分地表现着内容。两者有机统一,形成了完美的艺术。

古典艺术被黑格尔视作理想艺术。它有三个特征:内容的明确性、形式的稳定性和技巧的完美性。在古典艺术中,人的形象成为艺术表现的中心。古典艺术不再借助外界事物体现主观精神,转而以人为形式。这既是理念发展的必然结果,又是艺术成熟的标志。

希腊艺术是古典艺术的典范。雕塑又是希腊艺术的典范,体现了古典艺术的特点,主要是神人同形同性。希腊的神既是主观精神的化身,又有着人的形体面貌和思想感情。如宙斯是正义和权威的化身,雅典娜是智慧与安全的化身。他们既具有普遍性,又直接感性化、具体化、人格化为栩栩如生的人的形象。通过神人合一,希腊艺术实现了美的理想。

理念继续发展,导致古典艺术的内部分裂。随着时代推移,古典艺术赖以存在的希腊社会也已一去不复返。因此古典型艺术势必走向解体。

3. 浪漫型艺术是表现内在生活的艺术

它是内容挣脱形式,理念回归精神世界的结果。就内容形式的统一而论,浪漫艺术远不及古典艺术完美。但就理念发展观察,它处于更高的层次。

精神内容过于丰富,以及由此带来的内容形式不和谐,致使浪漫型艺术形成了新的特点。首先是内向性和主观性。由于直接展示心灵内容,所以表现自我,强调内心矛盾和冲突成为浪漫艺术的主题。其次是抒发激情。这是描写内心冲突的结果,取代了单纯静穆的古典风格。再次是表现滑稽丑怪,源于描写精神自我分裂及其转化发展的需要。最后是追求内在美。它与形象无关,来自内心无可限量的精神,是浪漫型艺术美的理想。①

浪漫型艺术从基督教艺术发端,经过骑士文学阶段,至文艺复兴走向近代艺术。此时,个人与环境的冲突成为基本主题。艺术家面对人与世界的矛盾,或是用批判的态度揭露现实,或是更加沉溺于内心。前者走向自然主义,后者通往感伤主义。艺术终将消亡,向以情感化表象为特征的宗教转化。

(三) 艺术种类与特征

《美学》的最大篇幅是关于艺术类型学的内容。分类依据主要着眼于艺术媒介。媒介材料的感性化程度越高,艺术等级越低。反之,理念越占优势,等级越高。

1. 艺术等级

建筑在一切艺术中处于最低等级。因为其中物质材料占绝对优势。它不是根据心灵的特点,而是按照物质的规律构成。理念仅限于对称、平衡、整齐划一,或是借助象征间接表达。

雕刻高一等级。它的材料也是占有三度空间的物质。不同的是,雕刻摆脱了建筑的物质机械原则,把材料改造为更适宜表现精神个性的艺术形象,专门供人观赏。

绘画又高一个等级。它消除了媒介的自然物质属性,借助光、线条和色彩来勾画幻象,对精神内容作感性显现,因而比雕刻更生动更富于个性,便于表现更广泛的题材。

音乐否定了表现形式的全部物质性,仅仅通过在时间中延续的声音,诉诸听觉情感,因而直达心灵。它的要义"不在于反映出客观事物而在于反映出最内在的自我"②。尽管音乐深入灵魂,仍有理念表达不明确的缺憾。

诗最终打破一切局限,成为最高等级的艺术。它不借助物质材料,仅仅依靠语言符号来表现无所不包的精神内容;又综合了各门类艺术之长,使人既如临其境、如闻其声、如见其人,还像音乐一样直达心灵,堪称艺术的艺术,艺术史的顶峰。

黑格尔为各种艺术区分等级贵贱的做法,今天看来已很可笑。不同艺术的价值,在于其相互不可取代的艺术个性,及其满足不同审美需

---

① 《美学》第 2 卷,第 292 页。
② 《美学》第 3 卷,上册,第 332 页。

要的功能。艺术个性不存在等级贵贱。不过黑格尔就不同艺术的特点所展开的具体分析,应该说有一定的道理。

2. 诗的类型

按照正、反、合三段论模式,黑格尔把诗分为史诗、抒情诗、戏剧诗三种。史诗的特征在于客观性,"按照本来的客观形状去描述客观事物"①。叙述要求完整,以表现完整的动作和发出动作的人。史诗通过对英雄命运及其壮丽事业的描写,表现民族兴亡。它经历了东方史诗、希腊史诗和浪漫史诗三个阶段,代表作分别是《摩诃婆罗多》、荷马史诗、《神曲》和《堂吉诃德》。

抒情诗的特征在于主观性,"其内容是主体(诗人)的内心世界"②。即使描述客观事物,着眼点还在表现主观感情。由此形成两种诗法:铺陈和聚敛。前者使诗人"淹没在客观世界里",后者把世界吸收进诗人的内心,使之主体化、情感化,酿成主观感情。

戏剧诗的特征在于综合性。它既具备史诗的客观性,又有抒情诗的主观性,最适宜表现动作的整一性和性格的冲突,成为诸诗之冠。

3. 悲剧理论

黑格尔的悲剧观影响深远,集中反映了他美学思想的精华和局限,成为了解其美学的一个窗口。西方美学史上公认黑格尔是继亚里士多德之后"惟一以既独创又深入的方式探讨悲剧的哲学家"③。

黑格尔提出,理想悲剧以矛盾冲突为基础,体现着普遍伦理力量的实体性冲突。就是说,悲剧的基础是具有充足理由的意志冲突④。悲剧人物有信念、有头脑、有激情,行为正当,自信坚定。问题是悲剧人物既然行为正当,何以遭遇悲剧?黑格尔有自己独到的解释。绝对理念作为伦理实体,必然分化为各种伦理力量。当它进入性格,转化为情致,必然导致剧中人的分化对立,并自以为合理正义,因而在行动中相持不下,形成不可调和的冲突。

理想的悲剧结局是同归于尽。冲突的任何一方作为某一伦理力量的体现者、推动者,都有其存在的理由。然而相对于绝对理念整体,相对于对立一方,又有其片面性。双方在否定对方的同时,使自己陷于罪

---

① 《美学》第3卷,下册,第98页。
② 同上书,第99页。
③ 蒋孔阳:《德国古典美学》,商务印书馆,1981年,第313页。
④ 《美学》第3卷,下册,第284页。

过,①进而由于坚持片面性理想遭受否定和惩罚。这样一来,悲剧人物既清白无辜,又罪有应得。悲剧命运意味着克服片面,在精神升华中实现理念发展。真正的胜利者不是哪一个人,而是所谓的"永恒正义"。绝对理念经过分裂、对立和斗争,复归和谐完整。实际上,惟有绝对理念的发展,才是黑格尔的理想。

悲剧快感根源于永恒正义的胜利。黑格尔补正亚里士多德,认为恐惧起于伦理力量遭破坏,怜悯来自对伦理力量的同情。两者之上,渗透着一种"和解的感觉",即因正义胜利而产生的愉悦之情。

黑格尔以他心目中的理想悲剧《安提戈涅》说明自己的思考。剧中安提戈涅为了手足情义,置国王禁令于不顾,收葬了哥哥的尸体。克瑞翁从家国利益出发,下令收尸者杀无赦。双方矛盾无法调和,酿成悲剧性毁灭的结局。对黑格尔来说,这场冲突无论手足之情还是家国意志,其本身未遭否定,而是在消除了片面性之后达于"和解",走向了理念的更高层次。悲剧于是成为绝对理念肯定—否定—否定之否定的"戏剧化"表现。

黑格尔的悲剧论,对19世纪后期以来文论界形成的"没有冲突就没有戏剧"的共识和"戏剧冲突即意志冲突"命题具有深刻影响。黑格尔把悲剧本质视作不同社会力量之间的冲突,而非个人矛盾,显然有其合理性。他的伦理冲突说,比起命运说和性格说,显得内容更丰富更深入,成为悲剧理论的重要收获。

至于将矛盾双方视作同样有罪,又同样无辜,各打50大板的中庸立场,无形中会替真正负有罪责的邪恶势力洗刷罪名,客观上起到为罪恶张目的作用。不过,在黑格尔看来,世界上并不存在绝对的善恶,善恶双方彼此依存相互转化。何况在艺术上,对立双方各执一端,悲剧冲突就可能更复杂生动,更富于戏剧性。黑格尔的失误只在于他把这种相对性推向了绝对化,容易导致消极后果。

黑格尔美学以理念形而上学为基础。然而其文论建树,却对西方文论史发展做出了重要贡献。这主要得力于黑格尔把辩证法系统运用于艺术分析,把历史发展的观点用于考察艺术现象,注重揭示艺术同社会生活的内在联系。再就是他视野开阔、知识渊博、尊重艺术的特点和规律,以至于他的艺术见解能够达到文论史上前所未有的广度和深度。

当然,黑格尔文论也有局限性。尽管他为艺术呼唤更大的自由,提

---

① 《美学》第3卷,下册,第286页。

倡给历史以更多的尊重,然而他的许多新鲜活泼的艺术见解,却被牢牢地禁锢在体系偏见的牢笼中,无法得到自由自在的发展。他通过超验论和三段论模式解释艺术现象,尤其是提出艺术的等级说、消亡说,常不免给人以牵强附会的感觉。

第六章
浪漫主义文论

第一节 浪漫主义文论概述

浪漫主义是 18 世纪末到 19 世纪三四十年代在欧洲出现的有深远影响的文艺思潮。这个时期是欧洲社会人的精神和个性解放的时期,也是欧洲的政治形势风云突变、阶级矛盾和民族矛盾异常尖锐的时期,轰轰烈烈的法国大革命、自由竞争的新经济格局,以及启蒙理想的破灭,使这一时期的人处于憧憬和失望的波峰浪谷中,释放并表现自我情感、张扬个性、歌颂自由成为这一时期的文艺主潮。

浪漫主义作为一种创作方法,自古有之,它主要是指用罗曼语言写出的中古传奇,这种传奇文学大多以情节离奇、富于幻想的英雄美人故事为特征。作为一种文艺思潮,浪漫主义却是从与新古典主义的对立中诞生的。新古典主义者要求人们遵守理性原则,服从他们制定的各种文艺规范,反对一切违背这种规范的文艺倾向。在 18 世纪末出现的这种新的浪漫主义文艺思潮,在新古典主义者看来就是一种不符合规范的、受指责的、带贬义性的文学,但是,正是浪漫主义这种新的文艺思潮的出现,才冲破了新古典主义的各种清规戒律,它以一种全新的视野扩大了 18 世纪理性的局限,其自身同时又"返回到一种更为宽广的传统——既是民族的、大众的、中古的和原始的传统,也是现代的、文明的和理性的传统……就其整体而言,浪漫主义既珍视理性、珍视希腊罗马遗产,也珍视中世纪遗产;既珍视宗教,也珍视科学;既珍视形式的严谨,也珍视内容的要求;既珍视现实,也珍视理想;既珍视个人,也珍视集体;既珍视秩序,也珍视自由;既珍视人,也珍视自然。"[1]浪漫主义以这种兼收并蓄的精神吸收了欧洲各个阶段的文学传统,同时它又以极

---

[1] 雅克·巴尔松:《柏辽兹与浪漫世纪》第 1 卷,1950 年,第 379 页。

大的创新冲破各种传统的局限,使浪漫主义运动深入到人性的深层领域,揭示出人性内部所具有的"无限的色彩与丰富性,无限的热情与复杂性"。浪漫主义将始终在形成中,永远也不会臻于完成,任何理论都不能彻底阐明它的实质,只有敏锐的批评才能把握它的光辉。这样,浪漫主义就从吸收传统的养料中超越了出来,成为人类文学经验史上的独一无二的文艺思潮。

浪漫主义思想上的先驱是法国的启蒙思想家卢梭。卢梭作为法国启蒙运动年轻一代的思想家,清醒地看到启蒙运动的思想局限。法国启蒙思想家把人的自由和新社会的秩序建立在理性的根基上,用理性反对封建专制和教会的精神控制,把理性作为一种普遍必然性予以强调,这就必然导致人和社会都必须服从这种理性,并最终导致否定人的自由。卢梭是第一个意识到启蒙运动中理性与自由内在矛盾的人。在他的一系列著作中,他把文明状态和自然状态对立起来,认为正是文明进步导致了人类社会的不平等、不自由。科学与艺术不仅没有给人们带来幸福,而且败坏了人类的道德和良知。卢梭强调启蒙运动应深入到人类的情感、意志、良心等非理性领域,扩大和深化了启蒙运动的范围,同时也为浪漫主义运动提供了精神根基。

德国古典哲学不仅为欧洲的浪漫主义思潮提供了深厚的思想基础,而且其本身就是哲学领域里的浪漫运动。德国古典哲学的创始人康德就是从卢梭的思想中受到启发,从而形成他自己的哲学体系的。康德对浪漫主义的影响主要体现在他对人的主体性和天才的强调,而康德哲学的继承者费希特则把主体性理论加以极端化,强调"唯我论"、"自我创造非我",把自我提高到高于一切的地位,这种强烈的唯我精神和自我意识,为浪漫主义强调主观性和个人主义奠定了哲学基础。此外,谢林的"自然哲学"强调了自然与意识、客体和主体的绝对统一,认为人与自然之间存在着一种亲密无间的神性联系,这种对自然的纯洁性、神圣性的强调,加强了浪漫主义文学对自然的崇拜,使浪漫主义向更加深广的领域拓展。

此外,英法的空想社会主义思想对浪漫主义也产生了影响,英法空想社会主义的代表人物圣西门、傅立叶、欧文等,尖锐地批判了资本主义制度,幻想消灭阶级对立,预测未来的美好社会,这种空想理论虽然无助于解决当时尖锐的阶级矛盾和社会问题,但在客观上却拓宽了浪漫主义者的精神视野。

浪漫主义文论是浪漫主义文学的有机组成部分,大部分的浪漫主义理论都是由浪漫主义诗人来完成的,他们从亲身的创作实践出发,总结浪漫主义的诗歌理论,从而大大地丰富和发展了文学基本理论的内涵。虽然浪漫主义以追求个性和多样性为特征,不能形成系统一致的浪漫主义文论,但从他们的总体倾向中仍然表现出某些共同的特征。

浪漫主义文论的一般特征主要表现在以下几个方面:

首先,浪漫主义诗论强调抒发个人情感和意愿,鼓吹天才、个性、向往心灵的自由与解放,进而歌颂自然。浪漫主义者由于对社会现实的不满,一般不喜欢客观地描写现实生活,而是偏爱表现主观理想,着重表现个人的感受、情感和意愿。而他们注重主观性,目的是为了超越现实,突出个性。通过对人的自我的夸大,进而歌颂天才的创造力,展现人的无限可能性,对天才的颂扬实质上体现了人对心灵的自由与解放的真诚向往和热切渴望。同时,在谢林"自然哲学"和卢梭"回归自然"学说的影响下。浪漫主义十分注重人与自然的诗意统一,把自然看成是人性纯洁的象征,并追求通过自然来净化人的心灵,进而达到影响社会和改造社会的目的。

其次,浪漫主义诗论的一个共同特点是,强调想像,要求高度发挥想像,使客观统一于主观。几乎所有浪漫主义批评家都突出了想像的地位,认为它是浪漫主义表现自我,谋求物我统一、主客统一的主要手段。同时,想像也是浪漫主义者表现永恒人性,塑造形象的工具,它是浪漫主义诗人是否具备天才的重要指标。柯尔律治把想像肯定为诗人的灵魂,雪莱则干脆把诗说成是"想像的表现",他们强调想像在浪漫主义诗论中的主体地位,就是要使人们认识到浪漫主义的超越性特征,从而使浪漫主义成为人们通达从有限到无限,从个体到永恒的精神桥梁。

第三,浪漫主义诗论特别强调诗与宗教的内在关联,这是由德国浪漫派的倡导,英法浪漫主义者的推动所致。弗·施莱格尔认为,诗是通过自我表现无限和普遍的东西,因此,诗人写诗与上帝创造属于同一性质。诺瓦利斯强调,真正的诗人永远是教士。英国浪漫主义者虽然尽量避免诗与宗教的直接联系,但在他们的诗论和创作中都明显地体现出宗教神秘主义倾向,表现出他们对宗教神圣性、永恒普遍性的崇尚。法国的斯达尔夫人、夏多布里昂则直接从维护宗教尊严的立场上来谈论美。这些都表明浪漫主义与宗教存在着一种隐秘的内在联系,而这种联系之所以能够产生,是由浪漫主义的性质决定的。浪漫主义对主观性、个性、普遍性的强调,必然导致个体在思维的终结处要寻求一个终极实在。这样,上帝观念就必然成为浪漫主义者沉思的对象。但是,浪漫主义者与宗教的联系并不意味着他们想回归基督教传统,而是他们在新的时代、新的层次上对宗教进行的一次新体验、新阐释。

第四,浪漫主义诗论还强调了回归中世纪和民间文学传统的精神意向。浪漫主义这个名词最早就起于中世纪一种叫做"传奇"的民间文学体裁。德国和英国的浪漫主义者能从中吸取丰富的想像、真挚情感的自由的表达方式和通俗的语言等精神养料,从而更好地为表现浪漫主义的理想服务。但是,浪漫主义向中世纪传统的回归,也并非是一种简单的向传统的回复,而是在超越古典主义的同时寻找一种更为深厚、坚实的文学传统。

浪漫主义虽然具有上述共同特征,但由于社会历史条件和思想状况不尽相同。德、英、法几国的浪漫主义理论又呈现出各自的发展形态。

德国是欧洲浪漫主义运动发生最早的国家,其根源可以上溯到康德。康德既是德国启蒙运动的总结者,又是德国浪漫主义运动的倡导者。康德虽然高扬主体性,强调想像和天才,但由于德国神学传统的深厚,他又不得不在道德领域解决人的精神归宿问题。康德认为,作为一个理性存在物,在有限的生命历程中达到至善是不可能的,因而在实践上假定一个上帝的存在,在道德上是必然的,人们信仰上帝是道德的必然要求。康德力图证明,宗教的基本信念需要道德理性的支持,只有这样,宗教信仰的对象(上帝)才具有实在性。康德正是通过这种对上帝存在的道德论证,把认识上帝的途径引向道德良知。但是,康德哲学的继承者费希特虽然继承了康德主体性思想,但他却反对康德把道德与信仰联系起来的做法,认为宗教信仰是纯粹自我内心体验的结果,而与实践上的道德没有关系,费希特扭转了康德神学上的偏颇,把信仰完全确立在个人内在心情体验之上。现代神学的奠基人施莱尔马赫则从神学的角度深化和完善了费希特的哲学观念,从而为浪漫主义追求个体无限精神自由在神学领域奠定了坚实的根基。

由于上述的思想背景,使得德国的浪漫主义诗学具有浓厚的宗教意味,耶拿浪漫派的施莱格尔兄弟(详见本章第二节),以《雅典娜神殿》为阵地,系统地阐述了浪漫主义的主张。但是除他们以外,诺瓦利斯(Novalis,原名 Friedrich Leopold,Freiherr von Hardenberg,1772—1801)、瓦肯罗德(Wilhelm Henrich Wackenroder,1773—1798)等人的诗学观点也具有浓厚的神学色彩。诺瓦利斯认为,诗歌与宗教是同一的,因为诗歌描写的无限普遍性与宗教的神秘性具有内在的一致性;他还认为,真正的诗人永远是一个教士,诗人与教士原为一体,他们都是人类开初时期诸神的奴仆。真正的诗人无所不知,他是宇宙的声音、是人类天才的代表,因而他就是现实世界的缩影。瓦肯罗德在《崇拜艺术的僧侣的倾诉》(1797)和《论艺术想像》(1799)中强调,艺术是首先为宗教服务的,艺术本身就是一种宗教,一种天启,一切优秀的艺术家均受神召,他们都乞求"直接的神助",而"神助"的主要方式就是语言文字。通过这种符号,它把捉和领悟到天堂的奇迹,认识和领悟万物的真谛。瓦肯罗德认为,日常文字、说理文字或科学语言是不能使"上帝下凡的"。而惟有真正的诗的语言,才能表现我们心灵中冥冥存在的上帝,而表现心中的上帝实际上就是赞美自己的心灵,歌咏生命本身。因此,艺术与宗教都是一条孕育生命的河流,它们在本质上是同一的。

德国浪漫主义诗学与宗教的内在关联,使浪漫主义诗论呈现出程度不同的神秘色彩,他们把诗作为宗教的一种工具,把艺术的美与宗教的神秘领悟等同起来,把诗人与教士相提并论,这样就必然导致诗从属于宗教信仰之下,从而丧失诗歌存在的独特价值。德国浪漫主义的这种倾向,引起了关注社会实际问题的浪漫主义者海涅(Heinrich Heine, 1797—1856)的不满。作为一位相对关注现实的浪漫主义者,海涅的思想具有鲜明的批判现实的激进倾向,正是在这一思想基点上,他在《论浪漫派》(1853)中批判了以施莱格尔兄弟为代表的耶拿浪漫派那种回归中世纪传统的复古主张和追求空灵、虚幻的神秘倾向,他嘲笑两位施莱格尔先生:"两位施莱格尔先生说:'我们的文艺老了,……我们的感情萎谢了,我们的幻想干枯了,我们必须新生,'那么新生在哪里呢?两位先生却说:'我们必须再去寻堵塞了的中世纪天真质朴的文艺源泉,那儿有返老还童的饮料向我们涌溢出来。"海涅认为企图在中世纪传统中寻找解决现实问题的办法是幼稚可笑的,结果就像诺瓦利斯那样"满口伊呀儿语"。像蒂克那样"上巴黎附近的卡伦顿疯人院中去了"。施莱格尔兄弟也一个"前往维也纳听弥撒、吃嫩烧鸡",一个"退隐到婆罗门的塔里去",一个也没有好下场。但是,由于海涅的《论浪漫派》属于早期作品,他对宗教问题也思考得不够深刻,而在后期的思想中,海涅才真正认识宗教在艺术和人生中的价值,并将其融合在德国民族这一深厚的文化传统中。

1805年后,德国浪漫主义又形成了"海德堡浪漫派"。代表人物有布仑塔诺(Clemens Brentano,1778—1842)、阿尔尼姆(Achim von

Arnim,1781—1831)和格林兄弟(Jacob Grimm,1785—1863;Wilhelm Grimm,1786—1859),他们的主要成就表现在收集民歌、民间故事和童话上。这对德国浪漫主义诗人歌颂淳朴人性,抒写精神自由提供了丰富的材料。

英国和欧洲大陆相比,浪漫主义的自觉意识一直到19世纪50年代才形成。当时没有一位英国诗人把自己看成是浪漫主义者,或者把欧洲大陆中"古典的"与"浪漫的"之争与自己的国家联系起来,当时人们称呼华兹华斯、柯尔律治等人为"湖畔派"。而称雪莱、拜伦等人为"撒旦派"。但是,英国诗人对浪漫主义的"冷漠"并不能把他们排斥在整个欧洲的浪漫主义运动之外,他们在这个时代中所引起的精神反应和在诗学领域中提出的美学理想,使他们与整个浪漫主义运动具有内在的一致性,他们的活动也无可争议地成为浪漫主义运动的组成部分。

英国浪漫主义文论与德国的耶拿浪漫派存在着一定的思想联系。柯尔律治(详见本章第三节)早年在游历德国时曾带回大量德国浪漫派的书籍,并与施莱格尔兄弟有过交往,他的《文学生涯》明显地受到施莱格尔兄弟的影响,但是柯尔律治的思想在当时并未受到重视,因而英国浪漫主义文论在思想上的渊源在于18世纪英国的经验论和有关自然的观念。这些观念深刻地影响着浪漫主义者对人心灵的创造性——即想像的关注。同时,英国浪漫主义者还直接受惠于对自然的感悟,他们的许多诗歌理论,都是从自己的创作实践中通过对自然的感悟总结出来的。华兹华斯的诗歌理论就具有这种特点(详见本章第三节)。

在年轻一代的英国浪漫主义诗人中,雪莱(Percy Bysshe Shelley,1792—1822)的思想深受宗教的影响。他对于诗的本质的理解与他对宗教本质的理解相互融会在一起,他甚至引用塔索的话,把诗人与上帝等同起来,认为诗人不仅是最伟大的创造者,而且是最伟大的拯救者,正是因为诗的存在,才使得"世间最善最美的一切永垂不朽",才使得降临于人间的神性得到拯救。但是,雪莱并没有陷入宗教而不能自拔,他的《为诗一辩》(1821)更本质的涵义还在于提出了对诗本身的理解,他认为,诗是"想像的表现",诗与想像密不可分,离开想像谈论诗是不可想像的;诗必须使人产生快感,诗如果缺乏快感,在情绪上不能感染人,那么他就不能领会诗中传播的善;"诗唤醒人心,扩大人心的领域",使人们对平凡的事物产生不平凡的感受,使隐藏着的美得以显露。同时,由于诗人让"诗中人物都披上极乐境界的光辉,只要你一度欣赏过他们,他们便永远留在你心中"①。此外,雪莱还特别强调诗歌具有改进人类道德和促进社会进步的作用。他认为诗可以通过陶冶和净化人们的道德,引导人们向善,而善是"人的内在天性的美",是人的本性的"真相",只要启发人们一心向善,那么世间的暴力、偏见,就可以"绝迹于人间"。雪莱在《伊斯兰的起义·原序》(1818)中还进一步把善的普遍原则具体化为追求自由、履行正义和宣扬博爱三个方面,这样,雪莱对善的追求就不仅仅是一个空洞的口号,而是改造世界,促进社会文明进步的具体纲领。

济慈(John Keats,1795—1821)也是英国年轻一代浪漫主义诗人中的重要成员,他的诗歌理论主要散见于一些诗作和《书信集》中,济慈在《希腊古瓮颂》中表达了对美的崇高理念:"美即是真,真即是美。"济慈把美与真等同起来,宣扬美与真合一的美学原则,这一美学原则还在他的《书信集》中进一步得到发挥。济慈认为,由于诗人处在现实和理想的矛盾中,一定要强调想像所攫取的美必须是真实的,而这种美只能通过真切的感受才能获得。任何想通过说教、推理、思考等理智行为获得美都将是徒劳的,美只能感而得之,不可思而得之。同时,济慈还提出"消极能力说",所谓"消极能力",是指文学上有成就的人所具备的一种特殊品质,这种消极能力实际上就是一种被动的感觉能力,它通过虚化自己的本性,让心灵处于道家和佛家那种空无状态,从而让感觉之门大开,让感觉来提取那稍纵即逝的纯美境界。这种美由于排除了思考的理性因素,因而更具有本真性,这就是真与美的统一。因此,济慈在强调"消极能力"时,也认为理性认识可以替代直觉,达到认识自然规律、创造纯美的目的。济慈对永恒之美的向往和追求,使他的诗歌逐渐地脱离现实世界,并为19世纪后期"为艺术而艺术"的唯美主义思潮作了理论上的奠基。

英国浪漫主义文论从总体上说有以下几个方面的共同特点。首先是文论中包含一定程度的神学因素。英国是世界上最大的天主教国家之一,英国浪漫主义除直接从德国接受耶拿浪漫派的神学因素影响外,本国的宗教力量也是一个不可忽视的因素。华兹华斯虽坚持其诗论尽量避免宗教因素,但他的自然观念仍具有一定的神学色彩;柯尔律治作为英国的宗教哲学家,他的诗论也不可避免地用宗教观念来阐释他的诗学,但他的意图并非是要使诗学包含有神学内涵,而是力图通过诗学

---

① 《英国作家论文学》,三联书店,1985年,第98页。

使神学世俗化；雪莱的神学理念则是基督教与柏拉图理念论相互融合的产物，但雪莱文论的实质也是诗学化的，而不仅仅是对宗教理念的自身图解。其二是文论中对美的特性的强调，无论是湖畔诗人，还是年轻一代的浪漫主义诗人，他们都非常尊重文学自身的规律，把诗中表现美的特征当成是诗歌的根本目的。没有美的表现就不能成为诗。如华兹华斯强调自然美，柯尔律治强调超现实之美，雪莱强调善的美，济慈则把真与美统一起来。无论这些诗人表现美的手段如何千差万别，但他们都坚持了诗的美学特征。把美的挖掘与表现看成是最高目的，这就使英国浪漫主义在19世纪这个文学的重要转折时期没有迷失在宗教或功利的迷雾中，而是始终坚持了文学发展的美学方向。其三，英国浪漫主义强调想像的作用，认为想像不仅是天才诗人必须具备的条件，而且想像本身还具有调和主体和客体，综合天地万物的神奇力量，想像本身就是创造，优秀的诗歌都是"想像的表现"。英国浪漫主义诗人对想像的强调，实际上是为诗的美学特征服务的。诗歌要实现它的最高美，必须依靠想像的力量。

  法国浪漫主义时期，资产阶级和封建贵族进行着激烈的复辟与反复辟的矛盾斗争，许多浪漫主义诗人直接或间接地与这两股政治势力相关联，这就决定了法国浪漫主义具有更鲜明的政治色彩，他们充分在各自所属的政治立场上，对浪漫主义运动发表看法或内心感受。虽然表面他们发表的是与政治无直接关联的文艺观点，但实际上他们却利用文艺来影响政治上层建筑，从而达到为政治服务的目的。法国早期浪漫主义的重要作家、文论家夏多布里昂就是这方面的典型代表。夏多布里昂写有一部重要的理论著作《基督教真谛》（副标题为"宗教的美"，1802），这部论著从宗教的独特视角阐释了基督教所蕴涵的"诗意"，从而为基督教存在的合理性进行了美学上的辩护。夏多布里昂对基督教的诗意阐释和他赤裸裸的政治意图，得到了另一位浪漫主义诗人斯达尔夫人的坚决反对（详见本章第四节），但是她对宗教的虔诚与夏多布里昂并无二致，而她应用地理、气候等客观因素考察浪漫主义文学的方法，也使她的文论带有较浓厚的现实因素，并对法国文论产生了较深远的影响。

  法国浪漫主义文论的另一位代表人物是雨果（Victor-Marie Hugo，1802—1885），他创造的浪漫主义戏剧理论不仅突破了古典主义戏剧的局限，而且也克服了浪漫主义仅仅注重主观性的偏颇，使浪漫主义融会了更多的现实因素。作为一个浪漫主义者，雨果还强调诗是情感的表现,艺术与进步理想和自由分不开,但是由于雨果身处法国大革命前后的复杂环境中,他的身世使他不由自主地陷入激烈的政治斗争漩涡之中,因此,他的讨论尽管具有浓厚的浪漫主义倾向,但是他始终把浪漫主义建筑在坚实的社会土壤之上。在《克伦威尔·序言》(1827)中,雨果就宣称"诗总是建筑在社会之上"的,他把人类诗歌的发展分为三个阶段,原始时期的诗、古代的诗和基督教的诗。基督教的诗表现了人类最完美的精神,绝对的美,但是在现实生活中,世间万物并非都是由单纯的美构成的,而是复合而成的:"丑就在美的旁边,畸形靠近着优美,崇高的背后藏着粗俗,善与恶并存,黑暗与光明相共。"基督教的诗虽然本身表现了完美,但它并非是诗的完美的形式。因此,基督教的诗在当代就必然发展出一种新形式:这就是浪漫主义的滑稽喜剧。雨果认为,基督教的诗表现了一种崇高、优美的形式,一个完美的单纯的整体,而滑稽剧则表现人类的兽性……一切情欲、缺点、罪恶都将归之于它,它将是奢侈、卑贱、贪婪、吝啬、背信、混乱、伪善,它通过对美的对立面丑的揭示,清晰地展示出现实人性的各种细微精妙的东西,化在戏剧中就表现为滑稽丑怪。而在诗中对人性的丑恶一面的揭示,不仅会把人引向堕落,还会更为丰富地表现神圣、崇高、优美,使人类在脱离上帝的庇护之后能依靠人性内部的善恶斗争、美丑对照来不断地超越自身,完善自身。同时,雨果在《莎士比亚论》(1865)中结合莎剧作品进一步论证了浪漫主义的美丑对照、善恶结合、雅俗相共等浪漫主义戏剧原则,深刻地阐述了人性中对立面共存的永恒性以及天才的创造性想像能把人性中的复杂性和多样性给予充分有机的表现的思想。总之,法国浪漫主义鲜明的政治色彩和现实倾向,使得浪漫主义运动能紧跟时代的潮流,真实反映革命斗争中表现出来的各种社会状况和复杂的人性,尤其是雨果把人性的丑恶搬上了浪漫主义戏剧舞台,这突破了浪漫主义本身固有的局限性,使浪漫主义不仅可以表现理想,而且可以真实地反映现实,从而发展和完善了浪漫主义的理论内涵。但是,由于法国浪漫主义者过分关注现实因素,也使他们往往把文艺作为政治的工具,从而降低了文艺本身的独立性和感染力。

第二节　德国浪漫主义文论与施莱格尔兄弟

18世纪末19世纪初的德国无论在政治上或经济上都是一个落后

的封建国家,它们不仅在政治上,而且在意识形态领域严重地束缚了德国资产阶级的发展。马丁·路德(Martin Luther,1843—1546)开创的德国宗教改革在某种程度上为这个封闭、落后的封建国家增添了活力,他主张的"因信称义"、"信仰自由"的思想,深入德国民众和一些贵族的心里。在法国革命的间接影响下,欧洲浪漫主义运动首先在德国兴起。德国浪漫主义运动在一定意义上可以看作是宗教改革在思想领域的进一步发展和深化,其具体表现就是神学观点深入诗学。而架起浪漫主义与神学之间相互联系的桥梁的,是德国著名神学家施莱尔马赫(Friedrich Schleiermacher,1768—1834)。施莱尔马赫是继马丁·路德之后对德国宗教具有革命性意义的又一代表人物,他主张宗教不应受道德和形而上学思想的影响,而是直接诉诸于人的心灵本身。通过直观和情感体验同宇宙神秘地化为一体,这种宗教唤起人们对无限的感应和审度。施莱尔马赫认为,宗教的本性不是思维和行动,而是走出思辨的领域,走出实践的领域,这样才能保持自己的领域和特性。而只有当宗教使自己和形而上学、道德并列时,人性才能得到完善。施莱尔马赫不仅与德国浪漫派的代表人物施莱格尔兄弟来往密切,给予其直接的影响,而且为德国浪漫主义提供了神学上的基础。

德国浪漫主义在哲学上的根源应追溯到康德。康德的哲学基础是主观唯心主义的,他认为物质世界背后有一个物自体存在,物自体是不可知的,但另一方面,他又强调人虽然不能进入物自体的世界,但却可以充分地认识现象世界,他强调人的主观创造、人性尊严,就是要通过对人的主观能力的张扬,充分地发挥人的个性和主观能动性。在《判断力批判》中,康德阐述了美的无目的的合目的性,强调了美是超功利的,美的快感是一种自由的快感,从而把审美活动同人类的其他创造活动从根本上区别开来;康德还论述了天才的性质,认为天才是特指具有艺术想像才能的人,而"美的艺术就是天才的艺术",天才通过自己的想像力进行艺术的自由创造活动,从而创造出既合规律又独具审美特质的艺术作品。康德的这些理论观点,对浪漫主义者充分地发挥人的主观能动性,强调个性解放,反对古典主义,歌颂自由人性和纯真情感,都提供了强大的理论依据。

德国浪漫主义还受到康德主体性哲学的继承者费希特、谢林的影响。费希特(Johann Fichte,1762—1814)虽然对康德的不可知论有所批判,但他同时却进一步强调了康德的主体性哲学,主张人的认识能力是无限的,并把自我看作是认识的根源,要求人们彻底地回到内心,专注于自我,从而在自我的世界中创造出另一个世界来,这种观点实际上就是康德"人为自然立法"的极端化。而谢林(Friedrich Wilhelm Schelling,1775—1854)则从调和主体与客体、精神与自然、思维与存在的矛盾出发,强调精神与自然相通,认为自然是看得见的精神,精神则是看不见的自然。通过自然现象的有限性可以通达自然本质的无限性,自然是另一种天启。从而使自然与精神,人与神最终获得调和与同一。费希特、谢林哲学实际上是康德哲学的极端化,从中既可以看到浪漫主义积极的一面,同时又清晰地显示出德国浪漫主义的局限性。

德国浪漫主义的理论代表人物是耶拿浪漫派的施莱格尔兄弟。

一、弗利德里希·施莱格尔

弗利德里希·施莱格尔(Friedrich von Schlegel,1772—1829)出身于牧师家庭,曾在耶拿大学任教,受费希特的"自我"论影响较深,并与另一位德国神学家施莱尔马赫交往密切,两人互相促进,互相勉励,有一段时间甚至住在一起,以便更好地进行思想交流,他们之间的互相影响为德国浪漫派增添了许多丰实的思想原料。后来,施莱尔马赫还参与了施莱格尔创办《雅典娜神殿》的计划,并与施莱格尔的兄长一起为这个刊物工作,系统地宣扬具有宗教神秘主义倾向的浪漫主义理论。他们以耶拿为根据地,以这个刊物为中心,团结了一批志趣相投的诗人、批评家,因而被称为耶拿浪漫派。弗·施莱格尔结合对古典文学的深入研究,总结出了独特的浪漫主义理论,其理论主要体现在他的《希腊诗歌研究》(1894—1895)、《文学史讲演》(1809—1811)、《论北方文学》(1812)以及他发表在《雅典娜神殿》上的一些断片中。他的文论主要体现在以下几个方面:

第一,文学史与批评的关系。弗·施莱格尔的文学批评起源于他对古希腊文学的研究,并希望成为"希腊诗歌方面的文克尔曼",但在实际研究中,他并不是把希腊文学作考古性的总结,而是把文学史和批评密切地结合起来。这样,希腊文学史既是他批评观念滋生的丰厚土壤,又是他规范的批评试验场。他曾一再强调"最好的艺术理论就是艺术历史"。但是,弗·施莱格尔尽管偏爱希腊经典,却并没有盲从这个时代和民族。而是把他的文学史与批评关系的研究扩展到全部文学,惟有把全部文学作为一个连贯而又有机的整体,才能总结出用于所有积极性批评的客观法则。所以,弗·施莱格尔反对非历史主义和相对主义的批评观念。认为这种观念就是采取普遍宽容的态度,否定评价的任何一般标准,因而实际上就是放弃批评。

弗·施莱格尔还对批评本身进行了较为深刻的阐述,他认为批评的目的就在于"发现诗意的艺术作品中有价值的和无价值的东西"①。而进行批评必须既要研究细节,又要着眼整体,既要对精彩段落反应灵敏,同时又能够把握全篇的主旨。弗·施莱格尔还要求批评家去挖掘在常人视线中隐藏起来的东西。"去窥探作者默默追求的秘密意图"、"甚至比作者自身更理解作者"。②他把批评看成是对艺术作品的一次重建过程,一次艺术的再创造,赋予批评很高的自由。施莱格尔强调批评的价值并不是放弃文学史考察,作为批评,它必须从一个作家、一个时代的文学开始,但又不能局限于此,而应从整体,从全部艺术的历史中考察艺术的性质。总之,离开了批评谈文学史是考古学式的文学史,离开了文学史的批评是一种缺乏深度感的肤浅的批评。文学史和批评是一体的。

第二,浪漫主义诗歌理论。弗·施莱格尔的浪漫主义诗歌理论是他在长期从事古代诗歌批评的经验中总结出来的,但他又不是简单的考古,而是通过对过去的考察把过去和未来联系起来,使艺术形成一种完整的生命链条,正是从这个意义上,施莱格尔才把浪漫主义诗歌作为人类精神个性的体现,它包罗了一切完全属于诗的东西,是"包罗万象的进步的诗"。正因为如此,它能够"成为整个周围的镜子,成为时代的反映"。他还认为浪漫主义诗歌仍旧处在形成过程中,并且永远不会臻于完成,不会被任何理论所阐明,也不会被任何理论所局限。它是无限的和自由的。诗人不应受任何规律约束,随心所欲、尽情抒怀是诗人应遵循的基本规律。施莱格尔要求诗人不要被任何规则约束,是他对古典主义清规戒律的反叛,是有进步意义的,但是,他连艺术本身的规律也不承认,则使他走上了艺术的另一个极端,并为艺术上的唯美主义埋下了种子。

第三,艺术与宗教。施莱格尔对艺术无限性的强调,必然导致艺术本身追求无限的精神境界,诗便与宗教融为一体,诗于是成了上帝创造的一部分。施莱格尔进一步指出,艺术是上帝王国在尘世的可见的显现,诗歌不外乎是上帝内心永恒圣旨的一种纯粹表达,惟有跟无限性和神灵性相通的东西才可能是美的。由于当代是个世俗的诸神隐退的时

---

①② 韦勒克:《近代文学批评史》第 2 卷,上海译文出版社,1997 年,第 11 页。

代,因此这种神性的艺术应在神话中和古代宗教中去寻找,并据此创造出当代新神话来。

施莱格尔在《文学史讲演》中从题材角度进一步谈到艺术宗教问题,他认为,神性和纯粹神灵的世界是不会直接向我们显现的,它必然要借某种可见的物质现象向我们显现,而这个可见的物质现象就是自然和人类。浪漫主义诗歌正是通过对人类自然等世俗事物的描绘来隐约地暗示神圣的属灵世界的,也就是说,浪漫主义者描写世俗事物并不是他们的目的,而是他们借以显现上帝、赞美上帝的题材,对于这样的题材,诗人不能太给予关注,否则便会沉湎于世俗主题而丧失了对神圣的关注,从而也就丧失了诗的神圣本质。他还以古希腊诗和近代诗为例,认为古希腊诗歌不考虑道德和人的力量等问题,对人世不关心,而专注于神圣事物的追寻;而近代诗(古典主义诗歌)则太关心世俗,太专注于人世道德。结果使近代诗流于世俗而丧失了诗的神圣本质。

施莱格尔的浪漫主义诗歌强调诗的宗教性,有一定的合理因素,因为浪漫主义诗歌是以个性内心的启示,表现自我为起始的,而对人的个性、对自我表现得越深刻,它就越不具有个别性,就越显现出一种精神的普遍性。而宗教就是一种启示个体从有限通达无限的人类精神形式,当浪漫主义诗人要实现个体超越,实现有限向无限的跨越时,其精神的意向必然要导向宗教。因此,艺术与宗教的联系是浪漫主义诗歌精神追求的必然趋向。同时,艺术与宗教的结合也使宗教在新的时代获得了它的新形式。但是,我们也不能因为其合理性而忽视艺术与宗教的结合对艺术本身的独立性产生的消极影响。它会导致诗歌特殊意义的日渐消失,使诗歌跟宗教、哲学及整个宇宙本身混在一起,并最终丧失真正的文学理论的确立。

二、奥古斯特·威廉·施莱格尔

奥古斯特·威廉·施莱格尔(August Wihlhelm Schlegel,1767—1845)是弗·施莱格尔的兄长,他也曾在耶拿大学任教,先后主讲过"关于美文学和艺术的讲座"与"关于戏剧艺术和文学的讲座",与其弟合作办《雅典娜神殿》,19世纪20年代开始研究印度哲学。他写过诗和剧本,他所译莎士比亚的剧本获得巨大成功,并被认为是莎剧最好的德文译本。在学术上,他具有宣传和扩大其弟弗·施莱格尔的浪漫主义理论的作用,但他并不仅仅是其弟的传声筒,而是具有自身的一些特点。

首先,他提出艺术或美的"无目的论"。奥·威·施莱格尔说:"一座房屋是用来在里面住人的。但是,在这个意义上,一幅画或一首诗又有什么用处呢?一点用处也没有。许多人一向善意对待艺术,但是如果试图从效用方面来推荐它,那就未免方枘圆凿了。这等于把它极度贬低并把事情完全搞颠倒了。毋宁说,不愿意有用,才是美的艺术的本质。美在某种意义上是效用性的对立面:它就是使效用性成为多余的东西。"①因此,美的艺术是无目的的。但是,这种无目的的艺术却是无处不在的,它是一种想像力的自由的创造性活动,只要人类从事具有艺术性的创造活动,它就体现在这种活动中,并起到美化人类生活的作用。因此,奥·威·施莱格尔强调艺术或美的无目的论并非指它一无是处,在某种意义上它仍然起着影响人类精神生活的作用。

其次,创造比喻和象征对应系统,从而创造新神话。奥·威·施莱格尔认为古代神话作为诗歌灵感的源头和原料,已日渐枯萎,必须寻找一种新型的诗歌神话。这种新神话必须是意蕴丰富的,因而,它必须借用比喻和象征,用有限的客观事物表现表象后面的奥秘和人类自身的内在奥秘。这种观点具有一定的深刻性,也必然带有神秘主义色彩。奥·威·施莱格尔为了不使自己的观点陷入神秘主义泥坑太深,他提出了有机体的比喻,他认为,一件艺术品和一个活的生命具有内在相似性,即它们都是一种"有机的形式",这种有机的形式是"固有的","它由内向外展开,在萌芽完全发展的同时,它也获得了自身的定性"。这种形式最早出现于自然界,也包括人类。"同样,在美的艺术中,一切名实相副的形式也都是有机的。"形式不仅是艺术作品的外表,而且是艺术作品的内容本身。这种艺术的生命体不仅形式与内容不可分割,部分与整体也相互依存,美不是各部分拼凑出来的整体,而是整体必须首先占据绝对的位置,这样美的艺术就像一个完整的生命体一样,不仅具有生命性特征,而且具有整体性特征。英国诗人柯尔律治正是继承了施莱格尔这个有机论比喻,并加以系统发挥的。

再次,奥·威·施莱格尔十分重视文艺批评的作用,他把批评界定为"以一种单纯,完整而又十分明确的方式来理解和解释一部作品的意义"。批评家的任务就在于提高较少主见又易受感染的观众读者。而批评家把握一部作品的意义过程实际上是一个整体活动过程,它具有

---

① 《欧美古典作家论现实主义和浪漫主义》(二),中国社会科学出版社,1981年,第360页。

有机体的性质,能把作品的总体印象显现给读者。当然,批评活动中的主观性因素是不可避免的,而且在批评活动中坚持个性化批评,比淡而无味的堂而皇之的批评要好得多。奥·威·施莱格尔说:"我们不仅是作为人,而且是作为个人,为一部艺术品所感动的……绝对没有什么科学教导我们纯客观地、普遍有效地进行判断,所以……只有去了解这部艺术品的性格,不带成见地去研讨这种性格,尽可能按照谈心的方式把它一同表现出来。因此,没有比以掉书袋的方法来评述一部艺术品更具荒谬的了。"①但是,强调批评的个性化并不等于抹杀批评的客观性。奥·威·施莱格尔认为批评家要能够随意地自我调节,对任何优秀作品都能唤起自己心灵中最纯洁最生动的感受性,为了使批评家减少这种感受的随意性和肤浅性,他要求批评家们研究艺术史,参考艺术理论,增进艺术修养,这样就可以逐步提高批评的客观性,增强批评的准确度和可信度。

奥·威·施莱格尔在他著名的"古典的"与"浪漫的"区别里展示了他的批评才华。他通过对古希腊诗歌、莎士比亚戏剧、歌德浪漫剧和一些民谣的系统考察,总结出古典诗和浪漫诗的区别:古典诗强调体裁的纯净性,浪漫诗则强调多种诗歌成分的混合;古典诗是造型式和建筑式的,近代诗则是图画式的;古典诗追求世俗和道德主题,而浪漫诗更倾向于追求无限。但是,奥·威·施莱格尔强调这种划分并非绝对的,它们虽然在性质上各不相同,但都能从对方中发现各自的成分。

从以上综述中可以看出,奥·威·施莱格尔并非一般人认为的那样,是其弟思想的传播者,缺乏创见的头脑,他具有其弟所缺少的审慎的客观态度、一种学者风范和宽容的历史主义精神,他的浪漫主义文论虽然包含有浓厚的主观性成分,但这种主观性却仍具有深厚的历史内涵和审慎的思考,他的无目的论美学观、他的更新神话的理论以及他的批评观无不是在大量的佐证材料的基础上提出的新观念,不仅奥·威·施莱格尔的理论本身具有一定的创新性和借鉴意义,而且他的批评态度和风格也迥异于其他德国浪漫主义文论家,值得我们认真学习和借鉴。

---

① 《欧美古典作家论现实主义和浪漫主义》(二),第370页。

第三节　英国浪漫主义文论与华兹华斯、柯尔律治

18世纪末19世纪初的英国浪漫主义文学时期，不仅为世界文坛贡献了群星璀璨的诗人群体；而且英国浪漫主义诗人也多是理论家，他们在留下了许多不朽诗篇的同时，还在世界文论史上留下了一笔具有划时代意义和民族特色的遗产。华兹华斯、柯尔律治、雪莱、济慈等是其中的代表。

一、华兹华斯的诗论

世界文论史普遍认为威廉·华兹华斯（William Wordsworth，1770—1850）发表于1800年的《抒情歌谣集·序》是英国浪漫主义文学的宣言书，该"序"与1815年的另一篇"序"共同表达了英国浪漫主义的文学理论主张。华兹华斯出生在英国坎布兰郡的考克茅斯。当地以星罗棋布的湖泊和秀美的山色而闻名，诗人一生中的绝大多数时间都在这里度过，他的诗歌有很大一部分都以此处的自然为描绘对象。华兹华斯很早就表现出诗歌写作的才能。如果说1795年之前是华兹华斯早期创作阶段的话，那么1795年与柯尔律治的交往便标志着华兹华斯中期创作阶段的开始，两位诗人交往的最重要的成果是1798年共同出版的诗集《抒情歌谣集》。1802至1807年是华兹华斯创作的高峰期，诗人的诗歌名篇大多出自此期。1807年以后是诗人的后期创作阶段，华兹华斯一方面对前期的诗歌进行修改，另一方面仍坚持创作。华兹华斯晚年声誉日隆，1843年，已73岁的诗人被授予"桂冠诗人"的称号。100多年来，时代的变迁对诗人的声名几乎没有多大的影响，只是人们在欣赏、评论时的观点有所不同而已。今天，我们认为华兹华斯的文学理论不仅在英国浪漫主义文论中有着代表性的意义，而且在欧洲文学理论的发展中也有着重要的作用。其文学理论在欧洲古典诗学向现代诗学转变的过程中起着承上启下的作用。就英国浪漫主义文论的发展而言，华兹华斯文学理论的意义还在于，如果没有了华兹华斯的一系列"序"，其他浪漫主义批评家们的诗学思想就显得"营养不良"。然而，华兹华斯的文学主张本身的价值还在于它不仅是有效解决华兹华斯的思想危机的途径，而且提出了一系列至今仍对诗学理论有建设意

义的范畴与观念。一般认为,华兹华斯的诗学是一个由自然观、情理观、语言观、想像观等四个各自独立而又相互联系的方面构成的。

首先,华兹华斯提出了自然观。自然观是华兹华斯诗学的基础,自然在华兹华斯的诗学词典中既是他生于斯、长于斯的英国北部湖区,更是一种精神的存在。自然是神性、理性与人性的结合。儿童是成人(人类)重返自然的中介。英国浪漫主义文学对自然关注的目的是为了拯救人类,调整被工业主义和商业主义异化了的人与自然的关系。华兹华斯意识到了他那个时代尚未被普遍意识到的人类精神危机。由此,到自然中去就不是一种逃遁或逍遥,而是一种救赎。

我们看到,在华兹华斯自然观中的自然首先并不总是一个抽象的概念,而是英国北部湖区这一物质的存在。这里风光优美,更重要的是,它在18世纪末,还是一块工业文明尚未浸透的地方,在那里,人与自然的关系是谐调的。华兹华斯不仅生于此,而且一生中的绝大多数时间都定居于此。这里的自然不但充满了神性、理性,而且还是可居的,充满了人性。它是华兹华斯的朋友、老师、乳母和慰藉者。华兹华斯既可以在人生失意时,从自然那里找到安慰;更可以平等地与其交流,聆听她的教诲,接受她的滋养。这种人性的自然是人类在这个地球上的栖居地。一缕炊烟、三两牧童、几堆干草,还有飘荡在风中的晚祷的钟声。自然是人性之所在。其次,自然是理性的、秩序的,特别是与人类世界激烈的动荡相比,大自然的稳定与秩序真是恒久如斯。当18世纪的革命思潮席卷全欧的时候,人们普遍地浮躁、不安,一切都在解体之中、一切都是不确定的、一切都是暂时的。人类的生活失去了理性、标准与判断。此时,大自然却以其永恒不变的范式为人类提供了一种理性的象征。

但是理性是有限度的。在华兹华斯的自然观中,自然更是神性的表现。人与自然都是从上帝的源头涌出的,所以,儿童是带着神性来到尘世的,但是,随着年岁的增长,对尘世俗务的涉及渐深,人身上原有的神性、灵光就渐被遮蔽。人把自己的一切都交给了理性,自17世纪以来,西方的理性就把人类所有的领域,包括精神价值都浸泡其中。于是,人在理性的旗帜下为所欲为,破坏生态环境、践踏人性。人类是在丧失了神性之后开始堕落的。在华兹华斯看来,在人类文明的集中地——城市,是不可能重新获得神性的,城市里的人们在追逐工业产值与商业利润中早已失落了上帝在造人时所赋予人的神性。而只有在自然这上帝的另一创造物中,在与自然最贴近的乡间以及那些在乡间的劳作者中,还保留着神性。华兹华斯在1800年"序言"中是这样阐述的：

> 我通常都选择微贱的田园生活作题材,因为在这种生活中,人们心中主要的热情找到了更好的土壤,能够达到成熟境地,少受一些拘束,并且说出一种更诚朴和有力的语言；因为在这种生活中,我们的各种基本感情共同存在于一种更单纯的状态之下,由此能让我们更好地对它们加以思考,更有力地把它们表达出来；因为田园生活的各种习俗是从这些基本情感萌芽的,并且由于田园生活的必要性,这些习俗更容易为人了解,更能持久；最后,因为在这种生活里,人们的热情是与自然的美而永久的形式合而为一的。①

"自然的美而永久的形式"保留着从创作者的源头涌现出来时的神性,对于迷失了方向、找不到灵光的人们来说,无疑是一种救赎的力量。它使得在政治信念与个人情感上都遭受焚毁的华兹华斯得到了救赎。从1793至1798年,华兹华斯的思想经历了痛苦的政治观念转换,当法国大革命的成果变成雅各宾的暴力的时候,他心中的乐园失落了。诗人与法国姑娘安妮特的爱又由于英国对法国的宣战而成为心中永远的痛。此间,华兹华斯在索尔兹伯里平原进行了徒步旅行。漫游了朗开郡与湖区。英国这些远离工业污染的自然,给了华兹华斯调适自我的外在空间。华兹华斯与欧洲整整一代经历法国大革命的浪漫主义诗人一样,都曾是启蒙主义理性原则的信仰者,但是法国大革命过程中所出现的反复与曲折、流血与暴力又迫使他们反思：人类只有理性能走多远？他们反思的结果是,理性并不是人类惟一的向导,个人理性恶性发展的结果是宗教上的无神论和政治上的无政府状态。绝对理性反把人们带往人类理解力的极限之处。意识到理性的限度,就使人的整个身心对自己的生存状态有了一种新的认识,人类不能在理性的口号下为所欲为,人类的理性需要神性的制衡,表现在人类身上的神性是以信仰的形态出现的,因此,信仰不是先于理性或反理性的,而是超越理性的。它们之间的关系是辩证地关联的。华兹华斯创造高峰期的思想就充分显示了这一点。

可见,华兹华斯的返回自然不仅是一种生活方式,更是寻找一个精

---

① 译文参见《19世纪英国诗人论诗》,刘若端译,人民文学出版社,1984年。

神家园。对于华兹华斯来说,是从生活方式与精神境界上都真正地还乡了。当然,华兹华斯并不指望所有的人都重返乡村,于是,在他的自然观中,他不仅为自己的精神重返家园寻找了一个中介环节,同时也为全人类指出一条重返精神家园的路径,那就是儿童。如果儿童在华兹华斯的诗学中仅是一股对抗世俗邪恶的道德和审美力量的话,我们只能说华兹华斯是一个卢梭的可怜追随者,其实不然,我们知道,卢梭强调导师(成人)对儿童的引导作用,华兹华斯则认为儿童是成人(人类)的父亲。华兹华斯关于"儿童是成人(人类)的父亲"的观念的确立又是建立在什么样的认识基础上呢?我们认为华兹华斯立论的基础是人类灵魂的"前存在"。自从人类被逐出乐园,上帝的圣恩就更多地保留在大自然中;就人的一生而言,儿童离灵魂的"前存在"最近,对天国的前缘还有些许的记忆,由此,儿童是人类的黄金时代。自然与儿童就在保存神性、具有原初性上联系在一起。正是在人类还家的可能性中,儿童承担起了一个了不起的角色:人类重返原初的中介。那么,儿童又是如何抵御自己的长大成人(夭折)呢?那就是儿童身上丰富的想像力与感受力。而丰富的想像力与感受力正是成年诗人必须具备的能力。由此可见,华兹华斯认为,儿童的肉身可以消亡,儿童的精神却能够在诗人的作品中得到延续,华兹华斯由此假定了人类有效的回家中介。

我们可以说,华兹华斯的自然观是人性、理性与神性的结合体。它一方面突破了理性主义的狭隘,认为像想像、情感、回忆、直觉这类的精神活动超越了理性,人由此而有血有肉。在这种情况下,人的情感以及相关的范畴成了诗人高举的一面旗帜,"诗是强烈感情的自然流溢",不仅是华兹华斯的心声,也是所有浪漫主义诗人的心声。另一方面,华兹华斯认为无论是情感还是理性,单独的一方都不是人类理想的生存状态,而应达到情与理的平衡、统一、融合。情与理的完美结合就是信仰、神性。协调情与理的中介是"沉思"。

1800年的《抒情歌谣集·序》已在文学史和批判史上被公认为是英国浪漫主义文学的宣言书,其中重中之重就是"一切好诗都是强烈感情的自然流溢",他还说:"作者自己的情感是他的靠山和支柱。"诗人只字不提向古典作品学习的话,在华兹华斯的诗学中,诗人以大写的形式(Poet)出现,而不再是理性的工具。华兹华斯曾设问:"诗人这个字眼是什么意思?诗人是什么呢?"华兹华斯的回答是:

(诗人)比一般人具有更敏锐的感受力,具有更多的热忱和温情,他更了解人的本性……他喜欢自己的热情和意志,内在的活力使他比别人快乐得多;他高兴观察宇宙现象中的相似的热情和意志,并且习惯于在没有找到它们的地方自己去创造……有一种气质,比别人更容易被不在眼前的事物所感动……有一种能力能从自己心中唤起热情。①

与生俱来的强烈的感情就是诗人的标志与力量。在英国浪漫主义时期,有关感情的自然流溢成了浪漫主义诗学中公认的律条。雪莱是以"娘胎中的孩子"的自然成长来比喻诗人诗情的自然到来;此外,他还有一个比喻,那就是一盆行将熄灭的炭火,不知何时来了一阵风,又能将其火势煽起。②柯尔律治更是以植物的自然成长来比喻诗人的诗情的自然而至。而济慈的观点可以说与柯尔律治如出一辙,他说:诗必须像树上长出叶子般地来得自然。③诗人自然而然表露在诗中的感情成了好诗的重要标志,拜伦在《唐·璜》中说:"极度的激情把活力注入诗歌,诗歌就是激情。"

以华兹华斯为代表的英国浪漫主义诗人把强烈的情感作为诗人的标识,认为诗歌是诗人强烈感情的自然流溢;那么,诗歌的价值就在于以情感人。浪漫主义诗人都重视诗歌的社会功用,与古典主义不同的是他们已从"给人教益"发展到用于培养人性中优美而崇高的心灵。浪漫主义的诗歌要达到这一目的,读者的情感与诗人的情感就必须是相通的,诗人的情感必须具有普适性;同时,诗人期待着读者能将自己的情感加入诗歌的再创作,华兹华斯看到了读者情感的这种力量:

> 他(读者)的心灵可以随着意愿,甚至被召唤起来,去影响诗的思想和意象。④

华兹华斯把情感从诗人方面推及读者,实际上是将浪漫主义对古典主义的胜利从创作扩展到了鉴赏。同时,华兹华斯又面临两个极大的难题:首先,我们知道,感情真挚是诗人论诗的一贯标准,那么,只要感情真挚、强烈就一定能写出好诗吗?其次,无论是诗人还是读者,其情感都是十分私人化的,如何保证它们的相通、相契?华兹华斯提出的解决方案是:一切好诗的共同点是合情合理,"沉思"是协调情与理的有效中介。

诗人强烈的、真挚的感情不等于好诗。华兹华斯意识到浪漫主义

---

①②③④ 译文参见《19世纪英国诗人论诗》。

诗学在过分强调个人情感方面可能引起的歧义,于是他力图把诗人主观的"目的"和读者主观感受的"价值"联系在一起,为此,"诗人作诗只有一个限制,即是,他必须直接给一个人以愉快"①。而诗能够给人以愉快,"这是对于宇宙间美的一种承认,一种虽非正式的、却是间接的诚实的承认"②。华兹华斯的这种观点是以承认以下的两个事实为前提的。1. 人类的天性具有一定的普遍性,因此,诗人能将自己的目的传达给读者,并为他们所接受。2. 人性中相通的方面实际上就证明了人与宇宙中的万物一样,同在一个源头涌出。诗歌以深入灵魂的方式间接揭示宇宙万物——包括人与人、人与自然的息息相通。这正是"诗人唱的歌全人类跟他合唱"③,诗人承认诗歌具有超越个人情感的属性。但是,我们知道,个人情感与人类共同情感有时是有矛盾的,它们之间需要中介来协调。"沉思"就是这个中介。

"沉思"在华兹华斯的诗学中具有双重的中介作用,它既是诗人个人情感与人类普遍情感的中介,也是诗人将自然情感转化为艺术情感的中介。关于个人情感与人类普遍情感的关系,华兹华斯是这样说的:

> 只有一个的知识是我们的生存所必需的东西,我们天然的不能分离的祖先遗产;一个的知识是个人的个别的收获,我们很慢才得到,并且不是以平素的直接的同情把我们同我们的同胞联系起来。④

华兹华斯意识到个人与知识都是有限的,个人以现存的生存状态是很难"以平素的直接的同情把我们同我们的同胞联系起来"。因此,诗人必须寻找能将诗人与读者联系起来的纽带,谱写全人类共同歌唱的曲调,而"我们天然的不能分离的祖先遗产"正是一条能将全人类联系起来的纽带。华兹华斯还说:诗人"在真理面前感觉高兴,仿佛真理是我们看得见的朋友,是我们时刻不离的伴侣"。⑤由此,华兹华斯将诗人的自我情感叠加进集体的祖先的遗产中去了。

诗人的自然情感并不等于艺术情感,只有艺术形式表现出来的情感才是他人能够接受的艺术情感。那么,自然情感要经过何种的审美过滤?那就是沉思。首先,自然情感在沉思的审视下"平静"了下来。这里的沉思既有社会道德、文化积淀的参与,又是始终充满情感的。其次,自然情感必须经过对象化。无形的、流动的、氛围式的情感必须经

---

①②③④⑤ 译文参见《19世纪英国诗人论诗》。

过沉思而获得有形化、固定化和具像化。沉思是化无形为有形的过程。

在英国浪漫主义诗人中,在诗歌语言上最有革命性的是华兹华斯。诗人的主要观点是以"人们真正使用的语言"取代"诗意词藻"。"诗意词藻"指"专属于诗歌,在日常交流或散文中不常见到的词汇、短语和修辞手段"①。从乔叟开始,经过斯宾塞、弥尔顿、蒲柏、格雷,直到18世纪末,包括"诗意词藻"在内的许多传统作诗技巧已成了陈腐格套。对此,"华兹华斯的反应尤为激烈,因其本人的早期诗作就是完全沉浸于描绘诗那套极备夸张的词藻之中。"②华兹华斯在1800年的"附录"中认为,最早的诗人是由于激情的驱使而使用比喻,它是自然而强有力的;后代的诗人只是照搬、模仿。其所造成的后果是:一方面语言与诗人所要表达的实际情况和感情严重脱节;另一方面读者也失去了理解力和判断力,造成读者情感的麻木、感受力的衰退。鉴于此,华兹华斯与柯尔律治在《抒情歌谣集》中以"人们真正使用的语言"取代"诗意词藻"进行诗歌创作。

那么,在浪漫主义诗人眼里,什么才是"人们真正使用的语言"呢?我们认为那是中下层人民使用的,与田园朴素生活相关的,具有自然性、情感性和普遍性的语言。华兹华斯在此提出了语言与生活方式的关系,当诗人选择了与田园生活相关的诗的语言时,实际上是给诗歌引进了一种充满神性的乡间生活的思维。自然,这种语言所具有的自然性与情感性是不言而喻的,而具有普遍性则是诗人创作的目的以及诗人艺术选择的结果:"这本集子里的诗所用的语言,是尽可能地从人们真正使用的语言中选择出来的。这种选择,只是出于真正的趣味和情感,自身就形成一种最初想像不到的特点,并且会使文章完全免掉日常生活的庸俗和鄙陋。"③人们真正使用的语言只是诗歌语言的素材,诗人应根据诗歌所要达到的目的来决定并选择与之相适应的语言。这种观点无疑具有时代的进步性。

想像力是英国浪漫主义诗人确立诗人主体地位的重要能力。在华兹华斯的诗学中首先是统一的力量,在自然观里是弥合人与自然分裂的重要手段,使得诗人在诗歌创作中形成了一系列对自然风光的创作性的回响;在情理观中,沉思就是通过想像来协调情与理的平衡的;想

---

① 《诺顿英国文学选读》(二),1974年,第131页。
② 韦勒克:《近代文学批评史》第2卷,第62页。
③ 译文参见《19世纪英国诗人论诗》。

像同时还是诗人在日常语言与诗意词藻之间寻求平衡的一种力量。另外,诗人的想像力是一种对生活于底层的人们的同情,这就是极具英国民族特色的推己及人的同情想像说,但华兹华斯还将对底层人的同情泛化为拯救生活于黑暗中的人类的一种力量。再者,想像是有力的诗歌创作的力量。那么,华兹华斯是如何获得这种想像力的呢?诗人提出"时间之点"的概念,它是记忆在浪漫主义诗学中的一个特殊时空。时间之点中的时间在线性的流动上凝固了一个点,是华兹华斯试图打破外在时间的束缚、创造出一种内在时间,去把握人生的价值和永恒的意义的努力。这种时间打破了过去、现在、未来的客观划分,过去和未来都作为回忆与预设而进入了诗人当下的生存之中,由此,诗人有限的生存获得了无限的意义。华兹华斯将时间与"点"联系在一起,不仅包含有截住时间之流、凝固时间、超越时间的努力,而且由于诗人总是将这个"点"设在与外界自然相交融的地方,它就是一个空间的存在,时间找到了自己的空间依托。从华兹华斯的创作实践看,他的"时间"主要是在童年时期,"点"主要是在英国北部湖区,这些也正是诗人诗学体系中的重要范畴。

  同时我们注意到,华兹华斯对这个"点"的确定显然是矛盾的,因为这个"点"是时间上的,而时间又是线性、流动的,不可能停留在任何固定的事物上,不可能通过肉体之眼观看其具体化或固定化。此时,"时间之点"所提供的记忆必然要升华为想像,只有经过想像这一心灵之眼的作用,才能观察到"时间之点"所提供的不确定,有时甚至是矛盾的情愫。由此,"时间之点"开启了浪漫主义诗学的一个重要范畴。雪莱在《为诗一辩》(1821,1840 年出版)中将这一充满神性的所在称为"瞬息"。乔伊斯将"灵瞬"用于非宗教的体验,并在自己的小说中描写了主人公一系列的灵瞬。从此,在现代诗歌与小说中,"灵瞬"代替"时间之点"成为批判的重要术语。

  应该说由"时间之点"升华的想像不仅协调诗人心灵与外在世界的关系、调整诗人心灵的各种观念,特别是情与理的关系;而且也是诗歌创造形象、谋篇布局、使平常的事物非常化的一种力量。而"使平常的事物非常化"正是华兹华斯诗歌创作的特色,柯尔律治在分析华兹华斯的诗歌才能时,已感到很难从智力方面来解释他的好朋友的天才,特别是他那种能从极平常的事物、场景中开拓出具有人生普遍意义的能力。于是柯尔律治断定是诗人的想像力使他触及了隐藏在普遍事物下的真理。浪漫主义诗人对自己生存的社会不甚满意,他们往往在创作时利用想像力改变这个世界,从偶然、庸俗、琐碎的世界中逃离出来,去感受那种永恒的、不朽的普遍性。

二、柯尔律治论诗歌与想像

我们知道确定想像在诗歌创作中的巨大作用的不仅是华兹华斯,还有柯尔律治(Samuel Taylor Coleridge,1772—1834)。柯尔律治也是英国浪漫主义文艺思潮的主要代表人物之一,他9岁丧父后到基督教慈幼学校上学,19岁进入剑桥大学攻读古典文学。1796年创办刊物《警卫者》,发表开明的政治主张及诗文,共出版10期。华兹华斯与柯尔律治从1795年开始交往,两人的合作开创了英国浪漫主义文学的新时代。1798年,他同华兹华斯兄妹一道去德国留学,受康德等人思想的影响,也曾翻译席勒的《华伦斯坦》。柯尔律治以其质疑问难的精神对同时代人起着激发思考的作用。他的主要文学理论著作有《文学生涯》、《莎士比亚评论集》、《论美术的显示天才的批判原则》及《论诗或艺术》。华兹华斯的诗歌第一次打开了柯尔律治的眼界,使他觉得有必要假定诗人有一种独特的能力:想像力的存在。两位诗人对想像力的讨论由来已久,华兹华斯思考的结果主要体现在1815年的"序言"中;柯尔律治的《文学生涯》也完成于同年(出版于1817年)。该书的副标题是"我的文学生涯及观点传略",这说明本书大量记载了作者思想发展的状态,包括那些自己一度信以为真而后又将之抛弃的理论。与华兹华斯的想像观只是诗人经验的一种表述有所区别,柯尔律治的想像说则是作为哲学理论的想像说;如果说华兹华斯的想像观带有诸多英国经验主义哲学的色彩,充分体现了英国诗学经验化的特色,那么柯尔律治系统的表达与论证无疑受益于德国古典哲学,特别是康德与谢林的影响。在这方面华兹华斯部分分享了柯尔律治的思想成果。华兹华斯和柯尔律治一样,相信诗歌的想像是消解人格分裂、提高人们的精神境界的手段,在这一点上,他们是毫无保留地一致的。华兹华斯宣布,他的某些诗具有想像力,"我已经证明想像力在最有价值的对象上,在外在的宇宙上,在人的道德和宗教的情感上,在人的先天的情感上,在人的后天的情欲上大大发挥了它的力量。这种力量跟人们的作品一样具有着使人高尚的力量。"[①]柯尔律治同样认为:"诗人(用理想

---

① 《19世纪文学批判》第12卷,美国盖尔出版公司,第48页。

的完美来描写时)将人的全部灵魂带动起来,使它的各种能力按照相对的价值和地位彼此从属。他散发一种一致的情调和精神,凭藉那种善于结合的神奇力量,使它们彼此混合(仿佛是)熔化为一体,这种力量我专门用了'想像'这个名称。"① 看来,两位诗人在诗歌想像的力量以及这种力量对英国18世纪错误的诗歌观念的纠正上是一致的。而两位诗人主要的异议是在对"想像"与"幻想"的不同定义上:华兹华斯从诗歌创作的经验出发,对两个概念的区别未能自始至终地坚持;而柯尔律治则认为如果不从概念上对它们作类的区别的话,华兹华斯的全部诗学就有倾覆之虞。这种差异显示的是典型的经验化的诗学与系统化的哲学化诗学之不同,在这一点上华兹华斯比柯尔律治更能体现英国民族的思维特色。

我们知道柯尔律治有关想像的理论基础主要来源于英国的柏拉图主义和德国古典哲学。就他的想像理论而言,康德等人的哲学使他能够把这一理论融入一个完整的哲学体系之中。柯尔律治认为感官作为人的外在之眼所了解的世界是一团混沌无序、支离破碎的实体,然而人的头脑把秩序和统一赋予这个世界。人的大脑之所以能够做到这一点,就是因为它是按照神灵大脑的意象造成的,而且具有真正的创造力。柯尔律治由此将神创造世界的力量赋予诗人。18世纪流行的观点——把诗的想像看作是通过联想聚在一起的记忆意象——的确可以解释某一类型的诗歌,如某些史诗与叙事诗;但是对于最上乘的诗却无能为力。柯尔律治开始用幻想与想像来区分才能诗与天才诗。幻想是一种联想的过程,想像是一种创造的过程。正如想像在知觉过程中把形式和秩序外加于感官材料、部分地创作着它的认知对象一样,在诗歌创作中,想像也作用于经验的原始材料,赋予它新的形式和外表。那么,作为人类知觉过程的想像与诗人创作诗歌之想像是如何区别的呢?柯尔律治告诉我们或许可以把想像分为"第一位的和第二位的"。第一位的想像是"一切人类活动的活力和原动力",这种才能作用于我们每一个人,因为我们都是有知觉的存在。他对第二位的即诗的想像的描绘是:

> ……第一位想像的回声,它与自觉的意志共存,然而它的功用在性质上还是与第一位的想像相同,只是在程度上和发挥作用的

---

① 《19世纪文学批判》第12卷,美国盖尔出版公司,第48页。

方式上与它有所不同。它熔化、分解、分散,为了再创造;而在这一程序被弄得不可能时,它还是无论如何尽力去理想化和统一化。①

  第一位和第二位想像的基本差异是,第一位的想像是不自觉的,因为能否知觉我们不能加以选择;而第二位的想像则与"自觉的意志"有关。另外的差异是,当第二位的想像不能达到所寻求的统一时,总是力争其达到统一,直至圆满成功。而诗的幻想与此不同,因为幻想"只与固定的有限的东西打交道"。

  由第二位想像所创造出来的诗歌既不是完全自然的产物也不是纯粹思想的产品,它是介于自然世界和思想世界之间的象征符号,无论是创作活动还是其他什么活动都是通过想像力把经验象征化。艺术家的职责就是用象征的方式体验他的经验,而批评家的职责就是努力把象征转变成推理性的思想。但是,在柯尔律治对第二位想像的论述里我们一直没有看到他对情感的提及,我们不禁要问:第一,情感在柯尔律治的理论中起怎样的作用? 第二,想像与梦和无意识的世界有关系吗? 柯尔律治对第一个问题的回答是相当明确的。不错,由于他在《文学生涯》中专注于认识论的问题,这使他很少谈及感情,但综观他的作品我们就会知道他赋予情感的重要性。他在《文学生涯》第 14 章描绘诗人时写到了"永远清醒的判断力、始终如一的自制力,与深厚或强烈的热忱和感情"②的结合。毫无疑问,强烈的感情有其独特的作用,与华兹华斯的观点一样——它们总是要受到艺术家的控制与支配。至于说到想像与梦以及无意识世界的关系,柯尔律治没有将这些无意识的活动置于意识之外,他坚持认为那些作为诗歌原始材料的内容必须被赋予形式,必须受艺术家判断力的控制,才能成为适当的象征。

第四节 法国浪漫主义文论与夏多布里昂、斯达尔夫人

  与德国、英国的情况差不多,法国的浪漫派运动及其浪漫主义文论也大体上经历了两个阶段,可按 1824 年前后以雨果为代表的一伙新生代浪漫主义作家在文坛上初显峥嵘为界限。早些时候的作家和理论家,类如德国的"耶拿派",一般较多表现没落贵族情绪和沉郁的宗教

---

① 《19 世纪英国诗人论诗》,第 61 页。
② 译文参见《19 世纪英国诗人论诗》。

观念。这个阶段最具代表性的人物是夏多布里昂和斯达尔夫人。在当时法国大革命之铁与火激烈较量的动乱背景下,两人的政治观点和态度虽存在巨大差异,但受激动不已的时代影响所形成的文艺观点,却在很大程度上具有相似性,这就是对古典主义立场的叛逆,或者换句话说,表现出鲜明的浪漫主义气质。

一、夏多布里昂与《基督教真谛》

夏多布里昂(François-René de Chateaubriand,1768—1848),19世纪初期法国浪漫派最早和最重要的代表人物。他出身没落贵族之家,从小受到耶稣会教士的熏陶,政治上非常反动。大革命期间,为躲避革命的冲击,他于1791年曾到北美探险。1792年与兄长一起参加反动贵族的武装叛乱,负伤,辗转逃亡伦敦,1800年返回法国。其时,执政的拿破仑正与教皇签订盟约,他写作出版《基督教真谛》迎合之,对复兴教会势力起了推波助澜的作用,一度得到重用。波旁王朝复辟时期尤为得宠,历任贵族院议员、内政大臣、驻柏林和伦敦大使、外交大臣等要职。王朝再次垮台后,流亡英国,写作而终。

夏多布里昂对法国浪漫主义文学影响巨大,性质也很复杂:他散布中古天主教的有害偏见,但却传播了中古文化艺术;他提出历史比较的文学方法,扩大了对大自然描写的范围,却塑造了代表病弱意识形态的"世纪儿"形象。包括雨果在内,法国浪漫主义作家几乎都曾以他为偶像走上文学之路。

《基督教真谛》(1801)是他的代表作,在浪漫主义文论史上占有重要的一席之地,同时也是一部性质比较复杂的书。它有个副标题"宗教的美",利用各种手段不遗余力地为已趋没落的基督教辩护,以自然和宇宙的完美证明上帝的存在和人类信仰的必然。它与其说是神学的不如说是美学的,或者披着神学的外衣阐发一套消极的浪漫主义文艺观。作者把宗教视为创作源泉,声言"基督教是最富于诗意的,最人道的,最利于自由和文艺的","欧洲的文明,一部分最好的法律,差不多所有的科学和文艺都来源于宗教"[①]。他说出了典型的浪漫主义观点:文学的任务在于表现人类的心灵,创造"理想的精神美"。不过在他看来,多神教创造不出这种精神美,但基督教可以,福音书所宣扬的

[①] 《法国文学史》中册,柳鸣九主编,人民文学出版社,1981年,第98页。

道德可使人越来越接近上帝与完美,所以宗教最适合表现人的内心世界,包括理想的精神美。所谓"基督教的诗意",就在于用基督教义去描绘人的心灵和理想性格,文艺创作的成功与否完全取决于它,因为只有它,"促进了天才,使趣味纯净,发展了美好的情感,使思想充满活力,给予作家以崇高的形式,给予艺术家以完美的楷模。"① 夏多布里昂认为历史上的杰作无不体现了基督教精神,故而它应是衡量一切文学的惟一尺度。如是连文明源头的希腊作品的价值也给打了折扣的论调,虽然有反古典主义的一面,但如果作为一种文学史观,无疑是相当片面的。

在美学上,本书竭力宣扬的一种境界是神秘,神秘才为美。断言,"除了神秘的事物之外,再没有什么美丽、动人、伟大的东西了";他论述道:"天真不过是无邪的愚昧,它难道不正是神秘事物中最不可言传的吗?童年之所以如此幸福,正是因为他什么也不知道,老年之所以如此不幸,正是因为他什么都知道,幸而对老年来说,生命的神秘行将结束,而死亡的神秘正在开始。"② 至于宗教的神秘,则使我们思索现世与永恒,从而产生忧郁之情,忧郁是对神秘天国心向往之的表现。在作者看来,忧郁乃文学表现的第一要素,只有描绘出忧郁虚空情怀的作品才是美的和高贵的。惟其如此,他才不遗余力地鼓吹描写中古时代的衰朽事物,描写坟墓、废墟、迷梦、无常之类,从而构成其反映没落贵族情绪的消极浪漫主义的题材理论。作为地道地表达了浪漫派文学主张的文献,《基督教真谛》是颇具开创性和颇有建树的,影响也相当深远;但作为为垂死的意识形态辩护乃至鼓吹的东西,它所起的作用远不是健康的,所以历来遭到进步人士的激烈批评。

二、斯达尔夫人的文艺理论

斯达尔夫人(Madame de Staël, 1766—1817),欧洲浪漫主义运动初期法国著名文化活动家、文论家和小说家。她出生在瑞士贵族之家,其父亲曾是法王路易十六的财政大臣,丈夫也同样出身名门,曾出任瑞士驻法公使。她早年接受启蒙思想影响,对卢梭的唯情论感应极深。她同情法国大革命,但在雅各宾党人实施恐怖专政时却被吓跑了;拿

---

① 《法国文学史》中册,第98页。
② 伍蠡甫:《欧洲文论简史》,第227页。

破仑统治期间,因对拿氏独裁说三道四,结果被驱逐出国,从此开始流亡生涯,周游欧洲各地。斯达尔夫人在政治上属于比较典型的资产阶级自由派,其摇摆性比较突出,她一度试图与第一帝国和解,甚至接受了天主教信仰,虽然拿破仑的垮台最终使之落空。不过她对波旁复辟王朝还是采取了反对态度,1815 年第七次反法联军进占巴黎的消息让她悲愤不已,说法兰西的不幸就是她的不幸,并终于在王朝复辟的第三年逝世。斯达尔夫人是浪漫派的先驱,也是后来实证派文论和社会学批评的前提人物。

作为催生了浪漫主义文学成长和推动了 19 世纪文学批评发展的文论家,斯达尔夫人留名青史并且也奠定了她思想家地位的,主要是两部论著《论文学》(1800)和《论德国》(1810)。

《论文学》首先是一部文学史论著作,它考察了欧洲文学从起源到不断发展的整个过程;其次是对于法国当代文学的巡礼以及给它指出前进的方向。作者将其文学的发展取决于宗教、风尚、法律亦即社会历史文化背景甚至气候地理环境的观点作为指导思想,从而不仅为实证式的文学研究打下了理论基础,并且从实践上开辟了道路。本书中关于欧洲文学南北两种类型的区分和对它们各自特征的论析便是将该理论应用于文学史研究的典型范例。

《论文学》的全称是《从文学与社会建制的关系论文学》,它分为两编,首编"古代和现代文学"从西方文学的源头古希腊罗马时代谈起,一直考察至 18 世纪,包括西欧各国的文学现象,旨在阐说文学发展和社会状况之间的相互关系。次编"法国学术的现状及其将来的发展"主要论述法兰西文学应该遵循什么道路。作者吸收了伟大的启蒙前辈孟德斯鸠所代表的社会历史研究中地理学派的原则,十分自觉地运用了历史比较和社会分析的方法,强调从作品所赖以产生的政治条件、文化环境去理解和说明其特征。她开宗名义地声明:"我的本旨在于考察宗教、风尚和法律对文学的影响以及文学对宗教、风尚和法律的影响。"[①]贯穿本书的一个基本思想,就是必须要把文学和创造了它的人民的社会与精神状态相联系,强调把它放到具体的背景中,否则将无以理解更不用说加以研究。特别有意义的是,斯达尔夫人在本书第一编建立了一套文学史体系,这个体系将欧洲文学分为南方与北方两种类

---

① 《论文学》,徐继曾译,人民文学出版社,1986 年,第 12 页;本节所引斯达尔夫人文句,均出自本书,以下不再另注。

型,前者以法国为代表而以荷马为鼻祖,一般指古希腊罗马、意大利、西班牙,特别是路易十四时代的法兰西文学;后者以德国为代表而以莪相(传说中的3世纪苏格兰行吟诗人)为渊源,一般包括英国、德奥、丹麦以及瑞典等国家的文学。南北之截然不同的地理、气候等自然条件形成了迥异的民族特性及其文学个性:南方多丛林溪流,空气爽朗清新,人们感情奔放,充分领略生活乐趣,大家不耐思考,男女交往很少约束,人人习惯了从自然和艺术美中尽情享受。在这种土壤里产生的文学,情调欢快,充满生活气息和时代精神。北方土地瘠薄,天气阴霾暗淡,极易引起人的忧郁和哲学沉思。这造成北方文学的特点:强烈的思想性和哲理性,对痛苦的深切感受,对意志、自由、乡间和孤寂的热爱,以及对女性的尊重等。这种环境决定论的分析从科学性的角度看显然还欠缺严密,但不可否认的是,它也大致说中了欧洲文学的某些特质。

　　本书对宗教与文学关系的探讨同样是很值得重视的一个问题。作者认为基督教(在北方占优势的新教)尤其有利于人性或人格的培养,在这方面宗教甚至起着决定作用。"福音书的伦理道德和哲学都一致宣扬人性。人们学会了深切地珍视人生的价值";"这部书的总精神是对不幸的人们的仁爱";"基督教把婚姻看成是一种神圣的制度,从而加强了夫妇之爱,加强了由此而派生的一切感情"。基督教"深入北方民族的人心",成为塑造坚毅品格的动力。它兴起之前,例如拉丁文化的法兰西诗歌模仿古希腊罗马,其想像和思想较为单纯;它兴起之后,例如日耳曼民族中不列颠诗歌是灵感的而不是模仿的,其想像和思想远为复杂,在颂扬上帝时,人物性格表现得更为强烈,比如莎士比亚。由此可见基督教的贡献非常巨大,而宗教思考,"不管当它应用到什么方面,都发展了人们对科学、形而上学和伦理学的思维能力"。从《论文学》所表现的文学观来看,斯达尔夫人显然倾向于肯定甚至赞赏将理想和希望寄托于宗教,且认同忧郁气质,将其视为艺术的一个独特而不可或缺的条件,说忧郁乃才气的灵感之源,谁不能感受它,谁就无法期望获得伟大作家的荣耀。惟其如此,她极力主张描写诸如命运之谜、自然之美、死亡观念、毁灭的恐怖之类题材。这里的许多思想,直接启发了夏多布里昂的《基督教真谛》所营构的观念体系。

　　作为开启了浪漫主义文论书册之页的理论家,斯达尔夫人对浪漫派文论的成长的确有着重要的贡献。这主要表现在,她所认定的文学发展与社会状况相互作用的原则,瓦解了古典主义对任何文学现象均采取那种一贯的固定僵化的文学批评标准。此外,《论文学》中,她所谓的南方文学实际是指古典文学,北方文学则实际是指浪漫主义文学,并实际上将二者对立起来且偏爱和倡扬自由的、淳朴的、情感的和更为自然的北方文学,"我的一切印象、一切见解都使我更偏向于北方文学"。本书中充满了对自由和自然的颂扬,鲜明地体现出典型的浪漫主义精神,她声言:"一个民族,只有当它是自由的时候,才有性格可言。"在论及北方文学的章节中,她将这里的诗歌与自由民族精神联系起来,将北方民族剽悍奔放的战斗性格、自我的独立不羁、备受推崇的个人能力和意志力量联系起来;同时断言它之所以激起普遍的热情,乃"因为它感动人的手段都来自大自然"。此外,她强调情感和灵感,认为诗不应该仅仅是美丽的词句,却必须是感情的神化,而爱情、国家、信仰便是诗中的神性;认为创作离不开灵感,"艺术中的灵感是一个不竭的源泉"……

在《论德国》中,斯达尔夫人相当深入地介绍了德国的风俗习惯、文化艺术和哲学思想,进一步阐述了关于南方文学和北方文学相对立的观点(当然也包含着她的某些修正,例如在本书前面的概论中就是把欧洲文学作为三个大块即拉丁民族、日耳曼民族和斯拉夫民族来讲述的)。她以莱茵河为界分开了两个文化区域:南面,是追求世俗的法国文化与文学,北面,则是崇尚宗教的德国文化与文学;她本人更属意于北方文学,呼吁法国作家向莱茵对岸的歌德、席勒、施莱格尔兄弟学习。总之,斯达尔夫人的文学批评及分析方法,在浪漫主义的基调上,兼有神学、人性论特别是条件决定主义的鲜明特征,这为19世纪后期社会学派泰纳的文学史观开辟了道路。

第七章 现实主义与自然主义文论

第一节 现实主义与自然主义文论概述

19世纪以后,西方的历史发展、文化知识、思想意识、哲学理论、文学创作等皆发生了千姿百态的变化。就历史发展而言,许多国家的经济、政治制度形态各有不同,但都与资本主义不同程度的发生发展有密切关系。发达国家逐步完成了工业革命,封建残余逐步消亡,资本主义制度逐步确立。同时,随着资本主义工业和商业的迅速成长,社会固有矛盾日趋尖锐。劳动阶级更加贫困,中小资产阶级也加速破产,新兴的无产阶级开始登上历史文化舞台。未发达国家的封建制度逐步腐朽溃灭,资本主义开始兴起。封建社会的矛盾与新兴资本主义社会的矛盾错综纠缠。就文化知识而言,自然科学产生了巨大飞跃。细胞学说、能量守恒和转化定律、生物进化思想极大地拓展了人们的认识视野,推进了人们的认识水平。就思想意识而言,启蒙精神、空想社会主义、基督教博爱以及资产阶级个人主义和人道主义共同交织成了新型的观念和理想。就哲学理论而言,德国古典哲学在直接影响时代精神的同时更逐步被其他哲学思想继承和发展。在继承和发展的哲学成果中影响深远的是马克思和恩格斯所创立的辩证唯物主义和历史唯物主义,在继承和发展的哲学成果中延伸久长的是以唯意志主义为代表的人本哲学和以新康德主义、新黑格尔主义为代表的科学理性哲学,而在继承和发展的哲学成果中直接发挥作用的则是费尔巴哈的人性哲学。与此同时,其他体现新兴资产阶级观念的哲学思想也不断发生,如实证主义、马赫主义、生命哲学、实用主义等等。就文学创作而言,从19世纪初期开始,西方文学艺术果实丰硕、景观辉煌、高潮迭起。尤其是被称为批判现实主义的现实主义文学勇于揭露社会矛盾和剖析时代弊病,敢于质疑历史黑暗和反思人性奥秘的批判精神创造了前所未有的文学艺术新纪元。所有这些历史、文化、思想、哲学、文学的一切成就无疑深刻地影响了西方文学理论的发生发展,使其呈现出多元的发生发展样态。文学理论发生发展的多元样态又主要表现为两个方面:一是文学理论表现内涵呈多元性,二是文学理论表现方式呈多元性。

  文学理论表现内涵的多元性是说因为各国社会历史发展和文化传统的差异,文学创作在同样的现实主义或自然主义旗帜下所取得的思想成就及其艺术风格也各不相同,以此为基础的文学理论思想也各不相同。比如法国是批判现实主义文学的最初发生地,它本具有18世纪唯物主义的思想基础和19世纪注重科学的风气。法国批判现实主义文学特别主张以自然科学的方法来研究人性和社会,特别强调文学艺术表现现实的精确性,所以,法国现实主义文学理论的主导倾向与自然主义的文学理论有一定的贯通性,其实自然主义文学本就是法国现实主义文学园圃中的奇葩。法国现实主义文学的理论原则最有代表性的理论表述由司汤达所提出、巴尔扎克所系统阐明。他们提出以科学方法创作小说的主张,认为小说家可以用科学方法来描写社会环境和人物性格,特别强调社会环境对人物性格的影响。再比如,因为浪漫主义文学和现实主义小说的丰厚文学实践传统和广阔基础,英美文学理论更注重文学的审美效果和艺术价值的研究,特别是小说创作中的内容与形式有机统一、情节和人物相互关系等小说艺术理论的研究。其中最具代表性的理论表述是亨利·詹姆斯的小说理论思想:幻觉论与有机说。俄国现实主义不同于西欧各主要国家强烈批判资本主义制度弊端和金钱原则导致的社会罪恶,俄国现实主义文学更与改革封建专制农奴制度和人民解放运动密切相关,俄国解放运动的第二个时期的平民知识分子又在文学创作与批评活动中扮演着主要角色。他们怀着巨大的政治热情,猛烈抨击沙皇封建暴政,无情揭露农奴制黑暗。他们反对为艺术而艺术,视文学批评为瓦解封建专制农奴制度的战斗武器。他们把俄罗斯的文学事业看作攻击封建专制农奴制度和人民解放运动的重要部分。所以,俄罗斯的现实主义文学理论体现了强烈的历史进步思想和功用意识。其中具有承上启下作用的是赫尔岑,而最具有代表性的则是别林斯基、车尔尼雪夫斯基、杜勃罗留波夫三大批评家的文学理论和批评。他们从不同的侧重点表达了基本一致的文学理论观念。杜勃罗留波夫最著名的文学批评是评述冈察洛夫、奥斯特罗夫斯基、屠格涅夫小说或戏剧的三篇文章,它们不仅透彻分析了所论作品的社会意义和艺术价值,而且有振聋发聩的全新阐发。别林斯基则集中探讨了现实主义文论中的典型学说、形象思维论和历史与审美相结合的批评原则。

文学理论表现方式的多元性是说19世纪文学理论的发生也具有了巨大变化。它们不同于古典文论主要以神学为托庇或以哲学为根基而发生,它们已经有了以文学自身为土壤的发生学源泉和机理,其主要标志就是作家论文论和批评论文论对文论舞台的占据。由此,文学理论表现方式的多元性主要表现为三个维度:第一,作家论文论登上文论舞台并且成就斐然。作家论文论其实可以追溯到古罗马的诗人贺拉斯,他的《诗艺》就是在文艺创作实践基础上的经验总结。作家论文论的充分发育是在文艺复兴时期。这时期,因为人的觉醒,文学艺术家的自我审美意识也日渐自觉,文艺研究队伍中加入了一些文学作家。他们凭借自己的创作经验发表文艺理论见解,如但丁、达·芬奇、塞万提斯、莎士比亚等等皆有关于文艺与现实关系、文艺的社会功用以及文艺创作方面的种种真知灼见。以后,随着启蒙主义运动的进一步洗礼,随着资本主义社会全面胜利后人的自我意识的大解放,文学作家的文论意识更趋成熟,文论兴趣日渐增高,文论思考逐步严谨,由此,作家论文论呈现出蔚为大观的景况。从19世纪开始,作家论文论逐步成熟并形成相当规模。比较有规模的几次高峰包括19世纪初的浪漫主义文论、19世纪中期以后的现实主义与自然主义文论、19世纪末开始并延伸到20世纪的现代主义文论。现实主义与自然主义作家论文论的主要代表是法国的司汤达、巴尔扎克、福楼拜、左拉,俄国的托尔斯泰等等文学艺术家的文学理论思想。第二,文学批评及方法论文论的诞生。比如英国的阿诺德、卡莱尔、罗斯金,美国的亨利·詹姆斯,法国的圣伯夫,俄国的别林斯基、杜勃罗留波夫,丹麦勃兰兑斯的《19世纪文学主流》等等通过文学批评所表达出来的文学理论思想。第三,哲学美学的继续延伸和发展变化。所谓哲学美学的继续延伸就是指那些仍然遵循传统文学理论的思维路径,仍然以哲学为根基继续探讨哲学美学问题的文学理论思想,比如叔本华、尼采、克罗齐、柏格森、杜威等等哲学家的哲学思想里都包含着审美观念和文学理论的若干表述。所谓哲学美学的发展变化就是指那些走现代文学理论的探讨维度,开始继承黑格尔所开启的哲学美学转化为艺术哲学的文艺学研究方式,比如法国泰纳的文艺理论。当然,上述三种区分只是相对意义上的理论界定,在很多情况下它们是交织纠缠、难解难分的文学普遍原则的追问和思考。比如法国的左拉就可能同时具备作家论文论和艺术哲学的文学理论特征,美国的亨利·詹姆斯和俄国的别林斯基则可能同时具备艺术哲学的文学理论和文学批评及方法论文论特征。

尽管现实主义和自然主义文学理论有表现内涵的多元性和表现方式的多元性,但它们作为19世纪的文学创作和文学理论奇观,仍然具有理论的共通性和实践的规定性。

现实主义作为一种文学创作倾向,一直可以追溯到古希腊,关于现实主义文学创作的理论说明也可以追溯到亚里士多德的《诗学》。亚里士多德从批判他的老师柏拉图开始,肯定了感性世界的真实性。以此为出发点,他更将人的生活看作文学艺术的模仿对象。亚里士多德在其《诗学》中,尤其推崇悲剧,在悲剧的几大要素中,他又最看重人的行动,以及由人的行动所构成的情节。亚里士多德由此奠定了文艺为人生的价值倾向。在亚里士多德看来,现实的人生,包括人的性格、内心感受和精神活动,乃是文艺所要模仿的原型。所以,亚里士多德是文艺反映人生、文艺创作为人生的最早提倡者。亚里士多德更通过诗与历史的比较以及诗的理想化主张,为文艺的模仿提出了一个典型化的问题,从而在文论史上最早为现实主义的典型说奠定了基础。此后,现实主义文艺倾向的理论探讨经过文艺复兴、启蒙运动的洗礼,直至德国古典美学理论思想家席勒在《论素朴的诗与感伤的诗》中的哲学说明,终于使其具备了成为重要艺术原则的理论雏形。19世纪以后,现实主义文学创作倾向的丰厚实践基础更因为批判现实主义思潮或流派的深化而终于孕育出了现实主义审美艺术原则。现实主义审美艺术原则主张如实地观察、反映现实生活,提倡客观地描写、创造典型环境和人物。更具体地说,现实主义艺术原则包含两个要素:第一,现实主义的本质内涵是按照现实生活的本来面目准确地再现现实生活。现实主义除了写现实对象、以反映现实为目的以外,重要的还在于现实地写,以现实情理为反映依据;除了所再现的生活方式以外,还在于对生活的再现方式。也就是说,现实主义艺术原则既要求写社会现实生活和人物,更要求现实地写社会生活和人物;第二,现实主义还具有比较确定的艺术创作方法,其基本规定是塑造典型环境与典型性格。如同恩格斯所说:"据我看来,现实主义的意思是,除细节的真实外,还要真实地再现典型环境中的典型人物。"[①]也就是说,现实主义的创作方法要求以典型化的方式创造典型环境和典型人物。现实主义文论的具体阐发主要体

---

① 《马克思恩格斯选集》第四卷,第462页。

现为一些著名的作家论文论和文艺批评思想。比如司汤达、巴尔扎克、托尔斯泰等的文学艺术见解,别林斯基、杜勃罗留波夫等的文艺批评理论。

自然主义作为一种初步具有现代意识的文学创作倾向,它是19世纪60年代法国作家左拉倡导的"实验小说"所开启的文学艺术实践活动。自然主义文学创作对当时欧洲文坛产生了深刻的影响,许多作家如法国的莫泊桑、挪威的易卜生、德国的霍普特曼、瑞典的斯特林堡等都在他们的文学创作里表现出不同程度的自然主义艺术倾向。自然主义文学拓宽了反映现实的道路,强化了发掘人性的方式。自然主义作为一种艺术原则其实是现实主义的发展和变化。自然主义继承并延伸了现实主义的艺术原则,它排斥浪漫主义的抒情夸张、主观想像,摈弃现实主义典型化的创作方法,追求绝对地反映客观现实,崇尚单纯地描写自然,注重对社会生活现象作真实的记录并企图以生物学规律解释人类世界。自然主义的文学创作倾向和自然主义的艺术原则的哲学理论基础是孔德的实证主义哲学。孔德(Auguste Comte,1798—1857)认为,人类思想经历了神学阶段、形而上学阶段、实证(科学)阶段。神学阶段,人们通过自由幻想,要求探索万物的本原、成因,于是求助于超自然的神来解释一切。形而上学阶段,人们以形而上学(超经验)的抽象概括代替了超自然的神力来解释一切,以为能获得关于事物本质的绝对知识。实证(科学)阶段,人们"不再探索宇宙起源和目的,不再求知各种现象的内在原因"[①],只是通过推理和观察的结合,通过实证事实,发现现象的实际规律。圣伯夫在法国首先用科学的实证方法进行文学批评。泰纳则在总结、归纳、整理实证前驱者理论的基础上,形成了自己独特的"种族、环境、时代"三要素文学理论。左拉则把实验方法运用在文学创作实践里,并系统阐明了自然主义文学主张。自然主义文论主要包含三个方面的内容:第一,泰勒所表述的"种族、环境、时代"三要素艺术哲学理论。第二,自然主义文学家中具有自觉文论意识的作家论文论,比如法国的左拉、福楼拜等等文学家的艺术见解。第三,法国圣伯夫、丹麦勃兰兑斯的文学批评理论。

[①] 孔德:《实证哲学教程》,引自《西方现代资产阶级哲学论著选辑》,商务印书馆,1969年,第26页。

第二节　法国文论与泰纳、圣伯夫、左拉

法国是现实主义文学理论的发源地,其奠基人便是司汤达和巴尔扎克。作为全欧性文学流派的现实主义,在具有某些共同艺术特征的同时,由于欧洲各国社会历史状况和文化背景的差异,作家们在不同的社会思潮影响之下所形成的创作思想和风格特点也各不相同。

在法国,由于本来就有18世纪唯物主义的传统和思想基础,加之19世纪自然科学的迅猛发展,注重科学研究蔚然成风。还有就是实证主义哲学思潮逐渐取代德国古典哲学的主观的、形而上学方法,渗透到法国意识形态的多个领域。主张以自然科学的方法来研究人和社会,十分强调艺术表现中事实的精确性和具体性,便成为法国现实主义文学理论的主导性特征,这一特征甚至与自然主义的文学理论极为相似。正如朱光潜先生曾经指出的:"法国现实主义不但朝过去看没有和浪漫主义划清界线,朝未来看也没有和自然主义划清界线。"①它说明了文学发展所具有的内在连贯性,即法国的现实主义作为一个文学流派取代浪漫主义后登上历史舞台,并没有明显的集团或结社,也没有出现轰轰烈烈的运动之势以及与浪漫主义进行公开争论,甚至有相当一批现实主义作家是由浪漫主义"自然"转化而来的。在福楼拜时代,现实主义正式成为一个自觉的文学运动,但其文学创作的辉煌时期已经过去。与此对应的则是当时的法国学者们,几乎没有人专门研究现实主义问题,有关研究和论述主要表现在为数不多的作家文论之中。司汤达(Stendhal,原名 Henri Beyle,1783—1842)的文学理论名著《拉辛与莎士比亚》(1822—1825)作为欧洲现实主义文学运动的第一部理论文献,提出了一系列的现实主义创作原则。巴尔扎克(Honoré de Balzac,1799—1850)的《〈人间喜剧〉前言》则比较系统地阐明了现实主义文学的理论原则。同时,福楼拜(Flaubert,1821—1880)在他和乔治·桑(George Sand,1804—1876)论争的信中,也较为系统地说明了他自己的现实主义思想。

他们自觉接受自然科学和实证主义两种思潮的影响,明确提出以科学方法创作小说的主张,认为小说家可以用自然科学家研究动物的

---

① 朱光潜:《西方美学史》下卷,第731页。

方法来描写动物,动物的类种因自然环境而产生变异,人的性格和生活也因社会环境而变异,亦即小说创作在刻画各种人物及其性格的同时,必须同时刻画出这些人物赖以生存的物质环境。对于巴尔扎克而言,物质环境不仅构成人物活动的一般背景,而且是人物思想情感形成的直接动因,所以,在《〈人间喜剧〉前言》中,他一再强调环境描写的重要性,力争精确而具体。其实,此前的司汤达也极为强调文学作品中事实的精确性,认为听众所要求于作家的是"关于某一种情欲或某一种生活情境的最大量的细小的真实的事实。"① 福楼拜在继承司汤达和巴尔扎克上述观点的同时,进一步提出了文学创作应"取消私人性格",坚持"客观而无动于衷"的创作原则,他为写包法利夫人之死,不惜亲自去尝砒霜的味道,就像医生解剖一样,冷静、客观、无动于衷,为的就是能达到精确和具体。当然这种主张也有其纯客观的自然主义倾向,对法国后来的批判现实主义文学带来了一定的消极影响。

三位作家从各自的创作实践出发,进一步地阐述了现实主义的真实性原则和典型理论。司汤达提出浪漫主义的首要任务并不在于抒发感情,发挥想像,而是不能背离当前的现实,不能违反历史的真实。他在《红与黑》第13章的卷首引语中曾将小说界定为"行路的一面镜子"。在此,司汤达俨然是一位照相式自然主义的倡导者,但他又不过分强调客观性以及长篇小说中包括丑的必要性,反而替小说中理想化手法的必要性进行辩护,但这必须是拉斐尔使其画像变得更像原型人物的那种理想化。所以他欢迎司各特之类的历史小说,因为司各特似乎是"浪漫的",文学之所以美,因为它能给人以愉悦。由此可见,司汤达复杂的文艺思想和观点其实就是浪漫主义与现实主义的杂糅。

巴尔扎克认为文艺决不单纯是人的主观世界的产物,文学必须以现实生活为基础,反映客观世界。文学作品之所以具有永恒魅力,就是因为它是根据事实、根据观察、根据亲眼看到的生活中的图画,根据从生活中得出的结论写出来的,世界上没有光凭脑子就可以想出这样多小说的人。同时,他也不排除作家主观思想在反映现实中的作用,在《〈驴皮记〉初版序言》中,他指出,文学艺术是"以借助于思想素质来表现自然为目的"的,正因为作家思想有水平高低的差异,作品才有高明和低劣之分。巴尔扎克非常重视文学中的"真实"。认为它不等于照搬现实生活,而是要进行艺术的概括,剔除一切需要加以剔除的东西,

---

① 朱光潜:《西方美学史》下卷,第734页。

且不能违背历史真实,不放过任何本质的东西。他进而提出了著名的"典型"观,即"典型指的是人物,是这个人物身上包括着所有那些在某种程度跟他相似人们的最鲜明的性格特征;典型是类的样本。因此,在这种或者那种典型和他的许许多多同时代人之间随时随地都可以找出一些共同点"①。巴尔扎克认为塑造典型的方法主要有三点:一要坚持以生活为基础;二要善于概括和综合;三是艺术家在塑造典型时,必须将自己的理想和愿望渗透到他所创造的典型中,使其比现实生活中的人物更理想、更丰富,也更真实。典型化的过程是一个贯穿了作者的提炼、集中、加工、虚构的过程。正是基于巴尔扎克的这一思想,恩格斯在《致玛·哈克奈斯》的信中提出了现实主义文学"除细节真实外,还要真实地再现典型环境中的典型人物"的著名论断,这是对巴尔扎克典型观的高度肯定和评价。巴尔扎克还从文艺创作的特点出发,提出"观察和表现"是文艺创作必备的两个条件。"观察"需要洞察力和孜孜以求的精神,它能发现和记住一切;"表现"需要用生动的形式体现自己的思想。倘若作家缺乏"观察"才能,即使词句优美,他的作品也不能引人落泪,发人深思。若缺少"表现"才能,即使是一个有天赋的敏锐观察才能的杰出人物,也只能写出给自己歌咏而不能感动别人的诗篇。二者相辅相成,缺一不可。此外,巴尔扎克认为文艺创作还需要具有一种"透视力",一种难以明言的把作者送到他们应去或想去地方的力量,其实这就是通常所谓的艺术创作中的灵感。

福楼拜文学思想的美学原则主要有两点:一是"真实",文学应按人生原来的样子去描写;二是"普遍",福楼拜在给乔治·桑的信中明确指出:"我总是强迫自己深入事物的灵魂,停止在最广泛的普遍上,而且特意回避偶然性和戏剧性。"普遍性就是典型性。他反对描写偶然的、例外的事物,强调通过细致、缜密和冷峻的观察去把握事物的外部特征,再深入把握事物的内在本质,用福楼拜自己的话说就是"真实的真实",也就是灵魂的真实、抽象的真实、形而上的真实。在创作中,要做到科学、客观、冷峻,力求客观的呈示,反对浪漫主义式的宣泄,作家必须"退出小说",进入无我之境。但福楼拜所谓的"退出",其实就是作家"隐身于小说",无我之境其实就是"隐我"之境,本质上是要求叙述者不应站在上帝式全知全能的高度,而是站在普通人的立场如实地、不动声色地叙述事实。这是福楼拜从小说叙述学角度对现实主义美学

---

① 王秋荣编:《巴尔扎克论文学》,中国社会科学出版社,1986年,第169页。

思想的发展,体现出他对文学"真实性"原则的独特理解。

此外,他们还提出了一些极有见地的观点,对丰富和发展现实主义文学理论做出了突出贡献。

司汤达在他的《拉辛和莎士比亚》一书中反复强调每个时代都有自己的美学要求,时代变了,过去的文艺不应成为今人不可逾越的样板,因为时代的变革与文学的发展有着密切的联系;其次,司汤达反对"三一律",主张用散文写出当代人感兴趣的悲剧,因为"三一律"对产生深刻的情绪和真正的戏剧效果实在是无能为力,那种僵化的充满刺耳的句尾降调的学院式漂亮文体也不能产生戏剧的愉快,不能使观众流泪、激动,因为它缺乏感情。他热切地希望看到用"散文"写出反映现代生活的悲剧。这一思想对整个19世纪的文学创作,特别是现实主义小说具有极深刻的启示,长篇小说《红与黑》便是这一理论的最好体现;再就是他站在"浪漫主义"的立场,明确提出要写出令时代感兴趣的悲剧,那就不应走拉辛的道路,而应走莎士比亚之路。司汤达在此所谓的"浪漫主义"实质上就是现实主义。可以说,《拉辛与莎士比亚》是19世纪现实主义文学理论的宣言书和纲领性文献。

巴尔扎克在《论艺术家》一文中则充分肯定艺术的巨大作用,认为艺术蕴藏着巨大力量,能对社会产生重大影响。他要用自己的笔杆来完成拿破仑用宝剑未完成的大业。艺术家不仅是真理的宣扬者,而且是至高的神手中的工具。巴尔扎克重视文艺的社会作用,其积极意义非常明显,但称艺术家能左右世界,创造时代,这显然是过分夸大,且不可避免地陷入了唯心主义和神秘主义的泥沼。

福楼拜文学思想的独特之处还体现在对文学语言美的强调和追求上。他认为文学的形式和内容不可分离,如果有一个字表达不恰当,就会使观念表达有错误。为此,他在语言表达上下了极大的功夫,甚至要求语言有和谐的声调和节奏,使其不仅能表达思想,而且能像音乐那样打动读者的心灵,使语言具有比仅仅是字面意义的表面价值更深入的效果。福楼拜的这种理论及其在行动上的追求,对法国文学的发展,特别是后来唯美主义的流行产生了深远的影响。

1848年法国革命之后,随着西方自然科学的发展,以法国为中心的欧洲现实主义文学逐渐蜕化为自然主义文学。相应地,一些学者采用自然科学的原则和实证主义方法研究文学,圣伯夫便是法国第一个用科学方法进行文学批评的职业批评家。泰纳则在总结、归纳、整理前驱者的理论,包括圣伯夫文艺思想的基础上,加以进一步发挥,形成了独特的"种族、环境、时代"文学三要素说。不过,将实验方法运用于文学创作实践,并系统阐明自然主义文学主张的却是左拉。他们三个人的文学理论观点,各有其代表意义。

一、泰纳的三要素说

泰纳(Hippolyte Adolphe Taine,1828—1893)是法国著名的文学理论家和艺术史家。自幼聪颖过人,曾以第一名考入巴黎高等师范学校哲学系,对孔德的实证主义深有研究。毕业时因论文引用斯宾诺沙的唯物主义观点而与校方尊崇的唯灵论发生冲突而未获通过。几年后,他撰写的一篇论拉·封丹寓言诗的论文出乎意料地大获成功,从此走上了文学批评的道路。其间曾进入医科学校攻读生理学,作过解剖实习。1864年受聘于巴黎美术学校讲授艺术史和美学。1878年被选为法兰西学院院士。其文艺理论方面的重要著作有《拉·封丹及其寓言》(1860)、《〈英国文学史〉序》(1863—1869)、《艺术哲学》(1865—1869)等。

泰纳可谓是古典的文学社会批评方法的集大成者。在哲学和美学思想上,他接受了黑格尔理性主义历史哲学、达尔文进化论以及孟德斯鸠社会地理学派的影响,在批评方法上采用孔德和穆勒的实证主义哲学方法和勃兰兑斯的实证主义史学方法,继承维柯、斯达尔夫人和圣伯夫等所开创的社会批评传统,形成了他独特的"种族、环境、时代"三要素说,奠定了文学社会批评方法的科学形态,对20世纪文学批评的发展产生了极为深远的影响。

泰纳所谓的种族,"是指天生的和遗传的那些倾向,人带着它们来到这个世界上,而且它们通常更和身体的气质与结构所含的明显差别相结合。这些倾向因民族的不同而不同"[1]。所以若研究某一文学作品,必须首先考察作家的种族遗传因素。因为种族力量对于文学创作来说如同种子之于植物,植物生长求良种,文学作品亦然,它构成了文学产生和发展的内部主源,是一种不受时间影响,在一切形势和气候中始终存在的恒量,决定了这个民族的文学区别于其他民族文学的独特性质;泰纳同时又推出了"环境"因素,即"必须考察种族生存于其中的

---

[1] 伍蠡甫主编:《西方文论选》下卷,第236页。

环境。因为人在世界上不是孤立的。"①同样几粒种子倘若播种于不同的地理环境,就会有不同的生长前途,所谓"桔生淮南就为桔,生淮北则为枳",文学亦然,泰纳强调自然环境与社会环境共同构成了文学发展的"精神气候";对"时代"这一后天力量,泰纳采用的是由表层到深层的逐层剥析法。首先是持续几年就改变的流行生活习惯、思想、感情,这是时代的最表层涵义,诸如时装样式、流行音乐;第二层略为坚固一些,可以持续几十年,如一个时期的社会心理;第三层是非常广阔深厚的层次,如中世纪、文艺复兴、古典主义时期等,往往要持续上百年或更长时间;第四层是整个历史时期也铲除不掉的原始地层,即不同民族的特质;第五层是不同种族在精神上的差别;第六层是一切能创造文明的种族所固有的特性,即有概括的观念,人类凭这一点建立社会、宗教、哲学、艺术等。这些层次构成了泰纳文学研究的基本单位以及考察审美心理变化的基本元素,"时代"作为导源于前二者的后天产物,一般理解为"时代精神",其中,泰纳尤为突出时代精神中的"心理"因素,因为文学的真正使命就是使感情成为可见的东西。关于三要素的关系,泰纳把种族置于最重要的地位,称之为"内部主源",把环境叫做"外部压力",时代称作"后天动量"。第一种要素偏重于生理遗传,第二种要素偏重于地理气质,第三种要素偏重于文化心理,三要素共同作用推动了文学的产生和发展。

二、圣伯夫的实证主义文学理论

圣伯夫(Charles Augustin Sainte-Beuve,1804—1869)是法国19世纪文学批评的代表人物。他出身于一个小官吏家庭,学过医学,后专攻文学,曾当选法兰西学院院士和参政议员。圣伯夫以其毕生的精力从事文学批评工作,并取得了丰硕成果。他的著述包括《月曜日丛谈》15卷(1851—1862)、《新月曜日丛谈》13卷(1863—1870),以及《妇女肖像》(1844)、《文学家肖像》(1844)、《当代人物肖像》(1844)等。作为法国第一个职业批评家,西方批评界赞美他在布瓦洛之后,恢复了法国在文学批评界的威望。

圣伯夫对文学批评史的最大贡献是自觉开创了一种传记式的批评方法。该方法的特点是从作家的生平传记和个性气质来说明他的创

---

① 伍蠡甫主编:《西方文论选》下卷,第237页。

作,再通过作品来研究作家的生平和个性,循环往复,彼此印证,最终达到认识作家的个性内涵,所以,圣伯夫的文学批评大多是所谓的作家评传,重心在传记研究。他认为文学是解释人生的,那么文学批评则是解释小说对人生的理解及其表现形式。作家创作的题材是人物和生活的关系,批评家的题材则是作家与人物、生活的关系,莎士比亚为读者塑造了哈姆雷特,批评家则通过莎士比亚的生活和创作为读者构造了一个莎士比亚。批评的任务不是判断,而是一种创造。他接受自然科学和实证主义的影响,认为批评家应像科学家研究生物一样,把作家当作标本,研究其所属的种族和国家、所生活的时代、家庭出身、幼年环境、所受的教育和交往、首次的成功和失败、肉体和心理的特征等,力求画出他的真实肖像,揭示出作家隐秘的、内在的自我,进而对作品做出更为准确、更为符合实际的解释和评论,至于这些史实是否包含了符合规律性的东西,批评家是不必关注的。

在批评中,圣伯夫对作家的重视程度超过作品,且将作家与天才崇拜相联系。他曾反复描绘天才的伟大作用和天才的神秘性,这种看法和黑格尔所谓自我与永恒神性合一的观点是有相通之处的。他甚至抛开所谓实证的史料或事实,把玄奥的天才看作是文学发展的动力。尽管他生活在历史主义观念日趋成熟的时代,也曾意识到"环境"和"时代"等因素对文学所产生的影响,但他认为这些概念太空泛、太抽象,仅属外部的因素,不能具体而微地说明作家的创作个性。自浪漫主义以来,从作家的生平与个性出发解释作品的方法颇为流行,圣伯夫虽然经历了从拥护浪漫主义到推崇古典文学的转变,但在崇尚作家个性,相对轻视作品分析这一核心观念上却未有变化。就本质而言,这也是实证主义的不可知论,或者是"只问是什么"而"不问为什么"在文学批评中的反映。圣伯夫还善于把他的理性批判建立在丰富的感性把握之上,以其与作家和读者侃侃而谈的文风引人入胜。即他的批评虽然以科学实证主义为范本,但决不放弃审美的感受,而是将审美、鉴赏和印象主义等批评要素共冶一炉。

正如勃兰兑斯所说,由于圣伯夫的努力,致使文学批评这个不起眼的字眼变成了"最年轻的天才","一切智慧中的'香岱丽拉'","第十个文艺女神"。[①]

---

① 勃兰兑斯:《19 世纪文学主流》第 5 分册,人民文学出版社,1982 年,第 382 页。

三、左拉的文艺思想

左拉(Emile Zola,1840—1902)是法国小说家。他出生于一个工程师家庭,在他生活的时代,正是法国社会政治上急剧动荡的年代,童年时深受法国大革命思想影响的父亲对他思想的熏陶和年轻时贫困的生活使他很早就接受了共和思想。他曾做过出版社职员和新闻工作。反对资产阶级对巴黎公社的血腥镇压。1898年因参加当时的民主运动而被迫流亡伦敦。19世纪60年代中期开始小说创作,并根据当时自然主义文学及其自身的创作实践,制定了一套创作原则,从而成为自然主义文学理论的权威。代表性的文学理论著作主要有《卢贡-马卡尔家族》一书的"总序"(1871)、《戏剧上的自然主义》(1880)、《自然主义小说家》(1881)、《实验小说论》(1893)等。

首先,左拉认为文学发展有着一定的规律,自然主义文学的产生是有其历史必然性的。文学随着文化的进程在不断地变化,而人类精神的演变便在文学中得到了充分的反映。左拉认为19世纪是自然主义胜利的时代,因为自然主义文学是最符合时代精神的文学,是最适应当时社会形态的文学,是科学精神侵入文学的必然结果。但左拉对文学发展规律的认识应当说是比较肤浅的,且混淆了现实主义与自然主义的界限。

由于左拉深受孔德实证主义、泰纳的文艺观以及遗传学与贝尔纳的实验医学的影响,所以他强调客观事实对文学具有绝对的意义,要求作家直接观察人生和社会,以科学分析的方法阐明生活哲学和社会真理,将化学、物理学、生理学、解剖学等自然科学进行科学研究时所采用的实验方法引入文学领域,认为小说写作的过程实际上就是一个实验的过程。为此,左拉还设计了非常清晰的工作程序,主要包括两个阶段:"观察"和"实验"。在文学创作初期,小说家是一位观察家,这里所谓的"观察"不是指作家在自己的生活实践中对人和事的观察,而是在自然中收集事实。"实验"则是在已经"观察"到的事实基础上,通过对这些情况和环境的加工修改来对这些事实起作用,再在某一故事中安排若干人物的活动,看看在这种情况和环境下活动着的感情会产生什么。很显然,左拉所讲的"观察"和"实验"与我们通常对这两个概念的理解是完全不同的,其实际意思就是要在文学创作中对人进行生理学的观察和实验,用形象来证明某种生理学定律。

左拉认为真实性是自然主义文学的最高品格,但左拉所谓的"真实"仅是局限于事实的真实。首先,在左拉看来,自然本身是完善的,作家不必依从于某个观念来对自然进行改变或增删,情节对小说家来说并不重要,作家也不必进行艺术想像,因为想像反而会妨碍作家忠实地接受和记载自然,导致作品丧失它的"真实"意义,虚构在作品中也仅只有微不足道的重要性。其次,由于左拉只容许作家研究自然科学特别是生理学者的思想,排除政治家、哲学家和道德家的思想,这就势必把文学作品变成纯客观的科学实验报告。他一方面非常强调作家的"个性表现",但同时又强调个人感情必须从属于较高层次的真理规律和自然规律,作家的作用仅局限于记录自然和解释事实。这很容易使左拉陷入一种客观主义的泥沼。

第三节　俄国文论与别林斯基、车尔尼雪夫斯基

西欧各主要国家的现实主义针对资本主义政治经济体制的弊端和金钱至上观念导致的社会罪恶进行批判,与之不同的是,19 世纪中期的俄国现实主义文学和文论,与封建专制农奴制度的改革密切相关。在俄国解放运动的第一个时期即贵族革命阶段过去之后,由平民知识分子领导的第二个阶段即资产阶级民主主义时期就轰轰烈烈地拉开了帷幕,其中文学创作与批评活动扮演了显要角色;作家、评论家以巨大的政治热情,抨击沙皇封建暴政、揭露农奴制黑暗、反映重大社会问题,不断把现实主义推向高潮。

19 世纪的俄国现实主义文论,最具有代表性的人物是彻底的革命民主主义者、平民知识分子别林斯基、车尔尼雪夫斯基、杜勃罗留波夫这三大批评家。他们的文学观大体上是一致的,差别只是在侧重点方面。杜勃罗留波夫(Николай Александрович Добролюбов,1836—1861)是思想敏锐、见解卓越、才华横溢的革命民主主义者,在《现代人》杂志工作期间是车尔尼雪夫斯基的得力助手。他生命短促,几年中却写下了数十篇深刻的美学和哲学论文。他发扬别林斯基、车尔尼雪夫斯基二人彻底地反沙皇专制的革命精神、主张为人生的美学思想和文艺观,进一步肯定俄国现实主义文学的战斗作用,反对脱离生活的"纯艺术"。认为文学必须回答当代的尖锐问题,文艺批评要与政治斗争相结合,艺术家应当是思想家。他说"文学的主要意义是解释生活

现象",此外是"真实",失去了真实也就失去了意义,"甚至会变得有害,因为它不能启迪人类的认识,相反,把你弄得更糊涂"。① 杜勃罗留波夫注重文学的人民性,在《俄国文学发展中人民性渗透的程度》(1858)一文中系统论述了他的观点,人民性指的是体现人民大众的思想、感情和愿望,包括民风、民俗及最普通人的劳动。杜氏最著名的文论,是评述冈察洛夫、奥斯特罗夫斯基、屠格涅夫小说或戏剧作品的三篇文章,即《什么是奥勃洛摩夫性格?》(1859)、《黑暗王国中的一线光明》(1860)和《真正的白天何时到来!》(1860)。作者站在时代的高度和激进的民主主义立场上,指出所论作品的社会价值、艺术形象的典型意义与思想主题的革命性质,以一个真正理论家的洞察力,进行全新的内涵阐发,思想新颖,振聋发聩。

一、别林斯基的文学理论

别林斯基(Виссарион Григорьевич Белинский,1811—1848),俄国伟大的民主主义者、杰出的美学家和文学批评家。他出身平民,父亲是名军医。青年时期在莫斯科大学修文学,思想活跃,阅读禁书,组织"文学社",创作揭露沙皇、宣传废除农奴制的作品,终因一个不合时宜的剧本《德米特里·卡里宁》而被校方开除,之后开始文学评论活动。19世纪30年代开始,先后在《望远镜》、《祖国纪事》、《现代人》等刊物工作,1839年起主持《祖国纪事》的文评栏目,1847年转到《现代人》杂志,主要由于他的原因,这两家期刊成为40年代俄罗斯最著名和最进步的刊物。别氏的文字生涯大约总共15年左右,但以过人的敏捷和勤奋写下了数以千计的论著论文,成为19世纪俄国第一个最伟大的评论家。

别林斯基的思想发展大致分为两个阶段,30年代,曾一度受黑格尔唯心的"绝对理念"论影响,服膺艺术乃"理念的感性显现"的美学本体观,接受其"一切现实的都是合理的,一切合理的都是现实的"哲学命题,导致与专制制度的妥协态度,把社会改革的理想寄托在启蒙教育和道德修养上,宣称"诗应描写诗人周围现实的合理性"、"与现实和解",否定文学批判现实的一面。40年代,由于受不断高涨的反农奴制运动的推动,他接受空想社会主义,哲学上完成了由唯心到唯物的转

---

① 伍蠡甫主编:《西方文论选》下卷,第451页。

变,逐渐扬弃了黑格尔的艺术观,开始把斗争的矛头指向现实的黑暗,并日益显示出民主主义者的革命立场,成为俄国现实主义理论的奠基人。

前一阶段的别氏评论主要探索了 18 世纪以来俄国文学的发展道路,如《文学的遐想》(1834),指出俄罗斯文学尚不成熟的模仿特征,倡导表现"人民性"(实际是比较抽象的民族性)。但别林斯基现实主义的理论框架已经成形了,在《论俄国中篇小说和果戈理君的中篇小说》(1835)中,他把诗分为理想的和现实的两类,认为更符合时代需要的是现实的诗,"它的显著特色在于对现实的忠实",所以真实是这类诗的生命,它应该在全部赤裸裸的真实中再现生活,"我们要求的不是生活的理想,而是生活本身"、"在有真实的地方,也就有诗"①。因此他热烈赞扬果戈理中篇小说的现实主义倾向和对黑暗的社会现实所采取的批判立场。应当说,忠实生活是现实主义的基本信条,也是别氏文学批评活动的出发点,不过该时期他有关现实主义的论述,总的来看比较笼统,在文学和政治的关系上采取的还是一种消极态度。比方说他似乎认为,作家只要忠实地描写生活就够了,这种忠实描写乃是一种顺乎自然的行为,是"不自觉地"和"无目的地",好像告诫作家,生活自有它本身的逻辑,不应也不必要去刻意地干预生活。

后一个阶段,别林斯基的文学评论进入成熟时期,接连不断地写出的一系列有分量的论文,例如《艺术的概念》(1841)、《乞乞科夫的游历或死魂灵》(1842)、包括 11 篇专论的《亚历山大·普希金的作品》(1843—1846)、《给果戈理的信》(1847)、《1846 年俄国文学一瞥》(1847)和《1847 年俄国文学一瞥》(1848)等,站在革命民主主义和批判现实主义的立场上,捍卫普希金、果戈理强有力地反映俄国迫切的社会问题的创作传统,给予反动文人的诽谤与诬蔑以迎头痛击;同时,通过评述当代文坛动向,广泛深刻地阐述了他的愈来愈成熟的理论体系,包括政治观点和文学原则。

例如在《乞乞科夫的游历或死魂灵》这篇论文中,针对御用文人污蔑果戈理的《死魂灵》是诽谤文学的谬论,鲜明地指出这部作品是复杂的当代社会生活的产物,是生活的一面镜子。这篇文章还透露出一个重要的信息,即作者开始明确强调作家的思想对于创作的意义,把作品的思想倾向看作衡量作家优劣的重要尺度。在评述普希金的系列论文

---

① 伍蠡甫主编:《西方文论选》下卷,第 377 页。

中,以普希金深广的、强有力的创作为例,进一步地发挥了文学乃社会生活与社会意识形态之最集中表现的观点;同时,作为一位真正的文论家,他并未让自己深远的思绪过多地受到现实政治情势的干扰,依然如故地坚持有关普遍人性的看法,他解释普希金的抒情诗之所以抚慰人的心灵、培养人的美好天性,就在于这些诗歌所表达的思想情感是建立在全人类共同感受的基础上。

纵观别林斯基的现实主义文论,比较突出的还有以下几点:

典型学说。别林斯基精辟地论述了"典型"问题,一针见血地指出"没有典型化,就没有艺术",惟有通过典型化,生活真实才可能转化成艺术真实,所以塑造典型就成了"创作本身的显著标志之一"。那么什么是典型呢? 典型就是普遍性与特殊性的统一,既是整个特殊的人物世界的表现,同时又是一个完整的、个别的人物。

> 在一位真正有才能的人写来,每一个人物都是典型,每一个典型对于读者都是似曾相识的不相识者。①

他在上述讨论俄国中篇小说的论文中讲到,任何个人都可分为两个方面,即一般的与人类的、特殊的与个人的;果戈理的《涅瓦大街》中的庇罗果夫代表的就是整个等级、整个民族、整个国家,"庇罗果夫!这是象征,玄秘的神话,一件剪裁得十分奇妙,一千个人穿来都合身的长袍!"②所谓典型,无非就是一个人同时兼有许多人、一副面貌同时兼有许多副面貌,亦即属于同一理念的一整系列的人。

> 典型人物是全类人物的代表,……只是赫列斯塔柯夫这一个鼎鼎大名就可以很妥帖地安到多少人身上啊!③

他还举例说,奥赛罗是个具有伟大灵魂的人物,然而却不具备由充足教养所形成的节制,所以便成了一个妒忌者。这就是一个典型,过去和现在都会有,虽然表现形式上有所不同。塑造典型,必须先否定人物的普遍性而使之成为个别现象,然后再由个别现象回到普遍性上来。再如奥赛罗这个人物,他所体现的理念是妒忌,这个理念在创造他的作家心中,发展为具体的奥赛罗,那么这个具体的妒忌人物就否定了"妒忌"理念的一般性而成了奥赛罗式的妒忌;具体的奥赛罗是个别的但

---

① 伍蠡甫主编:《西方文论选》下卷,第378页。
② 同上书,第379页。
③ 朱光潜:《西方美学史》下卷,第545—546页。

也是典型的,而典型则包含压倒个别性与差异性的特点;这样,经过否定的否定,他又回到了"妒忌"理念的一般性上来。由此可见,别林斯基也像黑格尔一样视典型为一般理念的个别形象,而否定之否定的辩证过程,已触及典型所体现的普遍性和特殊性的关系问题。别氏思想脱胎于黑格尔哲学体系,于此可以看得很清楚。他还认为,典型是不能也无法脱离环境的,作家必须关注"时代的烙印"和"时代的要求";他说:"要评判一个人物,就应考虑到他在其中发展的那个情境以及命运把他所摆在的那个生活领域。"①别氏尽管尚无明确提出典型环境的概念,却无疑初步确定了它的内涵。此外,典型也包括反面的典型,实际上庇罗果夫和赫列斯塔柯夫就都是反面典型;但如果把反面人物简单化或漫画化,则那也是违反典型的个性化原则的,是不可取的。

形象思维论。别林斯基明确提出艺术是靠形象思维的理论,这即使在整个西方文论史上也是一个创举,他涉及形象思维的文章为数不少,而随着其哲学观的转变也日臻成熟。他说:"既然诗歌不是什么别的东西,而是寓于形象的思维,所以一个民族的诗歌也就是民族的意识。""艺术是对真理的直感的观察,或者说是寓于形象的思维。"②反复强调,艺术并不容纳抽象的哲学的理念,尤其不容纳用理智论证的理念,而只容纳诗的理念。并进一步指出:诗用形象思维,其性质在于显示真理而不是论证真理;艺术创作的本质就是它的形象性。他拿诗和哲学、科学等进行比较,说:"在诗歌和哲学之间看到一种差别,正像存在于生动的、热情的、虹彩一般的、展翅而飞的想像和干巴巴的、冷淡的、精微的、严峻的、喜欢唠叨费词的理性之间的差别一样。"认为诗歌和哲学的这种巨大的差别就像火和水、热和冷,"诗歌具有一种超凡的力量,通过崇高的感觉,把人类精神向上天提升,它靠一般生活的美丽的、鬼斧神工的形象在人们心里唤起这种感觉";而哲学,则"靠对于一般生活法则的透彻的认识来唤起这些感觉"③。他还说:"艺术和科学不是同一件东西……它们之间的差别根本不在内容,而在处理特定内容时所用的方法。哲学家用三段论法说话,诗人则用形象和图画说话,然而它们说的都是同一件事。……诗人被生动而鲜明的现实描绘武装

---

① 朱光潜:《西方美学史》下卷,第548页。
② 伍蠡甫主编:《西方文论选》下卷,第532、535页。
③ 同上书,第536页。

着,诉诸读者的想像,在真实的图画里面显示社会中某一阶级的状况……"①无疑,这相当准确和精辟地揭示了形象思维的规律,在一个半世纪前,真可以说难能可贵,所以对后世的影响十分深刻。

历史的审美的批评原则。别林斯基的文学批评密切联系着俄国的历史与现实,是关注和结合当前具体的创作实况包括作家的倾向、作品的主题、文坛的思想斗争等进行的,他的著作渗透着鲜明的时代感、政治性和论战精神,但同时又非常注意艺术审美判断。他说:"每一部艺术作品一定要在对时代,对历史的现代性的关系中,在艺术家对社会的关系中,得到考察;对他的生活、性格以及其他等等的考察也常常可以用来解释他的作品。另一方面,也不可能忽略掉艺术的美学需要本身。"②这一批评原则,纠正了在德国古典哲学影响下形成的批评为纯美学的批评和从理念出发的纯历史的批评两种偏颇,不仅理论上有所突破,还使其得以通过文学批评实现了对社会现实的批评,从而与革命民主主义的战斗需要相吻合。例如他针对斯拉夫派对《死魂灵》的歪曲所作的评论,针对沙皇御用文人对进步文学的诋毁而引发的关于"自然派"的论述,针对果戈理晚年沉醉宗教神秘主义而进行的中肯和一针见血的批评分析,都是实践这一原则的光辉范例。但是别林斯基在反对德国式的完全从观念出发脱离社会生活实际的所谓"纯艺术"理论的同时,又非常强调文学艺术的艺术性,只是这种艺术性是紧密联系着内容的,联系着作品的思想、人物或典型性格的十分自然的东西。他在《1847年俄国文学一瞥》中有一段著名的论述文学艺术性的话——

> 毫无疑问,艺术首先必须是艺术,然后才能够是社会精神和倾向在特定时期中的表现。不管一首诗充满着怎样美好的思想,不管它多么强烈地反映着现代问题,……我们所能看到的,充其量不过是执行得很坏的美好的企图而已。如果在长篇小说或中篇小说里,没有形象和人物,没有性格,没有任何典型的东西,那么,不管里面叙述的一切是怎样忠实而精确地从自然中摹写下来的,读者还是找不到任何自然性,看不出任何观察入微并被巧妙地把握住的东西。他会觉得人物模糊不清;一大堆不可理解的事件乱七八糟纠缠在一起。破坏了艺术法则,是不可能不受到惩罚的。若要

---

① 伍蠡甫主编:《西方文论选》下卷,390页。
② 《别林斯基选集》第三卷,满涛译,上海译文出版社,1979年,第595页。

忠实地摹写自然,仅仅能写,就是说,仅仅驾驭抄写员和文书的技术,还是不够的;必须能通过想像,把现实的现象表现出来,赋予它们新的生命。①

已经成为人们常识的艺术是比生活更高级、更美好,是现实的升华的观点,在这儿找到了它充足的理论根据。

二、车尔尼雪夫斯基的文艺理论

车尔尼雪夫斯基(Николай Гаврилович Чернышевский,1828—1889),俄国革命民主派最杰出的活动家、卓越的现实主义美学家和作家。生于牧师家庭,中学和大学时期接触别林斯基、赫尔岑的著作,读黑格尔与费尔巴哈,接受空想社会主义理论,成为革命民主主义运动的领袖。1850年从彼得堡大学毕业后,返故乡萨拉托夫当中学教师,1853年迁居首都,1856年成为《现代人》杂志(由于别林斯基的逝世其地位一度回落)主编,发表一系列美学、哲学、政治经济学著作,旋即恢复了它在俄罗斯期刊中的显著位置,使之成为不折不扣的革命民主主义的讲坛。车氏团结了一批政论家、进步青年和军官,与杜勃罗留波夫等人筹建革命组织,揭露1861年俄国由上而下进行农奴制改革的虚伪性,忘我地投身到推翻沙皇封建专制的斗争之中。1862年杂志被停刊,车氏遭逮捕,先是囚禁在彼得保罗要塞,两年后流放西伯利亚,服苦役7年,之后又放逐到荒僻的雅库梯、维留依斯克等地达12年,1883年转移至阿斯特拉罕,直到1889年获准回故乡萨拉托夫。监禁、苦役、流放共计27年之久,长期的摧残损害了健康,他于结束流成的当年逝世。

车尔尼雪夫斯基是个彻底的唯物主义者,大学时期即扬弃黑格尔的唯心论,成为费尔巴哈人本主义唯物论的忠实信徒,坚信物质、生活是第一性的,而精神、意识是第二性的,反对理念论和不可知论差不多到了极端的程度。其现实主义美学或文艺观均从他的唯物主义哲学前提出发,并且是为现实斗争服务的。车氏美学与文论著作,最重要的是《艺术对现实的审美关系》(1855)、《俄国文学果戈理时期概观》一至四篇(1855—1856)等。

---

① 伍蠡甫主编:《西方文论选》下卷,第388页。

《艺术对现实的审美关系》乃车尔尼雪夫斯基的硕士学位论文,也是其文论方面的代表之作,是一篇深刻阐释现实主义美学的光辉文献。作者站在比较彻底的唯物主义立场上,将文学的立足点牢牢定位在社会现实人生的土壤上,显示出强大的批判锋芒和革命精神。论文所涉及的美学和文艺学问题非常广泛,例如美的相对性问题、美感与美感的阶级性问题、想像问题、典型问题、崇高和悲剧的问题等等,不过最主要之点还是关于艺术的本质或者艺术与生活的关系问题。

　　车尔尼雪夫斯基的立论是针对流行的黑格尔唯心主义理念论提出的,他力主把艺术与现实联系起来,"尊重现实生活",以"美即生活"这个鲜明的美学命题取代沉醉于主观心灵的超验理念论。他说:"任何事物,凡是我们在那里面看得见依照我们的理解应当如此的生活,那就是美的;任何东西,凡是显示出生活或使我们想起生活的,那就是美的。"①从这一观点出发,车尔尼雪夫斯基阐述文学的功能在于:1.再现现实。"一切艺术作品毫无例外的一个作用,就是再现自然和生活。……艺术再现现实,并不是为了消除它的瑕疵,并不是因为现实本身不够美,而是正因为它是美的。"他把这看成是艺术的第一目的、普遍的作用。注意车尔尼雪夫斯基强调的只是再现,其性质就像复制,并不包含创作者对现实的加工:艺术并不修正现实、粉饰现实,而是再现它,充当它的替代物。2.说明生活。"艺术和一篇纪事并无不同,分别仅仅在于:艺术比普通的纪事,特别是比学术性的纪事,更有把握达到它的目的:当事物被赋予活生生的形式的时候,我们就比看到事物的枯燥的记述时更易于认识它,更易于对它发生兴趣。"他举美国作家库柏的小说可以使社会认识野蛮人的生活,比纯粹的人种学上关于研究野蛮人生活的无论多么重要的叙述都更为有效,来说明文学在阐释生活方面具有不可替代的功能。文学的这种功能是由它高度的概括性(去枝节存主干)所决定的,但是车尔尼雪夫斯基似乎并不认为这是一个值得夸耀的优点,归根结底,"我们只能承认诗的价值在于它生动鲜明地表现现实,而不在它具有什么可以和现实生活本身相对抗的独立意义"。3.判断生活。诗人或艺术家对他所描写的事物,"不能(即使他希望这样做)不做出判断;这种判断在他的作品中表现出来,就是艺术作品的新的作用,凭着这个,艺术成了人的一种道德的活动"。在这

---

① 伍蠡甫主编:《西方文论选》下卷,第409页;本节所引车尔尼雪夫斯基文句,均见该书第405—424页,以下不再另注。

个意义上,车尔尼雪夫斯基给艺术家以崇高的评价,他说:"如果一个人的智力活动被那些由于观察生活而产生的问题所强烈地激发,而他又赋有艺术才能的话,他的作品就会有意识或无意识地表现出一种企图,想要对他感到兴趣的现象做出生动的判断(他感到兴趣的也就是他的同时代人感到兴趣的,因为一个有思想的人决不会去思考那种除了他自己以外谁都不感兴趣的无聊的问题),就会为有思想的人提出或解决生活中所产生的问题;他的作品可以说是描写生活所提出的主题的著作。……于是艺术家就成了思想家,艺术作品虽然仍旧属于艺术领域,却得了科学的意义。"总之,文学艺术应该发挥其特殊的作用,就像科学一样对人生有益:"科学和艺术(诗)是开始研究生活的人的'Handbuch'(德文:教科书)"。

车尔尼雪夫斯基关于美的定义,点破了美的本质,肯定了它的客观性,亦即它不以人的意志为转移的客观事物属性;换言之,美存在于我们周围的世界,惟现实生活才是人的美感源泉,艺术之美取决于生活之美。这是唯物到近乎机械的文学本体观,是恢复或维护生活对于艺术尊严的有力宣示,也是别林斯基"哪里有真实哪里就有诗"之理论的继承与发展,其进步性当是毋庸置疑的。另外,车尔尼雪夫斯基有关美之认识的复杂性问题的论述则不无辩证因素,例如,他指出,不同阶级和社会集团关于美的标准相去甚远,在农民眼里,体格健壮结实的村姑那非常鲜艳红润的面色是美的,但弱不禁风的上流社会美人断然不漂亮;相反,在贵族看来,"苍白的面色、忧郁的征状,却更为可爱"。应当提及的是,车尔尼雪夫斯基把以健康为标志的劳动人民的审美观同表达了人民感情的民歌联系起来,断言脱离自然和劳动的贵族式的审美情趣从来就不是民歌的主题,民歌关于美人的描写,没有一个美的特征不是表现着旺盛的健康和均衡的体格,而这正是经常的、适度的愉快劳动的结果。

但不可否认,车氏在强调美即生活的同时陷入了偏颇,或者矛盾。民主主义革命家的信念使他要求艺术能积极地评价生活,然而却混淆了生活真实和艺术真实的本质及其辩证关系,导致不恰当地抬高生活,甚至把它绝对化;声称现实美高于艺术美,"艺术作品任何时候都不及现实的美或伟大"。现实是本真,艺术只是抄本、是替代品;现实是酒,艺术只是被冲淡了的酒。这种矫枉过正似有形而上学之嫌的论点反映了作者在方法论上受费尔巴哈旧唯物论的影响有时的确是负面的。

《俄国文学果戈理时期概观》表现了视野更为广阔也更为具体的

文学与文学批评观,进一步批驳"不是自欺,就是做作"的纯艺术论,强调文学介入生活并要成为时代精神载体的积极性:像一切值得注意的智力或道德活动一样,它"不能不是时代愿望的体现者,不能不是时代思想的表达者";"在一切艺术中,只有文学单独保持它的雄伟有力和它的价值,因此也只有它才能够了解必须以时代底充满生气的鼓舞来使本身的力量清新起来。"在这个认识的前提下,车尔尼雪夫斯基把当代的俄国文学置于欧洲文学的大背景下,认为它"比随便哪一国文学"都负有更多的责任,起到更显著的作用,"我们的文学暂时几乎集中了人民的全部智的活动,……到现在为止,还拥有一种百科全书的意义,而这却是更有教养的民族所已经失去的"。车氏以革命家的敏锐目光,清楚地看到以果戈理为代表的进步文学在俄国解放运动中的巨大作用并给予热烈赞誉和鼓吹,他不无激情地写道:"也许,英国可以没有狄更斯和萨克雷也容易对付过去,可是我们就不知道,俄国没有果戈理怎么行。诗人和小说家在我们这里,是没有人可以替代的。除了诗人以外,谁还能对俄罗斯说到她曾经从普希金那里听到过的话呢?"车尔尼雪夫斯基提供了为现实和为人生的文学批评活动的光辉范例,仅就此而言,鲁迅与他很相似。

第四节 英美文论与亨利·詹姆斯的小说理论

19世纪50年代前后是英美文学批评的一个重要转折点:浪漫派大师相继作古,浪漫主义文学理论显得过时,逐渐被新近兴起的现实主义理论所取代。在英国,柯尔律治、哈兹里特(William Hazlitt, 1778—1830)、兰姆(Charles Lamb, 1775—1834)已于30年代下世,乔治·亨利·刘易斯(George Henry Lewes, 1817—1878)成为英国现实主义小说理论的第一位倡导者。1858年,刘易斯首次阐述现实主义:"艺术是现实的表现。""现实主义是一切艺术的基础",以此反对德国文学中的非现实主义和无病呻吟。① 乔治·爱略特(George Eliot, 1819—1880)承袭了刘易斯的现实主义思想,她的理想是美学效果、可信性和幻觉。在《艺术形式》(1868)一文中,爱略特强调艺术形式的有机统一:"任何部

---

① 转引自韦勒克:《近代文学批评史》第4卷,第176页。原注:"Realism in Art: Recent German Fiction," *Westminster Review*, 70, 1858, pp. 488–518, esp. p. 493.

分都不堪损益,否则便会在产生的效果上累及所有其他部分,而结果变动整体涵义上的有机体。"① 正如韦勒克所说,这一时期英国的小说理论"总的来说是现实主义"。

在美国,50年代之后的局面也发生了变化:超验主义日益式微;爱伦·坡(Allan Poe)已经作古。詹姆斯·拉塞尔·洛威尔(James Russell Lowel,1819—1891)作为波士顿文人圈子里的"文人雅士"沿承英国文学批评中的有机说,不过他强调的是想像力的统一性:"想像力的统一性不是附加的而是有机的,是自生自长而非制造出来的;形式与内容'是相同的内在生命的呈现,二者相互交融';'形式不是衣装而是身体'。他懂得存在着'文字与文思之间的固有源发的联系',想像力推出风格,'整体完美'。"因此,为他辩护的新人文主义者认为洛威尔掌握了"美国20世纪以前的最稳健、最全面的文学观念"。② 其中,洛威尔文学思想中的"创造型想像力"、"形式与内容的统一"和"意义的普遍性"被亨利·詹姆斯进一步发挥和完善。现实主义作为一个正式的文学流派在美国文学中的兴起是19世纪80年代的事,它的代言人是威廉·迪安·豪威尔斯(William Dean Howells,1837—1920)。豪威尔斯反对法国小说中的"淫秽"以及悲观、反宗教的意味。他的小说理论主要体现在他在《大西洋月刊》(1866—1881)开头几年的编辑工作中,其中一条主要的原则是作者不介入,完全客观地展现。在《批评与小说》(1891)中进一步阐述了关于小说的理论,认为文学和艺术是"生活的表现","进行评判的依据是忠实"生活,强调文学主题要合情合理,摈弃灾难和意外。小说应当"漠视情节,以主角为中心"。③ 小说家的职责是"为人们布置一幅透视图,其中各个部分都恰如其分地相互关联,形成比例"。他补充说,小说家的作用同时还在于"促使人们对待同胞更加仁慈,对待自身更加公正,对待大家更加忠实"④。

从这一时期英美文学理论来看,现实主义理论是其主要内容,并且比起18世纪和19世纪早期的小说理论来,这一时期,英美文学批评家和作家更注重小说的艺术价值,开始把小说创作看成更加神圣、更加严肃的事,把小说创作与艺术结合起来,正如豪威尔斯在《论詹姆斯》

---

① 转引自韦勒克:《近代文学批评史》第4卷,第178页。原注:Essays, ed. Pinney, p.435.
② 同上书,第235页。
③④ See Everett Carter, *Howells and the Age of Realism*, J. B. Lippincoff, 1954, pp.185-190.

(1882)一文中所说:"较之狄更斯和萨克雷的时代,小说艺术在当代实则成为一门更加精湛的艺术。"①英美批评家强调较多的是小说的审美效果,是作品内容与形式的有机统一。在小说应该客观反映生活,忠于生活真实,以主角而不是以情节为主等方面,为亨利·詹姆斯形成自己更加系统的小说理论铺平了道路,或者可以说,詹姆斯是站在这些传统思想的基础上,最完美地汇集、最成功地实现了这些英美批评家的美学理想。

亨利·詹姆斯的小说理论:幻觉论与有机说

虽然詹姆斯(Henry James,1843—1916)写过大量的有关批评的文章,②然而,真正集中概括他的小说理论思想的还是那篇尽人皆知的《小说的艺术》(1884),他在此前后的一切小说理论、创作和批评实践基本上不超过在这篇文章中树立的标准,而在这篇文章中的小说美学思想大致又可以被概括为两个方面的内容:幻觉论与有机说,其他观点(比如"焦点意识"、"多角度叙述")皆可统一在这两个观点之下,其中艺术与现实的关系问题是詹姆斯小说理论的出发点。③

(一) 幻觉论

在西方文艺批评史上,关于艺术与现实的关系的讨论由来已久,可以追溯到柏拉图的镜像说以及亚里士多德的创造说,此后的大多数文艺批评的内容要么强调其中一方的重要性,要么试图在两者之间保持平衡,这种争论当然也延续到19世纪后半叶的英美文学批评。

在《小说的艺术》一文中,詹姆斯以沃尔特·贝赞特(Walter Besant)1884年4月25日在伦敦皇家学会发表的题为"小说的艺术"的演讲为

---

① "Henry James, Jr.", *Century Magazine*, No.25, 1882, p.27.
② 詹姆斯曾经发表过五部批评撰述,它们分别是:《法国诗人与小说家》(*French Poets and Novelists*,1878)、《霍桑》(*Hawthorne*,1879)、《不完整的画像》(*Partial Portraits*,1888)、《伦敦等地随笔》(*Essays in London and Elsewhere*,1893)、《小说家杂记》(*Notes on Novelists and Some Other Notes*,1914)。另外,还有两卷论文集发表在他去世后:《笔记与书评》(*Notes and Reviews*,1912)和《文学评论集》(*Literary Reviews and Essays*,1957)以及他为自己的18部小说所写的评论性序言,美国学者布莱克曼(Richard P. Blackmur)将此汇编成《小说的艺术》(*The Art of the Novel*, 1934)。
③ 殷企平在"詹姆斯的理论贡献"中认为,"视点说""构成了詹姆斯全部小说理论的核心部分",见《英国小说批评史》,上海外语教育出版社,2001年,第93页。

引子,努力要消除过去人们对小说的那种"狂热的敌视",那种"旧有的迷信",那种认为小说"是邪恶的","只是玩笑","只是虚假"的诋毁。①詹姆斯在追溯了过去人们对小说的种种偏见和不严肃的看法后,在阐述自己的小说理论之前,首先对小说存在的意义以及小说的概念进行界定:"小说存在的惟一理由就是它的确试图反映生活。"②"从广义上讲,小说是生活的一种个人的,直接的印象。"③也就是说,就小说反映现实这一点讲,小说具有极大的客观性;而就小说反映生活的特点而言,它又具有极大的个人特色。

在小说如何反映生活以及反映什么样的生活两方面,詹姆斯对贝赞特的观点提出异议。贝赞特认为作家凭经验写作,他举的那个有名的乡村女作家不能描写士兵生活的例子意在说明作家不能超出自己的经验写作,而詹姆斯理解的经验却是别样的东西,它是一种"印象的强度",是"永远没有界限的;它是一种巨大的感知力,一种用最精微的丝线编织而成的巨大的蜘蛛网,悬挂在意识之屋,把空气中的每一个微粒都捉进自己的薄纱中"④。詹姆斯举例说,一位英国女作家成功地描写了一个法国耶稣教青年的性格和生活方式,其原因在于作家可以灵活处理自己的零碎经验,并对此进行艺术加工,詹姆斯在这里肯定的是在处理艺术与生活的关系时,作家的能动性。面对生活与艺术的关系,詹姆斯撇开了传统的镜像说理论,追随亚里士多德的创造说,认为艺术(当然包括小说艺术)是对各种经验的筛选,对生活的再创造,因为"生活是无所不有,一团混乱,而艺术则是区别对待,精挑细选"⑤。也就是说,小说艺术是对生活的一种选择,他把贝赞特的"选择"具体化为"一种以具有典型性、具有全面性为主要目标的选择"⑥,因为面对混乱无序的生活,作家的任务是借助于天才的想像和高超的判断力对生活进行再创造。正是凭着"天才的大脑"和"凡事无不经心"的感觉意识,詹姆斯把他从未涉足的重大社会改革运动(见他的小说《波士顿人》和

---

① Henry James, "The Art of Fiction," *Literary Criticism*, ed. Leon Edel, Vol. 1, The Library of America, New York, 1984, p.45.

② Henry James, "The Art of Fiction," *Literary Criticism*, Vol.1, p.46.

③ Ibid., p.50.

④ Ibid., p.52.

⑤ *The Art of The Novel Critical Prefaces*, intro. by Richard P. Blackmur, New York, 1934, p.120.

⑥ "The Art of Fiction," *Literary Criticism*, Vol.1, p.58.

《卡萨马西玛公主》)转化成一个又一个个人问题,揭示了千差万别的行为动机中社会合作运动的荒谬性,表达自己反民主的政治观点。

这样,詹姆斯理想的小说所反映的生活必然不同于我们的日常生活,它是作家"带着现实的氛围"所"创造的生活幻觉。对这种成功的修炼,对这个精湛过程的研究,对我而言,构成了小说艺术的始末",小说家可以与生活进行竞争的优势也正在于此。①

然而,詹姆斯的幻觉论并非提倡小说创造一种离奇怪诞的幻想,相反,詹姆斯把"真实的氛围"看成是"小说的最高德行"②。在这一点上,他甚至认为,小说可以与历史媲美,因为"小说的主题同样可以被储存在文献和记录中","它必须带着肯定,带着历史学家的口气讲话"。所以,詹姆斯从狄更斯的现实主义小说中看到了生活的虚假描写,从霍桑的浪漫主义故事中感到了真实的力度,这正是他贬低前者,偏爱后者的根本原因所在。用豪威尔斯的话解释就是,因为"霍桑的那类罗曼司追求的是幻景条件下的现实效果;而狄更斯的那类浪漫主义则追求客观条件下的幻景效果"③。

虽然詹姆斯认为小说是作家对生活的个人的、直接的印象,然而,这种个人的直接印象绝不是作家的独断意想。为了尽可能客观地反映现实生活的"迷雾"与"含糊性",詹姆斯强调一种客观叙述,也就是以一个焦点意识为中心的多角度叙述。尤其是在他的两部社会主题小说《波士顿人》(1886)和《卡萨马西玛公主》(1886)中,作者似乎意识到了描写重大社会问题不属于他熟悉的经验范围,因此有意识地多次在作品中声明"我不得不再次以无能为力为借口不作回答"。作者避免用传统叙述中的全知视角来通观全局,任意评判,谦虚地退居幕后,在用对话和内心独白成功地揭示了相关人物的行为动机和心理状态之后,把结论和巨大的智慧空间留给读者,邀请读者去分享智性判断的乐趣。可以说,詹姆斯貌似悖论的"主观印象"与"客观反映现实"的理论背后正蕴涵着他对作家在小说艺术创作过程中不容置疑的主观能动性的清醒意识。

詹姆斯强调作品的客观性还包括作家对自己作品中的人物保持

---

① "The Art of Fiction," *Literary Criticism*, Vol.1, p.53.
② 参见 *Literary Criticism*, Vol.1,詹姆斯评论狄更斯和霍桑的专章。
③ *Heroines of Fiction*, Vol.1, New York, 1901, p.162.

"智性上的优越"①,也就是从理智上与自己的人物保持距离。他认为正是"理智上的一团混乱"使勃朗特姐妹沉醉在自己令人怜悯的故事中,忽略了"她们的问题,她们的精神,她们的风格,她们的才华,她们的趣好",结果读者在面对勃朗特姐妹的"这些信口开河的东西时,我们再也不明白自己已经把握了什么,或者自己正在议论着什么。这些信口开河的东西,它们表明感伤性的评判已经到了极限"。② 艺术要求"压制人的自我,要求人的自我从属于一个思想,其余都在其次"。"你必须忘却自我地沉浸在你的思想中",这样才能成为诗人,詹姆斯在评价美国诗人惠特曼的艺术成就时如是说。③

詹姆斯的这种捕捉生活真实感,而非机械模仿现实的小说理论和创作实践最容易被误解为拒绝生活或者缺少生活,与詹姆斯同时代的英国文学批评家 H. G. 威尔斯(Herbert George Wells,1866—1946)便是这样一个激烈的詹姆斯批评者。威尔斯挖苦讽刺詹姆斯的作品:"他的人物不厌其烦地嗅出一个又一个谜团,摸索出一个又一个线索。你在生活中见过有人这样做吗?"④威尔斯的批判似乎有些不着边际。一方面,詹姆斯的现实观与威尔斯对现实的理解是两个完全不同的概念;另一方面,正是由于这种小说理论的支撑,詹姆斯才有理由避开了威尔斯所说的机械琐碎的生活内容。

可以看出,威尔斯错把詹姆斯的艺术生活当作实际生活因而表示不满或者我们可以说,詹姆斯提倡和描写的与其说是生活的真实,不如说是艺术家对个人零乱的经验进行艺术加工后为生活制定的标准。也就是说,小说的意义不在于成功地反映了粗糙无序的现实生活,而在于在多大程度上从具体人物中发现并表现了生活的典型和普遍性,即韦勒克所说的"具体的普遍性"⑤。

可以看出,詹姆斯的幻觉论不仅对小说反映的生活做了限制和规定,而且对作家提出了更高的要求。作家必须是一个"思想自由",具有"极大好奇和同情心"的情趣高雅之人,他具有天才的头脑和敏锐的

---

① 参见 "Charles Dickens," in *Literary Criticism*, 在这篇文章中,詹姆斯认为,狄更斯在处理人物的感情时没有做到保持"智性的优越",当然,勃朗特姐妹更没有做到。
② *The Future of the Novel: Essays on the Art of Fiction*, ed. Leon Edel, New York, 1956, p. 101.
③ *The American Essays*, ed. Leon Edel, New York, 1956, pp. 136 – 137.
④ H. G. Wells, *Boon*, Penguin Books, London, 1915, p. 107.
⑤ 韦勒克:《近代文学批评史》第 4 卷,第 269 页。

意识,通过"见"获知"未见"的高超的感悟力,通过对自己的经验进行艺术加工和整理,带着"真实的氛围",在"具体的普遍性"中创造一种生活的幻觉。不过,虚构的这个幻觉天地必须是一个欢乐美好的世界:"一部艺术作品必须鼓舞读者心灵才堪称伟大之至",他还说,"生活教人心灰意冷;艺术激励人心"①。对詹姆斯而言,好小说与坏小说的区别也正在于此:"好小说与坏小说之间有很大区别:坏小说是胡乱涂鸦的画布,把大理石糟蹋成无人问津的监狱,或者是世界的后窗下面的一个大垃圾场,而好的小说留存并散发自身的光辉,激励我们渴望完美的愿望。"②显然,这句话也包含着小说的道德内容。正如韦勒克所说:

> 他的美学标准是有机说,幻觉论,即要求艺术家创造一个恍如人生的世界,并且依照自然的类推进行创造,目的在于维护人类对宇宙的道德社会秩序的信念。③

(二) 有机说

詹姆斯小说理论的另一个重要内容就是有机说。如果在"幻觉论"中,詹姆斯为小说的内容树立了标准,那么在"有机说"中,詹姆斯就为小说的形式规定了尺度。首先,小说自身是一个独立于创造者和外在世界的有机体。他认为:"小说是一个活生生的东西,浑然一体,生生不息,如同其他的有机体一样,存活下去便会随之长大,我想人们将会发现各个部分均有其他部分的成分包含其中。"④它意味着"应有的包含着其他成分的部分,反之,其他成分又是别的成分的部分,与某一所指,某种语气,某个段落,某一页均有关联。"⑤

詹姆斯的有机说,不仅指小说自身相对的独立性,而且还包含小说内容与形式的统一,作品中人物性格、作品的风格、语气的内在完整性,一种自始至终的和谐与一致性。

关于小说自身的相对独立性,詹姆斯是针对当时的文学批评现象

---

① *Notes and Reviews*, preface by Pierre de Chaignon La Rose, Dunster House, Cambridge, Mass., 1921, pp. 225-226.
② Henry James, "The Art of Fiction," *Literary Criticism*, Vol. 1, p. 49.
③ 韦勒克:《近代文学批评史》第 4 卷,第 276 页。
④ Henry James, "The Art of Fiction," *Literary Criticism*, Vol. 1, p. 54.
⑤ *Notes and Novelists with Some Other Notes*, New York, 1914, p. 93.

有感而发的。詹姆斯对19世纪流行于法国的实证主义文学批评非美学的倾向十分不满。实证主义讲求详细论证与作品有关的种族、环境、时代诸因素,调查作家的血统、经历和个性,甚至干脆把作品当作研究作家的传记来读。詹姆斯在说"小说是一个活生生的东西,浑然一体"的时候意在把批评的重心从外部转移到内部,这也可以说是对当时一种流行的批评思潮的反驳,①为小说艺术从社会批评与历史批评的重压下解放出来立下了汗马功劳。

其次,小说的统一性包括内容与形式的完美结合和高度统一:"故事与小说,思想与形式就是针与线,我从没听说过裁缝建议用线不用针或者用针不用线的。"②强调小说内容与形式的统一不仅是詹姆斯对当时英美小说重道德说教,轻艺术形式以及法国小说重艺术构思,轻道德内容的反驳,而且也使他的小说理论与世纪末颓废的唯美主义区别开来。这可以说是詹姆斯熟读英美传统文学,研究法国文学的结果。

另外,小说的统一性还在于小说中人物意识自始至终的统一和协调性。为了达到这种统一的效果,詹姆斯使用"焦点意识",即"中心意识"。这种"焦点意识"不仅有助于把作品中其他人物零散的意识凝聚成一个明确的焦点,使作品的整体结构有了一个核心的支撑,而且也有助于突出作品的主题和作者的思想导向。《一位女士的画像》(1881)中的伊莎贝尔·阿切尔和《使节》(1902)中的斯特雷泽就是体现这种"焦点意识"的人物。詹姆斯在"小说艺术"中对比斯蒂文森的《金银岛》和埃德蒙·龚古尔的《爱人》时对前者的推崇和对后者的批驳便是基于这种意识统一的认识:

> 我认为《金银岛》令人愉快,因为我似乎觉得它非常成功地再现了它意欲为之的东西;我冒昧表示不喜欢《爱人》,因为它给我的印象是没有表现它意欲为之的东西,这一点应该受到谴责——也就是没有成功地探索一个孩子道德意识的发展。③

场景系统的完整是詹姆斯有机统一论的又一个重要组成部分,这不仅包括小说的每一个场景自身必须是一个有机体,而且也包括场景与场景之间(时间的)的协调衔接。詹姆斯从戏剧理论中获得启示,认

---

① 瞿世镜:《亨利·詹姆斯——西方文学批评的转折点》,见《上海社会科学院学术季刊》,1987年第2期,第194页。
② Henry James, "The Art of Fiction," *Literary Criticism*, Vol.1, p.60.
③ Ibid., p.61.

为小说要像舞台艺术那样把故事直接、客观地呈现给观众,如果把小说的每一个章节比作一幅精美绝伦的画,那么场景与场景之间的衔接就像乐器与乐器之间的过渡:

> 每个场景先要恪守自己的职能,在交接主题时应该像乐队那样——提琴可以十分平稳地接替短号和长笛,来表现同一主题;反之,管乐器在接替弦乐器时同样也可以做到天衣无缝。①

> 抓住那个音符与特色,生活的奇怪而不规则的节奏,那才是让小说得以立足的强有力的努力。相应地,就她所提供给我们的东西而言,我们看到没有斧凿痕迹的生活时,我们才感到我们正接触真理。②

时间结构的紧凑与场景体系的完整一样,是詹姆斯把戏剧理论应用于小说创作的另一个重要贡献。詹姆斯主张一种由近及远地浓缩有关历史事件和场景的"缩略法"来建造时间结构,当然这样建造的时间结构必须统一在小说的整体结构之中。詹姆斯认为,小说家即使在"绘声绘色地描述某些事物时也要使它们(时间结构)从属于自己的整体安排,使它们与更新、更明显的事物保持联系"。③ 詹姆斯在谈到自己的小说《罗德里克·哈德逊》时,承认哈德逊的死安排得过于仓促,因此是构筑时间结构的一次败笔,也就是说,他自己没能有效地利用缩略法把哈德逊死亡的深层原因揭示清楚。由此可知,利用缩略法建造的时间结构是加强小说整体统一性的一个重要环节。

综上所述,詹姆斯的幻觉论与有机说是对19世纪英美小说理论的一个重要贡献,也是他对缺少严格的审美形式的英美小说创作的一个重要补充。它既克服了传统英美小说中陈腐的道德说教,又避免了法国小说的色情格调,同时也超越了那些"为艺术而艺术"论鼓吹者们"粗俗的情操"④。我们不妨以韦勒克对詹姆斯理论的评述做结语:

---

① *The Theory of the Novel*, ed. Philip Stevick, London: The Free Press, 1967, p.65.
② "The Art of Fiction," *Literary Criticism*, Vol.1, p.58.
③ Henry James, "The Preface to *Roderick Hudson*," *Literary Criticism*, Vol.2, p.1048.
④ 见 *French Poets and Novelists*, London, 1884, p.64. 詹姆斯批评波德莱尔情操粗俗的话语,当然詹姆斯对英国唯美主义运动的代表人物也怀着同样的厌恶和反感,见 *The Selected Letters of Henry James*, ed. Leon Edel, New York, 1955, p.146 and p.147. James's Letters to Edmond Gosse。

詹姆斯处于当时当地的英语世界,仅此一人牢牢把握住了有机说美学的真知灼见,从而设置了一条从19世纪初叶通向现代批评的桥梁。①

---

① 韦勒克:《近代文学批评史》第4卷,第277页。

▲ 现当代
19—20 世纪

第八章
现当代文论

第一节 现当代文论概述

西方现当代文论是 19 至 20 世纪欧美各国诸多具有"反对传统的规范和程式,并且构成遥相呼应、相互补充、相互影响的"[①]文学理论的总称。纵观其发展的历史进程,我们可以从纵横两个方面加以探讨。纵的方面指文论发展的不同阶段,横的方面指文论的对峙与交融。通过纵横交错的探讨,比较全面地了解西方现当代文艺理论发展的脉络。

对西方现当代文艺理论做纵的考察,其发展过程大致可以分为两个阶段。19 世纪末到 20 世纪 60 年代为现代阶段,我们称之为现代主义阶段;20 世纪 60 年代以后为当代阶段,我们称之为后现代主义阶段。现代阶段的文论包括象征主义、唯美主义、俄国形式主义、精神分析批评、直觉主义、新批评派、存在主义、西方马克思主义文论,以及结构主义和符号学等诸多文学理论流派;当代阶段的文论包括女性主义、后殖民主义、后结构主义、新历史主义等。当然,我们对西方现当代文艺理论的发展作这样的考察,只是从时间上作一个大概的勾勒,并不能全面说明现当代文论的整体性发展。因为,从文学思潮上来说,"现代"与"后现代"本身仍是一个有争议的命题。德国的哈贝马斯就认为,现代性还是一项未竟的事业,因此,后现代是不可能的。

[①] 刘象愚、杨恒达、曾艳兵主编:《从现代主义到后现代主义》,高等教育出版社,2002 年,第 32 页。

从横的方面进行考察,西方现当代文艺理论是西方现当代社会文化的产物,现当代西方文化是以"人"与"科学"为基本主题的,这样,西方现当代文论又可概括为人本主义和科学主义两大主潮,人本主义文论包括象征主义与意象派诗论、表现主义文论、精神分析学文论、直觉主义文论、现象学和存在主义文论、西方马克思主义文论等;科学主义文论包括俄国形式主义文论、英美新批评文论、结构主义和符号学文论、解构主义文论等。这样的考察也只能说是大体上的,因为从哲学思潮上说,这两大思潮经常是一方面相互兼容,另一方面又相互排斥。

综观西方现当代文论的发展,我们可以发现它有几个重要的特征:一是注重文本形式,二是偏向内在心理,三是探索读者接受,四是突出文化批判。下面我们就此作进一步阐述。

第一,注重文本形式,其主要的理论依据是把文本看作一个自足的独立存在的客体,它不考虑作品和外部的关联,而是按照它本身存在的模式、以它的内在价值作为批评的准绳。如唯美主义对艺术技巧和形式的追求,俄国形式主义对文学语言和文学形式的研究,英美新批评专注于作品内部的文本分析,结构主义对文本结构系统的论述等,都不同程度地体现出注重形式的理论视点。

在西方现当代文论的发展中,唯美主义文论可以说是一个重要的转折点。这样说的原因主要有二:一是自唯美主义始,过去哪种单一的文学理论主潮统领文坛的现象已不复存在,即:那种古希腊罗马文学理论、中世纪文学理论、文艺复兴文学理论、启蒙主义文学理论、古典主义文学理论、浪漫主义文学理论、现实主义文学理论等的传统"大一统"局面已不适应现当代。在现当代,各种文学思潮更迭迅速,彼此或对立、或排斥、或渗透、或融合,一派争奇斗妍的景象;二是自唯美主义后,西方现当代形成了本体论或形式论的理论走向。英国批评家奥斯卡·王尔德(Oscar Wilde,1854—1900)认为,形式就是一切,艺术家的宗旨是展示艺术本身,真正的艺术家并不是从他的感情到形式,而是从形式到思想和感情。另一批评家佩特(Walter Horatio Pater,1839—1894)主张艺术创作脱离现实,不受任何意识形态或伦理原则的制约;艺术作品之所以震撼人心,应归结为无关现实的形式美。法国批评家戈蒂叶(Theophile Gautier,1811—1872)认为艺术的全部价值就在于具有完美的形式,而艺术家的惟一任务就在于表现其艺术形式之美。

俄国形式主义认为,传统的形式与内容二元论抽象地划分两者的区别,它的危害就在于人为地把审美对象划分为内容(表达了什么)和形式（怎样表达）两个对立的部分，从而肢解了作品的整体。俄国形式主义在这两者的关系上侧重强调两者的不可分离性，认为形式就是研究艺术品的审美成分，而内容是形式的组成要素。雅可布森（Roman Jakobson,1896—1982）认为，文学研究的对象不是笼统的文学，而是"文学性"，也就是一部作品成为其作品的东西；这种"文学性"不存在于作者和作品的内容之中，它同作者意图和作品内容毫无关系，只存在于作品的语言结构之中。换句话说，"文学性"只存在于文学的形式，特别是语言结构的形式；语言形式要出奇制胜，就要实行"反常化"（一译"陌生化"）原则。什克洛夫斯基（Victor Shklovsky,1893—1984）强调："艺术的目的是使你对事物的感觉如同你所见的视像那样，而不是如同你所认知的那样；艺术的手法是事物的'反常化'（остранение）手法……艺术是一种体验事物之创造的方式，而被创造物在艺术中已无足轻重。"①这说明，重要的不是对象本身，而是艺术的具体形式。也就是说，正是这种"反常化"手法才能使"文学性"成为可能。

英美新批评强调艺术品的内在价值，并把注意力集中于考察作为具有独立意义的单个作品上。认为作品的文本具有独立的生命，与社会历史背景、作者生平和创作意图均无关。韦勒克（René Wellek, 1903—1995）认为，一件艺术品的意义不等同于其创作意图，一件艺术品有它独特的生命。所以文学研究应是对文学作品本身结构的研究，即文学作品的内部研究。他说："一部文学艺术作品是一种具有一定连贯性和完整性的语言结构，并且以往的文学研究常常变得与这一整体的意思全不相干，它过多地从外部了解个人的经历、社会的条件、历史的背景，等等。"②T. S. 艾略特（Thomas Stearns Eliot,1888—1965）认为，艺术就是艺术，而不是政治、历史和科学的附庸，文学应当是一个自在自足的系统。卫姆塞特（William K. Wimsatt,1907—1975）则认为，无论从作者的意图还是从读者的心理感受去解释诗，都是离开了诗的本身，都会导致由作家的生平传记、作者学识和诗坛倾向、世俗状况所造成的对作品的曲解。因此，就衡量一部文学作品成功与否来说，作者的构思或意图既不是一个适用的标准，也不是一个理想的标准。他说：

---

① 〔俄〕维克多·什克洛夫斯基：《作为手法的艺术》，方珊译，《20世纪西方文论选》（上卷），朱立元、李钧主编，高等教育出版社，2002年，第187页。

② 〔美〕韦勒克：《文学理论、文学批评与文学史》，王逢振译，见《20世纪西方美学经典文本》（第一卷），张德兴主编，复旦大学出版社，2000年，第598页。

"一首诗只能是通过它的意义而存在……我们无需考察哪一部分是意图所在,哪一部分是意义所在的理由,从这个角度说,诗就是存在,自足的存在而已。"① 在这个意义上,读者要防止"意图谬误",不能依据作家的创作意图等外部原因去解释作品。

结构主义从其自身发展的角度来看,在某些方面可以说是形式主义的进一步的深化,这是因为结构主义在广义上就包括了一些俄国形式主义派的学者,如雅可布森等。更重要的是,形式主义某些重要的观点和努力,都在结构主义的理论中得到了继承和发挥,形式主义后期的某些理论中已包含了"结构"的涵义。结构主义者热衷于脱离社会历史内容的结构分析。例如,列维-斯特劳斯(Claude Lévi-Strauss,1908—)认为,结构没有特别的内容;它本身就是内容,可以理解为是实在物的属性的逻辑组织中的内容。他说:"内容与形式具有同样的性质、接受同样的分析。内容从其结构获得其实在性,称为形式的东西是内容包括在其中的结构框架的'结构形成'。"② 可见,结构主义一般把结构看作一个自给自足、自我封闭的系统,结构本身不受任何外部因素的影响,它是完全自律的。从形式意义上说,结构主义认为作品是按文学成规、模式组合的不受作者意图影响的结构,而读者的阅读也是对构成作品的词、句子和整体结构的确认,与作品的内容和阅读者的情感无关。但在内容与形式的问题上,结构主义与形式主义还是有一定区别的。

第二,偏向内在心理,这主要是受到非理性哲学思潮的影响。西方文学从 19 世纪前的高扬理性到 19、20 世纪后的反理性,其主旨便由对社会的批评转向对自我深层意识的探讨,从过去通过精细的描绘着重表现对客观世界的把握,到现在通过人的内在研究来展现人内心的精神世界。如直觉主义对心灵状态的揭示,象征主义对内心的微妙世界的暗示,表现主义对表现世界的心灵本质的主张,精神分析对人物内心世界的剖析,神话原型批评对作家创作的动因和读者阅读的心理原型的探讨等,都体现着偏向心理的特征。

直觉主义的主要观点是:否认直觉的实践基础,认为存在与心灵是等同的,直觉即存在,直觉即心灵,直觉是心灵的产物,只要凭这种心灵

---

① 〔美〕卫姆塞特:《意图谬见》,罗少丹译,《20世纪西方文论选》(上卷),第296页。
② 〔法〕列维-斯特劳斯:《结构人类学》,陆晓禾、黄锡光等译,文化艺术出版社,1989年,第130页。

直觉就可以直接地把握宇宙的实质,艺术创造就是通过直觉去认识、体现真正的"实在"。柏格森(Henri Bergson,1859—1941)认为,惟一的实在是"生命的冲动",这是主观的、非理性的,处于绝对运动中的心理过程。人们的认识方法通常有两种:一种是科学的理智方法,它只能借助机械、静止的形式而停留在事物表面,并服务于实践,这种方法是无法把握实在的;另一种是哲学的直觉方法,它以超越感性和理性的形式直达实在或绝对本身。而艺术创造可以凭借审美直觉打破自己与实在间的时空界限,抓住理智所无法把握、体验和表达的东西。所以,艺术要再现生命运动,认识和体验真正的实在,就一定要通过直觉,直接深入生命运动这个实在。柏格森在《形而上学引论》(1903)中以一部小说中的某一人物为例,对这种直觉把握实在做了一个说明,他说:"小说家可以堆砌种种性格特点,可以尽量让他的主人公说话和行动。但是这一切根本不能与我在一刹那间与这个人物打成一片时所得到的那种直截了当、不可分割的感受相提并论。"这里的"在一刹那间"的"直截了当"的感受,就是直觉的感受。而小说所描绘的人物特点只是一些符号,至于那个属于他自身的、构成他本质的东西,是无法用符号来表达的,因此,"惟有与人物打成一片,才会使我得到绝对"。[1]

象征主义的基本特征是用具体的事物通过暗示等途径来表达某种抽象概念或思想感情。因此,他们把人们的视线从只注重描写外部物质世界引向着重通过象征性物象,挖掘微妙的内心世界,赋予抽象概念有声有色的物质形式。波德莱尔(Charles Baudelaire,1821—1867)认为,可以用物的心像来暗示内心的微妙世界,心灵的事物能在意象世界唤醒一个对称的象征。里尔克(Rainer Maria-Rilke,1875—1926)在《给青年诗人卡普斯的信》(第一封,1903)中认为,写诗首先是要走向内心,探索创作的缘由,考察它的根是不是盘踞在自己心灵的深处,要在自身内挖掘一个深的答案,然后再去接近自然,进行创作。

表现主义不满足于对客观事物的记录,主张表现世界的心灵本质。意大利的克罗齐(Benedetto Croce,1866—1952)认为,直觉即抒情的表现,直觉来源于"情感",情感在未经直觉时是无形式的,一旦经过直觉、被心灵活动所掌握,就会得到形式,即心灵活动中的情感的表现形式。对这种表现形式的把握,还需注意表现活动中精神形象的感受,人

---

[1] 〔法〕柏格森:《形而上学引论》,王复译,《20世纪西方美学经典文本》(第一卷),第197页。

对于对象是先有感受的,只有把这种感受作为完整的形象来把握,或者说某种形象作为感受本身的内容,才会形成艺术的直觉形象。在《美学原理》(1902)中,克罗齐认为,物质作为感受的对象,心灵要认识它,只有赋予它以形式,把它纳入形式才行,经过形式打扮和征服,就产生具体形象,"直觉的活动能表现所直觉的形象,才能掌握那些形象"。①英国的科林伍德(Robin George Collingwood,1889—1943)也认为,这种直觉形象是一种内心的事实,这种感受和表现的形象特征,一方面在于人知道自己在感受什么,在寻找表现,另一方面在于一旦感受和表现呈现为具体行为和物质结果时,总会采取具象的形式。

精神分析把批评理论建立在精神分析学关于人的心理结构或人格结构模式的理论假说之上。弗洛伊德(Sigmund Freud,1856—1939)在《创作家与白日梦》(1908)中认为,文学的本质和梦的本质同样都是被压抑的无意识欲望的一种幻想的变形的满足和释放,作家艺术家从事创作是因为要满足他们"本能的欲望"。当一个作家把他创作的作品或把他个人的梦告诉我们时,我们感到很大的愉快。因为这是他内心最深处的秘密,是他在作品中深入到幽深难测的无意识中去,探索心灵的奥秘,以揭示人的丰富的内心世界。荣格(Carl Gustav-Jung,1875—1961)在《心理学与文学》(1930)中谈到艺术作品时,把艺术创作的一种模式称为"心理模式",认为这种模式加工的素材来自人的意识领域,诗人在心理上同化了这一素材,把它从普通地位提高到诗意体验的水平并使它获得表现,从而通过使读者充分意识到他通常回避忽略了的东西,和仅仅以一种迟钝的不舒服的方式感觉到的东西,来迫使读者更清晰、更深刻地洞察人的内心。

第三,探索读者接受。20世纪接受理论的产生,使文学批评的注意力集中到研究作品意义在与读者交流过程中的阐释、理解和接受,从而使西方文论实现了从作品客体研究到读者主体研究的转移。如现象学批评、阐释学批评、接受美学与读者反应批评等。

现象学研究人类意识的原则和方法对文学艺术作品及其欣赏等方面的影响,产生了著名的阅读现象学和现象学批评理论。这一理论的一个重要观点,就是强调主体的意向投射,而读者对作品的意向投射使他们认为文艺作品并不是自足或孤立的,它是在与读者发生联系后才

---

① 〔意大利〕克罗齐:《美学原理》,朱光潜译,《20世纪西方美学经典文本》(第一卷),第11页。

真正地产生的。英伽登(Roman Ingarden,1893—1970)在《文学的艺术作品》(1931)中认为,文学艺术作品是作者和读者意向性活动的产物,因而它不是一个自足体,需要与读者发生联系。在《对文学的艺术作品的认识》中,他在论述文学作品的构成时,又提出了文学作品需要读者加以"具体化"。他认为,就"具体化"而言,文学作品本身是一个图式化的构成,其中包含着若干"不定点",读者只有在阅读过程中消除这些"不定点",才能实现文学艺术作品的"具体化",使之成为真正的艺术品。杜夫海纳(Mikel Dufrenne,1910—1995)在《审美经验现象学》(1953)中从审美对象和审美感知的关系上,论述了文艺作品作为一种特殊的审美客体,也需要和读者的审美感知发生关系后才成为真正的审美客体。阐释学的重要代表人物之一伽达默尔(Hans-Georg Gadamer,1900—2002)则从艺术欣赏者这个主体性原则的角度,指出艺术欣赏活动不是纯然客观地寻觅作品的原意,而是欣赏者由自身理解出发去参与作品意义的实现。

接受美学与读者反应理论都强调读者对作品创作的参与意识,把研究的重点从文本向读者转移。姚斯(Hans Robert Jauss,1921—1997)在《作为向文学科学挑战的文学史》(1967)中通过对文学史的研究,突出强调文学研究必须以读者为中心,从读者接受的能动性入手,揭示了作家、作品和读者三者之间的辩证关系,着重考察了文学作品产生社会效果的过程,认为文学的历史是文学的接受史和作用史,文学作品只有通过读者的接受,才能实现其美学价值和社会效果。而读者的接受过程不是发生在作品已成之后,而是在艺术家创作构思过程中就开始,所以艺术家必须预期读者的期待视域。任何一个读者,在其阅读任何一部具体的文学作品之前,都已处在一种先在理论或先在知识的状态。没有这种先在理论与先在知识,任何新东西都不可能为经验所接受,这种期待视野是在作者—作品—读者的历史之链中形成的。这样,就把读者的接受和参与视为文学发展演变的基本环节和内在动力,并且在此基础上对文学史的诸方面做出了新的解释。接受美学的另一主将伊塞尔(Wolfgang Iser,1926—)则从研究文学文本结构入手,说明文学阅读中文本与读者的交流是一种不对称交流,这种不对称交流方式,决定了文本结构的开放特征,作者只能将文本设计为一种空框式的召唤结构。在这种召唤结构的文本中有许多意义的"空白"点期待着读者进行填补。另外,伊塞尔认为每一叙事文本都存在着诸多视点,各视点通过句子得到显示。读者在阅读的过程中,通过"游移视点"才能穿越文本,从一个视点转向另一个视点,最后建构起文本的意义。读者反应理论着重研究读者的阅读行为和阅读带来的反应,认为文本的意义是由读者参与创造的,因此任何文本都不存在确定的意义和客观性。美国的斯坦利·费什(Stanley Fish,1938—)在《文学在读者:感情文体学》(1970)中就指出,文学的意义不是能从作品中抽取出来的实体,而是读者对文本的认识,并随着读者认识的差异而变化不定。所谓文本(句子)、意义等都不再是一个客体,一个独立存在的事物,而变成了一个事件,一个由读者参与、发生在读者身上的事情。正是这一事件,这种发生的事情,才是这个句子的意义所在。这样,批评注意的中心便由文学作品的意义和内容转向读者的主观反应。

第四,突出文化批判。西方文论自20世纪60年代以来,从过去专注于文学本体和文学形式的内部研究,又回归到了注重文学与社会、文学与历史、文学与文化的外部研究。当然,这种回归不是简单的复原,而是在扬弃的基础上加以发展,这种发展的一个鲜明的特点,就是突出文化批判。如西方马克思主义的"意识形态"批判、新历史主义的"文化诗学"、女性主义批评的"性别文化"、后殖民主义批评理论的"文化殖民"等。

西方马克思主义尽管在其内部有着不同的流派和各异的理论,但在研究的重点上,却比较集中地表现为对文化的关注,他们以各种方式表明了"文化批判"的观点。而在文化的领域内,最能体现其鲜明观点的是对艺术的关注。意大利的葛兰西(Antonio Gramsci,1891—1937)在《狱中札记》中基于意大利既没有民族的也没有人民的文学状况,提出了意大利公众为什么读外国文学的问题,并认为这是一个意味着人民感觉到外国知识的智力和道义的领导权的问题,因而提出要建立"民族的—人民的"文学,即把全民族文学统一的基点放在人民之上,形成既是民族的又是人民的文学。他从意大利马克思主义者的主要任务、反对"世界主义"的文学传统、建立一支新型的作家队伍和通俗文学的重要地位等四个方面论述了"民族的—人民的"文学的性质,有着鲜明的时代色彩。德国的马尔库塞(Herbert Marcuse,1898—1979)针对资本主义社会中人的异化现状,提出他的社会批判理论,认为在异化的社会里,艺术也成为异化的艺术,在这种状态下,人只是直接与社会同化的"单面的人",从而丧失了对社会现实进行否定的、批判的理性认识。阿多诺(Theoder Wiesengrund Adorno,1903—1969)在《美学理论》(1970)中从"否定美学"的理论出发,高度评价了现代艺术的批判和审美价值,认为现代艺术的美学特征就是对传统的、既存现实的否定。在他看来,一切具有解放思想的艺术都是对现实的否定,通过现代艺术对现实世界的否定进行社会批判、文化批判,就能揭示被异化了的主体在现实中的真实状况,实现人的解放。

新历史主义是一种阐释文学文本的历史、文化内涵的特定的批评理论。新历史主义批评在阐述文本的历史性和历史的文本性时,认为文本属于特定的历史,并由话语构成,人们只有通过历史话语才能把握历史。而作为一种叙述话语,历史文本的深层内容是语言学的、诗性的、带有一切语言构成物的虚构性。在这个意义上,格林布拉特(Stephen Greenblatt,1943—)称之为"文化诗学",并认为,历史不能脱离文本性,一切文本都不得不面对文学文本所揭示的不确定性的危机。怀特(Hayden White,1928—)在《评新历史主义》一文中说:"新历史主义实际上提出了一种'文化诗学'的视点,并进而提出一种'历史诗学'的观点,以之作为对那些居于统治地位的,例如在特定的历史时空中占优势的社会、政治、文化、心理以及其他符码进行破解、修正和削弱。"①这样,构建文学文本的历史语境和分析文学文本中的意识形态的矛盾就成了新历史主义重要的批评实践。通过批评实践,把文学和文学史的研究作为说明意识形态、社会心理、权力斗争、文化差异的例证,展示文学是如何向主导意识形态、向话语权力挑战的,以行使文学在社会中的颠覆和抗争作用。

女性主义批评是一个具有较强批判性质的理论流派。它批判传统的以男性为中心的审美价值观和趣味。男权中心的审美标准是:妇女作家不能以女性的身份进行写作,她必须按照夫权体制下的写作传统模式进行"书写"。埃莱娜·西苏(Hélène Cixous,1937—)认为:"带有印记的写作这种事情是存在的。我认为,迄今为止,写作一直远比人们以为和承认的更为广泛而专制地被某种性欲和文化的(因而也是政治的、典型男性的)经济所控制。我认为这就是对妇女的压制延续不绝之所在。"②苏姗·格巴(Susan Gubar)在《"空白之页"与女性创造力问题》(1981)中说:"这种阴茎之笔在处女膜之纸上书写的模式参与了

---

① 怀特:《评新历史主义》,陈跃红译,《20世纪西方美学经典文本》(第四卷),包亚明主编,复旦大学出版社,2000年,第603页。
② 〔法〕埃莱娜·西苏:《美杜莎的笑声》,黄晓红译,《当代女性主义文学批评》,张京媛主编,北京大学出版社,1992年,第192页。

源远流长的传统的创造。这个传统规定了男性作为作家在创作中是主体,是基本的一方;而女性作为他的被动的创造物———一种缺乏自主能力的次等客体,常常被强加以相互矛盾的涵义,却从来没有意义。很明显,这种传统把女性从文化创造中驱逐出去。"① 因此,女性主义批评认为,必须纠正男权传统这种错误的理解,去寻觅女性的传统,对杰出的妇女作家和作品进行新的开掘和评价,还古往今来大量受男性占主导的社会歧视或忽视的女作家以本来面目。伊莱恩·肖瓦尔特(Elaine Showalter)认为,"女权主义批评在男子中心的批评传统中不可能找到一个可以运用的过去。它更需要从妇女研究和国际女权理论中吸取养分,而不是企图从英文研究或又一个大师的讨论班中学到些什么。它必须找到自己的题目,自己的体系,自己的理论,自己的声音。"② 女性主义者批判文学中对妇女歧视的描写惯例,重新评价男性笔下的女性形象,女性形象塑造史是一部女性被男性利用、剥削的历史。妇女形象在男性作家笔下往往是一种类型化的人物:或是受难的祭品、牺牲者,或是丑陋、刁钻、自私的妖女、荡妇、女魔、疯子,或是美丽、可爱、无私的地母、母亲、贞女。这些不同类型的妇女形象均反映了现实中男性对女性的偏见,他们是在以男性的臆造来认识和再现女性的形象。艾德里安娜·里奇(Adrienne Rich,1929—   )在《当我们彻底觉醒的时候:回顾之作》(1979)中说:"女性一直是男人的奢侈品,是画家的模特,诗人的缪斯,是精神的慰藉,是护士、厨师,替男人生儿育女,是他们的文秘和助手。"③ 伍尔夫(Virginia Woolf,1882—1941)在《一间自己的房间》(1929)中说:"如果女人仅仅存在于男人所写的虚构作品之中,人家就会把她想像为最重要的人物;她千姿百态变化无穷:英勇盖世而又卑鄙下贱;光彩照人而又下流无耻;美艳绝伦而又奇丑无比;她像男人一样伟大,有人甚至认为她比男人还要伟大。然而这是文学作品中虚构的女人。"④ 女性主义批评还批判对妇女歧视的结构和主题的创作模式,

---

① 〔美〕苏姗·格巴:《"空白之页"与女性创造力问题》,孔书玉译,《当代女性主义文学批评》,第165页。
② 〔美〕伊莱恩·肖瓦尔特:《荒原中的女权主义批评》,韩敏中译,《最新西方文论选》,王逢振等编,漓江出版社,1991年,第260页。
③ 〔美〕艾德里安娜·里奇:《当我们彻底觉醒的时候:回顾之作》,金利民译,《当代女性主义文学批评》,第126页。
④ 〔英〕弗吉尼亚·伍尔夫:《论小说与小说家》,瞿世镜译,上海译文出版社,2000年,第101—102页。

建立对性别差异进行比较研究的性别理论,揭露伪装中立或超性别的文学话语内潜含的性别因素,并且通过写作,建立自己的理论系统。埃莱娜·西苏说:"写作,这一行为将不但实现妇女解除对其性特征和女性存在的抑制关系,从而使她得以接近其原本力量;这行为还将归还她的能力与资格、她的欢乐、她的喉舌,以及那一直被封锁着的巨大的身体领域。"她还说,"只有通过写作,通过出自妇女并且面向妇女的写作,通过接受一直由男性崇拜统治的言论的挑战,妇女才能确立自己的地位。"①伍尔夫说:"只要走进任何一条街道的任何一个房间,便可感到女性极其复杂的整体力量扑面而来。她又怎能不如此呢?因为几百年来妇女一直坐在房间里,因而此刻每一面墙壁都渗透着她们的创造力,它超越了砖块泥浆的负荷能力。"②

后殖民主义批评理论的着重点是批判东方主义与文化帝国主义。赛义德(Edward Said,1935—2003)在《东方主义》(1978)中指出:在不同时期的大量东方学著作中呈现出来的东方,并不是历史上客观存在的真实东方的再现,而是西方人的一种文化构想物,是西方为了确证"自我"而建构起来的"他者"。赛义德意在说明,在讨论东方之时,东方是完全缺席的,人们感到出席的只是东方主义者和他的言论;然而,我们不应忘记的是,东方主义者的出席恰恰是由东方的实际缺席造成的。赛义德认为,东方主义从根本上说是强加给东方的一种政治学说,由于东方比西方软弱,就形成了作为东方主义之核心的一系列二元对立的等级区分:西方/东方、优越/低劣、先进/落后、文明/野蛮、富有/贫穷⋯⋯所以东方主义实际上充满了对东方的扭曲和歧视。后殖民主义者在批判东方主义与文化帝国主义的同时,也对文化身份产生了焦虑和对殖民话语的关注。有意思的是,霍米·巴巴(Homi K. Bhabha,1949—)和斯皮瓦克(Gayatri C. Spivak,1942—)两人的文化身份都十分尴尬:他们都属于亚裔学者,却进入了西方文化的话语中心,这就使他们对自我文化身份的建构和对殖民话语的分析有了切身的体验。斯皮瓦克从后殖民主义理论出发,探讨了"第三世界"妇女独特的文化身份。斯皮瓦克认为,在男权话语、种族主义和资本主义压力下,第三世界妇女完全失去了主体地位和言说权力,而沦为工具性客体和

---

① 〔法〕埃莱娜·西苏:《美杜莎的笑声》,黄晓红译,《当代女性主义文学批评》,第195页。
② 〔英〕弗吉尼亚·伍尔夫:《论小说与小说家》,第146页。

空洞的能指。在此意义上,对于女性来说,建构女性文化身份可以借用"他者"(男性)话语,运用有意识的偷换概念和制造歧义等策略,赋予语言以新的意义,以自己独特的意指方式超越屈从阶段的"沉默"与"空白之音",发出独具特色的声响。这样,不同的声音就能打破男权话语一统天下的局面,造成意义的多元化,从而达到颠覆中心,改善女性被压迫的地位的要求,实现女性身份的建构。正如莫汉蒂(Mohanty)所说,通过不同再现话语来建构一个文化和意识形态的复合他者之女性。霍米·巴巴在对殖民话语的分析中认为,殖民地本土居民和知识分子在殖民化的过程中都自觉不自觉地"模拟"殖民者的话语,套用殖民者审视和评判事物的标准和理论,导致本土"文化原质失真"。对此,霍米·巴巴在《文化的定位》(1994)等论著中,强调了文化上的差异性和多样性。认为,文化多样性是一个认识论的对象,即文化作为经验知识的客体,而文化差异则是把文化当作"知识的"、权威的加以表述的过程,他完全可用于文化认同体系的建构。后来在谈到种族、时间与现代性时,霍米·巴巴指出,正是这种"同步的及早期占据空间"的文化差异性描述,必须作为一种文化他者性构架而再度奏效,从而达到被压制的、边缘性的弱势文化对殖民文化的改写。

第二节 唯美主义文论

唯美主义(Aestheticism)是西方比较有影响的文艺思潮。它盛行于19世纪,上承古典文论,下启形式主义、直觉主义等现代派文艺理论,在西方文论中扮演了从古典向现代转变的中间枢纽的角色。唯美主义文艺思潮出现以来,影响及于欧美和东方诸国,颇受各国学者重视。但是,各国对这一文艺流派的主张、理论及艺术特色的理解不太一致,或侧重其反现实、反传统的精神,或侧重其享乐主义,或侧重其非理性主义,或侧重其对形式美或病态美的追求。由此可见,这一文艺思潮的内涵还是比较丰富的,情况也颇不简单。对唯美主义进行梳理与研究,可以加深我们对文艺思潮发展史的认识。

唯美主义文艺运动的策源地,一般认为是法国,其始作俑者为泰奥菲尔·戈蒂叶;后盛行于英国,其代表人物是奥斯卡·王尔德和沃尔特·哈罗特·佩特。但是,唯美主义在西方的文艺传统中实有深远的历史渊源。早在古希腊的亚历山大里亚诗体和古罗马晚期文学的诗歌中,已有唯美倾向和对纯艺术的追求。到了近代,西班牙的贡戈拉派与意大利的马里诺派,在其创作中也以雕章琢句、追求形式之华丽为艺术旨趣。18世纪,康德在《判断力批判》(1790)中提出了审美活动的独立性、纯粹美与无利害感的观念,莱辛、歌德、席勒等人对这一问题也进行了探讨。所以,到了19世纪,唯美思想便形成了明确的理论。

唯美主义文艺理论明确形成于19世纪,这是有着明显的社会思想根源的。19世纪中叶以后,欧洲各国社会矛盾加剧,人心浮动。在这个时候,一些敏感的艺术家与作家,对腐败的社会现实及艺术商品化现象深为不满,对于科学主义、唯物主义哲学以及自然主义、现实主义文学思潮,也非常厌恶。于是,他们就产生了悲观颓废的情绪,同时在艺术上要求自卫,即主张保持艺术的纯粹性与优雅高贵的特点。具体到法国来说,1825年到1835年,是法国历史上最沉闷暗淡的10年,生活平庸,理想匮乏。这个时代的年轻人,大都诞生于拿破仑革命时期,是英雄的子孙或烈士的后代。他们崇拜英雄,渴望建功立业,遂与凡俗无聊的社会现实格格不入。这些年轻人要么愤世嫉俗,要么消沉颓废,总的来说是思想偏激,行为怪诞。这是适宜于唯美主义思潮产生的社会土壤。

唯美主义最响亮的口号是"为艺术而艺术"。这个口号一经提出,立刻不胫而走,迅速传遍欧洲,淹没了当时形形色色的文艺理论观念。所以说,"为艺术而艺术"的提出,标志着唯美主义理论的正式形成。这个口号是由戈蒂叶提出的。

一、戈蒂叶的文论

戈蒂叶(Theophile Gautier,1811—1872)是法国诗人、散文家与小说家。其主要作品有诗集《阿贝杜斯》(1832)、《死亡的喜剧》(1838)、《珐郎和雕玉》(1852),散文《西班牙游记》(1840)、《东方游记》(1854)、《俄罗斯游记》(1866),小说《莫班小姐》(1836)、《木乃伊传奇》(1858)、《弗拉卡斯统领》(1863)和《通灵者》(1866)等。他曾经是浪漫主义运动的狂热支持者,当年身穿红背心出席雨果的戏剧《欧那尼》的首演式,是著名的文坛佳话。当他被公认为浪漫主义诗人时,他又提出了"为艺术而艺术"的主张。其文艺思想主要反映在《阿贝杜斯序》(1832)、《莫班小姐序》(1834)等文章中。

在《阿贝杜斯序》中,戈蒂叶明确提出,赋诗的目的"旨在求美",并断然拒绝了艺术的功利主义追求。他说：

> 一般来说，一件东西一旦变得有用，就不再是美的了；一旦进入实际生活，诗歌就变成了散文，自由就变成了奴役。所有的艺术都是如此。艺术，是自由，是奢侈，是繁荣，是灵魂在欢乐中的充分发展。绘画、雕塑、音乐，都不为任何目的服务。精雕细镂，奇形怪状的各种首饰，都纯粹是无用的废物，可谁又肯将其舍弃呢？幸福并不在于拥有一切必不可少的东西；没有痛苦就没有享乐；人们需要的最少的物品才最富于魅力。现在有，将来也永远会有这样一些艺术的灵魂，对他们来说，安格尔和德拉克洛瓦的油画、布朗热和德冈的水彩，比铁路和汽船更为有用。①

排除艺术的功利主义目的，实际上就是在强调，美就是艺术的目的，亦即艺术本身就是艺术的终极目的。

在《莫班小姐序》中，戈蒂叶嘲笑了那些将道德要求加诸艺术品的人，指出艺术可以脱离道德而独立存在。要求艺术合乎世俗的道德规范，那实际上就是在赋予艺术以功利主义色彩，这是戈蒂叶所强烈反对的。他说：

> 没有什么美的东西在生活中是必不可少的。——人们可以铲除鲜花，世界并不因此在物质方面会感到痛苦，然而谁又希望世上没有鲜花呢？我情愿不要土豆而要玫瑰花。我相信世上只有功利主义者才会把花坛上的郁金香全部拔掉而改种大白菜。／女人的美貌又有什么用？一个女人，只要从医学角度来看她的身体是健康的、能养儿育女，那么对于经济学家来说就很好了。／进而言之，音乐又有什么用？绘画又有什么用？谁会发疯地喜欢莫扎特甚于卡罗尔先生、喜欢米开朗琪罗甚于白芥粉末的发明家？／真正称得上美的东西只是毫无用处的东西。一切有用的东西都是丑的，因为它体现了某种需要。而人的需要就像其可怜虚弱的天性一样是及其肮脏、令人作呕的。——一所房子里最有用的地方就是厕所。②

对于奉古典派作品为楷模，指责浪漫主义作品败坏社会风气的道

---

① 赵沨、徐京安：《外国文学流派研究资料丛书·唯美主义》，中国人民大学出版社，1988年，第16页。

② 同上书，第44页。

德主义批评家,戈蒂叶巧妙地借用莫里哀予以驳斥,说:"在莫里哀的作品中,道德总是蒙受耻辱、遭到鞭笞。正是道德戴上了不光彩的绿帽子。"①他指出,艺术与道德无关,它不但不对社会道德的好坏负责,反而是丑恶的社会要对纯洁的艺术负责。如果说果真有什么不道德的作品的话,那不是艺术家的责任,恰恰是由于作品所赖以产生的那个社会是不道德的。这些观点在当时产生了一定的影响。波德莱尔说:对于戈蒂叶来说,热爱美是一种命运,一种责任,一种固定观念;他简直成了它的奴隶。② 戈蒂叶的文论激情充沛,惊世骇俗,使法国文坛为之一振。他的文艺观点是唯美主义的理论基础。

二、佩特的文论

佩特(Walter Horatio Pater,1839—1894)诞生在伦敦东区,父亲是位原籍荷兰的医生,早年病故,佩特由母亲、祖母及姑母养大。他自幼敏感而早熟,体弱多病,虔诚地恪守宗教与道德准则。就读牛津大学期间,他聆听过阿诺德的讲座,其中关于真正的艺术批评应该是"超然天执"的、与实际政治"无关"的观点,给他留下了深刻的印象。此后,他了解了风靡于法国的唯美主义思潮,对戈蒂叶崇拜不已,遂成了"为艺术而艺术"的信徒,并发展了这一理论主张。他的主要著作有《文艺复兴:艺术和诗的研究》(1873)与《伊壁鸠鲁学说的信徒玛丽厄斯:他的感觉与思想》(1885)等。

佩特认为,艺术美的独特性在于她是脱离现实而独立存在的,故称纯粹美。这种纯粹美主要体现在形式上,即赋予辞藻某种微妙的感受,借以表达"瞬间两种假设的永恒之间的对立"。他说:"实际上存在的只是一瞬间,当我们试着去抓它的时候,它就飞逝了……我们得到的,是一种多样化的、戏剧性的人生,这人生的脉搏数目是有限的。在这有限的脉搏中,我们要怎样敏捷地从一点到另一点,而一直呆在焦点——在那里,最大数目的生气蓬勃的力量以十足的劲头结合在一起。"③佩特从欣赏者的角度出发,强调读者对形式的瞬间感受。在他看来,艺术欣赏所获取的只能是刹那间的美感,因为对某一形式或纯粹美的感受

---

① 赵沨、徐京安:《外国文学流派研究资料丛书·唯美主义》,第 28 页。
② 〔法〕波德莱尔:《论文选》,郭宏安译,人民文学出版社,1987 年,第 78 页。
③ 同上书,第 76—77 页。

是由无限多的印象组成的,可是每一印象被时间所制约,不断产生又不断飞逝。这样,对于形式与纯粹美的全部印象永远不可能同时出现。与刹那不同,脉搏是指在人生有限的时间内获得尽可能多的瞬间感官享受。他认为,我们应当充分利用有限的时间去感受形式之美,而不要把生命浪费在凡俗平庸的日常生活当中。

佩特强调,只有那些能在艺术中度过一生的人,才是最聪明最幸福的人。他说:"能使得这种强烈的、宝石般的火焰一直燃烧着,能保持这种心醉神迷的状态,这是人生的成功。……如果不能每一时刻在我们周围的人们中辨别出某种热情的态度,而且在他们的礼物的异彩中辨别出正在来到的力量中的某种悲剧性的分歧,那就等于在白昼短而下霜的日子里不到黄昏就睡觉。"①他实际上已经把对于形式与纯粹美的追求,看作是理想的人生态度和最高的生命境界。由于佩特的一生都是在书斋中度过的,故而他的唯美主义理论被称为与现实世界毫无联系的一种"感觉的革新",是"一株空中的植物"。

关于艺术批评,佩特认为这纯粹是只凭个人感觉而不重理性的心理活动。他特别强调艺术的经验,以为"并非经验的结果是目的,经验本身就是目的"。为了体验,可以抛弃一切。

> 如果一种理论或概念或体系,为了某种我们不能分享的利益,或某种与我们合不来的抽象理论,或仅仅为了传统惯例,要求我们牺牲这种经验的任何部分,那么我们没有必要去理会这种理论、概念或体系。②

人生苦短,对艺术美的感受又是瞬间即逝的,我们只要一心追求新鲜的感觉便可把握艺术之真谛,故不必让理论的雾障蒙蔽自己的眼睛。他的这些见解,对后来的知觉主义批评有很大的影响。当然,佩特的唯美主义理论的直接受益者是英国另一个唯美巨子王尔德。

三、王尔德的文论

王尔德(Oscar Wilde,1854—1900)是英国小说家、诗人、戏剧家兼理论家。他出生在爱尔兰首都都柏林,父亲是一位医生,母亲是小有名

---

① 《外国文学流派研究资料丛书·唯美主义》,第77页。
② 同上书,第78页。

气的诗人,曾组织过一个鼓吹民族主义的文化沙龙。所以,王尔德自幼就生活在艺术氛围之中。1874年他开始就读于牛津大学玛格达琳学院,与佩特颇有过从,受到了唯美主义的洗礼。1876年他先后到意大利与古希腊旅行,给他留下深刻印象的是古代非基督教和享乐主义文化。由此他开始了文学活动。1878年,他的诗歌《拉凡纳》一鸣惊人,获得学校奖金。在这首诗中,他的唯美主义观点初露端倪。与此同时,唯美主义画家惠斯勒也给予他很大影响,尤其是其"艺术家要高于自然"的观点后来被王尔德发挥得淋漓尽致。1881年他出版《诗集》,一跃而为文坛主将。在伦敦的社交界,他以奇装异服与诙谐的谈吐来展示唯美主义风采,并嘲笑上流社会的庸俗。他的惊世骇俗的行为方式与别出心裁的文学主张,使他成了19世纪末英国文坛上的怪杰,被人称为唯美狂。正因如此,他成了正统上流社会的眼中钉,以致使他走上法庭,并最终于1895年身陷囹圄。他1897年获释,晚年漂泊巴黎,穷困潦倒,客死于小旅店中。王尔德一生著述甚丰,最能代表其唯美主义主张的有小说《道连·葛雷的画像》(1891)、戏剧《沙乐美》及文艺评论《谎言的衰落》、《作为艺术家的批评家》等。

  王尔德认为艺术有其自身的价值,与道德无关。在《英国的文艺复兴》中他说:"我们英国的文艺复兴,就其对纯粹美的热情崇拜、对形式的无瑕追求,就其专注的感觉特性来说,当然与任何粗野的政治情感不同,与反叛者们刺耳的声音不同……"[①]他的小说《道连·葛雷的画像》其实是劝人向善的,不过这层道德涵义王尔德表达得比较含蓄,所以招致了一些人的批评。王尔德回答道:"先生,一个艺术家是毫无道德同情的。善恶对于他来说,完全就像画家调色板上的颜料一样,无所谓轻重、主次之分。他知道凭借它们能够产生某种艺术效果,他就把这种艺术效果产生出来。"[②]他还说:"从艺术角度看,恶人是有趣的,他们代表色彩、变化和奇特。好人则增强人们的理智,坏人则煽动人们的想像。"[③]平心而论,《道连·葛雷的画像》引起人们的批评主要是因为作者的自我表白,他在自序里不无偏激地说,艺术家没有伦理上的好恶,艺术家若在伦理上有所臧否,那是不可原谅的矫揉造作。王尔德纯粹从作家的创作实践的角度看道德,而不太在乎客观的社会效果,所以与当

[①] 《外国文学流派研究资料丛书·唯美主义》,第81页。
[②] 同上书,第182页。
[③] 同上书,第184页。

时正统的批评家产生了很大的分歧。

王尔德特别注重形式,认为形式就是艺术,形式就是一切。他说:"多亏有了莫里斯,我们才有了英国文学史上前所未有的、精确完美、言辞清新、想像明晰的诗歌,他还通过装饰艺术的复兴,赋予我们个性化的浪漫运动以社会观念和社会因素。……在罗塞蒂、莫里斯、斯温伯恩和丁尼生的诗歌中,语言字斟句酌,风格完美奔放,有意识地追求甜美优雅的旋律,追求每个单词的音乐价值,这是与单纯的理性价值相对立的。"①王尔德认为,最高的形式是没有任何具体内容的抽象的装饰;其次是由生活内容加工成的形式,它虽然借用生活素材,但经改造已看不见生活的痕迹而成为纯粹之美了;最差的就是生活占了上风而将美挤出去的形式,这就是写实派的作品。在他看来,这些东西不能叫形式。艺术家的创作是从形式到思想、激情再到生活的过程,反过来说,恰恰是后三者在艺术中化为乌有时才成为形式。王尔德的观点直接启发了克莱夫·贝尔的形式主义理论。

王尔德强调,只有美才是永恒的,只有献身于艺术的创造与欣赏才能使有限的生命获得永恒的价值。他说:"献身于美的事物是一切伟大的文明民族的特征。哲学教导我们对邻人的不幸安之若素,科学把道德分解为糖的分泌物,艺术则使每个公民的生活都成为一种圣礼,而不是一种投机,艺术使整个种族的生命不朽。/只有美是时间无法伤害的,各种哲学像沙子一样垮掉了,各种宗教教条接二连三地像秋天的树叶般凋零,惟独美的东西是四季皆宜的乐趣,永恒的财富。"所以,他的忠告是"为艺术而热爱艺术,你就有了所需要的一切!"②王尔德还把美当作逃避现实的象牙之塔,希望从中获取生活的愉悦。他说:"对我们来说,热爱美的事物是具有知识和聪明的前提。然而,有时知识带来了悲哀,聪明成了负担;因为就像每个人的身体都有其影子一样,每个人灵魂中都有怀疑主义。在这动荡和纷乱的时代,在这纷争和绝望的可怕时刻,只有美的无忧的殿堂,可以使人忘却,使人欢乐。我们不去往美的殿堂还能去何方呢?"③这种艺术主张是颇有时代色彩的,容易引起愤世嫉俗者的共鸣。

关于艺术与自然、艺术与人生的认识,具有哲学意味,很能反映一

---

① 《外国文学流派研究资料丛书·唯美主义》,第86—87页。
② 同上书,第97—98页。
③ 同上书,第100页。

个批评家的理论趣味。在王尔德看来,艺术当然总是第一位的,不是艺术模仿自然,而是自然模仿艺术;艺术不必反映人生,而人生应当向艺术靠拢。在《谎言的衰落》一篇访谈录中,他开宗明义说,艺术已经明明白白地昭示给我们,自然是粗俗而单调乏味的,而人在自然面前又总是自惭形秽。自然风光中有许多不完美的东西,所以它根本不值得艺术家去模仿。相反,艺术家的生花妙笔却可以弥补造化的缺陷,实际上自然从来也没有停止过被艺术家的趣味所改造。他说:"自然是什么呢?自然不是生育我们的伟大母亲。它是我们的创造物。正是在我们的脑子里,它获得了生命。事物存在是因为我们看见它们,我们看见什么,我们如何看见它,这是依影响我们的艺术而决定的。看一样东西和看见一样东西是非常不同的。人们在看见一事物的美以前是看不见这事物的。然后,只有在这时候,这事物方始存在。现在人们看见雾不是因为有雾,而是因为诗人和画家教他们懂得这种景色的神秘的可爱性。也许伦敦有了好几世纪的雾。我敢说是有的。但是没有人看见雾,因此我们不知道任何关于雾的事情。雾没有存在,直到艺术发明了雾。"①显然,王尔德在这里是以主观唯心主义观点来看待艺术与自然的关系的。但唯物主义者不必对此嗤之以鼻,因为唯美主义本来就是具有唯心色彩的理论,而且唯心主义对于发挥艺术家的主观能动性也是有益的。

王尔德对现实社会极为不满,对人生的看法十分消极,所以很自然地他也不愿将他所崇拜的艺术与平庸的人生联系起来。在他看来,人生是丑陋的,残缺的,不值得艺术进行描写。他认为"人生是破坏艺术的毒剂,是毁灭艺术之宫的仇敌"。莎士比亚的戏剧之所以在有的地方粗俗不堪乃至怪诞淫秽,就是因为他过于喜欢"直接走向生活"。但王尔德并不否认艺术对生活的反映,只不过他是把生活看成艺术的原料,主张必须经过艺术家的过滤与改造,使之高于生活,从而成为与实际生活无涉的优美的形式。在此过程中,想像力起着主要的作用。他明确提出,艺术就是谎言,就是创造的观点。王尔德的观点不免自相矛盾,与艺术规律也有一定相悖之处,也不符合他自己的创作实践。这主要是他愤世嫉俗的心态造成的,也是他唯心主义的世界观所决定的。

王尔德的唯美主义艺术观具有新颖、独特、鲜明的特点,而且有丰富的文学作品加以印证,所以在当时就受到了普遍的关注,产生了广泛

---

① 《外国文学流派研究资料丛书·唯美主义》,第133页。

的影响。但是,他本人的创作并非全部都体现了其唯美主义艺术观,其中有相当一部分作品是入世的,可以说是为人生而艺术的。尽管王尔德的理论不无偏激与自相矛盾之处,但他的主张毕竟把这一派重要理论推向了高潮,因此是值得重视的。

总体上看,唯美主义对美的探索,拓展了美的研究领域与艺术的表现范围,丰富了艺术表现的能力,使人们对艺术形式的认识有所加深,这是值得肯定的。当然,唯美主义理论也并非完美无缺。它片面强调艺术的独立性和美的超功利性,将形式与内容对立起来,导致了对艺术品的思想性的否定,仿佛艺术家都应当不食人间烟火,这使艺术流于反理性主义、形式主义和享乐主义,这明显是偏颇的。实际上,唯美主义作家自己也并不能真的不问世事。真正的艺术固然可以超越地域与时代的限制,但总是与一定的社会与时代的命运息息相关的。

无论我们对唯美主义如何评价,它总是一个客观存在,曾经产生过相当大的影响。在西方的形形色色的文艺理论中,它占有比较重要的地位。这是因为,它是西方古典文论向现代文论过渡的一座桥梁,具有承上启下的作用。因此,唯美主义很值得我们研究,或至少是加以相当程度的了解。

第三节 直觉主义文论

直觉(intuition)指的是在以往经验和知识积累的基础上瞬间领悟对象实质的能力及其所得。人们对直觉解释不同,但大都肯定其存在。只是理性主义认为直觉是与理性相辅相成的认识形式,反对把两者绝对对立起来。亚里士多德、笛卡儿、斯宾诺莎等持这种观点。然而他们没能对直觉及其根源做出科学的说明。非理性主义把直觉理解为与理性水火不容的认识形式,提出只有直觉才能把握世界的本质,从而片面夸大了直觉的作用而贬低理性。柏格森、胡塞尔等持这种观点。中国古代老子提出的"玄览"、佛教所谓的"顿悟",与此相近。

直觉主义(intuitionism)是一种突出强调直觉地位与作用的现代文论思潮。它以主客二分、抽象、片面和僵化为由否定理性认识,认为直觉更可靠,一定程度上表现了非理性主义倾向。直觉主义文论以主体性观念为基础,由叔本华创始,经尼采发扬光大,到柏格森、克罗齐达于高潮,至胡塞尔渐次被纳入现象学思路。

作为一种现代思潮,直觉主义滥觞于叔本华的生存意志论,一开始主要表现为一种悲观虚无的意象化人生观。尼采的强力意志说体现普鲁士崛起,走的是一条依靠强力意志整顿价值秩序、虚构现象世界的直觉审美之路。柏格森根据其生命哲学,把直觉看作体验万物背后的生命冲动,洞察终极性实在的非理性认识,使直觉主义文论形成规模,造成了广泛影响。克罗齐用心灵哲学破除实证主义和形而上学,把康德的先验原理和审美意象结合起来用于解释直觉机制,并通过差异辩证法处理直觉与理性之间的关系,把二者归结为内在联系的两个认识领域,一定程度上体现了综合理性非理性两种直觉观的努力。胡塞尔把直观当作现象学方法,其中无论经验直观还是本质直观,都已脱离神秘主义。

直觉主义文论产生的历史条件,是19世纪初期遭受拿破仑战争重挫、政治分裂、经济落后、社会腐败而且丝毫不见起色的德国现实。"甚至连德国最优秀最坚强的思想家都对自己祖国的前途不抱任何希望。"①其思想根源可以追溯到德国古典美学。康德最早起来从事理性批判,自觉限制理性的范围,打破了独断论盲目乐观的迷梦。在他看来,理性有限性既是其意义域的保证,又为实践意志和审美判断寻找先验原理提供了可能。康德的审美判断已经初具非理性特征。费希特的自我,要求主客融合。谢林所主张的绝对同一,只能依靠神秘直观来把握。叔本华的直觉主义思想,继承了前人的探讨,在对黑格尔理念形而上学进行反拨的过程中得以完成。

直觉主义在20世纪初的西方世界之所以能够形成潮流,蔚为大观,应该说还与当时的经济危机、政治革命、世界性战争和荒火般蔓延的反传统思潮有密切关系。反传统突出表现为对理性的怀疑和诘难。于是,德国的体验成为世界的烦恼。时代把叔本华及其后继者尼采推上了历史舞台。

一、叔本华的艺术观

叔本华(A. Schopenhauer,1788—1860)是德国非理性主义哲学家,唯意志论和直觉主义文论的创始人。他生在波兰但泽,5岁随父母迁往德国汉堡,受过良好的教育,获博士学位,终生靠遗产过着孤独的生

---

① 《马克思恩格斯论文艺和美学》上,文化艺术出版社,1982年,第314页。

活。他热衷于学术,精心研究过柏拉图、康德和印度佛学,公然宣称"从康德到我这一段时间,根本就没有哲学"。他曾任柏林大学编外讲师,在哲学课上与黑格尔唱对台戏。但在当时得不到理解,备受歧视冷落。他倡导唯意志论,著述很多,代表作是《作为意志和表象的世界》(1819)。

叔本华的唯意志论以悲观主义为基调,致力于从非理性角度解释现实。他提出万物的本质即生存意志,世界不过是其表象。生存意志引起欲望,欲望不可能真正满足,因而人生就是痛苦。要想解脱,惟有舍生或禁欲二途。具体办法是进入涅槃,绝对忘我,超脱人生欲望。借助哲学沉思或审美静观,也可以获得解脱。

在叔本华看来,艺术把痛苦转化为美的形象,使人不但进入物我两忘的境界,摆脱了欲望纠缠;而且感悟到人生真相,得以清心寡欲,神智清明,超越世界万物。

艺术的特征在于超功利。普通人为欲望所支配,受理性束缚,放眼望去,只考虑什么有利,不可能感受到美,发现世界本质。只有少数天才能够摆脱欲望控制,放弃功利打算,进入艺术的境界。艺术的本性是直觉。直觉可以直接把握意志本体及其表象。但它要求主体全身心沉浸于对象,在对象中遗失自我,使自己变成实现纯粹客观认识的纯粹认识主体。作为对象,艺术也随之变化,剔除其刺激欲望、激发生存意志的感官特点,成为"事物全类的常住形式"。

据此看来,直觉的特点是超功利、非理性和无意识。理性不过是意志的奴仆和工具。它只关注功利目标,不仅无法实现对意志本体的认识,而且使人囿于人生欲望,丧失直觉能力,从而陷于无尽的痛苦。

在所有艺术中,叔本华最推重音乐,因为音乐是生存意志虚无化的直接写照。在全部文学中,叔本华最赞赏悲剧,因为悲剧描写人生的可怕和不幸,使人不再留恋,进而断念。根据蒋孔阳的解释,断念即对生存意志的拒绝和否定。

二、尼采的艺术观

尼采(F. W. Nietzsche,1844—1900)是德国唯意志论哲学家、直觉主义美学家和反传统斗士。主要著作有《悲剧的诞生》(1872)、《作为艺术的强力意志》(1895)等。尼采学自叔本华,然而净洗其消极倾向,创立了崇尚功利的强力意志说、超人哲学和醉境美学。尼采的思想特点同普鲁士在普法战争中大获全胜、德意志民族实现统一、民族情绪高涨直接相关。

强力意志是尼采世界观的基础,体现非理性主义和生物进化论特征。在尼采看来,强力意志是生命的根据,万物的本原。不同意志的生存竞争构成了世界历史的全部内容。尼采要求根据强力意志"重估一切价值",通过审美直觉为世界立法。

超人哲学是尼采伦理学的主题,具有自我中心和反道德倾向。超人是强力意志的体现者。尼采把基督教看作懦弱者的骗局,否定其"弃强就弱"的博爱观,谴责它违反生命本能和生存竞争,造成了世界萎靡不振、人类病态退化的恶果。他寄希望于超人,主张"弃弱就强",踏过恶的泥泞走向至善,由超人成就丰功伟业,建设新世界。

醉境美学是尼采直觉主义文论的具体表现。在尼采看来,直觉的本性即艺术虚构。它是强力意志为感性现实立法,创造为自己所需的现象世界的工具。直觉能力只有少数人借助醉境才能实现。因为直觉同理性和道德根本对立。理性无法理解矛盾斗争、流变不居的强力意志。道德的要害是虚伪,把对强力意志的压抑看作至上律令。两者共同约束意志,否定生命,成为直觉冲动的枷锁。可悲的是,普通人无法摆脱道德和理性。醉境的意义,在于为超人解除束缚,张扬生命力,实现直觉的解放,进入美的境界。"为了任何一种审美行为或审美直观得以存在,一种心理前提不可或缺:醉。"①

直觉的形式体现为酒神和日神两种艺术冲动。冲动产生于希腊人从悲剧性人生中实现自我拯救的意识,意在使自己进入审美梦幻。其中,日神精神"趋向幻觉",追求个性形象的美的外观,体现造型艺术的光辉;酒神精神"趋向放纵",追求在物我两忘中体验复归原始的激情震撼,体现抒情艺术的魅力。两种冲动,由于后者能够直接融入意志本体,所以更受崇敬。

直觉的根源是生命力过剩。在尼采看来,肉体活力才是艺术的原动力。艺术家倘要有所作为,都一定禀性强健、精力过剩,像野兽一般充满情欲。正因为人的艺术创造和在性行为中所消耗的是同一种力,所以艺术家应该保持贞洁,把更多的精力用于创造。与之相应,美丑判断也以生命力为标准。艺术的实质在于改造世界,从中表现超人自身丰满充沛的生命力。日神的美感,来自生命力在个性形象上的投射。

---

① 《悲剧的诞生》,第319页。

酒神的美感,来自生命力与灾难和痛苦的激烈抗争。灵感是生命创造力的爆发式涌现。

艺术繁荣要求回归音乐和神话思维。尼采认为,近代以来,由于抽象思维、科学精神和伦理道德的发展,以直觉为本性的语言陷入病态,诗也无家可归。只有音乐直接表现意志本体和纯粹情绪,尽管不沾染形象,却具有唤起形象的能力,因而成为艺术的本原。所有艺术总是起于内心深处的音乐性情绪,然后才被逐渐赋予形象。悲剧是音乐情绪的形象化体现。

问题是只有在神话中,语言才能摆脱概念,表现为情感、形象和诗。神话思维是情感、形象的思维。诗起于音乐情绪的节律同情感语言、形象语言的结合,象征性地表达了原始人群的本能意志。为了艺术的再度繁荣,必须重新回到音乐,回到神话思维。

尼采彻底的反传统精神,使他大胆否定了理性和道德对艺术的束缚,奋力张扬了艺术对人生的价值,预示了西方文论发展中以潜意识和生命冲动为标志的生命主义潮流的出现。尼采的勇气、魄力和独立思考的成就,使他无愧为世界上最有影响的思想家之一。然而,这一切的代价是在理论上走极端。

三、柏格森的艺术观

柏格森(H. Bergson,1859—1941)是法国生命哲学家,直觉主义文论的代表。曾任大学教授和院士,获1928年诺贝尔文学奖。主要著作有《时间与自由意志》(1889)、《笑——论滑稽的意义》(1900)、《创造进化论》(1907)等。

柏格森把"生命冲动"看作真正的实在,万物的根源。它既非物质,也非理念,而是内在生命不断创造和进化的过程,柏格森称之为绵延。世界上"没有什么业已成就的事物,有的只是正在生成的事物",[1]没有什么静止,有的只是变化。万物的本质不过是表现于时间中的内在生命之流,无尽的生成变化之流,既不能分割,也不会停顿。把握世界万物,关键在于通过直觉把握其生命冲动。

---

[1] 洪谦主编:《西方现代资产阶级哲学论著选辑》,商务印书馆,1964年,第146页。

（一）直觉与艺术

直觉是柏格森文论的核心概念。它是认识"生命冲动"的惟一手段，具备内在化、个性化和运动变化等特点。它使我们"不再从我所处的外部来了解运动，而是从运动所在的地方、从内部、事实上就是从运动本身来了解运动。"①

直觉是与理性分析完全不同的认识。它排除主客分离式的外部观察立场，否定静止抽象的片断式把握，主张主客交融全身心投入，通过个性化体验从内部把握运动变化的真正实在，进而得到完整具体的绝对认识。在柏格森看来，只有直觉能够体察生命之流，直接把握个别具体、川流不息的生命冲动，使人得以在事物本身绵延无尽的生命状态中，洞察其终极性实在。

进入直觉绵延必须克服实用功利、语言符号、社会成规三重障碍。因为实用功利使人只注意事物对人有益的外在特征片断属性，看不到其内在完整的活的生命。语言符号限制了人，使人只见到事物的抽象一般性，忽视其活生生的感性具体性。社会成规为了整体的需要不得不歪曲事物个性，妨碍人们对个体生命的关切和体验。只有改变思维定势，超越理性束缚，彻底拉开阻隔在人与物、人与人之间的重重帷幕，才有可能直观生命本体的洪流。

直觉认识有赖于艺术活动。直觉能力同时被视为艺术能力。柏格森把艺术看作大众摆脱世俗局限的工具。人需要生存，不得不用功利眼光认识世界。结果是在满足物质需要的同时，日益远离真正的实在。数不清的功利、符号和成规使心灵硬化形成板结，遮蔽了对生命冲动的认识。艺术的作用，恰恰在于把握那时常是为了我们的利益，也是为了生活的必要而隐藏在帷幕后面的现实，即通过直觉暗示，使人忘掉功利，"在这种状态中就会体会那被暗示的意思，就会同情那被表达的感情"。艺术的优劣取决于它所暗示的情感的丰富程度。"艺术家把我们带到情感的领域，情感所引起的观念越丰富，情感越充满着感觉和情绪，那么我们觉得所表现的美就越加深刻，越加高贵。"②

---

① 刘放桐：《现代西方哲学》，人民出版社，1981年，第213、214页。
② 柏格森：《时间与自由意志》，吴士栋译，商务印书馆，1989年，第10、12页。

(二) 意识流探讨

意识流(stream of consciousness)是柏格森心目中直觉所要把握的目标。他在当时虽然没有使用这一术语,但已明确地讨论了几乎所有相关问题。在他看来,生生不息的生命冲动,在人的身上即体现为意识之流。艺术的任务,就是挖掘内心真实,表现变动不居的生命体验之流。与之相比,人们形之于外的行为动作,不过是些孤立静止、支离破碎的片断。

意识流的特点是:个性化,不可重复;流变性,永不停息;完整性,不可分割;丰富性,五光十色;无意识,不受支配。例如回忆即因人而异,流变不居,由许多瞬间感受和印象交织渗透,难解难分,不断生成,其中包括大量不同层次的意识因素,如色彩、声音、温度、情绪、感觉、欲望和思想,犹如河流在心中流过。

传统的自我观念因此得以更新。这不仅对文论,而且对其他人文学科也产生了影响。在柏格森看来,人人都有两个自我,但两者间大不相同。第一自我是绵延中的内在自我,表现为流变不居的意识之流,多样性意识因素的相互渗透,又称"基本自我"。第二自我是适应生活需要,由内向外投射于空间的外部自我,又称"自我影像",已经抽象化、静止化、物质化。在基本自我的外化过程中,复杂多样的内在联系势必会被割断,丰富鲜明的个性因素肯定将遭磨灭,运动变化的发展特征随之也要丢失。问题在于,人们习以为常的恰恰是自我影像。

(三) 喜剧观创新

喜剧的基础是笑。笑包括滑稽和喜悦,构成讽刺与浪漫两种喜剧效果。柏格森的喜剧研究侧重前者。他对滑稽条件、滑稽根源和讽刺喜剧特征的探讨,在西方喜剧理论史上占有独特地位。

滑稽只发生在人身上,以人群对另类个体的情感疏离和智能关注为条件。因为在"人的范围以外无所谓滑稽"[①]。滑稽感需要心照不宣的同伴,在一定的圈子内发生。正因为笑离不开社会,所以这一人群认为可笑的东西,另一人群未必认为可笑。喜剧之所以难翻译,原因概出于此。要言之,"当一群人把他们的注意力全部集中到他们当中的某

---

① 《时间与自由意志》,第 2 页。

一个人身上,不动感情,而只运用智力的时候,就产生滑稽"①。

滑稽根源于背离生命冲动的人格物化倾向。滑稽的表情是面部肌肉的僵化、痉挛,不由自主,如橡皮脸。滑稽的动作常常和对机械、僵化的联想相关联,如不顾环境变化,一味地按照习惯或想像来行动。"凡是一个人给我们以他是一个物的印象时,我们就要发笑。"一般说来,背离生命冲动的程度越深形式越奇,滑稽效果越好,喜剧的格调越高。

滑稽决定了喜剧区别于一般艺术的两个特征:有赖理性功利,人物表现类型化。这就使喜剧成为艺术中的一个重要例外,被柏格森看作摇摆于艺术和生活之间的形式。因为一般艺术具有非功利特征,喜剧却刻意追求社会功利。比如生命要求紧张和弹性,身体缺乏这些素质,会导致残疾;精神缺乏,将出现障碍;性格缺乏,能造成人对社会的不适应,带来痛苦和罪恶。社会为了解决生命力蜕化问题,需要借助以理智思考为基础的滑稽,对病态生命形式实施惩罚。滑稽的价值即在于此。再就是,一般艺术创造个性,喜剧却表现类型。经典喜剧的标题说明了这一点,比如悭吝人、伪君子、赌徒、恨世者、醉心贵族的小市民等。艺术人物往往都能意识到自己的个性和行动。喜剧人物却没有自知之明。"大家看得见他,他看不见自己。"②而且一旦他意识到自己的滑稽,可笑性随即消失。

根据哲学史考察,柏格森的思想远接赫拉克利特,近承笛卡儿,尤其是受到了叔本华的启发。柏格森文论把直觉的非理性一面发挥到淋漓尽致,对现代文论的发展产生了重要影响。

四、克罗齐的艺术观

克罗齐(B. Croce,1866—1952)是意大利哲学家、美学家、文学批评家和历史学家。曾不惜代价同墨索里尼政权对抗,成为意大利反法西斯力量的象征。他是西方美学现代转型的枢纽人物。其直觉表现论在继承前人的基础上,解决了说明直觉机制和理顺直觉同理性关系两个问题,把直觉同艺术、美学同艺术哲学统一起来,将直觉主义文论推向了高潮。

克罗齐一生著述甚丰,其哲学以心灵活动方法论为特色。他涉及

---

① 《时间与自由意志》,第5页。
② 同上书,第100页。

文论的专著主要有《作为表现科学和一般语言学的美学》(1902)、《美学纲要》(1912)、《诗与文学》(1936)等。克罗齐的文论意义,形成于他的美学即艺术理论这一立场。

(一) 思想基础

心灵哲学是克罗齐思想的主要成果,体现着对主体性学说的继承与发展①。他明确反对实证主义和形而上学,始终坚持主体论立场,肯定哲学的内在性、方法性、经验性,运用先验综合原理解决学科根据问题。

克罗齐对康德的创造性发展,主要集中在三个方面:首先是把康德的感性认识改造为直觉认识;用情感对象取代了认知性因素,将先验综合引入直觉,把时空范畴改造为直觉意象,进而使美学成为科学。其次是为康德的实践范畴增加了经济内容,把整个实践看作情感的根源和直觉的对象。② 第三是通过差异辩证法把心灵活动综合为螺旋式发展的有序过程。特别是把认识分为直觉和理性两个阶段:直觉独立于理性并成为理性的意象基础,理性综合并超越直觉,通过概念判断走向实践。

克罗齐由此确立了心灵活动的基本形式:直觉、理性、经济、道德,主要价值:美、真、益、善,相关学科:美学、逻辑学、经济学、伦理学,内在机制:先验综合历史发展。克罗齐的意图,是通过哲学为心灵活动立法。

克罗齐从康德出发,通过个体直觉认识和共相逻辑认识两个范畴,明确了直觉与理性之间的差异综合关系,从而同非理性主义的直觉学说划清了界限。

(二) 直觉论美学

克罗齐美学的核心命题,是直觉即表现。这可以从三方面来理解。

直觉的对象是情感。所谓情感,在克罗齐看来,就是心灵对生活的感觉。它由生活引起,表现为某种心情,伴随着痛感或快感,但又超出了具体感官,成为心灵对感觉的综合。它出自个性化心灵实践,具有历

---

① 参阅张敏:《克罗齐美学论稿》之有关章节,中国社会科学出版社,2002年。
② 克罗齐:《美学原理》,朱光潜译,见《美学原理 美学纲要》,外国文学出版社,1983年,第85页。

史的具体的内容,作为实践与认识的中介,出现在直觉认识之前,成为心灵活动的初始材料和基础。

在情感对象问题上,克罗齐比康德前进了一步。因为康德曾把情感抽象化、神秘化,断言对情感的认识不可能成为科学,甚至把情感排除出感性领域。

直觉的机制是表现。情感尚处于"直觉界线以下",可以看作"无形式的质料",要求获得形式,进入直觉。这一过程叫表现,即把形式赋予情感的活动。其实质是心灵活动借助先验意象对情感内容做审美综合。在这里,克罗齐创造性地提出情感表现即直觉,先验形式即意象。直觉由于其先验综合机制,使得美学成为情感表现的科学。

在克罗齐看来,先验指先于有待综合的情感经验。先验意象来自艺术传统,通过习得传承内化于心灵。先验审美综合指心灵活动在情感力量促动下,想像力得以激发,通过先验意象,综合个性化的情感体验,进而创造出新意象,形成来自经验、提供新东西、具有普遍必然性的直觉知识,即艺术。艺术以表现为中心,有其自律机制和知识价值。克罗齐对直觉机制的哲学说明,使直觉终于摆脱神秘主义,走上了认识论之路。

直觉活动即艺术。在克罗齐体系中,直觉被规定为感性认识能力,与现象世界的生成联系在一起。它为人所有,满足人的需要,本身就是人的心灵活动能力之一。正因为艺术能力属于大众,艺术的普遍性才成为可能。只是这种能力在艺术家身上,比在大众那里得到了更好的发展。因此,艺术即感性认识有其社会标准和历史具体的形态,需要成为共识,得到公认。由于克罗齐始终坚持艺术是一种历史存在,其美学又称历史美学。

至此,克罗齐断言,艺术是关于个体的知识,体现着个性特征,但又经过了先验意象的形式综合,因而具有普遍必然性。作为历史具体的情感直觉活动,艺术具有它历史具体的表现形态、发展过程和成果积累。

在这里,克罗齐根据直觉表现论,对美学史上众说纷纭的艺术和美,给出了简洁明快的定义:艺术即直觉,美即表现。这就既概括了艺术活动的创造与接受全过程,又概括了康德的审美契机说[1],并以此将艺术同逻辑活动、经济活动和道德活动,同物理事实和生理感受全面区

---

[1] 即美具有非功利性、无目的的合目的性和不依赖概念的普遍必然性。

别开来,在理论上取得了显著进展。当然,克罗齐的探讨属于纯粹美学探讨。他所谓的美和艺术也是就其纯粹形态而言。然而纯粹性只限于满足理论的需要。克罗齐晚年对此有更成熟的认识。

(三) 艺术哲学

克罗齐坚持美学即艺术哲学的立场,提出了艺术本性抒情论、艺术独立辩证论、心灵完善发展论、一般语言学即美学假说,以及用美学观念综合艺术现象的批评理论,和从艺术走向文明的文学理论。

艺术本性抒情论强调审美综合以抒情为原则。直觉活动糅杂多为整一,是对情感质料的有机形式化过程,其成果体现为鲜活整一的审美意象。意象的完整性和生命力,完全出自情感灌注。[①] 在这里,克罗齐反对把意象分解为意与象,再来讨论二者关系。意象中不存在所谓理性与感性的对立统一。否则,艺术的二元性和寓意性即在所难免。实际上,意象的生成前提和成功保证唯在情感。只有依靠情感的作用,艺术家激发起创造性想像,才会从心灵深处捕捉到鲜活完整的意象。归根到底,意象是对情感而非概念的审美综合。[②]

艺术独立辩证论首先强调艺术独立。作为直觉认识,艺术对功利效益、逻辑理性、道德律令、生理感受、物质材料具有独立自主性。这有助于打破实证主义和形而上学的外部束缚,克服异化力量,保障艺术自由。与此同时,独立只能是依存中的独立。直觉不可能脱离对心灵活动的依存。心灵活动螺旋式发展,造成了不同形式彼此间的内在联系。独立总是相对的,依存才是绝对的。

心灵完善发展论体现克罗齐对艺术功能的肯定。直觉论美学论证直觉与艺术的同一性,肯定艺术的人性根源、人为机制和人本目的。艺术促进心灵的完善与发展,具备人性化、平民化、生活化属性,成为人所特有的一种从情感现实中争取自我解放的能力。人的发展才是艺术的终极关怀。

一般语言学即美学假说立足于直觉表现论。克罗齐认为语言即表现,其本质在于情感的对象化。[③] 据此,他以直觉语言学反对逻辑语言学,主张直觉先于理念,把语言学等同于美学。在克罗齐看来,人有赖

---

① 《美学纲要》,韩邦凯、罗芃译,见《美学原理 美学纲要》,第 227、225 页。
② 同上书,第 227、233 页。
③ 同上书,第 154 页。

于诗性语言而获得人的生存。它不同于对艺术做语言形式分析,或者对美学命题做语义分析,而是更接近于"此在"在语言中寻求"诗意的栖居"。

用美学观念综合艺术现象,是克罗齐对批评的理解。克罗齐主张人本批评,排斥形式批评。具体方法是历史的美学的阐释,即以个性为对象,以普遍性为标准,努力"从个别中重新发现全体",但出现了历史阐释吞没美学阐释的倾向。批评结构表现为审美知觉判断,排斥"非批评化"倾向。批评自身是以确认真知为目的的批判性思维、批评思想的历史性积累和艺术趣味不断成熟的过程。

从艺术走向文明的文学理论形成于克罗齐晚年。克罗齐美学一度以"纯诗"研究自居。[①] 直到他最后一部专著《诗与文学》(1936),才"通过纠正我年轻时的偏激"[②],终于在美学领域为"与诗不一致的文学"开辟了一块合法领地[③]。文学是"文明与教养"的表现,形成于心灵内在的诗性需要及其社会化、公众化的体现,基本特点是"非诗的表现与诗的表现所形成的和谐"[④]。文学有自己的理论系统,与"纯诗"存在着家族类似和理想类型关系。人通过艺术摆脱动物状态,开始了心灵的发展;人通过文学获得心灵完整,与社会协调一致,从艺术走向文明。

(四)地位、影响与局限

克罗齐推动了西方美学从经验走向理论,由从属走向独立。克罗齐美学以心灵哲学为基础,使美从"客体再现"、"理念显现"、"主体性和谐"走向了"情感表现",使美学的对象从实体(客体或本体)、主体性(审美能力或心理)转向了主体化审美关系(情感表现)。西方美学经过长期的摸索,经历了以客体经验描述、本体形而上探讨为主题的古代阶段,对人主体能力和审美心理展开深入批判的近代阶段,走向了关注主体化审美关系的现代进程。

具体说来,克罗齐美学首先否定了心灵外部形而上学的超验存在,从客体或本体崇拜的再现论模式中挣脱出来,打破了两千多年的模仿说传统,走向了主体化审美关系或表现论。其次是从历史具体的心灵

---

① 克罗齐:《诗与文学》英文本,南伊利诺伊大学出版社,卡邦代尔与爱德华兹维尔,1981年,第69页。
② 《诗与文学》,第43页。
③ 《〈诗与文学〉导论》。
④ 《诗与文学》,第41页。

活动出发,通过情感表现论证了艺术自主和美学独立,突出了美学的个性特征、情感对象、历史属性、价值特点和科学追求,推动了美学的进步。第三是发展历史美学,促进了美学以至于哲学、史学领域历史主义的崛起,为现代美学不同流派的平等对话、新陈代谢和自我否定,开辟了新的空间。

克罗齐在20世纪前50年间在西方文论领域始终占据重要地位,成为后来居上的众多流派由以出发的历史或逻辑起点。如表现论和符号论文论,即分别侧重克罗齐的情感表现和认知性因素,并获得了新的进展。形式主义和分析美学一方面受克罗齐感召同语言学合流,一方面通过对艺术品的形式分析和美学概念的语义分析,同克罗齐强调表现本性、意象特征和有机整体观,反对逻各斯中心论和解析式语言观的努力划清了界限。其中维特根斯坦的"语言说"、"图式论"和"家族类似"(family likeness)等提法,与克罗齐的相关思考不仅在实质上,而且在措辞上都有惊人的相似。

英美新批评从克罗齐继承并发展出作品中心论思想,高度关注艺术独立、文本自足和上下文关系。实用主义美学更因其基本见解与克罗齐所见略同而被视为抄袭。自然主义美学以其"粗陋唯物主义"形式,同克罗齐美学的"精致唯心主义"有过正面交锋。精神分析的自发象征说、无意识创作论等主张,曾遭到克罗齐的坚决抵制和激烈批评,认为它已接近宗教神秘主义。阐释学的意义探寻、先在视界和视界融合理论、解构主义的差异多元、质疑批判和解构绝对的主张,同克罗齐关于历史的美学的阐释理论,对怀疑态度、批判精神和问题意识的高度自觉,以及对差异综合辩证法的探索和对形而上学的否定都有着或隐或显的思想联系。

此外,克罗齐受马克思影响而形成的历史美学思想,实践经情感中介对艺术发挥作用的基本见解,至今有待于深入发掘。

克罗齐美学的问题,除心灵形而上学外,主要在于把审美活动与物质实践机械隔离开来,导致直觉内部感性对象性的丧失,艺术哲学否认媒介作用缺乏形式意识。其他还有对情感质料的内部关系缺乏有力阐释,把先验意象与艺术传统的其他要素割裂对立起来,在价值观上表现出相对主义倾向,导致美无差别论、文学泛化论等失误。

克罗齐之后,以直觉为理论核心的还有胡塞尔。他把直觉看作检验知识的最后标准,主张只要通过"自由想像的变换",任何个体的经验直观都可以转换为本质直观,进而找出事物的不变本质。胡塞尔的学说虽有重返形而上学之嫌,但没有走向神秘主义。只是对胡塞尔的讨论,已经越界进入现象学文论领域。

第四节　象征主义文论

在人类企图用艺术方式把握这个世界的追求中,象征主义应该说是最为出色的一派。出现在大约19世纪70年代的象征主义诗歌流派一反此前的文学家们专注于描写外部真实的圭臬,全力倡导以"过度的夸张,奇特的隐喻,颜色与线条配合和谐的崭新词汇"①来阐释他们对世界的认识与理解。文学的发展在这里出现了转折点,它昭示着一种更为开放、更耐人寻味的文学思想开始形成。

"象征"一词,源自希腊。本义是将一物分成两半,双方各持其一,他年相遇后,合之则能相认,象征由此被视为能表达某种事物或观念的符号。象征主义文论即取此义,即将一个完整的意识,一半示人,另一半则需要通过联想,感官与心灵的沟通等方式去体悟。正如美国劳伦斯·坡林教授所言:"象征的定义可以粗略地说成是某种东西的涵义大于其本身。"②

一般而言,象征主义文学运动以第一次世界大战为界,分为两个阶段。象征主义首先出现在法国,波德莱尔在1857年发表的《恶之花》和文学评论,无疑使他成为了象征主义的开山之祖,其后的追随者不久就将其理论发展成为一场蔚为大观的文学运动。这之中魏尔伦(Paul Verlaine,1844—1896)、兰波(Arthur Rimbaud,1854—1891),尤其是马拉美功不可没。到1886年9月中的一天,一位名叫莫雷亚斯的年轻诗人在《费加罗报》上发表一篇名为《象征主义宣言》的文章后,这场声势浩大的文学运动旋即席卷欧美,成为20世纪最早出现、影响最大的现代主义文学思潮。一次大战后,法国诗人瓦雷里和爱尔兰诗人叶芝等将象征主义推向了第二个阶段,在这一阶段中,象征主义在将其主张更为系统化与理论化的同时,也将象征主义的神秘主义思想和朦胧暧昧、晦涩费解的表现形式推向了极致,从而导致了象征主义在40年代后日

---

① 〔法〕莫雷亚斯:《象征主义宣言》,见《象征主义·意象派》,黄晋凯等主编,中国人民大学出版社,1989年,第44页。
② 〔美〕劳伦斯·坡林:《谈诗的象征》,殷宝书译,《世界文学》,1981年第5期,第248页。

见式微的境地。

一、爱伦·坡的文论

作为一种文学运动,象征主义的源头可以追溯到19世纪30年代的美国诗人、评论家爱伦·坡(Edgar Allan Poe,1809—1849)。爱伦·坡来自社会底层,幼时父母双亡,由教父抚养成人,17岁进弗吉尼亚大学,生活放荡不羁。养父不满,责令退学。成年后开始写作,著有诗歌、小说和评论,其中《创作哲学》(1846)、《诗的原理》(1848)是他重要的理论著作,《乌鸦》《钟》则是他象征主义诗歌的代表作品。爱伦·坡晚年穷困潦倒,嗜酒成癖,并曾吞服鸦片自杀,最后终于在酩酊大醉中死于非命,终年40岁。

作为象征主义的先驱人物,爱伦·坡认为文学最根本的目的是创造出"神圣美",而不关涉其他。他认为,"那个最纯洁、最升华、而又最强烈的快乐,导源于对美的静观、冥想。在对美的观照中,我们各自发现,有可能去达到予人快乐的升华或灵魂的激动;我们把这种升华或激动看作诗的感情,并且很容易把它区别于真理,因为真理是理智的满足;或者区别于热情,因为热情是心的激动。"[①]爱伦·坡完全摈弃欧洲文论自亚里士多德以来,关于文艺的社会和道德功能,主张"一首诗就是一首诗,此外再没有什么别的了——这一首诗完全是为诗而写的。"[②]为达到诗创作出神圣美的目的,爱伦·坡特别强调音乐在诗歌中的重要性,他认为,"也许正是在音乐中,诗的感性才被激动,从而使灵魂的斗争最最逼近那个巨大的目标——神圣美的创造。"[③]爱伦·坡如此强调诗歌与音乐的交融,既显示出他对传统文学功能的背弃,更昭示着新世纪文学观念的嬗变。爱伦·坡的文学思想对20世纪现代派文学艺术产生了巨大影响,也被象征主义文论家们引为精神领袖。

二、波德莱尔的文论

波德莱尔(Charles Baudelaire,1821—1867)是上承浪漫主义余波,

---

① 〔美〕爱伦·坡:《诗的原理》,见《西方古今文论选》,伍蠡甫主编,复旦大学出版社,1984年,第370页。
② 同上书,第367页。
③ 同上书,第370页。

下开象征主义先河的著名诗人和文学批评家,他的十四行诗《对应》被认为是"象征派的宪章"。波德莱尔幼年丧父,母亲改嫁,从小就变得孤独、忧郁。青年时期,即才华出众,曾获拉丁文诗作奖;后却玩世不恭,放浪形骸。1857年,诗集《恶之花》出版,被法庭以有伤风化、亵渎宗教的罪名起诉,在缴纳罚金并删除禁诗后,于1861年出版。晚年身体欠佳、穷困潦倒,常常破衣烂衫,彷徨于巴黎闹市,并吸食大麻、鸦片麻醉自己。后对爱伦·坡产生兴趣,翻译了爱伦·坡的许多作品,并引以为精神导师。1865年他健康状况恶化,翌年病逝,终年46岁。波德莱尔除《恶之花》、《对应》后,尚有《浪漫派艺术》、《美学探奇》等论著,并有爱伦·坡作品翻译五卷等。

直接发表在《恶之花》初版中的《对应》一诗,是波德莱尔也是象征主义的扛鼎之作。诗中把人与自然的感应关系、人自身之间的各种感觉隐秘关系,有形有色地描述了出来。

> 大自然是座庙宇,有生命的柱子,
> 不时发出隐约的语声,
> 人走过那里,穿越象征的森林,
> 森林望着他,投以熟悉的眼神。
> ……
> 有的香味新鲜,如儿童的肌肤,
> 柔和有如洞箫,翠绿有如草场,
> ——别的香味呢,腐败、浓郁而不可抵御。
> ……

《对应》一诗的贡献在于提出诗歌不仅是心灵的产物,更应该表现主观世界与客观世界存在的隐秘的对应关系。而反映这种关系,先前人们常用的艺术手段已无法胜任,惟有通过象征这一手段才能做到。简言之,诗歌不应描绘,而应表现;不应反映,而应象征。

在《恶之花》中,波德莱尔更是以他惊世骇俗的笔触发掘了恶中之美。他认为"忧郁才可以说是美的最光辉的伴侣","最完美的雄伟美是撒旦——弥尔顿的撒旦"。[①] 波德莱尔的这种美学观,虽缘之于现实的丑恶而产生的郁闷、苦恼,但却开拓了与传统的优美、壮美、崇高、和谐截然不同的具有鲜明现代意识的审美范畴。正如他所说的那样:

---

① 《法国文学史》中册,第320页。

"你给我污泥,我把它变成黄金。"①波德莱尔以他的诗歌理论和创作实践使他成为了 20 世纪现代主义文学的开山鼻祖。

三、马拉美的文论

法国作家与文论家马拉美(Stephane Mallarmé,1842—1898)是象征主义第一个阶段引人注目的代表人物,他所提出的象征主义创作方法和创作理论对象征主义发展产生了重大影响。马拉美出生在巴黎一个公务员家庭,四岁丧母,与妹妹一道寄养在外祖父家,到 15 岁时妹妹又死去,家庭的不幸养成了他孤独忧郁的性格。他在中学时代开始写诗,深受爱伦·坡和波德莱尔的影响,从 1863 年起直到 1894 年退休为止,他主要靠教书为生。不过他的主要精力却放在诗歌创作和诗歌理论的研究上。马拉美最初属于巴那斯派,这一诗派主张诗人从主观世界转入客观世界,用对外在世界的精心描绘代替对内心世界的展示。后来受波德莱尔的影响,着眼人生的痛苦,表现复杂病态的感觉,在诗歌的表现形式上,崇尚《恶之花》中的含蓄与暗示。但是他比波德莱尔走得更远,认为在大自然中一切意象都有其特殊的神秘意义,并因此要求自己在创作中完美地表达出来,这种近乎苛刻的要求使其创作走入了困境,他的作品晦涩难懂,以至于他在遗嘱中要求家人焚毁他的全部存稿。1898 年他因喉部痉挛,突然死亡。《牧神的下午》是他象征主义诗歌的代表作品,《骰子一掷绝不会破坏偶然》则是他象征主义诗歌内容与形式探索的极端表现。后期象征主义文学的代表人物瓦雷里说:"虽魏尔伦与兰波继续着波德莱尔的情绪与刺激的要求,然马拉美的作品才真正在完美与诗之纯粹的领域中继续前进。"②

与和他同一阶段的魏尔伦、兰波相比,马拉美对诗歌的要求似乎要更为深广,更为精妙。魏尔伦将诗歌视为奥秘感情和细微感官的直接表现;兰波以诗歌为不可知世界的一种神奇的认识手段;而马拉美则用诗歌揭示潜存于平凡事物背后的"绝对世界"。马拉美在《关于文学的发展》中有一段谈及了象征主义文学的表现形式与表现内容的铭文,"与直接表现对象相反,我认为必须去暗示。对于对象的观照,以及由对象引起梦幻而产生的形象,这种观照和形象——就是歌。……指出

---

① 马新国主编:《西方文论史》,高等教育出版社,1994 年,第 400 页。
② 潘翠菁:《西方文论辨析》,中山大学出版社,1984 年,第 370 页。

对象无疑是把诗的乐趣四去其三。诗写出来原就是叫人一点一点地去猜想,这就是暗示,即梦幻。这就是这种神秘性的完美的应用,象征就是由这种神秘性构成的;一点一点地把对象暗示出来,用以表现一种心灵状态。"①在这里,暗示成为诗歌的灵魂。先前提倡的客观真实地再现生活的创作原则,在这里完全被抛弃。"因为客观事物本来就存在,我们不必去创造它们;我们只须把握它们的关系。"②从波德莱尔的感应论到马拉美的暗示说,象征主义走过了一条从诗歌应摆脱理性主义的束缚到主张表现梦幻的非理性主义的道路。

马拉美关于象征主义的论述,概括起来主要有三个方面的内容。第一,他认为象征主义应该展示人的心灵状态,而心灵的最佳状态是梦幻。在他看来,观照对象是为了由此引起梦幻,通过梦幻可以展示出心灵种种具有纯洁性的闪光之处。这种纯洁性的闪光,正是他所追求的理想纯洁的美。第二,提出对诗歌的音乐性的追求。关于诗歌与音乐的关系,爱伦·坡在《诗的原理》中说过:"音乐通过它的格律、节奏和韵的种种方式,成为诗中的如此重大的契机,以致拒绝了它,便不明智——音乐是如此重要的一个附属物,谁要谢绝它的帮助,谁就简直是愚蠢;所以我现在毫不犹豫地坚持它的重要性。"③爱伦·坡的这一思想对马拉美产生了深刻的影响,马拉美始终把诗的音乐性看成是把人引入理想梦境,探究现实世界的神秘意义的一个重要手段,并且身体力行地在他的创作中把文学当成音符,加以组织与配音,使之富有音乐性。如在《骰子一掷绝不会破坏偶然》中,就参考了瓦格纳音乐运用主旋律的方法,把题目分成四个词组,让它在全诗中不断轮换出场,好像乐曲反复演奏主旋律一样。无怪乎后期象征主义诗人瓦雷里说:"马拉美毕生的问题,毕生思索着,极其细致地研究着的课题就是还诗歌的现代伟大的音乐作品从它那里夺走的王国。"④第三,强调诗人创作的个人化。马拉美和其他象征主义诗人一样,认为诗歌应该表现现实世界的神秘意义,应该把握最高意义的真实,而现实生活并不存在他所追求的艺术境界。因此,他备感痛苦。他说:"对于我,作为一个诗人,在这个不允许诗人生存的社会里,我作为一个诗人的处境,正是一个为自己凿

---

① 伍蠡甫主编:《西方古今文论选》,第267页。
② 同上书,第269页。
③ 同上书,第370页。
④ 转引自《外国文学评论》1989年第1期,第106页。

墓穴的孤独者的处境。……从内心来说,我是一个孤独者。"① 马拉美追求诗人创作的个性化,要求诗歌去把握最高意义的真实,应该说是对现实生活一种愤懑的表现,只不过他没有将这种愤慨化为一种与现实的抗争,而是化作一种孜孜不已的艺术追求,这种超越现实的追求是高尚的,同时也是无奈的。马拉美在象征主义运动中是一位承前启后的人物,后期象征主义者大多都以他为精神领袖,他的诗论对整个象征主义运动发挥了极大的作用。

四、瓦雷里的文论

瓦雷里(Paul Valéry,1871—1945)最早是以诗人的身份为人所识的。1920年出版的《旧诗集存》是他早期的作品选集,该诗集以富有音乐性的诗句和象征的意境,抒发了诗人的梦境与沉思。这一时期的诗歌创作显示出他深受马拉美和兰波的影响。1926年发表的《海滨墓园》是诗人最具有代表性的诗歌,被誉为象征主义诗歌的经典之作。1925年当选为法兰西学院院士,1945年逝世时正值德国投降,戴高乐为他举行了国葬。

作为后期象征主义的代表人物,瓦雷里首先提出了"纯诗"(pure poetry)这一概念。纯诗作为象征主义诗歌的理想,从爱伦·坡起就开始追求。爱伦·坡提倡"纯诗歌",主张诗歌除了给人以美的享受外不应有其他任何目的,认为让诗歌承载给人的真理的功用是不可取的。马拉美更提出"诗歌应当永远是个谜",② 它是由暗示构成神秘意境,从而达到对纯粹美的把握。瓦雷里在此基础上更提出纯诗特别适合于创造心灵的情感状态,是诗性的一种极致和境界。"在这种诗中,旋律毫不间断地贯穿始终,语义关系始终符合于和声关系,思想的相互过渡好像比任何思想都更为重要,主题完全溶化在巧妙辞采中。"③ 瓦雷里对诗歌的这种要求,不能不说是对文学审美特性的一种极致追求,然而这一追求实际上只是一种美好的愿望,实质上是难以企及的。无怪乎他自己也承认,"纯诗的概念是一个达不到的类型,是诗人的愿望、努力和

---

① 伍蠡甫主编:《西方古今文论选》,第268页。
② 伍蠡甫主编:《西方文论选》下卷,第263页。
③ 刘象愚等:《从现代主义到后现代主义》,第56页。

力量的一个理想的边界。"①

为了达到纯诗所要求的空灵的境界,瓦雷里还继承了爱伦·坡等人所涉及的诗歌与音乐的关系问题,并且把诗歌的音乐性强调到极端的地步,他认为"在这种诗里音乐之美一直持续不断,各种意义之间的关系一直近似谐音的关系"②,诗人在创作过程中要调动包括语言内在的装饰性和音乐性在内的一切手段,潜心研究语言的词汇、节奏、韵律等内在因素,寻求声音和意义之间的音乐与和谐,以创造出人类共同向往的审美世界。

五、叶芝的文论

叶芝(William Butler Yeats,1865—1939)是后期象征主义文学运动中的另外一个重要的诗人和诗歌理论家。叶芝出生于都柏林一个画师家庭,并且在都柏林艺术学院学过绘画,但不久就专心致志于写诗,并和一些志同道合的朋友组成了一个"诗人俱乐部"。年轻的叶芝对法国象征主义诗歌怀有极大的兴趣,1889年出版了他第一部诗集《莪相的漫游》。此后的岁月中,叶芝创作了不少脍炙人口的诗作,成为西方世界最伟大的诗人之一。《驶向拜占庭》是他诗歌的代表作品。他于1932年获得诺贝尔文学奖。

叶芝的象征主义大多与神秘主义相联系,他认为诗人在进入创作时应忘记一切,凭借亲身经历的忘形情境,并通过真心的信仰和对痛苦的感受,去创造至高无上的完美的诗。"诗写得恰到好处,就像一只盒子关闭时发出咔哒一声响一样。"③在《诗歌与象征主义》一文中,叶芝极力推崇英格兰诗人彭斯的两句诗:

> 洁白的月在白色的海浪后面落下去了,
> 时光也在和我一起消逝,哦!

他认为这两句诗是最令人感伤的美的诗句,其原因是,"当这一切,月、海浪、白、消逝的时光,还有那最后一声感伤的呼喊,都聚集在一起时,它们唤起了一种情感,这种情感是任何别的颜色、声音和形式的组合所无法唤起的。……因为在纯真的声音之外,可以说它们最为神

---

①② 伍蠡甫主编:《现代西方文论选》,第29页。
③ 同上书,第51页。

秘,而且通过它们,人们可以最深刻地领会什么是象征。"①

为了达到诗歌能进入神秘的完美境界,叶芝还把诗歌的象征分为感情的象征和理智的象征。他说:"感情的象征,即仅仅唤起感情的象征——在这一意义上说,一切吸引人或令人厌恶的事物都是象征,它们同韵律和形式毫无关系,……也不能完全使我们感到欢悦。除感情的象征外,还有理智的象征。这种象征或者仅仅唤起观念,或者唤起与感情错综的观念。在神秘主义十分特定的传统以及某些现代诗人不那么特定的批评之外,惟有以上这些象征才可称为象征。"②而有的诗歌"必须具有无法分析的完美,必须微妙到每读一次都会使人有新的感受"③。

象征主义诗歌运动经由爱伦·坡、波德莱尔、马拉美,到瓦雷里和叶芝等人半个世纪的创作实践与理论总结,成为引领20世纪西方文学的重要流派。加缪曾说过:"最难理解的莫过于一部象征的作品。一个象征总是超越它的使用者,并使他实际说出的东西要比他有意表达的东西更多。"④加缪的话形象地说出了象征主义的优劣两面,但无论如何,象征主义的出现与存在为人类增添了把握这个世界的一种特殊手段,这是我们应该记住的。

第五节　精神分析与神话—原型批评理论

弗洛伊德与精神分析批评

精神分析批评是将精神分析学等现代心理学理论应用于文学研究的一种批评模式。它是20世纪影响最大、延续时间最长的文学批评流派之一。精神分析批评的创始人是弗洛伊德。弗洛伊德之后,在精神分析文论方面成就卓著的还有:荣格、阿德勒(Alfred Adler,1870—1937)、拉康(Jacques Lacan,1901—1981)、霍兰德等人。

---

① 伍蠡甫主编:《现代西方文论选》,第53—54页。
② 同上书,第57—58页。
③ 同上书,第60页。
④ 〔法〕加缪:《弗朗兹·卡夫卡作品中的希望与荒诞》,见《文艺理论译丛》第三期。

（一）弗洛伊德的精神分析理论

弗洛伊德（Sigmund Freud，1856—1939），奥地利著名的精神病专家、心理学家，出生于奥地利的一个犹太商人家庭。1873年，弗洛伊德进入维也纳大学医学院学习，1881年获医学博士学位。此后，弗洛伊德长期从事精神病治疗和教学、研究工作，并创立了精神分析学说。1938年，为逃避纳粹迫害，弗洛伊德流亡英国，次年因口腔癌客死伦敦。弗洛伊德的主要著作有：《释梦》(1900)、《图腾与禁忌》(1913)、《精神分析引论》(1920)、《超越快乐原则》(1920)、《自我与本我》(1923)等。

弗洛伊德在治疗精神病人的过程中，首创了被称作"自由联想"的治疗方法，并在此基础上建立起他的精神分析理论体系。其主要理论包括：

1. 无意识与心理结构学说

弗洛伊德把人的心理结构划分为意识、前意识、无意识（又称潜意识）三个层次。意识是指与直接感知有关的心理结构层次。弗洛伊德认为，这个以前被认为是人的心理活动的全部内容的部分，与无意识相比，它只是第二性的。前意识是指在某种特定条件下可以被唤醒，并进入到意识层的无意识。无意识则处在意识层和前意识层的压抑下，它包括人的原始冲动和本能，以及同本能有关的欲望。

1923年，弗洛伊德在《自我与本我》一书中，又进一步完善了他早年提出的心理结构学说，将人的人格结构划分为本我、自我和超我三个层次。本我（Id）是指人先天的本能欲望和冲动，它遵循的是"快乐原则"。超我（Super-ego）代表着社会道德原则对个人的要求，它遵循道德原则，是社会文化价值内化的结果。自我（Ego）处在本我与超我之间，对这两种冲突性的力量起调节作用，它遵循的是现实原则。

2. "力必多"与"俄狄浦斯情结"

在早期的著作中，弗洛伊德认为人最基本的心理驱动力是性本能，他称之为"力必多"（Libido）。他还据此将人的心理性欲发展分作五个阶段，即口唇期（1岁左右）、肛门期（1—2岁左右）、男性生殖器崇拜期（3—5岁左右）、心理性欲发展潜伏期（6—12岁左右）、生殖期（成人阶段）。由于人的"力必多"往往处在社会道德的强大压抑下，因此就会在无意识中形成"情结"。弗洛伊德将男孩的情结称之为"俄狄浦斯情结"（Oedipus complex），又称恋母情结，女孩的情结称之为"厄勒克特拉情结"（Electra complex），又称恋父情结。第一次世界大战后，弗洛伊德在其晚期的著作中又将他的本能理论进行了修订,提出了生命本能和死亡本能两个概念。

3. 关于梦的学说

弗洛伊德的关于梦的学说是建立在他的潜意识和本能理论基础上的。他认为,"梦的内容是在于愿望的达成,其动机在于某种愿望"①,梦是通往潜意识的捷径。由于梦所呈现的并不是被压抑的潜意识的本来面目,而是它的伪装形态,因此,只有通过分析和解释,才能挖掘出被压抑的潜意识冲动。弗洛伊德将梦境分作两个层面:一个是梦的显意,它是梦境的表面,属于意识层面;一个是梦的隐意,它属于不为梦者所了解的潜意识层面。按照弗洛伊德的观点,这些潜意识主要是一些长期受到压抑而得不到满足的、与性有关的欲望。把梦的隐意转化为显意的过程称作梦的工作。梦的工作有四种:一是凝缩,即多种隐意以一种显意象征出现;二是移置,指在梦的隐意转化为显意时,意象材料的删略、更动和重新组合,或者是以一个不太重要的情景替换被压抑的重要的隐意;三是象征,即把被压抑的欲望转化成象征性的视觉意象;四是二度润饰,这是指梦者对颠倒混乱、怪诞的材料进行修饰,使之有条理,听起来比较合乎逻辑。

(二) 弗洛伊德的精神分析文论

1. 文学艺术是性本能的升华

弗洛伊德用泛性论理论来解释文学艺术的本质和功能。他认为性本能是人类一切行为的原动力,"这些性的冲动,对人类心灵最高文化的,艺术的和社会的成就做出了最大的贡献"②。那么,具体说来,"力必多"欲望又是如何成为文学艺术家的创作动因的呢?弗洛伊德运用"升华说"(sublimation)来解释这一转化过程。他指出,"我们相信人类在生存竞争的压力之下,曾经竭力放弃原始冲动的满足,将文化创造起来,而文化之所以不断地改造,也由于历代加入社会生活的各个人,继续地为公共利益牺牲其本能的享乐。而其所利用的本能冲动,尤以性的本能为最重要。因此,性的精力被升华了,就是说,它舍却性的目标,而转向他种较高尚的社会的目标。"③在弗洛伊德看来,文学家和艺术

---

① [奥地利]弗洛伊德:《梦的解析》,赖其万、符传孝译,中国民间文艺出版社,1986年,第51页。
②③ [奥地利]弗洛伊德:《精神分析引论》,高觉敷译,商务印书馆,1986年,第9页。

家都是性本能冲动异常强烈的人,在从事艺术创造活动的过程中,他们在现实中被压抑的性欲望得到了一种替代性的满足和补偿。同样,读者在欣赏艺术作品的活动中,也使其被压抑的本能冲动得到了一种变相的释放和满足。因此,弗洛伊德认为,性本能冲动是文学艺术产生的根本动因,人们通过从事文学艺术创造和欣赏活动使被压抑的力必多冲动得到升华。弗洛伊德还以具体的作家和艺术家的创作为例来证明自己的升华理论。他在《达·芬奇和他童年的一个记忆》一文中,用升华理论分析了文艺复兴时期的意大利著名画家达·芬奇的作品《蒙娜丽莎》。弗洛伊德指出,达·芬奇是私生子,《蒙娜丽莎》谜一般的微笑暗示着达·芬奇童年时代与母亲之间的性爱关系。

2. 创作主体与"俄狄浦斯情结"

俄狄浦斯是希腊神话中一位犯有弑父娶母罪过的人物,索福克勒斯以这一神话传说为素材,创作了著名的悲剧《俄狄浦斯王》。弗洛伊德指出,"如果《俄狄浦斯王》感动一位现代观众不亚于感动当时的一位希腊观众,那么惟一的解释只能是这样:它的效果并不在于命运与人类意志的冲突,而在于表现这一冲突的题材的特性。在我们内心一定有某种能引起震动的东西,与《俄狄浦斯王》中的命运——那使人确信的力量,是一拍即合的;……他的命运打动了我们,只是由于它有可能成为我们的命运,——因为在我们诞生之前,神谕把同样咒语加在了我们的头上,正如加在他的头上一样。也许我们所有的人都命中注定要把我们的第一个性冲动指向母亲,而把我们第一个仇恨和屠杀的愿望指向父亲。我们的梦使我们确信事情就是这样。俄狄浦斯王杀了自己的父亲拉伊俄斯,娶了自己的母亲伊俄卡斯忒,他不过向我们显示出我们自己童年时代的愿望实现了。"①弗洛伊德在《陀思妥耶夫斯基与弑父者》一文中进一步指出:"很难说是由于巧合,文学史上的三部杰作——索福克勒斯的《俄狄浦斯王》、莎士比亚的《哈姆雷特》和陀思妥耶夫斯基的《卡拉玛卓夫兄弟》都表现了同一主题——弑父。而且,在这三部作品中,弑父的动机都是为了争夺女人。"②因此,弗洛伊德认为,"俄狄浦斯情结"是人类存在的一个普遍现象。伟大的艺术作品之所以能感动世世代代的读者,正是因为作家和艺术家在其作品中表现

---

① 〔奥地利〕弗洛伊德:《弗洛伊德论美文选》,张唤民、陈伟奇译,知识出版社,1987年,第15页

② 同上书,第160页。

了人类普遍存在的"俄狄浦斯情结"。

3. 文学与白日梦

弗洛伊德在《作家与白日梦》一文中探讨了儿童的游戏、白日梦与文学创作之间的关系。他认为,作家通过文学创作活动,以幻想的形式创造出一个不同于现实世界的虚幻世界,而这种幻想活动的最初踪迹可以追溯到童年时代所做的游戏。游戏中的孩子恰似一个作家,"他创造出一个自己的世界,或者说他用使他快乐的新方法重新安排他那个世界的事物"。① 弗洛伊德指出,孩子的游戏态度是极其认真的,并且倾注了大量的热情,但与此同时,孩子又非常清楚地将游戏世界与现实世界区别开来。作家的所作所为正如同孩子所做的游戏。当人长大了,他停止做游戏,"用幻想来代替游戏。他在空中建筑城堡,创造出叫作白日梦的东西来"。② "一篇创造性作品就像一场白日梦一样,是童年时代曾做过的游戏的继续和代替物"。③ 弗洛伊德还指出,作家本人那"至高无上的自我"是每一场白日梦和每一个故事的主角。作家有时候也会把他精神生活中互相冲突的趋势体现在几个主角身上。作家的白日梦与普通人的白日梦有所不同。普通人的白日梦不会带给我们快乐,或者让我们对它产生兴趣,但是,作家将他个人的白日梦奉献给我们时,我们会感到极大的快乐。弗洛伊德认为造成这种区别的原因有二:

> 其一,作家通过改变和伪装他的利己主义的白日梦以软化它们的性质;其二,在他表达他的幻想时,他向我们提供纯形式的——亦即美学的——快乐,以取悦于人。④

4. 文学批评与释梦

弗洛伊德认为文学艺术就像一场白日梦,文学批评工作如同释梦,目的就在于找出隐藏在作品中的隐意,即作家本人的无意识欲望。但是,正如梦的形成要经过凝缩、移置、象征和二度润饰才能把梦的隐意改装成梦的显意一样,在一部文学作品形成的过程中,作家在材料、语言、意象、象征、情节等多方面进行了艺术加工处理,从而将他真正的无意识欲望有效地掩饰起来,因此,文学作品比梦更隐晦曲折,需要仔细

---

① 〔奥地利〕弗洛伊德:《弗洛伊德论美文选》,张唤民、陈伟奇译,第29页。
② 同上书,第30页。
③ 同上书,第36页。
④ 同上书,第37页。

地阅读,才能了解作家暗含在作品中的隐意。为了有效地破译隐藏在作品中的隐意,弗洛伊德主张在阅读一部文学作品时,要把关注的重点放在作品中的"症候点"上。所谓症候点是指叙述中那些看起来是回避、矛盾和紧张的点,以及那些歪曲、暧昧、空缺、省略的点,这些正是通往作者被压抑的潜意识的通道,由此可以找出作家的情结所在,对作品的隐意做出阐释。弗洛伊德还据此分析了索福克勒斯、莎士比亚、歌德、陀思妥耶夫斯基等人的作品。例如,弗洛伊德从歌德的《诗与真》中的一个细节,即童年时期的歌德摔坏餐具的过火行为,挖掘出歌德与母亲、弟弟之间的关系以及这一关系与歌德的创作之间的关系。歌德曾嫉妒比自己小三岁的弟弟,但是他的弟弟在6岁时就夭折了,歌德因此成为母亲惟一的宠儿。也正是这种关系,造就了歌德自命不凡的感觉和他一生的辉煌成就。法国批评家让-伊夫·塔迪埃称这种批评方法是"什么孩子出什么作品"①。

弗洛伊德的精神分析学问世以来,对西方的文学创作和文学批评都产生了深刻的影响。在文学创作方面,它直接影响了现代西方的一大批作家,意识流小说、表现主义、存在主义、新感觉派等现代文学流派都得益于弗洛伊德的心理学说。在文学批评方面,弗洛伊德的精神分析学启发批评家去关注一直为人们所忽视的创作主体的无意识原动力及其深层次心理结构,并提供了一套分析作品的潜在意义的方法。可以说,弗洛伊德第一个明确地把现代心理学与文艺学结合起来,开文艺心理学研究之先河。但是,弗洛伊德过分强调无意识与性本能欲望在文学创作和文学批评中的作用,又使他的精神分析学说流于庸俗的泛性论。

神话—原型批评

神话—原型批评兴起于20世纪初期,最初被称作神话批评,泛指从人类早期的仪式、神话、图腾崇拜等入手来进行文学研究的文学批评倾向。1957年,加拿大学者弗莱在《批评的剖析》中系统地阐发了以原型概念为核心的原型批评理论,神话批评与原型批评随即在西方批评界成为两个并行不悖的术语,国内批评界为方便起见将其统称为神

---

① [法]让-伊夫·塔迪埃:《20世纪的文学批评》,史忠义译,百花文艺出版社,1998年,第172页。

话—原型批评。

一般认为,神话—原型批评的理论渊源来自三个不同的学科,它们是以弗雷泽为代表的文化人类学,以荣格为代表的分析心理学和以卡西尔为代表的象征哲学。早在20世纪初,以弗雷泽为代表的英国剑桥人类学派就深入探讨了仪式、巫术、神话与人类原始文明的源流关系,他的12卷巨著《金枝》(1890—1915)成为现代神话学研究的奠基之作。荣格的集体无意识学说与原型理论为弗莱建构其原型批评理论体系提供了理论基础。卡西尔的《象征形式的哲学》(1923—1929)、《人论》(1944)等著作中关于象征和神话思维的论述,对神话—原型批评产生了重要影响。在上述理论和批评实践的影响下,神话—原型批评发展到五六十年代,成为取代新批评而流行于西方的一个重要文学批评流派。从其影响和普及程度看,韦勒克称神话—原型批评与马克思主义批评、精神分析批评鼎足而立。

(一) 荣格的集体无意识学说与原型理论

荣格(Carl Gustav-Jung,1875—1961),瑞士著名的心理学家、精神病学家、分析心理学的创始人。荣格早年曾追随弗洛伊德,后来因学术见解方面的分歧而与自己的老师分道扬镳,创立了分析心理学派。荣格在许多方面修正、丰富和发展了弗洛伊德的精神分析学说,其理论对现代心理学、哲学、美学和文学艺术都产生了重大影响。他的著作已编成《荣格全集》19卷出版,其主要文艺论文有:《论分析心理学与诗歌的关系》、《心理学与文学》、《美学中的类型问题》、《日神精神与酒神精神》、《现实与超现实》等。

1. 集体无意识与原型

集体无意识(collective unconscious)是荣格分析心理学最重要的理论假说。荣格与弗洛伊德都承认无意识的存在,但是荣格对无意识的实质和结构的理解与弗洛伊德却有着根本的区别。荣格认为,弗洛伊德将无意识界定为被压抑的性本能欲望,他只是发现了属于表层的个人无意识,这种个人无意识还有赖于更深层次的集体无意识。荣格指出,"个人无意识主要是由各种情结构成的,集体无意识的内容则主要是'原型'(archetype)。"[①]集体无意识是"集体的、普遍的、非个人的。它不是从个人那里发展而来,而是通过继承与遗传而来,是由原型这种

---

① 〔瑞士〕荣格:《心理学与文学》,冯川译,三联书店,1987年,第94页。

先存的形式所构成的。"①

荣格认为原型是自从远古时代就已存在的普遍意象,"从科学的角度、因果的角度,原始意象可以被设想为一种记忆蕴藏,一种印痕或者记忆痕迹,它来源于同一种经验的无数过程的凝缩。在这方面它是某些不断发生的心理体验的积淀,并因而是它们的典型的基本形式。"②在荣格看来,原型是一切心理反应具有普遍一致性的先验形式,它对于所有民族和所有时代的人来说都是相通的。他还指出,原型与人类特定的存在模式或典型情境息息相关,"生活中有多少种典型环境,就有多少个原型。无穷无尽的重复已经把这些经验刻进了我们的精神构造中","当符合某种特定原型的情景出现时,那个原型就复活过来,产生出一种强制性,并像一种本能驱力一样,与一切理性和意志相对抗"。③ 荣格分析和描述了许多重要的原型像玛纳(mana)、母亲(mother)、再生(rebirth)等。他认为,"每一个原始意象中都有着人类精神和人类命运的一块碎片,都有着在我们祖先的历史中重复了无数次的欢乐和悲哀的一点残余"④,因此,伟大艺术的奥秘就在于,艺术家的创作能一直追溯到无意识深处的原始意象,而正是这些原始意象补偿了我们今天的片面和匮乏。

2. 艺术创作的模式:"心理的"与"幻觉的"

荣格把艺术创作区分为"心理的"和"幻觉的"两种模式。心理的创作从人类的意识领域寻找素材,因而是面向现实的艺术。它解释和说明的是人类生活的必然经验与不断循环重复的悲哀与欢乐,像爱情小说、家庭小说、犯罪小说、社会小说和说教诗等,都是这一类作品。它们所包含的是人类外部生活的基本经验,没有任何奇特之处,都是能够为人们所理解的。而幻觉型创作则从潜藏在无意识深处的原始意象中寻找素材,因而是背对现实的艺术。荣格指出:"这里为艺术表现提供素材的经验已不再为人们所熟悉。这是来自人类心灵深处的某种陌生的东西,它仿佛来自人类史前时代的深渊,又仿佛来自光明与黑暗对照的超人世界。这是一种超越了人类理解力的原始经验。"⑤荣格认为,这种超越了人类理解力的原始经验属于集体无意识领域,它要求的是

---

① 〔瑞士〕荣格:《心理学与文学》,冯川译,第95页。
② 同上书,第6页。
③ 同上书,第101页。
④ 同上书,第121页。
⑤ 同上书,第128页。

作家的另一类与日常生活经验完全不同的才能,一种神秘的内心体验和幻觉能力。但丁的《神曲》、瓦格纳的《尼伯龙根的戒指》、毕加索的绘画作品等,都是幻觉型的艺术。歌德的《浮士德》第一部属于心理的模式,第二部则拒绝和掩盖了第一部中的人类经验,成为一部触及人类灵魂深处某种东西的幻觉型作品。

3. 艺术家的两重性:"作为个人的艺术家"和"作为艺术家的个人"

弗洛伊德认为艺术的本质可以追溯到艺术家本人被压抑的情结,因此可以通过分析艺术家被压抑的精神心理结构来理解艺术作品。荣格则认为,渗透到艺术作品中的个人癖性不能说明艺术的本质。他指出:"事实上,作品中个人的东西越多,也就越不成其为艺术。艺术作品的本质在于它超越了个人生活领域而以艺术家的心灵向全人类说话。个人色彩在艺术中是一种局限甚至是一种罪孽。"[①]也就是说,艺术家是客观的、非个人的,他就是他的作品,而不是他这个人。

荣格指出,每一个富有创造性的人都是两种或多种矛盾倾向的统一体。一方面,他是一个过着个人生活的人类成员,另一方面,他又是一个无个性的创作过程,因此,他主张应该将作为"个人的艺术家"与作为"艺术家的个人"区分开来。作为"个人的艺术家",他拥有喜怒哀乐、个人意志和个人目的,但是作为"艺术家的个人","他却是更高意义上的人,即'集体的人',是一个负荷并造就人类无意识精神生活的人。为了行使这一艰难的使命,他有时必须牺牲个人幸福,牺牲普通人认为使生活值得一过的一切事物。"[②]在此意义上,艺术家的生活即便不是悲剧性的,也是高度不幸的。因为他必须为神圣的创作激情付出巨大的代价,结果是他在个人生活方面的幼稚无能,甚至不得不形成种种缺陷和不良的癖性,像自私、虚荣等自恋症状。荣格认为,艺术家"从出生那一天起,他就被召唤着去完成较之普通人更伟大的使命。特殊的才能需要在特殊的方向上耗费巨大精力,其结果也就是生命在另一方面的相应枯竭"[③]。正因为如此,荣格拒绝像弗洛伊德那样从作家的情结入手来分析作品,认为作家的作品比他个人的生命更有意义。像作为艺术家的歌德和尼采,我们除了把他们看作是写作了《浮士德》

---

① 〔瑞士〕荣格:《心理学与文学》,冯川译,第 140 页。
② 同上书,第 141 页。
③ 同上书,第 142 页

和《查拉图斯特拉如是说》的德国人,还能把他们想成是什么人呢?

荣格的集体无意识学说及其原型理论,无论在广度还是在深度上都超越了弗洛伊德,对西方的现代文学创作和文学批评都产生了深远的影响。在荣格的理论影响下,在西方文学批评界形成了一个用原型理论来研究文学创作的荣格学派。但是,荣格的学说具有一种神秘主义倾向。他极端地强调艺术创作的客观性和幻觉性、艺术家的非个人性等观点,都值得商榷。

(二) 弗莱的原型批评理论

诺思洛普·弗莱(Northrop Frye,1912—1991),加拿大著名的文学理论家,生前任多伦多大学文学教授,并在美国的十几所大学兼任教授,长期从事西方文学和文论的教学与研究工作。其主要著作有:《威严的对称》(1947)、《文学的原型》(1951)、《批评的剖析》(1957)、《批评之路》(1971)、《创造与再创造》(1980)、《伟大的代码》(1982)等,其中《批评的剖析》包含了他批评理论的精粹,已被欧美学术界公认为20世纪最有影响的文学批评和文学理论著作之一。

弗莱在《批评的剖析·前言》中,首先纠正了将批评看作是寄生于文学的附庸的错误认识。他认为,文学批评不但是整个文化的基础部分之一,而且是一门独立的学科。他在广泛地吸收当代心理学、人类学、文化学、语言学及符号学成果的基础上,建立起一套系统的以神话—原型为核心的批评理论体系。《批评的剖析》由四篇相互关联的专论组成,即第一篇《历史批评:模式理论》;第二篇《伦理批评:象征理论》;第三篇《原型批评:神话理论》;第四篇《修辞批评:文类理论》。下面将对其主要观点作一介绍。

弗莱认为一切文学都是虚构,并将虚构型模式划分为神话(myth)、传奇(romance)、高模仿(high mimetic)、低模仿(low mimetic)、反讽(ironic)五种形态:1.如果主人公在族类上高于他人和环境,他便是神,关于他的故事便是神话;2.如果主人公不是在类别上,而是在程度上高于他人和他所处的环境,他便是典型的传奇主人公,其行动超凡卓绝,但他是人而非神。在这里,我们从神话移到传说、民间故事、民间童话以及它们的文学分支和派生物的领域;3.如果主人公虽在一定程度上高于他人,但无法超越他所处的自然环境,他便是一位领袖。他有大大超出于我们的权威、激情和表达力量,但他的所作所为仍得服从于社会评判和自然规律,他是高模仿的主人公,是大多数史诗和悲剧的主人公;4.主人公既不优越于他人,也不高于自己所处的环境,如同我们中的一员,我们会对他的普通人性观念产生共鸣,这便是低模仿,大部分喜剧和现实主义小说属于此类;5.主人公在能力和智力方面都低于我们,使我们感到是在居高俯视其受奴役、遭挫折或荒唐可笑的境况,这便是反讽模式。弗莱指出,在上述的五种基本形态中,神话是最基本的模式,其他诸种模式都是置换变形的神话。如果我们用历时的眼光考察过去 15 个世纪的欧洲叙事文学,那就会发现它恰好是依照上述五种形态递次位移的。现代西方文学正处在反讽阶段,像卡夫卡、乔伊斯、福克纳、海勒都是典型的例子。然而,在这股反讽潮流中又呈现出明显的向神话回归的倾向。

弗莱把全部文学作为象征系统来考察。他把文学称为"假设性的语辞结构体"①,它是由许多可以分离的单位——象征所构成的。按照弗莱的归纳,文学象征的语义阐释也包括五个层面(又称相位),即文字相位、描述相位、形式相位、神话相位和总解相位。文字作为符号具有两种功能,一是指向外物的记号功能,一是联系自身及其他词的向心功能,与外界事物无关,弗莱称这种向心功能为母题功能。在文学中,文字的记号性完全从属于母题性,由此造成了文学字词结构的自律性。弗莱在此区分了文学语言与非文学语言,他说,"无论在哪里只要我们遇见这样一种自足的语辞结构,我们就遇见了文学。无论在哪里若没碰到这种自足的结构,我们所面对的便只是日常语言"②;在描述相位中,词汇和描述表现为一种张力,一方面词汇要描述什么,另一方面词汇又总是唤起另一些词汇;一方面作品总是描述一些人物事件,另一方面这些描述又总是按一定的方式进行。描述的向心功能指向的是形式;形式相位的阐释是把文学象征视为自足自律的意象;在对神话相位做出阐释时,弗莱提出了他的原型概念。他说,"原型是一种典型的或重复出现的意象。我用原型指一种象征,它把一首诗和别的诗联系起来从而有助于统一和整合我们的文学经验。"③也就是说,他所关注的是构成人类整体文学经验的一些基本因素,而不是具体作家的具体作品的象征;在总解相位,我们会感到一切文学意义和我们的全部的文学

---

① 〔加拿大〕弗莱:《批评的剖析》,陈慧等译,百花文艺出版社,1998 年,第 71、65 页。
② 同上书,第 65 页。
③ 同上书,第 99 页。

经验,都汇聚向一个"词语秩序的静止中心"①。在此刻,"自然不是成为包容者,而是成为被包容的东西"②;那些具有普遍性的象征不再是人在自然中建造的反映人的意愿的理念形式,而是它们本身就成了自然的形式。但是,弗莱也指出,这种境界不是现实中真实存在的,"而是所愿望的可想像的或想像中的境界,它是无限的,永恒的,因而是神启式的"③。

弗莱在论及原型时,按照其意义将西方文学中的原型分为三大类:神启意象(apocalyptic imagery)、魔怪意象(demonic imagery)、类比意象(analogic imagery)。神启意象展现天堂景象和人类其他的理想,适用于神话模式;魔怪意象表现的是地狱及其与人的愿望相反的否定世界,适用于反讽模式;类比意象是介于天堂与地狱之间的种种意象结构,由二者的辨证作用和置换变形造成,大致与传奇、高模仿、低模仿相对应。上述意象又是可以置换的。其中神启意象和魔怪意象表明了某种永恒不变的东西,在天地之间则是宇宙与自然的秩序与循环,向下是悲剧,向上则是喜剧。由此,弗莱指出,原型批评不仅要探讨文学象征的原型意义,还应该包括文学的叙述程式。弗莱认为,叙述程式是在文学的循环运动中凝成的基本要素,不是指文学体裁,而是先于体裁的更一般性的东西,它是比普通的文学体裁更宽阔、逻辑上更优越的文学叙述范畴。接下来,他将文学叙述概括为四种程式:浪漫故事、悲剧、喜剧和反讽。它们分别与自然界的"春、夏、秋、冬"四个季节相对应。

弗莱及其神话—原型批评理论对当代西方文论的发展做出了重大贡献。他的神话—原型批评理论是对局限于文本细读的"新批评"理论的反拨,结束了新批评派独霸欧美文坛的局面,并由此将文学作品置于一个更深、更广的社会文化背景中来考察,突破了文学研究的狭小空间,有助于说明文学创作与文学传统、人类文化之间的广泛联系,揭示文学自身的嬗变规律及其审美奥秘;弗莱的批评理论广泛地吸纳了现代心理学、文化人类学、语言学的知识,为后来的跨学科文学研究提供了有益的启示。但是自60年代中期以后,弗莱的批评理论假设前提开始受到来自各方面的挑战。弗莱的整体文学观忽视了作家的个人独创性,难以有效地解释文学作品丰富而又各具特性的审美价值。他对文

---

① 〔加拿大〕弗莱:《批评的剖析》,陈慧等译,百花文艺出版社,1998年,第125页。
② 同上书,第126页。
③ 〔瑞士〕荣格:《心理学与文学》,第127页。

学与原始神话关系的极端强调,透露出与荣格相类似的神秘主义色彩;他把文学看作是假设的语辞结构模式,极端重视文学的特殊性,并由此建构起阐释文学产生发展和运动循环的理论体系,有人称这种宏大、独立又具封闭性的体系建构本身"似乎也是一种'神话'"。①

第六节　俄国形式主义文论

所谓"俄国形式主义文论",通常主要是指"俄罗斯形式论学派"的文论。这一学派,活跃于20世纪初叶的俄苏文艺学界,最早也是最坚决地挑战传统的文学史研究中哲学与美学、文化史与思想史、社会学与心理学等非文学视界的入侵,力主文学研究返回文学自身,而聚焦于文学作品的艺术形式解析。他们提出了"文学性"(литературность,literariness)这一文学研究的首要命题,深究"奇特化"(остранение,estrangement一译"陌生化")这一文学世界的生成机制,倾力推动文学研究走上"自主自律"的科学化轨道,开启了文学理论"独立自主"的学科化进程。"俄罗斯形式论学派"的文论探索,经过在20世纪20年代与"布拉格学派"的"对接",而成为结构主义文论甚至整个现代文论的一种重要思想资源。就其鲜明的创新开拓意识与独特的思想辐射能力而言,"俄国形式主义文论"堪称20世纪世界文论思想发育进程中的"第一驿站"。后来,"欧洲几乎每一种新的文学理论都从这一'形式主义'传统中得到启示"。②

"俄罗斯形式论学派"的核心与灵魂,是彼得格勒的"诗语研究会"(Opoiaz, the Society for the Study of Poetic Language),其骨干是"革命的三套马车":维·什克洛夫斯基、鲍·艾亨鲍姆(Boris Eikhenbaum, 1896—1959)和尤·蒂尼亚诺夫(Yury Tynianov, 1894—1943)。艾亨鲍姆的《"形式方法"论》(1925)记录了"形式论学派"自1916至1925年这十年间不断进化的探索轨迹,是了解"俄国形式主义文论"历史原貌的重要文献。尤·蒂尼亚诺夫在其代表作《诗歌语言问题》(1924)中针对基于心理语言学的"诗语"概念在外延与内涵上的空泛与模糊,而着力揭示词义与诗的结构本身的联系,深化了诗的"节奏"与"语义"之间乃至

---

① 盛宁:《20世纪美国文论》,北京大学出版社,1994年,第135页。
② 佛克马、蚁布思:《20世纪文学理论》,伦敦,1977年,第11页。

语言艺术的"材料"与"形式"之间关系的探讨。这部专著,堪称将语言学视界与诗学视界成功地结合起来的典范之作。与"诗语研究会"同为"形式论学派"根据地的,是"莫斯科语言学小组"(MLK, the Moscow Linguistic Circle)。罗曼·雅可布森是"莫斯科语言学小组"的第一任主席。

罗曼·雅可布森(Roman Jakobson, 1896—1982)在其第一部著作《俄罗斯最新诗歌》(1921)中对当时的文学史研究"越位"而又"缺席"这一"失常"状况加以反思,愤然指出:到目前为止,文学史家大多像警察一样,而警察的目的则是抓人,把宅子里所有的人和所有东西,甚至连同街上偶然路过的人都扣起来,以防万一。同样,文学史家把什么都用上了——生活方式、心理学、政治、哲学。建立了一大堆土规则来代替文学科学。好像是忘记了这些条文应当归属于有关学科——哲学史、文化史、心理学等等,自然,这些学科也可以把古代文学作品作为有缺陷的次等的文献来利用。雅可布森最先提出"文学性"命题,明确指出"文学科学的对象不是文学,而是文学性,亦即能使某一著作成为文学作品的东西"。①

雅可布森是以言说"文学性"这一方式,在挑战传统的非科学的主观印象主义或伪科学的实证主义文学研究,在呼唤现代的追求自身科学化的文学研究的建构。在雅可布森看来,"文学"作为"文献"是其他学科尽可利用的。"文学性"才是"文学科学"这门学科要面对的命题。独立的学科意识,洋溢在雅可布森这段表述的字里行间。鲜明的文学本位诉求,跃动在雅氏的"文学性"这一核心命题之中。后来,雅可布森在其《论捷克的诗·兼与俄罗斯诗歌比较》(1923)一书中,提出"诗的形式乃是对语言使用有组织的暴力"说,将"文学性"的生成落实到诗语系统与实用语系统的功能差异上。

"典型的""形式主义文论",自然展开于"诗语研究会"与"莫斯科语言学小组"这两个学术团体之中,展开于这两个学术集群于1914—1925年间所进行的积极的诗学建构之中。如果说,"诗语研究会"主要是从文学理论研究切入诗学,那么,"莫斯科语言学小组"则主要是由语言学研究走向诗学。但这两个团体里的大多数成员都有语言学理论上的准备,都有在文学研究园地展开一场革命的激情。

---

① 罗曼·雅可布森:《俄罗斯最新诗歌》,初编,布拉格,1921年,载《罗曼·雅可布森诗论文选》,莫斯科:科学出版社,1987年,第275页。

这首先体现为一种理论自觉,现代文论要解放要独立的理论自觉。19世纪甚为流行的精神文化史的、社会思想史的、传记索引式的、社会学的、心理学的、宗教哲学的主观主义、印象主义、点评随笔式的文论,正是在"诗语研究会"与"莫斯科语言学小组"这群青年理论家笔下遭遇最猛烈抨击的;新一代一心要使文学研究从诸多人文学科的"兼管"甚至社会科学的"入侵"状态中独立出来,"使诗学回到科学地研究事实的道路上来"①,使"文学科学"走上"科学化"轨道这一学科建设的激情,正是在"诗语研究会"与"莫斯科语言学小组"这群青年理论家身上得到最鲜明的表现。

在这种理论自觉中,"诗语研究会"与"莫斯科语言学小组"充任了那种披荆斩棘的"弄潮儿"与摧枯拉朽的"旗手"角色。

他们认为,艺术分析首先是对表达形式的分析,文学研究首先是对文学作品语言形式的研究。文艺学应当建立在艺术表现手法的研究上。

他们摈弃内容与形式的二元对立,将内容也当成形式来理解而寻找内容的"形式化"。

他们要"复活词语"。

他们视"文学性"为"文学科学"惟一的"主人公"。

他们将目光聚焦于"作为手法的艺术"。他们不再将诗人的创作奉为"秘不可测"、"玄不可言"的"神殿",而是要闯入作家写作的"作坊"里去"解析"其抒情的方式与叙事的技巧,要研究《外套》或《堂吉诃德》是怎样"做成的"。

倾心探究作品文本的艺术特质、诗学特征的生成机制,而不是作家本人的生平身世或心理世界,倾力考察作品文本语言的"文学性"的构成形态,而不是作品的社会历史背景与社会文化功能——质言之,将作家"悬置"起来,而以作品为本位,以文本的语言艺术形态解析为中心——这就是"诗语研究会"与"莫斯科语言学小组"这群青年理论家文学研究之最突出的特点,也是"形式论学派"文论最突出的表征。

---

① 鲍·艾亨鲍姆:《"形式主义方法"论》;中译参见《十月革命前后苏联文学流派》(下编),上海译文出版社,1998年,第213页。

一、什克洛夫斯基的文论

维克多·什克洛夫斯基(Victor Shklovsky,1893—1984)其人其文,堪称"形式主义文论"这种理论自觉的一个典型。在《词语的复活》(1914)、《作为手法的艺术》(1917)、《艺术的形式和材料》(1923)等论文中确立了"形式论学派"的基本理念。

在《词语的复活》中,什克洛夫斯基引征波捷勃尼亚与维谢洛夫斯基的话,提出"形式的可感觉性原理",将之视为艺术知觉的特征:"诗的"知觉以及一般"艺术的"知觉乃是"一种能感受到形式的知觉(也许不只是形式,但一定有形式)"。"形式"在此获得新涵义:"形式"的概念并不是外壳,而是全部,是某种并没有任何相互关联性但有具体内涵的活东西。"复活词语"乃"复活""诗的"知觉、"艺术的"知觉,"复活"那种能感受到形式的知觉。这里既表现了对象征主义原则的背离,因为对象征主义来说,"透过形式"必须看得出某种"有内容的"东西;这里也表现了对"唯美主义"的超越,即超越了那种对有意识地脱离"内容"的形式的某些要素的欣赏。

那么,"形式的可感觉性"来自哪里?什克洛夫斯基的回答是:来自能使人体验到形式的特殊艺术手法。

《作为手法的艺术》这篇有"形式论学派"宣言之誉的文章,给形式的具体分析开辟了前景。

什克洛夫斯基首先向"艺术即形象思维"这一十分流行的理论发难,论证"形象思维无论如何不是各种艺术的共同点,甚至不是各种语言艺术的共同点";论证诗的形象与散文的形象之间的差异;论证诗的形象只是诗语的一种手法。"形象"概念在这里被"降格"被纳入艺术手法的大系统之中,而丧失了它在文学理论中的统治作用。

文学理论中根深蒂固的"形象思维论"被什克洛夫斯基颠覆了。关于文学本质的讨论在这里被引向"艺术手法"——"语言艺术手法"界面。

紧接着这一发难,什克洛夫斯基在这里又向"艺术乃节省"这一艺术理论中牢固确立的原则发起挑战,而提出与之相对立的"艺术乃加难"即"形式艰深化"学说。

"形式艰深化"是由艺术手法"奇特化"来实现的:以"奇特化"的艺术手法"加大感受的难度,延长感受的时间,因为在艺术中感受过程本身就是目的。在什克洛夫斯基这里,艺术被理解成一种对感受中的"自动化"加以破坏的方式。

所谓"自动化"即是指人们对事物感觉的习惯性麻痹。在《文学与电影艺术》(1923)中,什克洛夫斯基指出"居住海滨的人渐渐习惯海浪的声音,以致对它听而不闻。由于同样的原因,我们几乎不去听我们说出的话语……我们相互看着,但实际上是视而不见。我们对世界的知觉已经萎缩,只剩下认知。"①在什克洛夫斯基这里,艺术形象的使命并不在于它能促进其意义被我们所理解,而在于它能创造对对象的特殊知觉,创造对这个对象的"视像",而不是"认出"它。艺术形象是让人体验的,而不是让人认知。所谓"奇特化",针对的就是现实生活中人的感受的这种"自动化"。

> 正是为了恢复对生活的体验,感觉到事物的存在,为了使石头更成其为石头,才存在所谓的艺术。艺术的目的是为了将事物提供为一种视像——可观可见之物,而不是可认可知之物。艺术的手法乃是将事物"奇特化"的手法,是将形式艰深化以增加感受的难度和时间的手法,因为在艺术中感受过程本身就是目的,应该使之延长。艺术是对事物的制作进行体验的一种方式,而已制成之物在艺术之中并不重要。②

为了阐明这种"奇特化"艺术手法,什克洛夫斯基以列夫·托尔斯泰的小说艺术为例证。在《霍尔斯托密尔》中,托尔斯泰用一匹马的眼光来描写人的生活,以对马的感受的艺术描述而使私有制世界"奇特化";在《复活》中,托尔斯泰用"几十万人麇集在不大的一块地方,千方百计地把他们聚居的那块地方毁坏得面目全非"这样的句子来写现代城市,来破坏生活于其中已然熟视无睹的人们感受的"自动化"。

诚然,"奇特化"手法并非托尔斯泰专有。在什克洛夫斯基看来,几乎是哪里有形象,哪里就有"奇特化"。

如果说,形象性并非文学特有的本质,那么,"奇特化"则是文学创作中通用的艺术手法,是支配文学世界生成的一种普遍的艺术机制,是"科学的"文学研究要面对要解析要揭示的核心论题。

---

① 转引自 Erlich, V, *Russin Formalism: History-Doctrine*, pp. 176—177, Yale University Press, 1981.
② 维·什克洛夫斯基:《作为手法的艺术》,中译参见维·什克洛夫斯基《散文理论》,刘宗次译,百花文艺出版社,1994年,第10页。

"奇特化"既表现于文学作品的语言上,也体现在文学作品的结构上。

为了探究语言层次上的"奇特化",必须研究诗语与实用语的差异。

在《波捷勃尼亚》(1919)一文中,什克洛夫斯基指出,诗语与实用语的不同,在于诗语结构的可感觉性。可感觉的东西或者是音响方面,或者是发音方面,或者是语义方面,或者是词的构成,或者是词的配置。什克洛夫斯基很重视诗语与实用语的差异对比。他认为,建立科学的诗学,必须从这一点开始:根据大量事实而在实际上确认诗语与实用语的差异,确认它们有不同的规律。必须从分析这些差异入手。

"诗语研究会"正是从研究诗语与实用语的差异而开始其诗学探索的,从论证诗语中音的"自身的价值",诗语的韵律与节奏的意义而起步的。"诗语研究会"第一部论文集《诗语理论集》(1916)中的文章全是讨论诗语中的音与"超理性语言"问题。什克洛夫斯基本人在其《论诗与超理性语言》一文中论证"人也需要没有意义的词","超理性语"是作为一种常见的语言事实和诗歌特有的现象而出现的。诗语中的音,不仅起意义的"伴奏"作用,还具有独立的意义,具有与形象无涉的独立的言语功能。诚然,诗语的"奇特化"不仅体现于诗语的语音系统,也体现于诗语的语法系统、词汇系统与语用系统。

为了探究结构层次上的"奇特化",就必须研究**本事与情节**的差异。

在《情节编构手法与一般文体手法》(1919)一文中,什克洛夫斯基用大量例子论证:存在着情节编构的特殊手法。这一论断本身改变了将**情节**视为一系列**本事**之结合的传统观念,而将情节从题材概念界面转移到结构概念界面,使**情节**获得了并不等同于**本事**提要的新涵义,情节编构本身则作为艺术手法由此而进入"形式论学派"的研究视野。**本事**相当于现实生活中发生的事情,有其发生、发展和结束的自然顺序。**情节是艺术加工后的本事**,是对**本事**的一种"奇特化"。只有使**本事**变成情节,文学世界才能生成。

在《斯特恩的〈项狄传〉和长篇小说理论》(1921)中,什克洛夫斯基强调本事与情节的区别:"情节这个概念往往与对事件的描述混为一谈,与我建议有条件地叫做本事的东西混为一谈。事实上,**本事**只是形成**情节**的素材。因此,《叶甫盖尼·奥涅金》的情节不是主人公和塔吉雅娜的爱情纠葛,而是这一本事在情节上的加工,这种加工是用引进一些打断话头的插叙来实现的……"①什克洛夫斯基本人十分推重情节编构艺术,十分重视小说叙述技巧研究。他很欣赏英国18世纪小说家斯特恩(Laurence Sterne)的小说《项狄传》"故意暴露结构"的叙事手法,认为斯特恩是在尽量突出小说的结构,是用破坏形式的办法来构成小说的内容。正是由于《项狄传》的情节编构艺术成功地实现了对生活本事的"奇特化",什克洛夫斯基断言《项狄传》是"世界文库中最典型的小说"②。

什克洛夫斯基之所以重视情节编构,是因为艺术手法正是在情节编构中得到凸现。在他看来,情节与情节性是与韵脚一样的形式。情节性是生成"文学性"的重要元素。"情节相当于棋手们运用经典棋谱中的各种棋步。""情节编构的方法与手法相似,在原则上甚至是一样的。一部文学作品是各种声音、发音运动和思想交织的产物。"③

作为结构的**情节**与作为素材的**本事**这两个概念的区分,一如诗语与实用语之差异研究,为"形式论学派"在理论诗学的建构上确立了基点。如果说诗语与实用语之差异研究,将"形式论学派"的诗歌研究落实到抒情艺术形式的"文学性"生成机制上,**情节**与**本事**的区分,则为"形式论学派"的小说研究开辟出前景:将之定位于叙事艺术手法的"文学性"生成机制上。在什克洛夫斯基看来,惟有形式手法才是文学研究的对象。

> 文学作品的灵魂不是别的,而是它的形式……文学作品的内容(也包括灵魂)等同于它文体手法的总和。④

而且,在什克洛夫斯基这里,不论是**诗语**与**实用语**之差异,还是**情节**与**本事**的区分,都是以这一理念为统帅的:艺术的形式要以艺术规律来解释,而不应以日常生活的缘由来解释。为了强调艺术王国的自主自律,强调文学研究的科学化,什克洛夫斯基甚至提出:"艺术永远是独立于生活的,它的颜色从不反映飘扬在城堡上空的旗帜的颜色。"⑤

---

① 转引自鲍·艾亨鲍姆:《"形式主义方法"论》,原文载《文学·理论·批评·论战》,莫斯科,1927年;中译参见《十月革命前后苏联文学流派》(下编),第227页。
② 维·什克洛夫斯基的《斯特恩的〈项狄传〉和长篇小说理论》,1921年由《诗语研究会》以单行本印行,篇幅不过39页。但这本小书被译成英文、德文等多种文字。
③ 维·什克洛夫斯基:《情节编构手法与一般文体手法》;中译载维·什克洛夫斯基《散文理论》,第63页。
④ 维·什克洛夫斯基:《散文理论》第二版,莫斯科,1929年,第228页。
⑤ 维·什克洛夫斯基:《文艺散论·沉思和分析》,莫斯科,1961年,第6页。

在将艺术与现实的关系"悬置"起来之后,在将文学与生活"隔离"开来之后,什克洛夫斯基力主文学研究应成为艺术形式分析,文学科学应聚焦于文学这门艺术系统自身的内部的规律。

在《情节编构手法与一般文体手法》中,他针对亚·维谢洛夫斯基的"新形式是为表现新内容而出现的"这一论点,倾力论证"艺术作品是在与其他艺术作品联想的背景上,并通过这种联想而被感受的。艺术作品的形式决定于它与该作品之前已存在过的形式之间的关系……不单是戏拟作品,而且任何一部艺术作品都是作为某一样品的类比和对立面而创作的。新形式的出现并非为了表现新的内容,而是为了替代已失去艺术性的旧形式。"①一部文学史在这里成为艺术形式更替史。在《罗扎诺夫》中,什克洛夫斯基引进了"新形式辩证地自我创造"的概念。

这样,"形式论学派"的这位旗手便将其对形式的钟情由理论诗学拓展到文学史研究之中。

事实上,"艺术自律论"与"形式决定论"贯穿于什克洛夫斯基在那个"划时代的十年""狂飙突进"般的学术探索的全部过程。及至1925年,"诗语研究会"行将解体之前,在一次有布哈林参加的讨论会上,什克洛夫斯基仍坚持:"我们对作品的倾向不感兴趣。艺术在自身内部自我定夺,其意义大小不在于社会取向……"②后来,在那部宣称"全部都是研究文学形式的变化问题"的《散文理论》的序言中,什克洛夫斯基直言不讳地宣称:"在文学理论中我从事的是其内部规律的研究。如以工厂生产来类比的话,则我感兴趣的并不是世界棉纺市场的状况,并不是各托拉斯的政策,而只是棉纱的标号及其纺织方式。"③

从提出"复活词语"即高扬"形式的可感觉性",到提出以"奇特化"的艺术手法来克服生活感受中的"自动化",从倡导研究**诗语与实用语**的差异、**情节与本事**的差异,以探究抒情艺术形式与叙事艺术手法的"文学性"生成机制,从强调"艺术自律论"与"形式决定论"以建构"科学性"的诗学——独立自主的文学研究学科,什克洛夫斯基可谓披荆斩棘,建树卓越。

---

① 维·什克洛夫斯基:《情节编构手法与一般文体手法》;中译载维·什克洛夫斯基《散文理论》,第31页。
② Шкловский В. Б., *Гамбургский счет*, Москва, 1990, с. 516.
③ 维·什克洛夫斯基:《散文理论》1929年再版本的"前言";中译参见维·什克洛夫斯基《散文理论》正文第3页。

他将自己的名字书写在"俄国形式主义文论"的战旗上。他的观点时有偏激而不无争议,他的见识富有激情而催人思索。他的思想已作为经典而进入涵养现代文论学术机体的"血库"。在"诗语研究会"里,他以自己的学术理念与挑战激情直接激励着鲍·艾亨鲍姆和尤·蒂尼亚诺夫的研究。在"诗语研究会"解体之后,什克洛夫斯基的著作很快受到捷克学者关注,其学术思想影响了现代斯拉夫文论的第二个学派——布拉格学派,尤其是扬·穆卡洛夫斯基的结构主义文论探索。

二、穆卡洛夫斯基的文论

扬·穆卡洛夫斯基(Jan Mukarovsky,1891—1975)的文论探索,实际上是与维·什克洛夫斯基的一种"对接"。这种"对接",不仅仅是同一流脉内学术组织上的接力,更是学术思想上的"继往开来",是结构主义文论对形式主义文论的反思与超越。

学术思想上的"对接",首先表现在布拉格学派的这位首领对"形式论学派"领袖的文论建树有充分的认识,对其学术语境及其论战策略都十分了解。穆卡洛夫斯基认为,"形式主义"的幻影和人们心目中庸俗化了的"形式主义",遮蔽了什克洛夫斯基及其战友们的学术贡献。穆卡洛夫斯基强调,什克洛夫斯基的"形式"内涵是十分丰富的,实际上涵纳着文学作品的整个容量,同那种与作为内核的内容相对立而被视为外壳的"形式"不可同日而语。

穆卡洛夫斯基提醒人们不应忘记,"形式主义"这一名称乃是一个战斗口号,是什克洛夫斯基所在的那个社团亮相之际的一个战斗口号,因而它有理由指望得到通常我们给予战场上的旌旗般的那份尊重。①

> 一旦我们宣称作品中的一切皆是形式,其涵义也在改变,进而也就在改变其词语上的所指……就不应该指责什克洛夫斯基将其注意力只局限于作品的一部分,况且还是不太重要的作品的一部分。②

穆卡洛夫斯基认为,"作品中的一切皆是形式"这一理念,可以用来甚至必须用来对抗"作品中的一切皆是内容";对于毫无保留地强调

---

① 扬·穆卡洛夫斯基:《什克洛夫斯基的〈散文理论〉捷克文译本序》,载扬·穆卡洛夫斯基《结构诗学》,莫斯科,1996年,第415页。
② 同上书,第416页。

"内容",必须要靠毫无保留地强调"形式"来抗衡;什克洛夫斯基的《散文理论》的价值,"不仅在于他之所言是正确而长期有效的,而且还在于这一点:那些观点正是于前人在另一极的片面性达到顶点时,由他以毫不妥协的与之相对的片面性所简练而明确地表述出来的:惟有对对立面加以凸显,才能对它们加以超越。"①

依穆卡洛夫斯基之见,只有在这种争鸣与论战的语境中,才能充分理解什克洛夫斯基那种旨在超越而难以避免的矫枉过正的策略,才能正确把握"形式论学派"的"形式主义"精髓,才能准确解读什克洛夫斯基这一为人诟病的说法:"文学作品是纯形式,它不是物,不是材料,而是材料之比。"②

正是基于对俄罗斯"形式论学派"的精神理念、学术语境、论战策略都有了相当到位的认识,穆卡洛夫斯基才能在"形式主义文论"在其故乡大受鞭挞而许多人对其恶名避之不及的30年代,仍对什克洛夫斯基的《散文理论》给予了充分肯定,旗帜鲜明地指出:"就实质而言,他的著作乃是迈出了对形式主义加以超越的第一步。"③

从穆卡洛夫斯基对什克洛夫斯基的辩护与解读中不难看出,布拉格学派的这位首领当年的确触摸到了俄罗斯"形式论学派"的活脉络与真精神。

学术思想上的"对接",更表现在穆卡洛夫斯基本人的文论探索上,表现在结构主义文论对形式主义文论"片面性"的反思与超越上。穆卡洛夫斯基是采取了"接着说"而"有新说"的方式来与什克洛夫斯基进行"对接"的。在引用什克洛夫斯基在其《散文理论》序言结尾中那段明志名言时,穆卡洛夫斯基这样表述了当代结构主义观点与形式主义纲领之间的关联与分野:

> 尽管"纺织方式"如今仍然处于关注中心,但与此同时这一点也已是显而易见:不能在抽象过程中舍弃"世界棉纺市场的状况",因为纺织业的发展——即便在其本义上——不仅仅受制于纺织生产技术的发展(自身在发展着的序列之内在规律),而且同

---

① 扬·穆卡洛夫斯基:《什克洛夫斯基的〈散文理论〉捷克文译本序》,见《结构诗学》,第417—418页。
② 维·什克洛夫斯基:《散文理论》第二版,莫斯科,1929年,第226页。
③ 扬·穆卡洛夫斯基:《什克洛夫斯基的〈散文理论〉捷克文译本序》,见《结构诗学》,第415页。

时也受制于市场需求,对产品的求购与订单;关于文学也是可以做出相应的变化而说出同样的道理的。……每一文学事实乃是两种力量之合成:结构之内在的动力与外部的干预。传统文学史的失误在于,它关注的是外部干预而拒不承认文学有其自律性的发展,形式主义的片面性则在于,它将文学进程置于真空状态之中。有着种种片面之处的形式主义立场乃是一种带有根本性的征服,因为它揭示出文学演变之专有的特征,而将文学史从寄生性的依赖状态——对一般的文化史的依赖,有时甚或是对意识形态史或社会史的依赖状态中解放出来。结构主义呢,作为上述两个对立面的综合,尽管还保留自律性发展这一公理,但并未剥夺文学与外部世界的联系而使文学贫乏化;因而,它便可以在文学的全部广度与规律性中来把握文学的发展。[①]

在穆卡洛夫斯基看来,即便是什克洛夫斯基所谓的"棉纺市场的状况",也就是那些外在于文学但与文学有关的东西,其本身也是服从于严整的秩序,也如同所谓"纺织方式"即文学作品的内在机制一样,而拥有其自身的发展规律。什克洛夫斯基有意将自己的视野局限于文学的结构界面,而果决地禁止自己越出这一界面,从学理上讲,这是十分自然与必要的:一开始需要的正是应当将全部注意力聚会于一点,聚焦于文学作品的内在建构机制与专有功能上,因为惟有在这样的局限中,惟有持这一视界,才能使科学概念的整个系统启动起来,运作起来。

在什克洛夫斯基以及俄罗斯"形式论学派"迈出了这"第一步"而"完满完成了其开拓者的使命"[②]之后,结构主义要有什么作为呢?

结构主义并不认为文学处于与社会生活其他序列相隔离的真空之中,并不将其文学史研究局限于"形式"分析,并不将自身置于同文学的社会学研究有任何抵牾的对立状态之中;……它并不压缩材料的容量,并不漠视问题的丰富。它并不将自己的材料看成一堆静止不动的、杂乱无序的现象,而要将每一现象理解为一种合力与那些流动不居的推动因素的源头,将整体理解为各种力量之复杂的互动性的游戏。[③]

质言之,相对于什克洛夫斯基的"局限",穆卡洛夫斯基追求的已

[①] 扬·穆卡洛夫斯基:《什克洛夫斯基的〈散文理论〉捷克文译本序》,见《结构诗学》,第418页

[②] 同上书,第420页。

[③] 同上书,第419页。

是一种"开放";相对于什克洛夫斯基的潜心于"文学的自律性",穆卡洛夫斯基则要探究"文学的自律性与他律性"的互动机制。这种"对接",集中地体现于穆卡洛夫斯基对"文学性"的探索之中。

什克洛夫斯基认定文学作品特有的形式是文学科学研究的主要问题。穆卡洛夫斯基则将艺术文本的"**结构—功能**"确立为进入"文学性"研究的关键路径。

什克洛夫斯基对"文学性"的开掘,基本上围绕着"文学手法"这一"科学的"文学研究惟一的"主人公",主要以"奇特化与自动化"、"诗语与实用语"、"情节与本事"等一对对彼此对立的诗学概念,进入"文学材料的特殊性"的考察,进入文学作品特有的、区别于其他任何作品的形式特征的研究。穆卡洛夫斯基则以"标准语"与"诗性语"、"潜能"与"突显"、"违反"与"变异"、"共时结构"与"内在张力"、"动态系统"与"审美规范"等一系列彼此互动的诗学概念,丰富并发展了什克洛夫斯基对"文学性"的开掘,对文学科学的构建。

如果说,什克洛夫斯基热衷于以"形式化"、"奇特化"视界进入"文学性",那么,穆卡洛夫斯基则倾心于以"语义化"、"功能化"视界进入"文学性"。

扬·穆卡洛夫斯基积极吸纳德国古典哲学尤其是黑格尔的辩证法思想、日内瓦语言学派尤其是费迪南·德·索绪尔的符号学学说、俄罗斯"形式论学派"尤其是尤·蒂尼亚诺夫的"系统—功能说",在20世纪三四十年代里,将结构主义语言学原理推广到文学研究中,创建了独具一格的"结构诗学"。尤里·洛特曼(Yury Lotman,1922—1993)曾对穆卡洛夫斯基诗学研究的基本特征做出了精辟概括:

> 对文本诸结构序列之间复杂的辩证关系的强调,对作为结构存在之规律的内在张力的强调,对艺术文本的语义关联与社会功能的兴趣——此乃捷克结构主义的原则。①

自1931年起,穆卡洛夫斯基潜心于结构上的"支配性"概念,越来越倾心于作为辩证统一的结构观,而不是那种作为手法之机械性总和的艺术观。在《标准语与诗性语》(1932)、《作为诸种价值之综合体的诗歌作品》(1932)、《作为符号事实的艺术》(1934)等文章中,穆氏以符号概念补充结构概念,实现了将结构主义视角与符号学视角相结合。

---

① 尤里·洛特曼:《扬·穆卡洛夫斯基——艺术理论家》,载《结构诗学》,第15页。

在发表于 1936 年的《作为社会事实的审美功能、审美规范与审美价值》一文中，穆氏构建了"审美功能说"。这一学说将破译文本的学问变成了一门文化学问——一种关于人类社会中信息的生成、储存与功能实现的一般理论。在穆卡洛夫斯基看来，审美功能并不是艺术的专利。审美功能实际上为人类活动的所有形态所具有。在艺术领域里它只是占据支配地位而已。这一观点清楚地解释了：同一个文本何以在一些社群中被当成艺术文本来接受，而在另一些社群中则不是。或者说，同一个文本何以能实现其从艺术界面向非艺术界面的漂移，抑或相反。

从对"文学性"命题的开掘来看，穆卡洛夫斯基的最大创新，在于引入了"规范"这一概念，将它作为系统的"语言"与其"言语"之关系上的第三个要素；在于构建了"审美规范说"，从而将对"文学性"生成机制的探讨推进了一大步。

穆卡洛夫斯基观察到，对普遍遵守的语言学规则的违反会把一个语言学文本变得毫无意义；艺术文本则不然。艺术文本中对"规范"的"违反"乃是最为流行的情形。新的意义建构正有赖于这种"违反"，文本的意蕴涵纳之增生正有赖于这种"违反"。在《审美规范》(1937)一文中，穆卡洛夫斯基将"规范"看成"一种调控性动力学原则"：

> 规范——就其本质而言，这宁可说是一种能量，而不是一种规则，并不取决于它是在被自觉地还是不自觉地使用。①

穆卡洛夫斯基十分推重"规范"的动态品质。这一品质表现在它与文本之双向互逆的关联之中：

> 基于自己的动态品质，规范要承受不间断的改变；甚至可以设想，对任何一种具体场合中任何一种规范的任何一种使用，不可避免地同时也是对规范的改变：不仅仅规范对具体的事实(比如，艺术作品)会产生影响，而且具体的事实也影响着规范。②

"规范"的动态品质还表现于另一个更为深层的艺术特征之中：艺术文本存活于对若干种规范之同时的投射，因而对其中的某几个规范的遵守便是对其他几个规范的违反。对规范的违反与对规范的执行之复杂的交织，各种不同规范系统与运动于它们的语义场上的文本之间

---

① 扬·穆卡洛夫斯基：《美学与艺术理论研究》，莫斯科：艺术出版社，1994 年，第 163 页。
② 同上书，第 166 页。

在结构上的张力,赋予艺术作品以动态的、活生生的性质。

在穆卡洛夫斯基看来,艺术作品就是"以诸规范之复杂的交织而呈现在我们面前的"。而"审美规范的特征就在于:它更倾向于对它加以违反,而不是对它加以恪守……这宁可说是一种坐标一种基点,是用来让人感觉到新传统对艺术传统加以变形变异的分寸的。"

> 这样一来,艺术作品中所涵纳的诸多规范,也就为那种不稳定的平衡的创建提供出广泛的可能性,作品的结构正是这种不稳定的平衡。①

不难看出,穆卡洛夫斯基对俄罗斯"形式论学派"是有承继也更有超越的。

穆氏不仅注意到,审美功能并不仅仅为艺术所独具,而是被灌注于人的全部活动之中的,而且观察到,艺术对于审美感受的态度与非艺术对于审美感受的态度也是很不相同的。如果说艺术文本存活于许许多多审美规范的交织之中,那么,在艺术之外,审美功能则拥有服从某一种规范而稳定下来的倾向。因而在艺术领域中规范总是在被破坏;而在艺术之外,规范则总是在被肯定。

日常生活在建构一些静态的艺术趣味,艺术则在建构一些动态的艺术趣味。

在穆卡洛夫斯基提出"审美规范说"20 年之后,尤里·洛特曼还认为穆氏"这一观察是极有深度的"。"它揭示出艺术与非艺术之间审美功能之交换并非只是自动的与无冲突的流动过程,而是一种复杂的与戏剧性的斗争。这既使艺术的革命作用得到了很好的解释,又使日常生活中衰老朽败的艺术形式之市侩化得到了很好的解释。在我们这时代,在'大众文化'问题获得愈来愈深的尖锐性之时,就需要有一种学说来解释:何以仿制——那种以流水作业而批量生产来取代艺术的仿制,并不简单地就是一些不成功的作品,反而是一种在与艺术较量的突击队。"②洛特曼 40 年前做出的这一评价,对我们今天反思"文学性"理论并未过时。

穆卡洛夫斯基当年对艺术外美学与艺术发育之间关系的探讨,对于我们研究作为语言艺术的文学是颇有启示的:"文学性"不仅仅寓于

---

① 〔瑞士〕荣格:《心理学与文学》,第 168 页。
② 尤里·洛特曼:《扬·穆卡洛夫斯基——艺术理论家》,载《结构诗学》,第 20 页。

文学作品材料的特殊性,不仅仅寓于文学作品语言本身;对"文学性"的考察,仅仅驻留于语言学界面是不够的。一如审美功能远非艺术所独具,"文学性"也并非文学作品所独有。历史文本、哲学文本也可能拥有"文学性"。看一个文本是否属于文学作品,关键还要看"文学性"在其结构在其功能中是否占据支配性地位,或者说,"文学性"在该文本中是否得到"突显"。判断这"突显"的参数,不仅有诗学的、艺术的、审美的维度,还应有社会的、历史的、文化的维度。将不同维度沟通起来的,便是无处不在的"审美规范",便是它在被确立而又被违反中不断变异的运动机制。

如果说,什克洛夫斯基主要是以对**文学的特征**加以区别的方式在寻求"文学性",是一种"特征论者",那么,穆卡洛夫斯基则主要是从**文学的功能**何以在文本结构中得到"突显"这一视界来探究"文学性",是一种"功能论者"。

相对于"特征论者","功能论者"更注意在文学与文学外、艺术与艺术外的辨证关系中考察问题,而少了一些绝对,少了一些偏激。语言学、符号学与美学的多重维度,艺术学、社会学、文化学的多重视界,无疑为穆卡洛夫斯基在其"文学性"考察上提供了更开阔的视野,拓展出更大的空间。但也许正是由于驻足于文学与文学外、艺术与艺术外的辨证关系在多重维度中的变动与展开,穆卡洛夫斯基对"文学性"之直接而具体的阐述就不那么集中。在 20 世纪 30 年代,在斯拉夫文论界,像什克洛夫斯基那样以文学作品理论的构建来专注于"文学性"研究的,乃是波兰的罗曼·英伽登。

然而,正是穆卡洛夫斯基充分注意到文学乃是其"自律性与他律性"之辨证的互动的过程;充分注意到"审美功能"并非艺术的专利,"文学性"也并非文学作品所独有。正是穆卡洛夫斯基系统考察了"审美规范"在艺术文本结构与功能中的运作机制。也正是语言学、符号学与美学的多重维度,艺术学、社会学、文化学的多重视界,使穆卡洛夫斯基对什克洛夫斯基既有所承继、有所反思,更有所克服、有所超越,使现代斯拉夫文论旅程从其"形式主义"驿站推进到"结构主义"驿站。

第七节 现象学与阐释学文论

现象学文论

"现象学"(Phenomenology)是一个现代西方哲学界具有深远影响的哲学流派。今天我们提到现象学,主要是指19世纪末、20世纪初德国哲学家胡塞尔创立,并由他的一批学生和后继者继承发展的一场哲学运动。在哲学方面,它直接影响了存在主义哲学的产生以及整个欧洲大陆人本主义思潮的发展,而它的方法则被一些学者同分析哲学的方法、辩证法合起来,并称为西方的"三大哲学方法"。在文论方面,现象学主要有两方面的影响,其一,将现象学的思想应用于诗学和美学领域,对文学问题进行哲学考察,如胡塞尔的学生英伽登和法国哲学家杜夫海纳;其二,将现象学的方法应用到实践批评中去,如法国的日内瓦学派。

(一) 哲学背景——胡塞尔的现象学哲学

20世纪上半期,胡塞尔在《逻辑研究》(1900)、《纯粹现象学和现象学的观念》(1913)、《欧洲科学的危机和先验现象学》(1936)等一系列著作中,系统地阐述了现象学哲学的基本原理。

胡塞尔认为,20世纪初欧洲文明出现的种种危机实际上都源于知识基础的危机。由于没有确实可靠的知识基础,各门学科陷入迷茫之中,哲学里相对主义和非理性主义横行,自然科学萎缩成在实证方法下进行的分类研究,而艺术则陷于不知所措的虚无中。现象学就是要为知识提供可靠基础,并最终寻求绝对真理,对"本质"进行描述,因而他把自己的现象学称为惟一普遍的、严密的、永恒的"科学的哲学",是"先验的第一哲学"。

胡塞尔认为传统哲学没有寻求到真正的真理,他特别反对传统中的两种哲学倾向:自然主义和心理主义。自然主义以精确性和客观性为目标,但它想当然地认为意识的对象是独立于意识之外的,也是惟一客观实在的东西,我们关于它们的知识是确实可靠的。胡塞尔认为这是值得怀疑的独断,因为我们根本无法肯定物质世界的客观存在。心理主义认为科学真理的普遍性和必然性来自心理的信念。胡塞尔早年也曾是一个心理主义者,但他很快看出心理主义有导向相对主义的危险,无论将知识归于个人的心理还是归于人类共同的心理,都无法得到永恒的绝对真理。

现象学方法的基础首先建立在其"意向性"理论上。胡塞尔认为:意识并非对一种外部对象的被动记录,而是积极地对世界进行设想或建构。任何意识都是关于某物的意识,都"指向"某物。意识行为和意识客体是密不可分的,因此意识中的对象既非外在客体,亦非对外在客体的反映,而是"意向性客体"。换句话说,我们虽然无法把握独立于我们而存在的外部世界的事物,但我们却可以把握直接呈现在我们意识中的事物,即意向性客体。只要暂时忽略直接的经验,而牢牢抓住意识中的纯粹现象,就一定能获得永恒的真理。

胡塞尔现象学的另一块基石是直观的观念,即对事物"直接把握"的方法。胡塞尔说:"直观是认识的真正源泉,一切在直观中提供给我们的东西都应被接受为它自身呈现的东西,并仅是在其自身呈现的范围内而言的。"①胡塞尔区分了两种直观:一是"感性直观",它只提供对象的经验性特征。另一个则是"本质直观",它可以使我们直接把握事物的本质。比如,我们看到了红色的花的形象就是感性直观在起作用,而对于数字,即使我们不借助任何感官,也同样能够准确地理解,这就是本质直观在起作用。胡塞尔的现象学要获得的是永恒不变的真理,因而他的直观指的是后者。

那么,如何把握客观实在呢?胡塞尔认为应该采取"现象学还原"的方法。就是要排除一切因袭的传统观点、未经反思的自然态度和理论构造,从而达到"面向事实本身"。现象学还原包含两个必不可少的部分:

第一,排除法:胡塞尔也称为"加括号"或"悬置",是指将一切传统观点、未经反思的自然态度和理论构造都先放在括号里存而不论。它包括两种悬置:"历史悬置"和"存在悬置"。历史上流传下来的一切知识都是不可靠的,我们不应受其影响,而应把它们封存在括号里,搁置起来不加考虑;肯定外部世界客观存在于意识之外也是一种缺乏根据的常识性观点,我们不应轻率肯定或否定独立自在的客观客体的存在,而应该暂时放弃这种观点,把这个问题放在括号里,存而不论。

---

① 胡塞尔:《胡塞尔全集》(第三卷),第 51 页,转引自夏基松:《现代西方哲学教程新编》(下册),第 487 页。

第二,还原法:通过排除法,我们就将前人留下的间接知识和有关外部世界的直接知识统统排除出去了,但要认识世界的本原,还必须运用"还原法"。它包括两个部分,其一,本质还原或"本质直观"。尽管我们的视野转向了"纯粹意识",但我们此刻得到的只是关于个别事物的意识与现象,这种意识变动不居,难以作为知识的确定性基础。"本质还原"就是要排除暂时的、变化不定的东西,把握住内在的、恒常不变的本质。而根据现象学,本质并非隐藏在现象背后,而是直接呈现于现象中,通过"直观"的方式就可以获得。其二,先验还原或先验悬置。胡塞尔认为,本质还原是使人们从事实的经验普遍性向本质的普遍性的推移,而先验还原则是从现象学中排除事实性,从而返回到作为一切意义基础和意识构成性基础的纯粹先验自我。而这样一来,现象学也就成为了一种先验唯心论。这一先验唯心论的最终研究对象是所谓的先验性意识,而其先验性还原的最终目标则是先验性自我。胡塞尔晚年的哲学最终变成了一种抽象晦涩的先验唯我论。

(二) 罗曼·英伽登

罗曼·英伽登(Roman Ingarden,1893—1970),波兰哲学家,早年就读于德国的哥廷根大学和弗莱堡大学,师从胡塞尔,并获博士学位。回国后曾在兰姆堡大学等处任教,其著作主要有:《文学的艺术作品》(1931)、《文学的艺术作品的认识》(1937)、《艺术本体论研究》(1962)、《艺术价值和审美价值》(1964)、《体验、艺术作品和价值》(1969)等。

作为胡塞尔的学生,英伽登长期追随胡塞尔研究现象学。但英伽登只接受了胡塞尔的意向性学说、现象学还原的方法和建立严格的科学哲学的信念,而摒弃了其"先验主体性"、"先验自我"等具有很强的先验唯心主义色彩的思想。并把现象学的方法贯彻于美学领域,建立了现象学美学。人们常将英伽登视为西方现象学美学的创始人之一。英伽登现象学文论着重探讨了艺术的本体论和认识论的问题,在晚年,还研究了艺术的价值论问题。

1. 艺术本体论

英伽登接受了胡塞尔的现象学还原方法,把艺术作品是否外部存在的问题"悬置"起来,而直接从作品自身出发考察了艺术作品的本体论问题。他的艺术本体论问题主要涉及了以下几个方面:

其一,文学艺术作品存在方式问题

对于文学作品的存在方式,历来有两种看法:唯实论的观点将文学作品看作实在客体,而唯心论则将文学作品看作观念客体。英伽登不同意这两种看法。他认为,一方面,作品虽然以纸张和墨迹为物性基础,但作品不能等同于纸张和墨迹。作品首先是一系列供读者理解的句子,它无法被还原为物,而是与抽象的观念意义有关。另一方面,作品又不是三角形和数字一类的观念客体。因为观念客体是超时空存在的,而文学作品则产生于具体的时间内,并随着时间的变化而发生意义的变化,不同的读者,甚至同一个读者在不同时间里阅读同一部作品都会产生不同的意义。由此看来,文学作品超越了实在客体—观念客体的二分法,英伽登认为文学作品是一种"意向性客体"(intentional object),是特定人"指向"特定的对象而创造的,是"主体与客体不可分的统一"。同时,英伽登也不同意心理主义将文学作品等同于作者的内心体验或读者的心理感受。认为虽然作品在一定程度上与"作者的心理生活及其个性之间存在着各种密切的关系。……作品多少打上了作者全部人格的烙印",但是作者和作品毕竟是两种异质的客体。"作者及其全部身世、经验和心理状态完全在文学作品之外"。① 同样,"读者的个性、经验与心理状态也不属于文学作品的存在。"

其二,文学艺术作品的基本结构

英伽登强调了文学作品本体的优先地位,因而对作品进行了结构性分析。英伽登将文学结构分成了各自独立,而又相互依存的四个层次。这四个层次是:(1)语音(word-sounds)层,这一层次构成了(2)意义单元(meaning units)层;它们反映了(3)图示化诸方面层,从而构成了(4)再现客体层。

"语音层次"指的是文字的字音和建立在字音基础上的更高级的语音结构。它是作品结构中最基本的层次,为其他几个层次提供基础。英伽登这里的"语音"指的不是在阅读中的实际发音,后者是一次性的、变动不居的,而"语音"则是"典型化的语音"(typical word sound),是反映在具体的朗读中,又超越于具体朗读而恒定不变的东西。他超越于个人经验使人与人之间的阅读和理解成为可能,因而也是"主体间性"的。此外,语音层次不仅包括严格意义上的"声音",而且还包括

---

① 英伽登:《文学艺术作品》,英译本,第22页,转引自韦勒克:《近代文学批评史》第7卷,第380页。

韵律、节奏等等。

"意义单元层次",是指由字词、句子或语段的意义构成的层次。英伽登认为,它是整个文学艺术作品中最重要的一个层次,它通过提供意义而对其他层次起到决定作用,使它们得以存在。

所谓"意义",在英伽登看来,指的是"与字音有关的一切事物,这些事物在与字音的关联中构成一个词",而与字音有关的一切事物指的是意向性关联物,因为一个词指称的对象乃是一种意向对象。英伽登说,与一个单词相对应的意向性关联物是单个意向性客体,与一个句子相对应的意向性关联物是一种意向性事态(state of affairs),而无论意向性客体还是意向性事态都区别于客观实在,失去了完整性和具体性,而成为了图示化的东西,需要填充、解释,其自身是朦胧含混的。意义单元再现的事态或客体的世界是"不必浸透现实的特征而存在的"。① 英伽登把文学作品中的陈述称为"准判断",是说看一部艺术作品的语句是否有意义,不在于是否能找到可验证的客观实在,不在于它与现实世界的关系如何,而是看它与作品虚构世界的关系如何。比如在历史小说中可能读到:"1624 年 1 月 20 日,天冷的出奇",此陈述是否有意义,并不在于得到气象报告的证实,而是要看这个陈述的事态是否影响到小说情节的发展和作品世界的构成。

"图示化诸方面层",是指任何一部作品都只能用有限的字句表达呈现在有限时空中的事物的某些方面,并且这些方面的呈现与表达只能是图式化的勾勒。正因为如此,一部作品的意向关联物不过是事物之图式化诸方面的组合体或纲要略图,它还有许多"未定点"和空白需要读者的想像来填充或"具体化"。

"再现客体层",再现客体的问题在意义单元层和图式化诸方面层都不同程度地有所涉及,事实上,这三个层次甚至连同第一个层次都是一体相关的。在意义单元层,英伽登集中阐述了纯粹意向关联物的虚构性质,在图式化诸方面层,他集中关注了纯粹意向关联物的不完备性质。这些都阐述了作品再现客体与实在客体的存在论差异。简单地说,所谓"再现客体"就是虚构的、不具完备性的意向关联物。

其三,伟大的"形而上学性质"

在对文学作品的基本层次进行分析之后,英伽登提出了"形而上学性质"(metaphysical quality)的问题。文学作品的其他层次都以建构

---

① 《文学艺术作品》,第 168 页,转引自韦勒克《近代文学批评史》第 7 卷,第 381 页。

再现客体为目标,但再现客体的功能是什么却难以确定。英伽登认为再现客体所指涉的是"形而上学性质",它是指"崇高、悲剧、恐惧、震惊、玄奥、丑恶、神圣、悲悯"的性质。它们不是通常事物的属性,也不是心理状态的特征,而是从复杂和完全不同的情境或事件中显露出来的某种东西,好像一种气氛笼罩着情境中的人与物并以其光芒穿透并照亮一切。但他又认为,"形而上学性质"并非所有作品必不可少的结构性层次,只有伟大的作品才有形而上学性质,它是伟大作品的标志。

2. 艺术认识论

1937年,英伽登出版了《文学艺术作品的认识》一书,在艺术本体论的基础上,英伽登进而探讨了艺术认识论问题。讨论了文学作品认识的过程,存在哪些认识方式及其各自的结果等问题。

英伽登主张把艺术作品和艺术对象(或审美对象)严格地分开。他所说的"艺术作品",就是作家所创作的客观存在的东西,而"艺术对象"或"审美对象"则是欣赏者(读者)对作品的意向性建构,它并不是客观存在的东西。正如上面提到的,文学作品的客体再现的结构,只是一种图式化或骨架化的结构,未经阅读的文学作品只是一个"潜在的存在"或"可能的存在",它要成为艺术对象或审美对象,还有待于读者的主体能动性的发挥,即通过他们的理解、领会和想像,使潜在于作品中的图式化结构"具体化",也就是,把图式、骨架中的"未定点"、"空白"填补、充实起来,使其成为一个生动、具体、丰富而富有生命力的艺术对象或审美对象。他还指出,读者的这种丰富化、生动化、具体化的能动活动,既非心理的,也非经验的,读者阅读时,并不是内省自己的内在心理活动,而是集中关注文学作品本身,这是一种现象学的本质直观的活动。

英伽登探讨了科学著作的阅读与文学作品阅读的区别。科学著作的功能是传达客观知识,因而要求读者尽可能超出作品而达到语词所指涉的实在客体,而文学作品则是为审美经验提供基础,它引导读者深入把握潜在于文本中的图式结构,并通过各自的理解领会,使图式结构丰富化、具体化。与科学著作阅读单纯关注语义层次不同,文学作品阅读要综合考虑所有层次。

对于文学作品,英伽登分别给出了四种类型的阅读经验(认识方式):非审美(non-aesthetic)或外审美(extra-esthetic)经验、审美经验、前审美(pre-aesthetic)经验以及审美反思(aesthetic-reflective)。

英伽登认为,是否是审美阅读并不取决于作品本身——一部文学作品完全可以被用于消遣、打发时间、增加文化知识、了解各时代的风土人情,但这些阅读都属于非(外)审美经验——而是取决于我们是否采取一种审美的态度。实用的态度试图改变实在的世界,考察的态度试图从作品中获取知识,而审美态度则意识到再现客体不是真实的,而通过具体化而获得的世界与外部世界也不同。用审美态度观照客体,我们就能进入到一种情感过程中,创造出和谐的审美对象。

如果说前面两种经验是针对读者而言的,那么前审美经验和审美反思则是针对文学研究的学者而言的。前审美态度是只关注文学艺术作品本身的阅读,它并不把作品具体化为审美对象,而是始终以冷静的态度分析向审美对象转化之前的艺术作品的结构、文学艺术作品的诸因素,以获得有关艺术作品本身的知识。英伽登把前审美经验的结果称为"重构"(reconstruction)。前审美经验的关键在于,必须以中止审美阅读为基础,要抑制对艺术作品的情感反应和填补"未定点"的冲动。审美反思是以审美具体化为对象的反思性经验,其目的是要获得有关审美阅读的知识。因此它也属于文学研究的范畴,并且处于研究的高级阶段,这两种认识是紧密相关、互为前提的。审美反思的难度决定了任何审美反思都是有缺陷的。首先,审美具体化的一次性拒绝重构,其次,审美具体化的有机性质不允许拆解式的反思分析,我们只能借助记忆作有限度的反思研究。

3. 艺术价值论

英伽登晚年致力于艺术价值的研究,力图建立一种现象学的艺术价值理论。

他强调了艺术价值与审美价值的区分,他认为:"艺术价值"是客观地存在于作品之中的东西,而"审美价值"则是读者对作品的图式结构具体化的产物,它并非客观地存在于艺术作品之中,而只存在于审美对象之中,是一种欣赏者的意向性的价值。因此两者的关系是:艺术价值是审美价值的图式性基础;而审美价值则是艺术价值的生动化、丰富化与具体化。

英伽登还强调了艺术价值与审美愉悦的区分。他认为艺术价值属于作品本身,而审美愉悦是人(读者)对文艺作品的感受(欣赏),是一种主体的心理状态。

(三) 杜夫海纳

杜夫海纳(Mikel Dufrenne,1910—1995),法国哲学家、美学家。曾

任法国巴黎大学美学讲座教授。主要著作有:《审美经验现象学》(1953)、《先验的观念》(1959)、《语言与哲学》(1963)、《诗学》(1963)等。其中《审美经验现象学》最为系统地反映了杜夫海纳的现象学美学思想,代表了第二次世界大战后现象学美学领域的最高成就。

作为一位现象学美学家,杜夫海纳的思想偏离了排斥感性经验的胡塞尔的现象学,而极大地受到了英伽登的启发,但同时从他的著作中,我们也不难看到海德格尔的诗性存在论、萨特的存在主义文论,特别是梅洛·庞蒂的知觉现象学的深刻影响。杜夫海纳将自己的文艺学研究分为四个部分,前两个部分研究的是审美对象和艺术作品的问题,它对应着英伽登在《文学艺术作品》一书中所进行的研究;第二个部分探讨的是审美知觉的问题,延续了英伽登在《文学艺术作品的认识》一书中的文学认识论问题。最后一个部分解决的是"审美经验批判"的问题,从总体上对审美经验的可能性做了康德式的考察。我们主要介绍他对前两个问题的探讨。

1. 审美对象和文学作品

杜夫海纳试图取消主—客体二元论,他赞同梅洛·庞蒂的观点:"感觉引导我们理解主体与客体之间的关系,主客体互为存在条件,主体依赖于客体,同样,客体也依赖于主体。"因而,他特别强调审美知觉(aesthetic perception)和审美对象(aesthetic object)密不可分,并把这一点视为自己的理论核心。

在对待审美对象和文学作品的问题上,杜夫海纳和英伽登既有一致,又有不同。同英伽登一样,杜夫海纳反对将审美对象等同于某种精神活动的心理学理论;杜夫海纳也赞同英伽登把审美对象同文学作品区分开来的做法。杜夫海纳认为,文学作品是客观存在、自我同一的作品。而只有审美地被感知的文学作品才能成为审美对象。但另一方面,杜夫海纳又不满于英伽登将文学艺术作品看成是"纯粹意向客体",而认为它是一种感性的情感结构。对于审美对象来说,最重要的是感知或知觉的因素。感知中包含了意义,同时也为审美对象的构成提供了基础。另外,在英伽登看来,文学作品创造的世界是再现客体,它依赖于读者在阅读过程中填充"未定点"才形成。杜夫海纳不同意这个观点,他强调,作品的世界是一个自足的世界,是一个"表达的世界",源于作者。审美知觉只是将艺术作品审美地显现出来,而并不在艺术作品上添加什么。因此审美对象不过是在感知中审美地显现出来的艺术作品本身,审美对象与艺术作品的区别仅在于"显现"和"隐蔽"

而已。

(四) 艺术知觉论

由于导致艺术作品显现为审美对象的审美感知是审美经验得以可能的主体条件,所以,杜夫海纳特别关注审美知觉的分析。杜夫海纳的审美知觉分析主要以梅洛·庞蒂的知觉现象学和胡塞尔的本质直观学说为基础,他将审美知觉分为三个阶段:呈现(presence)、再现(representation)和反思(reflection),这三个阶段大体上对应着审美客体中的三种因素:感知、再现客体和表达的世界。

第一个阶段呈现,是取自梅洛·庞蒂的概念,它是前反思的知觉活动领域。这一阶段主体和客体尚未区分,未经理性的渗透,所以是审美感知的真正基础。杜夫海纳特别强调的是,呈现与身体层次上的知觉相关,审美对象提供直接的愉悦。

第二个阶段再现和想像,知觉倾向于客体化,把被感知的对象客观化而形成表象,并有想像介入。想像既有先验的又有经验的方面。它是"先验的",因而为再现提供了可能的条件,是"经验的",因而提供了具有意义的再现物。但杜夫海纳认为,想像在审美知觉那里并没有在一般知觉中那么重要。因为,审美客体是自足的,已经提供了非实在的对象或事态,无须读者再去想像,只要挖掘审美客体中的"原意"就可以了。

第三个阶段是反思。通常这阶段的感知会因理解力的介入而上升为理性反思以便寻求对象的真理,杜夫海纳则认为,审美的知觉却要抑制这种理性的反思,而进入一种感受性的内省或同感性的反思,以便直观体验审美对象所表现的情感生活世界。在审美知觉的最高峰,审美对象进入最为充分的显现,杜夫海纳强调这绝非观念性显现,而是对象全部感性存在的显现。

(五) 日内瓦学派和布莱

"日内瓦学派"被认为是现象学文论的重要代表。如果说英伽登和杜夫海纳的现象学文论是一种带有浓厚哲学色彩的批评理论的话,日内瓦学派的现象学文论更加集中于具体的批评实践,他们多为批评家而不是哲学家。

日内瓦学派活跃于20世纪五六十年代,其成员大都任教于瑞士的日内瓦大学,故而得名。日内瓦学派分前后两代,第一代的代表人物是马塞尔·雷蒙（Marcel Raymond，1897—1981）和阿尔贝·贝京（Albert Béguin，1901—1957）；乔治·布莱（Georges Poulet，1902—1991）是第一代和第二代之间的重要中介；第二代的代表人物有：让·卢塞（Jean Rousset，1910—2002）、让-皮埃尔·里查（Jean-Pierre Richard，1922— ）、让·斯塔罗宾斯基（Jean Starobinski，1920— ），有时，美国批评家中，早期的J. H. 米勒（J. Hillis Miller，1928— ）和保罗·布罗德柯柏（Paul Brodtkorb）和德国—瑞士学者埃米尔·施塔格尔（Emil Staiger，1908—1987）也经常被列入日内瓦学派中。

尽管日内瓦学派的各个成员的理论观点和批评实践各有侧重、不尽相同，但他们的现象学倾向都是清晰的。概括起来，批评观念有以下几个共同之处：

1. 他们都以现象学的"意向性"理论为基础，建立了自己的文学作品论

日内瓦学派认为文学作品不是对另一个世界的再现，也不是对作者所经验到的客体的描摹，文学作品是作者意识的显现。批评家的任务就是从作品中捕捉到作者在作品中表现出来的"经验模式"。所谓"经验模式"不同于单纯的经验，它是作者的意识与对象发生关系的个性方式，它构成了作者整体生活的统一特征。

2. 他们都摈弃了传统的文学研究方法，而运用现象学的方法进行文学批评实践

日内瓦学派的批评家们把胡塞尔"悬置法"运用到文学批评中，主张排除作品与现实历史的实在关联，排除所有的先入之见，采取冷静中立的立场，将批评的目光集中于作品的内部意识。

3. 他们都将作品的内在意识，尤其是作品中作家的深度经验模式作为批评的主要对象

用米勒的话说，批评成为了"对另一个意识的意识，是作者的精神世界向批评家心智的内在空间的转化"。因而，日内瓦学派又常被称为"意识批评派"。

乔治·布莱生于比利时。尽管从未获得日内瓦大学的教职，但他常常被当成日内瓦学派最具代表性的人物。布莱曾任教于瑞士苏黎世大学，后来去了英美，先后在爱丁堡大学（1927—1952）和约翰·霍普金斯大学（1952—1957）讲授文学理论，把现象学文论传到了英美。他的重要代表作有：《人的时间观》（1956）、《内省距离》（1959）、《循环变形》（1961）、《批评意识》（1971）等。

布莱的批评方法有时又被称为"起源批评",其方法论的起点是"我思"的概念。这个术语是从笛卡儿那里借用而来的,但布莱去除了其理性主义的内涵,而赋予它某种现象学的色彩。"我思"就是作者在作品中表现出来的"精神",它是文学作品的最初的起源,是产生文本的精神本质。我思首先是个人化的,每个意识都有其自身的轮廓和体系。另一方面,还存在着"超个人的"我思,它跨越时空,体现在不同时代的作品中。这种"我思"会随着历史的变迁而变化,在不同时代体现出不同的特征。比如在《人的时间观》一书中,布莱就分析了从文艺复兴到现代,体现在文学作品中的"时间意识"的变迁,各个作家在作品中体现了一种"共同的意识",而同时,不同时代的作家又具有各自的不同特征。有学者认为,这种思路与德国的"精神史"学派有相近之处。① 最后,"我思"的概念超越了主—客体模式,布莱强调:"对自我的意识,将同时是对世界的认识。"

在布莱看来,文学阅读和文学批评的目标就是发现、揭示"我思"的结构。在《阅读现象学》一书中,布莱指出,阅读的过程实际上是将书从其物质性和静止性中解脱出来的过程。文学作品作为客观对象而存在的时候,只是纸张和印刷符号,读者也是一种存在实体。当读者打开一本书开始阅读时,作为客体的书和读者都要发生转化。书中的词语、意象和思想将变成一种意识,邀请我深入其内部,想其所想、感其所感。在这个过程中,主体和客体的区分被打破了,阅读获得的客体不再是与主体相对的客体,而化作了"主体化了的客体"(subjectified object),作为某种内在思想的产物,它像一个主体一样对我言说。更重要的是,读者在与作品相遇时,丧失了主体性。与英伽登不同,布莱并不认为读者在阅读过程中主动地凭想像力填充未定点,而是将接受视作一个被动的过程。读者在阅读时,必须"没有任何的思想保留,没有丝毫独立判断的愿望,完全受制于人",只有这样才能获得一种直觉的理解,完全接受自己此时此刻的感觉,布莱将这个过程称为"自我放逐"(displacement of myself)。一旦放弃了主体性,作品中作者的思想就会取代我的思维。在阅读的过程中,自我必须通过语言的媒介最大限度地向阅读对象靠拢,以获得与作品主体相同的经验和感受,当它完全与阅读对象一致的时候,就把握住了"我思"。

---

① 韦勒克:《近代文学批评史》第8卷,第117页。

阐释学文论

阐释学(Hermeneutics 英;Hermeneutik 德)一词源于"Hermes"(赫尔墨斯),在古希腊神话中,赫尔墨斯是语言和文字的发明者和上帝的信使,担负着把上帝的神谕传达给凡人,并向他们解释清楚的任务。由这个词衍生出来的希腊文动词"hermeneuein"和名词"hermeneia"大体上包含了"解释"、"说明"、"翻译"等涵义。[①] 所以,简单地说,阐释学是一门有关意义理解和意义阐释的理论或哲学。作为一种关注意义,尤其是文本意义的理论,阐释学从一开始就同文学理论结下了不解之缘。20世纪,在海德格尔、伽达默尔的研究推动下,当代阐释学经历了重要的转型,成为一个具有本体论意义的领域,其普遍性大大增强,从而在哲学、法学、历史学、社会学、神学、自然科学、美学等各个领域中产生了越来越深远的影响。在文学理论方面,阐释学直接催生了接受理论,对文本意义理论由现代主义文论向后现代主义文论的过渡发展起了重要的作用。

(一) 阐释学的发展

"阐释学"一词的正式出现是在17世纪,但作为一门学科,则有更为漫长的历史。我们可以把阐释学的发展大体分为三个阶段:古典阶段、近代阶段和现代阶段。

1. 古典阶段

这一阶段是阐释学的萌芽期,阐释学依附于特定学科,并未成为独立的学问,因而也被称为"特殊阐释学"。在19世纪前,大体上存在着三种"特殊阐释学"的传统:1.圣经阐释学(又称"解经学"),早在旧约时代就已经出现,中世纪发展成一门学问,宗教改革后达到鼎盛期。它试图确立一套正确阐释圣经的原则。2.法学阐释学,萌芽于罗马时代。它既要研究理论,编纂、考订各种法律文献,寻找正确理解法条的方法,也重视实际的应用,研究如何将抽象、普遍的法律条文运用到具体的实践中去,这种实践性、应用性对当代阐释学有很重要的影响。3.语文学阐释学,起源于古罗马亚历山大学派对荷马的诠释。文艺复兴时期,为了重建古代文献的真实版本,保存和理解古代的文化遗产,古典学者们

---

① See Richard E. Palmer, *Hermeneutics*, 1969, pp. 12 – 32.

从语言学和文献学两方面对保存下来的古典著作进行疏解和研究,并形成了许多的研究方法和规则。语文阐释学所形成的方法后来也得到了圣经阐释学的吸收和借鉴。

以上三种传统尽管为后来的阐释学发展奠定了一定的基础,但仍有很大的局限性。一方面,这些阐释学的对象,仍限于某一特殊领域;另一方面,它们往往只是零散片断的解释规则的汇集,而尚未成为一门系统的方法论。所以,到了19世纪,施莱尔马赫总结说:"至今,作为理解艺术的阐释学还没有普遍地存在,存在的其实只是许多特殊的阐释学。"①

2. 近代阶段

18世纪末19世纪初,在以施莱尔马赫为代表的神学家的推动下,阐释学逐步成为了一门独立的学问,这标志着阐释学的一次重大的转变。这一阶段阐释学的特点是:一、由传统的"特殊阐释学"发展成为"一般阐释学",脱离了具体的学科门类,成为了普遍性的方法论;二、阐释学的目标和原则是在自然科学认识论的框架内确立的,这阶段的理论家往往把消除误解,达到正确客观的理解作为阐释的目标,因而又称为"客观阐释学";三、在一般阐释学中,理解和阐释往往只具有方法论的意义而与本体论无关。这个阶段的代表人物是德国神学家施莱尔马赫和他的传记作者、德国哲学家狄尔泰。

受康德的批判哲学和当时的浪漫哲学的影响,施莱尔马赫(Friedrich Daniel Ernst Schleiermacher,1768—1834)的阐释学关注的不是具体的文本和阐释技巧,而是先对阐释行为本身进行了一番反思,这不但使其阐释学从"特殊阐释学"上升为"一般的阐释学",而且也令其阐释学具有了认识论的色彩。与前人相比,他有两个观点特别值得重视:

其一,阐释学是一种"避免误解的艺术"。由于时间距离和环境的变化,作者和读者在语言、心理等各方面都存在很大差异,这就势必会造成读者对文本的误解。误解不是一种偶然发生的特殊情况,而是时时发生的平常情况。所以,文本的意义是不能自发获得的,而必须在正确方法的指导下,通过阐释才能得到理解。阐释是理解意义的必要条件,阐释学的任务就是要消除误解。"哪里有误解,哪里就有阐释学。"其二,理解就是重构作者的思想。古典阐释学认为,文本的意义就是文

---

① 《艺术作品的本源》,引自《诗·语言·思》,文化艺术出版社,1991年,第22页。

本中的真理性内涵，与作者的生活无关。而施莱尔马赫却认为，文本的意义就是作者在创作时的本意，理解文本的意义离不开对作者心理的把握。阐释和理解实质上就是读者通过种种方法，设身处地重新感受和体验作者当时的心理、思想和意向，从而得以重构作者的原意的过程。

施莱尔马赫把阐释分成两个层次："语法的阐释"要求读者从语言的角度，弄清文本字面上的意义。特别是要联系文本创作时的语言体系和具体的上下文，全面综合地理解文义。"心理的阐释"（或技艺的阐释）就是在了解作者生活的基础上，研究、体会作者写作文本时的动机，置身作者创作时的心理状态中把握作品的原意。"语法的阐释"是外在的，关注的是共有的语言特征；而"心理的阐释"是内在的，关注的是作者的个性和特殊性。在施莱尔马赫看来，二者互为补充、缺一不可。只要运用得当，读者甚至能够获得作者在下意识创作过程中未能意识到的文本意义，能够"比作者更好地理解文本"。

19世纪，德国哲学家狄尔泰（Wilhelm Dilthey，1833—1911）终其一生致力的工作是：相对于康德的"纯粹理性批判"，完成"历史理性批判"的任务。康德通过纯粹理性批判为自然科学提供了可靠的认识论与方法论，而狄尔泰则试图通过历史理性批判为"精神科学"，即关于人类自我、历史和社会的知识提供牢靠的基础，使精神科学也能成为"客观知识"。早年的狄尔泰试图通过描述性心理学来完成这个任务，而到了后期，则将目光转向了阐释学。

狄尔泰一向反对精神科学亦步亦趋地移植、模仿自然科学的研究方法，他认为，自然科学采用的方法是"说明"，而精神科学的方法则是"理解"。前者建立在笛卡儿式的主客体二分法的基础上，通过观察和实验，把对个别事物的经验归入一般的规律之下；精神科学研究的是人内在的精神世界，不能将其作为外在的"客体"来看待，而要通过研究者自身的"体验"去进入他人内在生命，从而进入人类精神世界，这就是"理解"。这样一来，研究理解问题的阐释学就不再是施莱尔马赫所说的"理解的技艺学"，而是精神科学的方法论。

狄尔泰认为，每个人都是具有历史性、生活在当下的历史社会情境中的存在，这是人的历史性。他们无时无刻不对现实世界具有某种"体验"，这种体验是主观的、内在的。但却必定会通过语言、符号获得表达，这种在历史上存留下来的主观体验的痕迹被称作"生命表现"。应该注意的是，在狄尔泰这里，体验决不等同于科学研究中的"经验"，前者是个体的独特经验,保持着生命本身的鲜活性、完整性和直接性,而后者则是一般的普遍的经验,失去了同个体生命的关联。"生活表现"也绝不是对外在世界的主观感觉的表达,那将重新陷入主客体二分法的误区,而毋宁说是个体生命体验的客观化。艺术作品以及其他广义上的文本,都是"生命表现",它们都同作为整体的生命相连。我们理解一部文学作品实际上就是通过"生活表现",超越历史距离,从而获得对他人生命的领会。但这种一个主体对另一个主体生命的理解是怎样进行的呢?狄尔泰认为是通过"移情"达到的。而且理解另一个生命其实就是对自我的理解。每一代人都带着自己由历史而来的体验,去接触、理解并重新阐释历史,并从这种理解和阐释中展开历史的意义,同时又向前延伸了历史。

施莱尔马赫和狄尔泰的阐释学超越了传统的"特殊阐释学",使阐释学成为了一门独立的学问和方法论,但同时他们又都将恢复作者的原意视为最高目标。这实际上假定了一个置身事外,既无偏见又无"前理解"的阐释者。但事实上,正如施莱尔马赫和狄尔泰都注意到的一样,在阐释过程中存在着"阐释的循环"的现象,即"一部作品的整体要通过个别的词和词语组合来理解,而同时对个别词的充分理解又以假定已经先有了整体的理解为前提"。这种循环不仅存在于文本的整体与部分之间,也存在于人的有限存在和历史认识的无限过程、人经验的片面性和理解要求的全面性的矛盾中,处于阐释的循环中的理解行为其实是没有终点的,一切所谓终极的原义都是相对的。这与施莱尔马赫和狄尔泰所追求的客观性是矛盾的。其实,正如伽达默尔指出的,狄尔泰试图使精神科学摆脱自然科学方法论的束缚,但做的却不彻底,最终又陷入了自然科学认识论的客观主义的窠臼。

3. 现代阶段

20世纪,阐释学发生了一次重大的转向,使阐释学进入了一个全新的现代阶段。引发这次转向的是德国哲学家海德格尔和伽达默尔。这次阐释学转向的主要特征是:一、理解和阐释行为不再作为一种与"说明"平行的认识方式,而是人存在的基本方式;二、由此,阐释学由认识论、方法论的领域转移到了本体论领域,建立了一种本体论阐释学;三、理解和阐释的目标不再是追寻客观的原义,而是在不断返回自身、没有终点的阐释过程中,敞开存在的真理。这一阶段的代表人物是海德格尔和伽达默尔。

海德格尔(Martin Heidegger)在《存在与时间》中将自己前期哲学

称为:"解释学现象学"或"此在的现象学"。海德格尔的所谓"现象学"同胡塞尔的现象学有着很大的区别。他拒绝接受胡塞尔脱离现实世界的、抽象的"先验性主体"的概念,而试图通过阐明"此在(人)"的基本结构,来敞开被西方哲学遗忘已久的存在问题。

在海德格尔看来,此在决不能离开他的世界,他是在世之在,他的存在是其自身无法选择的,因而他是被抛入一个境遇中的,处于"被抛状态"的存在,但同时,此在又始终是"能在",因为他能够面向未来"筹划"自身。此在的这种"筹划着的被抛状态"决定了他其实是一种"理解的存在",因为此在总是从他自身的生存脉络中,联系着未来,把握其自身存在的可能性,以此获得自身的存在。这样一来,理解就不再是一种同"说明"相平行的认识活动,它先于任何认识和思想活动,是人的基本的存在方式。所以,伽达默尔总结说:"海德格尔对人类此在的时间性分析已经令人信服地表明:理解不属于主体的行为方式,而是此在本身的存在方式。"

海德格尔进而指出,理解作为此在的存在方式,必然要从此在生存的时间性和具体的历史性处境(此在的"此")出发,也就是说,客观阐释学所设想的那种超越时间和历史性的纯客观理解是不存在的,任何理解都要以"先有"、"先见"、"先把握"为基础,他把这些称为"理解的前结构"。阐释的循环是无法避免,也是没有必要避免的。在《存在与时间》的第32节,海德格尔说了一段非常有名的话:"理解的循环不是一个由任意的认识方式活动于其间的圆圈,这个用语表达的乃是此在本身的生存论上的'先结构'。把这个循环降低为一种恶性循环是不行的,即使降低为一种可以容忍的恶性循环也不行。"因为这种循环是对理解的正确描述,理解永远是一个无限循环的过程,它不是一个首尾相接的圆,并非没有变化和进步。所以,"决定性的事情不是从循环中脱身,而是依照正确的方式进入这个循环"。这样一来,就等于说,理解一部作品,其实并不是挖掘出作者赋予文本的隐含意义,而是不断地敞开文本所暗示的存在的可能性。以上这段话无疑是现代阐释学的一个里程碑,它彻底改变了现代阐释学的方向。

海德格尔后期的哲学转入了对于诗、语言和思的沉思之中,这段时期的思想,尽管在一定程度上,影响和丰富了阐释学,但他不再直接谈论阐释学了。他早年开创的阐释学的道路则由他的学生伽达默尔继承下来。

（二）伽达默尔的哲学阐释学文论

汉斯－格奥尔格·伽达默尔（Hans-Georg Gadamer，1900—2002）生于德国汉堡，曾先后就读于布雷斯劳（现属波兰）、马堡、弗莱堡和慕尼黑等大学，攻读文学、古典语言、艺术史和哲学。1922年获博士学位。20年代，海德格尔对德国思想界的影响越来越大，伽达默尔正是在这个时期结识了海德格尔并深受其影响。1929年在海德格尔的主持下伽达默尔以《柏拉图的辩证伦理学》论文取得教授资格后，先后在马堡大学、莱比锡大学和法兰克福大学任教。伽达默尔一生著述颇丰，1995年最终完成的《伽达默尔全集》共10卷，其中重要的哲学著作有：《真理与方法》（1960）、《短论集》（收录了1967至1977年间的重要论文，美国人林格曾将部分著作编辑翻译，合成一集《哲学阐释学》）、《科学时代的理性》（1976）、《赞美理论》等，关于艺术的论著有《柏拉图与诗人》（1934）、《美的现实性——作为游戏、象征、节日的艺术》（1977）等。

1. 哲学阐释学和艺术真理问题

一般认为，伽达默尔的哲学阐释学是对海德格尔的本体论阐释学的发展和系统化。伽达默尔将自己的思想称为"哲学阐释学"，他充分接受了海德格尔的基本立场，即，理解不是一种主体对客体的认识活动，而是此在的存在方式，把理解问题同生存、存在、真理等更为根本性的哲学问题联系起来。这样一来，阐释学不仅是一种理论，而且实实在在地成为哲学了。

伽达默尔的阐释学文论是哲学阐释学的一个重要环节，伽达默尔思考艺术问题，目的并不在于艺术本身，而是为其整个"哲学阐释学"体系服务的。

自笛卡儿以来，自然科学方法论渗透到了精神科学中，在主一客体二元论的模式下，真理就是主体对客观实在的把握。认识论把科学的方法看作是获得真理的惟一方式，通过一套科学的方法，认识主体就可以把握客观实在，获得"确定性"的知识。伽达默尔并不简单地反对科学方法和科学真理，但他反对将科学真理视为惟一的真理样式。他认为，在美学、历史、哲学等精神科学中存在着通过具体的理解活动才能显现出来的阐释学真理，这才是更为原始的真理样式，科学真理只是这种真理的派生物。哲学阐释学的目标就是要克服近代方法论和客观主义的倾向，阐明阐释学的真理。

伽达默尔看到,最直接而明确的阐释学真理是发生在艺术中的真理,因此艺术领域成为他的哲学阐释学的切入点。伽达默尔说,哲学阐释学"从对审美意识的批评开始,以便捍卫那种我们通过艺术作品而获得的真理的经验,以反对那种被科学的真理概念弄得很狭窄的美学理论"。① 但是,对审美领域的探讨目的不仅在于此,"而是试图从这个出发点开始去发展一种与我们整个阐释学经验相适应的认识和真理的概念"。② 由此可见,艺术真理的问题是伽达默尔阐释学文论的终点,同时也是其哲学阐释学的起点。

在《真理与方法》的第一部分,伽达默尔首先批判了传统美学将艺术与真理割裂开来的倾向。康德的批判哲学把人类的主体能力分为知、情、意三个领域,审美属于在认识和意志之间起中介作用的情感领域。审美判断是一种主观判断,不具认识作用,不能提供客观知识,因而与真理无关。康德之后的美学进一步割裂艺术和真理的关系,比如席勒,一方面将"审美意识"从主体能力中抽象出来,另一方面将"艺术品"从它所属的世界中抽象出来。艺术与现实相隔离,变成了仅仅依靠"美的本质"或"艺术性价值"来评价的"纯粹艺术作品"。伽达默尔认为这种"审美的主观化"实际上遮蔽了艺术真理的问题,将美学引入歧途。造成这种情况的根本原因是,传统美学受认识论影响,用自然科学的方法和真理观衡量一切。事实上,除了科学的真理以外,还存在着另一种真理,存在的真理或阐释学的真理,指存在意义的显现与持存,这是更为原始的真理。海德格尔开创的美学道路表明,在艺术中,存在的意义获得了展现,因而艺术恰恰是真理的发生或存在意义的显现。

2. 艺术的存在方式

伽达默尔除了借用海德格尔的艺术观对传统美学进行了批判以外,还深入地考察了艺术存在的方式,并以此突出了艺术的理解问题。在他看来,艺术作品是存在真理的显现,那它就不应被看成摆在主体对面供科学认知的对象。他认为艺术作品同游戏具有内在的相似性。

伽达默尔认为,游戏有三个特征:

(1)"游戏的真正主体……是游戏本身。"③按常识的观点,游戏者在游戏中是主体,游戏是游戏者的产物。但实质上,任何游戏者都无法摆脱游戏规则的限制,而且只有游戏者将自己的主体性交付给游戏本

---

①② 伽达默尔:《真理与方法》,中译本,第19页。
③ 同上书,第134页。

身,让游戏支配着自己的时候,游戏才能够进行下去。所以是游戏本身在游戏,而不是游戏者在游戏。

(2)"一切游戏活动都是一种被游戏过程。"①虽然游戏对游戏者的行为有决定作用,但游戏不是停留在纸上的游戏规则,只有在游戏者的具体的游戏过程中,游戏才存在。所以,游戏通过失去主体性的游戏者的活动"自我表现",实现了自身。

(3)"在观赏者那里,游戏好像被提升到了它的理想性。"②任何游戏都需要观看者(表面上没有"观看者"的游戏实际上只是"观看者"虚拟化了),只有在观看中,游戏的自我表现才能实现。就此而言,游戏的观看者不仅将游戏看成一个对象,而且自身参与了游戏,成为了游戏的一部分。

伽达默尔认为艺术作品的存在方式同游戏相似。从表面上看似乎是作者创作了作品,是作品的主体。但其实作品的真正主体是作品本身,作品是在通过作者的创作活动表现自己。一部作品,在作者写完之后,其实并未获得存在。因为艺术作品存在于意义的显现和理解活动之中。正如一个锤子,只有在我们用它钉钉子或敲敲打打的时候,它才是一个锤子,否则,它只是摆在那儿的一个物而已。我们也不能像一个主体对待一个认识对象一样对待艺术品,我们必须参与其中,在读者的阅读理解中,作品的意义得到实现,艺术作品才真正获得了存在。同时,艺术作品的存在是一个在时间中展开的过程,它存在于一切可能的阅读和理解之中。

3."前见"和"时间距离"

按照近代阐释学的观点,理解的目的就是要消除误解,以达到对文本中作者"原义"的把握。因而,正确的理解必须通过消除既有的偏见,克服时间距离才能获得。

伽达默尔不同意这种看法。他认为,近代阐释学的观点实际上忽视了理解的历史性。既然理解是人或此在的存在方式,而此在是具有有限性或历史性的,那么理解也一定是具有历史性的。就是说,我们每一个人都生活在一定的时代,我们进行理解的时候,必然会带着历史文化传统赋予我们的"先入之见"。这种"先入之见",与其说是一种错误的"偏见",不如说是一种"前见",相当于海德格尔所说的"前理解"。

---

① 伽达默尔:《真理与方法》,中译本,第137页。
② 同上书,第141页。

我们既无法选择,也无法彻底消除我们的前见,在这个意义上说,"个人的前见……构成了他存在的历史现实"。① 伽达默尔强调,在理解中,"前见"不但不是一种应当克服的消极因素,相反,却是一种积极因素,构成了理解的首要条件。因为"成见为我们整个经验的能力构造了最初的方向性,成见就是我们对世界的开放的倾向性"。就是说,只有调动自己既有的前见,我们才能打开"视域",对文本有所领悟,文本的意义也才能对我们展开。

  伽达默尔进而区别了使我们得以对本文有所理解的"真前见"和导致误解的"假前见"。前者源自整体的历史传统,它保证了我们对历史流传物意义的领悟,不应也不能被否定;而后者则是个人在现实生活中受功利目的或主观兴趣影响而形成的前见,由于受近期现实的束缚,往往会曲解意义。

  那么如何区分"真前见"和"假前见"呢?伽达默尔认为,"时间距离"可以对前见起到过滤的作用。一个文本或一部作品的意义的理解是一个永无止境的过程,经过一定的时间距离我们就可以摆脱近期现实的影响,把"真前见"从"假前见"中分离出来。时间距离不但被动地克服"假前见",而且还主动地为"真前见"的出现提供可能。伽达默尔说,时间距离造成的过滤过程"不仅使那些具有特殊性的前见消失,而且也使那些促成真实理解的前见浮现出来"。② 可见,被近代阐释学视为障碍的时间距离,恰恰是文本意义生成的基础。

4."视域融合"和"效果历史"

  伽达默尔认为,理解不只是源自历史,同时又面向未来,是历史与未来的汇合和沟通。他用"视域融合"和"效果历史"两个概念来描述理解的这个特征。

  "视域"是从胡塞尔那里借用来的概念,它指的是一个人从特定的立足点上所能看到的一切。理解者的前见为理解者提供了视域,而文本中也暗含了某种历史的视域。因此,文本理解活动从本质上说其实是两种视域的相遇。伽达默尔认为,任何视域都不是完全封闭和一成不变的,"视域是我们活动于其中并且与我们一起活动的东西。视域对于活动的人来说总是变化的"。③ 在理解的过程中,理解者和理解对

---

① 伽达默尔:《真理与方法》,第 355 页,译文有改动。
② 同上书,第 383 页。
③ 同上书,第 390 页。

象都会超越原先的视域向对方开放,理解者的视域和理解对象的差异性使他们实现了"视域融合",在这个过程中,他们"不仅克服了自身的局限性,而且也克服了他人的局限性",从而到达更高、更丰富的新视域,为进一步的理解提供基础。因而,伽达默尔说:"理解,其实总是这样一些被误解为是独立存在的视域的融合过程。"视域融合不仅是历时性的,也是共时性的。在瞬间的视域融合中,过去和现在、客体和主体、自我和他者的界限被打破而形成统一的整体。

在"视域融合"的过程中,每一个历史中的流传物,包括艺术品,都不再是一个客观对象。人们习惯错误地把作品本身和对作品的解释区分开来。事实上,一部作品对各个时代产生作用,而且在各个时代中不断地被不同地解释着。作品和不同时代的解释的历史合而为一,规定着现在对作品的理解。这就是"效果历史"。用伽达默尔的话说:"真正的历史对象根本就不是对象,而是自己和他者的统一体,或一种关系,在这种关系中同时存在着历史的实在以及历史理解的实在。一种名副其实的阐释学必须在理解本身中显示历史的实在性。因此我就把所需要的这样一种东西称之为'效果历史',理解按其本性乃是一种效果历史事件。"

(三) 赫什对伽达默尔的批判

1960年,伽达默尔的《真理与方法》发表后,就有众多的理论家对哲学阐释学进行了批评。其中站在客观阐释学立场上对伽达默尔进行批判的代表人物是美国文论家赫什(Hirsch,1928—)。1965年,赫什发表了《伽达默尔的阐释学理论》一文,1967年,又出版了著作《阐释的有效性》,在批判伽达默尔阐释学的基础上,他系统地提出了自己的阐释学理论。

赫什认为,伽达默尔阐释学文论的最大缺陷就在于,他回避和取消了"解释的有效性"。伽达默尔的阐释学理论把理解视为一个不断展开的过程,不同的时代对同一部作品的不同解释,由于都出于传统,都是一种效果历史事件,因而都具有自己的合理性。这样一来,所谓惟一客观有效的解释也就不存在了。在赫什看来,这实际上取消了客观的标准,走上了一条通往虚无主义和相对主义的道路。

赫什认为,要想避免这种主观主义和相对主义,保证意义不会成为相对的、变动不居的东西。就必须"保卫作者",恢复伽达默尔所取消的作者的"原意"。作者的原意不仅是客观存在的,而且是衡量一种解释是否正确的惟一标准。与以往的客观阐释学不同的是,赫什同时也看到了理解的历史性,并不否认不同时代产生不同解释的合理性。为了完善自己的理论,他区分了"意义"和"意味"两个概念。

所谓"意义"就是包含在文本中的作者原意,它是永恒不变的。赫什将其定义为"意欲类型","意欲"即胡塞尔所说的"意向性",它强调文本的原意并不是存在于作者的头脑中,让人无法确切了解的主观想法,而是"意向性客体",因而具有客观确定性。"类型"包含两层意思:一方面,它限定了作者"可能表达的原意"的范围;另一方面,它说明这种"作者可能表达的原意"会反映在不同的理解中,因而是"类型"。

而"意味"就是在历史理解中发生的新意,它随着历史的发展而变化。赫什将其定义为"意义与人之间的联系,或一种印象、一种情境、一种任何想像中的东西"。既然它是意义与意义之外某种东西的关系,那么,"意味"就既是无限的,同时也并非武断任意的,它虽发生在不同的情境下,但一定要以"意义"为基础和标准。

赫什对客观阐释学的捍卫和重新修正在一定程度上深化了阐释学的研究,也对其后的"主观批评"具有启发。但其理论本身也存在着重大的缺陷。其一,赫什希望用"作者的原意"来衡量解释的有效性,但确定作者的原意就包含着一定的任意性和武断性,一方面,作者在创作的时候心理活动或创作意图是非常复杂的,有时甚至难以归入一个"类型"范围,另一方面,即使作者的原意是确切单纯的,我们也难有充足的理由证明我们的理解就是作者写作时的原意。其二,赫什忽略了语言的问题。正如伊格尔顿指出的:"语言在属于个人之前先属于社会,意义只能通过语言来传达,因而一种属于个人的'意义'是并不存在的。"

第八节 存在主义文论

存在主义哲学与20世纪西方文化、哲学、文学基本思维路径的特殊契合,使它对整个现代西方文化、哲学、文学等等皆产生了巨大而久远的影响。从某种意义上说,存在主义对整个现代西方文学和文论的影响犹如江河融汇进汪洋大海后仍负载着文学和文论的千舟万船,其意义可能远远大于它对文学和文论的直接具体议论。当然,存在主义哲学家们还是有对文艺问题的直接关注和说明,其中最重要的是海德格尔和萨特。不过,存在主义可能并没有形成独立系统的文艺理论思想,而是更多地被归属于两种文论范畴。第一,存在主义文论,尤其是萨特的文论,可以视为作家论文论。也就是说,它更类同于象征主义、表现主义等文学艺术家结合自己对世界人生的理解和文学创作实践来探讨文艺理论问题。比如石璞先生在上世纪80年代所撰写,90年代初期正式出版的《西方文论史纲》中就对存在主义文论作如此归类。第二,因为20世纪最有资格享有"批评的时代"称号,所以,存在主义文论往往也被归属于某种文学批评方法论。比如胡经之、张首映在他们上世纪80年代末期出版的《西方20世纪文论史》里把海德格尔的文艺思想归类于"文艺阐释学",把萨特的文艺思想归类于"阅读现象学"。马新国在他上世纪90年代初主编的《西方文论史》里则把海德格尔归类于"阐释学理论",而把萨特归类于"西方马克思主义"文艺理论。英国文艺理论家特里·伊格尔顿在上世纪80年代初出版的《20世纪西方文学理论》里则把海德格尔、萨特归类于"现象学、诠释学、接受理论"篇章。美国美学思想家M.李普曼在他上世纪70年代初出版的《当代美学》里又把萨特归类于"什么是艺术品"的探讨范围,把海德格尔归类于"艺术是怎样产生的"探讨范围。只有R.韦勒克在他上世纪60年代初出版的《批评的诸种概念》中的文章《20世纪文学批评的主潮》里,正式把存在主义称为六个文学批评潮流中的一个潮流。马新国主编的《西方文论史》也在20世纪初的修订版里把海德格尔和萨特统一归类在"现象学与存在主义文艺理论"篇章里,不过在分节论述时则分别称为"海德格尔的文艺思想"、"萨特的存在主义美学文艺学"。以上种种皆从侧面说明了存在主义切入文艺研究的思维路径和基本方法。除了最重要的海德格尔和萨特以外,还有一位存在主义哲学家L.雅斯贝尔斯也曾经简略地谈到过他对文艺的看法,他认为真正的艺术在于显现人的存在。雅斯贝尔斯还把艺术分为两种:一是单纯作为美的理想的特定表现的艺术,一是通过可视对象显现超越性存在的形而上学的艺术,他认为伟大的艺术是指后者。同时,现实存在的人面临"界限状况"和"挫折"时才能显现人的存在,因此雅斯贝尔斯把悲剧看作是存在主义艺术的典型。

一、海德格尔的文艺思想

海德格尔(Martin Heidegger,1889—1976)是当代西方哲学界最有创见的思想家。他感伤的田园情怀、畸形的民族主义心理以及对"民主政治"的不信任态度等等,皆影响了他的哲学思考。海德格尔从现代科学技术发展过程使人有日益陷于物化而丧失自身的思虑出发,从背离传统哲学的形而上学和二元对立规定性出发,一再试图弄清楚人是如何存在的?反复追问人的存在意义是什么?海德格尔认为西方思想最纯正的源头是柏拉图以前的希腊思想,柏拉图和亚里士多德把思想弄成了形而上学。这种遮蔽了关切人的存在问题的形而上学在黑格尔和尼采那里发展到了顶峰,同时也走完了自己的道路。西方的历史也是对希腊纯正文化源头的变异,技术的发展一步步取代了思想。人本来出于对自然的畏惧要依靠技术的保护,到头来技术却加深了人的无根无家的无保护状态,形成了当代技术统治的时代。在这个时代,生命的本质被交付给技术制造去处理。所以,技术统治时代是一个没有神性的世界,也是一个不关心人存在价值的世界。在这种情况下,"思"的使命是尽可能揭示技术时代的本质,为神性的重临、存在意义的回归做好准备。

海德格尔因为对此在的分析感兴趣,他从30年代开始逐步转向艺术、诗、语言这些问题。海德格尔对艺术的分析是他置疑现代科学技术物化威胁和批判传统形而上学及其二元对立规定的哲学思考的延伸。他认为,艺术作品不是人对现成事物的模仿,更不是人对事物普遍本质的再现。海德格尔在《艺术作品的本源》里谈及艺术问题时说:"艺术所是,应从作品推论。艺术品所是,我们只能在艺术的本性中获知。任何人都轻易地看到我们游弋于循环之中。一般的理解要求避免这种循环,因为它违反了逻辑。艺术所是,能从现实的艺术品的比较考察中获取。如果我们事先不知道艺术所是,我们又如何断定我们的这种考察是真正地建基于艺术品之上呢?从更高概念的派生与由现实的艺术品的特性的集合一样,也不能达到艺术的本性。因为这种派生事先已经考虑到这种特性,它必须充分地把我们事先对作品的认识向我们显示为它本身。"① 海德格尔依据他关于存在的历史性以及主客体统一的一贯哲学立场,认为要探讨艺术的本源还不得不从这种循环开始,所以他说:"为了发现在艺术品中真正支配的艺术的本性,让我们探及一下具体的艺术品,并询问一下艺术是何和艺术为何。"② 他询问的第一个结果是"艺术品肯定是一制作物,但是它所表达的东西超过了自身所是。

---

①② 《艺术作品的本源》,引自《诗·语言·思》,第22页。

作品将这别的东西诉诸于世,它使之敞开"。

但是在艺术品中使这别的什么敞开出来的惟一因素以及与别的什么因素结合起来的惟一因素,仍是艺术品的物性。①

由此,海德格尔认为艺术品的艺术性就是人工制作性与天然物性的交融,或者说就是人的主体性与自然的客体性的交融。于是,海德格尔特别选择了凡高的那幅著名的一双农鞋的油画来探讨人工制作性与天然物性交融而成的艺术性。他说:"田地里的农妇穿着这种鞋。惟有如此,它们才是其所是。农妇在劳作时,对它想得越少,或者完全不去看它,甚至也不感觉到它,那么,它们将更真实地是其所是。农妇穿着鞋站着和走着。这就是鞋如何真正地发挥作用。"

从农鞋磨损的内部那黑洞洞的敞口中,劳动者艰辛的步履显现出来。这硬邦邦、沉甸甸的破旧农鞋里,聚集着她在寒风料峭中迈动在一望无际永远单调的田垄上步履的坚韧和滞缓。鞋皮上粘着湿润而肥沃的泥土。夜幕降临,这双鞋底在田野小径上踽踽而行。在这农鞋里,回响着大地无声的召唤,成熟谷物宁静馈赠及其在冬野的休闲荒漠中的无法阐释的冬冥。这器具聚集着对面包稳固性无怨无艾的焦虑,以及那再次战胜了贫困的无言的喜悦,隐含分娩时阵痛的哆嗦和死亡逼近的战栗。这器具归属大地,并在农妇的世界得到保护。正是在这种保存的归属关系中,产生器具自身居于自身之中。

器具的器具性确实存在其有用性之中。但是这种有用性又植根于器具有根本存在的充实性之中。充实性即可靠性。凭此可靠性,农妇被置于大地无声的召唤中去。凭此器具的可靠性,她把握了自己的世界。②

海德格尔又进一步说:"凡高的绘画揭示了器具,一双农鞋真正是什么。这一存在者从它无蔽的存在中凸现出来。……如果在作品中发生了一特别存在者的显露,它的为何和如何的显露,那么,艺术中的真理便产生了和发生了。在艺术品中,存在者的真理将自身置入作品。'设入'此处意味着,即置放在显要位置上,一个存在者,一双农鞋,进入作品,处于其存在的光亮之中,存在者的存在的显现恒定下来。那

---

① 《艺术作品的本源》,引自《诗·语言·思》,第23页。
② 同上书,第34—35页。

么,艺术的本性将是:存在者的真理将自身设入作品。"①海德格尔以朦胧隐晦的方式描述了那幅画所呈现出的人工制作性与天然物性的浑然交融景况,以及这种浑然交融的画面景况如何在人对它的陌生化观照中构成主客体相互包容状态并显现出一个"在世界中的存在"。这个"在世界中的存在"就是真理自身设入的艺术的世界。海德格尔为了说明真理设入问题,又进一步举希腊神殿为例说:"这一建筑包含了神的形象,并在此遮蔽之中,通过敞开的圆柱式大厅让它显现于神性的领域。凭此神殿,神现身于神殿之中。神的这种现身是自身中作为一种神圣领域的扩展和勾勒。然而,神殿及其围地不会逐渐隐去进入模糊。正是神殿作品首先使那些路途和关系的整体走拢同时聚焦于自身。在此整体中,诞生和死亡,灾难和祝福,胜利和蒙耻,忍耐和衰退,获得了作为人类存在的命运形态。这种敞开的相连的关系所决定的广阔领域,正是这种历史的民众的世界。只是由此并在此领域中,民族为实现其使命而回归自身。"②海德格尔告诉我们所谓真理的设入也就是自然神性和人类存在的交融和显露。所以,他又说:"神殿作品屹立于此,它敞开了一个世界,同时又使这个世界归回于大地。如此大地自身才显现为一个家园般的基础。"③在此,海德格尔又引出艺术作品艺术性的另外一种表述:世界与大地。他说:"在作品的作品存在中,世界的建立和大地的显现是其两个基本特征。"④海德格尔所说的世界与大地实际上是人工制作性与天然物性,或者说人的主体性与自然的客体性的深化。世界就是人类存在,大地就是自然包容。所以,海德格尔还说:"世界,通过建基于大地,力图超越它。作为自我开放,它不允许任何东西关闭。然而,大地作为保护和遮蔽,总是希望世界进入它自身并保持于此。"所以,"世界和大地的对立是一种抗争"。⑤但是,海德格尔同时还认为:"通过建立世界和显现大地,作品完成了这种抗争。作品的作品存在于世界和大地之间的抗争的搏斗。因为抗争在亲密性的统一中达到了最高度,所以在抗争的搏斗中作品的统一发生了。"⑥因此,在海德格尔看来,世界与大地或者说人类存在与自然包容通过对立的

---

① 《艺术作品的本源》,引自《诗·语言·思》,第37页。
② 同上书,第42页。
③ 同上书,第43页。
④ 同上书,第47页。
⑤ 同上书,第48页。
⑥ 同上书,第49页。

统一或者纠葛的张力而生发了文艺作品的艺术性。所以,海德格尔还说:"大地通过世界凸现,世界将以大地为基础。""建立世界和显现大地,作品是那种斗争的承担者,在斗争中存在者整体的显露,真理产生了。"①海德格尔所说的艺术性就是人工制作性与天然物性、世界和大地、人类存在与自然包容的对立统一、纠葛。海德格尔所揭示的这种对立统一、纠葛张力又解释了艺术作品或诗本身内涵里非功利想像与存在追问的对立统一、纠葛张力。正如海德格尔所说:"作诗显现于游戏的朴素形态之中。作诗自由地创造它的形象世界,并且沉湎于想像领域。……诗宛若一个梦,而不是任何现实,是一种词语游戏,而不是什么严肃行为。"②但同时他又说:"诗看起来就像一种游戏,实则不然。相反的,在诗中,人被聚集到他的此在的根基上。"③

海德格尔还认为:"艺术的本性,即艺术品和艺术家所依靠的,是真理的自身设入作品。这由于艺术的诗意本性,在所是之中,艺术打开了敞开之地,在这种敞开之中,万物是不同于日常的另外之物。"④他还说:"看来必定是诗人才显示出诗意本身,并把它建立为栖居的基础。为这种建立之故,诗人本身必须先行诗意地栖居。"⑤那么,诗意何以具有如此敞开真理的力量呢?这就涉及了海德格尔对人的存在根基与语言关系的认识。海德格尔说:

人类此在在其根基上就是"诗意的"。⑥

诗的活动领域是语言。因此,诗的本质必得从语言之本质那里获得理解。⑦

在一种更原始的意义上,语言是一种财富。语言足以担保——也就是说,语言保证了——人作为历史性的人而存在的可能性。

我们——人——是一种对话。人之存在建基于语言;而语言

---

① 《艺术作品的本源》,引自《诗·语言·思》,第54页。
② 《荷尔德林和诗的本质》,引自《荷尔德林诗的阐释》,孙周兴译,商务印书馆,2000年,第37页。
③ 同上书,第49页。
④ 《艺术作品的本源》,引自《诗·语言·思》,第67页。
⑤ 《追忆》,引自《荷尔德林诗的阐释》,第107页。
⑥ 《荷尔德林和诗的本质》,同上书,第46页。
⑦ 同上书,第47页。

根本上惟发生于对话中。①

海德格尔认为人的存在是由时间构成的,又是由语言构成的。语言在他这里既不是严密、完善的理想语言,也不是具体多样的日常语言。理想语言追求逻辑的确定性,这正是他所反对的那种与存在相敌对的形而上学的根源;日常语言则仅仅是交际工具,它直接与此在的沉沦、烦、闲聊等非人状况相关,从而也不足以亮出存在并且形诸语言。海德格尔认为语言是人生命的活动范围,是人的主体性与自然客体性的对立统一,所以,有语言的地方则有人的世界。正如海德格尔所说:"语言不只是人所拥有的许多工具中的一种工具;相反,惟语言才提供出一种置身于存在者之敞开状态中间的可能性。惟有语言处,才有世界。"②当然,海德格尔真心向往的就是那种具有原初性的诗意语言。海德格尔认为,诗意语言是与人的原初存在方式相连的东西,是直接使存在呈现的本真或淳朴语言。他说:"诗乃是存在的词语性创造。"③他指出:当人思索存在时,存在就进入语言。语言是存在的寓所。人栖居于语言这寓所中。用语词思索和创作的人们是这个寓所的守护者。④也就是说,"语言,凭借给存在物的首次命名,第一次将存在物带入语词和显像。这一命名,才指明了存在物源于其存在并到达其存在。这种言说即澄明的投射"。"语言本身在根本意义上是诗。……语言不是诗,因为语言是原诗;不如说,诗歌在语言中产生,因为语言保存了诗意的原初本性。"⑤在海德格尔看来,人类科学技术不是个别人的事业,必须有众多人加入其中,这就需要交流,交流则必须借助于符号,特别是语言符号。这样,随着科学技术的发展,语言越来越被视为一种交流的工具,一个为人们所理解和使用的符号系统。海德格尔强调,不能仅仅把语言看作一种交流工具。语言更应该是存在之居,语言包含有对存在的显露,语言第一次使人有可能处于存在的展开状态之中,仅仅把语言视为工具就大大贬低了语言作为"逻各斯"的意义。海德格尔在《存在与时间》中探讨过"逻各斯"的概念。他指出,"逻各斯"(logos)在希腊原文中的意义是言谈,这个词后来具有的各种涵义以及人们对

---

① 《荷尔德林和诗的本质》,引自《荷尔德林诗的阐释》,第41页。
② 同上书,第40页。
③ 同上书,第45页。
④ 《关于人道主义的信》,引自《存在主义哲学》,商务印书馆,1963年,第87页。
⑤ 《艺术作品的本源》,引自《诗·语言·思》,第69页。

它所作的随心所欲的阐释,不断掩蔽着它的本真意义。海德格尔还阐述了语言现象扎根于此在的展开状态这一存在论状态中,语言的存在论基础是言谈。在言谈中得到传达的有关某物的所有言谈同时又具有道出自身的性质。人表现为言谈的存在者,人这种存在者是以言谈的方式揭示世界也揭示自己的。① 海德格尔的语言观是对传统语言观的解构也是对传统的关于人与世界关系的解构。人向世界开放,世界也向人显露。语言顺理成章地从原来的"再现"和"表现"的工具跃居到超越主体的地位。也就是说,语言不再像过去认为的那样被人讲出,而是自行道出。过去,人们曾经认为自己面对的是一个实实在在的世界,它对人产生意义。现在,这个实实在在的世界不再存在。人们面对的是一个文本的世界、语言的世界。现代人更关注的是语言、文本。海德格尔批评传统的美学思想把艺术作为对象而揭示其美的特性,要求从存在关系上把握美学、艺术。所以,海德格尔才认为艺术的本质在于"使存在者的真理"在作品中确立。正是因为揭示了人的真实的存在,作品才成其为作品。所以,也正如前面所提及,海德格尔既不把文学艺术视为一种非功利的纯精神游戏和梦幻,也不把文学艺术当作急功近利的道德教化工具,他认为二者都忽视了文学艺术与人的存在的原始的、固有的联系。他把文学艺术还原到人的"存在"的维度去观察。他认为文学艺术活动是自然的物性与人的生命创造性相互融会的纯精神活动,它引导人领悟活生生存在的真实,又启发人趋向诗性栖居的生存价值。

二、萨特的文艺思想

让-保尔·萨特(Jean-Paul Sartre,1905—1980)是法国存在主义哲学、文学的主要代表。从思想渊源看,萨特的存在主义哲学兼容了胡塞尔的现象学方法论和海德格尔的本体论思想,他从中孕育出了他的现象学的本体论。康德在研究人的认识何以可能时,认为现象是人的感官知性的先天形式作用于客体世界所产生的东西。这是人类能够认识事物的基本界限,也是人类之所以能够认识事物的根本原因。也就是说,康德认为现象是客观材料与主观形式的统一。胡塞尔的现象学极度扩张了康德现象观中的主观形式,现象完全是人主观自我意识中的

---

① 《存在与时间》,第 196—201 页。

产物。海德格尔主张对人的"此在"进行"存在状态"的分析。他把这种关于此在存在的本体论分析称为基本本体论。海德格尔的"此在"指的是"人的存在"。所以,海德格尔的哲学所要弄清的一个基本问题就是人的存在意义是什么。萨特的存在主义的现象学本体论,一方面将胡塞尔现象学对主观自我意识的世界构成作用的肯定作为自己思想的理论依据,另一方面又将海德格尔以人为本的基本本体论作为自己思想的理论支点,从而有了自己的存在主义哲学思想,也有了"存在先于本质"的基本命题。这个命题包含着两个方面的内涵:一是否定客观世界的真实性、逻辑性以及对人类社会的制约性、决定性,反将客观世界及其发生发展的诸多关系视为漂浮不定和毫无意义的荒诞;二是肯定人的主观自由和自由选择,并将主观自由精神视为对世界意义的谋划。换句话说,在萨特"存在先于本质"的命题中,存在是人的主观意识和无具体限定的、有待于人的主动选择而后充实和展开的自由,所以,人是自由的。本质则是人在不自知中被强加的所谓客观属性,它是人类在不自觉中自己替自己编制的文化牢狱和抽象规定。其实,外在客观世界只是人们意识中的自在之物,内在主观世界则是永远有待人充实和肯定的自为。由此,萨特哲学是一种自由哲学。

萨特的存在主义哲学从根本上说是关于人的生命意义的学说,生命意义的阐明无疑又是最晦涩暧昧的问题,它是一种始终处于不透明状态中、信不信由你的朦胧顿悟。这种朦胧顿悟往往不能诉诸于语言的逻辑,它既不可言说也无从表达。按照现代通常哲学理论的说法,它是人们只可对之保持缄默的东西。萨特于是用诉诸文学的言说来阐释自己的哲学,同时也借以更深透地解读人生的意蕴。按海德格尔的说法,思与诗是永恒的邻居,思想需要诗意,诗意需要思想,思与诗的二而一使人的存在获得澄明。由此,我们也就不难理解萨特的存在主义哲学与文学的互相包容性。也就是说,萨特的哲学意识非以诗意的方式不能言说,反之萨特的文学内涵又始终不渝地诉诸于人生存在的哲学运思。所以,萨特的哲学本是阐释人生意义的价值论学说,它提倡一种直面人生又超越人生的精神选择。萨特的文学则是诗意化的哲学,萨特的文论则是其哲学意识引导下的文学见解和批评。萨特"存在先于本质"的哲学命题否认了外在客观决定论,反强调人的主观自由性。萨特的文论也同样摒弃了上帝、命运等外在规定性,它们着力强调人的自主抉择和自由行动。所以,萨特认为文学家的书"就是为他的读者的自由而发出的自由呼吁"。① 作家所创造的文学作品,"扎根于作者的自由之中,它是对读者的自由所发出的一种呼吁"。② 也就是说,文学艺术想像所要实现的就是人的自由创造性。这种自由创造性既是向着读者的呼吁,又是向着作者的自我召唤,所以萨特还这样说:"实际上作家心里明白,他是为一些已泯没的、被掩盖的、不能支配的自由而讲话;因而作家本身的自由也不是那么纯粹,他必须要对它进行一番清洗,作家写作也是在对他的自由作清洗工作。"③由此,文学艺术的审美作用只有通过自由意识才能成立。作家的创作活动既是以审美的方式向读者奉献作家的自由,又是以自由创造向公众发出自由的呼吁。那么,自由是什么呢? 萨特认为:"自由并不是什么别的东西,而是持续不断地借以自我摆脱、自我解放的一种运动。"④他还说:"不管一部受到人们重视的书究竟是什么样的,都可用同样的方法来指出这种行动的特点:它是一个解放者。"⑤萨特同时也看到作家的自由创造不能脱离人生的认识功能,他在《想像心理学》里说:"没有一种构成表象的认识,表象就不会存在。这就是表象所以是一种观察现象的基本原因。"⑥但是,萨特所谈的认识功能始终与生存行动紧密联系在一起,所以他又说:"思想,不能归结为感觉,它逐渐由意义和意向性所规定。它是一种行动。"⑦因此,虽然"在某种意义上说,情感表现为一种认识",⑧但是"这种情感的内容并非是主观的,它同样隶从于一切意识的定律,它超越自身。分析表明,在情感中首要的内容是激起一种非常特殊类型的意向"。⑨ 萨特所说的意向就是主观自我意识对世界的构成作用,这种与人的生存行动密切相关的主观构成作用决定了"作家既不预测也不臆断:他在作谋划"。⑩ 由此,萨特所强调的作家的自由创

---

① 《为谁写作》,杨剑译,见《文艺理论译丛》(2),中国社会科学院外国文学研究所编,中国文联出版公司,1984年,第412页。
② 同上书,第400页。
③ 同上书,第374页。
④ 同上书,第375页。
⑤ 同上书,第410页。
⑥ 《西方20世纪文论选》第三卷,胡经之、张首映主编,中国社会科学出版社,1989年,第87页。
⑦ 同上书,第90页。
⑧ 同上书,第102页。
⑨ 同上书,第193页。
⑩ 《为什么写作?》,施康强译,见柳鸣九编选《萨特研究》,中国社会科学出版社,1981年,第5页。

造性绝不是对客观世界的再现,而是要建立起与现实世界决然不同的心灵世界。他说:"倘若这本书是一部富于变化的小说,客观意义的领域就变成了非现实的世界,读小说就是采取意识的一般态度,这种态度有点像观众在剧院中看到帷幕升起时的那种态度。他正在准备发现整个的心理表象世界。"所以对文学作品的读者来说,"阅读就是根据符号而接触一个非现实的世界"。① 文学作品所创造的这个非现实的世界同时也就是一个未充实的敞开世界。萨特说:"让我们再次回想一下心理表象的本质特点:它是一个对象在其真实存在中所具有的某种不存在的方式。"②

可能是由于第二次世界大战的特殊历史际遇和人生体验,萨特在早期哲学和文学作品中所张扬的绝对抽象自由在后期的哲学和文学作品里则充实了具体的历史内涵。所以,萨特文论所谓未充实敞开世界所蕴涵的自由呼唤也就自然包含了对人类现实处境的超越意识。萨特说:"我绝对不是反对用人的处境来解释作品,我一向把写作计划看作是某种对人类以及总的处境的自由超越。"③萨特还更具体地说:"这个世界本身就是一种异化、处境和历史,我应当把它重新修复,对它负起责任,为了自己和他人而改变和维护这个世界。"④萨特这里所说的人类处境就是具体的人类历史活动境遇。萨特还说:"虽然文学是一回事,道德是另一回事,我们还是能在审美命令的深处觉察到道德命令。"⑤萨特曾针对美国黑人作家里查·赖特的作品说:"他正是通过这些读者对准了所有的人,这好比永恒的自由在他所追求的具体历史性解放的地平线上隐约可见一样,人类的普遍性也是显现在其读者的具体历史性团体的地平线上。"⑥他还说:"作家为社会描绘出它的形象,督促社会担当起自身的职责,或者促使它改变自身。不管怎样,社会总是在变更;社会总是在失去由于愚昧无知而使它形成的那种平衡状态,它在羞愧和厚颜无耻之间摇摆不定,它常常是不怀好意。作家使社会产生一种不愉快的内疚心理,因此,他总是和那些要保持平衡状态的保

---

① 《西方20世纪文论选》第三卷,第95页。
② 同上书,第106页。
③ 《为谁写作》,见《文艺理论译丛》(2),第381页。
④ 同上书,第377页。
⑤ 《为什么写作?》,见《萨特研究》,第22页。
⑥ 《为谁写作》,见《文艺理论译丛》(2),第385页。

守势力处于永无休止的对抗之中,作家的目的是要打破这种平衡。"①这也就顺理成章地使萨特的自由精神转换成了具体的社会介入意识。正如萨特所说:"写作,这是某种要求自由的方式;一旦你开始写作,不管你愿意不愿意,你已经介入了。"②更具体而言,这种介入是出于人道立场对不人道社会的指责,萨特说:"因为社会不人道,艺术才能自称是人道的。"③

> 问题不在于将我们同时代人关进牢笼,他们已在其中了;相反,是要我们与他们相结合,砸碎铁栏。④

> 因为当我感知自己的自由是与所有其他人的自由不可分割地联系在一起的时候,人们不能要求我使用这个自由去赞同对他们其中某些人的奴役。……作家作为自由人诉诸另一些自由人,他只有一个题材:自由。⑤

萨特存在主义哲学自由主张还在于它认为人是某种具体的个体的存在价值,所以它更关注相对于社会集体的个别个体的自由选择。他说:"小说家们正好相反,极力使我们相信:世界由不可代替的个人组成,所有的人,即使是最凶恶的人都是完美的,所有的人都富于情感,所有的人都独特。"⑥由此,文学艺术的作家和读者作为互为对应的个体存在也应该有分别属于自己的自由精神。作家的创作要呈现自己的自由,读者的阅读也要实现自己的自由。换句话说,就像作家应该拒绝被社会强行规定一样,读者也拒绝被作家的意志所强行制约。如同萨特所说:"阅读是一场自由的梦。""作家为诉诸读者的自由而写作,他只有得到这个自由才能使他的作品存在。但是他不能局限于此,他还要求读者们把他给予他们的信任再归还给他,要求他们承认他的创作自由,要求他们通过一项对称的、方向相反的召唤来吁请他的自由。这里确实出现了阅读过程中的另一个辩证矛盾:我们越是感到我们自己的自由,我们就越承认别人的自由;别人要求于我们越多,我们要求于他们的就越多。"⑦也就是说,作者创作自由与读者阅读自由的辩证统一,

---

① 《为谁写作》,见《文艺理论译丛》(2),第387页。
② 《为什么写作?》,见《萨特研究》,第24页。
③ 《〈艺术家和他的良心〉序》,吴岳添译,见《文艺理论译丛》(2),第433页。
④ 《答加缪书》,郭宏安译,见《萨特研究》,第39页。
⑤ 《为什么写作?》,见《萨特研究》,第23页。
⑥ 《〈一个陌生人画像〉序》,吴岳添译,见《文艺理论译丛》(2),第428页。
⑦ 《为什么写作?》,见《萨特研究》,第13页。

才能拓展文学艺术自由的广阔空间和充足时间。萨特还说:"谁也不能迫使作者相信他的读者将会运用自己的自由;谁也不能迫使读者相信作者已经运用了自己的自由。这是他们双方做出的自由决定。于是就产生一种辩证的往复关系;当我阅读的时候,我有所要求;如果我的要求得到满足,我已读到的东西就使我对作者要求得更多,这就是说,要求作者对我的自由提出更多的要求。相反的,作者要求的是我把我的要求提高到最大限度。就这样,我的自由在显示自身的同时揭示了别人的自由。"①他还说:"既然写作者由于他不辞劳苦去从事写作,他就承认了他的读者们的自由,既然阅读者光凭他打开书本一件事,他就承认了作家的自由,所以不管人们从哪个角度去看待艺术品,后者总是一个对于人们的自由表示信任的行为。"②但是,就像萨特早期哲学和文学作品里的绝对抽象自由在后期的哲学和文学作品里充实了具体历史内涵一样,萨特早期哲学和文学作品中的个人选择在后期的哲学和文学作品里也更具备了社会责任。个人选择与社会责任的依据就在于人类社会中的人与人互为主体的伦理关系,这种伦理关系在文论中的具体体现就是作者与读者的辩证关系,萨特说:"在写作行动里包含着阅读行动,后者与前者辩证地相互依存,这两个相关联的行为需要两个不同的施动者。精神产品这个既是具体的又是想像出来的对象只有在作者和读者的联合努力之下才能出现。"③"作家向读者的自由发出召唤,让它来协同产生作品。"④个人选择与社会责任的依据更在于人类历史处境及其自由斗争,所以萨特说:"写作和阅读是同一历史行为的两个方面,作家怂恿我们去争取的那种自由,并不是自由存在的纯粹抽象的意识。确切地说来,这种自由不是这样的,它是从一种历史处境中争得来的。每一部书都是从某种特殊的异化情况出发,提出某种具体的解放途径。"⑤所以,作者与读者的辩证关系最终皆统一于自由及其责任,还如萨特所言:"你完全有自由把这本书摆在桌子上不去理睬它。但是一旦你打开它,你就对它负有责任。因为自由不是在对主观性的自由运行的享用中,而是在为一项命令所要求的创造性行为中被感知的。这一绝对目的,这一超越性的然而又是为自由所同意的、被自

---

① 《为什么写作?》,见《萨特研究》,第 16 页。
② 同上书,第 22 页。
③ 同上书,第 6 页。
④ 同上书,第 9 页。
⑤ 《为谁写作》,见《文艺理论译丛》(2),第 377 页。

由视作已出的命令,这便是人们称之为价值的那个东西。艺术品是价值,因为它是召唤。"① 艺术是对人生自由的召唤,这种自由是生命自主价值的实现,也是道德精神升华。

第九节　英美新批评文论

"新批评"(The New Criticism)是西方 20 世纪最有影响的文学理论流派之一。它主张以文学作品文本为文学批评的核心,并具有一整套独特的批评范畴和批评方法。它肇端于 20 世纪 20 年代的英国,成形于 30 年代的美国,50 年代在美国文坛称雄一时,60 年代呈强弩末势,70 年代走向衰微。但其某些批评观念仍被后继者奉为圭臬,某些行之有效的批评方法至今依然被沿用。

"新批评"的直接开拓者是英美诗人兼批评家 T.S. 艾略特和英国批评家、诗人 I.A. 理查兹。前者提供重要的思想土壤和文学观,后者提供了基本的方法论。但是,他们两人都只是在部分问题上与新批评主流一致。

此后,美国批评家约翰·克娄·兰色姆于美国南部与其三个弟子艾伦·退特、克林斯·布鲁克斯、罗伯特·潘·沃伦在驳析艾略特、理查兹的基础上提出了新见解,发展了新批评的理论和实践。人们将他们视为新批评派的中坚力量、第二代批评家。1941 年,兰色姆以《新批评》为名出版一书,本意是批评艾略特、理查兹等"新出的批评家",不料却使"新批评"成为以兰色姆为首的"南方批评派"的称号。从此,"新批评"的名称便广为流传,并相沿成习。

第三代批评家涌现于第二次世界大战后,威廉·K.卫姆塞特、雷奈·韦勒克是其代表人物。40 年代后,由于他们与布鲁克斯、沃伦长期共事于耶鲁大学,所以被称为"耶鲁集团"。这一代批评家进行了大量的理论建构和批评实践,从而使新批评派达到鼎盛。韦勒克与奥斯丁·沃伦合著的《文学理论》,被看作是新批评派理论的总结。

---

① 《为什么写作?》,见《萨特研究》,第 10—11 页。

一、理查兹的心理主义和语义学批评

I. A. 理查兹[①]（Ivor Armstrong Richards，1893—1980）是新批评的先驱之一，有人将其誉为"新批评之父"。他进行了将现代语义学和心理学引入文学理论的尝试，力图构建一种科学化的文学批评方法。新批评派主流一方面高度推崇他的语义分析学，另一方面却断然驳斥其心理主义倾向。

理查兹的心理主义和语义学批评主要表现在以下几个方面：

首先是具有浓厚现代心理学倾向的"冲动调和论"。理查兹十分推崇中国儒家哲学的中庸思想，在其第一部著作《美学原理》中，卷首卷尾题词皆引自《中庸》。他的冲动调和论显然以中庸之道为指归。理查兹认为人的精神乃是一个冲动系统，因此人的心灵往往呈现为一种一团混乱、相互束缚、彼此冲突的冲动状态。绝大多数普通人是无法摆脱和处理这种复杂的心理反应和情感状态的，惟有艺术家（诗人）由于具有非同一般的敏感和想像力，能够把纷杂的、对立的各种冲动组织成一个统一的、有条理的反应，亦即实现冲动的调和，这就是艺术的价值之所在。换句话说，艺术追求的就是冲动的满足。由于艺术能够构筑心灵与心灵交流的桥梁，使普通人也接受这种由混杂冲动走向协调有序的经验，而"对立冲动的平衡是最有价值的审美反应的基础"，据此，理查兹提出了"包容诗"（poetry of inclusion）的概念。他认为美在于综感（synaesthesia），伟大的艺术总是各种互相干扰、对立的冲动通过协调达到和谐统一的结果。因此，只有实现了复杂经验的协调组织、对立冲动的平衡调和的诗，即包容诗，才是优秀的诗，如新批评派纷纷击节赞赏的17世纪玄学派的诗。与之相对，那些经验有限，或者仅具平行的、方向一致的冲动的诗都不是伟大的诗，如19世纪浪漫主义诗歌。

其次，理查兹提出了"非指称性伪陈述"（non-referential pseudo-statement）的概念。作为语义学家，理查兹首先关注的是文学的语言特征。他的语义学批评深受逻辑实证主义影响，由此来区分科学语言和

[①] I. A. 理查兹，传统亦译为理查滋或瑞恰慈，英国批评家、文艺理论家、诗人和语言教育家，新批评的奠基者，著有《美学原理》（1922，与奥格登、乌德合著）、《意义之意义》（1923，与奥格登合著）、《文学批评原理》（1925）、《科学与诗》（1926）、《实用批评》（1929）、《修辞哲学》（1936）、《孟子论心：多重定义实验》（1932）等。

文学语言。1926年,理查兹在《科学与诗》(Science and Poetry, 1926)中,把诗定义为"非指称性伪陈述"。理查兹认为,科学语言是"指称性"的,而文学语言是"感情性"的;前者使用的是"符号",突出指示功能,后者使用的是"记号",彰显情感功能。科学语言的任务是论证是非与真伪,注重符号的正确性和指称的真实性,而文学语言旨在激发人的情感或想像,只需关注所唤起的情绪和态度的性质。因此,科学语言必须与客观事实相对应,具有可验证性,是真实的陈述,而文学语言的特点在于虚构性,不能被经验证实,是"虚假"的陈述。

在《意义之意义》(The Meaning of Meaning, 1923)一书中,理查兹套用了生硬的实证主义式的试验法来区分二者:提出问题,即"在通常的严格科学意义上这是真的还是假的?"①然后根据答案是否与此相关来进行判断。例如:"埃菲尔铁塔高900英尺",无论正确与否,其陈述是符号式的;而"人是蛆虫",与科学上的真假对错毫不相关,则是感情式的陈述。显然这种验证法是漏洞百出的,因为文学作品中的语言相当程度上都是可证实的、具有指称性的。后期理查兹自己也有所认识,对上述观点进行了修订。

实际上,理查兹"醉翁之意不在酒",他区分科学语言与文学语言的目的,是要凸显艺术真实与客观真实无关。他认为只要诗歌能够激发情感,并使读者在感情上相信,就包含了真理。换言之,这种"相信中出真理"的理论实际上是强调艺术真实乃主观真实,而非客观真实,因而不必苛求与事实丝丝入扣。以这种理论为武器,理查兹成功地摈弃了外在的客观实在对艺术的干扰,维护了艺术的独立性和纯洁性。

此外,理查兹论述中还涉及文学语言的复义问题。科学语言的科学品格决定了其规定性、明晰性和逻辑性;而文学的灵魂乃是与理性比肩而立的情感,因此其语言具有多义性和模糊性,着重暗示性和精妙性,往往强调"言外之意,弦外之响,象外之象"。后来,理查兹的学生威廉·燕卜荪(William Empson,1906—1984)②在《含混七型》(Seven Types of Ambiguity,1930)中发展了这些见解。他在书中提出了"含混"(ambiguity)概念,并将其视为诗性语言的重要特点,肯定其审美价值,

---

① I. A. Richards and C. H. Ogden, *The Meaning of Meaning*, 1923, p.149.
② 威廉·燕卜荪,英国诗人、批评家,曾师从理查兹,"燕卜荪"是他为自己取的中国名字,曾任燕京大学教授和西南联大教授。著有《含混七型》(1930)、《牧歌的几种变体》(1935)等。

从而颠覆了一个词语符号只有一个意义的传统观念。由于"含混"这个术语本身的不确切性,造成了大量误读,因此批评家们一直试图重新觅词来替代它。赵毅衡先生择取了"复义"一词,意为一词中几个同时并存的意义的复合,既准确表达了文学语言的丰富性和多义性,又没有忽略其整合性和复合性。理查兹非常赞赏自己高足的这一论点,由于认识到复义可以极大地增强语言的表现力、感染力,给人以强烈的审美感受,理查兹指出,如果说旧的修辞学把复义看作语言中的一个错误,希望限制或消除这种现象,那么我们要建立的新的修辞学则把它看成是语言能力的必然结果,文学创作离不开的手段。这里所谓的"新修辞学"实际上就是他所提倡的文学语义学。

第三,理查兹的"语境理论"。语境(context)理论是理查兹语义学批评的核心,也是新批评派进一步从事语言研究的基础。传统意义上,语境指"上下文"的联系和相互作用。理查兹从纵横两个角度将其进行了拓展和发挥:在共时性角度上,语境扩大到与诠释对象有关的那个时期中的一切事情;在历时性角度上,语境表示一组同时再现的事件,包括作为原因和结果的任何事件以及所需条件。这样,使得"语境"的意蕴达到前所未有的广阔。同时,理查兹特别强调语境对于理解词语的意义具有举足轻重的作用。他认为,一个词语的意义就是"它的语境中缺失的部分"[①],由于语境视野的开阔,一个词往往就会顶替多重角色的职责,即产生复义。

除了上述理论建树之外,理查兹还从他的心理主义和语义学批评出发,提出了名为"细读"的阅读和研究方法。"细读"(close reading)是新批评派奉若至宝的批评精神和方法,也是他们引以为傲的对抗传统文学研究方法的有力武器。它的提出与理查兹的著名教学实验有密切的关系。理查兹就任于剑桥大学时,曾选用不同的诗篇隐去题名和作者,交由文学系的学生加以分析评论,结果出人意料:不少学生对大诗人的杰作任意贬抑,反而对名不见经传的诗人之庸作赞赏有加。在《实用批评》(Practical Criticism,1929)中,理查兹把造成此种情况出现的原因归结了十条。实际上也就是两个方面:一是个人心理情感的干扰,二是各种成规和偏见的影响。理查兹认为,传统文学批评研究的重点是作家或作家心理、社会状况、历史背景等方面,造成了学生或普通

---

① 理查兹:《论述的目的和语境的种类》,见赵毅衡编选《"新批评"文集》,百花文艺出版社,2001年,第337页。

读者在阅读中往往带有种种先入之见,无法将视线集中到文学作品本身的形式、语言、语义等"内部研究"方面来,从而难以具备客观性与科学性的独立判断。为了避免误读的产生,准确把握作品,理查兹建议文学批评应以语义学为基础,对文学作品去作文字的分析,而不应游离于作品之外。因此,所谓细读,指通过认真仔细地阅读原文,反复推敲,分析结构,多方面、多层次、多角度地研究语音、语法、语义、音位、节奏、格律等语言要素,关注比喻、张力、反讽、悖论、复义等诗歌要素,以全面把握和阐释作品意蕴。

二、艾略特的非个性论

T. S. 艾略特①(Thomas Stearns Eliot, 1888—1965)在现代西方文坛上名声显赫,是诺贝尔文学奖得主,长诗《荒原》是欧美现代派的扛鼎之作。同时,他还被誉为"现代文学批评大师"。艾略特卓越的诗才与其精辟的批评见解密不可分。他虽然没有写过完整系统的理论著作,但是散发在各单篇论文当中的批评见解,仍以新颖的观点、独到的眼光,得到人们的赞赏,他本人也被奉为新批评派的先驱。

《传统与个人才能》(Tradition and the Individual Talent, 1917)是艾略特早年撰写的一篇产生重大影响的论文,其中提出的"非个性论"(Impersonality)对于现代文学本体论批评观念的确立起到了先导作用,在西方文论史上占有重要地位。艾略特的"非个性论"的主张主要包含以下几层意思:

首先是新颖的"传统"观,重点讨论传统与个人的关系问题。艾略特提出把从古到今一切文学传统作为一个整体来加以研究。他所理解的"传统"不是墨守成规、一成不变的,而是生机盎然的。它不仅包含前代的、过去的东西,而且不断吸收新的作品,不断地产生新的组合,始终处在生生不息的变化过程中。艾略特认为,任何艺术家个人都不能孤立地具有完全意义,因为艺术家必须承受历史意识,汲取从传统文化遗产中提炼出来的营养,才能进行创作;而且对其创作成果的评价也必

---

① T. S. 艾略特,英美诗人、批评家,1948 年诺贝尔文学奖得主,新批评的奠基者,代表作有长诗《荒原》(1921)、《四个四重奏》(1943)、《传统与个人才能》(1917)、《玄学派诗人》(1921)、《批评的功能》(1923)、《诗歌的用途和批评的用途》(1933)、《论诗和诗人》(1957)等。

须在传统中进行,才具有价值和意义,因为传统可以戒除个人的偏见,客观公正地进行评判。所以,艺术家应该不断地放弃自己,隐匿个性,消融于传统之中,进而发展传统。

艾略特运用一个化学试验来说明他的观点:氧气和二氧化硫混合在一起,加上白金,就形成硫酸。白金是催化剂,这个化学反应没有它无法完成,但新形成物中并不含有白金,而白金自身也毫发未损。在文艺创作中,作者的心灵犹如白金,离开它,作品不能问世,而完成的作品中却并不包含其成分。在这里,艾略特把作者视为一种媒介或载体,从而把作者与作品剥离开来。换言之,作品本身就是一种有机构成,作者没有什么个性可以表现,只不过是一个特殊的工具。

因此,艾略特提出了他的非个性论中最标新立异的观点:"诗并不是放纵情感,而是逃避情感,不是表现个性,而是逃避个性。"这种言论虽然骇世惊俗,但艾略特并非让作者不要情感和个性。他也承认,诗人无不从自己的情感开始写作。实际上,他的本意是要求作者将个性熔铸为超乎个人之上的共性,将一己的痛苦或幸福提升到既新奇又普遍的全人类高度,既有创新,又遵循传统。因此,他才以后半句话为"非个性论"作了一个特别的注解:"自然,只有有个性和感情的人才会知道要逃避这种东西是什么意思。"①

其次是主张抵制"感性解体"(disassociation of sensibility)。艾略特认为,好的诗歌应该是思想与感性的统一,如17世纪玄学派②的诗,就是能够以理驭情境界的杰作。但是17世纪之后,漫长的"感性解体"就出现了,思想和感性逐渐脱节,诗人们要么只注重思考,倾心于遣词造句,要么只注重抒情,关心人的灵魂世界,这就造成了诗的片面发展。因此,艾略特要求诗人具备一种统一的感受力,把思想和感情重新结合起来,拒绝"感性解体"。

艾略特既然认为,作者的创作过程不是传达情感而是逃避情感,那么读者所感受到的作品中的情感又缘何而来呢?作家又如何做到抗却

---

① 艾略特:《传统与个人才能》,见赵毅衡编选《"新批评"文集》,第5页。
② 玄学派,指英国17世纪倾向于表达个性和智力的复杂性和高度专一性的诗人。其作品是情感和智力创造的混合体,富于"奇想",即有时将表面上互不关联的概念或事物突然联系在一起,从而使读者感到惊讶,并不得不深入思考其论点。他们擅用暗喻、讽刺、悖论等文学手法,并用取自日常生活的直截了当的戏剧性语言加强效果。该派诗人一直受到冷落,18世纪英国批评家萨缪尔·约翰森指责其"玄学味太浓"(玄学派由此得名)。艾略特在《玄学派诗人》(1921)中为其翻案。玄学派的代表作家是约翰·多恩。

"感性解体",而将思想注入感性呢？艾略特提出了另外一个命题来加以阐释,这就是"客观对应物"(objective correlative),即通过特定的意象、情景、典故等,象征地暗示或表达某种情感意向,以求达到作为载体的客观实物、场景、事件一旦出现,便立刻唤起那种特殊情感的境界。艾略特认为,为感情寻找一种客观对应物,这是用艺术形式表现感情的惟一途径。因此在著名的诗作《荒原》中,艾略特或旁征博引,或隐喻象征,都是在孜孜以求地寻觅这种客观对应物。

艾略特诗歌批评理论抛弃了近代浪漫主义和实证主义的文学研究方法,特别强调了文本意义及对文本意义价值标准的确定,构建了英美新批评的方法论原则。1927年后,艾略特逐渐转向宗教,倾向道德式批评,受到后起之秀的诘难。

三、兰色姆的本体论批评

约翰·克娄·兰色姆①(John Crowe Ransom,1888—1974)是新批评派承上启下的关键人物。他摈弃了艾略特和理查兹批评理论中的心理主义,发展了以文本批评为基础的新批评理论。

兰色姆在其一系列著作当中提出和阐发了他著名的"本体论批评"(ontology criticism),该理论后来成为新批评派的共识。

"本体论"原是哲学术语,兰色姆首先把它引进文学批评,并持之以恒倾心于构筑"本体论批评"。"本体论批评"包含两方面内容:一方面强调诗自身是本体存在。兰色姆认为,文学的本体就是作品,作品本身就是一个自给自足的实体,是文学活动的本原和目的,因此文学批评拒绝一切外界信息的介入,一个理想的批评家,就应该以作品为本体进行研究,剔除一切其他干扰。

另一方面兰色姆又认为,诗的本体性来自它的复原"本原世界"。他告诉我们:"诗歌旨在恢复我们通过自己的感觉和记忆淡淡地了解的那个复杂难制的世界。就此而言,这种知识从根本上或本体上是特殊的知识。"②特殊的知识是与普通的知识——科学——相对而言的,

---

① 约翰·克娄·兰色姆,美国现代著名文学批评家、诗人,著名文学评论刊物《肯庸评论》主编,主要作品有:《世界之躯》(1938)、《新批评》(1941)、《绕过丛林:1941—1970年论文选》(1972)等。

② 兰色姆:《征求本体论批评家》,见赵毅衡编选《"新批评"文集》,第82页。

科学提供给我们的是一个经过理性和逻辑处理的明晰而和谐的世界,而文学(诗)展现的是那个复杂混沌、神秘莫测、难以把握的世界的本质,也就是"本原世界"。

兰色姆为落实本体论,还提出了一个"构架—肌质"(Structure-texture)理论作为具体的批评方法。兰色姆认为,诗可以分为"构架"和"肌质"两部分。他以建筑物作比喻:屋子的房梁和四壁的墙板各具功能,属于构架;而四壁的墙皮只可以进行修饰、点缀,这些不具功能的部分就是肌质。在诗歌中,构架就是诗的篇章结构或逻辑核心,即可以意释而用散文转述的部分;肌质则是无法用散文换成另一种说法的部分,是诗的特异性之所在。在兰色姆看来,肌质是诗的本质与精华,是诗之所以为诗的部分,是一个优秀的批评家最应该关注的焦点。关于肌质与构架二者的关系,兰色姆认为,它们在逻辑上是无关的。这种二元论倾向,受到了包括他的三个学生在内的许多新批评派成员的苛责。

四、布鲁克斯的有机整体论和批评实践

兰色姆的三个弟子青出于蓝而胜于蓝,比他们的老师更具创见,他们将新批评推向了鼎盛。这三个人物分别是:艾伦·退特、克林斯·布鲁克斯[①](Cleanth Brooks,1906—1994)、罗伯特·潘·沃伦[②](Robert Penn Warren,1905—　)。其中克林斯·布鲁克斯最为活跃,也最多产。他为传播新批评、普及新批评做了大量工作,为新批评的发展做出了不可埋没的贡献。

首先,在论著《精制的瓮——诗的结构研究》(The Well-Wrought Urn: Studies in the Structure of Poetry,1947年)之第11章"释义误说"(Heresy of Paraphrase)中,布鲁克斯以有机整体论纠正了其师兰色姆割裂构架与肌质的二元论观点。

布鲁克斯反对兰色姆认为诗的美感在于肌质的观点,他认为诗不是一把各种鲜花组成的花束,它不仅仅是各种成分的内在美的随意组

---

① 克林斯·布鲁克斯,美国批评家,耶鲁大学教授,代表作有:《怎样读诗》(1938,与罗伯特·潘·沃伦合著)、《怎样读小说》(1943,与罗伯特·潘·沃伦合著)、《精制的瓮》(1947)、《文论批评简史》(1957,与卫姆塞特合著)等。

② 罗伯特·潘·沃伦,美国作家、诗人、批评家,小说《国王的人马》曾获1947年普里策奖。理论著作有:《怎样读诗》(1938,与布鲁克斯合著)、《怎样读小说》(1943,与布鲁克斯合著)等。

合，而且是一个有机的整体，具有整体的美感效果。这个整体的各个要素之间无法截然分开，它们共同作用，构成整体的魅力。因而，诗具有整体的统一，这是一种积极的统一、和谐的统一。

布鲁克斯否定兰色姆主张的诗有一个可用散文表述的逻辑核心的构架说。他认为，"诗的散文意思并非诗的要素赖以依附的网架"，而"只是脚手架，可供我们为某种目的而将它们随意放置于建筑物周围；不应该错误地把它们当作建筑物本身内部的和基本的结构"。[①] 任何一首优秀的诗歌，都会反抗对它进行散文化释义的一切企图，因为这些释义必然总是或苍白无力、或片面单薄，无法达到恰如其分。在这里，布鲁克斯提醒我们，一个科学命题可以独自成立，因为科学语言是单纯的、被限定好的，不会被歪曲到新的语义中去；可是诗的语言离开了它们的语境，其意义就会扭曲，甚至消失，这是由于诗具有一种张力，这种张力，是由命题、隐喻、象征等各种手段建立起来的。

张力(tension)是艾伦·退特[②]（Allen Tate，1888—1979）独创的一个术语。与之相关的张力论，是新批评最重要、最具特色的理论之一。退特认为，诗歌同时具有外延(extension)和内涵(intension)。在语义学上，外延指语词的指称意义，或称明晰的概念意义，亦即"词典意义"；内涵指的是词的暗示意义，或联想意义。退特将二词的前缀(ex, in)去掉，就形成了特定名词——张力(tension)。退特用张力来指诗的矛盾对立的内涵与外延之间的相互作用而形成的紧张关系。

布鲁克斯十分欣赏和重视张力论。由于张力是诗的整体效果，是其各要素之间相互作用的结果，是内涵与外延的统一，所以他将之作为证明其有机整体论的有力武器。而且张力论也与布鲁克斯"诗不能用散文释义"的理论在某种层面上相符。新批评文学批评家皆认为优秀的诗必定是具有张力的诗，因为只有具有张力，诗歌才能带给读者无法完全说清道明的丰富意蕴。例如，顾城诗云："黑夜给了我黑色的眼睛，我却要用它来寻找光明。"用词简单朴素，但其所含意蕴，却难以用一两句话阐释明了，其中充溢着张力。

其次，布鲁克斯对新批评的贡献，还表现在他提出了一些概念范畴，如悖论和反讽，这些，对文学批评实践都具有重要的意义。

[①] 布鲁克斯：《释义误说》，见赵毅衡编选《"新批评"文集》，第217页。
[②] 艾伦·退特，美国现代诗人、批评家，1956年曾获波林根诗歌奖，代表作有：《关于诗和思想的反叛文集》(1936)、《疯狂中的理智》(1941)、《现代世界中的文人》(1955)等。

悖论(paradox),亦称悖谬、诡论,在 M. H. 艾布拉姆斯的《欧美文学术语词典》中,它被定义为"一种表面上自相矛盾,荒诞不经,但最后被证实是很合情合理的陈述"。① 亦即"似是而非",或更确切地说是"似非而是"。悖论的内容可以以自相矛盾的形式成为最真实、最深刻、最有能量的表达。悖论以其意蕴的广涵性最适宜运用在诗歌中,它往往能够以简驭繁、化腐朽为神奇,完美地表达真知灼见,产生独特的魅力。因此,布鲁克斯宣称,诗的语言就是悖论语言。悖论的使用往往破坏用语的稳定性,即用暴力扭曲语言,或将逻辑上对立的语词联在一起,从而产生诗意化和新奇感。例如:"踏破铁鞋无觅处,得来全不费工夫","假作真时真亦假,无为有处有还无",就都是字面上自相矛盾,实际内涵丰富且真切的悖论。布鲁克斯甚至认为,悖论不仅在语言上而且在整体结构上是诗的特征。他拓展了悖论的范围,进一步强调了悖论在文学创作中的重要性。

布鲁克斯还有一个经常与悖论相混的概念——反讽(irony)。虽然"irony"这个词直到1502年才在英语中出现,到18世纪初叶才被广泛使用,但反讽作为一种技巧,却是古已有之的。这个词最早可上溯至古希腊,那时,它是作为一个佯装无知、擅长运用听似傻话实则包含真理的语言击败自视高明的对手的角色典型出现在喜剧舞台上的。反讽指所说的话与所表示的意思恰恰相反,言在此而意在彼,亦即"口是心非"。布鲁克斯认为,反讽是典型地超出了平常话语的表述,它是承受语境压力的语言。由于具有意婉旨微而又深刻有力、耐人寻味的特点,反讽被认为是一切文学尤其是诗歌不可或缺的、具有普遍有效性的修辞手段。新批评不仅将反讽推崇为一种诗歌创作和批评原则,而且把它视为诗歌的基本思维方式和哲学态度。在布鲁克斯的新批评理论中,悖论和反讽的概念界限含糊,基本上广义的反讽包含着悖论。

悖论和反讽等都是既包含逻辑关系,又超出逻辑关系的形式,要发现和理解它们,"细读"是最好的方式。布鲁克斯和沃伦合作,写了《怎样读诗》(*Understanding Poetry*,1938)和《怎样读小说》(*Understanding Fiction*,1943),进行实践操作,对选择的文本进行细致的语义分析。由于细读法更适用于简练的诗,所以《怎样读诗》一书成为细读批评的代表作,也是一本当时流行一时的教科书。

---

① M. H. 艾布拉姆斯:《欧美文学术语词典》,朱金鹏、朱荔译,北京大学出版社,1990年,第231页。

五、卫姆塞特与比尔兹利的"谬见"理论

威廉·K.卫姆塞特①(William K. Wimsatt,1907—1975)和蒙罗·比尔兹利(Monroe C. Beardsley)最赫赫有名的贡献就是他们的"谬见"理论。20世纪40年代,他们连续发表了《意图谬见》(The Intentional Fallacy,1946)与《感受谬见》(The Affective Fallacy,1948)两文,坚决维护新批评客观主义的文本分析的批评方法论,引起了文坛上的大争论。

"意图谬见"(intentional fallacy)矛头直指将诗与其产生过程混淆、以作者意图为依据来评价作品的"意图论"。认为其始是从写诗的心理原因中推衍出批评标准,其终则是传记式批评和相对主义。所谓意图,就是作者内心的构思或计划。意图论十分重视作者的意图,以至于将作品与作者的意图等同起来,这在卫姆塞特与比尔兹利看来是一种谬见。他们强调诗是自足的存在,认为诗的最终意义往往会超越其作者的原初意图,因此一个传记作者不一定是对传主作品最好的解释者。更何况,如果作者的意图已经成功体现在作品中,只研究作品就可以了,如果作者没能完善地在作品中表达其意图,作品的意义就应该和意图不相关。由此,卫姆塞特与比尔兹利特别提醒,不能将意图与诗的研究混淆起来。

"感受谬见"(affective fallacy)的靶标是将诗和诗的结果相混淆、以读者感受为依据评价作品的"感受论"。其始是从诗的心理效果推衍出批评标准,其终则是印象主义和相对主义。感受论强调感受,显然是将注意力移向读者一边,把作品与读者的阅读效果混为一谈,这在卫姆塞特与比尔兹利看来也是一种谬见。他们认为,读者的感受各不相同,而且产生各种感受的原因也纷繁复杂、难以界定,以此为标准的批评当然不是客观的判断。更重要的是,作品的意义是不以读者的感受为转移的。

卫姆塞特与比尔兹利从创作、接受、反馈的流程中,将文本孤悬了出来,使其自身成为批评判断的具体对象。强调文学研究应该封闭式地阅读文本,摈除外界(包括作者与读者)的参与,只从作品内部获取论证或解释。实际上,他们抛弃了一切传统的批评方法或体系,如传记

---

① 威廉·K.卫姆塞特,美国批评家、诗人,著有:《意图谬见》(1946,与比尔兹利合著)、《感受谬见》(1948,与比尔兹利合著)、《文学批评简史》(1957,与布鲁克斯合著)等。

式批评、历史式批评、社会式批评、心理分析批评、读者反应批评等,甚至包括理查兹、艾略特等新批评前辈的某些心理主义倾向。

应该看到,卫姆塞特与比尔兹利的理论中固然具有一定的机械性、简单性,或曰形而上学性,但对文学研究的发展和深化所作的重要贡献是值得我们充分肯定的。

六、韦勒克的总结

雷奈·韦勒克①(René Wellek,1903—1995)是新批评派中素以视野开阔、治学严谨著称的文学理论家、批评史家。他那博大精深、资料翔实的八卷本巨著《近代文学批评史》(1955—1992)是迄今为止规模最大、最具权威的西方文学批评史著作,也是20世纪西方学术史上里程碑式的著作。他与奥斯丁·沃伦合著的《文学理论》(Literary Theory,1949)也是一部具有代表性的经典文论杰作,至今仍被世界许多大学作为文科教材采用。可以说,韦勒克代表着新批评发展的新阶段,也是最高阶段。

韦勒克的理论大都是对新批评总结式的概括,主要包括以下几个方面:

第一,强调文学的自主性,质疑"外部研究",倡导"外部研究"。韦勒克高度重视"文学性"概念,他认为,文学是一个独立存在的自足体,它作为客体既独立于创造者和欣赏者之外,又独立于政治、道德和宗教等各种意识形态及上层建筑,甚至社会生活之外。传统的文学研究关注作品与作家、读者与社会等方面的关系,从作品产生的原因去评价和诠释作品。韦勒克认为这是一种"因果式研究",起因并不代表着结果,这种研究方式往往会导致"起因谬说",而且也会把文学与哲学、史学、心理学和社会学混同起来。因此,韦勒克提倡文学的"内部研究",主张只有把文学看作一个独立自主的领地,才有可能使文学研究成为一门系统的理论科学。他认为,文学研究应该以文学本体,即语言结构为中心,关注的焦点应该是作品,作品的艺术技巧、手法和内在规律。

第二,强调文学语言的特殊性,分析文学的基本特征。在韦勒克看

---

① 雷奈·韦勒克,祖籍捷克的美国现代文学理论家、批评史家,比较文学学科的创始人和权威,为美国艺术与科学学院院士、荷兰皇家科学院、意大利国家学院院士,主要著作:《文学理论》(1949,与奥斯丁·沃伦合著)、《近代文学批评史》(1955—1992,共八卷)。

来,文学研究的对象是一种语言的符号结构。在论述文学的本质时,他认真探讨文学语言与科学语言、日常语言之间的差异。他充分认识文学语言的非常规性,指出"诗的语言将日常用语的语言加以捏合,加以紧缩,有时甚至加以歪曲,从而逼使我们感知和注意它们"。[1] 他强调文学语言具有歧义性、暗示性,富于高度的内涵和意蕴,同时还强调文学语言的相对独立性,即文学语言不仅仅是一种传达意义的工具,而且具有自身价值。文学语言可以使用种种修辞手法来引发读者对其"能指"的注意。也就是说,文学语言不仅指向事物、指向它所要传达的内容,而且要指向自身,具有所谓"符号的自指性"。同时,韦勒克从审美的角度加以考察,建议只把那些美感作用占主导地位的作品视为文学。他认为这些最具文学性的作品处理的都是虚构的世界、想像的世界;它们陈述的,从字面上说都不是真实的,不是逻辑上的命题。在此基础上韦勒克认为,文学的核心特征是虚构性、创造性、想像性。

第三,反对内容与形式二分法,提出"材料"(material)与"结构"(structure)的概念。韦勒克认为,内容与形式的二分法,把一件艺术品简单地割裂为"抽象的、粗糙的内容和附加其上的、纯粹的外在形式"两个部分,会导致两个错误的后果:或是认为形式是一种可有可无的装饰物;或是把内容当作艺术之外的现实事实去研究。韦勒克认识到,内容和形式是互为依存、密不可分的。任何内容都不可避免地存在于一定的形式当中,没有孤立存在的内容,因为没有形式体现,内容就无法表达自己。同样,也根本不存在空洞的形式,任何形式总是一定内容的表达。韦勒克曾以情节为例来说明这个问题,情节是小说中所讲述的事件,可以看作是内容;情节同时又是对事件的一种安排,是文学的一种艺术技巧,因此它又是形式。韦勒克试图用材料—结构的概念,对形式—内容取而代之。他把一切与美学没有什么关系的因素称为材料,而把一切需要美学效果的因素称为结构。这里所谓的材料就是未经过艺术加工的素材,而结构就是以艺术手法作用于素材的结果。这对相辅相成的概念,可以避免形式—内容的二元论。这样,一部文学作品,就不是一件简单的东西,而是交织着多层意义和关系的一个极其复杂的组合体。文学作品就被看成是一个为某种特别的审美目的服务的完整的符号体系或者符号结构,或者叫做"符号和意义的多层结构"。

第四,提出"透视主义"的研究策略和层次分析的结构理论。韦勒

---

[1] 韦勒克、沃伦:《文学理论》,刘象愚等译,三联书店,1984 年,第 11—12 页。

克既是一位文学理论家,又是一位批评史家,他在文学研究工作中力图将内部研究和史学构建相结合,协调历史描述和批评标准问题,由此提出了"透视主义"(Perspectivism)的观点。所谓"透视主义"就是"把诗、把其他类型的文学,看作一个整体。这个整体在不同时代都在发展着、变化着,可以互相比较,而且充满着各种可能性。"[①]换言之,就是既要考虑到历史上对文本的各种各样的理论理解,又要阐释批评文本的本来意义,特别是用当代理论对它们进行厘定和判断。显然所谓"透视主义",在具体实践中是立足于内部研究的文本阐释来完成的。因此,他进一步通过"透视主义"提出艺术作品的分层理论,建立了他独特的结构理论。

韦勒克直接借鉴了波兰现象学文论家英伽登关于文学作品的构成说,把艺术品看作是"符号和意义的多层结构",并对文学作品结构的各个层次进行具体分析。第一个层次是语音层次,包括谐音、节奏和格律,是文学作品中最基本的层次,是其他层次赖以存在的基础。第二个层次是意义单元的组合,即语义层,是文学作品构成中具有决定性意义的层次,包括词、句、段不同语言单元表达的不同意义。第三个层次是意象和隐喻的层面,是所有文体风格中可表现诗的最核心的部分。第四个层次是存在于象征和象征系统中的诗的特殊"世界",可以称之为诗的"神话"。第五层是由叙述性的小说投射出的世界所提出的有关形式与技巧的特殊问题。第六层是文学类型的性质的问题。第七层是文学作品的评价问题。第八层是文学史的性质问题。

韦勒克对文学作品结构的多层次划分,是从语言角度切入对文学的多向考察,是对文学这一复杂文化现象做出的富有说服力的全面诠解,至今仍有重大意义。

文学批评是一种复杂的文学活动,每一种方法的运用肯定会观览到异乎他者的独特性。新批评派另辟蹊径执著于对文本的细致解剖,竟然也造成了豁然开朗的新局面。尽管单面的切入难以做到俯瞰全局、洞悉各面,新批评把自己逼进了死胡同,但是几代智者思想的火花毕竟给后继者照亮了前进的道路,使我们能够更好地进行批评和欣赏。正是在这个意义上,美国评论者兰鲍说:"不论我们是否乐意承认,我们现在全都属于新批评派的阵营,我们在阅读诗歌时,已经无力回避对

[①] 韦勒克、沃伦:《文学理论》,第36—37页。

诗中的含混性等质素的喜爱与赏识。"①

第十节　结构主义文论

结构主义是20世纪人文社会科学领域中出现的一种思潮,主要包括结构主义语言学、结构主义人类学、结构主义文学批评等领域。什么是结构主义,结构主义人类学家列维-斯特劳斯曾表示,结构主义所要研究的中心课题,就是从混乱的现象背后找出秩序来。这种秩序就是事物的结构关系,包括事物内各成分之间的组合法则和各现象之间的共同模式。

一般认为,结构主义发端于瑞士语言学家索绪尔的现代语言学理论,在列维-斯特劳斯的人类学和神话学研究中具备雏形。结构主义作为一种重要的文学批评流派,可前溯到俄国形式主义和布拉格学派,20世纪60年代结构主义文学批评在法国盛行,并传播到其他许多国家。结构主义文学批评的代表人物有巴尔特、托多洛夫、格雷马斯、布雷蒙、热奈特等,他们的研究角度各异,运用的概念也有区别,但都表现出对科学方法的信赖和对叙事作品内在规律的注重。此外,心理学家、哲学家、文化学家、历史学家、艺术学家也都运用结构主义方法,如拉康对无意识结构的研究,阿尔都塞对马克思的研究等。

一、索绪尔的现代语言学理论

现代语言学与结构主义的关系非同寻常,尤其是瑞士语言学家索绪尔的语言学理论对结构主义有着直接影响。索绪尔②(Ferdinand de Saussure,1857—1913)在他的《普通语言学教程》(*Course in General Linguistics*,1915)一书中对传统语言学的研究对象和研究方法作了革命性的改造。他将人类的言语活动分成两大类:语言和言语。语言是社会集团为了使个人有可能行使言语机能而采用的必不可少的规约,

---

① 〔美〕兰鲍:《现代精神:19世纪与20世纪文学连续性论文集》,牛津大学出版社,1970年,第11页。

② 索绪尔,瑞士语言学家,结构主义语言学、符号学创始人,著有《普通语言学教程》(1915年编辑出版)。

为社会所有成员共同遵守;言语则是"人们所说的话的总和"①,是语言的具体表现和运用,是一种个人现象。语言和言语两者紧密相连并互为前提,但毕竟是两种不同的东西,由此形成两门语言学:语言的语言学和言语的语言学。现代语言学研究的对象是语言而不是言语,只有语言才有稳固的性质,人们可以通过语言要素的相互关系认识语言现象的整体,而言语的表现是暂时的,它的整体是无法认识的。

索绪尔进一步将语言视为符号系统。他认为,语言符号由能指和所指构成,但能指和所指联结的不是名称和事物,而是任意的,是一种语言习惯的产物。每个符号作为一个语言要素,又与其他要素互相依赖,互相制约,共存于一个相对稳定的系统中。现代语言学不应满足于对个别的孤立的符号的研究,而应着重研究符号之间的关系以及它们的结构规律。

在区分了语言和言语并把语言界定为符号系统之后,索绪尔提出了共时语言学和历时语言学的问题。"共时语言学研究同一个集体意识感觉到的各项同时存在并构成系统的要素间的逻辑关系和心理关系"②,即研究同时要素间的关系;历时语言学研究的是时间上彼此代替的各项相连续要素间的关系。索绪尔认为,共时研究优于历时研究,如果语言学家置身于历时的展望,那么他所看到的就不再是语言,而是一系列改变语言的条件,并无法找到自己的终点。

索绪尔提出的观察语言现象和新角度与同步分析的模式被称为社会科学的"哥白尼式的革命"③。他关于将语言学的研究对象转向整个语言系统而不是个别语言的主张,他关于语言是由能指和所指构成的具有任意性和差异性的符号系统而不与外界事物对应的思想,他对语言学研究中共时性的强调,这些极富启发性的理论为结构主义叙事学提供了方法论的基础。

---

① 〔瑞士〕索绪尔:《普通语言学教程》,高名凯译,商务印书馆,1982年,第42页。
② 同上书,第143页。
③ 〔英〕凯瑟琳·贝尔西:《批评的实践》,胡亚敏译,中国社会科学出版社,1993年,第113页。

二、雅可布森与布拉格学派

罗曼·雅可布森①(Roman Jakobson, 1896—1982)是"莫斯科语言学学会"的组织者,也是俄国形式主义与法国结构主义的衔接人物。"莫斯科语言学学会"成立于1915年,成员多为莫斯科大学的学生,学会的宗旨是促进语言学和诗学的研究。1920年,雅可布森离开莫斯科前往布拉格,1926年成立捷克小组,即后来所说的布拉格语言学派,雅可布森为创始人之一。这个小组的成员基本上是语言学家,他们在现代语言学的发展中起了巨大的作用。这个小组一直存在到第二次世界大战爆发。1939年,雅可布森前往瑞典,又从瑞典到达美国。雅可布森知识渊博,涉猎的学科众多,尤其在诗歌的语言问题研究上做出了重要贡献。

雅可布森是在语言学理论的大背景下研究诗歌功能的,他认为诗学只是语言学的一个分支。《诗学问题》(1973)一书收集了雅可布森1919至1972年间的论文,其中突出的是他关于诗歌的语言研究。根据交际理论,雅可布森提出了语言功能多样性的思想。他将语言分为六大功能:指称功能、情感功能、祈使功能、交际功能、元语言功能和诗歌功能。具体说来,如果强调的是交流的语境,语言的指称功能就占支配地位;如果交流侧重于说话者,那么情感功能就占支配地位;如果交流针对接收者,那么祈使(或命令)功能就突出了;如果只是为了引出话题,如"你好","今天天气怎样",语言就主要体现为交际功能;如果交流侧重于符号,例如对词语的解释,元语言的功能就占支配地位;最后,如果语言指向自身并强调或突出自身,那就是诗歌功能了。在诗歌功能中,词语不再是什么人在什么情况下为什么目的而对什么人说了些什么,而是一种自我体现,它的目的就是要把人们的注意力吸引到话语中独特的语言模式、措辞方式和句法上来。语言的诗歌功能不仅不是一种透明的或标签式的东西,反而是要努力加深语言与对象的鸿沟。也正是在这个意义上,雅可布森说,诗歌是"对普通语言的有组织的违反"。

雅可布森还继承和发展了索绪尔关于符号的聚合关系和组合关系

---

① 罗曼·雅可布森,莫斯科语言学学会的创建人,布拉格语言学小组的组织者之一,著有《普通语言学论文集》(1963)、《诗学问题》(1973)等。

的理论,并通过他自己对儿童语言和失语症的观察和研究,将索绪尔对这两种关系的区别与修辞学联系起来,提出了隐喻和换喻两个重要概念。隐喻是以相似性或类比为基础的,即词语与它的替代物之间有着相似点或类推关系。隐喻可以说是一种选择关系,它探讨的是语言的垂直关系。而换喻则是以邻近原则为基础的,一般是指组合关系,它探讨的是语言的平面关系。

雅可布森把隐喻和换喻带入诗学研究,将隐喻和换喻看成是二元对立的典型模式,并具体阐述了两者的对立和互渗关系。在《诗人帕斯捷尔纳克的散文》(1935)一文中,雅可布森以诗使用隐喻而散文使用换喻来确定两者的区别。诗句建立在节奏和意象的相似性上,如"我的汽车像甲壳虫般地行驶",诗人可以从"驾驶"、"疾驶"、"飞驶"等多个可供选择的词汇中挑选"甲壳虫般地行驶",将甲壳虫与汽车结合起来。而"毗邻组合是叙述体散文的基本推进方式:叙述故事时,按相邻的原则,从一物到另一物,遵循因果线索或时空线索。"[①]雅可布森在指出诗歌和散文两者的区别的同时,又看到两者的互相转化,即隐喻和换喻的互渗。他认为,创造性的换喻似乎改变着事物的传统秩序,如毗邻组合已经成为艺术家帕斯捷尔纳克的驯服工具,对空间重新进行分配,并修改了时间上的承继关系。

在诗歌研究中,布拉格学派在阐发诗歌作为艺术手段的总和的同时,进一步将诗歌作为一种结构体系来看待。通常人们又称之为布拉格结构主义学派。他们强调作品的结构统一性,研究诗歌的"功能结构",把作品作为一个动态整体的功能来把握。在坚持统一结构的基础上,布拉格学派提出了"支配因素"这一重要概念,即一部艺术作品的核心成分,它制约、决定或改变其他成分,并保证结构的完整性。在这个动态整体中,处于支配地位的因素将凝聚或整合其他层面。那么,什么因素居支配作用呢?雅可布森表示,"一篇诗歌作品必须被看成是美学占支配地位的文字表达"。同时雅可布森又认为,表明美学发挥作用的标志并不是一成不变、始终如一的。由此,可以把诗歌的发展过程看成是构成诗歌的内部诸要素的变化过程。

> 在一个特定的规范诗歌的综合体中,或特别是在一组适应某个特定诗歌类型的规范作品中,那些起初是从属的成分变成了决

---

① 转引自〔法〕塔迪埃:《20世纪的文学批评》,史忠义译,第34页。

定的和主要的成分。另一方面,开始占支配地位的成分又变成次要的和被选择的成分。①

作为形式主义与结构主义的过渡,布拉格学派有着更为复杂的哲学背景,除索绪尔的语言学理论外,布拉格学派还受到胡塞尔现象学的影响。布拉格学派的代表人物穆卡洛夫斯基②就主张在更大的系统或"背景"中研究艺术作品。在《作为社会事实的美学功能、标准和价值》(*Aesthetic Function, Norm and Value as Social Facts*, 1936)中,穆卡洛夫斯基认为,评价美学功能必须顾及时间、地点或评价者。根据他的看法,艺术作品是在一个更普遍的意义背景下被感知的,若背景发生改变,对作品的评价和解释也会随之改变,甚至可能认为它不再是艺术作品。穆卡洛夫斯基区别了"物质的艺术品"和"美学的对象",前者是可见的书籍、绘画或雕塑本身,后者仅存在于对这些现象的解释之中,也就是说,审美价值是作品在接受过程中产生出来的。在对叙事作品的研究中,穆卡洛夫斯基不满足从句法的角度研究,而是引进语义学的观点,他认为,情节类型需要语义组织的补充,情节"不再只是构造问题(各部分之间的比例和连接),而是作品语义上的组织问题",是"表现作为语义整体的文学作品特色的一整套方法"。③ 穆卡洛夫斯基的理论在很多方面既可视为对俄国形式主义的补充,也可视为对形式主义的背离或超越。这种对情节类型的语义学分析对结构主义叙事学关于深层结构的二元对立模式的分析很有帮助。

三、普洛普的童话结构分析

在讨论结构主义的叙事结构分析时,我们还必须提到一位奠基人物,他就是俄国民俗学家弗拉基米尔·普洛普④(Vladimir Propp, 1895—1974)。他 1928 年出版的《民间故事形态学》(*Morphology of the*

---

① 转引自〔美〕罗伯特·肖尔斯:《结构主义与文学》,孙秋秋等译,春风文艺出版社,1988 年,第 134 页。
② 穆卡洛夫斯基,捷克结构主义哲学家、批评家,布拉格学派代表人物。著有《标准语言与诗歌语言》(1932)、《作为社会事实的美学功能、标准和价值》(1936)、《美学和文学研究中的结构主义》(1940)等。
③ 〔捷克〕穆卡洛夫斯基:《字与词语的艺术论文选》,伦敦,1977 年,第 138 页。
④ 弗拉基米尔·普洛普,苏联文艺学家、民间文学学者、批评家,著有《民间故事形态学》(1928)、《童话的变形》(1928)等。

Folktale)一书于 1958 年译成英文后在西方引起强烈反响,大大刺激了法国结构主义者对叙事作品结构分析的兴趣和思考。

在《民间故事形态学》中,普洛普对以往俄国童话研究中的分类问题提出质疑,指出按照范畴、主题等对故事进行分类既不系统又不严格,如对主题的划分有时根据人物的特点,有时又根据事件的性质,缺乏统一的尺度。普洛普从人类学中引进了一个概念——功能(function),这是他对童话作结构分析的核心概念,也是他分类的依据。何谓"功能",普洛普举例说:1. 皇帝送给主人公一只鹰,鹰载着主人公到另一王国;2. 老人送给苏成一匹马,马驮着苏成到另一王国;3. 巫师送给伊恩一条小船,船载着伊恩到另一王国;4. 公主送给伊恩一个戒指,戒指里走出一个年轻人,他带着伊恩到另一王国等等。这里角色不断变换,但基本动作却是相同的,这些动作就叫做功能。普洛普说:"功能被视为人物的动作,由其在情节发展过程中的意义来确定。"[①]也就是说,功能的界定不能脱离它在结构中的位置。

在对所搜集的童话作详尽分析时,普洛普发现,童话总是把同一行动分配给各种各样的人物,这些人物虽然千变万化,但他们在童话里的活动和作用却很有限。普洛普说:"童话具有两重性:一方面,它千奇百怪,五彩缤纷,另一方面,它如出一辙,千篇一律。"[②]普洛普从 100 个童话中提取了 31 种功能作为童话故事的基本形态,分别用希腊字母和英文字母表示。普洛普宣布说,这 31 种功能可以记录和分析所有俄罗斯童话故事的结构。在每个童话中,功能的数目可多可少,但一般不超过 31 种,并且功能出现的秩序也不会改变。

普洛普还根据人物执行动作的情况将童话中众多的人物分为七种角色:坏人、施惠者、帮助者、被寻找者和她的父亲、传信者、英雄、假英雄。普洛普指出,在童话中一个人物可以充当不止一种角色,一种角色也可以由几个人物充当,但童话中所有的人物都不会离开这七种角色。

普洛普探讨的是叙事文的一种特殊形式,但是他采用的分析故事的构成单位以及它们的相互关系的方法,对其他叙事文的结构分析有重要的参照价值,尤其是他将故事中出现的动作简化为一种符号的顺列组合,超出了表层的经验描述。这种对故事情节的抽象研究为后来的叙事结构分析做出了可贵的尝试。

[①][②] Propp Vladimir, *Morphology of the Folktale*, University of Texas Press, 1975, pp.20 – 21.

四、莫斯科—塔尔图符号学派

莫斯科—塔尔图学派是以莫斯科和塔尔图[①]这两个城市共同命名的,"符号系统的结构研究"讨论会(1962年)是莫斯科—塔尔图学派形成的基本标志,这个讨论会是由苏联科学院斯拉夫学和巴尔干学研究所与控制论委员会联合在莫斯科召开的。莫斯科—塔尔图学派是两个城市符号学家的联合,当然,其他城市的学者也参与了其中的工作。要了解国际符号学包括艺术符号学的发展趋势,就不能不研究这个学派。

国际著名符号学家洛特曼[②](Yury Lotman,1922—1993)是这个学派的代表人物,他长期在塔尔图大学任教。1960—1961年中,洛特曼在该校开设了结构主义诗学的课程,这门课程以后保留下来,并于1964年以《结构主义诗学讲演录》的书名出版,该书成为塔尔图出版社出版的"符号系统著作"系列丛书的第一辑。洛特曼于1973年出版的专著《电影符号学和电影美学问题》也广泛流传,曾被译成12种文字。这个学派的另一代表是莫斯科大学教授乌斯宾斯基[③](Boris Uspensky,1937—)。莫斯科—塔尔图学派是两种研究立场的结合。莫斯科的学者通常从语言学进入符号学,虽然他们当中某些人专门研究过文学,但是语言学立场、语言学兴趣始终居于首位。他们以语言学家的眼光看待世界。而塔尔图的学者如洛特曼则是文学理论家,他们在某种程度上是研究语言学的文学理论家。这种文化立场上的差异却收到意外的效果——两者互相丰富,并以自己的兴趣感染对方。与文学理论的接触使莫斯科语言学家对文本和文化关联即文本发生功能的条件发生兴趣,而与语言学家的接触则使文学理论家对作为文本发生器的语言、对文本形成的机制感兴趣。同时,这个学派也联合了两种传统——莫斯科语言学传统和列宁格勒文学理论传统。洛特曼曾经就学于艾亨鲍姆、日尔蒙斯基和普洛普门下,并与雅可布森、巴赫金直接交往,雅可布森参加过塔尔图夏季学术聚会并热情地关注着他们的活动。

[①] 塔尔图是濒临波罗的海的爱沙尼亚境内的一座小城市。
[②] 洛特曼,苏联符号学家,文艺理论家,塔尔图学派创建人,著有《结构诗学讲演录》(1964)、《文学文本的结构》(1970)、《诗歌文本分析》(1972)。
[③] 乌斯宾斯基,苏联符号学家,著有《创作诗学》(1973)等。

莫斯科—塔尔图学派的发展有两个主要的特点。第一个特点是同结构语言学的联系,这一点在它们发展初期(20世纪60年代)非常明显。当时学者们努力把语言学方法推广到各种新的对象上去。他们用语言学家的眼睛寻找和描述各处可能存在的语言,特别是艺术语言。他们认为,就像不知道和不理解一本书的语言就不可能理解这本书一样,不掌握绘画、电影、戏剧、文学作品的特殊语言,就不可能理解这些艺术作品。同时他们还认为,就像研究语法是理解文本涵义的必要条件一样,艺术作品的结构也向人们揭示掌握艺术信息本身的途径。在不拒绝研究内容的同时,他们力图研究由艺术语言和既定作品具体结构所决定的那些意义联系。

文化符号学的研究是莫斯科—塔尔图学派研究活动的第二个特点。这个特点使它不同于国际上的其他符号学学派(波兰学派、法国学派、美国学派等)。从莫斯科—塔尔图学派的观点看来,文化是各种各样的局部的语言的总和。在这种意义上,文化包括艺术语言(文学、绘画、电影的语言)、神话语言等。莫斯科—塔尔图学派对这些局部的语言进行专门研究,其范围涉及语言符号学、逻辑符号学、机器翻译、艺术符号学、神话学、非口语交际系统语言的描述(例如道路信号、用牌占卜的语言等)、同聋哑人交往的符号学、宗教符号学(佛教)等。在这种研究中,他们感兴趣的不仅仅是对相应语言的描述和研究,而是更普遍的文化机制的实现。在符号学意义上,文化被理解为人和世界之间所确立的诸关系的系统。他们还指出,在某种文化范围内,某些信息是重要的和有意义的,而另一些信息则受到轻视。相反,在该文化中被忽略的信息,在另一种文化的语言中却可能是非常重要的。这样,同样的本文在不同文化的语言中可以得到不同的阅读。如果交际过程的参与者用不同的(文化)语言说话,就会产生深刻的文化冲突。

莫斯科—塔尔图学派超出纯语言学的方法,以作为符号系统的语言为研究对象,扩大了符号学的研究空间,同时在研究中他们又总是结合一些具体的文化文本现象加以阐释。这些做法为结构主义符号学提供了一些有价值的观点和方法。

五、列维-斯特劳斯的神话研究

列维-斯特劳斯①(Claude Lévi-Strauss,1908—)是法国杰出的结构主义人类学家,被誉为"结构主义之父"。就叙事文而言,列维-斯特劳斯主要研究神话的深层结构。《结构人类学》(Structural Anthropology,1958)是他的代表作之一。在从事神话研究时,列维-斯特劳斯得出了与普洛普相似的结论。他认为,神话也具有"二重性",神话表面看起来有很大的随意性,但各种神话却存在着大致相似的结构。于是他把确定表面无秩序的神话的内在秩序作为神话研究的主要目标。与普洛普不同的是,列维-斯特劳斯并不满足于寻找神话的横向组合链,而是力图分析隐蔽在神话内部的纵向聚合的逻辑结构。罗伯特·斯库尔斯在《文学中的结构主义》一书中曾对他们两人的区别作了形象的比喻:"普洛普是在寻找牡蛎形成珍珠的过程,而列维-斯特劳斯则要解释沙滩上最早沙粒结构的意义。"②

列维-斯特劳斯在神话结构研究中发现,世界各民族虽然处于不同的地理生态环境,其进化发展的程度也有很大差异,但作为人类都面临着一些共同的生存悖论问题。例如,人有生命,却不得不走向死亡;人是大自然的一部分,又是异于自然存在的文化产物;人们要追溯自己所崇拜的始祖,追溯的结果却发现自己是始祖乱伦的后裔等等。列维-斯特劳斯认为这些无法回避的矛盾难题所构成的二元对立模式正是神话的深层结构。神话的魅力也正在于它那不易被人觉察的结构之中。于是,他把确定表面无秩序的神话的内在秩序作为神话研究的主要目标,力图分析隐蔽在神话内部的纵向聚合的逻辑结构。

为了清楚地划分和说明神话的结构方式,列维-斯特劳斯创造了"神话素"这一概念,这是参照语言学上的音素、词素、义素的概念提出来的,不同的是神话素不存在于词语中,而存在于句子这一层面上。所谓"神话素"即神话中具有同等功能的一套要素。分析神话结构必须打破情节的线型发展,将神话素加以逻辑排列,并以此揭示出神话思维

---

① 列维-斯特劳斯,法国人类学家、结构主义批评家,著有《亲属关系的基本结构》(1949)、《结构人类学》(1958)、《野性的思维》(1962)、《神话学》(1968)等。

② Robert Scholes, *Structuralism in Literature:An Introduction*, Yale University Press,1986, p.68.

的本质特征。列维-斯特劳斯对俄狄浦斯神话系列的分析是他神话结构研究的典型例证①。他分析的基本步骤是:1.抽离出神话的基本成分——神话素。2.按照二元对立的方式排列出神话素的组合方式。3.显示神话的深层结构,由此揭示出神话思维的本质特征。列维-斯特劳斯企图向人们表明:作为叙事文的一种样式——神话,它的魅力不在于情节的线型发展,而在于它那不易被人觉察的结构。俄狄浦斯神话系列中血缘关系的高估和低估,企图逃避人类由土地所生和这种企图之不可能之间的对立实际上是文明与自然对立的象征。

列维-斯特劳斯认为,所有的神话都存在着二元对立关系,"神话思维总是从对立的意识出发,朝着对立的解决前进"。② 他断言,神话结构是由相应并互相对立的神话素构成的。无论神话怎样衍变、发展,这种内在结构保持不变。换句话说,神话是处于二元对立之中并在无数变体里重复的概念系统。

六、结构主义叙事学

结构主义叙事学是结构主义文学批评中最具代表性最富有成果的部分。巴黎《交际》杂志 1966 年第 8 期《符号学研究——叙事作品结构分析》专号比较集中地代表了结构主义叙事学的基本理论和方法。结构主义叙事学主要围绕叙事文的两大层次展开:一是叙事结构,二是叙述方式。前者探讨故事中的构成要素和构成形态,以格雷马斯、布雷蒙等为代表;后者侧重研究叙述活动,说明表现方式的规律,以热奈特为代表;巴尔特和托多洛夫则兼顾两者,为结构主义叙事学设计了理论框架。

(一) 巴尔特的叙事理论

法国结构主义批评大师罗兰·巴尔特(Roland Barthes,1915—1980)生于法国西北部的港口城市瑟堡,1939 年毕业于巴黎大学,是一位有着强烈的探索精神并在许多领域均有一定建树的理论家,著有《写作的零度》(1953)、《符号学原理》(1964)、《叙事作品结构分析导论》、《S/Z》等。这里我们主要探讨他在结构主义叙事学上的理论成就,具体地说,就是

---

① 列维-斯特劳斯:《结构人类学》英文版,第 209—210 页。
② Claude Lévi-Strauss, *Structural Anthropology*, New York, 1968, p.224.

他于1966年在《交际》上发表的一篇论文——《叙事作品结构分析导论》。这篇论文是巴尔特在总结结构主义叙事学最初成果的基础上对叙事作品作系统分析的纲领性文件。

在该文中,巴尔特首先对研究中的归纳法发难。他认为一个时代、一种体裁地去研究叙事文是不切实际的,叙事文数目的无限膨胀可以使归纳法成为荒谬。他提出要向语言学学习,采用演绎的方法,试图建立一个存在于所有叙事作品中的共同模式。他把叙事作品分为三个层次:功能层、行动层、叙述层。功能层研究基本的叙述单位以及它们的分类和相互关系。功能是作品中最基本的单位,它可以由大于或小于句子的成分构成。功能又可分为功能和迹象,前者关联行动,后者与状态相连。行动层研究人物的分类及其结构原则。巴尔特在结构分析中极力避免把人物当作一个心理实体,而力主将人物作为一个行动参与者。巴尔特认为叙事作品的主体(主人公)应该是双数,它类似于比赛的结构,双方都在争夺主导权,而只突出一个人物的做法不具备普遍性。叙述层探讨的是叙述者的分类问题。他从符号学的角度将叙述者的代码分为两个系统:人称系统和无人称系统。人称系统指正在讲话的主体,这个主体可以是我,也可以是他,人称主体具有现时和行动的性质;无人称系统指对已发生的事件的陈述,它不是现时态的。巴尔特的叙述者划分过于艰涩,因此没有流传开来。巴尔特最后指出,这三个层次每个都有自己的单位,可以作独立分析,但每个层次只有归并到高一级层次才能取得意义。巴尔特的这套"描述模式"是对作品内在结构的全面研究,对我们从事作品分析有一定意义。我们后来也看到,巴尔特并未把他的理论视为定论,而是不断发展,并走向自我否定。

1970年,巴尔特发表了他从结构主义走向后结构主义的代表性著作《S/Z》。该书见"后结构主义文论"一节,这里从略。

(二) 托多洛夫的《〈十日谈〉语法》

托多洛夫[①](Tzvetan Todorov,1939—)主要从事叙事文句法结构的研究。他的《〈十日谈〉语法》(*Grammaire du Décaméron*,1969)一书是自普洛普以来叙事学领域最重要的著作之一。在这本书中,他认为语言与叙述关系密切,同样的结构不仅在语言中存在,也在叙事文中存

---

① 托多洛夫,法籍保加利亚裔批评家。著有《什么是结构主义》(1968)、《〈十日谈〉语法》(1969)、《散文的诗学》(1971)、《批评的批评》(1984)等。

在。于是,他按照语言学的句法形式,将叙事文的结构分成四个层次:词类、命题、序列和故事。托多洛夫对此作了具体阐述。

词类包括专有名词(人物命名)、形容词(特征)、动词(动作)三个部分。名词(人物)由特征或行动组合而得以界定,形容词是描写平衡或不平衡状态的谓语,动词是描写一种状态向另一种状态转变的谓语。命题是由各种词类构成的叙述句子,是叙事文的基本单位。例"Y要惩罚X"就是一个由名词、动词组成的命题。命题可按直陈式、命令式、祈使式、条件式、假定式五种语气分类。如"X犯了法"就是直陈语气,它陈述了一个事实。"Y要惩罚X"则是祈使语句,他表现出人物的一种意向。序列是由一连串命题组成的完整独立的小故事。序列按时间关系、逻辑(因果)关系、空间(并列)关系构成。故事则是由一个或多个序列构成。

托多洛夫以《十日谈》中的故事(第一天第四个故事、第九天第二个故事、第七天第二个故事等)为例,说明叙事文的层次与构成。

X犯了法——Y要惩罚X——X力图逃脱惩罚——Y也犯了法(Y相信X没有犯法)——Y没有惩罚X

由此,托多洛夫表明,这些小故事虽然在人物和具体情节上有所不同,但其基本结构却大致相似。

托多洛夫在这里并不打算解释《十日谈》中的某个故事,他设想的这套叙事语法旨在认识故事本身的结构。托多洛夫给自己规定的首要任务是"设计一台描写机器",以辨认各种故事并记录其结构,他深信,单个故事最终都来自"叙事语法"。

托多洛夫将叙事语法的研究对象从民间故事扩展到叙事文的基本形式——小说,这为叙事语法的研究提供了更为坚实的基础。同时,他在研究中较多地借用了语言学的概念和方法,从而使语言学与叙事语法发生了更加密切的联系。但也正是这种对语言学概念的搬用,深深地印上了叙事语法初创时的依赖性的痕迹,说明叙事语法的概念还有待于在吸收中消化和创造。并且,托多洛夫的层次理论与普洛普的横向组合一样,仍然较为具象,仅是对情节的一种划简,还未达到符号化的高度。格雷马斯则从更为抽象的层次着手于叙事语法的研究。

(三)格雷马斯的符号学方阵和行动元模式

结构主义叙事学家格雷马斯①(A. J. Greimas,1917—1992)是从语义学的角度研究叙事结构的。格雷马斯认为,有必要从根本上区别话语与分析两个层面。一个是外显的叙述层面,在此层面上,叙述的显现必须适应其表达所必需的特定要求;另一个是内隐的层面,它构成一种公共的结构主干,在此层面上,叙事性是在显现之前预先定位并具有组织的。这种"公共的结构主干"是什么呢?格雷马斯提出了"符号方阵"的模式。

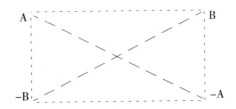

这是格雷马斯借用逻辑学方阵提出的基本意义结构,他认为这是一切意义的基本细胞。这里 A 与 B 对立,-A 与 -B 对立,A 与 -B 暗含着联系,-A 与 B 暗含着联系,共构成六组二元关系。符号方阵所形成的"阐述场景"具有强大的构成力,据此可生成诸如生与死、衰与荣、分离与结合、独立与统一、斗争与调和等基本动作。不仅如此,符号方阵在表示一系列关系的同时,也表示出一方向另一方的运动,由此构成叙述的本质,单独的故事的表层结构就是从这种模式的结构中派生出来并发挥作用的。

与上述的结构主义批评家一样,格雷马斯的目的也不是对个别作品做出解释,而在于阐明生成这些作品的"语法"的本质。在确立以二元对立为核心的符号方阵的基础上,格雷马斯在《论意义》中提出了叙事语法的基本构想。他将叙事语法分为两大部分:基础语法和表层语法。基础语法由基本词汇和基础句法组成,具有逻辑性质;表层语法构成行动组合段系列,具有叙述性质。格雷马斯对其所设想的叙事语法作了具体阐述:

这种叙事语法一旦完成,将同时具有演绎和分析这两种形式,

---

① 格雷马斯,法国符号学家、结构主义批评家,著有《结构语义学》(1966)、《论意义:符号学论文集》(1970)、《论意义:符号学论文二集》(1983)等。

它将为意义的表达勾画出一整套流程:从使意义现实化的基础语法的基本运算出发,经过表层语法组合段下列的组合……借助各种行动,内容就在叙述语句里得到了充实;上述叙述语句都按线性序列组织成规范语句的形式,并像链条的各个环节一样相互由一系列的逻辑蕴涵连接在一起。具备了叙述语句的这种序列,我们就可借助修辞学、风格学、还有语言学的语法学设想出叙述性意义的语言表达了。①

在《结构语义学》(Sémantique Structurale,1970)一书中,格雷马斯在研究人物关系时提出了"行动元"的概念。"行动元"是一种结构单位,用于标明人物之间、人物和客体之间的行动关系。格雷马斯在普洛普划分的七种角色的基础上提出了三组对应的"行动元"模式:主体/客体,发送者/接受者,帮助者/敌对者,并声称这三组关系适合于故事中的所有人物,也就是说,任何人物都具有这三组行动元模式中的一种或几种关系。巴尔特对格雷马斯提出的行动元模式作了进一步的补充:"行动元模式与任何结构模式一样,其价值不在于它规定的标准形式(六个行动元的母式),而在于它适应有规则的变化(缺乏、混同、倍增、替换),从而使人可望产生一个叙事作品行动元的类型学。"②这段关于行动元模式的转换的补充使行动元模式在运用中具有更大的适应性,但由于这种模式允许一个行动元可容纳多个人物,一个人物也可分属不同的行动元,因而也可以说它在某种意义上取消了人物的独立性。

(四) 布雷蒙的叙事逻辑

布雷蒙③(Claude Bremond,1929—)在叙事学上的贡献在于引进逻辑的方法研究叙事结构。在《叙事可能之逻辑》(1966)一文中,他首先告诉人们:"叙事作品的符号学研究可以分成两大方面:一方面是关于叙述技巧的分析;另一方面是关于对所叙故事起支配作用的那些规律的研究。"④布雷蒙认为这些规律体现了一定的逻辑制约,而一些特殊叙事领域更是表现出可能之逻辑,即已知序列对未知序列的选择。

---

① 格雷马斯:《叙事语法的组成部分》,载张寅德编选《叙述学研究》,中国社会科学出版社,1989年,第188页。
② 巴尔特:《叙事作品结构分析导论》,载张寅德编选《叙述学研究》,第26页。
③ 布雷蒙,法国结构主义叙事学家,主要著作有《叙事作品之逻辑》(1973)。
④ 〔法〕布雷蒙:《叙述可能之逻辑》,载张寅德编选《叙述学研究》,第153页。

为此，布雷蒙对普洛普的功能线型模式作了改进。他指出，普洛普的功能排列只重视顺列组合，是一种单线发展，而忽略了因与果、手段与目的的逻辑关系。一个原因不一定必然只有一个结果，例如射箭，就有中的和未中之分。叙事文中情节发展的每个阶段都有选择，如图所示：

$$可能性\begin{bmatrix}变为现实\begin{bmatrix}成功\\失败\end{bmatrix}\\没有变为现实\end{bmatrix}$$

反过来亦然，一个结果也可能不止一个原因，箭未射中，也许是射手不行，或是箭本身有问题，或是风力等其他偶然因素。布雷蒙的可能性选择的提出不仅使情节组接更为曲折多变，而且为情节的开放性提供了逻辑上的依据。

布雷蒙还进一步分析了叙事文的序列的构成和连接。基本序列是一个具有内在逻辑的三段式，即可能性——过程——结果。基本序列互相结合就产生复杂序列。布雷蒙列举出三种结合方式，1. 首尾相接，即一个序列的结尾是下一个序列的开端；2. 中间包含，将另一个序列插入这个序列中，使之成为这个序列的说明、对比和细节等；3. 并连，从不同角度观看同一个序列，将产生不同的功用。布雷蒙断言，所有各种组合的序列在发展趋势上不外乎两点：改善和恶化。他认为，所有基本序列都是这两大类型的特殊化。

布雷蒙关于叙述发展的可能性和选择性的研究，他对叙事文结构模式的概括，对结构主义叙事学来说无疑是一种丰富。自布雷蒙后，叙事逻辑遂成为结构主义叙事学研究的又一领域。

（五）热奈特的叙事话语

结构主义在叙述方式上的研究当推热奈特的《叙事话语》（*Narrative Discourse*）。这是一部系统论述叙事作品表现形式规律的专著。全书共分五大部分：时序（order）、时限（duration）、频率（frequency）、语式（mood）、语态（voice）。前三部分研究叙述时间，后两部分研究叙述行为本身。

热奈特借鉴了俄国形式主义关于本事和情节的区分的思想和德国学者的故事时间和叙述时间的概念，对叙事文中的两种时间作了全面细致富有开拓性的研究。所谓时序研究的是事件在故事中的编年时间顺序和这些事件在叙事文中排列的时间顺序之间的关系，它包括闪回、闪前等技巧的运用。时限研究故事发生的时间长度与叙述长度的关系,如用长达百页的篇幅描写一天的变化,或用几行写出十几年的生涯,它包括概述、静述、省略、场景等叙述运动。频率研究事件发生的次数与叙述次数的关系,即叙事作品中的重复关系,它包括叙述一次发生一次的事件,或多次叙述发生一次的事件等。可以说,结构主义叙事学家特别是热奈特为叙事文的叙述时间的研究做出了特殊的贡献。

热奈特还研究了叙述主体的问题,并作了重要更正。首先,他对用观察点来囊括观察者和叙述者的做法提出质疑。他认为许多理论家没有分清谁是叙事文的观察者和完全不同的谁是叙述者之间的区别,即出现了"谁看与谁讲之间的混淆"。在分析叙事文中,对视角与叙述者的区分是结构主义叙事学的富有建设性的成果之一。其次,他对用第一人称、第三人称划分叙述者的方式也提出挑战,他认为,第一、第三人称这种划分并未具体说明事实上完全不同的叙述者形象,并且这种区分只是语法上的而不是叙述上的,"与任何陈述中的陈述主体一样,叙述者在叙述中只能以'第一人称'存在"。用另一个叙事学家巴尔特的话说,第一或第三人称的讲话主体是一样的,只不过一个是我讲我自己的故事,另一个是我讲别人的故事。在"语式"一章中,热奈特提出了三种观察角度:零聚焦、内聚焦、外聚焦。在最后一章"语态"中,热奈特则通过叙述层次的划分和叙述者与故事的关系衍生出四种叙述者类型:外部——异叙述者,叙述者处于第一层次不参加故事;外部——同叙述者:叙述者处于第一层次作为故事的参与者;内部——异叙述者:叙述者处于第二层次不参与故事;内部——同叙述者:叙述者处于第二层次作为故事的参与者。

热奈特的研究非常深入细致且不同凡响,乔纳森·卡勒认为这本书是结构主义在叙事文研究上的高潮。值得注意的是,热奈特选取的是普鲁斯特的《追忆逝水年华》这本叙述形式极为复杂的书作为理论试验材料,这将使他的理论具有较大的适应性和丰富性。在研究中,热奈特充分意识到每部作品只能体现叙述模式的有限部分,都会或多或少发生变异,由此为叙事文的形式研究提供模式化和变异的辩证思路。

七、深刻的片面

结构主义文论所表现的对叙事作品普遍规律执著探索的宏观意识和对文学研究科学化的追求使其曾在 20 世纪文学批评领域独树一帜。20 世纪 70 年代以后,结构主义这朵理性之花已有谢意,但是它对人文社会科学的贡献是不容忽视的。结构主义所标举的理性主义和科学主义的精神,给长期受着人本主义思潮熏陶的人们带来了一股清风,使人们"发现了另一种东西,另一种热情,即对概念和我愿称之为系统的那种东西的热情"(福柯语)。结构主义对语言的重视和研究是在人的感性认识受到普遍怀疑后的一种新的探寻,并且也可视为对现代信息社会的一种隐喻。人们无法与本真的自然世界相遇,而生活在一个充满信息的社会里,语言、符号、话语、语境已成为文学批评和文化研究的常用词汇。结构主义在给我们一种新的认识社会、认识人生的方式的同时,也使我们看到了人生的局限。我们在话语中建构了自己的模式,而这种模式又成为一个囚所。在这个意义上,结构主义把我们引向了它的反面。

不可否认,结构主义文学批评在兴盛之际就受到来自不同方面的批评。有人对结构主义所标举的内在性表示非议,指责它在研究对象上排除作者意识和社会价值等因素,有片面之嫌。结构主义批评家托多洛夫曾为之辩护,找到确切的结构关系是一回事,把它们说成是惟一确切的关系又是另一回事。结构主义文学批评主要研究叙事文的内在形式,它并未宣称自己是惟一的批评理论,也未表示要对叙事文作全方位的研究。也有人指责结构主义文学批评的表述过于艰涩,偏爱使用一些生僻术语。但从某种意义上讲,新的理论模式需要新的话语来表现,而常规话语是难以准确地表达这些新思想的,我们看到,在结构主义基础上产生的叙事学在不断吸收新的营养和不断开拓新的领域中发展和更新。

同时,我们也应看到,结构主义内部存在着深刻的矛盾,这主要表现在结构主义的一些基本特征上。结构主义所倡导的模式化和共时性的主张,结构主义的二元对立模式等是结构主义文学批评最本质的特点,体现了结构主义文学批评对文学研究科学性的向往和崇尚。然而也正是这些特点导致了结构主义文学批评的衰亡。

就模式化而言,结构主义的代表人物后来成为后结构主义者的巴尔特在《S/Z》一书中对结构主义所追求的叙事作品的深层结构这一目标作了反思:"早期的作品分析家想做的事:在单一的作品里……见出全世界的作品来。他们认为,我们应该从每个故事里抽出它的模型,然后从这些模型中得出一个宏大的叙事结构,为了验证起见,我们再把这个结构应用于任何故事:这真是个令人殚精竭虑的任务……而且最终会叫人生厌,因为作品会因此显不出任何差别。"到头来文学批评是在证明所有的文学作品在说同一件事,这一结果是令人沮丧的,并且结构主义将分析对象都视为完美的整体,事实上也是不可能的,文学作品并非都是和谐统一的,很多作品中有空隙、矛盾和不完全性。再则,文学作品中丰富的肌质和含蓄的韵致也会在这种外科医生式的解剖中丧失殆尽。

结构主义批评所标举的共时性也有其矛盾。其实,结构主义叙事学中对叙述方式的刻意变化和创新本身就是一种历史过程,而共时研究正是与历史研究相对照而显示出差异的。并且,共时研究在批评实践中正逐渐被消解。因为批评过程本身是历时的,在一定规则制约下的每一次阅读都有所变化,批评家的创造性阅读将构成对规则的修改,进而也构成对批评的非历史性的消解。而这样一来,结构主义将不可避免地走向后结构主义。

第三,结构主义不主张研究符号以外的现实世界,但又把所指说成是某个实际事物的概念,这实际上承认外部存在着一个现实世界,由此与意识形态发生了关系。而最能代表结构主义批评的二元对立这一代数式一旦注入对立和冲突,也往往不可避免地具有意识形态的因素。从组织成员来说,结构主义的阵地《泰凯尔》杂志本身就是一个富有战斗力的左派杂志。因此,从某种意义上讲,任何批评流派都不可能完全脱离意识形态。

第十一节　接受美学与读者反应批评

20世纪60年代,西方的文学理论发生了一次大变革,在传统理论中常常被忽视的"读者"这一文学研究要素成为了文论的中心。许多文学理论家开始探讨从读者理解与接受的角度来研究文学的方法。在这一潮流中,德国出现了"接受美学",英美出现了"读者反应批评"。英美有些学者更将所有以读者为中心的文学理论和批评方法,如,现象学文论、现代阐释学、精神分析文论的某些学派统统合并起来,总称为广义上的"读者反应批评"。

"接受美学"兴起于20世纪60年代的联邦德国,在70年代达到了高潮。其主要代表是康士坦茨大学的一批教授和学生。其中,最著名的是姚斯和伊塞尔。姚斯和伊塞尔虽然同为接受美学的创始人,但思想渊源和学术兴趣并不完全相同,相比之下,姚斯更多受到了伽达默尔的哲学阐释学的影响。他以更新文学史的研究方法为目标,提出接受美学的理论。而伊塞尔则更多受到了英伽登的现象学文论的影响,并不重视对文学接受作历史研究,而更加关注文本内部的阅读反应机制。在《阅读反应》一书的中文版序言中,伊塞尔曾将姚斯的理论称为"接受研究",而将自己的理论称为"反应研究"。他认为,接受研究强调"历史学—社会学的方法",反应研究则突出"文本分析的方法","只有把两种研究结合起来,接受美学才能成为一门完整的学科"。①

联邦德国的接受美学产生后,在世界上许多地方产生了影响。但影响最大的还是英美的"读者反应批评"。英美读者反应批评是一个既无组织、又无统一观点结构松散的批评流派。它的出现是对在英美大学里处于文学研究主流的"新批评"的反拨。其代表人物主要有:费什、卡勒、布莱赫等等。

费什(Stanley Fish)把自己的理论称为"感受文体学"(affective stylistics)。他提出了读者反应批评的方法,即"把读者当作一种积极地起着中介作用的存在而予以充分重视,并因此把话语的'心理效果'当作它的重心所在的分析方法。"②他认为"意义是事件",阅读是一个读者做的事,而意义无非读者阅读事件的结果。读者在阅读的时候,不断把书页上的文字变为自己的经验,读者每读一个单词或一段话,都要靠对尚未读到部分的预测来理解他读到的东西,而又由随后出现的部分来调整。既然"一段话的意思"并非某种经过更正的最终结果,而是读者的"全部经验",那么读者的误读也应该是"作者的语言所提供的那部分经验",因此误读也是作品意义的不可缺少的部分。就是说,作品的意义应该是读者阅读作品这一事件和阅读时的全部经验和反应,费什称之为"意义经验"。文学批评就是对"意义经验"的分析。费什用这种方法分析了弥尔顿的《失乐园》以及许多17世纪的英国散文、诗歌作品。费什的理论虽然重视了读者的阅读活动,但却走向了另一个极端,即把文学批评变成批评家个人主观阅读经验的忠实描述,否定了批评中的价值评判,并容易导致批评的主观性和相对性。

---

① 伊塞尔:《阅读行为》中文版"序言",湖南文艺出版社,1991年,第18页。
② 费什:《读者心中的文学:感受文体学》,见《读者反应批评》,1980年。

一、姚斯的接受美学

姚斯(Hans Robert Jauss 1921—1997),是接受美学的创始人和重要代表之一。康士坦茨大学罗曼语文学的教授。主要著作有:《作为向文学理论挑战的文学史》(1967)、《艺术史和实用主义史》(1970)、《风格理论和中世纪文学》(1972)、《审美经验与文学阐释学》(1977)、《在阅读视域变化中的诗歌文本》(1980)等。

20世纪60年代的德国正处于变化与创新的氛围中,在文学研究领域,人们也开始对传统的研究方法提出挑战。姚斯的接受美学就是在这一背景下诞生的。

作为一位文学史教授,姚斯之所以提出接受美学,其目的在于想解决文学史研究中所面临的"方法论危机"。在当时文学研究中,流行着两种对立的研究方法,一是马克思主义文论,一是俄国形式主义文论,他们分别是"外部研究"和"内部研究"的代表。马克思主义文论大体上属于"历史主义—实证主义"范式的研究,一些非正统的马克思主义文论家正确地认识到了文学的历史性问题,但更多的理论家则惯于用决定论来解释文学与社会历史的关系,将文学史简单地归结为社会历史发展的结果,而忽视了文学自身的美学价值。俄国形式主义文论属于20世纪初出现的"审美形式主义"范式。他们将文学视为独立自存的封闭客体,否定文学同外部世界的联系,注重对文本进行"内部研究"。尽管注意了文学的美学意义,但却过多地关注了共时研究而忽视历时研究。即使某些理论家注意到了历时研究,也只是将文学史看作新旧文学形式不断更新的历史。忽视了文学史同一般历史的联系。姚斯认为,这两种研究方法都是不可取的,因为它们都割裂了文学与历史,美学方法和历史方法之间的关联,陷入了"文学史悖论"中。只有将历史方法和美学方法统一起来,才能解决这一悖论。

1967年4月13日,姚斯发表了一篇著名的演讲《作为向文学理论挑战的文学史》,较系统地说明了自己的接受美学理论,立刻引起了强烈的反响。姚斯接受美学的基础是伽达默尔的哲学阐释学。伽达默尔重视文学作品的历史性,认为文学作品并不是放在认识主体对面的永恒不变的客体,实际上是面向未来的理解无限开放的意义显现过程,属于"效果历史"。"一件艺术作品,从根本上是未完成的,因为它还需要一个解释者",读者的理解对作品的存在具有决定性的作用。

受伽达默尔的启发,姚斯认为将文学研究的中心转向读者和读者的接受活动将成为文学史研究的新突破。传统文论或以文本为中心,或以作者为中心,两种思路都把文学作品看成先于读者存在的既有客体,作者是作品存在的根源,读者只是被动接受一件既存的东西。因此一部文学史无非是作家的传记史或作品的编年史,读者在文学史的视野之外。而事实上,读者的阅读是作品得以存在的最终也是最重要环节,只有通过读者的阅读,作品的意义才能显示出来。姚斯把文本比作一部管弦乐的乐谱,每一次阅读都像一次演奏。读者的阅读是一个没有终点的历史过程,因而在传统的文学史背后还存在着一部读者与作品相互作用的历史——文学作品的接受史。不同时代的读者基于自己时代的历史文化背景、文学观念对同一部作品做出不同的理解。前一代读者的理解不会随历史的消逝而消亡,而是沉积下来,成为后代读者理解的基础,而后代读者则通过对作品的理解而扩大了作品的意义领域。文学史家的任务就是对这个作品理解的过程进行研究和描述,这种研究方法既把读者的"审美感知"作为研究的中心,关注了文学作品的"文学性"问题,同时也通过接受史的描述,揭示了文学史和一般历史的关系,因而是历史意识和美学意识的结合。因此姚斯得出结论:"只有当作品的延续部再从生产主体思考,而从消费主体方面思考时,即从作者和公众相联系的方面思考时,才能写出一部文学和艺术的历史。"①

在姚斯的接受美学中,"期待视域"(Erwartungshorizont)是核心概念。这一概念主要是从胡塞尔的现象学,尤其是伽达默尔的"视域"和"视域融合"的概念中生发而来的,而内涵却有所不同。所谓"期待视域"指的是在阅读之前读者对作品的意向性期待,这种期待有一个相对确定的范围,读者往往以它为"参照系"理解和评价作品。期待视域有两种形态:其一是在过去的审美经验(对文学的类型、形式、主题、风格和语言的审美经验)基础上形成的较为狭窄的文学期待视域;其二是在过去的生活经验(对社会历史人生的生活经验)基础上形成的更为广阔的生活期待视域。

任何阅读都是在某种"期待视域"下进行的。姚斯说,"一部文学作品,即使看上去是新的,它也并不会在一个信息真空中显现为一种全

---

① 姚斯:《作为向文学理论挑战的文学史》,见《接受美学和接受理论》,辽宁人民出版社,1987年,第339页。

新的东西,而是通过文本策略、或明或暗的信号、某些熟悉的特征或隐蔽的暗示,使读者预先做出特定类型的接受。它在读者那里唤回熟悉的记忆,激起特殊的情感,而且在'开头'就唤起对'中间和结尾'的期待,而阅读的过程中,这种期待会根据文体或文本类型的某些规则,或保持原样、或发生改变、或重新定向,甚至还会实现某种反讽的效果。"①文学研究的任务就是将"期待视域"客观化,以进一步评价作品的艺术特征。在某些作品中,期待视域比较明显,比如在"戏拟"(parody)的作品中,姚斯举了《堂吉诃德》和《宿命论者雅克》为例,前者召唤出骑士传奇的"期待视域",后者召唤出了游记小说和浪漫传奇的"期待视域",然后再打破这种"期待视域",以获得嘲弄、讽刺的效果和陌生化的"诗性效果"。某些作品中期待视域不很明显,就可以从三个角度来获得它,一、将作品放在文体标准下进行考察;二、以同一背景下的其他文学作品作参照;三、通过考察现实与虚构、语言的诗性功能和实用功能的差异,来确立期待视域。

  姚斯还提出了"审美距离"的概念。所谓"审美距离"就是读者的"期待视域"和实际的文学作品之间的距离。一部作品如果和读者的"期待视域"之间不存在距离,即完全符合读者的"期待视域",那么这部作品往往会平庸而缺乏新意,这是在阅读通俗文学作品时经常出现的情况。而一部作品和读者的"期待视域"不一致甚至冲突的时候,虽然有时因为读者不能接受而一时否定作品的价值,但这种作品常常会打破既有的期待视域,而因将读者的期待视域提高到一个新的高度,而具有更高的审美价值和更长久的艺术魅力。姚斯比较了福楼拜的《包法利夫人》和另一位同时代的流行小说家费伊多的《芳妮》,两部小说写了同样的通奸题材,但福楼拜用了一种新的叙述方式——"非人格化"的叙述方式,打破了当时读者的"期待视域",在当时虽遭排斥,但随着时间的变化,人们的"期待视域"也发生了变化,开始习惯这种叙述方式,于是《包法利夫人》被后来的读者和研究者奉为经典。而《芳妮》迎合了当时人们的"期待视域",尽管当时十分畅销,却终于昙花一现,成为了明日黄花。就此而言,姚斯认为衡量一部作品的审美尺度取决于"对它的第一读者的期待视域的满足、超越、失望或反拨",作品的艺术特征取决于"期待视域与作品间的距离,熟识的先在审美经验与

---

① 姚斯:《作为向文学理论挑战的文学史》,转引自菲利普·赖斯、帕特利希亚·沃主编《现代文学理论读本》,1992年第2版,第84页。

新作品的接受所需求的'视域的变化'之间的距离"。

姚斯区分了个人期待视域和公共期待视域,认为对后者的研究是接受美学的主要任务。公共视域是指在一定的历史时期占统治地位的共同期待视域。文学接受有两种:"垂直接受"和"水平接受",因而对公共视域的研究也要从这两个方面入手。所谓"垂直接受"是指不同时代的读者对同一作品的接受。不同时代的读者对同一作品的反应和评价往往不同,原因一方面在于读者的期待视域发生了变化,另一方面是因为作品的涵义会不断被读者挖掘出来。所谓"水平接受"是指同一时代的读者对同一作品的接受。由于读者的文化背景、生活经验、教育水平不同,同一时代的读者对同一作品的解释和评价也不同。要想对某部作品给予公正的评价,就必须同时考虑垂直接受和水平接受两方面的情况。垂直接受和水平接受包括了文学接受的"全部广度和深度"。

二、伊塞尔的阅读现象学

伊塞尔(Wolfgang Iser, 1926—)是接受美学的另一个代表人物。其代表作主要有:《文本的召唤结构》(1970)、《隐含的读者》(1974)、《阅读行为》(1976)等。

与姚斯不同的是,伊塞尔的接受美学理论是从"作品"和"文本"的结构分析出发来研究阅读活动的。

伊塞尔接受了英伽登的关于文学作品的未定点在阅读过程中得到具体化的思想。他认为,文学作品有两极,一极是"艺术的",即作者创作出来供读者阅读的文本;另一极是"审美的",即经过读者阅读之后,文本的具体化或实现。而真正的文学作品,"既不能等同于文本,也不能等同于具体化,而必定处于这两者之间的某个地方"①。所以,文学作品存在于文本和读者动态的相互作用之中,而不是某种自在的东西。伊塞尔的观点避免了两种极端的看法,一个是常识性的、绝对主义的观点,认为文学作品的意义存在于客观的文本中,一部作品只有惟一一种正确的解释;另一个是主观主义的解释,认为每个读者都可以按自己的方式对作品进行随意的解释。前者忽略了理解中读者的作用,事实上,认为只有一个正确解释的人,往往相信自己的解释是惟一正确的,这恰

---

① 伊塞尔:《阅读行为:审美反应理论》,英译本,第21页。

恰是一种极端形式的主观主义。后者虽充分认识到了读者的能动作用,但却忽视了一切解释都要由文本激发引导出来。"读者的作用根据历史和个人的不同情况可以以不同的方式来完成,这一事实本身就说明文本的结构允许有不同的完成方式。"①

读者的阅读活动内在于文本的存在,而文学作品的结构中,已经暗含着读者可能"具体化"的种种解释。为了进一步地说明这个问题,伊塞尔提出了"隐含的读者"(der implizite Leser)的概念。隐含的读者,既不是现实中的读者,也不是读者的总体,伊塞尔提出的是一个现象学意义上的概念,他的身上"既体现了文本潜在意义的预先构成作用,又体现了读者通过阅读过程对这种潜在性的发现"。就是说,他是涵盖了作品结构中的潜在意义和一切读者可能实现的意义的读者。任何实际读者的解释都只是以某种方式实现了"隐含的读者"某一方面的作用,而同时必然会排除了其他方面的作用,排除了别的各种解释的可能性。

在文本的内在的结构分析方面,伊塞尔借鉴了英伽登的"图式化诸方面或图式化视点"的思想,提出了"召唤结构"(Appellstruktur)的概念,就是说,文本具有一种召唤读者阅读的结构机制。

英伽登曾提出,文学作品只是为读者提供了一个"图式"或"骨架",其中留下了许多"未定点"、"空白"要求读者去填补。伊塞尔赞同英伽登的看法,他说:"文本的意义依赖于读者的创造性并且要靠其想像去填补文本中的所谓空白,也就是说,在一个文本中存在悬而未决或尚未提到的东西需要填补。"②这里的"空白"(Leerstelle)就是作者没有明确写出,但通过实写部分暗示出来的东西。比如小说的情节中,一条情节线索上的一个片断和另一个片断之间常常存在作者没有交代的"空白",有时一条情节线索突然中断,跳到另外一条线索上去,这之间的"未定点"都需要读者通过"构想"(Vorstellung)填补上去。此外,在人物性格、心理描述、生活场景、细节等各个方面都存在着大量的"空白"。伊塞尔认为,不同类型的文学作品中空白的多少和读者参与的程度是不同的。在说教性的作品中留下的空白更少,给读者留下的空间更小。作品的空白越少,就越显得繁冗乏味。他还研究了英国的文学史,通过分析菲尔丁的《约瑟夫·安德鲁》、萨克雷的《名利场》和乔伊

---

① 伊塞尔:《阅读行为:审美反应理论》,英译本,第 37 页。
② 伊塞尔:《隐含的读者》,第 11 章。

斯的《尤利西斯》得出结论,认为从18世纪以来,小说中的未定点有增加的趋势。

在阅读的动态过程中,还存在另一种"空白"。文学作品由语词组成的句子构成,每一句话指涉了虚构世界的相关物,敞开了一个个的"虚幻图景"。读者阅读时,随着句子的展开,视点也在不断"游移"(wandering viewpoint),一个图景成为了"主题"(theme),另一个图景就模糊成了背景,或"地平线"(horizon)。这些不连续的图景之间也存在着大量的空白,有时伊塞尔把这种由语言的结构有限性造成的空白称为"空缺"。

伊塞尔进而又提出了"否定性"的概念。在内容方面,大部分文学文本具有向社会现实中既定的规范挑战的功能。读者在阅读的时候往往有着某种受现存社会规范限制的视域,在阅读中,这种旧有的视域被文本打破、否定,这时会产生一种思想的"空白",需要通过进一步阅读获得一个新视域,填补这个空白。在形式方面,文本形式结构呼唤着读者的某种期待。但好的文学作品在唤起读者熟悉的期待的同时更应该否定它,打破它而不是去证实它。在这一点上,伊塞尔和姚斯的"审美距离"的思想是一致的。

根据以上的几个概念,伊塞尔完成了对文本的结构分析,文本自身具有唤起读者填补空白、连接空缺、更新视域的结构,它时时召唤读者参与其中,因而被称为"召唤结构"。

伊塞尔对读者阅读行为的研究始终是在现象学的视野中进行的,他不关注具体的阅读行为,而关注可能的阅读条件,而这种阅读条件又是内在于阅读对象之中的。因此,他的阅读理论本质上又是一种现象学的文本理论,他是严格将文本作为一种潜在的意向性客体来分析的,在此,阅读作为可能的意向性行为是内在于文本而与意向对象一体相关的。

第十二节　从结构主义到后结构主义文论(一)

20世纪60年代后期,由结构主义而产生了后结构主义,两者的关系用批评家拉曼·塞尔登的形象化比喻来说,即"后结构主义者也就是突然意识到自己错误的结构主义者"。① 这表明后结构主义理论既以结构主义原则为前提，又质疑存在于其原则中的矛盾。质言之，后结构主义既以索绪尔关于能指与所指之间关系的任意性以及指意的机制在于体系内的差异性的原则为认识论基础，同时又将这些原则推向极致，因此必然产生颠覆结构主义所声称的科学性、统一性、完整性的结论，尤其是德里达的"双折"(double bind)式解读拆解了结构主义理论中的一切二元对立概念，使得结构本身也被还原为事件，因此一切中心均被消解。从这个意义上："如果说结构主义以一种英雄气概意欲把握人为的符号世界，后结构主义则由于拒绝承认这种声称的严肃性而表现为喜剧和反英雄的特征。"②

此外，与结构主义相比，后结构主义不仅只是一种共时、系统的分析方法，同时也是一种意识形态批判，这种转换首先体现在罗兰·巴尔特的分析中，早期的巴尔特以一种结构主义的方法分析时尚、脱衣舞、运动等文化现象。发表于1966年的《叙事的结构主义分析导论》是用雅可布森和列维-斯特劳斯的模式，把叙事结构分成单位、功能、索引等等，再放到非时间性的解释框架中进行比较归类。但是随后他即转向揭秘式批评，即通过揭示文化现象的构成性而祛除使文化表现为自然的幻觉，从而达到质疑常识、偏见和官方意识形态的目的。福柯的话语理论在这种批判上走得更远，他与结构主义的区别在于，他并不将语言完全看作一个"非人"(impersonal)的体系，而是引进了"言说主体"(speaking subject)或"过程中的主体"(subject in process)的观点，尤其是将语言体系与其他社会体系相关联，对于福柯来说，没有原生态的语言，但凡语言总是使用中的语言，即话语，因此其构型是各种权力关系相互作用的产物。

后结构主义与结构主义的第三个差异在于，它不仅只是"索绪尔以后"，同时也是"弗洛伊德以后"或"索绪尔与弗洛伊德互读以后"的结果，因此在祛幻的程度上更深入了一步，揭示出不仅所指总是另一个能指，而且无意识最终也是意识言说的产物。这一立场的代表是拉康的后弗洛伊德心理分析理论。

最后需要指出的是，后结构主义与其说是一种文本分析方法或阅读技巧，不如说是一种哲学范式或政治实践，其目的是摧毁一种思想体

---

①② Raman Selden, *A Reader's Guide to Contemporary Literary Theory*, Harvester Wheatsheaf,1989,p.70.

系得以建立的逻辑以及这种逻辑背后的整个结构体制。它并不是要否认意义、真理等,而是把这一切看作一个更广更深的历史的产物,如语言、无意识、社会制度与实践等。如果把它单纯看作一种分析技巧,必然会使其走入死胡同,而无法发挥其激发现代人的第二个向度,即批判性思维的功能。

一、罗兰·巴尔特的"揭秘"批评

罗兰·巴尔特(Roland Barthes,1915—1980)从1960年起执教于巴黎高等职业学校,直到1976年才成为法兰西学院的文学符号学教授。巴尔特早期的这种学术边缘和外围地位反倒给了他一个超视的角度来审视传统学院派的批评方法,再加深受存在主义的影响,这奠定了他反本质主义的世界观,使他最初是以一个对资产阶级文化的揭秘者和一个与学院派批评传统"唱对台戏者"(writer antithetical)的面貌出现在批评论坛上。

他所揭秘或对抗的是他称之为**"信条"**(doxa)或**"神话"**(myth)的观念,即流行的、已成为理所当然、不被人觉察有什么问题的观念,因此被认为是天经地义的东西,他认为这种神话的产生是由于迷失了事物的历史本质:即忘掉了事物的**构成性**(fabrication),这就使得最后产品成了一种自然而然,不可避免的东西,所以他说神话就是"自然的声音",[①]但实际上却是打着自然旗号的历史或文化现象,而意识形态的惯用伎俩就是把两者相混同,抹掉编织的痕迹,使历史或文化的现象如同自然法则一样不可抗拒,以此来维护现状的合理性,使之永恒不变,他称这样的操作为**神秘化**(mystification),而他自己作为批评家的使命则是**揭秘**(demystify)。他揭秘的方法是抓住一个似乎没有意识形态蕴涵的中立现象,如导游手册、摔跤、环法自行车赛等,运用悖论的逻辑揭露其内涵的道德标准。对于早期的巴尔特来说,这种批评是一种卫生学,是通过向受害者展示骗局得以运作的把戏而拯救他,同时,这也是一种社会和政治的启蒙手段,借此可以使受害者成为更清醒自觉的公民。巴尔特认为实施这样的批评是知识分子的责任。他的《神话学》(1957)一书就是这样的实践,在这本书的最后一文《当今神话》中,巴尔特提出了解读神话的方法,即,1.研究符号(sign system)后面的指意

[①] John Sturrock, ed, *Structuralism and Since*, Oxford University Press, 1979, p.60.

机制(signification),2.研究直接意义(denotation)下面的喻指意义(connotation)。

正是这种揭秘的方法使作为文化批判者的巴尔特和作为文学批评家的巴尔特叠化,揭秘既是他的批评策略,又是他的批评指归。尽管他如同福柯一样,在每一本新作中都寻求超越自己的前一个立场,转向出人意料的方向,但是这一主题始终不变,构成了他所有重要的批评概念的基本意图。而他自己不断变换的立场,并不是偏离这个意图,而是正如德里达的闪烁其词、拉康的晦涩艰深一样,本身就是一种姿态,是对确定性、统一性、完整性这类神话的揭秘。

作为批评家的巴尔特在他的批评中所揭秘的对象是传统学院派批评中那些约定俗成的信条,这些信条包括,永恒、主体、意义、批评的客观性。首先,巴尔特认为传统批评关于作品的永恒艺术魅力和普世主题的观点是一种非历史的观点,是把作品与产生作品的社会条件割裂开来的批评理念,巴尔特从新马克思主义的观点出发,认为按照这种方式所阐释出来的法国文学史是最陈腐的实证主义的历史,完全是由名称和日期组成的空洞的编年史。而巴尔特早期对主体的批判则已经内含了他在后来理论中所提出的"作者之死"的观点,如在《论拉辛》(1963)中他坚决反对从作家的生平推导作品的意义的批评方法,他说:"奥莱斯提斯(Orestes,拉辛悲剧中的人物)不可与拉辛而只能与皮若斯(Pyrrhus,同一部剧中的另一个人物)做类比,而夏勒斯(Charlus,《追忆逝水年华》中的人物)不可与蒙太斯奎(Montesquiou,普鲁斯特的朋友)而只能与叙述者做类比,且叙述者不是普鲁斯特本人",也就是说,作品的意义是由作品和语言的内部差异性和关系构成的,而不是由外在实证材料所构成的。由此他对所谓意义的确定性提出质疑,传统的批评方法从实证的立场出发,认为作品只有一个单一确定的意思,那便是来自于作者,语言能够真实地再现这个意思,而批评又能够客观地把握体现在语言层面上的意义,但在巴尔特看来,作品与生活没有实证的关系,而是一种语言的构造物,语言的特征就是歧义和多义,如同神谕一般,向多种解释开放,因此任何以"对"/"错"作为评判标准的"标准化批评"都是批评的误区,批评家的责任不在于关注作品是什么意思,而在于理解它如何构成,不在于意义(significance),而在于指意(signification)。实际上传统批评的所谓客观性掩盖着一种意识形态,但是却拿出一副中立的架势,它所做的阐释是一定社会历史和思维范式的产物,但是却被给予一种普世的地位,这在巴尔特看来无疑是一种神秘化的操作。

对传统"信条"的批评观点构成了当时法国的"新批评"。对于巴尔特来说,他的新批评立场从他的第一部著作《写作的零度》(1953)起就极其鲜明。在这部著作中,他大致追溯了法国"资产阶级文学"的兴起和衰亡①,提出了一个核心概念,即**"文体"**(或**风格**),在巴尔特看来,从 1650 年到 1850 年间的法国文学并不是只有一种文体,也不存在所谓的典律,而是有多种文体。被传统批评所标榜的古典文风,即清晰简洁,并不是惟一的"标准风格",也不是法语的天生资质和内在美德,而是一个阶级的风格,即 17 世纪法国宫廷中特权阶层的语言风格,它是统治阶级说服民众的修辞手段,只是由于宫廷中语法家的宣传才使之演变成了人类语言的典范,所以巴尔特认为,这种所谓的永恒语言价值实际上只具有局部价值和政治价值,这种所谓普遍的语言只是一种"阶级俚语"。否认这些外在的决定因素,把某种语言特征标榜为内在风格,这是十足的虚伪,"它暴露了野心勃勃的资产阶级的最后的历史野心,急于把人类的全部经验都纳入自己对世界的特定看法中,并把这标榜为自然和标准的"②。巴尔特把这一过程看作资产阶级维护其统治的手段之一,按照这种操作,资产阶级生活的很多方面都会悄悄披上自然、合法、普遍、必然的外衣。巴尔特的结论是,写作即风格,所谓的"零风格"也同样是一种写法,而不是中立、自然的反映。风格是社会、历史、意识形态的产物,抹杀风格,把它看作是一种纯净的媒介,或者把特定的风格看作某种惟一、必然的写法,这是一种神秘化。

与上述观点相关联,在收录在《批评文集》(1965)的文章《作家与写作者》中,巴尔特区别了两种不同的作者,一种他称之为**"写作者"**,另一种他称之为**"作家"**,前者把语言作为手段,以此来达到超语言的目的,因此他的写作活动是及物的,即他的语言以一个自身以外的对象为目的,传达他所知道的关于世界的意义,且这种意义是确定而无歧义的。而后者的写作活动是不及物的,因为他把语言作为目的而不是手段,他所处理的是词语而不是世界。如果说前者的写作是一个主体—动词—世界的活动,后者的写作则是一种功能,"作用于自己的工具,即语言,作者就是一个以语言为材料,且作为一种功能被吸收到作品中

---

① 巴尔特所说的"资产阶级文学"指的是从 1650 年到 1850 年间的法国文学,他又称之为"古典文学"。这期间法国资产阶级经历了从上升到衰败的整个过程。

② John Sturrock, ed, *Structuralism and Since*, p.110.

的人",他"把关于世界是什么的问题完全淹没在如何写作中",①对于后者来说,文学从根本上来说是一种同义反复的活动,而写作则是一种自恋的活动。巴尔特所推崇的是后者,认为后者与语言的物质性、与能指打交道,是一个唯物主义者,而前者的写作方式把语言作为工具,反映先在的东西,因此是唯心主义的。此外,后者对语言的态度充分揭示了语言的构成性,代表着一种良心,因此是对语言的一种健康的态度,而前者的态度则是非健康的,主要表现他对语言所持的工具论的态度导致他把文学看作现实的仆人,因此他在文学立场上是反艺术的。其次,他完全无视语言自身的物质实在性,把语言看作是"一条供说话的动机通过的康庄大道",②因此压制了语言的自主性,而扩张了作者的主体性。这种立场的最后落脚点是掩盖语言作为一种符号体系本身的构成性以及它对现实的构成性,使得语言如同一个现实或生活的窗口,这也同样是一种神秘化。

  对此的矫正是用所谓的**书写者**来替代传统意义上的作者,而书写者的诞生也就是"作者之死"。在《作者之死》一文中,巴尔特认为书写者与传统意义上的作者的差别在于,后者生产作品(work),而前者只生产文本(text),在作品中,作者是先在的,他的过去经历滋养着作品的意义,他与作品的关系就如同父与子的关系;但在文本中,主体只是语言中的代词"我",它只是主语,而不是实在的人,"作者与文本同时诞生,他绝对不是一个先于写作或超越写作的存在,不是一个以作品为行为的主体,除了阐述的那一刻也没有别的时间,且每个文本都永远是此时此刻被书写。"③这从根本上否定了传统意义上作者与作品的关系,作者不再是意义的源泉,文本也不再具有记录和再现的功能,实际上,文本的概念已经宣判了"作者之死",因为文本"不是传达独一无二的'神学'意义(作者——上帝的'信息')的一行文字,而是一个多维空间,在此,各种各样的著述相互混合、冲突,却无一是本源。文本是从不计其数的文化中心抽取的一套引文。"④对于只生产这类文本的书写者来说,再也没有创新或自我表现的可能,他惟一的能力就是在"一部已经形成的字典"中混合已然的材料,如果他想表达自我,就会发现他

---

① John Sturrock, ed, *Structuralism and Since*, p.66.
② Ibid., p.67.
③④ Roland Barthes "The Death of the Author", in Raman Selden, ed., *The Theory of Criticism: From Plato to the Present: A Reader*, Longman, 1988, p.319.

所要传达的"内心实在"早已是编撰完毕的字典中的一部分,其中词汇的意义总是要由另外的词汇来解释,如此传递,无穷无尽。一旦上帝意义上的作者被取消,传统意义上的批评就失去了效用,因为在传统批评中"作者的权威也就是批评家的权威","批评分给自己的任务就是在作品之下发现作者(或其本质:社会、历史、精神、自由):一旦找到了作者,也就阐释了文本——批评家便大功告成了。"[①] 现在作者被消解,没有了文本终极意义的担保人,没有了"给文本以界限、配给文本最后的所指、封闭写作"的管理者,阐释也就堕入了无底洞,因此在巴尔特的文论中,经过一番解秘的操作以后,批评(criticism)让位于解说(或评注,commentary)、诗学(poetics)让位于文本类型学(typology),也就是说,巴尔特的新批评重心一再转移,先从传记到文本,再从具有结构框架的文本到作为一种实践的文本,从此文本是一个开放的空间,是供阅读充分施展的领地。

基于这种文本观念,巴尔特在《S/Z》中把文本分为两类,第一类他叫做**可读文本**(the lisible),第二类他叫做**可写文本**(the scriptible)。前者也就是**写作者**(ecrivant)的作品,是已完成的东西,面对这种作品,读者只是被动的消费者。现实主义的文本便属于这类文本。后者则正相反,它是**作家**(ecrivain)的文本,是未完成的过程,它没有固定的结构,可供对之实施任何方式的结构化,它不是成型的产品,可供对之实施任何方式的生产,"它允许读者发挥作用,领略能指的神奇,获得写作的快乐"。[②] 它使读者成为生产者,阅读这种意义上的文本既不是寻找文本背后的作者,也不是归纳语言现象背后的结构,而是打开"一个(充斥着来自于其他文本和代码的碎片、声音所构成的)视域,这个视域的疆界无尽地向前延展,奇妙地无限开放"。[③] 也就是说这类文本的意义不是一种,而是多种。因为它是一大堆能指,而不是所指的结构,它没有开头结尾,我们可以从几个门进去,哪个门也没资格说自己是正门,它所动员的符码没有穷尽,这些符码是什么呢?它们不是我们所期待的结构主义的意义体系,无论我们用什么体系来读解文本(马克思主义、形式主义、结构主义、心理分析),只能使文本中无尽的"声音"或更

[①] Roland Barthes "The Death of the Author", in Raman Selden, ed., *The Theory of Criticism: From Plato to the Present: A Reader*, Longman, 1988, p.320.

[②③] Ann Jefferson et al, ed., *Modern Literary Theory: A Comparative Introduction*, B. T. Batsford. Ltd., London, 1982, p.108.

多的声音活跃起来,读者由于采取不同的解读立场,就会产生不同的意义片段或意义块,这一切毫无内在联系。面对这样的文本,它的读者已经不是一个"我",而是与其他文本相关联的复合体。

当然,从严格的意义上来说,任何文本都不可能是绝对可读或可写的文本,而总是两者的结合,由于偏重的不同,因此,给予读者的参与机会也不一样,巴尔特在《文本的快乐》中又据此而把文本分为**快乐**(plaisir)和**极乐**(jouissance)两个等级。按巴尔特的分类,"快乐的文本就是那种符合、满足、准许欣悦的文本;是来自文化并和文化没有决裂的文本,和舒适的阅读实践相联系的文本",如现实主义的文本。但是如果要从这类文本中真正得到阅读快感,必须让注意力漫游、跳跃,"正是似读非读创造了伟大叙事作品的快感"。①

> 极乐的文本是把一种失落感强加于人的文本,它使读者感到不舒服(可能达到某种厌烦的程度),扰乱读者历史的、文化的、心理的各种预设,破坏他的趣味、价值观、记忆等等的一贯性,给读者和语言的关系造成危机。②

这类文本是后现代派的实验性文本。如乔伊斯的《芬尼根守灵》。对此类文本的阅读快感来自于超越单一透明的意义,尤其是来自于能够捕捉到关联、回声或参照,使文本线性的叙事流瓦解断裂,这时将产生类似于性快感的狂喜,因为"外衣裂开的地方难道不是身体最能引起性感的部分吗?……正如精神分析学正确指出的那样,正是断续性,肌肤在两块衣片之间那种断续的闪现,才是最富有性感的"。③ 但是对于任何一个拒绝拆解自己原有的文化观念的读者来说,他们在这类文本中只能感到乏味,可以想像,对于乔伊斯的《芬尼根守灵》这样的作品能有多少感到极乐的读者。可以说极乐的读者只能是巴尔特这类批评家式的读者。实际上,巴尔特能够把任何文本都变成极乐的文本,他的《S/Z》对巴尔扎克的现实主义叙事小说《萨拉辛》的分析就是一个典范。

《S/Z》是他的最有说服力的后结构主义批评实践。在此之前,尽管他的关注也在文本的符号构成性上,但还是把批评对象作为一个体

---

① Raman Selden, *A Reader's Guide to Contemporary Literary Theory*, Harvester Wheatsheaf, 1989, p.79.
② John Sturrock, ed, *Structuralism and Since*, p.118.
③ Ibid., p.117.

系来分析，从《S/Z》开始，体系被打破了。在此，《萨拉辛》这部短篇小说被分解成561个阅读单元(lexies)，这些又被放进五种编码中依次读解，这五种编码分别是：阐释、语义、象征、行动、文化。

阐释编码(the hermeneutic code)也就是"讲故事的编码"，它们的功能在于制造悬念、预设迷障，并随着故事的发展，揭开谜底，化解悬念，使真相大白。如《萨拉辛》这个标题本身就是阐释编码的一例，它使读者立即产生"这是谁"的问题，这个问题使读者进入故事真正的谜团，即围绕萨拉辛所狂恋的 La Zambinella 的谜团，在找到"她是谁"的答案之前，小说铺衬出一个又一个的悬念：她是个女人（陷阱），是个外星人（歧义），没人知道（干扰），随着故事的发展，才慢慢真相大白："她"实际上是个男扮女装的阉人歌手。

语义编码(the semiotic code)也就是暗示、影射或联想的编码，比如，故事的第4个阅读元"波旁王朝爱丽舍宫的大钟把子夜唤醒"暗指不义之财，因为波旁王朝复辟的巴黎是一个财路不明、暴发户聚集的地方。因此语义编码也是决定主题的编码。

象征编码(the symbolic code)和语义编码承担类似的职责，同时关涉对仗、反题、反差、反比，可使意义多元化，可互转，它们标志着人物可能卷入的性或心理分析的关系模式，如萨拉辛第一次出现时，是在一个"父与子"的象征关系中出场的，当他要成为艺术家时，与父亲发生矛盾，雕塑家 Bouchardon 代替了母亲的角色，调和了父子关系。

行动编码(the proairetic code)关涉行动的序列，比如在第95到101阅读元之间，叙事者的女友碰了一下老迈的阉人歌手，出了一身冷汗，惊动了大家，她则吓得钻进旁边的屋中，藏在沙发里。巴尔特把这个序列归化为对触摸这个动作的五步编码：触摸、惊吓、惊动大家、吓跑、藏身。它们虽被读者下意识地看作自然描写，实际上是符号的编码。

文化编码(the cultural code)包括对文本以外的社会所产生的共同知识的参照，这种编码表现为公理的、集合的、无人称的和命令的语态，如《萨拉辛》开头的这句话："我沉浸在深深的默想中，那是一种在喧闹的晚会上一般人都会产生的默想，即便是轻薄人也不例外。"这其中包括社会体系所公认的常识和文化标准，如"一般人都会产生的默想"，"轻薄人"，这些都是毋庸置疑、无需解释的，而文化编码的功能就在于证实这些公认准则的权威性。这种编码最常见的形式是"众所周知"，"某个"。

这种方法的价值不在于这五种编码的性质,也不在于它们是否全面,而在于一种批评的理念,即文本是编码而成的,"五种编码创造了一个网络,一个整个文本从中穿越的'地图',(换句话说,在如此穿越的过程中文本得以构成)。"①但是,这五种编码与结构主义诗学的叙事语法又不相同,它们不是"地毯上的图案",不是索绪尔意义上的语言(langue),而是言语(parole),而且作为言语,它们与文化中的其他言语一样,并没有什么内在的文学性,也不指涉现实,作为编码,它们指涉的是先在的文本,构成一种"写法"(ecriture)。在此,巴尔特不仅彻底打破了传统批评最后归拢主题意义的做法,使意义散发了,并且更彻底地打破了现实主义的幻觉,表明所谓的表征或再现不过是一种编码的方式。他选择了一篇经典现实主义的短篇小说,而不是诸如先锋派的极乐文本来实施这样的分析,是有意而为。借此,他证明,甚至在所谓的现实主义文本中都内在具有后结构主义的原则,还有什么文本能继续维持所谓原创、作者、真理、再现这类的神话?由此他把揭秘批评的方法做了充分的展示。

二、福柯的话语理论

米歇尔·福柯(Michel Foucault,1926—1984)是法国著名的思想家,他曾经在克莱蒙·弗朗大学教授哲学,后到巴黎,从 1970 年到去世执教于法兰西学院,担任思想体系史教授。然而从他的就职演讲论文《关于语言的话语》中可以看出福柯的思想体系史概念却完全推翻了传统的研究方法,整个消解了这个领域,而代之以互不连接、不呈现深度的话语系列。他随处所见没有别的,就是话语,在这个术语名下,他归拢了所有文化生活的形式和范畴,包括他自己对话语实施批评的"知识考古学"他也称作"关于话语的话语"。那么什么是话语?海登·怀特认为这可以用福柯对"风格"的界定来说明,即:"某种恒定的言说方式",②在福柯看来,方式也构成内容,因为这种方式,从根本上来说,也就是这样一种潜能,它可以以不同的方式说同样的事情,而这不同的说法也就使同样的事情具有了不同的性质,比如在《疯癫与文明》中,他

---

① Ann Jefferson et al, ed., *Modern Literary Theory: A Comparative Introduction*, B. T. Batsford Ltd., London,1982, p.109.

② John Sturrock, ed, *Structuralism and Since*, p.86.

认为对于疯癫,不同的历史时代就有着不同的界定。自从中世纪后期产生了关于疯癫的话语以来,这一话语模式经历了四次转换,16 世纪时疯癫不再是神智的标志,而是被看作一种特殊的人类的智慧。到了 17、18 世纪,即福柯所说的古典时代,疯癫者被看作与游手好闲者一类的人,而懒散在当时被认为是最败坏社会风气的恶习,因此疯子被与罪犯关押在一起;19 世纪,疯癫不再与罪过相等同,而被认为是一种疾病,需要治疗,于是疯子被关进疯人院看护。到了 20 世纪,弗洛伊德对精神病的研究消解了疯与清醒之间的严格界限,他第一次使非理性的声音被倾听,并从非理性中看到了理性,但是他同时也使疯癫受制于心理分析医生的权威之下。上述关于疯癫的"说法"与其说是形式,不如说构成了内容本身。这表明话语没有本源,它产生于一个比喻的空间,它在拒绝"实在的空无"的同时又反映了这种空无,实际上它总是回到自身,把自己说话的形式当作所指,它的结束与开头一样任意,但是在使之出现的虚无之处流下一些词语的东西,这就是话语的本质。因此话语的最典型的辞格特征就是误用(catachresis)。①

那么如何确定一种说法合理或不合理,这就不能从话语与"物的秩序"的对应与否去寻找,而只能从话语的规定中去发现。对话语的规定既有外部的,也有内部的,其外部的规定所遵循的是"排异原则",它包括一些禁忌,即规定可说与不可说、以什么方式说才算合适、谁能说与谁不能说等等,其中最严格的禁忌表现在有关性和政治的话题上。除此之外还有一种划分和拒绝,即对理性与疯癫的划分和对后者的拒绝,在福柯看来,自中世纪以来,无论人们怎么看待疯癫,疯癫都不存在,疯子的话总是一种噪音,只有在戏剧中,在一种象征的意义上才让疯子说话,但那样说出来的话不过是伪装下的"真理",还是以理性为内涵。即使在 20 世纪的所谓能够倾听疯癫话语的心理分析中,在听者和说者之间也存在着断裂,以医生的阐释为准。在各种"排异原则"中,福柯认为最具统摄作用的是真理与谬误的区分,上述两项禁忌和区分最后总是趋向这一终极划分,以这一划分为基础,各种禁忌便能够打着知识和真理的幌子而具有了自然法则的威力。

话语的内部规定包括分类、排序和分配原则,遵循"从属原则",即,次文本或评述对主文本的从属、对作者的从属、对学科规则的从属。福柯指出,每个社会都有一套可重述、演化的"主叙事"(major

---

① See John Sturrock, ed, *Structuralism and Since*.

narrative)、公式、仪式化的文本,这些被说过一次的事情从此后被人们所保留,因为人们认为其中蕴藏着秘密或财富,如宗教或司法文本、文学或科学文本,其他话语都是对此的评述,前者又被称为原初文本,后者则是次级文本,后者的使命是再现前者,要"说出已经说过的、但从未被说出来的东西",追求"复述"和"同一"。与这一从属相辅相成的是对作者的从属,所谓作者就是"一组写作或陈述中的统一原则,是所有这一切的意义的本原,是其内在统一的基础"。① 福柯的作者概念包括科学发明者、提出某一定理或公式者、文学或哲学文本的写作者。就文学文本的作者来说,也就是给虚构作品的语言注入统一性、内在逻辑性和与现实的联系性的人。"保证在他名下发表的作品的统一性,揭示作品所蕴涵的意义,用自己的个人生活来解释那产生其作品的经历和故事。"② 评述则应寻求与此"原义"等同。与上述两种从属相比,对学科规则的从属就更加复杂和强制,这是由众多因素所决定的一个匿名的体系,它不是某个人的发明,而是由人人可用的对象、方法、真实命题、规则、定义所组成,它是一种范式,一个陈述的真与伪只有在这个范式中才能区分,否则,就等于落入深渊,不会得到任何反响。福柯以 19 世纪奥地利遗传学家蒙代尔(Gregor Jonann Mendel,1822—1884)的学说遭冷遇为例,说明要想说出真理,必须"已经在真理中",而蒙代尔的学说所研究的是全新的对象,提出的是全新的观点,完全不被他同时代的生物学理论所了解,这就违反了话语政策的规范,因此他的研究成果必然落入空旷,无人问津。

话语的外部规定的"排异原则"在横向维度管理话语,内部规定的"从属原则"则负责纵向维度的管理。在实际的话语限制中它们密不可分,不仅规范话语,同时也生产话语,且正是通过限制来进行生产,其最有效、最社会化的大生产就是通过教育,教育体制使人们进入并生产合规范的话语,"疯癫语"之类的不合标准的话语则被净化出去。任何一个教育制度都是一种政治手段,用以维护或更改对话语的接受情况。

但是这些被认为理所当然的限定本身的合法性又由什么确定呢?福柯的回答是:权力。他认为话语的分配、禁忌或允诺都是沿着早已建立的社会冲突的战线展开的。某种话语一旦在冲突中获胜,就成为真理、学问、知识、总体,构成一个时代的人们走不出来的正规"档案"

---

①② Michel Foucault, "The Discourse on Language", in *Critical Theory since 1965*, ed, Hazard Adams and Leroy Searle, Florida State University Press,1985, p. 153.

(archives)和"知识型"(episteme),因为某种话语一旦成为真理,真理本身就掩盖了真理意志(will to truth)以及这种意志的运作和变换,就使得话语本身的辞格性、建构性隐去,而呈现为带有普遍性的所指,人们再也意识不到真理意志及其排异的使命。

但是在历史上也不乏有远见卓识者,福柯所崇拜的是尼采和巴塔耶等,他们反抗这种真理意志,如尼采认为真理意志其实就是权力意志,他寻求以这种新的认识来推翻传统的真理、道德观念的独断统治。福柯在作为他任法兰西学院的思想体系史教授的就职演讲中宣布,他此后的研究便以这些人为路标,其实这也是对他前期工作的总结。福柯一直把自己研究思想体系史的工作任务定位为:质疑真理意志,把话语看作一个事件,废除能指的统治。这三个任务实际上是一个大任务的三个方面,即揭穿话语的构成性。

福柯认为自柏拉图以来真理意志就是内在于西方思想史的一个幽灵,它总是掩盖话语的欲望与权力目的,而声称为真理服务,总是寻求将其能指变成所指,这便构成了我们的知识意志(will to knowledge)的普遍形式。我们认为所谓的知识就是与真实的对等,因此也就是真理。但是福柯认为,首先,真理的本原是任意的。真理观本身就是一个历史的产物,对于古代希腊诗人来说,真正的话语是神谕,话语本身的目的是施展权威,而不是为了到达所指,但自智者派被击败以来,这种权威性从说话本身转换到了所说的内容、意义上来,语言被与实在相等同,而这在福柯看来是词对物的一种暴力,因为所谓的真理话语只是一种辞格表达,而占主导地位的表达是由制度体系强加和操作的。其次,真理观所标榜的普世和永恒也是建构的产物,这可以从不同时代"知识型"的变换上来说明。福柯在《物的秩序》中描述了四种"知识型"的内在逻辑:等同和相似(16 世纪,resemblance)、临近和关系(17、18 世纪)、类比和接续(19 世纪)、表层与深度(20 世纪)。不同时代的人就被把握在不同的话语体系中。如英国诗人约翰·邓恩在他的《忠诚》一诗中不直接述说任何事物,而全以宏观的宇宙运动来类比微观的身体反映,他的颤抖如地震,他的晕厥如日食。这便反映了中世纪的思维范式,但是他并没有意识到,因为他就是以这种范式阐释世界万物的。而18 世纪的人认为知识、人都是永恒和普世的,因此不仅物理学,甚至社会学都尝试使知识普遍数学化。但 19 世纪认为邻近性和空间化无法反映真实,于是又重新构造了知识领域,放弃了前面的范式,而代之以类比和时间化的接续,因此又大量产生历史哲学(黑格尔、马克思等)

和历史叙事(米契雷等),这些著作充满了时代感,它们希望能通过研究"生活、劳动、语言"这些活动在时间中的进化而发现其深层统一性,并揭示其本原所在。但是20世纪认识到19世纪的知识所竭力追索的本原也在竭力从实证主义的研究中隐退,这种研究既没有揭示出本原,也没有揭示出主体,反而揭示出,无论知识如何追寻,它所找到的永远是差异和变化,而在深层制约这个变动不居的表层的是欲望、身体、无意识。因此在20世纪,占主导地位的学科是人种学、心理分析学和语言学,并都给语言以特殊地位。

这些变化说明,话语只是一个事件,不同的时代有不同的话语构型方式,但每一种方式又有一个共性,即都被同一性的神话所束缚,即用能指去同化所指,这便是福柯所说的能指的专断,似乎话语是一个不变的、自然的、毫无暴力的东西。这种求知意志不仅掩盖了语言的物质性,也掩盖了话语构型过程中的排异和限制机制。

福柯认为这是一种"恐词证",是西方哲学史的一种痼疾。自从柏拉图以来,西方思想史就一直致力于确保在思想和语言之间不留余地,即让语言完整、充足地再现意义,使语言只是一个纯净的媒介,沟通主体与世界。这种对语言的现实性、物质性的回避在现代则表现为三种众所周知的形式,即话语是作为奠基者的主体所传达的意思,在此,语言只是工具,本身是空洞的,一切都由于主体的目的性而充实起来。其次,话语是对作为意义源泉的个体经验的传达,与主体的功能类似,这种经验是先在于语言、先在于"我思"的存在,语言只需对此言说、命名、解读。第三,语言是一种普世的媒介,一种逻各斯的运动,总能把特殊变成一般,使直接经验变成理性成分。隐藏在这种根深蒂固的恐惧症背后的其实是寻求控制的权力欲望,因为话语的狂欢、意义的多元是一件危险的事情,直接威胁着占统治地位的主体、理性、大一统的体制对同一性和秩序的要求。

对此,福柯提出了四种方法论对策:第一,逆向原则(reversal),即针对话语再现本原的声称,揭露那些净化和删除另类话语的否定性活动。第二,非连续性原则(discontinuity),即同时认识到世界并不是因此就由连成一个整体的话语组成,话语是非连续性的,有时聚合,但大多分化。第三,具体性原则(specificity),这一原则认为任何话语都不是由先于指意过程的体系决定,世界并没有提供给我们一个蕴涵着意义、只等我们去解码的东西,任何话语都是对事物所施的暴力或强加于其上的实践,话语的规律就产生于这个实践。第四,外在性原则

(exteriority),这个原则要求我们不要试图找到话语所隐藏的核心或思想和意义的本原,而是考察话语、其表现形式、规律得以存在的外部条件、使事件得以偶然成为一个序列的条件并确定其界限。[①] 于是针对传统思想史所使用的诸如指意、原创这些概念,福柯对之以事件序列和规律及可能的存在条件。针对传统思想史的分析方法,福柯提出了他自己的两步分析,第一步分析,他叫做"批判性"(critical)分析,使用的是第一个原则,以大量无人问津的档案为材料,考察了关于疯癫与理性、疾病与健康、惩罚与规训、科学与知识等话语的存在条件。

这种方法其实也就是他前期所使用的"知识考古学"的方法。这在福柯看来是与思想史完全不同的一种思想范式,在他的《知识考古学》(1972)中,他认为思想史的重要主题是起源、连续性、总体化,因此思想史的研究方法是首先"讲述邻近的和边缘的历史。它不讲述科学的历史,而讲述那些不完整的、不严格的知识的历史……"(《知识考古学》,173)也就是说,它并不分析某种学科的存在样式以及现存样式得以形成的历史条件,而是描述某些学科的"从非哲学到哲学、非科学性到科学,从非文学到作品本身的过渡",包括它们的起源、完善、定型、互相转化,这表明,思想史研究方法的前提是,某个知识领域表征某种先在的真理或某种话语记载直接的经验,这是毋庸置疑的,它所描述的只是表征形式如何在历史的长河中不断完善、精确,越来越接近对真理和实在的完美再现。如此描绘出来的知识体系便可成为今后不加质疑加以引用的权威话语。其次,它也描绘有些体系如何解体而被新的体系所替代。因此"思想史是一门起始和终止的学科,是模糊的连续性和归返的描述,是在历史的线性形式中发展的重建。"(《知识考古学》174)最后,与之方法论前提相关联的是,它必然描绘在哲学领域形成的问题、概念、主题怎样向科学或政治领域转换,成为其理论基石,同时它也"在作品与机置、习俗或社交活动、技术、需求和无声的实践之间建立联系",(《知识考古学》,175)也就是说,它总是从背景中提炼出最后成型的东西,这背景便是本源,并积淀在最后结晶中,使得一个学科最后成为同心圆的圆心,把在其增长和发展的进程中有关联的零散知识构成思想的体系。

考古学的方法恰恰是对思想史的摈弃,是对它的前提和程序的有系统的拒绝。首先在前提上考古学就不认同本原、真理、再现,它拒绝

[①] Michel Foucault, "The Discourse on Language," in *Critical Theory since 1965*, p.158.

阐释学的方法，并不把话语当作指涉话语背后的意义的符号，而是认为话语本身就是一种实践，实践本身形成了它们言说的对象。这意味着考古学在程序上不寻求发现连续和过渡，"不想缓慢地从观念的模糊领域走向体系的具体性或科学的最终稳定性；它不是一部'光荣经'，而是对话语的形态做出分析"。因此，对于考古学来说，作品不是一个适当的分割单位，因为它不是作者独创或主体性的表征，而是对话语规则的运用，相同的规则支配着同一个知识体系中的话语，不同的作品只是不同的话语实践类型而已。考古学最后的落脚点就是描绘话语实践得以实施的整个知识体系中的关系，由此显现出决定可说与不可说、真理与谬误、谁能说与谁不能说等差异运作的机制所在。

福柯早期的著作基本都是沿着这种思路展开，如《疯癫与文明》（1661）、《诊所的诞生》（1963）、《物的秩序》（1966），这些作品分别是关于心理治疗、医药和人文科学的，但它们所要描绘的不是这些学科知识与真实状况的对应，而是描绘在不同时代的西方文化史中，官方话语如何对待、归类和分布诸如疯癫、健康、知识这类非实体的东西。通过这样的描绘，福柯表明诸如疯狂与清醒、疾病与健康、真理与谬误之间的区分总是特定时代占统治地位的话语模式所产生的功能，这些模式并不像思想史所描绘的那样是假设与观察、理论与实践反复搓和的自然产物，而是正相反，它们是一个时代中盛行的认知范式，因此是产生理论与实践的思想基础。福柯自称这种方法是打入思想史的一个楔子（《知识考古学》，160），直插思想或观念的根部，发现其本原其实是偶然性、不连续性和（语言本身的）物质性。

福柯所说的第二步分析，即谱系学的分析。所谓"谱系学"并不是与"考古学"或"批判"分析断裂的另一种方法，而是把前者提出的一系列关注扩大了范围、进行了进一步考察，当然两者也有区别，但是这种区别不是对象和领域的区别，而是攻击点、角度和范围的不同，"考古学"或"批判"所分析的是话语置身其中的体系，它试图分辨出来的是排序、排斥、话语稀少性等原则。而"谱系学"的分析则质疑话语如何形成、如何被控制和如何发挥作用，这必然使他质疑权力。福柯所说的话语权力不是个人权威，甚至不是司法和国家机器，而是处于弥散状态的东西，无所不在，来自各方，它"不是一个机构，不是一种结构，也不是我们具有的某种力量；它是人们给特定社会中一种复杂的战略形势所起的名字"。① 权力的弥散性、复杂性和战略性就在于"与它的关系内在于各种关系(经济、政治,等等),它自下而上,与它的关系既是有意的,又是非主体的",②因为它与科学、知识、真理,与理所当然的常识、公理相混同,它表现在对其他事情的言说中,人们浑然不觉地受着它的制约,这就是它的有效性。因此它是肯定性的,即生产性的,它构造出言说对象,并肯定或否定哪些是真实陈述、哪些是错误陈述,它借此铸造人的观念,管理人的身体、规范人的行为,创造大一统的社会和文化,后者反过来又变成无所不在的"监视",迫使人与之认同。

福柯在《关于语言的话语》的结尾表明,如此分析话语并不是要揭示话语的一种意义的普遍性,而是要阐明强加稀少性的行动和权力的肯定性,于是自然会引出关于话语的最后一个疑问,即福柯的关于话语的话语应该如何定位。对此,他语焉不详,不过他称自己的批评为"诊断",他的目的是揭示那个既制约话语活动,也制约非话语活动的体制的"病理学",因此他在"智慧"中看到"疯癫",在"知识"中看到"愚昧",由此他便拆解了结构自足的完整性。从这个意义上来说,与罗兰·巴尔特的"揭秘"批评异曲同工。这是后结构的特征之一。因此福柯说那些称他为结构主义者的人都是些词汇贫乏的人。

三、拉康的心理分析理论

法国精神分析学家雅克·拉康(Jacques Lacan,1901—1981)是对当代人文学术影响深远的少数几位处于核心位置的思想大师之一。拉康最初接受的是精神病学的训练,随后参加超现实主义文艺运动,并接触到弗洛伊德的精神分析学。1936 年 7 月,在捷克召开的第 14 届国际精神分析学大会上,拉康宣读了一篇论"镜像阶段"的论文,从此正式步入精神分析学界,并由此开始了与国际主流精神分析学派长达数十年的斗争。从 1953 年起,直到他逝世前一年,拉康在巴黎开设每周一次的教学研讨班。可以说,拉康主要是以研讨班讲演这种知识生产方式,通过影响其他思想家的著作而进入巴黎的思想生活的。事实上,结构主义和后结构主义时代的每一位重要的法国思想家,都从拉康那里受益匪浅。批评家罗兰·巴尔特和朱丽叶·克莉斯蒂娃,哲学家米歇

---

① 李银河:《福柯与性》,山东人民出版社,2001 年,第 94 页。
② John Sturrock, ed, *Structuralism and Since*, p.109.

尔·福柯、路易·阿尔都塞和雅克·德里达等人,都既参加过一段时间的拉康研讨班,也卷入过由拉康的讲课所引发的一般性争论。拉康的主要著作是1966年出版的《文集》,此书收集了拉康此前的几乎所有重要的文章,浓缩了拉康30多年学术思想的精华。

拉康的理论冒险是以"回归弗洛伊德"这句响亮的口号而著称于世的。拉康认为,精神分析运动的历程大致可划分为三个阶段:第一是弗洛伊德最初创立精神分析学的阶段;第二是"自我心理学"派对弗洛伊德的遗忘或压抑的阶段;第三就是拉康自己"回归弗洛伊德"的阶段。对拉康来说,"回归弗洛伊德"是这样一种不懈的努力:通过重新阅读弗洛伊德的文本,把弗洛伊德的思想真谛从后世作者堆积其上的陈腐注解和平庸阐释的枯枝败叶中重新发掘出来。正如他自己所说的,"'回归弗洛伊德'的意义就是对弗洛伊德的意义的回归"。① 那么,弗洛伊德的"意义"是什么呢?在拉康看来,它就是弗洛伊德在早期做出的堪称哥白尼式认识革命的对人类心理的无意识的发现,"由于这个发现,人的真正中心不再是在整个人道主义传统为它指定的地方了"。② 也就是说,弗洛伊德的发现表明,人的中心不再是人们一直以为的意识的自我,而是拉康所谓的无意识的主体。所以,拉康所倡导的"回归弗洛伊德"就是回到弗洛伊德对无意识的基本发现,在那里去探寻主体的真理。可以说,对人类主体性问题的思考构成了拉康理论事业的核心。正如拉康自己所说的:"精神分析既不是一种世界观,也不是一种声称提供打开宇宙奥秘之门的钥匙的哲学。它受制于这样一种特定的目标,此目标历史上被界定为是对主体概念的详尽阐发。"③

如果说弗洛伊德的主体概念以他的第二个理论模型——即本我—自我—超我这一人格三元结构(以自我为核心)为其最终理论形态,那么拉康也并非对应地提出了一个三元组合的理论模型——即想像(the imaginary)—象征(the symbolic)—真实(the real)④组成的"人类现实性的三大界域(register)",它们也是组织人类所有经验的三种秩序(order)。拉康的这个界域三分法,并非只针对纯心理界,而且也更是

---

① Lacan, *Écrits*: *A Selection*, trans. Alan Sheridan, New York: Norton, 1977, p.117.
② Ibid., p.114.
③ 转引自 Robert Con Davis and Ronald Schleifer, *Criticism and Culture*: *The Role of Critique in Modern Literary Theory*, London: Longman Group UK Limited, 1991, p.84.
④ 拉康对想像(the imaginary)、象征(the symbolic)和真实(the real)这三个术语的用法是将形容词名词化,其意义指涉比较灵活,即指界域或秩序,也指认知的性质或功能。

针对生存或存在界的,因此基本上是一种哲学性的而非心理学性的划分。这三个界域或秩序为主体面对或身处的三个存在级次,即形象的或想像的存在层、象征的或能指的存在层,以及实在的或真理的存在层。

在这三个秩序中,想像秩序最先由拉康在1936年论"镜像阶段"的论文中提出。镜像阶段论的灵感来自于生态学的研究,后者把动物的行为模式与对特定的视觉形象的感知联系起来。拉康据此提出一种类似的"想像"功能也在人类身上起作用。在"镜像阶段",6至18个月大的婴儿当它认同于一个身体形象——无论是它自己的镜像,还是养育者或与己相像者的形象——时,就形成了最初级的心理生活形式。在拉康看来,**想像**指的是那种由形象(意识或无意识的、感知的或幻想的)所控导的基本的和持久的经验维度,是在镜像阶段的原初认同中建立起来的心理构成力量;这种心理力量一直延伸到个体成年后对他人以及外部世界的经验之中,因此,只要发现主体内部、主体彼此之间或主体与事物之间存在不切合现实的认同,则必然是**想像**在起作用。在想像秩序中出现的对象为孤立的、虚幻的存在,自我亦在此形象认同中形成并确立自身。将传统的"自主的自我"界定为一种想像的构成,是拉康挑战传统主体观念的重要的第一步。

在拉康作于1953年的《罗马报告》即《言语和语言在精神分析学中的功能和范围》中,象征秩序开始走上拉康理论的前台。列维－斯特劳斯、马塞尔·毛斯等人的人类学中有关社会秩序是由某些规范亲属关系和礼物交换的法则所结构的观点给拉康的象征秩序概念提供了理论基础。因此,礼物的概念,以及交换的循环的概念,对于拉康的象征秩序概念来说是至关重要的。既然最基本的交换形式是语言交流本身(即作为言语之礼物的语词的交换),而且**法则**和**结构**如果没有**语言**是不可思议的,那么象征秩序基本上是一种语言的维度,精神分析经验中任何具有语言结构的方面(如症候、无意识等)因而都与象征秩序相关。对拉康来说,语言的基本成分是能指,而他所说的象征(symbol)不是像(icon),也不是风格化的图案,而是能指,因此,所谓象征秩序即为能指的秩序。能指是本身没有意义的差异因素,没有肯定的存在,象征秩序纯粹由它们相互间的差异关系构成。因此,象征秩序是变动的领域而不是固定的领域,是差异性的领域而不是相似性的领域。象征秩序也是拉康称之为大他者的根本他异性的领域,"无意识是这个大他者的话语",因而完全属于象征秩序。象征秩序是规范俄狄浦斯情结的欲望的法则的领域,它是相对于自然的想像秩序的文化的领域。象征秩序也是死亡、缺场和欠缺的领域。象征秩序既是调节与物之距离的快乐原则,也是通过重复而超越快乐原则的死亡冲动,事实上,"死亡冲动只是象征秩序的面具"①。象征秩序是自主的,这一方面是说它与真实秩序并没有必然的关联,它不是由生物学或遗传学决定的"上层建筑","并没有生物学,而且尤其是遗传学的原因来说明异族通婚制度。在人类秩序中……一种新功能完全是无中生有地形成的,包括整个秩序本身。"②因此,尽管象征秩序看起来似乎"来自于先定的真实秩序",但这是一个幻觉,"人们不应该认为象征实际上来自于真实界"。③ 从另一方面来说,人是说话的存在,但首先是象征使他成为了人。不能把象征秩序设想为由人所建构,相反,是它建构了人。因此,象征秩序是人的主体性得以建构的领域,对拉康来说,主体的现实是象征秩序。

在这三个界域或秩序中,真实域是最为扑朔迷离的一个,亦是拉康后期理论探讨的重心所在。拉康对"真实"(the real)这一概念的用法严格区别于经验性的概念"现实"(reality),**真实**是本体论层次上的概念。"现实"是由想像域和象征域共同作用的结果,而**真实**则是超现实的,也就是说,它不仅与**想像**对立,而且也处在**象征**之外。这意味着,真实域既不可能在想像域中被形象化,也不可能被象征域所表征;它是被彻底排斥的,完全无法认知的。按拉康的说法,"**真实**是不可能的","**上帝**属于真实域"。**真实**是纯粹的、无差异的和抵制象征化的力量或效果。因此,处于创伤之核心的正是某种真实的经验。不过,**真实**不仅仅是指称某种外在于个体的未知物,它也与机体需要的那种不可言喻的骚动以及身体的无意识性相关。

在拉康看来,**想像**、**象征**和**真实**这三个组织人类经验的生存域构成了主体存在的三个维面。处于想像域的是自我(此为想像认同的产物),处于象征域的是主体"我"(此为象征建构的产物),处于真实域的是无意识主体"它"(即主体的"自身"[self]或"本我")。在《罗马报告》中,拉康对人类主体性的这一三元结构作了明确的描述:

---

① Lacan, *The Seminar. Book* Ⅱ. *The Ego in Freud's Theory and in the Technique of Psychoanalysis*, 1954—1955, trans. Sylvana Tomaselli, notes by Jone Forrester, New York: Norton, 1988, p.326.
② Ibid., p.29.
③ Ibid., p.238.

因此，如果要解除主体的异化，就必须始终在主体的自我（moi）和他的话语的"我"（je）的关系中来理解话语的意义。但如果你拘泥于这种看法，即认为主体的自我（moi）和那个正在对你说话的在场者是一回事，那么你就不可能做到这一点。①

这段话表明，拉康式的主体是三个不同要素的不稳定的共存。首先是"那个正在对你说话的"真实的"在场者"，即那个说话的身体（"它"），它是实际发言行为的无意识主体。其次是那个说话的身体的话语中的"我"（je）所意指的象征主体，即实际说出的陈述的主体。拉康常用"消隐"（fading）这一比喻来描述那个说话的身体在它说出的话语的能指链下消失的情境，而正是这一能指链将主体构建为人格性的"我"（je）。主体的第三个要素即是在镜像阶段构建的想像的自我（moi），它赋予了主体一个它实际上欠缺的身份。

拉康的主体性理论对当代意识形态理论、电影理论、女性主义理论、文学批评等有着广泛深入的影响。就文学批评而言，拉康自己对一些文学作品的解读就堪称文本分析的典范。例如拉康广被征引的对美国作家爱伦·坡的短篇小说《被窃的信》的分析就是一个精彩的实例。坡的小说讲述的是一个双重窃信的故事：大臣盗走王后的信，侦探杜宾又从大臣处把信窃回；两个故事场景分别涉及不同的人物，但却具有相同的结构。当然，拉康分析这篇小说的目的不是要进行一般意义上的文学批评，坡的小说本身只是他拿来演示自己的理论观点的材料，即"通过在一篇故事中展示主体从能指的旅程中接受决定性的定向"来说明"象征秩序对主体来说是建构性的"。在拉康看来，坡的这篇小说展现了一种欲望的结构，这种结构以三角形式把人物分类，并且只有通过人物之间的差异才重复出现。这些人物随着信（能指）的移位而相互交换位置，并因此而改变其主体身份。信在这里不是作为一个意义单位（所指）起作用，而是作为能产生某种效果的能指起作用。当它迁移时，它将不同的意义吸于自身，它介入不同的权力关系并决定主体之所是和之所为。于是，在拉康的解读下，坡的小说成为了一个关于能指对主体的建构功能的寓言。正是对信（能指）如何决定了主体的行为和命运的强调，使拉康的文本分析既不同于专注作者和人物心理的传统精神分析批评，也不同于沉湎于纯粹的语义和结构分析的形式主义

---

① Lacan, *Écrits: A Selection*, p.90.

批评,拉康关注的是文本形式结构所能启示的主体的真理,而这一点正是他成为当代意识形态批评的灵感源泉的原因。

四、德里达的解构主义理论

法国哲学家雅克·德里达(Jacques Derrida, 1930—2004)1930 年出生于法属殖民地阿尔及利亚的埃尔比亚尔——一个在地理和文化上都处于法国边缘位置的地方。这种出生身份上的边缘感,对于形成他向中心、权威挑战的情结肯定不无影响。德里达于 1952 年秋考入法国思想精英的摇篮——巴黎高等师范学校,在让·依波利特、路易·阿尔都塞等名师的指点下广泛阅读西方哲学经典名著,为他日后从事对西方形而上学传统的解构工作奠定了坚实的基础。1966 年,初出茅庐的德里达在美国巴尔的摩的约翰·霍普金斯大学举行的一次名为"批评语言与人文科学"的学术讨论会上,宣读了一篇题为《人文科学话语中的结构、符号和游戏》的论文,首次向结构主义的宗师列维-斯特劳斯的理论观点发难,从而在美国引发了一场曾盛极一时的解构主义运动,并成为该运动最重要的核心领袖。1967 年,德里达一口气出版了三本极具分量的学术著作:《声音与现象》、《论文字学》和《书写与差异》,此三本书被认为是解构主义理论的奠基之作,同时也奠定了德里达在当代理论话语场中的地位。

在西方当代理论舞台上,德里达是以形而上学传统的解构者的形象登场的。在德里达看来,西方自前苏格拉底直到海德格尔的哲学传统均具有他所谓的"逻各斯中心主义"的倾向,即相信世界存在着作为真理本源的最终现实或中心,这样一种信念成为了西方人思想和行为的基础。因此,西方形而上学发明了许多词来作为中心:上帝、理性、起源、存在、本质、真理、人性、开端、终结、自我等等,每一个这样的词都可以作为一个自足和自我起源的概念起作用,从而成为能够为所有其他事物赋予意义的"超越的能指"和一切符号都指向它的"超越的所指"。这种渴求中心的倾向必然导致一种二元对立的思维方式,因为在一个统一体中确立一个中心自然就意味着另一项被去中心。因此,在每一个二元对立组中,其中一项必定优于另一项,并对另一项施行统治,比如上帝/人类、人类/动物、文化/自然、真理/谎言、灵魂/肉体、男/女、善/恶、高/低、明/暗等等。德里达认为,西方形而上学的一个根深蒂固的二元对立观念是崇言语而贬文字,比如亚里士多德所表明的:"言语是心境的符号,文字是言语的符号。"之所以形成心境/言语/文字这样一个等级次序,乃是因为在传统哲学看来,言语作为第一符号的创造者,与心灵有着本质的直接贴近的关系,它不只是普普通通的简单能指,言语最接近所指,无论这种所指是被严格地确定为意义还是随便地视为事物。于是,相对于言语与心灵的密切联系,所有的能指都是派生的,文字能指尤其如此。据此,德里达指出,逻各斯中心主义不过是一种言语中心主义:它主张言语与存在绝对贴近,言语与存在的意义绝对贴近,言语与意义的理想性绝对贴近。而文字作为言语的机械的、呆板的抄录,作为中介的中介,是处在意义的外在性中的。逻各斯中心主义或言语中心主义这种对言语的推崇和对文字的贬低,乃是一种对"在场"的确定性的渴望。因为言语(说话)意味着说话者的在场,而说话者的在场则确保了其通过言语传达的思想的可靠性,我们则通过其"活的声音"可以直接地、准确无误地理解其所要表达的意思。在这个意义上,言语就是透明的媒介,其功能在于直接呈现所指(意义或事物)的在场。与此相反,文字只是对言语的"活的声音"的复写,其僵死的物质性存在成为直接呈现意义的透明性的障碍,因此,文字是无生命的、异化的表现方式,它是对所指意义的歪曲、掩蔽。那么,如果说言语意味着在场,文字则意指不在场。这样,逻各斯中心主义或言语中心主义就构筑了一个最根本的二元对立:在场/不在场。因此德里达把西方传统哲学称为"在场的形而上学",整个西方形而上学是建立在"在场"对"不在场"的暴虐统治之上的。德里达认为,逻各斯中心主义将存在者的存在规定为在场,从而混淆了存在者和存在,而海德格尔通过在"存在"这个形而上学概念上打叉(存在)的"摧毁"(destruktion)战略把"存在"从"存在者"中拯救出来,但由于他把"存在"设定为意义的本源,所以其思想并未完全摆脱逻各斯中心主义,仍然停留于存在—神学的时代,停留于在场的哲学中。于是,德里达赋予自己的当然使命是,沿着海德格尔的思想路线,彻底"解构"(déconstruction)传统哲学的形而上学根基:在场。

德里达赞同海德格尔在"存在"这个词上打叉的做法,认为海德格尔是把一个形而上学的存在概念通过一个否定的×号转换成一个事件。德里达把"事件"理解为:它把人与存在联系在一起,且以这样的方式联系,即它既呈现出自己,又消除掉自己。在此,存在成为存在的痕迹(trace),这个痕迹必然是存在被记录又被抹去的痕迹,因而,它是一种自我消解的记录。而消解的思想方式正是通过"抹去"来记录事物,它是一种"涂抹"式的记录,或者说,它通过涂抹来记录事物。因此,任何记录必然显示出没有纯粹的在场,没有绝对的起源,没有永恒的结构,没有内在固有的根基。在此,我们可以看到德里达的"涂抹"概念与海德格尔的存在的不同:后者指出存在之在场的不可言说性,而前者则标志着存在的不在场。① 然而在德里达那里,不但存在必须被置于"涂抹"之下,任何符号都必须被视为一种痕迹。就是说,符号不再是能指和所指结合的自足的统一体,而是所指不在场的能指间差异游戏的痕迹。为了说明这一点,德里达生造了一个词 différance,此词是用字母 a 换掉法语"差异"(différence)中的字母 e 而成。这两个词在发音上完全相同,却在书写上有差别,也就是说,différance 无法从读音而只能通过书写辨别出来,从而颠覆了言语中心主义的言语/文字的等级对立。因此德里达强调说,différance 只存在于书写中,它是差异系统的游戏的痕迹,是纯粹的文字,当它带有一个无声的字母 a 时,它实际上既不起一个"概念"的作用,也不起一个"词"的作用。Différance 是游离出逻各斯中心主义的表音文字系统的一个异数,是德里达用以解构"在场的形而上学"的杀手锏。

在某种意义上说,différance 可看作是对索绪尔的"语言中只有差别"②的观念的改写。按照索绪尔的语言学理论,语言是一个由差异构成的封闭系统。语言符号的意义不是来自于它所指涉的事物,而是来自于与系统内其他符号的区别。德里达认为,索绪尔的语言理论在一定程度上瓦解了逻各斯中心主义的在场观念。与传统语言观念认为语言是透明的媒介,直接呈现所言说的事物的在场的看法不同,索绪尔认为语言符号联结的不是事物和名称,而是概念和音响形象,也就是所指和能指。而能指和所指的联系是任意的,结合成一个符号的能指和所指并没有任何内在的关系。因此,符号的意义既非指涉物所赋予,也并非符号内在地所具有,而是功能性的,是这一符号与其他符号的差别的结果。德里达赞同索绪尔关于语言是差异的系统的理论,但他认为索绪尔的语言系统是一个共时性的、静态的差异结构,而 différance 的主题在"结构"概念上与静态的、共时性的、分类学的和非历史的主题是不相调和的。德里达指出:"文字作为 différance 是在场/不在场这一对

---

① 参见涂纪亮主编:《当代西方著名哲学家评传·第一卷:语言哲学》,山东人民出版社,1996 年,第 351 页。
② 索绪尔:《普通语言学教程》,第 167 页。

立基础上不可想像的结构和运动。Différance 是差异和差异之痕迹系统的游戏,也是间隔系统的游戏,正是通过间隔,要素之间才相互联系起来。这一间隔是空隙的积极的,同时又是消极的产物……没有空隙,'完满的'术语就不能产生意指作用……空隙也是口语链(也被称为时间或线性链)的生成空间,生成空间使得言语和文字之间相互对应,能够由此变成彼。"① 可见,différance 既是空间上的差异,也是时间上的延迟。德里达创造这个词也正是利用了法语词源 différer 既意味着 differ（区分）也意味着 defer（延缓）的差异游戏（differ 和 defer 两者发音一样,只有在书写中才能辨别出来）。德里达指出,当动词 différer 引申为名词 différence 时,différer 原有的"推迟"之意丧失了,différence 表达的只是僵死被动的"差异"之意,因此,必须由 différance 来补偿损失的"涵义",因为 différance 中的 a 直接派生于 différer 的现在分词 différant,故而更接近动词 différer。由于兼具"区分"和"延迟"之意,différance 大致可译作"分延"。

德里达的作为文字的"分延"不是索绪尔的由能指和所指一一对应结合而成统一体的符号,而是拉康式的能指链,是能指间无尽延展的差异游戏。索绪尔的符号概念由于赋予了所指对能指的优先地位而依然不可避免地证实了在场的形而上学传统,德里达的分延的能指链则通过使所指无限地延缓出场而消解了在场,从而颠覆了形而上学的根基。在能指链的分延运动中,意义（所指）并不像牢牢拴在一个特定能指的尾巴上的概念那样充分呈现,而是分布在整条能指链上忽隐忽现、闪烁不定,被从一个能指转到另一个能指,后来的意义总会改变前面的意义,因此,并不存在任何等待能指去表征的稳定的终极意义,意义只是无始无终的能指分延游戏的副产品。另外,对德里达来说,也不存在索绪尔式的能指和所指的绝对区分,能指和所指是相互转化的,比如当我们查字典时,我们查找一个能指词的意义,结果找到的是更多的能指,而且这个过程是无尽的,我们永远也不会达到一个本身不是能指的终极所指。

为进一步说明"分延"的性质,德里达又提出了"播撒"这个"概念"。他描述道:"播撒把自己放在开放的'分延'链条中……（播撒）并不意指什么,无法给它下定义……播撒产生了许多不确定的语义效

---

① 德里达:《立场》,英文版,第 43 页,参见尚杰:《德里达》,湖南教育出版社,1999 年,第 202 页。

果,它既不追溯某种原始的在场,也不神往将来的在场,它标志着……衍生着的多样性。"① 在德里达看来,播撒是文字固有的功能,正是因为文字的分延运动所造成的区分和延迟,使意义的传达不可能是直线性的,不可能像在场的形而上学那样从中心向四周散开,而是像撒种子一样,将不断分延的意义"这里播撒一点,那里播撒一点",不会形成任何中心地带。通过播撒,德里达试图挫败以一种有秩序的方式走向意义或知识的企图。文字就像播撒出去的种子,随风四散飘零。"播撒"是文字学的逻辑,而书写就是文字的播撒。因此,任何文本都不可能形成意义的中心,而必然是零乱无序、松散重复的;并且文字的播撒是没有疆界的,因而使得任何一个文本总是指涉着其他的文本,总是在文本间性的语境中形成和消解。这样,德里达的"分延"、"播撒"等就为后现代主义的文本游戏提供了绝佳的理论注脚。

第十三节　从结构主义到后结构主义文论(二)

从20世纪20年代直到60年代,北美和英国的文学研究都被强调文本细读的新批评所把持,但是60年代中晚期,其中的一些批评家们经历了一个所谓的"理论转向"(theoretical turn),即转向来自于法国的、从哲学和心理分析角度解读文学的后结构主义理论。保罗·德·曼最早把法国理论介绍到美国的文学研究领域中来,是一个把欧陆与北美关联起来的轴心人物。从1970年起,他开始把耶鲁大学作为理论的阵地,其批评建树与传统批评构成了激烈的冲突,这场冲突在20世纪七八十年代被叫做"理论之战",因此带来了理论的转向。促进这个转向的还有德·曼的耶鲁同事哈特曼、布鲁姆和米勒,他们四人,连同自1975年以来每年定期在耶鲁讲学的德里达一起被叫做"耶鲁学派"(Yale School)或"耶鲁学派解构主义"(Yale School of Deconstruction),当然这个叫法并不是一个确切的称呼,因为他们并不具备一个"学派"所共有的方法论和集体的研究项目,且不说德里达不是耶鲁教师,就连耶鲁的四名成员也并不完全赞成解构主义,但是正如沃里斯·马丁在《耶鲁学派:美国解构主义》的序言中所说,"耶鲁学派"这个提法却界定了他们与反方的阵地界限,表明他们独树一帜,因为构成反方的美国

---

① 德里达:《立场》,英文版,第44—45页,参见尚杰:《德里达》,第203页。

批评家们尽管也立场各异,但却有一个共同点,即反耶鲁学派。于是耶鲁学派意味着一个具有革命性的事件,尽管在保罗·德·曼去世以后,这个学派的影响开始减弱,但是耶鲁学派在当代美国文学批评史中的深远影响是无法忽略过去的。

一、保罗·德·曼的误读理论或修辞学版本的解构主义

保罗·德·曼(Paul de Man,1919—1983)出生在比利时北部的港口城市安特卫普,1948年移民美国,1960年在美国哈佛大学获得博士学位,曾先后在哈佛和康奈尔工作,60年代后期在苏黎世大学担任客座讲师,1968至1970年担任霍普金斯大学的人文学科教授,自1970年以后直至去世,他一直执教于耶鲁,并在1979年成为耶鲁比较文学和法语学科的一级教授。德·曼一生中写下了约75篇文章,均陆续结集出版,其中《盲点与洞见》(1971)和《阅读的寓言》(1979)出版于他的有生之年,其他文集则都是在他去世后出版的,包括《对理论的对抗》(1986)、《浪漫主义的修辞学》(1984)、《浪漫主义与当代批评》(1993)、《美学意识形态》(1996)。

在所有的文集中,前两部是德·曼理论立场的基石,也是奠定他批评地位的成名作。《盲点与洞见》所包括的是德·曼写于1955年至1971年的文章,这些文章反映了在这个时段文学批评理论发展的新动向,其内容涉及海德格尔20世纪50年代对德国诗歌的解读,美国新批评的危机和70年代初在美国刚刚开始的解构主义。而最能说明德·曼论战风格的是,还在他的前解构主义阶段,他就解构了德里达,在他的《盲点的修辞学:雅克·德里达对卢梭的解读》一文中,他认为"所有的批评家都注定意此言彼",[1]这便产生了盲点与洞见并存的双重效果,不仅卢梭如此,德里达在其《书写学》中对卢梭的解读也不例外,德里达在卢梭的文本中寻找证据来证明卢梭是一个逻各斯中心主义者,并批驳他这种意义本原论的虚构性,但是德·曼指出,德里达在否认意义具有真实源头时,却把卢梭当作这个源头来支撑自己的解读,德里达的洞见与他的盲点正相吻合。德里达的另一个盲点在于,他没有注意到实际上卢梭认为"原初的语言只能是比喻性的",这一点与德里达对他的评价正相反,而与《书写学》的观点正相合,但是德里达却为了演绎

---

[1] Martin McQuillan, *Paul de Man*, Routledge, 2001, p.22.

自己的预设而误读了卢梭。

从洞见中发现盲点或相反,这正是德·曼的批评策略,他认为批评的本质就在于当一个批评家最有洞见时,他从来都意识不到这个洞见意味着什么,因此也就产生了最大的盲点。比如当新批评提出应该注重文本本身的语言的理解这一洞见时,却没有意识到,对语言或文本的忠实理解并不能得出诗歌的整体意义,而只能收获歧义、断裂或散播。新批评所常常发现的整体其实并不在文本中,而是在阐释行为中,由于批评者对整体的欲望,因此引出了阐释的循环,即对文本中的每个因素都从一个预设的整体来理解,而这个整体又被当作由文本中的各个因素所组成,新批评的盲点就是把这个循环当作了文本的整体或形式。

盲点的产生是不可避免的,原因就在于批评总是一种阅读(读解)(reading),阅读就要使用语言,而语言总是修辞性(或比喻性)的。首先,就阅读来说,德·曼的理解就与俗常不同,他所说的"阅读"与阐释、书写并无差别,是一个非常宽泛的概念,正如希利斯·米勒所说,阅读对于德·曼来说是"整个人类生活的活动场所和基础",[1]阅读不仅包括日常所说的阅读活动,更不仅只限于文学文本的解读,而是包括"感受、认知、并因此包括所有的人类活动"。阅读涵盖人与存在对象的整个关系,德·曼所强调的是这种关系的断裂,即人的语言不等于存在本身,而总是一种"说法",一种修辞。

德·曼的修辞概念(tropes)也与传统的修辞学所理解的不同,传统上把修辞看作一门劝说的艺术,因此修辞总与虚假、炫耀和矫饰相关联,德·曼挑战这种观点,认为任何语言都是通过修辞手法来指意,批评与文学、新闻与文学、日常语言与文学没有区别,文学语言的虚构性、比喻性是语言使用的常态、典范,而不是变异和特例。这种意义上的修辞不仅仅只是词格(figures of speech),而是语言得以形成并行使功能的基础,德·曼在《阅读的寓言》中对此举过一个例子,即,一个原始人在碰到另一个人时,第一个反应是吓了一跳,他的恐惧使他觉得这个人比自己高大,于是他称之为巨人(giant)。后来他发现许多别人并不比自己高大,于是称之为人(man),而把巨人这个词用来称那个最初使他害怕的人,所以"巨人"这个词并不表示实指,而是表征着一种心理状态,是内在恐惧与外在尺寸相关联而产生的用法,是一种错误(error),当然不是一种谎言,但是却因此而把一种假设变成了一种事实(或本

---

[1] Martin McQuillan, *Paul de Man*, p.1.

义)。然而,语言就是这样产生的,"没有这种错误,也就没有语言",①借用福柯的观点,即,所有的语言用法都是误用。因此,所说的与所指的永远不可能对等。

对此,文学语言直言不讳,完全自觉自己的虚构性和修辞性,但是哲学语言、批评的语言以及"日常语言"却竭力掩盖或压制语言的修辞层面,而拿出一副本义,即"真实反映或再现"的面孔,这在德·曼看来,其实是一种错误(mistake)。② 因为如同福柯一样,德·曼也认为语言没有所谓的本义(literal)和寓意(figural)之分,语言都是寓意的,都是修辞性的,所谓本义也是一种修辞模式,就是把语言等同于现实,把能指等同于所指;如同巴尔特一样,德·曼也把这种等同叫做神秘化,他在许多文章中都以细读的方式揭穿这类神秘化。他所揭批的第一个案例就是美国新批评的"无中介经验"论。在 I. A. 理查兹的《文学批评原理》中,文学阐述经验的源头,文学的多义对应于经验的丰富性,一种敏感的阅读就能揭示这个意义的源头,于是文学是一种教育手段,而批评则是服务于一种道德秩序的教育工具。德·曼认为这种观点忽略了诗的世界的构造性和歧义性,压制了诗歌语言非同一性、多义、面向未来、散播的特性,因此是一种神秘化。第二个案例是海德格尔对荷尔德林的解读,海氏把荷氏的赞美诗看作表征了存在,因此诗人是真理的代言人,而德·曼认为,正相反,诗人所表征的正是这种表征的失败和不可能,而海德格尔却竭力掩盖这点,这在德·曼看来,不仅只是错,而且是"既盲视且暴力"。③ 德·曼所分析的第三个案例是浪漫主义的幻觉,即认为对自然之物的诗歌描绘能取得一种自然对象的本体论意义上的确定性,诗意的想像不是语言自身的活动,而是由外在对象所激发,在主体与客体,意识与自然之间具有统一性。与此相对立,德·曼提出了一种"自足的诗歌意识",它与外在客体无关,只与自己相关,它总是飘忽不定,与其说它表征了意义,不如说表征了无止境的表征上的受挫感。在德·曼看来,浪漫主义其实是一个划时代的时机,揭示了诗的潜能,即去掉一切他涉的奢望,只指自己,并由此而洞见自己的非物质性(非实指性)和虚无性(构造性)。

---

① Martin McQuillan, *Paul de Man*, p. 41.
② 德·曼在 error 和 mistake 中做了区别,认为前者是可以产生洞见的错误,后者是纯粹的、因此是没有价值的错误。
③ Jonathan Arac et al, ed., *The Yale Critics: Deconstruction in America*, University of Minnesota Press, 1983, pp. 94 – 96.

从语言的修辞维度入手,语言和存在便没有了对等的可能,因此德·曼的结论是一切阅读都是误读,因为,只要阅读或阐释,就必须有语言的修辞性参与进来,因此误读是无法避免的。所谓的"可读性",即意义的确定性,永远是不可能的,我们永远在误读。而我们的任何阅读或阐释也如同我们所阅读的文本一样多义而没有中心、本原、疆界,阅读就是对认知的否定。

德·曼的这种立场被指责为要消解人文学科中的传统学术价值,这种指责不无道理,但是德·曼的真正意图是要建立一种没有单一"读解"的阅读理论(reading without Reading),即一种解构的立场,反对把阅读视为建立在逻各斯中心主义上用来发现本质或终极意义的手段。这种立场在他接受德里达之前就已经建立,他所针对的论敌主要是新批评、浪漫主义诗学和布莱的意识批评,因此有矫枉过正和标新立异的倾向。但是这也暴露了他自己的盲点,他不知道当他给别人找错时,他也无法超越语言的修辞性,因此他也是在误读。

以上在《盲点与洞见》中提出来的阅读与修辞问题在他的第二本文集,也是最重要的文集《阅读的寓言》中被进一步阐发。在这个集子里,德·曼为自己规定的任务就是从修辞学的角度解构逻各斯中心主义,具体来说,就是解构文学和哲学之间的二元对立。在西方,哲学语言总是与真理有种特殊的关系,而文学语言总是虚构,因此前者总是严肃的,后者是"不严肃"的,因此也就导致了对两者的不同的阅读方式。但是德·曼认为哲学和文学并没有区别,它们都是由比喻方式所产生的效果,因为他认为,"比喻(the trope)并不是一种派生的、边缘的和变异的语言形式,而是语言范式本身(the linguistic paradigm par excellence)。比喻的结构并不是诸多语言模式中的一种,而是语言本身的特征"。① 从这个意义上来说,没有任何语言可以例外,一些概念之所以成为自然而然的术语,是由于突显某些层面而排除另一些层面所造成的,比如"药品"(drugs)这个词特指"毒品"时其实是个换喻,它的意义并不是由科学所决定,因为如果从科学的角度来说,阿司匹林(aspirin)和大麻脂(cannabis)都是药品,而是由伦理和政治因素所决定,如责任、社会、身体,等等,因此它是以部分代整体,它代表着决定其意义的整个概念秩序,所以才获得了它特定的涵义,而绝不是它对应于某种真实存在。由此对哲学也可以实施修辞分析。

---

① Martin McQuillan, *Paul de Man*, p.32.

对于德·曼来说,这种修辞学版本的解构也就是文学版本的解构,德·曼在两者之间是划等号的,他说:理解解构的关键"就是辞格,或者也可以说是文学的,修辞模式",他认为这种批评立场不是现在才有,而是从浪漫主义到现代主义就有的一个传统,其代表人物是里尔克、普鲁斯特和尼采。他们是德·曼所推崇的英雄,而文学则是语言运用的典范。文学由于自觉自己的修辞性而总是自我解构,因此便不可能再被解构而保全了"文学"这个术语。德·曼认为如果哲学同样自觉自己的修辞地位,并解密自己所包含的形而上学概念,便也会自我解构,这样对形而上学或哲学的解构就会成为一种不可能性,因为它们本身已经是"文学"了。因此文学或修辞对德·曼来说提供了理解广义的语言的关键。

这种修辞学版本的解构也招徕了诸多批评,如特里·伊格尔顿就认为这种解构用另一种方法延续了新批评对历史的消解,相比之下,新批评关注形式,使之与历史无关,而美国解构主义者(尤其是德·曼)则用一个扩大了的文学帝国吞掉了历史,"把饥馑、革命、足球赛等都看作是无确定性的文本",他们在批评实践中无法分出文本与历史的层次,除了文本,他们什么也看不见。这也可以说是德·曼的又一盲点,他在消解逻各斯中心主义时,却把修辞安放到了他所说的空白的起源处。

二、杰弗里·哈特曼的文学与批评越界论

杰弗里·哈特曼(Geoffrey Hartman,1929—),现为美国耶鲁大学英语和比较文学一级退休荣誉教授。他出生于德国法兰克福,作为一个犹太人,早年为了逃避纳粹的迫害,他曾跟随母亲逃亡英国,直到16岁才移居美国,并在耶鲁完成了他的学业,获比较文学博士学位。

哈特曼曾经是新批评传统中最好的批评家,既有细读的技巧,又有历史意识,如他的《超越形式主义》,既有内部研究,又有外部研究,是把形式研究与主题研究完美结合的批评典范。但是同时他又没有新批评的信仰,他批判后者的形式主义倾向,但这也不意味着他为新批评所反对的观点辩护,因为他同时也批判布莱(Poulet)的意识论。他从第一部作品《无中介的见识》(1954)开始就讨论"中介"问题,这个问题是他从欧洲的批评传统继承下来的,而美国的批评家们在那时对此却还不甚了解,这个中介便是语言本身,他早就放弃了诗人可以无中介/直接地表达自然的观点。他后来的文章则认为无中介/直接描绘诗歌也

是不可能的,即批评或阐释也不可能直接命名诗人的意图,于是对于"阅读的命运",他与德·曼有相同的看法,但是他在另一本书《拯救文本:文学/德里达/哲学》中又表达了一种左右摇摆的态度,这个书名本身就暗示着一种歧义,一方面,似乎哈特曼还想从那些要把文本完全消解到书写的汪洋大海中去的人手中挽救文本,这些人中或许有德里达及其追随者。从这点来看,哈特曼还是一个十足的传统主义者。但是同时 saving the text(拯救文本)这个词组也可做 except the text,即"除文本以外"解,暗示批评家自由于文本。标题的后半段把德里达这样一个显赫的主体放在文学和哲学之间,似乎由他来沟通两者,因为德里达代表了哲学与文学的融合。但是他对德里达既推崇又害怕,害怕的是后者理论的过于激进,因为他虽然欢迎具有创造性的批评,却又对如此激进的创造所打开的不确定性的深渊忐忑不安,面对这个被打开的空洞,他似乎犹豫不决,感到其中潜伏着带来混乱的危险,正如文森·雷尔什(Vincen Leilch)所说,哈特曼"是个疆界上的观望人,他观望着或想像着跨越过去,并警告有危险"。① 这当然有他对一切理论的谨慎,因为他怕任何理论会被转换成固定的法则而被盲目运用,此外这种闪烁其词也是他的一种风格,使得他的文章具有一种永久的挑逗性。

但无论如何,从他早期大量的华兹华斯诗歌研究,到标示了他的解构之路的三部著作,即《超越形式主义》(1970)、《阅读的命运》(1975)、《荒野中的批评》(1980),以及解读德里达《丧钟》的《拯救文本:文学/德里达/哲学》(1981),都表明"他的哲学的忧虑由于文本快乐的诱惑而得到抚慰",他在实质上还是更偏重于后结构主义的风格。在他对华兹华斯诗歌的浩瀚研究中,他关注的还是"中介"这个问题,他借此来说明诗人的意识和自我意识之间由于文本的中介而产生断裂和不确定性。因此尽管他与布鲁姆一道在浪漫派诗人被新批评贬抑以后又重新建立了浪漫派诗人的声誉,但是却不是在意义的直接在场这个层面上,而是通过指出浪漫派诗人对不在场的哀悼而构建他们的诗歌与思想性和批判性的联系。在他的后三本书中,他的批评文章本身就追求一种"思想之诗"②的境界,他所崇拜的是那些把批判性与创造

---

① Raman Selden, ed., *A Reader's Guide to Contemporary Literary Theory*, Harvester Wheatsheaf, 1989, p.98.
② 这是施莱格尔对荷兰哲学家弗朗斯·海姆斯特维斯(Fans Hemsterhuis, 1721—1790)的文章的赞誉。See Hazard Adams, ed. *Critical Theory since 1965*, Florida State University Press, 1986, p.348.

性、思想性与艺术性相融合的先驱思想家,包括施莱格尔、海德格尔、弗洛伊德、王尔德、青年卢卡奇、阿多诺、本雅明等。在此,哈特曼进一步摆脱了批评家的写作是建立在他所探讨的文本基础上的次级写作的观念,他表达了一种独立性,对具体作品的评论越来越有一种表演的特征,再辅之以从德里达处学来的文本的不确定性和开放性,使得评论和文学的界限被抹掉了或至少被质疑了,他用一种不确定性原则支撑了自己的阅读实践,这种实践有意在关键的地方对可能性保持开放。也正是这个原则使得批评变成了文学,文学与批评被看作一个阐释的网络,即文学内含批评,而批评本身也具有原创性、虚构性,而不是文学的附庸和仆从。他甚至认为如果一个批评家仅仅是批评家,如果他不把我们带到"批评的虚构"(critical fiction)中来,或不使我们认识到存在于其批评中的虚构成分,那他又有什么价值可言?

批评与文学的越界,艺术与哲学、与宗教、与终极知识的融合,这便是哈特曼版本的解构主义。哈特曼的这种解构立场不仅来自于法国理论的影响,而是早已有之,在《作为文学的文学评论》一文中,他对青年卢卡奇的关于"文章的文章"尤其敬佩,认为是一篇"超越了判断这一狭隘功能而扩展为诗的形式"的"思想诗"。① 尽管他对后者赋予批评文章的终极追求持保留态度,但对卢卡奇给予评论的独立尊严极其称许,相比之下,他认为现今的评论文章太具服务性,这类的评论大多千篇一律、风格平实、通俗易懂,与之相反,那些更具思想性的评论则对读者提出了更高的要求,使得文本更难懂,借此批评展现自己视角的权力、重新语境化的力量,这些都使得批评不能被看作工具,尽管它必须附着于一本书,但是它也可以倒戈,而成为主文本。

哈特曼的反对者们认为他的这种批评实践不啻是用排炮轰击文学,有更为宏大的目的,正如他自己所说:"正在发生的既不是以文学创作为代价的批评的膨胀,也不是文学与批评的杂交,而是具有创造性地检验和阐明一个界限,即对黑格尔所谓的'绝对知识'和杜威所谓的'寻找确定性'的限界。"②他的这一目标也同样既建立在后结构主义的文本性理论上,也建立在犹太教的卡巴拉阐释学上,前者使他确信"一切知识都是关于文本、或关于文本性的知识,如此复杂,似乎深不见

---

① Geoffrey H. Hartman, "Literary Commentary as Literature," in Hazard Adams, ed. *Critical Theory since 1965*, p.348.
② Ibid., p.351.

底……因此正如德里达所说,阅读就是禁止产生单一的主题或决策"。① 而后者则教给他一种悖论,即显灵总是不露面的,"由于强光而一片黑暗"。②

哈特曼在对德里达的阐释中更明确地表达了他的解构主义立场。他认为德里达的《丧钟》是评论与文学之间互相转化的经典之作,由于传统上历来认为批评应该是附属的,仅仅应该履行对主文本的证实、解释或评论的责任,而不应该喧宾夺主,自己成为主文本,因此从德莱顿(Dryden)以来,一直有一种对批评变成主文本的恐惧,认为这样"一代批评家败坏了诗人",③这样的批评是文学的大敌。哈特曼认为,如果说在德莱顿时代这种抗拒是针对那些挑三拣四、以仲裁者和新闻检察官自居的正人君子的挑剔,因此还有几分道理的话,在现代这种抗拒则完全发生在批评家与批评家之间,是"有些人对自己的同类或咬或吠,不仅只是有种'要把事情理顺的怒火',同时也要使具有创造力的天才理想化,或按照官僚体制的方式把批评家和艺术家的功能截然分开。"④也就是说,他们认为作家具有原创能力,表征了确定的意义,批评则应该能够揭示这种意义,如果以批评本身去消解意义则是需要加以治理的混乱局面。然而,哈特曼却借对德里达的《丧钟》的解读指出,文学和批评都是写作,写作的特征就是"偷窃—本体—神学"(vol-onto-theology),⑤德里达所说的"偷窃"是发生在写作源头(本体)上的现象,相当于普罗米修斯和赫尔墨斯的行为,同时他的"偷窃"这个词又有"升腾"的意思,影射借由蜂蜡拼粘的羽翅飞翔、而最终坠海的伊卡罗斯,也因此而影射具有雄鹰展翅高飞之抱负的宗教、科学、黑格尔的绝对知识哲学,暗示这一切的虚构性,因此这个词最直白的意思就是"散播"(dissemination),也就是说写作"总是对逻各斯的偷窃或粘拼。这种偷窃用新的公道原则重新分布逻各斯,犹如飞扬的花种一样不参照任何财产、疆界等法则,即便采取专有名词的形式也不合法,写作就是跨越文本的界限,就是使之没有确定性,或者就是揭示完整东西的破

---

① Geoffrey H. Hartman, "Literary Commentary as Literature," in Hazard Adams, ed. *Critical Theory since 1965*, p.352.
② Ibid., p.351.
③④ Ibid., p.357.
⑤ Ibid., p.353.

碎状"。① 在此也就引出了哈特曼与德里达苟同的第二个思想,即写作不再与"书"相关联,而与文本同义,前者与作者、意义、整体相关联,而"文本的罕见的力量就在于,你无法确定或限定自己说这就是那"。② 从文本的层面来看,文学或哲学、原作或评论,都无法逃脱这一命运,因此也就没有明确的疆界了。

哈特曼认为这种介于艺术和哲学之间的批评是创造性的批评(creative criticism)、哲学批评(philosophical criticism),如同文学一样充满才智,并"借此将批评活动从其实证或评论的功能中、从对它所评述的对象的从属地位中解放出来"③。他认为阿多诺、本雅明都是这样的批评家。和保罗·德·曼一样,他也认为最适合批评的文本是文章(essay),但不是 I. A. 理查兹传统的具有"科学性"的规范文章,而是"严厉的思想之诗"(severe intellectual poems)。他本人的文章充满双关语和大量的"盗引"(pillage or inner quotations),即引的是别人的说法,但却用来编织自己的话语,除此之外,他还在进行文本细读的同时又引进法国的理论及其德国的渊源。这种风格使得他的文章不仅有断层,而且极其繁复,但是他正是借此表达了他的观点:即批评或阅读不应该以生产连贯的意义为目的,而应揭示矛盾和不确切性,以便使作品不可读解而可阐释。换言之,即,他认为没有单一的终极意义,而只有不同的阅读或阐释。因此他的批评风格完全对抗阿诺德传统的、学术的、常识性的批评,从广义上来说,即他采取的是后结构主义的立场,瓦解意欲借技术政治、规定性和独断的定理来把握其研究对象的一切科学主义的野心。

三、哈罗德·布鲁姆的"影响焦虑"论及其策略

哈罗德·布鲁姆(Harold Bloom,1930—)出生于美国纽约城,在美国康奈尔大学和耶鲁大学完成学业,从 1955 年起在耶鲁从教,并从 1988 年起同时在纽约大学执有教席。他是一个著述颇丰的批评家,自 50 年代以来,共写出文学和宗教论著二十余部,文章数百篇。

自步入批评论坛以来,他的文论在他近半个世纪的批评生涯中一

---

①② Geoffrey H. Hartman, "Literary Commentary as Literature," in Hazard Adams, ed. *Critical Theory since 1965*, p.353.

③ Ibid., p.346.

直保持革命性,既与新批评不可同日而语,也与解构主义颇有分歧,在文学与政治和意识形态的关系问题上,既不趋同于左派,也不支持右派,他是在不断抗拒潮流的历程中开创自己的思路的。作为批评家,他也如同他所阐释的诗人一样似乎有种"影响的焦虑",因此总在一种"俄狄浦斯情结"的驱动下而写作,所以哈撒德·亚当斯说,他的批评使人想起诗人布莱克(Blake)诗中的名句:"我必须创造自己的体系,否则就要成为另一个人的奴隶。"[①]

布鲁姆的批评生涯可分为三个阶段,每个阶段都以这种革命性为特色。他早期的批评以英国浪漫主义诗歌为对象,从他的第一部著作《雪莱的神话制造》(1959)起他就提出了自己的文学价值观和本质论,明确表示自己与传统不趋同的自由立场。他续后的几部研究英国浪漫主义诗歌的著作,如《梦幻一族:解读英国浪漫主义诗歌》(1961)、《布莱克的启示录:诗论研究》(1963)也都以其标新立异而为当时的批评论坛所瞩目。首先,他对研究对象,英国浪漫主义诗歌的选择,就是一个"弑父"的举动,这个权威之父就是 T. S. 艾略特。艾略特认为浪漫主义诗人是未经训练的自然诗人,没有风格或形式,而只有矫情,这随即成为五六十年代统治美国学术界的一个固守观念。新批评一直贬抑浪漫主义诗人,布鲁姆不仅拒绝接受这一观念,而且要把浪漫主义诗歌提升到文艺复兴以后英国文学的核心地位,其理由是他在《叶芝》(1970)、《敲钟人:浪漫主义传统研究》(1971)中所提出的观点,即浪漫主义的想像力始终存留在维多利亚时代和现代派诗人的诗作中。其次,在对浪漫主义与自然的关系上,布鲁姆也反其道而行之,他不认为浪漫主义艺术的本质在于与自然的和解,正相反,他认为浪漫主义的想像完全是自然的反题,因此浪漫主义诗人也并不代表与世界的和谐统一,他们代表的是对时代和实在的拒绝,因此充满英雄主义的气概。

布鲁姆批评的第二个阶段是他学术生涯的巅峰时期,真正奠定了他作为文论家的地位。这个阶段他从文本走向了理论,他的理论基础主要是弗洛伊德的心理分析、修辞学以及犹太教的卡巴拉神秘主义阐释学,因此无论在学术上还是在社会影响上都是极其大胆的尝试。这个阶段以三本书为代表,即《影响的焦虑》(1973)、《误读的地图》(1975)和《卡巴拉与批评》(1775)。由于他的理论转向时机,20 世纪

[①] Geoffrey H. Hartman, "Literary Commentary as Literature," in Hazard Adams, ed. *Critical Theory since 1965*, p.330.

70年代初,正对应于他的另外几个耶鲁同事保罗·德·曼、哈特曼、米勒的解构主义转向,使得他也被列入耶鲁学派,但是如前所述,正如他在文本分析阶段与新批评不同,他在理论阶段与解构主义也有差异,他继续关注的还是想像力或人类精神的权力意志问题,而不是文本问题。如果能够被列入解构主义的行列的话,主要在于在精神的权力意志问题上,他把诗与哲学、与批评甚或与一切思想产品同等看待,认为它们都是人类精神在不断追求创新和超越的斗争中的产物,而斗争的对象是整个过去的传统或成就。他说过去的影响就是"流感——一种星际疾病",强硬诗人必以"误读"先辈作品的措施来自我保护,这同时又产生了布鲁姆与解构主义的一个明显差异:即对作者的兴趣,布鲁姆并不去消解作者,而是以一种尼采的精神把这个概念放在一个影响的谱系中来考察,因此这个作者已不是传统人文主义意义上的作者,不是一个意义的源头,而是一个疯狂的追随权力意志的人,一个在互文性中脱颖而出的强者。

布鲁姆主要感兴趣的是两类作者:诗人和批评家。正如哈特曼在文学与批评中不做区分,布鲁姆则把诗人和批评家的策略相等同。就诗人来看,他认为,除弥尔顿是第一个,也是真正的诗人以外,其他诗人都有一种深深的"迟到"感,作为迟到者,他们都有种担忧,觉得他们的诗歌之父已经把所有的灵感都用尽了,他们对这些"父亲"因此怀有一种"俄狄浦斯"意义上的嫉恨,一种歇斯底里要否认父性的欲望,为了达到"迟到"后还能写作的目的,诗人必须进行心理战,创造想像的空间,而在创作上,他则必须与某个强壮的先驱角力、颠覆他、与他背道而驰、分道扬镳,这样才能成为一个真正意义上的自我或诗人。他的斗争策略就是创造性地进行误读、错释、曲解(misreading/misinterpretation/misprision),而他能否成功,全在于他的这些策略是否足够强硬,只有强硬的曲解才能够使一个诗人在"影响的焦虑"中战胜来自于前辈的影响而生产自己的作品,而微弱的曲解则无济于事,无法以自我同化前辈,因此只能亦步亦趋、东施效颦。

在《影响的焦虑》中,布鲁姆提出了他的诗论:

> 诗歌是影响的焦虑,是误读,是训练有素的反常。诗歌是误解、错释、是不适当的联合。

> 诗歌影响——即涉及两个强硬、真正的诗人时——总是以对前一个诗人的误读来进行的,这是一种创造性的修正行为,一种实

际上必需的错释,卓有成效的诗歌影响史,即文艺复兴以来西方诗歌的主要传统,就是一部充满焦虑、充满为自救而做的丑化、歪曲、离谱和任意修正的历史,如果没有这样的修正,眼下已有的诗歌就根本不可能存在。①

布鲁姆的"创造性的误解"(creative misprision)以六种技巧,即六种"修正比例"(revisionary ratios)来实施,这些也是强硬诗人用以处理"影响的焦虑"的心理防范措施,在他们的诗歌中表现为能使他们从一个父亲(权威先驱)的诗中"突转"(swerve)的六种辞格,它们分别是反讽(irony)、提喻(synecdoche)、转喻(metonymy)、夸张/反语(hyperbole/litotes)、隐喻(metaphor)、进一步转喻(metalepsis),布鲁姆分别用了六个古典词汇来指称这六种策略所表达的子文本对父文本的态度或关系,这六个词汇分别是:Clinamen, Tessera, Kenosis, Daemonization, Askesis, Apophrades。

所谓 Clinamen,即误解或误读,因此也就是诗人的"突转",他借"误读"先人的诗作而构思自己的诗歌,借前人的比喻,浇自己的块垒,这是大师的方向。Clinamen 具有反讽的辞格形式,是所谓"反射—构型"(reaction-formation)的心理防卫机制。

所谓 Tessera,即完成和对立,诗人把前人的诗作看作需由后继者完成或推翻的碎片材料,把有些更进一步发挥,有些则挪作他用。Tessera 又等于提喻,等于"与己作对"。

所谓 Kenosis,即中断,相当于防范重复冲动的心理机制,因此是朝着与前人决裂的方向的运动,如此运作时,诗人似乎被清空了一切灵感、神性,似乎已经不成其为诗人了,但是如果把这种衰退参照前人来看,实际上清理掉的是前人,因此剩下的全是创新。

所谓 Daemonization,即针对前人的崇高而朝着人格化的反崇高方向的运动,换言之,即当诗人面对前人的诗所表现的权威性时,揭示这种权威不是前人诗歌本身的独创性,而是当时的一种范式。

所谓 Askesis,即自我净化的运动,与 Kenosis 的清空相比,这个措施是削减,是同时削减自己和前辈诗人的天赋,以便使自己与众不同。

所谓 Apophrades,即死者还魂。诗人在其最后阶段,已经完全拥有自己几乎自恋般的孤独的想像力了,他使自己的诗歌如此向前人的作

---

① Harold Bloom, The Anxiety of Influence, in Raman Selden, ed., The Theory of Criticism: From Plato to the Present: A Reader, Longman, 1988, pp.415-416.

品开放,以至于我们猛一看以为转了一个循环,我们又回到了他还没有实施修正比例的学徒阶段。但是在其一旦开放的地方,其效果是这首新作的成就使我们觉得好像不是前人在写,而好像是后来的这位诗人已经写过了前人的经典诗作。"还魂"的是"父亲",但已被"儿子"战胜。

以上对诗歌和诗人的认识又构成了他的"对立批评"(antithetical criticism)的基础,在布鲁姆看来:"如果说想像就是错释,使得所有的诗歌都是与前人的对立,那么对一个诗人的诗作进行想像也就是学习他用在阅读行为中的那些隐喻,因此批评必然也变成对立的了,也是按照独特的误解行为而采取的一系列突转。"①与诗人相比,批评家要想真正脱颖而出需要两次突转,第一次突转是在面对伟大前人的诗作时学会像他们那些更伟大的(强硬的)后继诗人一样来读解他,第二个突转是用同样的策略再来读解这些后续的伟大诗人的作品。对立批评的关键在于,只有不做某个诗人的信徒才能真正读解(或误读)他,因为"没有阐释,而只有错释,所以一切批评都是散文诗","我们把一切(阅读)都还原为——如果可还原的话——另一首诗,一首诗的意义只能是另一首诗。这不是一种同意反复……因为这两首诗不是同一首。"在此,布鲁姆与德里达、德·曼、哈特曼的观点走到了一起:这种后来者与先人的关系其实就是读者与文本的关系,无论是诗人还是批评家都在阅读前人的作品,"差别只在于批评家的家长更多一些,他的先人既有诗人又有批评家"②。而任何阅读都不可能产生确定性,不可能再现原意,因此只能是诗或文学。

布鲁姆的这种批评理论同时也以独特的方式提出了传统与互文性问题,无论诗人如何突转,我们永远不可能"把一个诗人当作一个诗人来读解,我们总是在另一个诗人中读解一个诗人……我们从来无法不读一个诗人的整个家族浪漫史而只读诗人"。所以"诗歌是家族罗曼史。诗歌是由抵制乱伦魅力的力量所约束的乱伦的魅力",③而批评也是这样的家族浪漫史。

布鲁姆批评生涯的第三个阶段以宗教,尤其是诺斯替教成分为特征,其代表作是《人物冲突:建立一个修正主义的理论》、《西方传统:不

---

① ② Harold Bloom, The Anxiety of Influence, in Raman Selden, ed., *The Theory of Criticism: From Plato to the Present: A Reader*, p.416.

③ Ibid., p.417.

同时代的书籍与流派》。这个阶段的主要观点其实早已内在于他前期的批评中,其一是,诗的模式与知识的模式是相同的,它们的共同点在于,它们都不是自然,都是超历史的,这是诺斯替教的观点,对于布鲁姆来说,这个共同点是,它们都是一种建构,而建构的动力是寻求在前人的基础上产生突变。其二是,诺斯替教与诗的融合激发了布鲁姆对文学典律的热情,他痛斥女权主义、西方马克思主义、多元文化主义者们把文学消解在社会议题中的做法,认为文学的伟大始终在于精神的崇高性和审美的激情,与政治和道德无关。以上第一个观点是与后结构主义的契合之处,第二个观点似乎是反其道而行之,相比之下,他还把文学看作一个专门的研究领域,但是在这个领域中他早已消解了传统意义上的作者、意义等概念,构成了他独特的解构主义批评。

四、J.希利斯·米勒的"主文本"与"寄生文本"关系论

J.希利斯·米勒(J. Hillis Miller, 1928—)出生于美国弗吉尼亚州,在美国俄亥俄州奥伯林学院完成本科学业,于1948年获得"最优异学业成绩"学士学位,随即进入美国哈佛大学,于1949年获得文学硕士学位,1952年获得博士学位。米勒学术成绩斐然,获有多种学术奖项,曾先后在哈佛大学、圣母玛利亚大学、约翰·霍普金斯大学执教,并在多种学术机构和学术期刊中担任顾问等职务。1972年,米勒进入耶鲁,先后担任修辞学教授、英语教授和英语与比较文学教授。1986年至今在美国加州大学厄湾分校任教授。

与哈特曼和布鲁姆一样,米勒在其学术生涯中也有过几次"转向",他的博士论文做的是新批评,从1953年到1972年他在约翰·霍普金斯大学从教的时间里,他深受布莱的"意识批评"的影响,做的是现象学批评。1972年进入耶鲁后又转向了解构主义批评。

米勒的每次转向都可谓"急转弯"。他从新批评向现象学的转向把被新批评作为"意图谬误"和"情感谬误"而逐出批评领域的作者意图和读者体验又重新带了回来,使批评重新"人文化",这在当时被认为是一种"全面倒退",是丧失了新批评所建立起来的文学分析的严谨性、科学性和权威性。而他从现象学向后结构主义的转向就引来了更多、更激烈的反对,因为第一个转向还只意味着米勒试图介绍一种比新批评更新的批评方法,因此不但不影响、反而更强化了对批评话语的信念,这后一个转向则完全从一个极端走向另一个极端,它意味着对批评

话语本身的质疑,从此后,不仅文学,批评也只是一个无始无终的话语链条上的一个环节而已。至此,"耶鲁学派"的解构主义从保罗·德·曼的"语言即修辞"原则出发,经由哈特曼的"批评亦是文学"和布鲁姆的"批评亦是诗歌",终于走到了将一切意义,包括德里达的解构原则,均散播到一个生生不息、变动不居的话语构型空间中去的最后结局。

因此米勒的解构可谓一种激进的解构,主要体现在他在《作为主人的批评家》一文中,对"主文本"(host)和"寄生文本"(parasite)关系的论述,并以此为理论前提而对解构的界定和对雪莱的诗歌的分析中。这篇论文具有双重使命,既是耶鲁学派解构主义的最后宣言,也是米勒就艾布拉姆斯对解构的批评所做的回敬。论文的题目之所以如此,是因为艾布拉姆斯曾在其《文化史中的理性与想像力》一文中援引 W. 布斯(Wayne Booth)的话说解构主义批评"完全是寄生物"(is plainly and simply parasitical),附着于"清晰或单一意义的读解"(the obvious or univocal reading)上,①因此米勒似乎反唇相讥,说批评不是寄生,而是主人。但实际上米勒在文中说的是主人与寄生、文本与批评以及一切所谓的主次之间都没有明确的界限,一切都处在互动与流变中。

对此,米勒首先从"主"(host)与"寄生"(parasite)的迷宫般的词源学意义上来考察,他认为两者不仅互为前提才能成立,而且在每一方中都含有另一方,双方是互相款待对方的关系。事实上如果把 para 放在最古老的词源中去考察,会发现它是一种中介、一种隔膜,能使内变成外、近变成远、同变成异、友变成敌、家变成非家,等等;而 host 从词源上考察,既有主人、又有客人的意思,同时 host 又是圣餐,被食用的东西,因此 host 既是食客也是被食之物,也是一个中间状态的词。米勒认为这种中间而非两极中的状态是一种普遍的语言和文化现象。这是一个考察的结果,其次,从不同词源的融合综合来考察,两者互相款待的关系,它们共同享用一个第三者,因此都是对方的主人,或都是对方的食客。以此为隐喻,米勒认为,对一首诗歌的所谓"清晰或单一意义的读解"并不等同于那首诗歌本身。"单一意义的读解"和"解构主义的读解"都是读解,它们都是"围食粮食"的共同食客。主客关系成三角状,而不是两极,因为总有一个第三者、一个先于它们或存在于它们之间的事物,供它们分割、消费、交流,正是通过这个第三者,两种读解

---

① J. Hillis Miller, "The Critic as Host", in Hazard Adams and Leroy Searle, ed., *Critical Theory since 1965*, p.452.

相遇、相关。这种三角关系意味着这是一种循环、一种无止境的链接，它既不是如两极类关系那样泾渭分明，也无法找到本源、目标或基本原则。

接着，米勒列举了一种被人们认为可怕的寄生物，即病毒，它并不蚕食主体，而是自我复制，它也是站在一个疆界处，但这是一个生与死的疆界。它在使主体死亡的同时也使之再生——复制病毒本身。对解构主义持批评态度的人认为解构就是这样的寄生物，它破坏了清楚明了的形而上学主文本，而使之复制自己的"诡秘"(the uncanny)、矛盾(the aporia)、延异(la différance)等病毒。但是米勒认为解构主义批评实际上不过是对内在于任何主人身上的寄生物和寄生物反客为主的可能性的考察。解构主义之所以采取这样的观点，是因为它认识到："任何概念的表达都要用辞格，任何对概念和辞格的组合都要用叙事，这个叙事就是关于家中的陌生客人的故事。解构主义就是对辞格、概念、叙事之间的互相包含所产生的涵义的考察。"①

这是米勒对解构的第一种定义。那么，解构所揭示的涵义是什么？米勒的归纳是："任何看似清楚或单一意义的语言都蕴涵着丰富的不确定性，批评的语言也不例外，就这点来说，批评的语言是文学语言的延续。"②这也就意味着根本没有主文本和寄生文本的区别，在清晰或单一意义的读解中已经包含了解构的读解，反过来，解构也无法逃避它意欲抗拒的形而上学，换言之，任何读解都是一种"说话"(vocalization)，都在自我解构的同时自我建构意义，"两种读解围坐同一个餐桌，被一种互相的义务关系所关联，这个义务关系就是，喂食和受食的关系"，③它们不是对立的两极，不是主次关系，更没有辩证统一的可能，而总是一种你中有我、我中有你的关系，米勒称之为"寄生逻辑"(logic of the parasite)，这既是在语言或意义问题上的一种极端的修辞逻辑，也就是一种极端的互文性立场。而米勒的极端性在于他认为这种逻辑内在于批评家与批评家的关系、批评家自己的语言、批评文本对于诗歌的关系、文学文本本身、任何诗歌与其先行者的关系，总之内在于语言或言说本身。

"寄生逻辑"在诗歌中的表现，米勒以雪莱的诗歌《生命的凯旋》(The Triumph of Life)为例加以说明，他认为这首诗以隐喻结构来表

---

①②③ J. Hillis Miller, "The Critic as Host", in Hazard Adams and Leroy Searle, ed., *Critical Theory since 1965*, p.455.

意,因此在每个成分本身就寄生着不确切的异质因素,如这首诗中的任何光明的意象同时也暗含黑暗。此外,整首诗也绝不是诗人自己清楚而单一的声音,而是"由寄生文本所构成的长链条——先前文本的回荡、暗指、客人、幽灵"。如同布鲁姆一样,米勒也认为,先前的文本既是新文本的基础,又是新诗通过同化、虚化而最终取缔的东西,只有这样新诗才能着手那建立自己基地的"可能且不可能"(possible-impossible)的任务。一首新诗既是吸食先前文本上的物质的寄生物,又是通过将先前的文本邀请进来以便消灭它们的邪恶主人。先前的文本对它们自己先前的文本也同样如此。这个链条从《旧约》到《新约》、从《以西结书》到《启示录》、到但丁,再从但丁到阿里奥斯托、斯宾塞、弥尔顿、卢梭、华兹华斯等,一直到雪莱,而雪莱又成为哈代、叶芝等人的前文本,雪莱及他的后继者们的作品又构成了包括尼采、弗洛伊德、海德格尔和布朗肖在内的浪漫的虚无主义文本序列的一部分。

米勒认为批评同样遵循这样的"寄生逻辑",无论是"清楚明了"的读解还是解构主义的读解都不可能是"单声"或"单义"的(univocal),而是"声音之声音"(vocalization of a vocalization),在对雪莱的《生命的凯旋》的读解中,解构主义的读解与"单义"的解读,布鲁姆与艾布拉姆斯、米勒本人与艾布拉姆斯的读解之间,均是一种互相给养、包含,又互相砥砺的关系,对于雪莱的诗歌,没有单义的读解,从这个角度来说,这首诗没有可读性(unreadable)。

从这种意义上来说,米勒所解构的不仅是诗歌,也包括诗歌批评,尤其是也包括解构主义批评本身。解构在米勒看来"既不是虚无主义,也不是形而上学,不过就是阐释而已,是借对文本的细读法来解开内在于虚无主义中的形而上学和内在于形而上学中的虚无主义的纠结"。[①] 这一界定包含了米勒对解构的两种看法,首先他认为解构作为阐释即一种"发声"(vocalization),本身也受"寄生法则"的制约。这就打消了对解构主义的更激进的声称,即解构主义是一种哲学事业,要把写作(或书写)从逻各斯中心主义的形而上学中解放出来。米勒认为,解构的方法早已有之,自希腊智者派和诡辩家以来,甚至自柏拉图以来,解构的方法以不同的方式反复出现过,其中尼采也是这种解构方法的恩主之一,且尼采只称自己的方法为"快乐科学",一种快乐智慧的

---

① J. Hillis Miller, "The Critic as Host", in Hazard Adams and Leroy Searle, ed., *Critical Theory since 1965*, p.458.

阐释，在这种智慧中，会发现"最高的价值自我贬值"，虚无主义既不是社会、也不是心理或世界历史现象，而是内在于主人，即西方形而上学，身上的寄生物，也就是内在于语言本身的寄生物。所以米勒认为解构主义是要把我们从语言的牢笼中解放出来的理想，如果可行，早就应该实现了，然而却没有，就是因为所谓解放是不可能的，"最勇敢的逃出语言牢笼的努力只会把牢笼的墙建得更高"。①"解放"的声称只能使解构落入了它所抗拒的形而上学之中。米勒认为解构的价值在于它的另一方面，即它虽然无法逃避虚无主义与形而上学的相互寄生关系，但它在两方的往返打开了一个边界领域，它的阐释形式表明两者互相创造、又互相销毁。借此我们认识到，我们永远处于一种主人与寄生的中间地带，既不是内在也不是外界，是一个无意义的意义世界，不和谐的和谐世界。

如此界定了解构以后，米勒遂将对雪莱的《生命的凯旋》的阅读作为寄生与主宰、形而上学与虚无主义之间略呈悖论性的关系的一个例子。但是具有反讽意味的是，米勒实际上拿出了一个清楚明了、意义单一的解读，只不过是以主人——寄生物为阐释的主题罢了。

由此看来，正如批评家哈撒德·亚当斯所指出的那样，米勒的理论至少说明了美国批评家在使用解构方法时的三个问题。第一个问题是，很难说德里达解构主义的哲学前提在这种转换中还能被保全，比如，米勒把形而上学和虚无主义之间的关系看作是一种结构关系，这似乎就假设至少关于此事的真相是可知的——这就使得德里达的"延异"概念成了一个完全可从语法上分析的差异，说明了美国人的实用主义意志。这在第二个问题中就更加明显：即美国的批评从业人员把解构只看作是又一个文学批评的手法，使得它在很大程度上只是一种对具体文本进行评论的事业，而不是揭示一种哲学的困境。第三个问题从米勒学术的进程——从形式主义取道现象学而进入解构主义——可见出，这个进程本身就是米勒在其论文中所阐述的主人—寄生关系的一个案例。这不是从黑格尔和索绪尔开始，而是从 I. A. 理查兹开始的策略，批评实践的每一个后继阶段都会使得寄生的变成主宰的，如当新批评的形式主义成为主人，就使得现象学和结构主义成为自己的寄生物，后者接下去又使得解构主义成为自己的寄生物。哈撒德·亚当斯

---

① J. Hillis Miller, "The Critic as Host", in Hazard Adams and Leroy Searle, ed., *Critical Theory since 1965*, p. 458.

认为,这些象征的成对概念的遗传身份将会持续下去,并认为在米勒对各种主人——寄生的诡秘转化的探讨中仍然持续着新批评者们的一个受挫的努力,即寻找将文学形式与其他话语形式区分开来的原则,而米勒将之表现为一种极端的互文性和不确定性,服从于"阐释的不自在的快乐",因此也就消解了这种寻找。米勒最后给批评下的定义是:"批评是一种人类的活动,其合法性在于它永远不满足于固定在一种'方法'中。它必须不断质疑自己的前提。批评文本和文学文本互为主人和寄生物,既食掉对方又喂养对方,既毁灭又被毁灭。"①对于这种意义上的批评来说,"分析遂成瘫痪"(analysis becomes paralysis)。②

第十四节 西方马克思主义文论

西方马克思主义是指20世纪20年代以后流行于欧美资本主义世界的一种社会思潮,卢卡奇1923年发表的《历史与阶级意识》是这一思潮产生的标志。1927年,马克思的《1844年经济学—哲学手稿》被发现,为西方马克思主义者重新理解阐释马克思提供了契机。西方马克思主义理论家的理论观点很不统一,他们往往把马克思主义与当代的某种哲学或社会学理论结合起来,形成了诸如存在主义的马克思主义、精神分析学马克思主义、结构主义的马克思主义、实证主义的马克思主义等新学说。

西方马克思主义文论是西方马克思主义社会思潮的一个重要组成部分。西方马克思主义文艺理论家一般都是哲学家、社会学家,他们按照各自理解的马克思主义来研究文学理论问题,因此他们的观点也存在着很大的差异。也正因为如此,西方马克思主义文学理论才成为当代最具有活力和视野最为广阔的批评理论。本节将主要介绍法兰克福学派、结构主义的马克思主义和英美新马克思主义的文艺理论。

一、法兰克福学派

法兰克福学派(the Frankfurt School)是当代西方马克思主义思潮

---

① J. Hillis Miller, "The Critic as Host", in Hazard Adams and Leroy Searle, ed., *Critical Theory since* 1965, p.467.
② Ibid., p.468.

中影响最大、持续时间最长的一个流派。该学派产生于20世纪30年代,因其成员大多来自法兰克福社会研究所而得名。主要代表人物有:霍克海默(Max Horkheimer,1895—1973)、本雅明、阿多诺、马尔库塞(Herbert Marcuse,1898—1979)、弗洛姆(Erich Fromm,1900—1980)、哈贝马斯等。希特勒上台后,社会研究所被迫迁往美国。二战结束后,霍克海默和阿多诺把社会研究所迁回法兰克福,马尔库塞和弗洛姆则留在美国。

法兰克福学派的主要理论被称作"批判的社会理论"。1937年,霍克海默在社会研究所的刊物《社会研究杂志》上发表《传统理论与批判理论》一文,把他的社会理论正式称为批判理论,以示与传统马克思主义的不同。由此,社会批判理论成为法兰克福学派的理论标志。他们以马克思批判理论的继承者自居,并运用青年黑格尔派的批判理论、弗洛伊德的精神分析学和存在主义的某些观点来重新整合马克思主义,形成了以人道主义为核心、尖锐批判现代资本主义的社会批判理论。他们认为,科学技术的发展已使资本主义社会进入了晚期,社会用高生产、高消费、高福利的控制政策来瓦解人们的反抗意识,造成了"单面社会"和"单面人",文化艺术发展成为大众文化工业,侵蚀和麻痹人们的心灵,在全社会营造一种肯定性的文化氛围,使人们丧失了对社会现实不合理性的思考和批判能力。为了改变这种现状,他们寻求一种对现存社会持批判和否定态度的现代艺术,以反抗社会的异化,实现对人性的拯救和人类的解放。

(一) 本雅明的艺术生产论

本雅明(Walter Benjamin,1892—1940)出生于柏林一个富有的犹太商人家庭。早年在弗莱堡、慕尼黑、伯尔尼等地攻读哲学,并获得博士学位。20年代,本雅明同左翼学者布洛赫和布莱希特交往密切,开始研读马恩著作,尤其受到卢卡奇的《历史与阶级意识》的启发。1927年开始参加法兰克福社会研究所的工作。1933年希特勒上台后,他逃亡巴黎。1940年法国沦陷后,他再度出逃,不幸在穿越西班牙边境时因受阻而绝望自杀。本雅明的主要理论著作有:《德国悲剧的起源》(1928)、《作为生产者的艺术家》(1934)、《机械复制时代的艺术作品》(1936)、《波德莱尔:资本主义鼎盛时代的抒情诗人》(1936)等。20世纪70年代以来,阿多诺等人编辑出版了《本雅明全集》,共12卷。

本雅明受到马克思有关生产力与生产关系的理论启示,形成了他的艺术生产理论。本雅明认为,艺术生产同物质生产一样是一种特殊的生产活动,即它们同样由生产与消费、生产者、产品与消费者等要素构成,同样受到生产力与生产关系的矛盾运动的制约。在他看来,艺术家就是生产者,艺术作品就是产品或商品,读者或观众就是消费者;艺术创作是生产,艺术欣赏是消费,艺术创作的技巧则代表着一定的艺术发展水平,构成了艺术生产的生产力,而艺术生产者和艺术消费者之间的关系则构成了艺术生产关系。当艺术生产力与艺术生产关系发生矛盾时,就会出现艺术革命,新的艺术技巧就会产生,并打破旧的艺术生产关系,将艺术推向前进。在本雅明的艺术生产理论中,艺术技巧作为艺术生产力受到高度重视。因此,他对不断追求艺术技巧革新的现代艺术,像布莱希特的戏剧、卡夫卡的小说、从达达主义到超现实主义的先锋派艺术等,都极为推崇。他认为作家应不断革新创作技巧,以推动艺术生产力的发展。

在《机械复制时代的艺术作品》一文中,本雅明分析了"机械复制时代的艺术"。他指出,"在1900年前后,技术复制所达到的水准,不仅使它把流传下来的所有艺术作品都变成了复制对象,使艺术作品的影响经受最深刻的变革,而且它还在艺术的创作方式中占据了一席之地。要研究这一水准,最具有启发意义的莫过于观察它的两种不同表现形式——艺术作品的复制和电影艺术如何反作用于传统艺术。"[①]本雅明认为,即便是最完美的复制品,同原作相比,它也缺少一种成分,即艺术作品独一无二的现时现地性,并由此导致原作的本真性、惟一性与权威性的丧失。他将技术复制时代艺术品丧失的东西称为"光晕"(aura)。自从艺术产生开始,光晕的独一无二性就同仪式、膜拜联系在一起。本雅明指出,随着传统艺术光晕的消失,艺术原有的功能与价值也发生了巨大变化,艺术的全部功能颠倒过来了,它不再建立在礼仪基础上,而开始建立在另一种实践——政治的基础上了,它原有的膜拜价值也被展览价值所取代。正是机械复制技术将艺术品从它对礼仪的寄生中解放出来,多样化的机械复制手段使艺术品越来越适于展览,因此,在机械复制时代的艺术品中,艺术的展览价值逐渐获得了主导地位。本雅明还指出:"艺术作品的可技术复制性改变着大众与艺术的关系。这一关系从最落后状态——例如面对毕加索的作品,一跃而为

---

① 〔德〕本雅明:《经验与贫乏》,王炳钧、杨劲译,百花文艺出版社,1999年,第262页。

最进步状态——例如面对卓别林的电影。"① 也就是说,艺术的机械复制改变了大众对艺术的审美反应,这种改变是由大众对传统艺术(如绘画)和现代艺术(如电影)的两种不同的接受方式所决定的,即专注凝神的方式和娱乐消遣的方式。接受者在专注凝神地欣赏绘画时,使自己完全沉入到作品中,他对作品的反应是消极的;而进行消遣的大众则超然于作品,让作品沉入自身中。因此,本雅明认为,机械复制的艺术一方面动摇了传统,造成了传统的崩溃,但与此同时,多样化的机械复制也便于大众能够在各自的环境里以消遣的方式来欣赏复制品。在此意义上,本雅明特别推崇电影这门新兴的艺术。他认为消遣中的接受在电影中找到了真正的练习工具,电影通过震惊效果来迎合这种接受形式,也就是说,电影的审美感受方式是震惊。在"观看电影画面时,人的联想活动立即就被画面的变化打断了。由此产生了电影的震惊效果"。②

本雅明的上述理论观点表明,虽然他也看到了现代科技发展给艺术传统的延续所带来的负面影响,但与法兰克福学派的其他成员不同的是,本雅明并没有简单地将技术的发展看成是对艺术的异化,而是指出伴随着现代社会与现代技术的发展,新的更具有大众性的艺术形式和审美观念也得到了发展。他的艺术生产理论和他关于机械复制时代的艺术的论述为后来的现代艺术和大众文化研究提供了有益的启示。

(二) 阿多诺的否定性文论

阿多诺(Theodor Adorno,1903—1969)出生于法兰克福一个犹太商人家庭,从小受到良好的音乐教育。1924 年获得哲学博士学位。阿多诺自 20 年代起即与法兰克福社会研究所的成员交往,1933 年获得该所讲师职位。1934 年去英国读书。1938 年去美国加入法兰克福社会研究所,成为该所的核心成员。40 年代末,协助霍克海默将研究所迁回法兰克福。1959 年出任研究所所长。在 1968 年的学生运动中,因不支持左派学生造反而受到学生攻击。1969 年,在瑞士度假时因心脏病突发而去世。其主要著作有:《启蒙辩证法》(1947,与霍克海默合著)、《多棱镜:文化批判和社会》(1955)、《文学笔记》(3 卷,1966—1969)、《否定的辩证法》(1966)、《美学理论》(1970)等。

---

① 〔德〕本雅明:《经验与贫乏》,王炳钧、杨劲译,百花文艺出版社,1999 年,第 281 页。
② 同上书,第 287 页。

阿多诺的文艺思想被称为"否定的美学"(negative aesthetics),他的否定美学是以他的哲学思想中的"否定的辩证法"(negative dialectics)为哲学基础的。否定的辩证法的核心是"否定",其立论基础是"非统一性"(non-identity)原则。阿多诺对从黑格尔到卢卡奇以来强调"总体性"和"同一性"(identity)的辩证法进行了批判的审视,认为"总体"、"整体"、"同一性"等都是虚假、抽象的社会存在的幻影,是强制性地把社会现实中无法统一的个体性和差异性一体化、整体化,是对侵犯、消灭差异性、个体性、非同一性的那种社会结构的维护。由此可见,阿多诺的否定性辩证法不是纯粹的形而上哲学思辨,而是立足于对资本主义社会现实的批判和思考。他认为,当今资本主义世界比地狱更坏,是一个普遍的社会压制的时代,社会强制性地消除了人们的个体性与差异性,人从劳动到需要、享受乃至思维,都被现代工业文明整体划一化了,人被降低为单纯的原子,日趋非人化。面对人的全面异化,他提倡一种非同一性思维,以此来拯救人性,而艺术也应当参与这种拯救,因为艺术的本质就是对现实世界的否定的认识。

阿多诺在与霍克海默合著的《启蒙辩证法》中提出了文化工业理论,对资本主义社会中大众文化的诸多弊端进行了批判和揭露。他认为文化工业或大众文化现象是垄断资本主义时期的产物,是工具理性渗透进社会精神生活并进而支配人的精神世界的必然结果。文化工业作为凭借现代科技手段大规模地复制、传播文化产品的娱乐工业体系,批量地制作和传播大众文化产品,以独特的大众传播媒介,如电影、电视、收音机和报纸、杂志等,通过娱乐的方式对大众进行欺骗和操纵。

> 文化工业不断在向消费者许诺,又不断在欺骗消费者。它许诺说,要用情节和表演使人们快乐,而这个承诺却从没有兑现;实际上,所有的诺言都不过是一种幻觉:它能够确定的就是,它永远不会达到这一点,食客总归得对菜单满意吧。……审美升华的秘密就在于,它所代表的是背弃的诺言。文化工业没有得到升华;相反,它所带来的是压抑。①

也就是说,文化工业通过娱乐活动对人们进行公开的欺骗,由此成为麻醉、束缚和操纵大众意识的工具。阿多诺进一步指出了大众文化

---

① 〔德〕阿多诺:《启蒙的辩证法》,渠敬东、曹卫东译,上海人民出版社,2003年,第156页。

的商品拜物教特性,认为文化工业使艺术商品化,交换价值和利润动机是其生产动力。文化工业已经成为资本主义商品生产的一个组成部分。

阿多诺从否定的辩证法出发,在《美学理论》中给艺术下了这样一个定义:"艺术是对现实世界的否定的认识。"①在此,阿多诺肯定了艺术的否定性本质,并进一步从理论上论述了艺术的双重性问题,提出了反艺术的理论,要求现代艺术肩负起社会现实批判和拯救的责任。

阿多诺认为:"艺术具有双重性:它的独立性和它作为社会事实的特征。这种双重性又始终表现在二者既明显地相互依存又相互冲突的关系之中。"②"艺术是自律的整体又是社会的事实。"③艺术之所以是社会的,既不仅由于它的生产方式总是体现着生产力和生产关系的辩证法,也不仅因为它的题材内涵总是源于社会,而且由于它采取了与社会对立的立场。

> 艺术只有作为自在之物在自身中保持其纯洁性,而不应顺应现存的社会规范并成为'社会有用的',才可能通过它单纯的存在对社会进行批判。……艺术的反社会性恰恰在于对确定社会的确定批判。④

因此,艺术必须成为社会的反面,对抗现实并与现实做毫不妥协的斗争。在人被异化、失去个性的现代社会中,阿多诺对艺术的双重性的界定极具现实意义,正是在此意义上,阿多诺提出了反艺术的概念,为现代主义艺术辩护。

阿多诺认为,在商品交换关系和工具理性占统治地位的现代社会中,艺术为了保住自己作为自律存在的权利,不惜否定自身而成为非艺术和反艺术,以对抗严重异化的社会现实。阿多诺所谓反艺术的基本涵义有两层,一是指艺术应摈弃和谐的、对现实认同的美的感性外观,抗议滋生伪艺术的异化现实;二是指艺术只有通过否定、消解自身的外观才能赋予艺术以新的生命,从而拯救艺术。因此,阿多诺极力推崇反和谐、反模仿、反整一、反确定的现代主义艺术,认为像贝克特、卡夫卡等现代主义作家的作品矫正了传统现实主义的流弊,拒绝与社会现实

---

① 〔德〕阿多诺:《美学理论》,慕尼黑,1970年,第122页。
② 陆梅林选编:《西方马克思主义论美文选》,漓江出版社,1988年,第373页。
③ 〔德〕阿多诺:《美学理论》,王柯平译,四川人民出版社,1998年,第385页。
④ 陆梅林选编:《西方马克思主义论美文选》,第367页。

同一,从根本上对社会现实进行了否定和批判。从表面上看,他们的作品荒诞、变形、破碎、夸张,但它们揭示非人化的异化现实的程度却相当深刻。

阿多诺对现代资本主义社会的大众文化生产做出了尖锐、深刻的批判和剖析,对现代主义文学艺术的审美特点和规律做出了准确而深入的描述和概括,并为现代主义文学艺术做出了全方位的理论辩护,他的否定性文论及其艺术辩证法思想在当代西方文艺理论发展史上影响极为深远。

(三)哈贝马斯的交往合理化理论

于尔根·哈贝马斯(Jürgen Habermas,1929——)出生于德国朗卡尼东部一个叫喀莫斯巴哈的小镇上的一个中产阶级家庭,曾先后在哥廷根大学、泽里克大学、波恩大学学习哲学、历史、心理学、文学、经济学等,1954年获得哲学博士学位。1955年进入法兰克福社会研究所工作,成为阿多诺的助手。1961年至1964年任海德堡大学哲学教授。1964年重返法兰克福大学任哲学和社会学教授。1971年起前往斯坦堡任研究科技世界中的生存条件问题的麦克斯·普朗克研究所所长。1982年返回法兰克福大学担任哲学和社会学系主任。作为法兰克福学派第二代的主要代表人物,哈贝马斯也是当代最杰出、最有影响的西方马克思主义思想家之一。他具有百科全书式的知识素养,在哲学、社会学、心理学、语言学等学科领域都造诣精深,独树一帜。他的著述极丰,主要有:《公众社会结构的变化》(1962)、《理论与实践》(1963)、《作为意识形态的技术和科学》(1968)、《文化与批判》(1973)、《晚期资本主义的合法性问题》(1973)、《论历史唯物主义的重建》(1976)、《交往行为理论》(1981)、《现代性的哲学话语》(1985)、《新保守主义》(1989)、《后形而上学思考》(1992)等。1994年哈贝马斯退休,但至今仍活跃在国际学术舞台上。哈贝马斯在理论上的着力点主要集中在哲学和社会学方面,没有美学专著,但他对美学与文艺问题一直很关注。他的文艺、美学思想是他的"社会批判理论"的重要组成部分。

哈贝马斯的哲学在总体上虽然与法兰克福学派的"社会批判理论"有一定的继承关系,但他却摈弃了第一代成员们单一否定性的激进主义立场,代之以对晚期资本主义合法性危机的分析,企图通过构造社会交往理论,重建历史唯物主义。哈贝马斯认为,自19世纪末20世纪初,特别是第二次世界大战以来,西方资本主义社会已经发生了质的变化,它不再是马克思所分析的自由竞争的资本主义社会了,而是进入了由国家管理的晚期资本主义阶段。在晚期资本主义社会中,科学技术已经成为第一生产力,成了独立的剩余价值来源。与此同时,科学技术也履行着整合社会的意识形态功能,因此,马克思创立的历史唯物主义在当代晚期资本主义社会中已经不完全适用了,应该对它们做出新的、实事求是的解释,并认为自己的态度是"对待一种从某方面需要修正,但它的鼓舞人的潜力永远没有枯竭的理论的正常态度"。据此,哈贝马斯决心要重建历史唯物主义。

如何重建历史唯物主义?哈贝马斯面对现代资本主义社会现实由于科技理性统治所造成的人的交往变得日趋不合理的合法性危机,提出了社会交往行为理论。所谓"交往行为"(communicative action),按哈贝马斯的解释是指主体之间通过符号协调和相互作用,以语言为媒介,通过对话达到人与人之间的相互理解、沟通和一致。而"交往行为合理化"(communicative rationality),就是要求交往不受控制,人与人之间建立起相互理解、相互信任的和谐关系。实现交往行为合理化的基本前提就是建立交往者共同承认和尊重的道德规则,这需要通过由交往者参与的对规范的对话、讨论、论证来完成。由于对话是在对话者双方都能理解的话语系统中以语言为媒介进行的,因此,哈贝马斯将研究语言的交往职能和探讨说者与听者之间的对话关系的"普通语用学"引入他的批判理论中。他说:"普通语用学的任务是去辨别和重建可能获得理解的普遍性条件。我把以达到理解为目的的活动作为最基本的条件。"①而这个基本条件就是建立一个"理想的言说处境"(ideal speech situation)。哈贝马斯认为,建立"理想的言说处境"要有四个有效性的前提条件,即:我们所说的东西是可理解的、真实的、正确的、真诚地表达了言说者的情感。也就是说,在每一项交往活动的背后,都表示了交往者在上述四点前提下达成的一致。哈贝马斯所建立的"普通语用学"将现代语言哲学引入法兰克福学派的社会批判理论中,从而实现了"批判理论"的语言学转向。

哈贝马斯的文艺美学思想是他的社会批判理论的重要组成部分。他同法兰克福学派的第一代理论家一样,把消除异化、实现人的全面解放的希望寄托于文学艺术。不同的是,他不赞成老一辈理论家一味否

---

① 〔英〕威廉姆·奥斯维特:《哈贝马斯》,沈亚生译,黑龙江人民出版社,1999年,第42页。

定的辩正思维,坚持审美的现代性,把艺术和美学的建设也纳入到他用交往行为合理化改造现代资本主义的方案中。因此,在建构交往行为合理化的理论时,他引用了乔治·赫伯特·米德的观点,以抒情诗人的诗歌创作为例来说明交往者对语言的运用特点:"艺术家的任务,在于发现这样的表达方式,就是说,发现在另外的情况下表现出同样感情的表达方式,抒情诗人具有与一种感情激动联系在一起的美的经验,并且作为艺术家可以运用词汇,他寻找适合他的激情的词汇,以及在其他情况下能引起自己态度的词汇……决定性的,是为交往的词汇,就是说,象征在一种个人那里,本身是引起与在其他个人那里相同的情况。"① 在哈贝马斯看来,艺术和美学所关心的趣味性问题和科学所关注的真实性问题、道德所关注的正义性问题是错综复杂地交织在一起的。在其著名的《现代性与后现代性》一文中,他认为现代性走入迷途的症结就在于未能将科学、道德和艺术各自的认知范式发展成复合的理性化制度,而是将科学话语、道德理论、法学、艺术的生产与批评都依次作为专门的学科设立起来,每一领域都有一个相应的文化专业,在这些领域中产生的种种问题则被当作由专门的学者关注的对象来处理。

> 科学、道德和艺术的区分,最终意味着每一个领域都被看作是由专家来应付的自律范围,与此同时,又使这些自律范围从人们对日常交际活动的解释中分离了出去。
>
> 结果是,在这些专家文化和那种为数众多的大众文化之间的距离越来越大。通过专业化处理和表达而产生的文化,并没有直接地、必然地成为日常现实的特质。随着这类文化的合理化,它的威胁也在增长。这种威胁表现为:生活世界的传统实质已经被贬值,生活世界将变得越来越枯竭乏味。②

因此,哈贝马斯提出,"交往行为合理化"就是要克服这种隔绝,把这些各自自律的专门文化统一为一个整体,并使它们与日常的生活实践保持联系,从而解决在这些相互隔绝的领域中存在的合理化难题。他反复强调,在日常的交往中,认知的意义、道德期待、主观表现和评价必须相互关联。交往过程需要一个覆盖认知领域、道德实践领域和表

---

① 〔德〕哈贝马斯:《交往行动理论》第二卷,洪佩郁等译,重庆出版社,1994年,第20—21页。
② Jurgen Habermas, *Modernity Versus Postmodernity*, Translated by Seyla Ben-Habib, p.152.

现领域的文化传统。人们几乎不可能通过打破一种单一的文化领域——艺术,将一种合理化的日常生活从文化的贫困中拯救出来,"只有通过在认识过程与道德实践、审美表现等诸多因素之间创建一种自由自在的相互作用机制,才能矫正一种具体化的日常实践"。[①] 就是说,艺术和美学的建设也要在交往行为合理化的理论框架中进行,并以此推进和走向全面的交往行为合理化。

哈贝马斯关于建立一个"理想的言说处境"和走向全面的社会交往行为合理化的理论带有明显的乌托邦色彩。但他为沟通人类文化的不同价值领域所做出的巨大理论贡献,使他成为当代最能体现马克思主义哲学的批判性及其与时俱进的时代性的杰出思想家之一。

二、结构主义的马克思主义文论

20世纪60年代结构主义在欧洲风行一时,马克思主义批评也深受影响,其中最有代表性的人物是阿尔都塞、马歇雷、哥德曼。他们反对人道主义、历史主义的马克思主义,力图用结构主义理论来阐释、挖掘马克思主义创始人的思想,重建科学的马克思主义理论,即结构主义的马克思主义。结构主义的马克思主义文论主要探讨文艺与复杂的社会结构之间的联系。

(一) 阿尔都塞的艺术与意识形态理论

路易·阿尔都塞(Louis Althusser,1918—1990)是法国著名的马克思主义哲学家。他反对黑格尔学派将马克思主义哲学看作是人道主义哲学的做法,认为真正科学的马克思主义理论是在马克思脱离了黑格尔和费尔巴哈哲学的束缚之后创立起来的。他的思想对法国和英国的马克思主义文学批评和文化批评都产生了深刻的影响,以至于形成了一个阿尔都塞学派,其主要哲学著作有《保卫马克思》(1965)、《列宁和哲学及其他论文》(1969)等。

阿尔都塞在《列宁和哲学及其他论文》中提出了一种与前人截然不同的意识形态观念。他认为意识形态是"对个体与其真实存在状况

---

① Jurgen Habermas, *Modernity Versus Postmodernity*, Translated by Seyla Ben-Habib, p.154.

的想像关系的再现"。① 在他看来,我们都是意识形态的"主体",意识形态借助宗教、教育以及法律等方面的国家机器来"质询"主体,让我们在社会结构中安然接受自己的社会位置。意识形态帮助我们理解世界,但是也掩盖或压抑了我们同现实世界的真实关系。比如,"自由"观念树立了对包括劳动者在内的人人自由的信念,但却掩盖了自由资本主义经济的真实关系。被统治阶级把统治阶级的意识形态体系当作是理所当然的,结果是维护了统治阶级的利益。不过,在文学艺术与意识形态的关系问题上,阿尔都塞并不认为文学艺术是对意识形态的简单表达。

在《关于艺术问题给安德烈·达斯普莱的复信》中,阿尔都塞认为艺术与意识形态的关系是个很复杂很困难的问题。他认为艺术处于意识形态与科学的认识之间,"艺术使我们看到并因此以'看'、'感知'和'感觉'的形式(不是认识的形式)给予我们的东西是生产和浸润艺术的意识形态,但艺术所以是艺术,是因为它脱离开意识形态,同时暗指着意识形态"。② 在阿尔都塞看来,既然主体始终处在意识形态的氛围中,艺术家也不能例外。因此,文学生产实际上就是艺术家将既有的意识形态材料加工成作品的过程。

> 每一件艺术作品,都是由一种既是美学的又是意识形态的意图产生出来的。③

也就是说,艺术不等于意识形态,但又离不开意识形态。艺术与之打交道的并不是它本身所特有的现实,而是意识形态的现实。我们通常说艺术家运用自发的创造性语言来表达自己的看法,但正如每一种自发的语言都是用来表达意识形态的一样,艺术家的自发语言也是意识形态的语言,不同的是,艺术家的语言是用以表达艺术和产生审美效果的活动的意识形态的。在此,阿尔都塞道出了艺术与意识形态关系的特殊性,并以巴尔扎克的小说为例做出了进一步的说明。他指出,读者之所以能在巴尔扎克的作品中得到对资本主义社会的批判性认识,并非像有的人所说的那样,是由于艺术的逻辑迫使巴尔扎克在作为小说家工作时放弃了自己的某些政治概念,"相反,巴尔扎克从来没有放弃过

---

① 〔英〕拉曼·塞尔登编《文学批评理论——从柏拉图到现在》,刘象愚、陈永国等译,北京大学出版社,2000年,第492页。
② 同上书,第498页。
③ 陆梅林选编:《西方马克思主义论美文选》,第537页。

他的政治立场。我们甚至还知道:他的独特的反动的政治立场在他的作品内容的产生上起了决定性的作用"。像巴尔扎克和托尔斯泰这样的作家,"他们作为小说家的艺术的'效果'在他们的意识形态内部造成这个距离,使我们得以'觉察到'它。但这种艺术效果是以那个意识形态本身为前提的。巴尔扎克也"只是因为他保持了自己的政治概念,他才能产生出自己的作品,只是因为他坚持了他的政治上的意识形态,他才能在其中造成这个内部'距离',使我们得到对它的批判的'看法'"。①

阿尔都塞还区分了艺术与科学的不同。他认为"艺术和科学的真正不同在于特有的形式,同样一个对象,它们给我们提供的方式完全不同:艺术以'看到'和'觉察到'或'感觉到'的形式,科学则以认识的形式(在严格的意义上通过概念)"。② 像巴尔扎克和索尔仁尼琴的小说是使我们"看到"和"觉察到"某种暗指现实的东西,但并不是使我们认识某种现实。如果说索尔仁尼琴的小说的确使我们"看到"对个人崇拜及其后果的体验,那么他绝没有使我们认识它们。艺术使我们"看到"的是没有前提的结论,而科学的认识则使我们得以深入到从前提中产生结论的机制中去。也就是说,一部关于个人崇拜的小说不管多么深刻,它可能引起人们对它的被体验到的后果的注意,但是并不能使人们理解它;它可能把个人崇拜问题提到日程上,但是它不能确切地说出有可能补救这些后果的手段。

阿尔都塞的艺术与意识形态理论对马歇雷和伊格尔顿早期的文论思想都产生了重大影响。

(二) 马歇雷的文学生产理论

皮埃尔·马歇雷(Pierre Macherey)是当代法国著名的文艺理论家,现任巴黎大学哲学系教授。作为阿尔都塞的学生,马歇雷第一个拓展了阿尔都塞的艺术与意识形态理论,是阿尔都塞学派第一位重要的批评家,其代表作是《文学生产理论》(1966)。

马歇雷认为文学写作不是一种独立自足的创作,而是一个生产过程。他反对把作者看作是创造者,认为作家实质上是生产者,他的任务在于把预先存在的原材料加工成新的产品。作家不能制造他所加工的

---

① 陆梅林选编:《西方马克思主义论美文选》,第523页。
② 同上书,第522页。

原材料,如形式、涵义、神话、象征、思想意识等,这一切都是现成的,就像汽车装配厂工人用半成品制造产品一样。在这个生产过程中,艺术家运用某些生产工具——专门的艺术技巧,将语言与经验的材料变成既定的产品。因此,没有理由将文学生产看得比别的生产更神秘。

马歇雷还指出,在文本写作的过程中,进入文本的任何东西都会发生改变,就好像某种工业制品的原材料经过一番工艺处理后其外形会发生改变一样。意识形态进入文本之后也会面临类似情况。为此,马歇雷在他的《文学生产理论》中对"幻觉"(主要指意识形态)和"虚构"这两个术语作了区分。他认为,幻觉——人们普通的意识形态经验,是作家创作所依据的材料,但是作家在进行创作时,把它改变成某种不同的东西,赋予它形状和结构。正是通过赋予意识形态以某种确定的形式或结构,将它固定在某种虚构的界限之内,艺术才能使自己与它保持距离,并有助于我们摆脱意识形态的幻觉。

马歇雷认为,文学作品的结构是一种"离心"的形式,它没有中心的要素,只有涵义的不断冲突和歧异。而文学作品正是通过这种"离心"的形式获得与意识形态保持疏离的效果。之所以如此,其原因就在于,作家在写作过程中往往受到意识形态方面的约束,使他不可能说出一切。当作家试图按照自己的方式说出真理时,他发觉自己不由自主地暴露出他写作时所受的意识形态方面的限制,他不得不在作品中显示空隙和沉默。由于作品含有这些空隙和沉默,因而它永远是不完全的。作品无从构成一种圆满一致的整体,反倒表现出涵义上的冲突和矛盾,但作品的意义就在于这些涵义之间的歧异,而不是它们之间的一致。马歇雷指出:"作品不是自足的,而是必须由某种缺失相伴,否则就不可能存在。要了解一部作品,就必须把这种缺失考虑在内。"[①]也就是说,作品是由它缺失的东西、由它的不完整性来说明的。一部作品之与意识形态有关,不是看它说出了什么,而是看它没有说出什么。也正是在此意义上,马歇雷认为"探问每一件产品的缄默的涵义和没有说出来的意思,似乎不仅有用,而且十分必要。在说出的意思周围或后面,总是有隐含的意义。为了说出一些意义,必须不说出另外一些意义。弗洛伊德是第一个探讨这个问题的人,他赋予这种词语的缺失一个新的地位,不无矛盾地称之为无意识。为了说出来,所有的言语都把自身置于一种不说的状态中。"[②]正是在一部作品意味深长的沉默中,

---

[①][②] 〔英〕拉曼·塞尔登编:《文学批评理论——从柏拉图到现在》,第501页。

在它的间隙和空白中,最能确凿地感到意识形态的存在。因此,在马歇雷看来,批评家的任务就是要像一个精神分析学家那样研究文本中没有说出来的东西和那些无意识压抑症候,分析和解释这些冲突和歧异产生的根由,说明这些冲突是怎样由作品与意识形态的关系造成的。

马歇雷的文学生产理论实际上是多种思想背景相交汇的产物,他糅合了结构主义、马克思主义和精神分析理论等多种批评方法,建立起自己独特的文学生产理论和科学的文学批评理论。因此,伊格尔顿称马歇雷是"当代最敢于挑战并具有创新精神的马克思主义批评家"。不过,马歇雷在强调批评的科学性的同时,对读者阅读活动的审美娱乐功能有所忽视。

(三) 哥德曼的发生学结构主义文学理论

吕西安·哥德曼(Lucien Goldman,1913—1970)是罗马尼亚裔的法国文艺理论批评家。哥德曼致力于将马克思、卢卡奇和皮亚杰的思想融会在一起,注重从文学社会学的角度研究文学的基本问题,吸纳了结构主义和发生学认识论的某些研究成果,从而形成了自己具有独创性的发生学结构主义的马克思主义文学理论。哥德曼的发生学结构主义批评理论,主要探求作家所属的社会集团的集体精神结构及其历史渊源。所谓"结构主义",是指他所侧重的研究对象不在于一种世界观的内容,而是这种世界观所展示的范畴结构;而所谓"发生学",则是指研究这种精神结构是如何历史地产生的,即研究一种特殊的世界观与产生这种世界观的历史条件之间的关系。他的主要著作有:《隐藏的上帝》(1956)、《小说社会学》(1964)、《发生结构主义》(1967)、《文学社会学方法论》(1981)等。

哥德曼认为文学作品不是个人天才的创造物,而是作家所属的社会集团的"超个人的精神结构"(trans-individual mental structures)的创造,即那个集团共有的观念、价值、理想的结构的体现。越是杰出的作品也越能清楚地表达他所属的社会集团的世界观或集体意识。也可以说,一部作品越是能表达社会集团完整一致的世界观,它就越具有艺术生命力。哥德曼不满于那种把文学作品与作家的生平结合起来的传记式研究和实证主义研究,他力求建立起一种将作品与社会相联系,将作品的结构与作家所属的社会集团的精神结构相联系的批评方法,认定"作品所表现的世界的结构与某些社会集团的精神结构是同源的

(homology),或者有着可以理解的关系。"①与此同时,哥德曼并不否认作为个人的作家的作用。他认为,伟大的作家是一些异乎寻常的人,他们能把他们所属的阶级或集团的世界观转化为艺术,并以一种统一的独特方式做到这一点。他指出,"世界观是集体意识现象,而集体意识在思想家或诗人的意识中达到概念或感觉上最清晰的高度"②;"伟大的作家恰恰是这样一种特殊的个人,他在某个方面,即文学(或绘画、概念、音乐等)作品里,成功地创造了一个一致的、或几乎严密一致的形象世界,其结构与集体集团整体所倾向的结构相适应;至于作品,它尤其随着其结构远离或接近这种严密的一致而显得较为平庸或较为重要。"③

哥德曼在考察文学作品时,注重探求文学作品、世界观和历史本身之间的一整套的结构关系。他试图运用一种辩证的批评方法,在作品、世界观和历史之间不断地取得联络,调整它们之间的关系,说明一个社会集团或阶级的历史状况是怎样以它的世界观为媒介转换成一部文学作品的结构。哥德曼在其代表作《隐藏的上帝》中就运用了这种批评方法分析拉辛的悲剧。他在拉辛的悲剧中辨察出一种经常出现的范畴结构——上帝、世界、人,尽管它们在不同的戏剧中依据不同的内容和不同的相互关系而有不同的表现,但都透露出一种特殊的世界观。这是一种迷失在一个毫无价值的世界中的人们的世界观,他们承认这个世界是惟一的存在(因为上帝不在),但还是继续抗议它,以某种始终隐而不见的绝对价值的名义为自己辩护。哥德曼在名为詹森主义④(Jansenism)的法国宗教运动中发现了这种世界观的基础,指出詹森主义是17世纪法国丧失特权地位的"长袍贵族"这个社会集团的思想意识的产物。"长袍贵族"(即法官)在经济上依赖君主政体,但由于君主政体的日益专制使得他们日益无权,因此,这个社会集团处于矛盾的地位:既需要王权,又在政治上反对王权。这种矛盾在詹森主义中得到体现。由此,哥德曼在法国的"长袍贵族"和詹森主义的世界观与拉辛的悲剧观之间确立起一种同构关系。

哥德曼是一位既能兼收并蓄又有独特建树的理论家。戴维·福加

---

① 陆梅林选编:《西方马克思主义论美文选》,第570—571页。
② 同上书,第561页。
③ 同上书,第570页。
④ 指荷兰神学家科纳里斯·詹森(1585—1638)的教义,否认人的自由意志,认为人的命运由上帝预先注定。

克斯认为哥德曼的发生学结构主义批评方法"比较精确地描绘出经济和文学作品之间的各个中间媒介的层次"。① 但是,另一位马克思主义批评家伊格尔顿也指出,哥德曼的整个模式过于讲究匀称,不能适应文学与社会关系特点,如辩证的冲突和复杂性、不平衡性和间断性。

在他的后期著作《小说社会学》中,这种模式实质上退化成了一种关于基础与上层建筑关系的机械论了。②

三、英美新马克思主义文论

进入 20 世纪 60 年代之后,西方马克思主义较多地接受了诸多后现代理论思潮的影响,特别是后结构主义的影响,因此有人称 60 年代之后的西方马克思主义为新马克思主义或后马克思主义,其代表人物是英国的伊格尔顿和美国的詹姆逊。从总体上说,早期的伊格尔顿较多地接受了阿尔都塞和马歇雷的影响,追随的是一条反黑格尔传统的马克思主义路线,而早期的詹姆逊则较多地接受了法兰克福学派的影响,追随的是一条继承黑格尔学派传统的马克思主义路线,但是在开始接受后结构主义的影响之后,他们都对自己早期的批评理论作了一定程度的修正。

(一)伊格尔顿的文学与意识形态生产理论

特里·伊格尔顿(Terry Eagleton,1943—)是当代英国最有代表性的新马克思主义文艺理论家和批评家。他早年就读于教会学校,后进入剑桥大学深造,师从英国著名的文学批评家利维斯,后又得到老一辈左派理论家雷蒙·威廉斯的指导。其主要著作有:《批评与意识形态》(1976)、《马克思主义与文学批评》(1976)、《文学原理引论》(1983)、《审美意识形态》(1990)、《后现代主义的幻象》(1997)等。

伊格尔顿的文学与意识形态生产理论深受阿尔都塞的影响。阿尔都塞思想的核心是剔除马克思主义传统中形形色色的"非科学"因素,倡导反人道主义的"科学的"马克思主义。在早期的代表作《批评与意识形态》中,伊格尔顿首先与老师威廉斯的"社会主义人文主义"划清

---

① 《当代外国文学理论流派》,上海外语教育出版社,1991 年,第 221 页。
② 〔英〕特里·伊格尔顿:《马克思主义与文学批评》,文宝译,人民文学出版社,1986 年,第 38 页。

界限。像阿尔都塞和马歇雷一样,他十分关注文学和意识形态的关系,强调批评应该成为一门科学。他认为,"意识形态不是一套教义,而是指人们在阶级社会中完成自己的角色的方式,即把他们束缚在他们的社会职能上,并因此阻碍他们真正地理解整个社会的那些价值、观念和形象"。① 在伊格尔顿看来,所谓意识形态指的是包括审美、宗教、法律各个方面在内的所有再现体系。人们对现实生活的理解和认识,正是借助于这些再现体系对现实的描述。他认为"文学是我们能够从经验上接近意识形态的最有启发性的方式。惟有在文学中,我们可以看到意识形态在阶级社会的生活体验中的复杂、连贯、强烈而又直接的运作情形。这种接近方式比科学方式更直接,但比日常生活方式更连贯。因此文学是一条中间的路,既不像科学知识那样谨严但隔膜,也不像'生活'本身那样生动但散漫。"② 伊格尔顿把文学艺术看作是意识形态的组成部分,即复杂的社会知觉结构中的一部分,但他反对仅仅简单地从文学作品中去搜集政治经济与阶级斗争的状况,把它看作是作家所属的社会集团或阶级的意识形态的反映,这是一种机械反映论的观点,那样就把马克思主义庸俗化了。他指出,"文学'反映'现实这一思想,就其粗略的公式来看,显然是不恰当的。它把文学与社会的关系看成是被动的、机械的,好像作品像一面镜子或者像一张相片,只是消极地录下'外界'正在发生的事情。"③他认为文学文本反映的并不是历史真实,它反映的是对现实产生影响的意识形态的作用情形。意识形态对现实发生作用,作品再对意识形态发生作用,然后产生意义和观念。因此,文学作品的真实性不是说它反映了历史真实,而是说它本身就是意识形态的产生过程,并在此意义上展示了某种历史真实。如此一来,伊格尔顿的文学与意识形态生产理论不仅区别于庸俗马克思主义的机械反映论,他也反对阿尔都塞提出的文学应该与意识形态保持距离的观点,认为文学会对现存的意识形态话语产生一种复杂的作用。他强调指出,"文学作品是一种特定的意识形态的生产,而不仅仅是其他意识形态话语的反映,因此,批评就不能只关注文学形式的规律或意识形态

---

① 〔英〕伊格尔顿:《马克思主义与文学批评》,第20页。
② Terry Eagleton, *Criticism and Ideology*, London: New Left Books, 1976, Verso, 1978, p.101.
③ 〔英〕伊格尔顿:《马克思主义与文学批评》,第55页。

的理论,而更应该关注文学作为一种意识形态话语的生产规律。"①

在文学形式和意识形态的关系问题上,伊格尔顿认为文学形式具有意识形态性,意识形态的变化会在文学形式的变化方面反映出来,但是,文学形式的变化与意识形态的变化又不是简单的一一对称关系。他指出,文学形式至少是三种因素的复杂统一体:其一,部分地由一种相对独立的文学形式的历史形成;其二,它是某种占统治地位的意识形态结构的结晶;其三,它体现了一系列作家和读者之间的特殊关系。马克思主义批评要分析的就是这些因素之间的辩证统一关系。作家在做出形式上的选择时,他的选择已经受到意识形态的限制。他可以融合和改造已有的形式,但是这些形式本身和他对它们的改造都具有意识形态方面的意义。伊格尔顿考察了从乔治·艾略特到 D. H. 劳伦斯一系列作家的小说,来说明文学形式和意识形态的关系。他审视了每一个作家的意识形态状况,分析他们的思想矛盾,探索他们在自己的作品中解决这些矛盾的方式。例如,他在分析中指出,维多利亚时期日益突出的团体化特点及其政治设置决定了乔治·艾略特小说的意识形态母体。艾略特的小说试图解决这一时期意识形态的两种性质之间的结构性冲突:一方面是逐渐减弱的浪漫主义个体主义对自由精神的追求;另一方面是某种更高的团体合作的意识形态,它强调社会的总体性。艾略特小说的形式一直压抑和排除团体主义和个体主义意识形态之间潜在的悲剧性冲突。对于艾略特这个农场经纪人的女儿来说,团体主义价值观的社会立足点就是农村社会。在艾略特的农村小说中,田园的、宗教道德的意识形态中插入自由主义的、科学理性的意识形态,这种意识形态的矛盾统一性为她的小说提供了生产母体。因此,艾略特的每一个小说文本都展示了多种小说手法,诸如田园情调、历史现实主义、神话诗、道德寓言和说教话语等,甚至还有乌托邦幻想的成分。上述话语形式都与当时复杂的意识形态有关联,但它们又不是简单地表达意识形态的形式。这些话语在文本的内部互相表达,并生产出作为文学表意过程的意识形态形式。

伊格尔顿在《马克思主义与文学批评》中提出了文学是意识形态的生产的观点。他指出"文学可以是一件人工产品,一种社会意识的产物,一种世界观;但同时也是一种制造业。书籍不只是有意义的结

---

① Raman Selden, ed., *A Reader's Guide to Contemporary Literary Theory*, Harvester Wheatsheaf, 1997, p.110.

构,也是出版商为了利润销售市场的商品。"①在此意义上,文学艺术也是经济基础的一部分。在资本主义社会中,作家、艺术家不只是超个人的思想结构的调遣者,也是出版公司的雇佣劳动者,由他们去生产卖钱的商品;批评家也不只是分析作品的学者,而是从意识形态方面培养能为资本主义社会尽职的学生。因此,伊格尔顿认为如何说明艺术中"基础"和"上层建筑"的关系,即作为生产的艺术与作为意识形态的艺术之间的关系,是马克思主义批评当前所面临的最重要的问题之一。伊格尔顿引用了一位英国批评家柏杰对油画的评论来说明他对艺术生产和意识形态关系的看法。油画一方面是作为意识形态的艺术而存在的,另一方面它又是一种被人购买和占有的对象和财产。在此意义上,油画作用于世界与资本作用于社会关系是一样的,它涉及油画这种艺术体裁和生产技术,包括艺术生产在内的社会经济生产的特定发展阶段,艺术家与群众(即生产者与消费者、卖者与买者)的关系,艺术产权关系和一般的产权关系,以及维持那些产权关系的意识形态是如何体现在某种绘画形式中的等方面的问题。伊格尔顿强调马克思主义批评必须使用自己的语言对上述问题做出全面的论述和分析。

意识形态理论一直是伊格尔顿的批评理论关注的焦点。针对当代某些后现代理论圈子中所谓后现代是一个"意识形态终结"的世界的说法,伊格尔顿指出:"有些意识形态(例如新斯大林主义)可能已经崩溃了,而其他的(父权制、种族主义、新殖民主义、自由市场经济)意识形态仍然像病毒一样纠缠不休。我们必须深思一个异常的反讽,在一个被强力的、有时是致命的意识形态所左右的世界里,知识分子竟然决定意识形态的作用已经结束。当然,这在一定程度上反映出他们已经习惯了与大部分人的生活世界拉开一段距离,也部分地反映了他们把媒体和步行街错认成社会现实。……但这也是资本主义性质发生某些变动之后的结果,古典资本主义曾力图通过道德价值的修辞力量来证明它的正当性,但是如今的资本主义一般都满足于自私自利的消费主义和享乐主义。这个意义上的'意识形态终结'本身就是十足的意识形态:它想要我们完全忘掉寻求道德正当性,一门心思地好好享乐。"②

70年代后期,在后结构主义思想的冲击下,伊格尔顿的批评理论发生了较大的变化。他开始由阿尔都塞的强调科学性的批评立场转向

---

① 〔英〕伊格尔顿:《马克思主义与文学批评》,中国社会科学出版社,1999年,第65页。
② 〔英〕伊格尔顿:《意识形态》,引自《历史中的政治、哲学、爱欲》,马海良译,第99页。

布莱希特和本雅明所代表的革命思想。1981年《瓦尔特·本雅明,或走向革命批评》的出版标志着伊格尔顿的批评理论从科学体系的建构转向文化政治实践的批评方法。这种转变的结果是,伊格尔顿又回到了马克思所揭示出来的经典的马克思主义革命理论问题。他试图将列宁的革命原则与解构主义的有效成分结合起来。正如马克思所说:"人的思维是否具有客观的真理性,这并不是一个理论的问题,而是一个**实践的**问题……哲学家们只是用不同的方式**解释**世界,而问题在于**改变**世界。"①伊格尔顿提倡一种以实践为旨归的革命批评。他相信德里达和保罗·德·曼等人的解构主义理论具有消解一切确定性,一切凝固的、绝对的僵化的知识形态的革命作用。与此同时,他又从列宁的原则出发,批评德里达的解构主义从小资产阶级的立场出发,否定客观性和物质利益,特别是阶级利益。他接受列宁关于只有同群众运动和革命实践紧密联系才能最终形成正确理论的观点,指出马克思主义批评应该从政治出发,而不是从哲学出发,批评家必须解构现存的文学观念,揭示文学在形成读者的主体性方面所具有的意识形态作用。在此意义上,他反对后现代理论的华而不实和它们对现实问题的遮蔽,指出革命的文化工作者当前面临的三项主要任务是:"第一,通过已经转换了的文化媒介,参与作品或事件的生产,为了取得社会主义胜利的效果而将现实虚构化。作为批评家,应该暴露非社会主义作品的修辞结构及其产生的不良效果,以此与现在已经很不时髦的虚假意识作斗争。第三,尽可能刨根究底地去阐释这些作品,以占用对社会主义有价值的一切东西,简言之,社会主义文化工作者的实践是投入型的、论战型的和占用型的。"②

伊格尔顿以其渊博的知识、深刻的洞察力和精辟透彻的理论分析表明,文学研究从来就是具有政治性和意识形态性的,尽管这种政治性和意识形态性的表现形态各不相同。尤其是他对文学的意识形态生产理论的分析和论证,对于开拓当代的文学批评视野和深化文学批评实践来说,都具有重大启迪意义。

(二) 詹姆逊的辩证批评与后现代理论

弗雷德里克·詹姆逊(Fredric Jameson, 1934—)是当代美国享有

---

① 马克思:《关于费尔巴哈的提纲》,引自《马克思恩格斯选集》第一卷,第16—19页。
② Terry Eagleton, *Walter Benjamin, or Towards a Revolutionar Criticism*, London, 1981, p.113.

世界声誉的马克思主义批评家。他长期执教于耶鲁大学、加州大学、杜克大学等高等学府,其主要著作有:《马克思主义与形式》(1971)、《语言的牢笼》(1972)、《政治无意识》(1981)等。1985年,詹姆逊曾经来华讲学,其讲学内容集成《后现代主义与文化理论》在中国出版。1998年,詹姆逊又推出了他的另一本新书《文化转向》。

詹姆逊继承了黑格尔式的马克思主义传统,倡导一种辩证批评(dialectical criticism)。在《马克思主义与形式》中,詹姆逊一再强调辩证思维是思维的思维,辩证批评要求辩证地处理部分与全体、具体与抽象、现象与本质、主体与客体之间的关系。从辩证的眼光来看,任何客体都不是固定不变的,它一方面要与一个更大的整体相关,另一方面又与思维的主体相关,而这个思维的主体又是一个历史过程的一部分,这样一来所有的客体和主体都在相对的运动和变化中。辩证批评强调把单一的文学作品看作一个更大的结构,例如一个文学运动和传统,甚至一个历史处境的部分,不赞成那种把单一作品孤立地抽取出来进行分析的做法。他还指出,这种辩证批评要尽可能地揭示出文学作品的"内在形式"(inner form),即从作品的表层深入到核心,发现作品中不同层次的相互关系和辩证运动。詹姆逊对海明威的作品展开了讨论,指出他的小说中所描绘的英勇、爱情、死亡等只是作品的表层,而确定某种语句和文体的实践,或者说是创作过程才是其作品的核心。海明那种简洁到不能再简洁的文体一方面可以记录外在的事件和活动,另一方面又能暗示人物之间的紧张关系和不满。在海明威的小说中,这种紧张和不满是通过人们简洁的口头语言来表达的。詹姆逊认为,在海明威的作品中,创作技巧与斗牛、钓鱼、拳击、打仗等技巧融为一体,表现了积极参与外在世界活动的美国男子汉形象,也投射出人类主动地和无所不包地在技术上参与外部世界的总体意象。

  关于技术的这种意识形态,清楚地反映出更为普遍的美国劳动状况,在这种状况中,处于疆界开发和阶级结构模糊的语境下的美国男性,从传统上说是按照他所从事不同职业和他拥有技艺的多寡来进行评价的。海明威对男性气概(machismo)的崇拜,正是同第一次世界大战后巨大工业变革相妥协的那种企图:它满足了新教的劳动伦理,同时又颂扬了闲暇;它使趋向于整体性的最深刻、最能赋予生命力的冲动,同只有运动才能使你感到生气勃勃、没有受到伤害的状况调和起来。①

詹姆逊进一步指出,海明威作品中的人类环境总是设置在异国他乡,这是因为他那种精心选择的简单语句无力应付复杂的美国社会现实,却适用于那种淡薄了的外国文化和外国语言现实,并由此得出这样的推测:古巴革命后海明威不得不返居美国国内,正是因为作为作家的他从未熟谙的美国现实的抵抗,才使他在文本上软弱无能,并且最终做出自杀的抉择。因此,从上述对海明威小说的内在形式的分析,詹姆逊得出结论说,作品的内在形式既是对具体现实的揭示又是对它的掩饰。他还由此断定,一个作家对形式技巧的追求往往是别有用心的,现实世界往往是既被掩饰又被揭示在某种审美姿态中。

在《语言的牢笼》中,詹姆逊对索绪尔的语言学理论、俄国的形式主义理论和法国的结构主义理论作了系统的介绍和评价。对索绪尔的语言学理论作为一种模式和比喻在文学批评、人类学以及最终在哲学领域中所产生的解放思想的巨大影响给予充分肯定,但他也指出:"把共时和历时加以区分这一举动是索绪尔的理论首先能够成立的惟一基础。毫无疑问,这一区分是不够的,也是不符合辩证法的,因为它的基础是一种纯粹的对立,是一对永远不可能以任何形式调和在一起的绝对的对立面。"②詹姆逊进一步指出,形式主义和结构主义在摆脱英美传统的经验论和实在论,转向强调语言符号的关系系统的重要性方面是做出了重大贡献的,但是由于这种语言批评模式过分强调共时性思考与历史性思考的差异和对立,从而割裂了作品的形式与内容的关系,导致对文学的历史维度的放逐,最终陷入语言的牢笼。因此,马克思主义的辩证批评必须走出语言的囚禁状态,同时又要利用形式主义和结构主义的成果,将结构分析和历史分析结合起来。在该书的最后,他提倡这样一种阐释学:"通过揭示先在代码和先在模式的存在,通过重新强调分析者本人的地位,重新把文本和分析过程向历史趋势开放。……在我看来,只有以此,或以相类似的东西为代价,共时分析和历史意识、结构和自我意识、语言和历史这些孪生的、显然是无法比较

---

① 〔美〕弗雷德里克·詹姆逊:《马克思主义与形式》,李自修译,百花洲文艺出版社,1995年,第349—350页。
② 〔美〕弗雷德里克·詹姆逊:《语言的牢笼》,钱佼汝译,百花洲文艺出版社,1995年,第18页。

的要求才能得到调和。"①

在《政治无意识》一书中,詹姆逊对辩证文学观做出了最全面的总结和理论升华。詹姆逊一开篇即表明"本书将论证对文学文本进行政治阐释的优越性",应该把政治视角"作为一切阅读和一切阐释的绝对视域"。②詹姆逊从弗洛伊德那里借来了"压抑"的概念,并把这种"压抑"从个人层面提升到集体层面,提出了"政治无意识"(political unconscious)的概念。他认为:"一切事物都是社会的和历史的,事实上,一切事物说到底都是政治的。"③因此,批评家的任务就在于使历史文本本身恢复其"充分的言语","正是在探寻突然中断的那种叙事的痕迹的过程当中,在把被压制和埋没的这种基本历史现实复归到文本的表面的过程当中,政治无意识的原则才找到了它的作用和它的必然性。"④在此书中,詹姆逊试图创建一种新的阐释学,一方面去探索为作为社会象征性行为的文化制品祛伪的多种途径,以便揭示愿望满足的政治部分和文本中意识形态的既得利益;另一方面揭示出文本赖以生成的意识形态基质,说明文本如何以这种基质被接受和阐释。通过解读19世纪和20世纪初期的小说,詹姆逊说明了政治无意识在叙事中的运作过程。他认为,每一种叙事模式,都负荷着自己的意识形态内容。在一个文本内部,不同的叙事形式可以共存,并形成有意义的张力。在对巴尔扎克、乔治·吉辛和约瑟夫·康拉德的小说做出具体分析后,詹姆逊得出结论:一方面,所有阶级意识,不管它属于哪一种,都是乌托邦的,因为它表达了集体性的统一;另一方面,已经获得的集体性本身并非是乌托邦的,不管它是属于压迫者还是被压迫者,而仅仅是由于这些集体性象征着已经达到的乌托邦或无阶级社会的终极具体的集体生活。在此意义上,詹姆逊强调指出,在具有乌托邦意义的文化制品内部,意识形态的扭曲力不仅仍然持续存在,而且丝毫没有减弱。因此,"只有同时承认艺术文本内的意识形态和乌托邦功能,马克思主义的文化研究才有希望在政治实践中发挥作用,当然,这种实践依然是马克思主义的全部意义所在。"⑤

---

① 〔美〕弗雷德里克·詹姆逊:《语言的牢笼》,钱佼汝译,百花洲文艺出版社,1995年,第182页。译文略有改动。
② 〔美〕弗雷德里克·詹姆逊:《政治无意识》,王逢振、陈永国译,第8页。
③ 同上书,第11页。
④ 同上书,第2页。
⑤ 同上书,第286页。

詹姆逊既是一个继承了黑格尔传统的马克思主义者,同时又是一个多元论的马克思主义者。他的《后现代主义,或晚期资本主义的文化逻辑》(1991)体现了他综合黑格尔辩证法与结构主义、后结构主义、弗洛伊德的心理分析、阿尔都塞的意识形态理论等各家各派的努力。他认为资本主义后工业社会是一个破碎的、多元的、无中心的异化社会,指出后现代主义文艺的无中心感、无深层感、碎裂感、紊乱感等特征恰恰反映了当代西方社会的本质,是晚期资本主义的文化逻辑。在出版于1998年的最新论著《文化转向》一书中,詹姆逊坚持以一种清醒的马克思主义批评立场,将后现代置于晚期资本主义的全面更新中加以评价,认为只有将后现代作为我们社会及其整个文化或者说生产方式的更深层的结构改变的表征才能得到更好的理解。现实主义、现代主义和后现代主义这些在历史上性质截然不同的、并且似乎是不相容的模式,实际上是具体化的辩证法的多个阶段,后现代不过是早已存在的资本主义制度的某种辩证的转换。后现代作为对现代的反动和发展,二者之间不可能有一个截然的分界,它必然会留存一些现代的成分。也就是说,现代的某些特征作为后现代的某些部分和碎片仍保留在后现代中。在此意义上,詹姆逊对后现代的特征做出了深入的阐发。他认为,现代艺术是依赖高雅文化和大众文化的区别来寻求其独特性和乌托邦功能的,它表现出对商业文化的抵制和对经典、权威的维护;而后现代文化,特别是当代的大众文化则是与市场体系和商品形式同谋的,它们把艺术包装成商品(如后现代的怀旧电影),作为纯粹的审美消费品提供给大众。后现代通过合成的方式使得高雅艺术与商业文化的界限难以界定。因此,后现代表现的是一种新的文化领域,它充盈于现实世界中,将现实殖民化,以至于它几乎没有外部可言。詹姆逊对现代性和后现代性的审美特征也作了区分,认为现代的审美特征是崇高的,后现代则体现为一种美的回归,这种回归以快感和满足、放纵和消费为标志;现代语言是私人化的,后现代则是非个人化的、通用的、套话式的,在某种意义上它是一种媒体语言;现代艺术关注语言和技巧,语言在后现代艺术中则不再具有特权地位,它更推崇装饰实践和影像。

总起来看,詹姆逊是当代西方思想界最具有活力和包容性的马克思主义理论家,他既旗帜鲜明地坚持一种清醒的马克思主义批评立场,又广泛地吸收了精神分析、形式主义、结构主义、解构主义等当代理论,为西方马克思主义文艺理论的发展带来了无限生机。

第十五节　新历史主义批评

"新历史主义"一称是美国文学批评家斯蒂芬·格林布拉特在20世纪80年代初比较明确地提出来的。在一本英国文艺复兴研究论文集中,格林布拉特将它确定为一种文学批评趋向,以反拨长期在大学英文系占据主导地位的传统文学史研究和新批评。[①] 此后,作为一种文本分析形式,新历史主义批评声望日隆,改变了形式批评垄断的格局,迄今为止,它已在许多大学的英文系根深蒂固,成为一种很常见的批评方法。

新历史主义批评的主要研究领域在英国文艺复兴时期的文学和文化,在这方面,很有代表性的批评家,除了斯蒂芬·格林布拉特之外,还有乔纳森·葛德伯格(Jonathan Goldberg)和路易斯·蒙特罗斯(Louis Montrose)等人。随着影响的扩大,它逐渐旁及19世纪的文学和文化,在这个研究领域,比较重要的批评家有凯瑟琳·加拉赫(Catherine Gallagher)、南茜·阿姆斯特朗(Nancy Armstrong)和D. A. 米勒(D. A. Miller)等人。

新历史主义批评重申,社会历史语境对于理解文学作品是不可或缺的,同时,它又强调文学作品对于读者社会意识的塑造作用。许多新历史主义批评家,尤其是格林布拉特,总是先从不入文学正统的社会文献,如布道词、司法文书、游记、日记、政论之中,搜剔出一段鲜为人知的野史佚闻,然后再切入当时的社会历史语境,征引同时代的其他文献掌故,揭示出主要分析的文本(通常是经典作品)中暗含的社会权力关系,揭示统治集团的思想意识是怎样悄然渗透于作品中的。然而,统治集团的思想意识并未完全统摄这部作品,使它彻底沦为他们的思想工具。新历史主义批评家还会从读者习焉不察的字里行间,梳理出与这些思想意识相抵牾的内容,也就是所谓颠覆性因素。新历史主义批评制造的悬念,批评家的广博学识和犀利眼光,通过这个环节表现出来,而新历史主义批评难于操作,不容人率尔操觚也正源于此。这些颠覆

[①] Stephen Greenblatt, "Introduction: The Power of Forms and the Forms of Power," in Stephen Greenblatt ed, *The Power of Forms in English Renaissance*, Norman, Okla.: Pilgrim Books, 1982.

性因素,不表明作家改造现存社会的宏伟志向,它们只是作家不满现状而抒发的不同政见,因为批评家接下来会证明,这些不同政见最后还是受到了权力的遏制。

文章开头的那段别出心裁的野史佚闻,往往在读者那里产生陌生化效果,让他换一种眼光重新审视作品及其社会历史语境,消除他的一些陈旧看法。① 它很像旧式章回小说的楔子,有敷陈大意,隐括全文的功用。它是人情世态具体而微的一个缩影,从中可见整个社会权力关系的轮廓。它使批评家见微知著,从一鳞半爪的琐言杂记之中,发现更复杂的权力结构和运行方式,进而昭示,权力的运作是如何无所不至,从这类无关紧要的小事蔓延开来,扩散到更为复杂和精妙的文学作品和其他社会性实践之中。

在新历史主义批评之前,传统社会历史批评同样重视社会语境,在19世纪,它曾占据高位,直到形式主义在20世纪初异军突起,它才被推向批评舞台的边缘。那么,新历史主义批评的出现是不是社会历史批评的简单回复?二者在批评方法和历史理念上有什么本质的区别?新历史主义的标新立异究竟体现在什么地方?

传统社会历史研究主要探讨的是,作品所处时代的社会思想、历史特征、作者的用意和作品的主旨,它把社会历史因素或作者的生平归结为作品的成因,把作品视为时代精神或作者思想的表现。现以康拉德《黑暗的中心》为例,去看一看,同样的山水,在新历史主义批评家和传统的社会历史批评家手里,是如何呈现出两幅不同的笔墨的。②

传统的社会历史批评家在解读《黑暗的中心》之时,可能去参考19世纪欧洲人在刚果殖民活动的记载,然后以此为依据,分析小说如何忠实再现了殖民者掠夺自然资源、残杀土著人的那段残酷历史。他可能论及殖民当局在非洲的统治,以及当地人的生活状况。传统的文学史家还可能考察作者的传记材料,证实小说中的哪些内容取材于康拉德本人在刚果河上的经历。③ 传统的文学史家还会利用作者的传记材料来揭示小说的创作过程。他可能不断地提出并回答以下问题:康拉德早年对19世纪大冒险家的事迹很感兴趣,这对他的写作有什么影响?

---

① Kiernan Ryan, *New Historicism and Cultural Materialism*, p. xvii, London: Arnold, 1996.
② Lois Tyson, *Critical Theory Today*, pp. 289–291.
③ 康拉德早年曾在一家比利时公司的轮船上当船长,航行在刚果河上。

他是否还保留了航海时代的日记？他在写这本小说的时候，依据自己的日记，还是主要靠回忆？他在刚果的亲身经历，包括他身体受到的永久性损害，对他的创作有什么样的影响？

相比之下，新历史主义批评家走的是另一个路数。他可能着力去考察，小说的叙述中如何体现了两种相互冲突的话语，反殖民主义和欧洲中心论。作者揭露了欧洲殖民者奴役和剥削非洲人的罪恶行径，这是该小说反殖民主义主题之所在。可是，正如尼日利亚小说家钦努阿·阿契贝所指出的，康拉德在反对殖民主义的同时，却无意中流露出欧洲中心主义的心态。① 康拉德的代言人马洛评论说，欧洲人图具文明的外表，骨子里与他们想去制服的非洲人一样"野蛮"。这表明，在康拉德的内心深处，非洲的部落文化就是"野蛮"的象征。新历史主义批评者还有可能去考察读者对这部小说接受的历史，看它是如何受到各个时代流行话语的塑造，以及它又是如何塑造了那些流行话语。

传统的社会历史批评家，经常把某一时期的文学完全视为一种时代精神或思潮的表现，在分析作品的时候，常从时代精神或思想主潮入手，探查它对创作的影响，或者作品对它的反映，再做出比较笼统的解释，而新历史主义批评则认为，每个时代内部，都有各种相互冲突的思想潮流和价值观念，没有一种大一统式的普遍时代精神，对于这一时代的文化，任何总体性解释都不够全面，所谓事态万殊，难执一以驭百，它只能覆盖部分历史画面，而无法延及全貌。

格林布拉特说过，历史主义批评只会在文本中找到一种意义——主导性的官方意识形态，例如，老派莎学名家 J. 多弗·威尔逊和 E. M. W. 蒂利亚德认为，莎士比亚的历史剧是都铎王朝意识形态的折射。新历史主义批评则认为，莎士比亚历史剧里面固然有都铎王朝意识形态的代言人，可是，最能吸引观众的，往往是作为颠覆性力量、反击那种意识形态的人物，例如理查二世和福斯塔夫。②

在文学与历史的关系方面，新历史主义淡化了以往对文学与历史、文本与社会语境的硬性划分。这种对立实际上是把社会历史当成文学

---

① Chinua Achebe, "An Image of Africa: Racism in Conrad's *Heart of Darkness*", in Peter Brooker and Peter Widdowson eds., *A Practical Reader in Contemporary Literary Theory*, Prentice Hall, 1996, pp. 261–271.

② Stephen Greenblatt, "Introduction: The Power of Forms and the Forms of Power", in Stephen Greenblatt ed, *The Power of Forms in English Renaissance*, Norman, Okla.: Pilgrim Books, 1982.

创作的背景,而把作品本身当成反映或表现这个背景的"前景"。"背景"仿佛是一系列客观的知识,为分析作品提供旁证,帮助读者了解作家的生平和内心世界,以说明作品的核心思想,或是阐明那个时代的精神风貌、流风余韵。新历史主义则抛弃了"前景"和"背景"的区分。如果说在传统的社会历史批评那里,文学和社会历史的关系,好比是皮与肉之间的关系,那么在新历史主义那里,文学与社会历史之间的关系,就是血与肉之间的那种令夏洛克等辈无从下手去切割的关系了。社会历史不再是用来解释作品的客观知识,文学作品也不仅仅是表现历史知识的中介:它诱导人们接受某些观念和价值,塑造了人们的社会意识,因而是社会历史的一部分。所以,新历史主义者自称,他们研究的是历史中的文学和文学中的历史。① 在传统的社会历史批评中,非文学文献只是为说明经典作品提供旁证,不大被看重,可是在新历史主义批评家手里,附庸却蔚然为大国,它们俨然与经典名作分庭抗礼,被批评家一视同仁,详加研讨。那一篇篇激情洋溢的布道词、枯燥无味的司法文书,那一堆堆流露出真实的内心世界的私人日记,那一部部充满异域风情的海外游记,舌剑唇枪的争论小册子,这些历来难登文学庙堂的文献,成为新历史主义者窥探世道人心、发掘社会矛盾的绝好材料,也是他们大做翻案文章、破除陈见、另立新说的利器。

一般认为,新历史主义批评具有以下几点共同特征:第一,新历史主义批评家往往去考察各种体裁的文本,去证实它们在协调国家内部权力关系方面发挥的关键作用;第二,他们决不会将文学文本与其他文本形式区分开来,也不将它们与所处的社会和政治语境割裂开来;第三,他们都持有以下观点,文学同其他写作形式一样,具有颠覆国家的倾向,可是这种倾向最终会被遏制;第四,新历史主义分析研究同一历史时期的各类文献,以便证实,每一时期都自有其权力模式。② 例如,

---

① John Brannigan, *New Historicism and Cultural Materialism*, St. Martin's Press, Inc., 1998, pp. 3–4.
② John Brannigan, "Introduction: History, Power and Politics in the Literary Artifact", in Julian Wolfreys ed, *Literary Theories: A Reader and Guide*, Edinburgh University Press, 1999, pp. 421–422.

蒙特罗斯的《塑造想像》,①通过分析伊丽莎白时期的戏剧和其他性质迥异的文本,揭示出它们是怎样通力合作,为一代女主塑造出神话般的童贞女王形象的。以莎士比亚《仲夏夜之梦》为主要分析对象,但作者还不惜笔墨,去分析一个小人物的自传、当时很流行的一个医学手册、瓦特·雷利爵士殖民活动的游记,以及其他有关亚马孙女王的故事。这些文本有着共同的意象、主题和比喻手法,直接影响到莎士比亚对伊丽莎白时代社会权力情况的再现。②蒙特罗斯把莎剧与这些看似不相干的文献等量齐观,就是为了解释伊丽莎白的这个形象是如何经文人发明出来并在世上广泛散布的。文学和非文学文本交叠出现,相互印证,它们不仅是当时社会和政治话语的产物,同时,也侧身参与了社会和政治话语的形成,正如蒙特罗斯所见,《仲夏夜之梦》对于伊丽莎白一世被当偶像来崇拜起到了推波助澜的作用。

新历史主义在理论上深受福柯的历史观、权力和话语观念的启发。在批评的手法上,新历史主义借鉴了人类学家克利福德·格尔兹的"厚描法"。

福柯对于新历史主义的影响是相当大的。他一反启蒙运动以来许多历史学家的做法,不再把历史看作人类社会从低级向高级阶段演化的过程。他还认为,任何一桩历史事件都不可能有惟一的原因,它植根于当时政治、经济和社会诸种因素所编织的网络之中。福柯提醒历史学家们注意,由于他们身处当前的历史环境下,很难以批判的眼光看待当代文化实践,更难以客观中正的立场对待过去。

福柯认为,现代时期以来,对疯人的圈禁措施,现代监狱制度中监控体系的出现,都受到一股不可名状、而又无所不在的力量的推动,这股力量便是权力。与马克思主义不同,福柯关心的不是权力的制度化形式,如国家机器和阶级关系,他着重研讨的是,不平等和压迫性的权力关系是怎样以人道精神和自动选择的面貌,得以大行其道的,并在整个社会产生一种共识。他的权力观念给新历史主义批评的启示是,文

---

① Louis Montrose, "'Shaping Fantasies': Figurations of Gender and Power in Elizabethan Culture", in Richard Wilson and Richard Dutton eds, *New Historicism and Renaissance Drama*, London and New York: Routledge, 2001, pp. 179 – 180;相关评论见 John Brannigan, *New Historicism and Cultural Materialism*, pp. 69 – 70, St. Martin's Press, Inc., 1998,以及 Hans Bertens, *Literary Theory: The Basics*, London and New York: Routledge, 2001, pp. 179 – 180。

② John Brannigan, "Introduction: History, Power and Politics in the Literary Artifact", in Julian Wolfreys ed, *Literary Theories: A Reader and Guide*, p. 422.

学文本,以及其他文学形式,是建构权力的工具,由于权力无所不在和坚不可摧,任何抵制行为最终都要失败。

福柯的话语理论从侧面为新历史主义重探文学和历史的关系提供了新的视角。话语是一种特殊的意识形态形式,是在一定的社会条件下,决定人们应该说什么,以及怎样说的监督机制。文学是话语行为的一部分,它在社会结构中发挥了实际作用。例如,献给詹姆士一世的《麦克白》,本是揣摩上意、曲意逢迎之作,它为詹姆士一世的绝对主义意识形态理论鸣锣开道,积极参与了主导意识形态话语的建构,它不仅是当时社会历史状况的反映,而且也是社会历史的一部分。①

美国人类学家克利福德·格尔兹认为,在考察异域文化的时候,人类学家必须沉浸在这种文化内部所形成的各种关系之中,**忠实和详细地描述文化事件对于当事者的意义**。② 这就是所谓的厚描(thick description),它与单纯描述外在行为的粗描(thin description)形成对照。在格尔兹看来,这种细读方式虽说只能揭示这种文化的一个侧面,却拉近了读者与它的距离,产生了近乎身临其境的效果,加深了读者对它的感受。在评论文艺复兴时期的文学时,新历史主义批评家采用了"细描法",旁征博引相关的典章文物,有的时候,就连伊丽莎白时代的比武记分牌也不肯放过。这种文史互证的做法貌似琐碎,实际很见学识功力。与粗线条地勾勒时代精神、大写意式地描述社会总体风尚的历史主义批评手段相比,它浓墨重彩,深入细节,更贴近当时的社会文化氛围。

一、斯蒂芬·格林布拉特的新历史主义批评策略与批评实践

斯蒂芬·格林布拉特(Stephen Greenblatt,1943—)早年就学于耶鲁大学,当时,新批评在大学的文学教学中居主导地位。读研究生期间,他获得富布莱特奖学金,去剑桥大学进修,受教于英国著名马克思主义文学理论家雷蒙·威廉斯。由于长期受到形式主义批评的浸染,格

---

① 有关这方面的评论,参见 Alan Sifield, "Macbeth: History, Ideology and Intellectuals", *Faultines: Cultural Materialism and the Politics of Dissident Reading*, University of California Press, pp. 95 – 108.

② David H. Richter, *The Critical Tradition: Classic Texts and Contemporary Trends*, 2nd edition, St. Martin, 1998.

林布拉特对马克思主义和社会历史批评所知有限，威廉斯讲授的文学社会学和文化批评，对他产生了振聋发聩的效果，从而彻底改变了他的批评方向。回国之后，他结合了威廉斯的一些见解，以英国文艺复兴时代重要人物瓦尔特·雷利的创作为主题，完成了博士论文。① 70年代末80年代初，他在加州大学伯克利教书，正值福柯在这里做访问教授，他又直接受到福柯后结构主义思想的影响。格林布拉特的主要著作有《文艺复兴时期的自我塑造》(1980)、《莎士比亚商讨》(1988)、《不可思议的领地》(1988)和《学会诅咒》(1990)。

格林布拉特批评的一个明显特征是，文章伊始，先讲上一段鲜为人知的逸闻逸事，然后再进入所要分析的文学作品，例如，分析《李尔王》的那一篇批评，先介绍了一位名字叫塞缪尔·哈斯奈特牧师所写的一本揭露天主教士祛魔伎俩的书，②分析《第十二夜》的那篇，以蒙田讲述的女扮男装的故事为开端，③他的批评名篇《看不见的子弹》也是先以伊丽莎白时代的托马斯·哈里奥特(Thomas Harriot)的逸闻为楔子，再转入文学文本的分析。他这么做，倒不是去说明文学文本反映了这些历史事件，而是因为，他发现，在逸闻轶事和主要文本的背后，有着相同的话语模式。现以《看不见的子弹》为例，看一看他具体的批评策略。④

在伊丽莎白时代，信奉无神论是一桩严重罪行，可与叛国罪相提并论。新教徒和天主教徒都侈谈无神论的危害，随时准备将这顶帽子扣在对手头上，以证实自己的权力。无论生前还是死后，当时的著名科学家和殖民者托马斯·哈里奥特都深受他是无神论者这个传闻的困扰。可是，查遍他的著作，无论公开发表的文字，还是私人通信，都找不到他是无神论者的可靠证据，读者只看见他在鼓吹正统信仰。可是，这些谣言并非毫无根据。问题出在他的一本书里，这本书的题目是《关于新发现地弗吉尼亚的简短和真实的报道》。

哈里奥特写道，弗吉尼亚的印第安土著宗教宣扬灵魂不散、来世惩

---

① Stephen Greenblatt, *Sir Walter Ralegh: The Renaissance Man and His Role*, New Haven: Yale University Press, 1973.
② Stephen Greenblatt, "Shakespeare and the Exorcists", *Shakespearean Negotiations: The Circulation of Social Energy in Renaissance England*, Oxford: Oxford University Press, 1988, p. 94.
③ Stephen Greenblatt, "Fiction and Friction", *Shakespearean Negotiations: The Circulation of Social Energy in Renaissance England*, p. 66.
④ Stephen Greenblatt, "Invisible Bullets", *Shakespearean Negotiations: The Circulation of Social Energy in Renaissance England*, pp. 21–66.

罚、现世报应等教义,印第安人对此深信不疑,在祭司的精心引导下,印第安土著对待统治者崇敬有加,为的是死后免遭报应,享受天堂之乐,不受折磨之苦。这种描述很容易让读者得出结论,宗教起源于统治者的欺骗。在许多16、17世纪英国人的思想里,大多数印第安人在土著社会的地位,相当于英国本土的普通民众在英国社会结构中的位置。当时,殖民地的白人中上层阶级,在很大程度上认为印第安人属于另一个阶级,而不是另一个种族。在这种思想背景下,当时的读者很容易将印第安人社会同欧洲社会进行类比,由此而怀疑哈里奥特在以印第安社会来影射英国社会。另外,哈里奥特与印第安人接触后认为,他们的文化体现了远古时代欧洲文化的形象。也就是说,从印第安人的文化和信仰之中,可以看到欧洲文化和信仰的起源和性质。这岂不是在说,基督教也同样源于欺骗的把戏,摩西相当于印第安土著宗教中装神弄鬼的祭司?哈里奥特无意之中写出了对正统信仰产生颠覆作用的内容,使自己饱受怀疑。

根据哈里奥特的游记,印第安人初次接触欧洲人,就把他们随身携带的用具奉为神物,而这些欧洲殖民者借机欺骗说,神灵也把真理交给了欧洲人。印第安人的本土宗教信仰开始动摇,基督教对土著人的行为开始产生影响。殖民者说服印第安人,基督教的上帝保护他的选民,如果印第安人阴谋反对英国人的话,就会招致惩罚。一个"很有说服力"的例子是,当英国人撤离一个村落后,一些印第安人莫名其妙地患病死亡,殖民者认为这是他们反抗阴谋所招致的报应,一些印第安人也认为,这是上帝在用看不见的子弹来惩罚他们。他们哪里知道,真正夺去他们生命的是欧洲人带去的天花和麻疹病毒。

可以说,这些记载被认为是宗教欺骗本质的有力证据,在当时的读者中间会产生强烈的震撼力,对于正统基督教义有着巨大的颠覆作用,虽说作者本人并没有意识到这一点。然而,这种颠覆,并没有改变殖民者利用宗教信仰将自己的意志强加于土著人的做法。英国殖民者反而从这个颠覆性的、对宗教强制力的批判之中获益不浅,因为它证明了,推行基督教信仰是殖民事业的一桩利器。

类似的话语模式也出现在莎士比亚的《亨利四世》和《亨利五世》中。莎士比亚在亨利五世身上创造了一个理想国王的形象:明察是非、武功盖世。实际上,他在以古论今,以先前干戈扰攘的乱局为借鉴,变相赞美伊丽莎白盛世、都铎王朝的绝对主义统治。然而,在剧本的一开始,就出现了与主导意识形态极不和谐的内容。亨利四世寄予厚望的储君哈尔王子很不成器,结交酒肉朋友,厕身下层,偷鸡摸狗,肆意胡为,再加上国内贵族的叛乱此起彼伏,让亨利四世深感不安。哈尔的这些不成器举动,不仅让他父亲感到失望,更严重的是,作为一股颠覆性的力量,已经威胁到了统治秩序。

如果说哈里奥特的颠覆性力量是无意识的结果,哈尔的颠覆性举动却是有意为之的。原来他用的是欲擒故纵的障眼法,故作种种放浪形骸状,让父王和贵族对自己产生恶感,然后突然洗心革面,作一鸣惊人之举,以推翻他们的错误成见,"我要一反世人的期待,推翻一切的预料,把人们凭着我的外表所加于我的诽谤扫荡一空"。① 在他冶游无度、慷慨大方、与小人物称兄道弟的背后,潜藏着深谋远虑的心机。另外,混迹于社会下层,也是他考察王国社会状况、历练自己才干的好机会。他一登上王位,成为亨利五世,立即露出绝情的面孔,与过去的老友一刀两断,严辞斥退了福斯塔夫。其乐融融的友谊温情,顿成冰霜,为确立自己的权力而制造出的颠覆力量被遏制住了。格林布拉特总结说,由此可看出,现代国家的建立,就像现代君主的自我塑造一样,是建立在精心算计和欺骗的基础上的,没有背叛就没有秩序。

二、海登·怀特的"元历史"理论

海登·怀特(Hayden White,1928—)现为加州大学圣克鲁斯校区史学教授,著名的史学理论家和文化批评家,长期致力于思想史、史学理论和文化批评研究,他的代表性论著为《元历史》(1973)、《话语的转义》(1978)。海登·怀特的学术视野极为开阔,他在史学研究中大胆借鉴文学、人类学和社会学等学科的理论视角,体现出一种文史互通、跨学科的研究倾向,对史学研究和文学研究都产生了一定的影响。

所谓元历史(metahistory),广义上是指历史哲学,尤其是指思辨的历史哲学。其方法论原则是力图建立一套阐释原则框架,以说明历史发展的原则和规律。海登·怀特在《元历史》中系统地阐述了自己关于元历史的理论构架,其主要观点是:严格地说,历史不是科学,历史的编撰如同想像丰富的文学创作,具有虚构的特征,在历史文本的表层结构之下,存在一个本质是诗学的深层结构。这个诗学性质的结构,就是史

---

① 莎士比亚:《亨利四世上篇》,见《莎士比亚全集》,朱生豪译,人民文学出版社,1978年,第15页。

学家在历史编纂中暗中遵守的范式。海登·怀特考察了19世纪八位历史学家和历史哲学家的史学思想,提出历史编纂形式的理论。[①] 历史著作的编撰过程,就是对相关的史实材料增减削删,层层构建,形成一个形式上首尾连贯,逻辑上可自圆其说的整体的过程。海登·怀特认为,一部史书包括以下层次:(1)编年纪事(chronicle);(2)故事(story);(3)情节设置模式(mode of emplotment);(4)论证模式(mode of argument);(5)意识形态涵义模式(mode of ideological implication)。史学家最先要做的是,将历史材料按照事件发生的时间顺序组织成编年纪事,然后再进一步编排整理,把这些事件叙述成一个有头有尾、有中间过渡的故事,在故事的组织过程中,历史事件的时间顺序可能被打乱。通常认为,历史学家是在深入编年纪事去发现故事,而小说家在凭想像发明故事,其实不然,历史学家在编排故事的过程中也有"发明"的因素:根据不同的需要,某一事件或放在故事的开头,或放在故事的结尾,或充当过渡的情节。

遴选史实编排故事,第一个环节是设置情节。在弗莱神话—原型理论的启发下,海登·怀特认为,与文学叙述相同,在历史编纂中,情节设置主要遵循以下四种模式:浪漫故事(romance)、悲剧(tragedy)、喜剧和讽刺(satire)。按照弗莱的说法,传奇性神话,"建立在寻找和向往上帝之城或无阶级社会的基础上",喜剧性"神话讲述演变或革命的过程",悲剧性神话,"讲述衰变和沉沦,如吉本和斯宾格勒的作品"。例如,讲到法国大革命,米什莱认为这场革命是人类反对宿命、争取自由的浪漫超越行为,他的法国革命史使用的是浪漫故事模式,而同时代的托克维尔将法国革命视为一场悲剧,他的法国革命史用的是悲剧模式,兰克用的是喜剧性模式。布克哈特的《文艺复兴时期意大利的文化》有意去打破读者对历史著作形式完整(coherency)的期待,对于那段时期的文化,他所提供的画面是极为松散的,这正是讽刺作家所追求的效果,所以说,他用的是讽刺模式。

第二个环节是形式论证,也就是对历史事件的意义进行解释。海登·怀特区分出四种形式论证方式:形式论(formist)、有机论(organist)、机械论(mechanist)和语境论(contextualist)。形式论侧重于探究历史事件中的不同行动者及其行为的独特性。有机论者,如黑格

---

① Hayden White, *Metahistory: Historical Imagination in 19th Century Europe*, Baltimore and London: the John Hopkins University Press, 1973, pp.1-43.

尔,致力于寻找历史进程中的"原则"或"观念",认为这些"原则"或"观念"预示了历史进程的各级目的。机械论者,如马克思和泰纳,寻找决定历史进程的因果规律。语境论者在一定的社会时间和空间内,确定历史事件的根源及其后果和影响。

历史编纂同文学创作一样,体现出史学家的意识形态立场,"甚至政治倾向不明显的历史学家和历史哲学家,如布克哈特和尼采,也具有明显的意识形态涵义。"海登·怀特借用卡尔·曼海姆的理论,区分出四种意识形态倾向:无政府主义、保守主义、激进主义和自由主义。保守主义主张循序渐进地改变社会现状,自由主义希望在将来某一时刻改变现行的社会结构,二者都反对用激烈的手段去改变现状,激进主义和无政府主义相信结构变化的必要性,前者致力于依据新的基础重建社会,后者则旨在废除社会。

在《话语的转义》中,海登·怀特进一步阐发了文史互通和文史互济的观点。海登·怀特发现,19世纪以来,史学界普遍存在这样一种观念,历史处于科学和艺术之间,能够左右逢源,然而,到了20世纪,这种观念,连同史学一起,饱受了攻击,因为当代哲学和科学已经证明,无论科学还是艺术,都具有建构性特征,历史的客观地位变得岌岌可危。[①] 反历史意识的倾向弥漫在20世纪的文学中,历史成为沉湎于过去、恐惧未来的思想的象征,艺术被认为是对鲜活现实的反应。造成这种情况的一个重要原因是,从19世纪中叶史学的黄金时代过后,这门学科日益专门化,趋向保守,极少关注当代科学和艺术的最新发展。想要恢复史学的尊严,应对措施是:一方面,不能为研究历史而研究历史,史学家应着眼于当代世界,为解决现实问题提供视角和对策;另一方面,了解当代自然科学和现代艺术,从中汲取分析技巧和表现手法,印象派、表现主义、超现实主义等流派的表现手法可供史学借鉴。[②] 历史目前处境不佳,与它无视自己与文学想像的渊源有关。它总想表现得科学和客观,从而压制和泯灭了更新力量的来源。可是,作为虚构形式的历史与作为历史再现形式的小说,实在是难分轩轾。它们都是以文字来表现"现实"的,许多史实经过改造,成为小说创作的重要素材,而小说写作使用的一些形式,亦可为史学家所师法,例如,19世纪的大历史学

---

① Hayden White, "Burden of History", *Topics of Discourse: Essays in Cultural Criticism*, Baltimore and London: The Johns Hopkins University Press, 1978, pp. 27 – 28.

② Ibid., p.41.

家曾借鉴过文学现实主义的表现手法,略有不同的是,小说家由于常使用比喻技巧,他对现实的表现可能更间接一些,史学家在陈列史实之外,还要提出与此相应的命题和论断,他对现实的表现显得更直接。①

第十六节 女性主义批评

女性主义批评(Feminist Criticism)起源于20世纪60年代欧美的妇女解放运动(又称女权主义运动)。女性主义批评将性(sex)和社会性别(gender)作为最基本的出发点,重新审视以男性为中心的文学和文学批评传统,致力于挖掘妇女在历史、文化、社会中处于从属地位的根源,探讨性别和文本之间的相互关联。严格地说,女性主义批评并非是一个旗帜鲜明、步调一致的阵营。女性主义批评在其发生发展的各个时期,不仅各有其不同的侧重和主张,而且在批判与建构两方面也都呈现出多元态势。女性批评以解构的方式吸纳了精神分析理论、结构主义、符号学、接受理论、解构主义和西方马克思主义等多种批评理论与方法,从而达到发掘妇女的语言和文学,重建文学批评和研究的理论构架的目的。因此,女性批评是当代最富有活力和最具有开放性的理论思潮之一。就总体而言,美、英、法三个国家的女性批评在当代文学批评界的影响较大。美国的女性批评注重文本分析,法国的女性批评深受精神分析理论和解构主义哲学的影响,英国的女性批评则更多地渗透着马克思主义理论的影响。虽然美、法、英三个学派各有侧重,但它们都是以妇女为中心的文学批评。

女性主义批评理论的兴起与发展与西方女权主义运动的发展史紧密相连。西方女权主义运动的第一次浪潮出现在19世纪后半叶到20世纪初期,为妇女争取和男人一样的生存权、选举权是这次运动的核心内容。在此阶段,英国的弗吉尼亚·伍尔夫(Virginia Woolf)写出了《自己的一间屋子》(1929),法国的女哲学家西蒙娜·德·波伏娃(Simone de Beauvoir)在1949年出版了《第二性》,这两本著作为后来的女性主义批评理论奠定了坚实的理论基础。伍尔夫在《自己的一间屋子》中考察了女性写作的历史和社会语境,抨击了男权社会中无处不在的性别

---

① Hayden White, "The Fictions of Factual Representation", *Topics of Discourse: Essays in Cultural Criticism*, pp. 121 – 122.

歧视现象,提出了双性同体的美学构想。波伏娃在《第二性》中全面探讨了女性在男权社会中作为"第二性"(the second sex)和"他者"(the other)的生存状况,指出"女人不是自然的产物,在人类的社会中没有东西是自然产生的,就像很多其他事物,是文明塑造出来的。"①

20世纪60年代,西方出现了第二次女性解放运动浪潮,又称"新女性主义"。这场波及欧美许多国家的女权主义运动,一开始就与黑人民权运动相结合,后来又与反战和平运动遥相呼应,其声势与影响均非上一阶段女权主义运动所能比拟。更重要的是这一阶段的女权主义运动非常注重理论建设,并与20世纪以来各种西方哲学思潮和众多学术流派密切相关。其主要的特征是对于男权中心主义的全面清理批判与女性主体意识的觉醒。与以往的女性解放运动不同,这次声势浩大的女性主义运动,已不再局限于为女性争取某一方面的平等权利,而是试图全面消解父权文化背景下的社会观念和社会体制,彻底铲除滋生性别歧视现象的社会文化土壤。由此,女性主义作为一种新的世界观和意识形态对所有父权社会的文化遗产进行了规模空前的批判和清理,并与风行欧美的各种"后现代"思潮一起,逐渐形成了涉及各个领域的文化的女权主义,当然也包括女性主义文学和女性主义批评。因此才有人说,"与其将女性主义理论称作'理论',倒不如称之为文化政治"。②

一、美国的女性主义文学批评

美国的女性主义批评大致经历了三个阶段:"妇女形象批评"(Women's Image Criticism,60年代末至70年代初)、"妇女中心批评"(Women-centered Criticism,70年代中后期)、"身份批评"(Identity Criticism,80年代至今)。

"妇女形象批评"剖析传统男性作家作品对女性形象的失真刻画,以及男评论家对女性作品的批评方式。妇女形象在男作家那里,往往表现出两极分化的倾向。要么是天真、美丽、可爱、善良、无私的"仙

---

① 〔法〕西蒙娜·德·波伏娃《第二性》,桑竹影、南珊译,湖南文艺出版社,1988年,第518页。
② Raman Selden, ed., *A Reader's Guide to Contemporary Literary Theory*, Harvester Wheatsheaf, 1997, p.122.

女";要么是恶毒、刁钻、淫荡、自私、蛮横的"恶魔"。肖瓦尔特(Elaine Showalter)将这种现象称之为"文学实践的厌女症"和"对妇女的文学虐待或文本骚扰"。① 玛丽·艾尔曼的《思考妇女》(1968)和凯特·米利特的《性的政治》(1970)被称作妇女形象批评的经典之作和理论源泉。

"妇女中心批评"着重挑战父权(Patriarchal order)传统下的经典文学书目(canon)标准。父权文化权威对经典文学书目价值尺度的垄断,使绝大多数女性作家作品遭受被放逐的厄运。为使长期蒙尘的女作家作品得以重见天日,女性主义者应该从性别差异的角度将女性作品与男性作品分离开来加以系统的评说,旨在创建"她们自己的文学"。必须夺回重建经典文学书目的权力并付诸实践。"妇女中心批评"重新挖掘了大批被传统文学批评标准遗弃的女作家及其作品。这一时期最有影响的批评家是伊莱恩·肖瓦尔特。桑德拉·吉尔伯特和苏珊·古芭合著的《阁楼上的疯女人》(1979)也是一部探求妇女文学传统的经典之作。该书从新的角度去理解19世纪妇女独特的文学传统,认为女作家在进行文学活动时总是怀着"作家身份的焦虑"(Anxiety of Authorship),她们的声音充满着双重性,即既顺从又破坏着父权制的文学标准,在写作中认同和修正父权文化加之于她们的自我定义。这种双重的声音构成了妇女写作的双重策略,而这种双重声音和双重策略是19世纪妇女文学的重要特征。

长期以来,美国主流女性主义批评是以白人中产阶级妇女为中心的,忽略了少数族裔妇女及其文学的独特性。20世纪70年代后期,黑人女性主义批评家开始向白人女性主义批评挑战,提出了性别和种族的双重批评原则。80年代以来,美国的亚裔、南美裔、印地安人和其他族裔的女性批评纷纷崛起,她们对以往不证自明的"女性身份"展开反思。在她们看来,任何读者、作者和批评家无不带着特定的社会"身份标记",他(她)们都是从特定的文化、种族、社会性别、阶级、时代以及各种个人因素所铸成的立场出发,从事各式各样的文学活动。身份批评拓展了女性主义批评的历史文化视野。

(一) 凯特·米利特与《性的政治》

凯特·米利特(Kate Millett,1934—)是美国著名的女性主义批评家。60年代,米利特积极参加民权运动,1968年进入哥伦比亚大学攻

---

① 〔美〕肖瓦尔特:《序,新女性主义批评:论妇女、文学与理论》,纽约,1985年,第5页。

读博士学位。1970年,她的博士论文《性的政治》一书一出版就成为该年度的畅销书。在这本书中,米利特提出了"性政治"(sexual politics)的理论。所谓"性政治"是指两性之间的权力关系。米利特指出,正如种族问题是一个政治问题一样,两性关系也是一个政治问题。她从意识形态、生理、社会学、阶级、经济、教育,以及文学艺术和宗教等方面对男权中心主义意识进行了全面的考察和理论清理,她以大量的事实证明,在当今社会中,男性和女性在心理气质、性别角色和社会地位等方面的区别都不是先天决定的,而是由一种后天的文化形成的。因此,她更倾向于用社会性别(gender)来代替性别(sex)。

该书的第三部分重点阐述了女性主义批评的基本主张。米利特指出,男性作家对于他们笔下的女性形象,男性批评家对于女作家的作品,都自觉不自觉地以一种居高临下的姿态说话,并且这种男性对于女性的话语霸权也被很多女性习惯性地加以忍受。米利特重点分析了劳伦斯、亨利·米勒、诺曼·梅勒、让·热内等著名作家的作品。在这些分析中,米利特将推崇大男子主义的劳伦斯、米勒和梅勒当作反面典型加以批判,她十分尖锐地指出,劳伦斯在其小说《查特莱夫人的情人》中将男性中心意识推至极端,创造了一种以男性的阴茎为崇拜对象的宗教,"将男性的优势转化为一种充满神秘气氛的宗教——让它国际化,甚至制度化"。① 在对劳伦斯等男性中心主义的作家进行了批判性剖析之后,米利特以赞赏的态度分析了法国剧作家热内作品中所表现出来的独特的女性视角。热内是一个弃儿,从小过的是流浪生活,后因偷窃被关进监狱,被囚禁期间又遭犯人欺凌,成为同性恋者。热内的上述生活经验反映在他的剧作中,其主人公带有明显的女性特征。她说:"热内的作品证明了性角色极端武断和令人憎恶的本质:在背离了它们通常的生物学上的涵义之后,'男性的'和'女性的'这些语汇表达出的已是赞誉和谴责、权威和服从、主人和奴隶之类的差异了。"② 在米利特看来,热内剧作中所表现出来的男女二元对立的价值观正是性政治的统治手段。

(二)伊莱恩·肖瓦尔特的女性批评

伊莱恩·肖瓦尔特(Elaine Showalter,1941—)是美国杰出的女性

---

① 〔美〕凯特·米利特:《性的政治》,钟良明译,社会科学文献出版社,1999年,第366页。
② 同上书,第538页。

主义批评家,其主要论著有《她们自己的文学》(1977)、《迈向女权主义诗学》(1978)、《荒原中的女权主义批评》(1985)、《美国妇女批评学》(1990)等。在上述著作中,肖瓦尔特建构起她的女性批评理论体系。在《她们自己的文学》中,肖瓦尔特研究了19世纪英国妇女小说家的创作后指出,妇女作家有一个她们自己的文学,这一文学所具有的艺术的重要性、历史和主题的连贯性均被在我们的文化中占主导地位的男性价值观所淹没了,女性主义批评应该以妇女自己的价值、常规、经验和行为来确立妇女文学的传统。她不仅指出了妇女有自己的文学传统,而且总结了妇女文学的发展变化过程,提出妇女文学传统的形成经历了三个阶段:第一个阶段是1840至1880年间的"女性阶段"(Feminine phase),以女性作家模仿占主流地位的男性作家为主要特点。在此阶段,女性作家为赶上男性作家的文学艺术成就,吸收了男性文化中关于女性的观念和假说,并采用男性的艺术标准甚至男性的笔名进行创作,像夏绿蒂·勃朗特和乔治·艾略特均属此列。第二阶段是1880年至1920年间的女性主义阶段(Feminist phase)。在此期间,妇女的政治意识逐渐觉醒,她们经过长期努力,最终获得了选举权,具有反抗意识的妇女作家开始在作品中表现社会上出现的新女性的生活经验和在男性控制下的旧女性的生活经历,并有意识地反抗男性的文学标准和价值。第三阶段是1920年以后的女性自己的文学阶段(Female phase)。这个阶段的妇女文学拒绝采用模仿和反抗两种均属依赖的方式,而转向将妇女自己独有的经历和体验作为自足自律的女性文学艺术的源泉,将女性主义的意识形态运用于文学、语言、意念、价值和字句上。

  肖瓦尔特在探讨妇女文学史的同时,也致力于女性批评理论的建构。在《迈向女权主义诗学》一文中,肖瓦尔特首次提出了女性批评(gynocriticism)这一概念。她仔细区分建构了两种不同类型的女性主义批评策略,一种侧重于女性读者,一种侧重于女性作家。她指出:"女性主义批评可以分为两种不同类型。第一种指向作为读者的女性——即作为男性塑造的文学消费者,它还指向女性读者的假定从而改变我们对某一文本的理解,使我们领悟到它的性代码的意义生成方式(或途径)。我把这种分析称为女性主义批评,和其他类型的批评一样,这种批评也是以历史研究为基础的,致力于发掘文学现象的意识形态假定(或前提),也针对文学批评中对女性的忽略和误解,以及由男性建构的文学史缺陷。这种批评还要探讨通俗文化和电影中的女性观众,分析在符号系统中作为符号的女性。女性主义批评的第二种类型指向作为作家的女性,即作为文本意义的创造者的考察。涉及出自女性之手的文学作品的历史、主题、类型和结构。它的课题包括女性创造力的心理动力学、语言学以及女性语言问题;涉及女性个体或群体文学生涯的发展轨迹和文学史以及具体作家作品的研究。在英语中还没有一个现成的词可以确指这个特别的类型,所以我采用了一个法语词 la gynocritique,即'女性批评学'(gynocritics)。"[1]肖瓦尔特还强调女性批评不能只是对已有的男性批评理论进行修正、挪移、颠覆和反抗,而是要建立起女性自己的批评理论来。

在《荒原中的女权主义批评》一文中,肖瓦尔特进一步发展了自己提出的女性批评理论。她提倡真正以妇女为中心的、独立的、思想认识上一致连贯的女性主义批评,认为女性批评必须找到自己的题目、自己的体系、自己的理论、自己的声音。肖瓦尔特将既有的妇女文学研究理论的视角归纳为四个方面,即生物学、语言学、精神分析学和文化的,并分别对这四个方面的研究做出自己的评价。针对法国女性写作理论的倡导者西苏所提出的女性在写作中"越感受到肉体,也就越文思泉涌"的观点,肖瓦尔特认为,有关人体的观念对于理解妇女如何形成她们的社会境遇来说十分重要,但是,现实生活中并不存在一种纯粹的不以语言的、社会的和文学的营造为媒介的人体表达方式,因此,必须从作品的实体而不是肉体的作品中去寻找女性文学实践的差异;关于女性写作的语言问题,肖瓦尔特认为,女性批评应该研究女性运用语言的权利,可供女性选择的有效词汇范围,以及决定表达方式的意识形态和文化形态。但问题在于女性从未得到过充分运用语言手段的权利,而是被迫沉默,或者用委婉曲折的方式表达思想。她借用了伍尔夫的话来表达自己的观点:"'我们所具有的都应得到表达——心灵与身体。'我们不应该希望约束女子的语言域,相反应奋力于它的开放和扩大"[2];针对精神分析视角的女性批评,肖瓦尔特指出,"虽然精神分析模型的女权主义批评现在能为我们提供对单个文本的有吸引力和说服力的阐释,也能使我们领悟到不同文化背景的女子著作间惊人的相似之处,但它们却无法解释历史的变迁,种族的差异,类别和经济因素的决定力

---

[1] 〔美〕伊莱恩·肖瓦尔特:《新女性主义批评》,纽约,兰登书局,1985年,第128页。
[2] 〔美〕伊莱恩·肖瓦尔特:《荒原中的女权主义批评》,韩敏中译,引自王逢振等编《最新西方文论选》,第270页。

量。要研究这些问题,就必须超越精神分析学,采用一种能将女子创作置于文化大语境中的更富有弹性、更为全面的女子写作模型"[1];与以生物学、语言学和精神分析学为理论基础的女性批评理论相比,肖瓦尔特更倾向于文化的研究模式,她认为"依据女子文化模型的理论能够为研讨女子写作的独特性和差异问题提供更完整更圆满的方法。其实,文化理论吸取了有关女子的肉体、语言和心理的观点,又把女子的肉体、语言、心理放在同生成它们的社会环境的关系中去做出解释。"[2] 肖瓦尔特高度评价了牛津的两位人类学家埃德温·阿登那(Edwin Ardener)夫妇对女子文化模型的分析。阿登那认为,女人构成了一个失声的集团,其文化和现实生活圈子同(男性)主宰集团的圈子重合,却又不完全被后者所包容。肖瓦尔特认为,阿登那"用失声的"这一说法提出了语言和权力两方面的问题。也就是说,一切语言都是主宰阶级或男人的语言,女人如果要说话,必须通过主宰阶级的语言才能说出。阿登那将处于主宰集团的语言和权力主宰域之外的文化空间称作"野地",肖瓦尔特认为,从形而上的角度看,"野地"内不存在相应的男性区域,因此被看作是"女人的空间","野地"成了真正以女子为中心的批评、理论和艺术的所在地。但她不同意某些女权主义者建构女性自己的"野地"文学文本和理论框架的主张,她指出"所谓野地中的女子文本的构想只是玩弄抽象概念。在我们称自己为批评家时必须面对的现实中,女子创作是'双声话语',它总是体现了失声和主宰双重的社会、文学和文化传统。"[3]在肖瓦尔特看来,写作的女性既不在男性传统之内,也不在男性传统之外,而是同时在两种传统中,是主流中的潜流。因此,要研究女性著述与男性著述的差异只能从复杂地历史地形成的文化关系中去认识。肖瓦尔特的女性批评学理论为建构以女性作家为中心的批评体系做出了重大贡献。

二、法国的女性主义理论建构

法国女性主义学派更注重女性主义理论建设,其中影响较大的是

---

[1] 〔美〕伊莱恩·肖瓦尔特:《荒原中的女权主义批评》,韩敏中译,引自王逢振等编《最新西方文论选》,第 273—274 页。
[2] 同上书,第 274 页。
[3] 同上书,第 278 页。

露西·伊利格瑞(Luce Irigaray)、埃莱娜·西苏(Hélène Cixous)、朱莉亚·克里斯蒂娃(Julia Kristeva)。她们以弗洛伊德、拉康的精神分析学和德里达的解构哲学为理论源泉,对女性身体与语言和写作的关系进行了大量形而上的思考。德里达批判逻各斯中心主义(Logocentrism)的解构哲学成为法国的女性主义者解构阳物中心主义(Phallocentrism)的理论出发点;她们反对弗洛伊德关于生理即是命运的逻辑,但却借鉴了弗氏的理论,探讨女性的生理在文学话语中被听见的可能性,强调女性的欲望并不从属于男性的欲望;她们批判拉康以男性优越论为前提的阉割情结说(Castration complex),却接受了他有关语言和欲望的关系的思辨模式,探讨欲望及其表现形式与女性写作的特殊关系。但是,法国女性主义批评理论家们在借用解构哲学对阳物中心主义进行解构的同时,又难免落入了另一种女性基要主义(Feminine Essentialism)的窠臼,因此,有人将其称之为德里达式的能指符号置换。[①]

(一)伊利格瑞的女性主义理论

露西·伊利格瑞(Luce Irigaray,1932—)是法国女性主义的一位重要的理论家。她出生于比利时,1961年到巴黎大学心理系攻读硕士学位。1969—1974年间在巴黎第八大学任教,与拉康保持亲密关系。1974年,伊利格瑞因其博士论文《他者女人的反射镜》而一举成名。在此书中,伊利格瑞对弗洛伊德及其追随者们所坚持的"阳物中心主义"进行了解构。弗洛伊德认为,女性在孩提时代发现自己没有男性器官,感到作为一个女性是一个匮乏的、不完全的人,因而在潜意识中产生出一种自卑和妒忌的情结,即所谓的"阳物妒忌"(penis envy)和"阉割情结",而男性则因为自己拥有阳物而获得一种天生的比女性优越的感觉。伊利格瑞指出,弗洛伊德所谓的"阳物妒忌"一方面确立了父权的权威,另一方面把女性推到了男性的反面,使她成了一个失去存在的"他者",或者说成了男性的一个幻影般的、负面的镜像。她还指出,女性具有多个性器官,因此谈不上有匮乏感。伊利格瑞对曾经是她的良师益友的拉康也提出了挑战。拉康将个体的自我认知过程分为两个阶段,即想像阶段(或镜像阶段)和象征秩序阶段。在想像阶段,儿童与母亲联系密切,没有自我与他人的概念区分。当儿童开始学习运用语言时,他便逐渐与母体分离,进入父亲所象征的法律和语言文化的秩序

[①] 盛宁:《人文困惑与反思》,生活·读书·新知三联书店,1997年,第149页。

世界。在此过程中,男孩因为拥有阳具其自我认同转向父亲的权威地位,女孩则发现自己是阳具的缺乏者而自动被阉割了,永远成为匮乏的人,终生只得恋慕或妒忌男人的阳具,同她的母亲一样永远失去了主体位置。拉康关于语言和欲望的分析使伊利格瑞的精神分析批评成为可能,但她却反戈一击,对拉康的男性优越论提出了尖锐的批评。伊利格瑞针对弗洛伊德和拉康以男性为中心的俄狄浦斯情结说和阉割情结说,主张将个体的自我身份认同追溯到"前俄狄浦斯"(pre-Oedipal)阶段,并将其称之为女性谱系。她认为,在前俄狄浦斯阶段,母亲是一个同时具有男性的创造力和女性的包容性的双性同体,女孩对这个双性同体的母亲形象是完全认同的。但女孩从前俄狄浦斯阶段过渡到以父亲的名字为权威象征的俄狄浦斯阶段后,女孩由对母亲的认同转向对父亲的认同。也就是说,女孩遗弃了那个双性同体的母亲,接受父权主宰的现实秩序,认同被阉割的、被动的"他者"母亲,也由此在父亲主宰的世界中成为像母亲一样的匮乏者和他者。这种过渡实则是父权制对女性谱系的剥夺和压制。伊利格瑞还将父权制对女性的剥夺追溯到基督教的《圣经》。她指出,父权制创造出上帝这个男性形象,使她只能生孩子,但不能给孩子提供语言、法律秩序等属于男性的文化。因此,伊利格瑞提出要否定这种父权制文化,重新建构类似前俄狄浦斯阶段的女性谱系,恢复母女间的认同关系,而女性与女性之间的关系也由此成为一种主体与主体之间的关系,而不再是终生是恋慕"他"的"他者"或客体。

伊利格瑞还对女性的语言运用问题进行了深入的研究和探讨。她指出,正如拉康所描述的,在象征秩序的世界中经由语言来确定男女的角色身份决定了男女的语言差异,因此,女性使用男性语言往往会失去自我。她把女性的生理特征、心理特征和话语表达方式紧密联系起来,在此基础上提出了颠覆父权话语的女人腔的主张。伊利格瑞认为女性拥有多个性器官(阴户、子宫、乳房),其性欲特征是多元的,其心理特征也是双重的、包容性的、流动的,这一切决定着女性独特的话语表达方式,她将这种不同于男性的理性化语言的话语方式称之为女人腔。"她说起话来没有中心,他也难以从中分辨出任何连贯的意义。用理性的逻辑来衡量,那些矛盾的话像是胡言乱语……她说出的话是喋喋不休的感叹、半句话和隐约的意思……必须变换着角度听她说话,只有这样才能听出'另外的意思',它始终在枝叶蔓延,词与词不断交织,而为了避免静止和僵化,同时又不停地分散着。"① 这种非理性的、无逻辑的、变化的、意义不确定的、隐秘的话语表达形式,被伊利格瑞看作是解构父权所代表的语言文化象征秩序的力量所在。她指出,假使我们继续说同一性的语言,我们只能再造同一性的历史。在这种具有多元性和包容性的女性话语中,父权中心所坚持的男女二元对立被消解了,女性被男性的阳物中心主义挤出哲学、心理及社会、文化、历史之外的他者故事也由此浮出历史地表,成为真正的"herstory"(她者故事)。

(二) 西苏的女性写作理论

埃莱娜·西苏(Hélène Cixous,1937—)是法国女性主义批评家、小说家和剧作家。她出生于阿尔及利亚的一个犹太家庭,曾积极参加1968年的学生运动。西苏创办了法国第一个女权主义研究小组,并创办了女权主义文学刊物《诗评》。西苏最重要的贡献是提出了女性的写作理论。在《美杜莎的笑声》(1981)一文中,西苏一开篇就呼吁:"妇女必须参加写作,必须写自己,必须写妇女。就如同被驱离她们自己的身体那样,妇女一直被暴虐地驱逐出写作领域,这是由于同样的原因,依据同样的法律,出于同样致命的目的。妇女必须把自己写进本文——就像通过自己的奋斗嵌入世界和历史一样。"② 西苏认为,由于妇女的身体是她被压制的原因和场所,因此妇女要想从菲勒斯中心主义(阳物中心主义)主宰的历史中解放出来,她必须首先返回自己的身体。"写你自己。必须让人们听到你的身体。只有到那时,潜意识的巨大源泉才会喷涌"③。西苏的这段话已经成为被女性主义写作者一再引用的女性写作宣言。西苏之所以强调女性写作必须返回自己的身体,是因为她深信:一方面只有如此才能解除对女性的性特征及其存在的抑制,从而使她接近其原本的力量、能力、欢乐,使她挣脱父权加之于她的超自我结构;另一方面,回归身体的写作行为是为她争取自己的话语权利的标志。这是一种与男性主宰的语言文化的象征符号完全不同的一种表达方式,因为女性"通过身体将自己的想法物质化了;她用自己的肉体表达自己的思想"。④ 西苏满怀深情地写道:"本文:我的身

---

① 转引自康正果:《女权主义文学批评》,中国社会科学出版社,1994年,第148页。
② 〔法国〕埃莱娜·西苏:《美杜莎的笑声》,黄晓红译,引自张京媛主编《当代女性主义文学批评》,第188页。
③ 同上书,第194页。
④ 同上书,第195页。

体——充满了一连串的歌。……那触动你的、感动你的平等声音,它使你胸中充满了用语言表达的冲动,并且激发你的力量;我指的是那以笑声打动你的韵律;是那使一切隐喻都成为可望可及的内在的亲密的接受者。肉体不比上帝、灵魂或他人更容易描写;你的一部分在你自身中留下一片空间,并且鼓励你用语言刻画你的妇女风格。"①

西苏认为她所提出的女性写作是具有双性特征的写作。西苏所说的双性不是传统意义上抹杀差异的双性,而是指向另一种双性,"在这种双性同体上,一切未被禁锢在菲勒斯中心主义表现论的虚假戏剧中的主体都建立了他和她的性爱世界。双性即:每个人在自身中找到两性的存在,这种存在依据男女个人,其明显与坚决的程度是多种多样的,既不排除差别也不排除其中一性。"②由此可见,西苏所提倡的双性写作是非对立性的、多元的、不断变化着的,不排除差异,也不抹杀任何同一性。在西苏看来,由于历史和文化的原因,男性更容易保持单性崇拜的观点,而女性往往更倾向于双性写作。值得一提的是,虽然西苏倡导女性写作、双性写作,但在终极意义上,她却认为写作是一个生命与拯救的问题。在她发表于1989年的《从潜意识场景到历史场景》一文中,西苏指出:"不论在什么情况下,当写作是发自内心的行为时,它甚至是地狱中的天国。写作永远意味着以特定方式获得拯救。"③她认为,写作的理想境界是"愈来愈无我,而日渐有你"④;她还说,"也许,这个名字——Espérance(希望)正是对写作的另一个命名。这一命名下的写作将把我们载向我们自身无法达到的境界"⑤。遗憾的是,作为一个有博大的终极关怀意识的女性主义批评家和作家,西苏的名字已被过多的与"让身体被听见"这一女性写作宣言连接在一起,而往往忽略了她"让希望被听见"的终极呼求。

---

① 〔法〕埃莱娜·西苏:《美杜莎的笑声》,黄晓红译,引自张京媛主编《当代女性主义文学批评》,第197页。
② 同上书,第198—199页。
③ 〔法〕埃莱娜·西苏:《从潜意识场景到历史场景》,孟悦译,同上书,第223页。
④ 同上书,第224页。
⑤ 同上书,第237页。

第十七节　后殖民主义批评

后殖民批评(Post-colonial Criticism)是20世纪70年代末兴起于美国及西方学术界的一个极富意识形态色彩的文学/文化批评流派。

从学术谱系上追踪,后殖民主义理论建立在欧洲帝国主义对非欧地区殖民的这个"历史事实"上①。"后殖民主义"这个术语中的"后"指的是"殖民之后"或"独立之后"。第二次世界大战后,随着西方帝国主义体系的崩溃,前欧洲殖民地掀起了声势浩大的反殖民运动,纷纷取得了政治上的独立。但独立后的那些"后殖民地社会"无论在政治体制和话语实践上依然无法摆脱前殖民主义宗主国的控制和影响。后殖民社会精英阶层的发展受到新殖民主义体制的支持,后殖民社会内部在种族、语言和宗教上的分裂,外来定居者对原住民的不平等对待等等,都说明"后殖民主义是一个持续不断的反抗和重建的过程"。②

后殖民批评的先驱之一是出生于马提尼克岛的非洲黑人批评家法兰兹·法农(Franz Fanon, 1925—1961)。他在20世纪50年代后出版的《黑皮肤、白面具》(*Black Skin, White Masks*)、《地球上不幸的人们》(*The Wretched of the Earth*)两部著作中,集中探讨了殖民主义是如何通过将被殖民者"他者化"以实施其殖民统治的。他的思想及相关的理论术语为后殖民批评的论争提供了基础。80年代后,随着冷战的结束和全球化进程的加速,一批任职于欧美高等学府、具有第三世界文化背景的学者崛起于西方学术界,成为学术前沿的带头人,其中最著名的是被称为后殖民批评"三剑客"的赛义德、斯皮瓦克和霍米·巴巴。他们站在独特的、处于"中心"和"边缘"之间的地位,以跨文化的国际视野审视西方话语,分别从不同角度对欧洲中心论和霸权主义进行了批评,在西方学术界发出了自己独特的声音,遂使后殖民主义成为当代国际学术界最有影响、最有活力的批评流派之一。从这个意义上,德里克不无戏谑地说,后殖民始于"第三世界知识分子抵达第一世界学术圈"的

---

① *The Post-Colonial Studies Reader*, Edited By Bill Ashcroft, Grareth Griffiths, Helen Tiffin, ROUTLEDGE, London and New York, 2001, p.2.
② *The Post-Colonial Studies Reader*, p.2.

时刻①。

  迄今为止,后殖民批评尚没有一个统一的理论架构,但其基本出发点和批评立场大致相同,即认为不能从传统的模仿论出发,简单把文学看作是对现实(政治、社会发展)的反映,相反,文学也参与了对现实的建构。帝国主义的霸权一方面是通过军事冲突、民族迁移和对财富的探求等强力得以形成的,另一方面也是一个"文化表征"(cultural representation)的过程。"对一块领土或一个国家的控制,不仅是个行使政治或经济的权力问题;它还是一个掌握想像的领导权的问题。"②帝国主义是通过无以数计的文化形式,通过文化象征层面上的炫耀和展示,才得到肯定、认可和合法化的。在这"帝国主义的文本化"过程中,殖民文学为树立殖民形象、建构想像的空间提供了渠道。而后殖民批评给自己规定的任务就是要通过对殖民文学文本的解构来揭示西方话语的实质,恢复被殖民主义者抹杀或歪曲了的殖民地的历史,为殖民地人民争取历史的主体地位。

一、爱德华·赛义德对"东方主义"的批判

  爱德华·赛义德(Edward Said,1935—2003),巴勒斯坦裔美国批评家、美国哥伦比亚大学英语与比较文学教授。他的专著《东方主义》③(*Orientalism*,1978)的发表,可被视为后殖民批评兴起的一个重要标志。

  什么是东方主义(Orientalism)?在一般人看来,东方与西方的概念是自然的、地理的、空间的概念。但赛义德指出,"东方"这个概念是被人为地建立起来的一种话语,"这是一种根据东方在欧洲西方经验中的位置而处理、协调东方的方式"。④"将欧洲之东的地域空间命名

---

① 阿里夫·德里克:《后殖民氛围:全球资本主义时代的第三世界批评》,见王宁等译《后革命氛围》,中国社会科学出版社,1999年,第111页。译文有改动。
② 艾勒克·博埃默:《殖民与后殖民文学》,第6页。
③ 按目前国内学术界对 Orientalism 一词有两种译法,一为"东方学",一为"东方主义",笔者认为在不同的场合,可以用不同的译法。在强调其学科性时,用"东方学"较妥,在强调其意识形态性时,用"东方主义"为妥。因为"东方学"和"东方主义"这两者间的关系就像文艺复兴时期的"人文学"和"人文主义"的关系(两者在西文中用的也是同一个词 humanism,后者是从前者衍生出来的。首先是某种需要产生某种学科,再从这种学科中形成一种固定的研究态度、思维方式、意识形态,统而言之为"主义"。
④ 赛义德:《东方学》,王宇根译,三联书店,1999年,第2页。

为'东方的'这一长达几个世纪之久的做法部分地是政治性的,部分地是宗教性的,部分地是想像性的;它并不表明在东方的实际经验与有关东方的知识之间有着必然的联系"①。概括地说,东方主义指的是**西方关于东方的话语**以及从中生发形成的**意识形态**。按照赛义德的说法,西方人所知道的有关东方的一切,都是从东方学的传统来的。赛义德着重指出,东方学作为西方的产物,是为了控制、重构和压迫东方的一种话语系统。它是西方霸权主义在知识—权力关系方面的体现。尽管东方学在研究东方方面,做了很多事情。但是,从根本上说,东方主义是蔑视东方的。东方主义假定一个不变的东方,一个完全不同于西方的东方(其原因则随时代而定)。东方主义所理解的东方和东方人,作为一个研究对象,打上了**他者**的印记。东方是被观察者(watched),西方是观察者(watcher)。从哲学上说,这是一个异己的存在物,一个用文本建构起来的他者。也就是说,它与自己的关系依赖于他者,只有通过他者的定位、了解、定义和支配,它才能存在。东方主义者笔下的东方不是现实的东方,而是经过了东方化(orientalized)的东方。在某种程度上,是那些东方学的文本使东方成为可能。赛义德分析了东方主义建构起来的三种典型的关于东方的形象:

1. 作为西方的理想梦幻,东方历来是浪漫传奇之地。
2. 作为失落了的人类的过去,东方是西方人失去的伊甸园。
3. 作为文明的西方的对立物,东方是落后、野蛮的象征。

但这三种形象都不是东方的真实形象,而是西方为其自身的利益、目的而建构起来的话语系统。

赛义德从两个方面分析了东方主义形成的原因。从学理方面看,作为一种系统的有关东方的思想,东方主义的形成与西方式以偏概全的思维方法密不可分。东方主义采取的是从特殊推出一般,再用一般说明特殊的循环论证方法。它总是从某种特殊的事例推断出普遍的民族性或种族性。例如从10世纪一位阿拉伯诗人推断出埃及、伊拉克或阿拉伯人的东方式精神;从《古兰经》中的某一首诗中引出穆斯林的根深蒂固的好色性等等。更有甚者,某些东方主义者有意突出和夸张东方人生活方式和性格的某些方面的特异性,在他们的文本中,东方被描述成为一个展示奇行怪癖的活标本,这就更进一步强化了一般西方人对东方的神秘感和好奇心。

---

① 赛义德:《东方学》,王宇根译,三联书店,1999年,第268页。

但更为重要的是,东方主义的产生是与西方的扩张同步进行的。赛义德以14世纪为出发点,描述了东方学的起源、发展和现状。根据他的分析,在14到18世纪,东方学的内容比较松散,它的主要任务是搜集有关西方宗教的源头(近东和埃及)及其对立的体系(伊斯兰世界)的文化资料。18世纪以后,随着欧洲对世界"开发"范围的扩大和帝国主义势力的扩张,东方学这门学科也得到了系统化的发展。它走出了教会,变得世俗化和现代化,其研究范围从原来的伊斯兰世界和中近东地区扩大到整个亚洲(包括印度、中国和日本)。在西方自18世纪以来对东方的政治和文化侵略中,"文化扮演了非常重要的实际上也就是不可或缺的角色。在帝国主义扩张的数十年间,欧洲文化的中心处于一种可称为未受威胁和坚定不移的欧洲中心论的状态下。欧洲中心论积累各种经验、各种领土、各种民族、各种历史;它对它们加以研究,加以分类,加以核实……但最重要的是,它通过把它们除劣等人种以外的所有身份逐出文化……,来使它们屈从于它。这个文化过程应被视为对帝国主义物质中心起着关键作用的政治经济机器的主要的、有力的、生机勃勃的补助物。这一欧洲中心论的文化无情地编纂和监视一切有关非欧洲的或边缘世界的事情,如此全面和彻底,没有什么东西不被触及,没有任何文化不被研究,没有任何民族和土地不被认领。"[1]19世纪和20世纪,随着欧洲对市场、原料的需求和殖民扩张的需要,东方主义也完成了自身的转化,从一种学术话语转变成帝国主义制度,从一种纯粹是文本上对东方的了解、描述或定义,到把这一切在东方付诸实践,这是一种悖谬的转变。知识与权力之间无法打破的纽结把欧洲或西方的政治家和东方学者联系起来,构成一个拱形的舞台,而东方则被包容于其中。东方主义的势力范围准确地对应着帝国主义势力扩张的范围。到第一次世界大战前,非洲和东方不但成为西方学者的智力兴趣对象,而且也在实际上被纳入了殖民主义者的版图之中。换言之,"欧洲在世界范围内有系统地把殖民地汇集到世界市场经济里这一积累活动是由一种赋予帝国以意识形态执照的文化所支持和认可的"。[2]

所以,伴随着东方主义的是西方对其他文化、民族或地区的人性的蔑视,剥夺和简化。仅仅因为根据定义,东方人是"非我族类"。更进一步,东方主义把东方看作仅仅是为西方而存在,为西方而展示的某种

---

[1][2] 赛义德:《叶芝与非殖民化》,译文见《世界文学》1998年第6期。

在时间和空间上凝固不变的东西。东方主义的文本给人的印象是如此深刻,如此成功,以致整个东方的文化、政治和社会历史都被认为仅仅是对西方的回应。换言之,西方是行动者,东方是反应者。西方是观众、法官和陪审团,东方是被告。东方成了西方的参照系。从东方学中产生的东方主义成了一种思维方式,渗透到哲学家、诗人、小说家、政治理论家和殖民地官员的头脑中,成为他们观察、思考、研究、创作的文化和政治无意识。不仅如此,用赛义德的话来说,东方主义还成了"启蒙时代之后欧洲文化据以在政治学、社会学、军事、意识形态、科学和想像各方面塑造甚至制造东方的一个极为系统化的学科"。

东方学不只是文化、学术、制度对政治课题的反映,不只是一系列分散的有关东方的文本,也不只是西方帝国主义压制东方世界的阴谋。它代表一种地理意识在美学、经济学、社会学、历史学和哲学文本中的分布。它是对世界二元对立的基本地理划分(东西两半的分立)和一系列利益的解说。通过学术发现、哲学重构、心理分析、地貌的社会学描述等途径,东方学不仅制造了某种利益关系,而且使这种关系得以维系。它的意图在于理解和在某些例子中控制、操纵甚至吞并与西方不同的世界。它的话语与政治权力的关系不是直接的,但它在与不同的权力的交换之中存在。作为一种政治知识文化,它的存在与西方的关系比它与东方的关系更大。[①]

从以上赛义德对东方主义的分析中我们不难看出,他的思想基本上是福柯式的谱系追踪。通过这种追踪,揭示了文本与世界之间双向对流、相互影响的关系。文本不但来自世界,反映世界,反过来也能创造世界,影响世界历史和文化的进程。文本作为人工产品,带上了权力意志的印记。文本并不是自足的、封闭的,相反,它与世事有着"剪不断,理还乱"的关系。文本的制作是一个有关文化、政治的复杂的操作过程,体现了知识和权力之间的结合。赛义德反对后结构主义对文本作纯符号学的解构,认为"既不能把文化艺术视为虚无缥缈之物,也不能把它看成是僵化的决定论的产物——思想体系和潮流的产物,它又错综复杂地与……社会阶级和经济生产相关,与四下扩散的思想、价值和世界图像联系在一起。"[②]

[①②] 赛义德:《东方主义》,第4、12页。

与福柯相比,赛义德也强调和揭示了文本与权力的关系。但福柯关注的是同一类型的文化社会内部权力机制的运行与文本操作之间的关系。而赛义德更关心的是不同文化之间、不同种族之间的权力机制与文本操作间的关系,可以认为,这是对福柯思想方法的进一步引申和发展。尤其重要的是,赛义德看到了权力的历史性位移,指出1815年至1918年欧洲力量从统治着地球表面的35%发展到85%,与此同时,话语权力也相应地增长。这一点是福柯限于其欧洲中心主义的立场所无法看到的。

从解释策略上看,两人都注重一种类似"边缘阅读"的策略,即将文本中未说的、故意隐藏的东西揭示出来,并说明为什么它们是这个样子,又是如何被隐藏起来的;是什么样的动机、权力机制在起作用。福柯从17世纪西方社会对疯人话语的压制中看到了资本主义权力机制的运作。而赛义德则从东方主义文本中读出了西方帝国主义的权力机制。他指出,19世纪英国小说中只写到了海外殖民地人们的驯顺和服从,而对当时正在兴起的反殖民斗争只字不提,这个历史事实在东方主义的文本中被遮蔽了,这说明文化权力压制了某种他们不愿听到的声音。"英帝国主义在整个19世纪的政策的持续性——事实上是一种叙事——被小说过程主动地伴随着"。① 这实际上是以文学的形式对海外殖民地进行美学控制。

因此,赛义德明确地、直截了当地指出了批评家的任务,"文本是权力网络的一部分,而权力的文本形式则是对在文本和知识底部的权力有意模糊,因此,批评的对抗权力就是将文本带回某种可见性。"②赛义德引用尼采的话,强调了话语交流的非民主性和不平等性,认为文本基本上是关于权力的事实,而不是民主交流的事实。民族问题实际上是个叙事问题。话语权力与种族主义之间有着千丝万缕的联系。剥夺一个民族从剥夺它的话语权力开始。文本的制造者同时也是在行使其权力意志(英文中"作家"、"权威"和"权力主义"均源出同一词根)。从某种意义上说,丧失了话语权也就等于丧失了生存权。反过来,话语权的恢复和增强也可以看作权力意志的恢复和增强的标志。赛义德作为一个东方人对西方的"东方主义"话语的批判,从某种意义上显示了东方在政治和文化上的崛起。

---

① 赛义德:《赛义德自选集》,谢少波等译,中国社会科学出版社,1999年,第236页。
② 同上书,第92页。

二、斯皮瓦克论后殖民批评的表述问题

佳拉特里·斯皮瓦克（Gayatri Spivak，1942—　）是孟加拉人，出生于加尔各答，大学毕业后赴美深造，后留在美国大学教书。由于出身第三世界，她一向支持美国少数族裔争取自身利益的斗争；作为一个女性，她又积极参与女权主义运动，其学术活动表现出鲜明的政治倾向性和社会责任感。她在1976年以英文翻译了德里达的《文字学》并为它写了序言，从而为解构主义在美国学术界的传播立下汗马功劳。其后她以解构主义的策略介入各种理论论争，写下一系列富于论战性的论文。如果说，赛义德主要受到福柯的话语权力理论的影响，并将之运用于后殖民批评实践，那么斯皮瓦克则"拒绝被涵括于任何一种具体的批评理论（或任何批评理论所意味的政治价值）"①之中。她将形形色色的理论话语兼收并蓄，无拘无束地游刃于女性主义、精神分析、解构理论及新马克思主义之间。将后殖民批评与女性主义批评熔为一炉，是斯皮瓦克重要的批评特色之一。

斯皮瓦克的长篇论文《属下能说话吗？》（Can the Subaltern Speak？1988）②被认为是她最有影响的论著之一。此文具体针对的论战对象是当代印度历史学对"非主流阶层"的研究，而其核心则触及后殖民批评的一个重要命题——表述（representation）。

"非主流阶层"（subaltern，或译"贱民"或"属下"）一词来自意大利马克思主义者葛兰西，这个词原意有"低一等"、"从属"、"异类"等涵义，特指处在主流文化边缘的弱势团体。他/她们不光丧失了一般意义上的社会的、政治的权利，而且丧失了话语权即自我阐释权。那么有没有可能为这些所谓的非主流阶层说话呢？

当代印度一批历史学家在以福柯和德勒兹为代表的西方当代主流思想的影响下，从后结构主义立场出发，展开非主流阶层课题研究，认为能够通过自己的研究替非主流阶层说话，从而打破传统历史学忽视非主流阶层的倾向。但斯皮瓦克却对此美好的意愿作了质疑，并分析了其背后潜藏的欧洲中心论。

在斯皮瓦克看来，虽然当代西方主流思想家的理论给人一种破坏

---

①② 译文见罗钢、刘象愚主编：《后殖民主义文化理论》，中国社会科学出版社，1999年，第99—157页。

主体自主权的幻觉,但实际上,他们在公开批判自主性主体的同时,又创立了一个主体。这其中的吊诡之处就在于,他们自以为自己发明的那套理论能够代表被压迫阶级,并再现后者的思想,但实际上却是通过这种"代言"再现了自己的主体性。

考察"表述"一词在德语中的用法,该词有两个意思,一是代表,二是再现。前者用于政治和法律领域,后者用于艺术和哲学领域。这两方面的意思是相互关联,而又无法还原的、断裂的。而德勒兹等人将这两种意思搅混了。他们自以为通过自己的理论活动,在哲学话语领域中"再现"了被压迫阶级的意愿,而实际上并没有,也不可能在政治和法律领域"代表"被压迫阶级。倒是通过再现被压迫阶级,清晰地再现了他们自己。也就是说,重建了一个主体,而这个主体正是他们的理论宣称要加以颠覆或解构的。斯皮瓦克指出,在殖民时期,那些早期的西方殖民主义者正是通过其虚构的殖民主义文本,剥夺了被殖民者的话语权,建构起自己的主体位置的;而在后殖民时代,西方主流思想家又自觉或不自觉地通过替非主流阶层说话这种方式,重新建立起自己的话语权。而当今那些受过西方教育的、自认为能通过自己的非主流阶层研究代表后者说话的本土知识分子,实际上不自觉地重复了殖民主义者的做法。

况且,非主流阶层本身是一个具有异质性的存在,包含了"为生存奔忙的农场主、未组织化的农民劳动、部族人和城市或乡村的零点工人群体"①等等,将这些利益、要求和愿望各不相同的人们融为一体,放在一个"非主流阶层"名下,消除了其内部的异质性,实际上等于是又回到"本质主义"的立场,建构起一个新的"他者",而自称能为这个他者说话的主体也就同时被建构起来了。斯皮瓦克指出,认为"被压迫阶级能够认识自身、表达自身,这至少在两个层面上重新引入了构成性主体:作为不可简约的方法论前提的欲望和权力的主体;和被压迫阶级的自我接近的即便不是自我认同的主体。"②因此,尽管非主流阶层研究者的初衷是好的,但其操作的结果只能使已被后现代主义和解构主义所批判的本质主义死灰复燃,被解构的主体卷土重来,最终将会"导致一种本质主义的、乌托邦的政治"③。

---

① 罗钢、刘象愚主编:《后殖民主义文化理论》,第 127 页。
② 同上书,第 113 页。
③ 同上书,第 108 页。

为进一步说明表述问题背后隐含的欧洲中心主义,斯皮瓦克举了一个典型的例子:印度寡妇陪葬制度。英国殖民主义者进入印度后,废除了这个习俗,宣称他们解放了印度妇女,给后者带来了文明,"白人正在从褐色男人手中救出褐色女人"。这样,帝国主义通过把妇女作为其自身种族的保护对象,建构起"优秀社会建设者的形象",从而为西方文明优越论和殖民入侵提供了理论上的支持。另一方面,印度一些本土民族主义者则论证说,这些寡妇是自愿陪葬的,这些"妇女实际上想要死"。斯皮瓦克指出,在这两种似乎是截然相反的观点背后,真正的印度妇女的声音却消失了。换言之,她们成了西方殖民者和本土民族主义者用以证明自己某种理论合法性的工具。这实质上是一种施加在妇女身上的"知识暴力"。而这个暴力体现了印度妇女实际上受到了父权制和帝国主义的双重压迫,她们的声音受到了双重遮蔽。"在父权制与帝国主义之间、主体的构成与客体形成之间,妇女的形象消失了,不是消失在原始的虚无之中,而是消失在一种疯狂的往返穿梭之中,这就是源于传统与现代化之间的'第三世界妇女'错置的形象。"①

因此,斯皮瓦克的结论是:非主流阶层不能说话,即她们无法以自己的声音向世人宣示她们自己的经验,强调这一点的目的不是为了打消非主流阶层研究者们的热情,而是为了指出表述问题的复杂性,以及欧洲中心论和西方主体借为"他者"说话的机会卷土重来的可能性。但斯皮瓦克的这一批评立场也招致一些了批评。显然,一个批评家以非主流阶层不能为自己说话为由而指责那些代他们发言的批评家,当然也就是在宣称自己可以为他们代言。另一些人则认为,虽然斯皮瓦克注意到了非主流阶层的"失声"状态,但对于后者如何才能达到"发出声音"的方略,她没有给以足够的关注。② 但无论如何,斯皮瓦克的理论"迫使那些从事后殖民批评的人们在考虑他们的批评观点和方法的'效果'时,也要考虑他们的政治地位和政治归属,不管他们有何种背景或来自何处"。③

---

① 罗钢、刘象愚主编:《后殖民主义文化理论》,第154页。
②③ 巴尔特·穆尔-吉尔伯特等编撰:《后殖民批评》,杨乃乔等译,北京大学出版社,2001年,第86页。

三、霍米·巴巴论后殖民时代文化身份的杂交性

斯皮瓦克关于表述的问题实际上涉及身份认同(identity)的问题。身份问题是后殖民批评的重心之一。生活在后殖民社会的人们普遍感觉的是文化认同产生了危机。前殖民社会的传统文化已经被来自西方的殖民主义文化所摧毁,而新的文化身份正有待于建立。那么如何确立自己的文化身份,如何给自己的文化定位,就成为生活在后殖民社会人们不得不面对的实践问题,也成了后殖民批评无法回避的一个理论问题。出生于印度,现任教于美国芝加哥大学的霍米·巴巴(Homi K. Bhabha,1949—　)在《文化的定位》(*The Location of Culture*,1994)等论著中就此问题提出了自己的独到看法。

不同于赛义德将世界截然划分为对立的两极(西方/非西方,白人/非白人)的思维方式,霍米·巴巴更强调的是文化的杂交性(hybridity),认为对生活在后殖民时代的人们来说,要解决身份认同问题,前提是承认文化的杂交性。为此,首先必须对文化多样性(cultural diversity)与文化差异(cultural differences)这两个概念加以区别。表面上看来这两者是一回事,但实际上不尽然。文化多样性把文化视为一个客观的、静止的、没有发展变化的、科学研究的对象,其思维方式带有明显的本质主义特征。而文化差异则是一个过程,它是在不断与外界,与异文化打交道的过程中形成的,只要这个过程存在一天,文化就始终是杂交的。霍米·巴巴从结构主义语言学中借用了"发声"(enunciation)这个概念,把文化差异视为一个类似语言学中的"发声"过程。索绪尔曾提出,语言不是一个实体,而是一种价值,一种关系。我们对某个音位的感知是一种以差异为基础的感知,语言活动的过程也就是一面肯定,一面找差异的过程。在语言中每看/听到一样东西,必然同时在这一感知过程中觉察到它自己的对立面。① 同样,霍米·巴巴认为,一种文化是在与不同文化的交往接触的过程中,在寻找差异中肯定自己、确认自己的。因此,文化身份绝不是一个一成不变的东西,而是在动态的过程中不断"发声",不断寻找差异,不断确定自己,同时又不断杂交的过程。

不仅如此,为了强调文化身份的杂交性、动态性和非连续性,霍米·

---

① 索绪尔:《普通语言学教程》,高名凯译,第166页。

巴巴还把德里达的解构主义思想也引入文化批评领域,提出了"第三空间"的概念。所谓"第三空间"就是指在文化交流("发声")过程中出现的一个非此非彼、亦此亦彼、既虚又实的所在,有点类似德里达提出的"踪迹"(trace)。德里达认为,语言的意义并非预先存在于某个能指(声音符号)中,而是在能指链运动的过程中形成的"踪迹"中显现出来的。霍米·巴巴认为,某个文化的特征或身份并不在该文化本身中,而是在该文化与他文化交往("发声")过程中形成的一个看不见摸不着、但又存在的虚拟空间。这个空间既不全是该文化,又不全是他文化,而是两者之间接触交往的某个节点。而文化的认同正是发生于这个节点,这个非此非彼,亦此亦彼的"第三空间"中。"第三空间"本身是非再现性的,但它为"发声"提供了话语条件,正是这个话语条件保证了文化意义和象征不会固定化和僵化,它们可以随着话语条件的变化而改变自己,甚至同样的符号也可以被挪用、转译,重新历史化而读出新的意义。显然这是一种非本质主义的思考方式。霍米·巴巴指出,"只有当我们认识到所有的文化陈述和系统都是在这种自相矛盾的发声的空间中建构起来的,我们才能认识到为什么那些等级化的宣称文化的原质性或纯洁性的观点是站不住脚的"①。换言之,文化始终是杂交的。不存在一个先在的、原始的主体身份,文化身份认同即是寻找差异的过程。文化身份存在于各种不同类型的文化交往"之间"(in-between),而这个过程又是永远持续进行的,无法完结的。个人的或集体的身份意识或主体位置正是在此过程中才建立或建构起来的。

从总体上说,霍米·巴巴关于文化身份的理论强调了后殖民时代文化身份的杂交性和流动性,打破了那种认为文化是与生俱来的、固定不变的、"纯粹"的观念,这无疑是符合全球化多元文化杂交时代的现实的,对于那些追求原教旨主义、文化保守主义和狭隘民族主义的人们是一当头棒喝。而他提出的关于"第三空间"的思想不仅与德里达的解构主义思想一脉相承,而且与巴赫金的对话理论、哈贝马斯的交往理论也有相互呼应之处,在全球化语境的政治实践中具有重要的理论意义和实践意义。

---

① Homi Bhabha," Cultural Diversity and Cultural Differences," from *The Post-Colonial Studies Reader*, Edited By Bill Ashcroft, Grareth Griffiths, Helen Tiffin, outledge, London and New York, 2001, p.208.

四、"不及物的"反抗

后殖民批评是在西方学术圈内部进行的一场话语变革,其目的在颠覆欧洲中心主义和西方霸权主义,具有激进的意识形态色彩。但从总体上说,后殖民批评是一种德里达式的"不及物的"反抗,它并不鼓吹暴力革命,而是试图通过知识—话语领域的活动,摧毁本质主义的思维方式和主体观念,"迫使人们彻底地重新思考并重新塑造那些由殖民主义和西方统治创造并认可的知识形式和社会特性"①。从全球化语境出发考察,后殖民主义批评及其理论之所以能在20世纪最后的20年间发展成为"当下学术研究中最有影响力、扩展最迅速的领域之一"②,就在于它为冷战后形成的全球空间提供了一种不同于西方"现代性"的新的表述或叙事的可能性前景。

第十八节 巴赫金的文论

巴赫金(М. М. Бахтин,1895—1975)是20世纪世界文论中最引人注目的现象之一,他以大胆突破旧传统,不断开拓新视野、新思路、新方法而著称,被世人称为思想文化领域里的奇才。早在20世纪80年代西方就宣称,我们现在"正迈进巴赫金时代"(莫尔逊语),他们试图用巴赫金的思想来拯救当代思想文化(从结构主义到解构主义)内部枯竭的危机。如戴维·洛奇在《巴赫金之后》中所说:"解构之后还有什么?……借助于米哈伊尔·巴赫金,活路还是有的。"巴赫金已成为智力能源的源泉,而不是现成的科学见解的仓库,因为他不能被人一次性地超越,人们会不止一次地求助于他的思想。(谢·阿韦林采夫语)

巴赫金一生命运多舛。1895年他出生在俄罗斯奥勒尔一个衰败的贵族家庭。他的父亲曾是一个银行职员。母亲属于市民商人阶层。巴赫金的求学时代正值"俄国的文艺复兴"——"白银时代"晚期。这是一个精神探索十分活跃,学术气氛空前浓郁的时代。巴赫金曾就读

---

① 加恩·普拉卡什:《后殖民批评和印度历史叙述》,转引自阿里夫·德里克:《后殖民氛围:全球资本主义时代的第三世界批评》,见王宁等译《后革命氛围》,第115页。
② 巴尔特·穆尔-吉尔伯特等编撰:《后殖民批评》,第49页。

于彼得堡大学历史语文系,同期在此求学的还有形式主义学派的主将什克洛夫斯基等人。他与白银时代许多著名的思想家和文学家都有交往。严谨的哲学思维、扎实的语言功底(巴赫金精通德语,掌握英、法、意、荷、希腊、拉丁语等七门外语)、广博的文化素养,为他以后的研究奠定了坚实的基础。

巴赫金生活的时代是一个错综复杂的时代。这个时代给他带来了巨大的磨难。他因莫须有的罪名遭受逮捕、判决、流放。长久无法觅得一份稳定的工作,当过会计、教过书,有时只能靠偶然挣到的报酬维持生活。尽管如此,他从未中断过学术研究。他克服了一切贫困和苦难,用自己的行动和成果赢得世界声誉。

巴赫金一生著述颇丰,令人遗憾的是,整整35年他不能发表自己的研究成果。20年代巴赫金以自己的名字仅发表了一部重要作品——《陀思妥耶夫斯基创作问题》(1929)。① 不过,20—30年代巴赫金以其他人的名字发表了诸多著作。从这些著作里可以听出众多不同的声音,如形式主义批评、精神分析学、语言哲学……其中最重要的有:署名沃洛希诺夫(В. Н. Волошинов)的《弗洛伊德主义》(1927)、《马克思主义与语言哲学》(1930),署名梅德维杰夫(П. Н. Медведев)的《文艺学中的形式主义方法》(1934)。关于这些作品的著作权的问题,长期以来一直争论不休,众说纷纭。不过,今天在学术圈内研究者们已达成共识,即都已肯定巴赫金就是这些著作的作者,但不否认巴赫金的朋友也参与过创作。从巴赫金访谈录中可以看到,巴赫金承认这些著作出自他的手笔,但为朋友们而写,若是以自己的名义写,就不会是这样了。

20世纪60年代,巴赫金开始在俄罗斯获得学术新生。1963年,在经过重大修改以后,《陀思妥耶夫斯基诗学问题》问世。1965年,搁置多年的《弗朗索瓦·拉伯雷的创作与中世纪和文艺复兴时期的民间文化》这部巨著首次发表。1975年,巴赫金逝世。这一年他的不同时期的论文结集《文学与美学问题》出版,但巴赫金本人却未能见到。1979年,首次出版了《话语创作美学》。近些年来,俄罗斯新发表和再版了巴赫金的有关著作。

---

① 长久以来这部作品被1963年出版的《陀思妥耶夫斯基诗学问题》所遮蔽,其特殊的历史和哲学性质几乎未引起研究者的关注。直到最近,该书的创作史才首次得到详尽的研究。参阅《巴赫金全集》第2卷注释,莫斯科:俄罗斯辞书出版社,2000年。

巴赫金的学术思想涵盖了文学、语言学、美学、哲学、精神分析学、神话学、社会学、历史诗学、人类学、文化学、符号学等众多学科，他的文本可以从许多层面上来解读。由于"他的理论发现先于构成现代人知识探索的核心的大部分思想"，因此不断被"发现"并汇入世界人文科学的主流之中，对当代人文科学产生重大影响，并为西方各种文学批评流派，如西方马克思主义、结构主义、符号学、叙述学、文本主义、解构主义、新历史主义、后现代主义……所接纳。然而，如西方学者所说，倘若把巴赫金称为符号学家、结构主义者或者别的什么主义者，那么我们就是在冒险将他的思想简单化。（莫尔逊、埃莫逊语）

从整体上来看，巴赫金终生为之奋斗的目标是在对旧话语体系的颠覆中重构新的话语体系。根据巴赫金的构想，建构新的话语体系，应克服旧的话语体系的两大弊病：一为空洞、抽象的"唯理论性"。因为新的话语体系仅有抽象的理论性是不够的，它还应具有面对现实的具体性、实践性，即可操作性；二为封闭自足的"系统性"。这个重大的颠覆和"建构"问题萦绕着巴赫金的一生。巴赫金把自己所作的探索均看作实际的建构工作。实际上他是在倡导一种行为哲学，一种创造哲学。自我对于他者的"可应答性"为建构整体的基本逻辑，在建构过程中承担深远的道德责任。经过巴赫金终生积极不懈的努力，一个开放性的话语体系在哲学、伦理学、美学、文艺学、文化学等学科的交界处建立起来。它的结构呈放射状，具有极强的兼容性，即它可以包容一切相关的理论，诸如对话、复调、狂欢、时空体等与文学和文化研究相关的理论。在这个话语体系里，各种理论平等共存，相互渗透、相互作用、相互补充、相互阐明。它们之间是一种对话关系。巴赫金的文论博大精深，限于篇幅，在此仅择要阐述。

一、对话理论[①]

在巴赫金的文本中，"对话"（диалог）这一术语通常与"独白"有着密切的联系，频频出现在他的整个创作，如《论行为哲学》、《审美活动中的作者与主人公》（1920—1924）、《文艺学中的形式主义方法》（1928）、《马克思主义与语言哲学》（1929）、《长篇小说的话语》

[①] 许多有趣的问题，如对话与交往哲学、对话与超语言学、对话与互文性、对话与解释学……限于篇幅，在此不能展开。

(1934—1935)、《语言学、哲学及其他人文科学中的文本问题》(1959—1961)、《关于陀思妥耶夫斯基一书的修订》(1961—1962)、《陀思妥耶夫斯基诗学问题》(1963)、《1970—1971年笔记》、《人文科学方法论》(1974)等中。

在巴赫金的著作中,最早出现"对话"术语,往往是从作者和主人公价值视野相互关系的角度谈文学种类的特征。在《论行为哲学》中已关注到理论参与性的意识和思维,即对话的参与性本性。在《文艺学中的形式主义方法》中已开始从艺术创作和语言—言语两个领域,并在它们与生活的相互关系中来研究对话和独白的问题。在《马克思主义与语言哲学》中,已在现代语言学和哲学的评价和阐释方法等角度探讨问题。在《陀思妥耶夫斯基诗学问题》等著述里更为广泛深入地进行研究。对话,实际上指一种超语言的对话原则。巴赫金所谓的对话,不单指人际交谈,也包括思想与文化内部的复杂运动。在巴赫金看来,一个声音什么也解决不了,两个声音才是生活的基础。脱离了对话的东西就失去了涵义。对话思想早在古希腊哲学中就已存在,20世纪初德国哲学以及后来的阐释理论都广泛研究这一问题。巴赫金的伟大功绩就在于:他把"对话"概念从一种文学体裁转换成"哲学范畴",形成了独特的对话主义理论,对当今的人文科学产生重大影响。

(一)对话与思维方式和研究方法

美国学者凯特琳娜·克拉克和迈克尔·霍奎斯特指出:"巴赫金向读者提出的最大问题不是要吸收一套陌生的新名词,也不是要重新思考任何个别的认识范畴。……他对我们的思维方式提出了要求,要我们改变用来进行思维的基本范畴。为了理解巴赫金,我们必须更改习以为常的方法,在接触他之前,我们曾用这些方法认识任何事物。"[①]

我们知道,西方习以为常的认知事物,包括艺术地认知事物的方法,是基于正统的世界观的。这种世界观是建立在古希腊时期柏拉图、亚里士多德等人提出的形而上学的哲学认识论的基础上的。"形而上",顾名思义,就是一个隐藏在有形世界后面,但又左右着这个有形世界的无形世界。而"形而上学",就是一种追踪这个无形世界的学问。后来,形而上学变成了人类理智的代名词,它力求在一切可见的,

---

① 〔美〕凯特琳娜·克拉克、迈克尔·霍奎斯特:《米哈伊尔·巴赫金》,语冰译,裴济校,中国人民大学出版社,1992年,第13页。

但又是虚假的多元世界表象后面找到一种可作为一切事物之结构原理或排列公式的体现绝对实在和永恒真理的东西,即被赫拉克利特称之为"逻各斯"的东西。按照这种理论,整个宇宙由四大元素以其特殊的等级构成。所有的物质是依固定的顺序,自上而下排列的。一切元素也以其与宇宙中心的关系来决定其本质与运动。这种世界观的特征是所有的价值以其空间的位置来决定,从高到低,从中心到边缘。等级越高,越具权威;距中心越近,越趋完美。因果论、逻辑推理……应运而生,自此形而上学的"独白型"的一元权威在西方认识论中深深地扎下根来。这种强调中心和权威,崇尚等级和规则的世界观雄踞西方数千年,对西方认识论和文艺批评思想产生了巨大的影响,它反映在西方传统的语言观上就体现为逻各斯中心主义。

这种崇尚中心和权威的认识论,严格区分对立的二元,并用自认为高级的一元去压制或消灭另一元,它实际上遵循的就是巴赫金所说的"意识形态的独白性原则",①即"一元论的原则"、"意识的统一性原则"。早在20世纪20年代巴赫金就发现它的重大影响并指出:"这些基本原则,其作用远远超出了艺术创作的一个领域;它们是现代整个思想文化所遵循的原则。"②巴赫金敏锐地看到这种独白意识的弊端:它强化等级制,企图压制一切非权威力量。它扼杀创造潜力、窒息蓬勃的生机,它导致单一性、片面性、简单化、僵化。它是培育教条主义的温床。这种思维模式崇尚二元对抗,强调"非此即彼",二者必居其一,要么肯定,要么否定,特别强调用"绝对否定"来代替"否定之否定",即否定中不包含任何肯定。这种"绝对否定性"在某些解构主义者那里已经达到了登峰造极,无以复加的地步。绝对否定导致自身否定,全面解构导致自身解构。西方世界在一片绝望否定之中,一次又一次地传来死讯:"上帝死了"(尼采),"作者死了"(罗兰·巴尔特),"人死了"(弗洛姆)……整个西方笼罩在死亡的阴郁气氛中。

恩格斯说:"在希腊哲学的多种多样的形式中,差不多可以找到以后各种世界观的胚胎和发生过程。"③对古希腊罗马哲学和文学造诣很

---

① 〔俄〕巴赫金:《陀思妥耶夫斯基诗学问题》,白春仁,顾亚铃译,三联书店,1988年,第123页。

② 刘象愚、杨恒达、曾艳兵主编:《从现代主义到后现代主义》,高等教育出版社,2002年,第32页。

③ 恩格斯:《自然辩证法》,人民出版社,1953年,第26页。

深的巴赫金①,在自己的学术生涯中很早就注意到,在以形而上学的认识论为基础的、古代正统的世界观形成和发展的过程中,以狂欢节的世界感受为基础的、古代非正统世界观也顽强地存在着。这两种世界观的斗争和相互影响,从古至今,一直延续着。只是以独白意识为前提的正统的世界观高踞霸权地位,它排挤、压制异己声音,其声音太强大,以致湮没了其他声音。巴赫金以其灵敏的耳朵,在正统世界观的"专横话语"中聆听到"狂欢节的回响"。狂欢节的宇宙观倡导一种狂欢思维,或称"意识的狂欢化",体现了对话精神。它潜在地同一切独白型的认知定势、认知图式、概念框架、思维模式、价值取向、习惯心理针锋相对,颠覆着认识论中的等级制。它从不主张以一种力量压倒和替代其对立面,成为新的权威、新的中心,它承认处于边缘的声音(文化、观念、文类、文体等)有其独特的价值。颠覆中心并非让"边缘"中心化或"中心"边缘化,而是要打破等级的一统天下,让边缘与中心恢复对话与对流,并让区分开的二元在冲撞、交流、对话中生发出新的性质和功能,这就是老子的"有无相生,难易相成,长短相形,高下相倾,音声相和,前后相随";庄子的"果且有彼是乎哉?果且无彼是乎哉?彼是莫得其偶,谓之道枢。枢始得其环中,以应无穷"。中心与边缘的关系,只是暂时的、相对的,而非命定永恒不变的。因此,"绝对的否定"是与狂欢思维、对话精神格格不入的。狂欢思维中的生命与活力正是在否定之否定中生长出来的。死亡孕育着新生,埋葬意味着复活。

在当今世界上,"对话主义"已成为巴赫金方法论精髓的代名词。对话主义体现着一种平等的、民主的文化意识。它承认世界是由差异构成的,差异就包含着矛盾和对立,但它倡导在保持各自的差异和特殊性的前提下,多元共存、相互作用,而不是非此即彼,你死我活,亦不是机械地一分为二或合二为一。它反对对抗,主张对话,强调每一种理解不过是对话链环上的一个环节。每一种理解都具有未完成的性质,而凭借它的"未完成性"可以将人们引向更广阔的天地。巴赫金在方法论上始终反对抽象的唯理论和封闭的系统论。

(二) 对话与"语言学转向"

众所周知,20世纪是文学批评的世纪。回顾世纪之旅,一般认为

---

① 巴赫金早年毕业于古希腊罗马文学专业。参阅《灰烬与金刚石——巴赫金访谈录》,俄罗斯《文学报》,1993年8月4日第6版。

有两种相互对立的显流彼此消长变化:"向内转"和"向外转",或称"文学的内部研究"和"文学的外部研究"。20世纪前半叶是文学研究"向内转"、"文学内部研究"崛起并成为主流的时期,它以20年代曾兴盛一时的俄国形式主义和三四十年代风靡欧美文坛的新批评派为显著标志。主张"向内转"的学者们的立场是:明确和捍卫文学的特殊属性,让文学研究成为具有自身独立存在理由的一门学科,换言之,文学研究关注的焦点应在文学文本的审美形式方面,即倡导一种旨在切入文本内部的近距离的"细读"方式,即修辞学式的内部研究。然而,曾经把文本研究视为惟一正途的"内部研究"遭遇到了一个个难以克服的难题。人们越来越感到这种文本解读的枯燥乏味和令人疲倦。

从20世纪50年代起萌生出以原型批评为先兆的"向外转"倾向。原型批评理论家、加拿大学者弗莱在其里程碑式的文学理论著作《批评的剖析》中公开向"新批评派"的一统天下挑战。他执著于创立文学人类学,并为种种文学体裁和意象探寻人种学模式和原始型。他试图以"原型"概念去恢复从神话、宗教到文学的有机联系,使文学作品与外部世界的关系重新成为文学所关注的焦点。20世纪后半叶,众多的文学批评流派虽然对原型批评的看法不一,但是在强调文学与外部的联系方面不谋而合,达成共识,促成了文学研究"向外转向"的国际性潮流。尤其是精神分析批评、读者反应批评和接受美学理论,以及后结构主义(解构主义)到新历史主义等重要转变,都从不同角度凸现出与文学文本同等重要的"语境"或背景对于理解和阐释的决定意义。主张"向外转"的学者们的立场是:文学与社会、历史、意识形态等等其他方面有着不可分割的联系,因而不能脱离这种活生生的联系而孤立地研究文学作品。文学研究的兴趣应由文本解读(即集中注意语言本身及其性质的能力)转移到各种形式的阐释学解释上(即注意语言与语言之外的事物的联系)。然而,令人遗憾的是,众多主张"向外转"的文学研究在跨越文本分析的樊篱之后逐渐成为一种激进的泛文化批评。

有不少学者认为,从修辞式的"内部研究"到转向"外部研究",即广义的"人类科学"的文学研究,这一种"几乎是一百八十度的逆反变革,在短短几十年内便悄无声息地完成了。"其实不然,在众声喧哗中,一直存在着另外一种声音,它代表着另外一种倾向:这就是巴赫金所倡导的对话—整合,或称"兼顾内外的综合研究"。在文学研究兴趣中心"由内向外"大规模转移并趋向"综合"的过程中,巴赫金的探索及其影响是至关重要的。

20世纪西方文学研究中的"向内转"、"向外转"以及巴赫金所倡导的"兼顾内外,综合研究"的倾向都是在经历了国际性的"语言学转向"之后形成的。在20世纪走完了它最后的历程,再回首,有关问题就一目了然了。

众所周知,20世纪初具有哥白尼式的革命性质的"语言学转向",涉及的不只是纯粹的语言学问题,它关系到20世纪人文学科各领域根本性的变革,文学研究领域也不例外。可以说,20世纪西方所有的社会科学思潮都与这一"转向"有关,它开启了20世纪新的思维。首先在哲学上,继本体论(探讨世界是什么?侧重研究现实存在的本源,现象背后的本质)和认识论(从笛卡儿开始,注重研究认识的来源是经验的,还是理性的)阶段后转向语言哲学(即把基本的哲学问题和一切文化现象归结为语言问题,还原到语言上来思考,注重语言与世界的关系。它不研究存在的本源或认识的来源,而关注语言与存在、语言与思想、语言与意义等的关系问题)阶段。实际上,这一转向顺应了20世纪科学主义与人本主义的双重要求。在科学主义的冲击下,一切运动被归结为不同语言符号系统的破译与解读,"不可言说"的东西要求把人类学本体论的范围扩大。人类社会生活的进步与发展日益要求加强交往与交流。解释学的现代发展、20世纪20年代传播学的建立、60—70年代语用学的崛起,都表明了这一点。可以说,语言问题是西方五花八门众多理论的一个"共项",也是科学主义与人本主义相碰撞的交界点。语言问题在现代众多思潮中被突出出来,显然也是与现代主义,特别是其向后现代主义(指现代主义之后)发展阶段日益上升的文化问题与人类学诸问题关联在一起的。

"语言学转向"的冲击波也波及到西方的文学研究领域,致使20世纪的西方文学批评也开始了它的历史性"转向":先是"向内转",继而是大规模的"向外转"。而巴赫金的难能可贵之处在于他独辟蹊径,从20世纪20年代起就一直在探寻一条"兼顾内外、综合研究"的道路。他较早地认识到,人类生活是通过语言与世界交往,并与之发生实际上的联系。作家笔下的日常生活"是一种虚构,是知识分子的杜撰。人类日常生活永远是装饰起来的,而这种装饰永远是仪典性的(哪怕是'审美的')。艺术形象可以依靠这种仪典性。"显然,巴赫金在这里强调的是,作家笔下的日常生活并不是日常生活本身,而是作家通过语言叙述出来的"日常生活";语言是在用它自己的意象"创造"出一种日常生活、一种现实。所有的语言都深深地包含着内在的隐喻结构,这种结构暗中影响着"意义"的表达,它的源头可追溯到原始人类的思维方式和生活方式,包括祭祀、仪典、节庆活动等等,因而语言与文化是密不可分的。这样,从20世纪20年代起,巴赫金就把研究的目光投向了语言学、文化人类学、心理学等学科,并将诸多学科联系起来进行交叉研究,从而克服了"内部研究"和"外部研究"相互排斥、各自为政的弊病,在与众多理论的对话与整合中,走出了一条"兼顾内外,综合研究"的道路。在今天,众多的学者、研究者已与巴赫金达成共识。巴赫金的思维方式及其研究方法,对文学研究日益产生着重大的影响并代表着文学批评发展的方向。

二、复调理论①

巴赫金在《陀思妥耶夫斯基创作问题》和《陀思妥耶夫斯基诗学问题》两本书,或者说一部书的两个版本中较多使用"复调"(понифония),以及相关的"复调小说"、"复调思维"的术语。此外,还在《关于陀思妥耶夫斯基一书的修订》、《1970—1971年笔记》和《文本问题》等著作中论及。

巴赫金指出,"有着众多的各自独立而不相融合的声音和意识,由具有充分价值的不同声音组成的真正的复调"——是陀思妥耶夫斯基长篇小说的基本特点。复调小说是一种"全新的小说体裁"。它是多声部的小说、"全面对话"的小说。对话成为一种新的艺术立场,使作者的立足点和视角发生变化,艺术结构和手段也得到了更新。复调小说突破了基本上属于独白型(单旋律)的已经定型的欧洲小说模式,使小说呈开放性,减弱了由作家全知全能式安排的封闭性。正如在音乐史上复调音乐的发明标志着一个新时代的开始一样,陀思妥耶夫斯基首创复调小说,就像是在小说史上实现了一场小规模的"哥白尼式的革命"。巴赫金认为陀思妥耶夫斯基是文艺形式方面最伟大的创新者之一:

> 他创造出一种全新的艺术思维类型……复调型……甚至不妨这么说,陀思妥耶夫斯基简直是创造出了世界的一种新的艺术模式,在该模式中,旧的形式中许多基本因素都得到了根本性的改造。

---

① 关于复调与共同性(соборность)等相关问题不在此展开。

在《关于陀思妥耶夫斯基一书的修订》一文中,巴赫金强调了陀思妥耶夫斯基三方面的艺术创新:(1)作家创造出人的形象的全新结构,即"一个血肉丰满,意义充实的他人意识,一个没有纳入最终完成作品的现实生活框架之中的他人意识"。艺术家不可能"最终完成"自己笔下的主人公,因为"他揭示了是什么使个性区别于一切非个性的东西"。(2)作家提出了如何描绘自我发展的思想,这个思想"在人的事件方面"得到展示。(3)作家发现了"在地位平等、价值相当的不同意识之间作为它们相互作用的一种特殊形式的对话性"。这三方面的艺术创新是同一现象的三个侧面。它们兼有形式和内容的性质。描绘第一次具有了多维的性质。这大致体现了巴赫金关于复调小说的基本思想,但几个重要问题有必要进一步阐释。

(一)关于作者—(文本)主人公—读者的关系问题

这一问题早在创作过程中就已存在,只是当人们在理论上尚未认识它们之前,未予以重视罢了。在20世纪以前,实证主义与传记式批评,以及后来的社会学批评、阐释学等都把注意力集中在作者身上。俄国形式主义学派率先把注意力转移到文本上来,随后,结构主义、符号学、新批评等都在做文本内部研究工作。又一次逆转是在接受美学出现以后,注意力转到了读者身上。实际上,创作过程和阐释过程就是这三者不断相互作用的动态过程。巴赫金是最早注意到这一完整过程的大学者之一。早在20年代他就对作者与主人公的关系作了新的阐释。他认为陀思妥耶夫斯基笔下的主人公大多是冥思苦想的人。主人公的形象就是"主人公讲述自己和世界的议论"。陀思妥耶夫斯基感兴趣的不是作为客体的人物和命运,而是不同类型的世界观。因此他的小说的主人公不仅是作家描绘的对象、客体,同时也是表现自我意识的主体。由于主人公的地位发生了变化,其艺术功能也随之发生了变化。在这里作家以一种全新的艺术立场,使自我意识成为主人公的重要方面,并"把思想看作是不同意识不同声音间演出的生动事件",予以描绘,因此发现了人的完整性,发现了"人身上的人"。这种自我意识的主导性,使人物具有了内在的自由和相对的独立性,呈现出开放性、未完成性与未论定性等鲜明的特征。主人公和作者之间呈现出一种平等对话的关系。在巴赫金看来,复调小说的作者具有深刻的积极性,但这个积极性带有特殊的对话性质。"这是提问、激发、应答、赞同、反对等等的积极性,即对话的积极性……"在这里巴赫金阐发了一种新的主体性思想。

(二) 关于复调小说和独白小说的问题

"复调"本来是音乐术语,在作曲法中是指不同声部的旋律不同,但不是多旋律的混杂,而是通过和声对位结构成多声部的交响式的"织体",改变了以往多声部单旋律的线性结构。复调不是多调性或无调性,而是在严格调性下的多旋律织体音乐。巴赫金借用"复调"与独白对应,实质上是对"全知全能叙述者"创作主体的解构。巴赫金十分推崇复调小说,他认为:"人的思想意识,这一意识存在的对话领域,及其一切深刻和特别之处,都是独白型艺术视角所无法企及的。"不过,他也认为,复调小说并不能取消独白型小说,如传记小说、史诗小说等。因为"……每一种体裁都拥有各自的主要生存领域,在这个领域中,它是无可替代的……因为人和自然的一些生存领域,恰恰需要一种面向客体的和完成的艺术认知形式,也就是独白形式,而这些生存领域是会存在下去并不断扩大的。"因此,应该看到复调小说与独白型小说的互动关系以及对小说发展产生的建设性影响,使小说体裁更好地认识自己的潜力,拓宽自己的边界。

三、狂欢化理论

狂欢化(карнавализация)是历史诗学,也是美学和文化诗学中采用的术语,巴赫金引进当代文艺学,指欧洲文学史(特别是中世纪和文艺复兴时期)狂欢化的民间文学传统。巴赫金在拉伯雷研究和陀思妥耶夫斯基研究,以及《史诗与小说》、《小说话语》等一系列著述中阐释了欧洲文学和文化史上民间节庆独特的精神现象学。在陀氏研究中强调民间狂欢文化是复调艺术的文化动因之一,在拉伯雷研究中着重剖析狂欢节活动、怪诞现实主义并运用哲学人类学观念考察话语规律与官方/民间文化的运动,人类文化与文学内部力量消长,或称向心力和离心力的相互作用。

狂欢节是欧洲民众生活中的一个重要的民俗活动。它的异常旺盛的生命力和经久不衰的魅力,可追溯到人类原始制度和原始思维的深刻根源。在欧洲狂欢民俗自我调节的自然演化过程中,那种通过苦难和死亡而得到新生的感受一直是狂欢文化的深层积淀。巴赫金认为,不能把狂欢节混同于一般的节日游艺活动,而应把它看作是一种"特殊形式的生活",是一种现实的杂语现象。狂欢节体现了诸种意识形态(官方的与非官方的)的互文性。

狂欢节上形成了一整套表示象征意义的具体感性形式的语言。这一语言表现了意蕴深邃的狂欢节世界观。它的主要精神是:颠覆等级制,主张平等的对话精神,坚持开放性,强调未完成性,变易性,反对孤立自足的封闭性,反对思想僵化和教条。它的核心是交替与变更的精神,死亡与新生的精神,摧毁与更新的精神。狂欢节的世界观可以渗透到狂欢式(意指一切狂欢节型的庆贺、仪礼、形式的总和)中。而狂欢式转为文学的语言,这就是"狂欢化"。在现代,狂欢节已式微,"日常生活中只留下狂欢的泛音,而在文学中它可以成为基音"。① 可以这样对"狂欢化"做一简单界定:

狂欢化,是一种特有的文学思维方式或世界观。它是艺术地把握生活的强大手段。它深深地植根于民间诙谐文化的沃土中,具有深刻的哲学认识论和人类文化学的基础。它不是一个封闭性的自足体,而是一种生机勃勃,具有内在统一性和无限创造力的开放体系。

狂欢化,是一种由诙谐因素组成的、特殊的语言或符号系统。这个语言中的词语和形式具有双重指向性和巨大的象征概括力量。生活中许多重要的方面,确切说是许多深层的东西,只有借助这种语言才能发现、理解并表达出来。它讽刺模拟一切高级的语言、体裁和风格,并将众多难以相容的因素奇妙地结合在一起,相互共存,多元共生。

狂欢化,不是狭义上的文学流派或文学思潮,但它和文学流派和文学思潮有着千丝万缕的联系。渗入到作品的体裁结构并且在一定程度上决定着作品的体裁结构的狂欢化,可以为各种不同的流派和创作方法所采用。不可把它只看作是某一个文学流派所独有的特点。不过,每一流派和每一创作方法,总是独特地理解和更新它。

狂欢化,可视作更宽泛的精神文化现象。它凝聚着人类历史进程中深刻的文化积淀。它是各种文化相互渗透和交流的产物。它是一种自文艺复兴以来或追溯到更早时期,如古希腊罗马时期,西方文化中业已存在的一股智性反叛的潜流,文艺复兴时期的文学是其辉煌的折射,20世纪文学则是它在当代的全面复兴。

狂欢化诗学理论庞驳而复杂,但其主旨是清晰的。巴赫金明确地指

---

① 〔俄〕巴赫金:《1970—1971年笔记》,载《话语创作美学》,莫斯科:艺术出版社,1986年,第379页。

出:"文学狂欢化问题,是历史诗学,主要是体裁诗学的非常主要的课题之一。"①在众多的体裁中,巴赫金选择小说体裁展开他的体裁诗学研究。因为,在巴赫金看来,小说是"惟一正在形成的体裁",正如它所描写的现实世界一样。小说是反规范的,它是认识论意义上的不法之徒,是文本领域里的罗宾汉。小说不允许独白,它坚持在现存体系所认可的文本与它所拒绝的文本之间进行对话。对于巴赫金来说,小说不仅是一种文学体裁,而且是一种特殊种类的力量,他称之为"小说性"。

巴赫金是在欧洲文学发展史的流程中,着重以拉伯雷的怪诞现实主义小说和陀思妥耶夫斯基的复调小说为基础,来考察和研究体裁诗学问题的。

一方面,他深入到小说体裁结构的内部,考察其文学性的因素(或称文学的内部因素),在与史诗体裁的对比中揭示了小说体裁自身的独特性。他把小说看作是各种异质性成分的复合体。他首先关注的是其中的语言现象。巴赫金认为小说研究的中心课题可概括为:如何对语言进行艺术描绘的问题,语言的形象问题。巴赫金发现,小说,特别是狂欢化的小说,不仅有自己独特的时空体,而且有自己的语言实践。这是一种狂欢式的特殊语言,它容纳了诸如粗俗化的广场语言、伊索式的寓言语言、象征、隐喻、模拟、调侃……换言之,它几乎囊括了与双声语、一符多音以及与滑稽相关的一切美学范畴(丑、幽默、怪诞、喜剧性因素……)。小说体裁能利用说话人的各种身份(主人公、假定的作者、叙事人……)、说话的各种方式、各种语调等,利用诸如小丑、傻瓜、骗子等世界性形象的形式—体裁面具,充分发挥小说体裁独特的叙述功能。小说体裁具有讽刺模拟性,它能讽刺模拟一切高级的语言、体裁和风格,具有"体裁的百科全书性"。

另一方面,他面向历史,致力于研究非文学因素(或称文学的外部因素),注重社会历史和文化底蕴的开掘。他把注意力投向小说体裁产生的一个重要的历史文化根源——民间的狂欢文化,并以其灵敏的耳朵,在远古、中世纪和文艺复兴时期的文学中,在拉伯雷的怪诞现实主义小说和陀思妥耶夫斯基复调小说话语中,聆听到了狂欢节的回响,聆听到了自我与他者之间、官方文化与民间文化之间、高雅与俚俗、精英与大众之间的众声喧哗。他着重研究了在狂欢的氛围中各种文化是如何相互渗透,社会与文学是如何相互作用的,因此他的诗学理论具有

---

① 〔俄〕巴赫金:《陀思妥耶夫斯基诗学问题》,第157页。

一种宏大深沉的历史感和兼容并包性。

巴赫金极为推崇民间文化源泉在小说发展中的作用。他认为,民间文化源泉是一种使现实恢复其活生生的真面目的力量。在巴赫金看来,民间文化是底层的、集市和广场的文化。在集市和广场上,社会等级与其相连的一切恐惧、敬畏、虔诚,以及人类不平等的种种条规和礼仪均被抛掷脑后。无礼的游戏、讽刺笑剧和俗俚妙语,讽刺性地模拟着达官贵人的高雅语言。民间性使等级制和"单一语言"的神话土崩瓦解,使杂语现象大行其道。

对于巴赫金来说,理想的小说是体现了"小说性"、"民间性"和"杂语性",能利用形式—体裁面具玩味和讽刺模拟不同话语的小说,能兼容高雅精英文化与通俗大众文化的开放性小说,即狂欢化程度较高的小说。这种小说不仅具有上述小说体裁本质性的特点,而且还具有"仪典性"——深层的文化底蕴。可以说,狂欢化小说最能体现小说体裁的本性和本质力量,它代表着小说体裁发展的方向,它能使小说体裁"在远离它们原初诞生的其他时代创造性地发生变化",①永远充满蓬勃的生机。

巴赫金的狂欢化诗学理论的重大贡献在于,它发现并揭示了狂欢化文学独特的艺术原则:(1)新的艺术思维——以狂欢节的眼光看世界,"颠倒看",正面反面一起看。以这种视角观察世界,可以看到许多过去看不到的东西;(2)鲜明的指向性——针对高级的、权威的语言、风格、体裁等,拿它们"开涮",动摇其绝对的权威性和等级的优越感;(3)从下层制造文学革命——以旧修辞学贬低的体裁,如小说等颠覆传统的体裁观念。以官方文化贬低的人物,如小丑、傻瓜、骗子等发挥特殊的形式—体裁面具功能。以不登大雅之堂的民间广场语言、狂欢的笑、各种低级体裁讽刺模拟一切高级语言、风格、体裁等。赋予粗俗、怪诞的意象以深刻的象征寓意;(4)独特的手法——杂交。有意混杂不同语言、不同风格、不同文体……打破文学性与非文学性、高雅与粗俗……的界限。在巴赫金看来,这种渗透着狂欢精神的小说最少独白(它强调平等对话)、最少教条(它强调变易)、最富创造性(它具有深厚的民间根基、活生生的人民大众的语言、丰富的民间创作形式……)、最富生命力(它是未完成性的、开放性的)。

---

① 〔俄〕巴赫金:《小说话语》,载《文学和美学问题》,莫斯科:文艺出版社,1975年,第233页。

狂欢化诗学理论的文学意义是巨大的。巴赫金指出:"在欧洲文学的发展中,狂欢化一直帮助人们摧毁不同的体裁之间,各种封闭的思想体系之间,多种不同风格之间,高雅文学和通俗文学之间存在的一切壁垒。狂欢化消除了任何的封闭性,消除了相互间的轻蔑,把遥远的东西拉近,使分离的东西聚合。"①它反对文学的单色调,主张内容和形式的开放性,寻求多种因素不同寻常的排列组合,强调各种文类、各种语言(包括口语、俚语、行话、方言等)、各种手法(包括反讽、夸张、调侃、讽刺、幽默等)的独特价值和相互作用。巴赫金的狂欢化诗学理论揭示了狂欢化文学在狂欢表层下隐含的逻辑联系和深层意义,提供了一种新的阅读策略。它为小说体裁创建具有自己独特品位的理论,为当代叙述学做出了重要的贡献。

狂欢化诗学理论的美学意义在于它动摇了古典美学的一些基本范畴的权威性和优越感。它给古典美学所蔑视或丢弃的范畴"加冕",而给先前的高贵范畴"脱冕",使之降格。它使崇高与卑下、神圣与滑稽、高雅与粗俗、悲剧因素与喜剧因素等相互接近或融为一体,界限被打破,鸿沟被填平。

狂欢化诗学理论的语言学意义在于它以狂欢的思维结构颠覆了常规的思维结构,瓦解了逻各斯中心主义和形而上学的一元权威,而语言的意义却在破坏中获得了新生。巴赫金超越了传统语言学的"囚牢",独辟蹊径,走出了一条重文本与语境互动、重交流与对话的道路,提出了超语言学的独特研究领域、范畴和方法。他通过对具体作家作品诗学解析的操作示范,使人们不仅从狂欢化文学的语言表达中,同时也从语言自身感受到纷繁万状的生活原生态和价值观念多向的世界,并解读出话语之外的潜文本、潜对话。

虽然巴赫金研究的重点是在小说体裁领域,但他的狂欢化诗学理论的意义和影响是深远的,远远超出了小说体裁的范围,甚至远远超出了文学的范围。

狂欢化诗学理论的哲学意义在于它能改变人们的世界观、认识论与方法论。它能使人们摆脱刻板、僵化、静止的教条和等级制的束缚,使人们开拓性的、创造性的思维潜力从压抑中解放出来,并使人们能够洞悉按寻常角度看不到的深层的潜文本。它反对人的精神和理智的高级领域中独白意识的垄断地位,主张平等对话。它"提供了可能性,使

---

① 〔俄〕巴赫金:《陀思妥耶夫斯基诗学问题》,第190页。

人们可以建立一种大型对话的开放性结构,使人们能把人与人在社会上的相互作用,转移到精神和理智的高级领域中去。"① 狂欢化诗学理论摧毁了绝对理念,代之以一种快乐的相对性精神,它主张世界是变易的,价值是相对的。这与中国的老庄思想可谓心有灵犀一点通。

狂欢化诗学理论倡导一种快乐哲学。狂欢精神能发现矛盾并用乐观的笑和幽默的态度将矛盾排除(哪怕只是暂时的),从而获得一种精神超越和心理满足。它是人类精神的一个重要方面,它不仅仅只存在于狂欢节之中,它在狂欢化文学,甚至在整个人类文化中,都是普遍存在的。就心理的机能而言,它具有"释放"的功能。它是"一种自由意识的突然放纵","一种心理的解脱,一种心灵的松弛,一种压迫被移除的快感"(柏格森语)。它是民众能量释放的一条途径。它具有理想化和乌托邦的意义。狂欢世界是暂时的、相对的、象征性的,但乌托邦的意义并不因此而丧失,它的意义正在于它与现实的距离,在于它对现实的批判和超越。它体现了人类追求至善至美的精神力量。

狂欢化诗学理论的文化意义在于它深刻地揭示了狂欢型的庆典在欧洲人的生活中占有的重要地位,特别是在中世纪和文艺复兴时期。那时人们似乎过着两种生活。一种是常规的,十分严肃而紧蹙眉头的生活;服从于严格的等级秩序的生活,充满了恐惧、教条、崇敬、虔诚、压抑的生活;另一种是狂欢广场式自由自在的生活,充满了两重性的笑,充满了对一切神圣物的亵渎,充满了不敬和猥亵,充满了同一切人与事的随意不拘的亲昵交往。尽管这两种生活相互间有着严格的界限,但它们都得到了认可。这两种生活有着两种截然不同的思维体系:常规的体系和狂欢的体系。如果不考虑这两种生活和两种思维体系的相互更替和相互排斥,就不可能正确理解中世纪和文艺复兴时期的许多文化现象,也不可能真正理解直到今天还充满狂欢节遗迹的欧洲人民的语言以及渗透了狂欢精神的文学。

狂欢化诗学理论在文化上的重要意义还在于它揭示了文化中向心力和离心力的交替运动,中心化与边缘化的相互抗衡以及由此形成的文化发展张力,动摇了单一文化的垄断地位,张扬了民间文化、大众文化的积极意义,使各种亚文化、俗文化与官方主流文化在对立、碰撞、冲突间又相互渗透、相互作用,恢复交流与对话。巴赫金在文化上的贡献

---

① 〔俄〕巴赫金:《陀思妥耶夫斯基诗学问题》,第247页。

还在于他在20世纪的上半叶,就预见到了世纪末的文化趋势。他所独创的诸多理论概念、术语,诸如"狂欢化"、"小说性"、"杂语"、"复调"、"对话"……生动地描述了当代文化的特征。无疑,"狂欢化理论可以视作连接过去的和现在的文化之间的桥梁。"①

狂欢化诗学理论的现实意义是不可低估的。它引发出一系列现代思想文化所关心的问题,诸如,文化心理;语言内部、文化内部分层及其相互之间的互动关系;文学与文化的关系;文学中雅与俗、诙谐与严肃的关系……留待我们去深入探讨。

总之,狂欢化诗学理论本身具有未完成性和多义性,因此对它的解读亦应是多义的,而且每一种解读都不能穷尽它的全部意义。

巴赫金的理论体系是在与俄罗斯文化和西方文化发展中最重要的潮流的不断对话中形成的。他渊博的学识、原创性的思想、阐发理论的激情、创造性探索的气魄、理论概括的广度和深度,都是独树一帜的。如俄罗斯学者所说,巴赫金及其著述"不但像'一个时代的遗迹'一样没有过时,而且作为当代的,甚至最新的文艺学、美学探索的参与者,青春不老"。

---

① 参阅俄罗斯:《文学百科全书》,莫斯科:苏联百科全书出版社,1987年,第151页。

第二部分

东方文论

▲ **古代与中古**
公元前15世纪—公元19世纪初期

第九章
古代与中古文论

第一节 古代与中古文论概述

今天,面对异彩纷呈、众声喧哗的西方文论,特别是20世纪西方现当代文论,有着同样悠久历史和辉煌成就的东方古代文论黯然失色、悄然失声了,它仿佛一处历史的宝藏,有待我们去细细地爬梳、挖掘、清理和重新予以评价,使之重放昔日的灿烂荣光,从而在东西方文论相互参照比较融合的基础之上,共同建构文学的总体理论体系。

文学批评和文学理论的发生必然以文学实践为前提,而最早的文学观念也常常首先散见于早期文学作品的只言片语之中。印度吠陀时期(公元前15世纪—公元前4世纪)产生了印欧语系最古老的诗歌总集《梨俱吠陀》,同时也孕育了印度文学理论的核心范畴"味"、"情"等及诗论总名"庄严"(修饰、妆饰、修辞方法之义),例如在三大吠陀(《梨俱》、《娑摩》、《夜柔》)、《梵书》、《奥义书》等古代经典中就已记载了植物(特指用于制酒的一种植物——苏摩)、医学、宗教、乃至文学等四种不同类型的"味";阿拉伯"蒙昧"时期(即伊斯兰教出现之前的"贾希利叶"时期,公元622年以前)产生了一批不朽的"悬诗"佳作,同时也出现了针对"悬诗"的创作和品鉴而进行的朴素简单、主观直感的诗歌评论;日本大和时代(公元794年以前)产生了准汉文体的日本首部史书和首部最完备的叙事文学作品《古事记》(712)、首部汉诗集《怀风藻》(751)和首部和歌总集《万叶集》(约在759年之后),同时,通过借鉴和翻新中国先秦儒家、汉魏六朝,以及初唐经国崇文文学理论观点、文学批评概念术语和文学批评范式手法,在《万叶集》的部分歌序、《古事记》序文、《怀风藻》序文和藤原浜成所撰写的首部歌学论著《歌经标式》(772)中,批评文字的出现和歌体系化的尝试、文化建设的政治作用等批评意识和思想已略见一斑。由此可见,以上古典文学典籍既是印度、阿拉伯、日本等东方民族古代文学的源头所在,又闪动着这些民族古代文论的吉光片羽。

溯流而下,古代印度文论、古代阿拉伯文论和古代日本文论的涓涓细流逐渐变得丰沛,与古代中国文论、波斯文论和古代朝鲜文论共同汇聚成了东方古代文学批评的滔滔长河。

公元前后不久,印度现存最早的梵语戏剧学巨著《舞论》问世("舞"在梵文中为"戏剧"的词源,一般照词源译为《舞论》),作者相传是婆罗多牟尼。《舞论》全面论述了戏剧的理论和实践、形式和内容、目的和意义,以及其他相关艺术的若干重要理论问题,可谓体大虑周,精微详瞻;它关于"味"和"情"的分析建立了印度美学和文学批评的两个基本范畴,并成为印度后世诗学著作所论述的重要课题。《舞论》视戏剧为综合艺术,因此,实际上,它是一部艺术总论和文论总纲,是对印度早期文学理论的一次系统总结,它对后世文学理论和文学批评的引导和影响作用巨大而深远。

然而,自《舞论》之后,印度文学理论却经历了数百年的相对空白和沉寂,直到公元7世纪方才迅速复苏,在随后的两三百年间,相继涌现了以婆摩诃的《诗庄严论》、檀丁的《诗镜》和阿难陀伐弹那(欢增)的《韵光》为代表的一系列重要文论著作。《诗庄严论》是对梵语古典诗学的初步总结,主要论及各种庄严,并提出了"诗是音和义的结合"的诗本质论观点,成为后世梵语诗歌创作的"金科玉律"和早期梵语诗学"庄严论"派的扛鼎之作,对优婆吒《摄庄严论》和楼陀罗吒《诗庄严论》两部理论作品的产生颇有影响。《诗镜》实际上是一本作诗手册,着重论述诗的"形体"、诗的语言地域"风格"和与词音有关的修辞手法,认为诗是"语言所构成",诗的"形体"是表达某种意义的"词的连缀",是词与义相结合的产物。有鉴于前人仅仅关注文学的形式、语言和修辞手法的偏颇与狭隘,《韵光》首先提出了"韵"的理论,重在分析词的"暗示义",追究诗的"灵魂",即诗内在的审美意蕴,进一步发展了"味论",推崇"味韵",以"味"和"韵"为诗歌内在美的最高标准。"味论"和"韵论"的进一步发展完善到10、11世纪时,终于在新护的《舞论注》和《韵光注》中分别得到了实现。

进入11世纪,印度迎来了其文学理论创作的又一次高潮,产生了胜财的《十色》、曼摩吒的《诗光》、恭多迦的《曲语生命论》、摩希摩跋吒的《韵辨》、安主的《合适论》和《诗人的颈饰》、王顶的《诗探》、雪月的《诗教》、鲁耶迦的《庄严论精华》等众多文论著作,其中前两者的理论价值最为突出。作为继《舞论》之后的第二部自成体系的梵语戏剧理论著作和剧本评论的经典之作,《十色》(所谓"色",即戏剧,本义为形式)着重讨论了戏剧的题材、结构、人物、语言等,具有一定的实践指导意义。《诗光》的重要性在于它既是印度古典梵语诗论的集大成者,又能独辟蹊径、独抒己见,详细总结和探讨了诗的目的、特征、评判标准、等级优劣,词的字面义、暗示义,以及韵、味、诗病、诗德、修辞等等内容。

13世纪之后,印度古代文学批评理论的发展日渐低迷,开始转入衰退期。毗首那特(14世纪)的《文镜》和世主(17世纪)的《味海》是古典梵语文学理论落幕前的尾声。

印度古典文论既讲求味、韵、情等蕴涵于创作、表演与鉴赏过程中的情感体验和审美体验,又重视庄严、曲语等语言形式的雕琢与揣摩,通过"味出于情"、"有味的句子就是诗"、"诗的灵魂是韵"、"诗是词与义的结合"等命题的提出与阐释,加之艳情、似、喜、德、病、色、相、量等其他基本范畴的补充和充实,印度古典文学批评建构起自己独具民族特色、全面系统、深邃周密的理论体系,在总结文学创作实践的基础之上有效地引导和规范了后者。

阿拉伯文学批评的萌芽在遭遇了伊斯兰教创始初期宗教意识形态的渗透和压制,伍麦叶时期(661—750)政治诗和宫廷文学的不良影响之后,终于在阿拔斯王朝时期(750—1258)获得了茁壮成长的良机。学术泰斗贾希兹的《修辞与阐释》(又译为《修辞达意书》)、伊本·萨拉姆的《名诗人的等级》、伊本·穆阿太兹的《诗人的品级》和《白蒂阿(修辞)》、古达曼的《诗的批评》、伊本·塔巴塔巴的《诗之标准》、伊本·古太白的《作家的文学》和《诗与诗人们》、埃米迪的《艾布·台玛木与布赫图里之比较》和吉尔加尼的《在穆台纳比及其对手之间调停》,以及史中寓评、寓教于乐、修辞分析、形式研究、崇古尊古、对照比较、哲学诉求、文本阐释等多种文学批评方式和类型的运用共同组成和展示了这一阿拉伯文学批评鼎盛时期的壮观画卷。

贾希兹是一位亚里士多德式的大学者,他在《修辞与阐释》中论述了"词"与"义"的关系问题,首先提出了"技"("绥纳尔特",即制作或技艺)是文学创作的灵魂的观点,重视形式和风格,强调文学接受维度的研究,主张言为心声、遣词造句应从简求新、表情达意应自然真诚,厚古而不可薄今。伊本·古太白是用科学方法为阿拉伯文学批评奠定基础的第一人,他力求让自己的批评立足于长期有效的客观公正的标准之上,具有一个文学批评家的良好素质。伊本·萨拉姆的《名诗人的等级》和伊本·穆阿太兹的《诗人的品级》皆为论诗作风格、定诗人品第之作,与中国钟嵘的《诗品》颇为相似。古达曼和伊本·塔巴塔巴二人都曾受到过古希腊哲学、逻辑学,特别是亚里士多德思想的影响,因此在他们的批评论著中,揭示诗歌的本质、确立诗歌的创作原则和衡量标准、思考诗歌的美感来源和审美特征、为诗歌"立法",乃至采取逻辑性的论述策略是他们共同的研究重点和批评努力。《比较》与《调停》是两部比较批评专著,其年代之早远、例证之详尽、立论之严谨、分析之全面、逻辑之明晰,无不令人叹服;埃米迪和吉尔加尼都很关注文学批评家的素质问题,强调批评家的学习、记诵、训练、实践等后天努力与天赋、智慧等先天主观因素同等重要,吉尔加尼要求批评家应具备"被训练的鉴赏力",而埃米迪更是有"诗歌批评家的批评家"之称;再者,两位批评家还都在他们的著作中公正平和、豁达包容地论述了"剽窃"这个敏感问题,严格区分了"抄袭"、"征引"、"侵占"、"转用"等概念在本质上的异同差别;最后需要指出的是,埃米迪在《比较》中还谈到了诗的"真"与"假",吉尔加尼在《调停》中就"艺术朦胧"进行了精彩论述,这些古已有之的文论课题的批评成果对于我们今天的研究依然大有裨益。

11世纪中叶以后,随着阿拉伯文学创作黄金时代的结束,文学批评也告别了它璀璨的鼎盛时期,走向没落。伊本·拉希格·盖勒万尼的《诗艺与批评之基础》(11世纪)与伊本·阿细尔的《作家和诗人中的流行格言》(12世纪)不过是强弩之末、大音之余。

"技论"是古代阿拉伯文论的精髓与核心。"技"被认为是文学创作的第一要素,是文学永恒的秘密所在;文学的本质不在于"意义",而在于艺术的形式和表达技巧,"意义被抛弃在路上,将要被决定的是文学的艺术性外观"(贾希兹),"诗之美在其特殊的衣裳和俏丽的面容上"(埃米迪);因此,"技"的要旨就是如何用精炼的语言去揭示作品中隐藏的深义,如何用巧妙的艺术表达形式去获取巨大的艺术魅力。

与文学的产生相似,日本的文学批评也首先是由中国输入的。日本僧人遍照金刚（空海）所著的《文镜秘府论》（819）系将刘勰、沈约、陆机、王昌龄、皎然、上官仪等人的文论著作辑录而成，讲述六朝至唐关于诗歌体制、声韵、对偶等方面的理论；虽然如此，这本日本最早的诗论书对日本歌论却有直接的启发作用。在平安（794—1192）前期和歌与物语日渐繁荣的文学氛围中，藤原公任的《新撰髓脑》与《和歌九品》、纪贯之的《新撰和歌集序》、菅原道真的《新撰万叶集序》等一批重要的和歌理论著作应运而生，分别论及和歌的本质、功用、形态、起源、批评标准、咏作方法等诸多方面的理论问题，提出心、姿、余心、余情、幽玄、丈高（崇高、壮美）、滑稽（由志向的有趣而产生的美）等美学范畴及术语，提倡和坚持"花实相兼"（所谓"义尤幽玄而文犹质"、"文质彬彬"之义）的批评标准；另外，紫式部在《源氏物语》中关于小说特征与功能的精辟论述可谓是日本小说理论的发端。

中世（1192—1603）是一个新旧杂陈、公家武家佛教文学并茂的时期，这一特色同时也深深烙印于文学理论的发展演变之中。藤原俊成、鸭长明的余情说和幽玄说，藤原定家见于所著《每日抄》的有心说、十体说和花实（花为词，实为心）相兼论，正彻以禅在《正彻物语》中所阐释的幽玄样和有心体之趣，以及鸭长明《无句抄》所采用的随笔体和心敬《私语》所采用的问答体，一方面总结和深化了这一时期的和歌理论思想，另一方面也启发了后人的理论创作；与此同时，物语理论也得到了长足发展，藤原俊成女的《无名草子》站在女性的立场，以"哀感"和"有艳"为评判标准，详尽剖析和论述了《源氏物语》、《狭衣物语》等作品，堪称其时物语评论的翘楚。

到中世晚期，以和歌、物语为代表的贵族文学和文学批评日渐衰微，迎合庶民喜好的民间文学与能乐相继涌起。作为古今能乐第一作者和批评家，世阿弥撰写了《风姿花传》这部能乐艺术理论的旷世之作，及《花镜》、《至花道》、《三道》等20余部理论著作，他的戏剧批评以长期的舞台实践为源泉，以"花"这个独特的术语为核心，追求舞台效果的最高艺术理想，强调风格美，赋予幽玄美以新的内涵，所述所论丰赡精邃、流泽后世。同一时期，以僧侣为创作主体的"五山汉文学"方兴未艾，虎关师炼、中岩圆月、义堂周信、绝海中津等诗僧对中国宋明诗学的引述和评议对日本文学、文化和精神的深远影响不可估量。

进入江户时代（1603—1868），俳谐成为一种独立于连歌并日渐成熟起来的诗体，著名俳人松尾芭蕉提出了"不易、流行"的主张和高悟归俗、寂闲轻盈等俳论观点。这个时期的诗论如荷田在满的《国歌八论》、皆川淇园的《淇园诗话》、居本宣长的《石上私淑言》、祇园南海的《诗学逢源》、内山真弓的《歌学提要》、山本北山的《作诗志毂》、广濑淡窗的《淡窗诗话》等既有对中国诗话的取法和移用，又有独创之处。另外，居本宣长在《古事记传》中强调了和歌的特有价值，并通过《紫文要领》、《源氏物语玉小栉》两部著述对《源氏物语》的主旨提出了新颖独到的见解，视"物哀"为这部作品的风格特色和文学的本质特征。最后值得一提的是泷泽马琴这位江户时代最享盛名的读本作家和前近代小说评论家，他的《读〈本朝水浒传〉并批评》是最早的小说评论之一。

日本文学和文学批评历来推崇一种"愍物宗情"或"物哀"的情味，"物"指客观对象，"哀"指一种包蕴日本式的悲哀、忧虑、哀伤等在内的主观感情，它含蓄、细腻、唯美，是心灵在外物的触动下所产生的最为轻微和纤弱的审美与情感颤动。

第二节　古代与中古印度文论

印度古代文学历史悠久，大致分为三个时期：吠陀时期（公元前 15 世纪至公元前 4 世纪）、史诗时期（公元前 4 世纪至 4 世纪）和古典梵语文学时期（1 世纪至 12 世纪）。在这漫长的两千多年中，产生了印欧语系最古老的诗歌总集《梨俱吠陀》，宏伟的两大史诗《摩诃婆罗多》和《罗摩衍那》，丰富的神话传说和寓言故事，精美的抒情诗、叙事诗、戏剧和小说，以及独树一帜的文学理论体系。

文学理论的出现是文学自觉的重要标志。印度吠陀和史诗时期的文学与宗教和神话的关系密不可分，尚未成为一种独立的意识形态形式。由此，文学理论思辨也不可能提到日程上来。辅助吠陀的六门传统学科（"吠陀支"）是语音学、礼仪学、语法学、词源学、诗律学和天文学。后来，学科范围扩大，如《歌者奥义书》中提到十四门学科：语法学、祭祖学、数学、征兆学、年代学、逻辑学、政治学、神学、梵学、魔学、军事学、天文学、蛇学和艺术学。其中仍然没有文学理论。

印度古代文学随着古典梵语文学的产生，步入自觉的时代。梵语文学不必依附宗教，梵语文学家开始以个人的名义独立创作。梵语文学与宗教文献分离，成为一种独立的意识形态形式之后，引起梵语学者对它的性质和特征进行探讨，也就产生了梵语文学理论。

现存最早的文学理论著作是产生于公元前后的《舞论》。这是一部戏剧学专著。而戏剧是综合性艺术,其中语言艺术也是重要组成部分。因此,《舞论》中也含有诗学。后来,梵语诗学从梵语戏剧学中分离出来,成为一门独立的学科,与梵语戏剧学并列存在和发展。现存最早的梵语诗学著作是7世纪婆摩诃的《诗庄严论》和檀丁的《诗镜》。

梵语戏剧学和梵语诗学是印度古代文学理论的两个分支。在梵语诗学中,诗的概念是指广义的诗,即纯文学或美文学,有别于宗教经典、历史和论著。诗分成韵文体(叙事诗和各种短诗)、散文体(传说和小说)和韵散混合体(戏剧和"占布")。这是梵语诗学家的共识。尽管如此,梵语诗学研究的主要对象是诗歌(包括戏剧中的诗歌)。有的梵语诗学家,如伐摩那在《诗庄严经》中论及诗的分类时,认为"在一切作品中,十色(即十种戏剧类型)最优美"。但他在《诗庄严经》中并不具体论述戏剧学。只有少数梵语诗学著作,如毗首那特的《文镜》辟有专章论述戏剧学。因此,梵语戏剧学和梵语诗学是印度古代文学理论在发展过程中自然形成的学术分工。前者以戏剧艺术为主要研究对象,后者以诗歌艺术为主要研究对象,各有侧重,相辅相成。

一、梵语戏剧学

婆罗多的《舞论》(也可译作《戏剧论》)是印度现存最早的戏剧学著作。它有两种传本,南传本36章,北传本37章。这两种传本的内容基本一致,只是在某些章节的编排和内容的细节上有些差异。《舞论》的现存形式含有三种文体:输洛迦诗体、阿利耶诗体和散文体。文体的混杂说明《舞论》有个成书过程。一般认为,《舞论》的原始形式产生于公元前后不久,而现存形式大约定型于四五世纪。

《舞论》是早期梵语戏剧实践的理论总结。它自觉地把戏剧作为一门综合艺术对待,以戏剧表演为中心,涉及与此有关的所有论题。第1章讲述戏剧起源的神话传说。第2章讲述剧场的建造、形状和结构。第3章讲述剧场建成后,要举行祭祀仪式,祭拜各方天神。第4章论述戏剧表演中的舞蹈。第5章论述戏剧演出前的准备工作和序幕。第6章和第7章论述"味"。所谓"味",指的是戏剧艺术的感情效应,也就是观众在观剧时体验到的审美快感。它构成梵语戏剧表演理论的基础。第8章至第14章论述各种形体表演,如手、足、头、胸和腰的动作,以及更细腻的眼、眉、唇、颏和颈的动作。第15章至第19章论述语言表演,如词音、词态、诗律、修辞、诗病和诗德等。第20章论述十种戏剧类型:传说剧、创造剧、神魔剧、掠女剧、争斗剧、纷争剧、感伤剧、笑剧、独白剧和街道剧。第 21 章论述戏剧情节发展的五个阶段、情节的五个元素和五个关节。第 22 章论述四种戏剧风格:雄辩、崇高、艳美和刚烈。第 23 章论述妆饰和道具。第 24 章论述语言、形体和真情表演。第 25 章论述男女爱情活动的表现形态。第 26 章论述各种景物和情态的特殊表演方法。第 27 章论述戏剧演出成功的标准,包括观众的反应和评判演技的方法。第 28 章至 33 章论述戏剧表演中的音乐。第 34 章论述男女主角的分类和各种配角。第 35 章论述剧团和角色的分配。第 36 章讲述戏剧从天国下凡人间的神话传说。

《舞论》全书约有五千五百节诗和部分散文。在公元前后不久就已产生这样规模的戏剧学著作,在世界戏剧史上是绝无仅有的。它全面论述了戏剧的起源、性质、功能、表演和观赏,既涉及戏剧原理和剧作法,也涉及舞台艺术。而全书尤其重视戏剧表演艺术。它把戏剧表演分为形体、语言、妆饰和真情表演四大类,详细规定各种表演程式。因此,《舞论》既是一部梵语戏剧理论著作,也是一部梵语戏剧艺术百科。

《舞论》对于梵语戏剧起源的解释笼罩在神话的迷雾中。但它明确指出戏剧是不同于四部吠陀经典的第五吠陀,"一种既能看又能听的娱乐"(1.11)。对戏剧的性质和功能也有深刻的理解:戏剧"具有各种感情,以各种境遇为核心","模仿世界的活动","再现三界的一切情况"。

> 从味、情和一切行为中,这种戏剧将产生一切教训。对于世上痛苦、劳累、忧伤和不幸的人们,这种戏剧将产生安宁。

它"有助于正法、荣誉、寿命和利益,增长智慧"。

> 吠陀经典和历史传说中的故事,圣典、法论、善行和其他事义,这种戏剧都会及时编排,激动人心。(1.104—118)

在梵语文学理论发展史上,《舞论》的最大贡献是提出了味论。后来的梵语文学批评家将味论运用于一切文学形式,使它成为最重要和最有特色的梵语文学批评原则之一。婆罗多在《舞论》中给"味"下的定义是:"味产生于情由、情态和不定情的结合。"他解释说:"正如思想正常的人们享用配有各种调料的食物,品尝到味,感到高兴满意,同样,思想正常的观众看到具有语言、形体和真情的各种情的表演,品尝到常情,感到高兴满意。"(6.31 以下)

按照《舞论》的规定,味有八种:艳情味、滑稽味、悲悯味、暴戾味、英勇味、恐怖味、厌恶味和奇异味。与这八种味相对应的是八种常情:爱、笑、悲、怒、勇、惧、厌和惊。常情也就是人的基本感情,犹如中国古人所说的"喜怒哀惧爱恶欲"(《礼记·礼运》)或"好恶喜怒哀乐"(《左传·昭公》)。婆罗多在味的定义中没有提及常情。但结合他的解释,意思还是清楚的:戏剧通过语言、形体、妆饰和真情的表演,展示情由、情态和不定情,激起常情,观众由此品尝到味。其中,情由是指感情产生的原因,如剧中人物和有关场景;情态是指感情的外在表现,如剧中人物的语言和形体表演。不定情是指辅助常情的33种变化不定的感情,如忧郁、疑虑、妒忌、羞愧和傲慢等等,它们也有各自的情由和情态。在戏剧表演中,正是通过这些情由、情态和不定情的结合,产生感染观众的味,也就是说,在观众的心中激起某种伴随有审美快乐的感情。

感情是一切艺术不可或缺的要素。艺术的创作和欣赏都离不开感情因素。《舞论》实质上认为感情是戏剧的灵魂,因为按照《舞论》的说法:"离开了味,任何意义都不起作用。"(6.31以下)基于这种看法,《舞论》对戏剧艺术的感情要素不厌其详地作了细致入微的分析。因此,当代著名美学家苏珊·朗格在《情感与形式》一书中称赞说印度批评家"对戏剧感情的各个方面的理解","远远超过其西方的同行"。

在《舞论》之后,胜财(Dhananjaya,10世纪)的《十色》是另一部重要的梵语戏剧学著作。"十色"指的是十种梵语戏剧类型。这部著作是根据《舞论》编写的,可以说是《舞论》的简写本。全书分为四章。第一章论述情节,第二章论述角色和语言,第三章论述序幕和戏剧类型,第四章论述情味。从内容上看,《十色》侧重于剧作法,删除了《舞论》中有关音乐、舞蹈和表演程式的大量论述。尽管《十色》有关剧作法的大部分论述在观点上与《舞论》一致,但与《舞论》相比,这部著作不仅简明扼要,而且条理清晰。因此,在10世纪后,作为梵语戏剧学手册,《十色》的通行程度远远超过《舞论》。现代学者在19世纪中叶着手研究梵语戏剧时,以为《舞论》已经失传,当时整理出版的第一部梵语戏剧著作就是《十色》。

与《十色》同时或稍后的梵语戏剧学著作是沙揭南丁的《剧相宝库》。这部著作也侧重于剧作法,但涉及的论题要比《十色》广泛。全书共分18章,论述主要依据《舞论》,但也引证了不少其他梵语戏剧家的论点。其他梵语戏剧学著作有12世纪罗摩月和德月合著的《舞镜》、12世纪或13世纪沙罗达多那耶的《情光》、14世纪辛格普波罗的

《味海月》和15、16世纪鲁波·高斯瓦明的《剧月》等。

二、梵语诗学

梵语诗学作为有别于梵语戏剧学的独立学科的成立,自然要以梵语诗学著作的出现为标志。印度现存最早的一部独立的诗学著作是7世纪婆摩诃的《诗庄严论》。而这部著作和同一世纪稍晚的檀丁的诗学著作《诗镜》中都引述了前人的诗学观点。这说明梵语诗学论著的实际存在要早于7世纪。但是,据现有文献资料判断,在公元后最初的几个世纪内,梵语诗学是作为戏剧学和语法学的附庸出现的。在梵语戏剧学中,诗学被归入戏剧中的语言表演。《舞论》第16章论述了四种诗歌修辞、十种诗德、十种诗病和36种诗相。6、7世纪的《跋底的诗》是一部以叙事诗形式介绍梵语语法的著作。全书22章,其中第10章至第13章介绍38种诗歌修辞方式。因此,在婆摩诃的《诗庄严论》之前,尽管有可能存在独立的梵语诗学论著,估计时间不会早于5、6世纪。

梵语诗学发展的立足点是梵语语言学。印度古代语言学(包括语音学、语法学和词源学)相当发达。早在公元前4世纪就出现了梵语语言学奠基作《波你尼经》。梵语语言学认为梵语是"音和义的结合"。早期梵语诗学直接继承这个命题,也认为诗是"音和义的结合"。但诗的语言和一般语言的区别在于诗的"音和义"是经过装饰的。因此,梵语语言学探讨如何正确运用音和义,而梵语诗学探讨如何正确装饰音和义。

婆摩诃(Bhāmaha,7世纪)的《诗庄严论》共分六章。第一章论述诗的功能、性质和类别。第二章和第三章论述各种庄严(即修辞方式)。第四章和第五章论述各种诗病。第六章论述词的选择。

婆摩诃认为"优秀的文学作品使人精通正法、利益、爱欲、解脱和技艺,也使人获得快乐和名声"(1.2)。婆摩诃提出这些文学功能,旨在说明从其他经论中能获得的一切,从文学作品中也能获得。进而,他强调文学比经论还要高出一筹。他说:"智力迟钝的人也能在老师指导下学习经论,而诗人只能产生于天赋聪明的人。"(1.5)他还说:"如果掺入甜蜜的诗味,经论也便于使用,正如人们先舔舔蜜汁,然后喝下苦涩的药汤。"(5.3)此后的梵语言诗学家一般都认可婆摩诃提出的这些文学功能。

婆摩诃在《诗庄严论》中依据"诗是音和义的结合"这个命题,论述了谐音和叠声两种音庄严,隐喻、明喻、夸张、奇想和双关等 37 种义庄严。音庄严是指产生悦耳动听的声音效果的修辞手法,义庄严是指产生曲折动人的意义效果的修辞手法。婆摩诃认为"庄严是音和义的曲折表达"(1.36)。"诗人应该通过这种、那种乃至一切曲语显示意义。没有曲语哪有庄严?"(2.85)这说明他认为曲折的语言表达是文学语言和普通语言的区别所在。因此,他强调一切文学作品"都希望具有曲折的表达方式"(1.30)。

婆摩诃在《诗庄严论》中还指出诗的逻辑不同于一般逻辑。他说:"诗以经论为胎藏,但它呈现的逻辑特征有所不同。"(5.30)他要求"精通逻辑的人以不同的方式阐述诗的逻辑,因为诗涉及世界,而经论涉及真理"(5.33)。也就是说,诗处理的是具体现象,而经论处理的是抽象真理。同时,诗采用曲折的表达方式,而经论采用逻辑的推理论式。在诗中,一些结论"即使不说出,也可以从文本意义中得知"(5.45)。显然,婆摩诃对文学语言与普通语言或文学作品与经论作品的区别作了认真思索,并确认"庄严"(即曲折的表达方式)是诗的本质特征。

婆摩诃在《诗庄严论》中也以相当的篇幅论述"诗病"问题,先后论述两组各十种诗病,还论述了七种喻病。他要求诗人在诗中"甚至不要用错一个词,因为劣诗犹如坏儿子,败坏父亲名誉"(1.11)。

婆摩诃的《诗庄严论》与 8 世纪优婆吒的《摄庄严论》和 9 世纪楼陀罗吒的《诗庄严论》共同形成早期梵语诗学的"庄严论"派。优婆吒的《摄庄严论》专论庄严,共分六章,介绍了 41 种庄严,其中对不少庄严的界定和分析比婆摩诃更严密和细致。楼陀罗吒的《诗庄严论》与婆摩诃的著作同名,共分 16 章,论述了诗的目的、诗人的条件、诗的风格、音庄严、义庄严、诗病、诗味和体裁等。但全书论述的重点仍是庄严。他提出的庄严比婆摩诃和优婆吒多二十几种,而且对庄严的分类也更为系统。他将音庄严分成五类:曲语、双关、图案、谐音和叠声,将义庄严分成四类:本事(23 种)、比喻(21 种)、夸张(12 种)和双关(12种)。他也像婆摩诃一样重视"诗病"问题,论述了各种诗病和喻病。他将诗病分为音病和义病,又将音病分为词病和句病。

庄严论作为早期梵语诗学,在自觉地探索文学的特性和语言艺术的奥秘方面起了先驱作用。庄严论将有庄严和无诗病视为诗美的基本因素,对庄严和诗病作了深入细微的分析。而"有庄严"相对"无诗病"来说,是更积极的诗美因素。因此,在梵语诗学以后的发展中,有些梵语诗学家继续对庄严进行深入的探讨,庄严的数目由婆摩诃的39种、优婆吒的41种、楼陀罗吒的68种增至鲁耶迦(《庄严论精华》,12世纪)的81种、胜天(《月光》,13、14世纪)的108种和阿伯耶·底克希多(《莲喜》,16世纪)的115种。

与婆摩诃同时代的檀丁在庄严论的基础上,提出了风格论。他的《诗镜》共分三章。第一章论述诗的分类、风格和诗德。第二章论述义庄严。第三章论述音庄严和诗病。檀丁将风格分为两种:维达巴风格和高德风格。风格由诗德构成。檀丁论述了十种诗德:紧密、清晰、同一、甜蜜、柔和、易解、高尚、壮丽、美好和三昧。

从檀丁的具体论述看,紧密、同一和柔和属于词音范畴,甜蜜兼有词音和词义,其他各种则属于词义范畴。由此可见,檀丁所谓的风格是诗的语言风格,由音和义两方面的特征构成。檀丁认为这十种诗德是维达巴风格的特征。而高德风格中的诗德则与这十种诗德有同有异。大体上可以说,维达巴风格是一种清晰、柔和、优美的语言风格,而高德风格是一种繁缛、热烈、富丽的语言风格。檀丁在《诗镜》中,有时也称维达巴风格为南方派,称高德风格为东方派。语言艺术的地方特色,前人也已经注意到,如7世纪上半叶的波那在《戒日王传》的序诗中说道:"北方充满双关,西方注意意义,南方喜爱奇想,高德(即东方)辞藻华丽。"而檀丁首先提出"风格"的概念,对这种文学现象进行了理论总结。

如果说檀丁是风格论的开创者,那么,8世纪下半叶的伐摩那是风格论体系的完成者。他的《诗庄严经》以风格论为核心,提出了一套完整的诗学理论。这部著作采用经注体,共分五章,分别论述诗的身体、诗病、诗德、庄严和运用。伐摩那认为"诗可以通过庄严把握。庄严是美,来自无诗病、有诗德和有庄严"(1.1.1—3)。这里,前两个"庄严"是指广义的庄严即艺术美,后一个"庄严"是指狭义的庄严即修辞方式。他给诗下的定义是:"诗是经过诗德和庄严修饰的音和义。"(1.1.1注)但这只是诗的身体。因此,他进一步指出:"风格是诗的灵魂。"(1.2.6)他给风格下的定义是:"风格是词的特殊组合。这种特征性是诗德的灵魂。"(1.2.7—8)他也像檀丁一样提出十种诗德。但他将每种诗德分成音德和义德。这样,实际上有20种诗德。他将风格分为三种:维达巴、高德和般遮罗,认为"维达巴风格具有所有诗德,高德风格具有壮丽和美好两种诗德,般遮罗风格具有甜蜜和柔和两种诗德"(1.2.11—13)。他指出:"诗立足于这三种风格,正如画立足于线

条。"(1.2.13注)

无论是庄严论,还是风格论,主要是探讨文学语言的形式美。檀丁和伐摩那所谓的"风格"也主要是语言风格。伐摩那将语言风格视为诗的灵魂,显然难以成立。但他提出的"诗的灵魂"这一概念,能启发后人探索诗歌艺术中更深层次的审美因素。9世纪和10世纪是梵语诗学发展的鼎盛期,产生了两位杰出的梵语诗学家欢增和新护。他俩的诗学以韵论和味论为核心。

欢增(9世纪)的《韵光》采用经注体,共分四章。第一章提出韵论,批驳各种反对韵论的观点;第二章和第三章正面阐述韵论;第四章论述韵论的运用。欢增在《韵光》中给"韵"下的定义是:"若诗中的音和义将自己的意义作为附属而暗示那种暗含义,智者们称这一类诗为韵。"(1.13)"韵"这个词是借用梵语语法术语。诚如欢增本人所说:"在学问家中,语法家是先驱,因为语法是一切学问的根基。他们把韵用到听到的音素上。其他学者在阐明诗的本质时,遵循他们的思想,依据共同的暗示性,把所表示者和能表示者混合的词的灵魂,即通常所谓的诗,也称作韵。"(1.13注)

欢增在这里所说的意思是,按照梵语语法理论,一个词由几个音组成,其中个别的音不能传达任何意义,只有这几个音连接在一起发出才能传达某种意义。这种能传达某个原本存在的词义的声音就叫韵。梵语诗学中的韵论正是受此启发,对词的功能作了认真探讨,从而将诗中暗示的因素或暗含的内容称作韵,将具有暗示的因素或暗含的内容的诗称作韵诗。

具体地说,传统的梵语语法学家和哲学家确认词有两种基本功能——表示和转示,由此产生两种词义——表示义和转示义。表示义是指词的本义或字面义。转示义是指词的转义或引申义。而韵论发现词还有第三种功能——暗示,由此产生第三种词义——暗示义或暗含义。由此,韵论认为诗的灵魂,或者说诗的最大魅力就在于这种不同于表示性和转示性的暗示性。

在韵论关于词的功能的论述中,最常用的例子是"恒河上的茅屋"这个短语。在这个短语中,"恒河"一词按照本义不适用,因为茅屋不可能坐落在恒河上。因此,"恒河"一词必须依据词的转示功能引申理解为"恒河岸"。然而,这个短语的意思并非仅止于此。说话者的意图是用这个短语暗示这座茅屋濒临恒河,因而凉爽、圣洁。

发现词的暗示功能和诗的暗示义,是韵论对梵语诗学的创造性贡献。正如欢增所说:"韵的特征是一切优秀诗人的奥秘,可爱至极。而它未曾被过去的、哪怕是思维最精密的诗学家揭示。"过去的诗学家只注重分析词的表面义,"而在伟大的诗人语言中,确实存在另一种事物——领会义;它显然超越美丽的肢体,正如女人的魅力"(1.4)。也就是说,过去庄严论派主要着眼于字面义的曲折表达,而在优秀的诗篇中,存在一种不同于字面义的领会义(即暗示义)。而这种领会义的魅力高于字面义的美,正如女人的魅力高于肢体的美。

欢增在《韵光》中,从暗示的内容和暗示的因素两个角度对韵作了广泛的探讨和细致的分类。其中主要的三类韵是本事韵、庄严韵和味韵。它们分别暗示诗中的内容、修辞和味。而欢增更重视的是味韵。他提出的味有九种,比《舞论》提出的八种味多一种平静味。他认为味通常是被暗示的。直接表示味和情的词,如艳情、滑稽、悲悯、暴戾、英勇、恐怖、厌恶、奇异和平静,或者,爱、笑、悲、怒、勇、惧、厌、惊和静,既不能刻画味,也不能激发味。诗人必须刻画味所有产生的景况及其表现,即有关的情由、情态和不定情,借以暗示味。这样,味就能作为一种被暗示的意义传达给读者,激起读者内心潜伏的感情,从而真正品尝到味。欢增对味韵的这种阐释,完全可以借用中国诗学的一句名言:"不著一字,尽得风流。"(《诗品·含蓄》)

就味韵而言,它本身可以分成许多类,而且各类味韵的情由、情态和不定情也多种多样,这就决定了诗歌内容变化的无限性。欢增指出:"即使是陈旧的诗歌题材,只要让它蕴涵味,就能显示新意,犹如春天来临,树木展现新貌。"(4.4)因此,他强调诗人只要专心于味,在暗示义(即味和情)和暗示者(即音素、词、句和篇)上下功夫,他的作品就会焕然一新。他还指出九种味中,有些味是互相冲突的,有些味是互相不冲突的。在同一个人物身上,除非有一定的时间间隔,应该避免互相冲突的味。同时,在含有多种味的长篇作品中,应该有一个主味贯穿其中,其他的味附属和加强主味,以保持味的统一。

欢增还在《韵光》中,以韵为准则,将诗分成三类:韵诗、以韵为辅的诗和画诗。韵诗是指诗中的暗示义占主要地位。以韵为辅的诗是指诗中的表示义占主要地位,而暗示义占附属地位,或者表示义和暗示义占同等地位。画诗是指诗中缺乏暗示义。此后,韵论派通常将这三类诗分别称作上品诗、中品诗和下品诗。

总之,欢增创立的韵论认为韵是诗的灵魂,味是韵的精髓。庄严属于诗的外在美,而韵和味属于诗的内在美。也就是说,韵论以韵和味为内核,以庄严、诗德和风格为辅助,构成了一个较为完善的梵语诗学体系。

新护(Abhinavagupta,10、11世纪)著有《韵光注》和《舞论注》。《韵光注》是对欢增的《韵光》的注释。欢增将韵视为诗的灵魂,并将韵分成本事韵、庄严韵和味韵。而新护惟独将味视为诗的灵魂,并将本事韵和庄严韵也最终归结为味韵。他认为诗中的本事韵和庄严韵总是或多或少与味相结合,全然无味的诗不成其为诗。同时,新护认为灵魂是相对身体而言,因此,味韵与优美的音和义不可分离。也就是说,诗是味韵(灵魂)与装饰有诗德和庄严的音和义(身体)的结合。新护还认为吠陀的教诲犹如主人,历史传说的教诲犹如朋友,惟独诗的教诲犹如爱人,因此,"欢喜"(即审美快乐)是诗的主要特征,也是诗的最重要的功能。

《舞论注》是对婆罗多的《舞论》的注释。其中最重要部分是对《舞论》中味的定义——"味产生于情由、情态和不定情的结合"所作的长篇注释。新护将味的这个定义称作"味经",因此,他的这部分注释通常也被称作"味经注"。新护在"味经注"中对婆罗多的味论作了创造性的阐释。他首先对洛罗吒(9世纪)、商古迦(9世纪)和那耶迦(10世纪)等人的味论观点作了评述。这些作者的论著现已失传,依据新护的评述,才保存了他们的理论观点。从新护的评述可以看出,自婆罗多在《舞论》中提出味论以来,梵语诗学家对味的理论思辨在9、10世纪达到了空前未有的高度。而新护深知理论发展中继承和创造的关系,在"味经注"中指出:"先哲前贤铺设的知识阶梯相互连接,智慧不倦地向上攀登,寻求事物真谛。"由此,他一方面强调说:"重复前人揭示的真理,会有什么新意?缺乏见解和价值怎会获得世人好评?"另一方面也强调说:"继承前人思想遗产,可以获得丰硕成果,因此,我们不否定,而是改善先哲的学说。"

正是这样,新护在"味经注"中批判地吸收前人探讨和思考中的合理成分,对味的本质作了创造性阐发。新护认为味是普遍化的知觉(或感情),诗人描写的是特殊的人物和故事,但传达的是普遍化的知觉。这里关键是诗歌或戏剧中的特殊的人物和故事经过了普遍化的处理。具体地说,当观众观赏戏剧时,演员的妆饰掩盖了演员本人的身份,观众直接将演员视为剧中人物。演员失去此时此地作为演员的时空特殊性。演员运用形体和语言表演剧中的情由、情态和不定情。这种特殊的情由、情态和不定情寓有普遍性,它们在观众的接受中得到普遍化。剧中人物失去彼时彼地的时空特殊性。这样,情由、情态和不定情呈示和暗示的常情,引起观众普遍的心理感应。因为每个观众都具有心理潜印象,这是日常生活经验的心理沉淀。在日常生活中,人们在一定的情境下,会激发某种常情;也能依据一定的情境,判断他人心中的常情。观众在观赏戏剧时,剧中普遍化的情由、情态和不定情唤醒了观众心中的常情潜印象。观众自我知觉到这种潜印象,也就是品尝到了味。这种味虽由常情转化而成,但又不同于常情。常情有快乐,也有痛苦,而味永远是快乐的,因为它是一种超越世俗束缚的审美体验。

新护的味论揭示了艺术创作中特殊和普遍的辩证关系,也揭示了艺术欣赏的心理根源。他的立足点是九种常情,即人类的基本感情。自古以来,客观环境千变万化。但人的感情反应,万变不离其宗,依然是九种常情。艺术作品以激发读者(或观众)心中的基本感情为旨归。作品中情由、情态和不定情的特殊性,必须寓有普遍性。惟有这样,才能在读者(或观众)中产生普遍的和永久的感情效应。也惟有这种让读者(或观众)品尝到味的作品,才能成为艺术作品。

可以说,欢增和新护的韵论和味论代表了梵语诗学取得的最高理论成就。在欢增和新护之后,梵语诗学家们的理论探索仍在进行。虽然它们的理论建树都已比不上欢增和新护,但也提供了一些具有独到见解的诗学著作,其中值得一提的是恭多迦(10、11世纪)的《曲语生命论》、摩希摩跋吒(11世纪)的《韵辨》和安主(11世纪)的《合适论》。

《曲语生命论》采用经注体,共分四章。第一章是总论,提出曲语的基本原理,后三章具体阐述六类曲语。恭多迦给诗下的定义是:"诗是经过安排的音和义的结合,体现诗人的曲折表达,使知音欢愉。"(1.7)他对"曲折"一词的解释是:"不同于经论等等通常的音和义的结合。"(1.7注)也就是说,诗是经过装饰的音和义,而这种装饰就是曲语。他将曲语视为诗的生命,并将曲语分为六类:词音、词干、词缀、句子、故事成分和整篇作品。

从恭多迦对曲语的分类和具体阐述看,正如韵论以韵和味统摄一切文学因素一样,他试图用曲语统摄一切文学因素。他不仅将庄严论中的音庄严和义庄严纳入曲语范畴,也将韵和味纳入曲语范畴。曲语本是庄严论提出的概念。恭多迦的曲语论显然是在庄严论基础上的创造性发展。尽管恭多迦是一位有气魄的梵语诗学家,创立的曲语论也自成体系,但在后期梵语诗学中,占主流地位的始终是韵论和味论。

恭多迦试图用一个旧概念来解释和囊括一切新观念,自有它的保守之处。但是，在曲语论中，恭多迦强调诗人作为创作主体的重要性，这一观点值得重视。恭多迦认为文学的魅力在于曲语，而曲语的根源在于诗人的创作想像活动。诗人的创造性体现在一切曲语之中。恭多迦明确指出"诗人的技能是一切味、自性和庄严的生命"。(3.4 注)他在论述风格时，也紧密联系诗人自身的文化素质特点。在梵语诗学史上，庄严论和风格论重视文学的修辞和风格，味论和韵论重视文学的感情和读者的接受，而恭多迦注意到了诗人创作主体的重要性。

《韵辨》采用经注体，共分三章。这是一部试图以推理论取代韵论的诗学著作。在第一章开头，摩希摩跋吒就明确表示他写这部著作是"为了说明一切韵都包含在推理之中"。他引用了《韵光》中关于韵的定义，从论点和语法上指出这个定义有十条错误。他批驳韵论，否认词有暗示功能。他认为词只有一种表示功能，所谓的转示义或暗示义是由表示义通过推理表达的。因此，按照他的观点，词只有表示义和推理义两种意义，转示义和暗示义都包含在推理中。他认为表示义和暗示义的关系相当于逻辑推理中的"相"（中项）和"有相"（大项）的关系。暗示义不是通过表示义暗示的，而是通过推理展示的。他也否定恭多迦的曲语论，认为如果曲折表达方式传达的意义不同于通常的意义，那么这种曲语也像韵一样包含在推理中。摩希摩跋吒还在第三章中，以《韵光》中引用的40首诗为例，说明欢增所谓的韵实际上是推理。

《韵辨》显示出摩希摩跋吒具有广博的学识和非凡的论辩能力。但在梵语诗学理论上并无实质性的重大建树。因为他的推理论的核心是以推理取代暗示，除此之外，他与韵论派并无重大理论分歧。他自己就在《韵辨》中说："就味等等是诗的灵魂而言，并不存在分歧。分歧是在名称上。如果不将味称作韵，分歧也就消除。"(1.26)又说："我们只是不同意说暗示是韵的生命，而其他问题略去不谈，因为基本上没有分歧。"(3.33)在后期梵语诗学家中，摩希摩跋吒的推理论没有获得支持者，现存惟一的一部《韵辨注》(12世纪)也是对推理论持批评态度的。其实，摩希摩跋吒也不是推理论的首倡者。欢增在《韵光》第三章中就已对推理论作过评述，明确指出："逻辑上的真理和谬误对于诗歌领域中的暗示义的认知是不适用的。"(3.33以下)尽管如此，摩希摩跋吒仍向韵论提出理论挑战，说明这个问题还需要诗学家们进行认真的辨析，做出有说服力的回答。无论如何，这涉及诗学中的一个重要理论问题，即形象思维和逻辑思维的关系。

《合适论》采用经注体，不分章。安主在这部著作中企图建立一种以"合适"为"诗的生命"的批评原则。他认为诗歌中的各种因素只有与背景适合，又互相适合，才能发挥它们的功用，达到诗人的目的。他在《合适论》中，罗列了27种诗的构成因素，诸如词、句、文义、诗德、庄严、味、动词、词格、词性、词数、前缀、不变词和时态等，从正反两方面举例说明何谓合适，何谓不合适。其实，合适这一批评原则在欢增的《韵光》中已经形成，但只是作为诗歌魅力的辅助因素。而安主把合适看作高于一切的生命，加以详细阐发。从理论总体上，应该说欢增的观点更合理。但和谐和分寸感毕竟也是艺术创作的重要问题，安主细致入微的论述自有它一定的理论意义和实用价值。

在梵语诗学中，还有一类称作"诗人学"的著作，如王顶（9、10世纪）的《诗探》、安主（11世纪）的《诗人的颈饰》、阿利辛赫和阿摩罗旃陀罗（13世纪）的《诗如意藤》、代吠希婆罗（13、14世纪）的《诗人如意藤》等。这类著作的侧重点不是探讨诗歌创作理论，而是介绍诗人应该具备的各种修养和写作知识，类似"诗人指南"或"诗法教程"。

王顶的《诗探》是这方面的代表作。全书共分18章，讲述了诗学起源的神话传说、语言作品的分类、"诗原人"诞生的神话传说、诗人的才能、诗人的分类和诗艺成熟的特征、词句及其功能、语言风格、诗的主题来源、诗的描写对象、诗人的行为规范、诗歌创作中的借鉴和诗的各种习惯描写用语等等。总之，论题相当广泛，提供了许多不见于其他著作的梵语诗学资料。

从11世纪开始，梵语诗学进入对前人成果加以综合和阐释的时期。这类综合性和阐释性的梵语诗学著作很多，其中最著名的是曼摩吒（11世纪）的《诗光》、毗首那特（14世纪）的《文镜》和世主（17世纪）的《味海》。《诗光》共分十章，分别论述诗的目的和特点、音和义、暗示、以韵为主的诗、以韵为辅的诗、无韵的诗、诗病、诗德、音庄严和义庄严。《诗光》以韵论为基础，将梵语诗学的所有概念和理论交织成一个有机整体。因而，这部著作十分流行，注本也最多。《文镜》也分十章，分别论述诗的特点、词句、味和情、韵、暗示、戏剧、诗病、诗德、风格和庄严。《文镜》的格局与《诗光》相似，但兼论戏剧。同时，在诗的本质问题上，《诗光》侧重韵，而《文镜》侧重味。《味海》仅存第一章和第二章的部分。第一章论述诗的特点、诗的分类、情、味和诗德，第二章论述韵的分类和庄严。《味海》表明世主透彻了解梵语诗学遗产，准确把握各家观点的歧异，并能提出自己的一些独到见解。他是梵语诗学史上最后一位重要的理论家。他的《味海》标志梵语诗学的终结。

梵语诗学经过漫长的历史发展,形成了世界上独树一帜的文学理论体系。它有自己的一套批评概念或术语,如味、情、庄严、诗德、诗病、风格、韵、曲语和合适等。它对文学自身的特殊规律作了比较全面和细致的探讨。就梵语诗学的最终成就而言,可以说,庄严论和风格论探讨了文学的语言美,味论探讨了文学的感情美,韵论探讨了文学的意蕴美。这是文艺学的三个基本问题。因此,梵语诗学这宗丰富的遗产值得我们重视。如果我们将它放在世界文学理论的范围内进行比较研究,就更能发现和利用它的价值。

第三节　古代与中古阿拉伯文论

文学作品和文学评论是相辅相成的,文学评论一方面是一个时代文学作品、文学流派的反应,另一方面也会制约或是指导一个时代的文学发展走向。阿拉伯文学的发展经历了一个由初级到高级、由简单到复杂、由单一到多样化的发展过程,而其文学评论的发展也同样如此。

阿拉伯历史学家通常把伊斯兰教还未建立的时期称为其文学史上的蒙昧时期。然而其文学却并不蒙昧,相反倒是给我们留下了优秀的文学遗产——"悬诗"。诗歌是这一时期文学的主导形式,与此相对应的文学评论,在这一时期还仅仅处在一个简单、初级、感性的萌芽阶段,多为一些听众对诗歌的直观感受和反应,并没有形成系统、理性的文学评论。到了伊斯兰教创始初期,由于伊斯兰教成了统治社会的意识形态,其影响力渗透到社会生活的方方面面,不仅诗歌的发展受到了一定的限制,与之相对应的文学评论的发展也没有太大成就。人们对诗歌的评判加入了许多宗教的色彩,符合宗教教义的才被认为是好的诗歌,而先知穆罕默德对诗歌的看法也成为人们对诗歌进行评判时所奉行的经典。可以说,在伊斯兰教初期,人们更重视诗歌是否合乎宗教礼法。这种情况基本上一直延续到哈里发时代。

随着穆阿威叶推翻哈里发,建立伍麦叶王朝,阿拉伯诗歌进入了一个从内容到形式都多样化发展的阶段,政治诗、对驳诗、贞情诗、艳情诗等纷纷登场,文学评论也多样化起来。到阿拔斯王朝,随着文学发展进入黄金时代,阿拉伯文学评论的发展也达到了巅峰。这一时期的文学评论不仅重视对诗歌内容、旨趣的研究,同时在文学修辞学的研究上也有了很大发展,并且形成了侧重点不同的许多研究流派。按照《阿拉伯文学评论史》的观点，这一时期主要有四个研究流派：从语言语法角度评论的流派；重视现代诗人的流派；推崇古代诗人的流派以及结合古今、重视引进国外文化成果的流派。如伊本·萨拉姆的《诗人的等级》，注重对古代诗人的研究；穆巴莱德、伊本·穆阿太兹则重视对当代诗人以及文学表现方式和修辞手法的研究；而贾希兹和伊本·古太白则不仅重视对古代诗人的研究，而且还注重将当代波斯、希腊等国外观点引进阿拉伯世界，对当代诗人进行研究。每一流派都有自己独特的评论风格和标准，都会为本派别的文人进行辩护，推崇本派的评论风格。这一切都形成了阿拔斯王朝文学评论界一个百家争鸣、百花齐放的空前繁荣的盛况。

阿拔斯王朝后期渐渐衰落，从公元13世纪被蒙古人所灭，到17世纪，阿拉伯世界进入了由外族人统治的时代，本民族的文化精华受到忽视和压制，其历史上的黄金时代一去不复返了。这一时期的文学评论也进入了萧条阶段，由于诗歌不再是文学的主导形式，文学研究的对象也有一些转变，但大多是在咀嚼前人的成果，研究修辞学，没有太多的新观点。下面我们就把阿拔斯王朝文学批评领域的主要代表人物做重点介绍。

一、贾希兹的修辞学理论

贾希兹（Al-Jāhiz，775—868）原名艾卜·奥斯曼·阿慕鲁·本·巴哈尔，"贾希兹"是其绰号，金鱼眼之意。他生于巴士拉，一生四处游历，晚年回到故乡仍笔耕不辍，最后死于书房之中。贾希兹曾师从教义学穆阿太齐勒派大师纳扎姆（？—845）等人，最后成为穆阿太齐勒派贾希兹支派的始祖，并被认为是阿拉伯修辞学的奠基人，也可以说是第一个专门研究修辞的阿拉伯文学家。在一生的游历中，贾希兹写下了大量的作品，涵盖了当时社会的方方面面。他的文章风格独特，不落窠臼，语言幽默犀利、个性显著，属于革新派的代表。据说当时人们单从用词、行文的特征就能看出哪些是贾希兹的文章，哪些不是他的文章。其作品超过三百余部，但遗憾的是，随着世代的更替，大部分作品都流失了。从保留下来的文章来看，贾希兹的很多著作中都谈到了文学与文学流派的问题，其中专门讨论修辞、评论诗歌的专著主要有两部：《修辞达意书》和《动物书》。特别是《修辞达意书》，它其中体现了贾希兹的评论观点，是阿拉伯文学批评史上的一部巨著。

第一，在修辞学方面，贾希兹首先在他的著作中探讨了词与义的关系，是阿拉伯学者中第一批开始从各方面来研究词与义结合的重要意义的学者。他首先认为，用词要贴切适当，并曾反复强调，这也是一种修辞手法。他认为，每一个意思都有一个与它相对应的最准确的词语，要根据谈话（或创作）的内容、目的来选择最好的词汇。在《动物书》中，贾希兹说："不同谈话有不同词汇，不同内容也有不同的表达，该荒诞则荒诞，该轻松则轻松，该简则简，该繁则繁……"就是说在用词贴切的情况下，才能很好地将隐藏在内的意义表达出来。而同样他还认识到，由于读者或听演讲的听众层次不同，其意义也会发生不同程度的偏差。这一点，贾希兹也比其他评论家进了一步，能够从多方面来考察词汇和意义的关系。

有时为了更清楚的表达涵义，作者还会用到一些技巧，这种方法被贾希兹称为"白雅尼"（被认为是阿拉伯修辞学的第二部分）①，例如引导、比喻、对词汇的灵活组织等。贾希兹非常重视"白雅尼"这种手法，可以说他的整部《修辞达意书》就是讲如何通过阐释（白雅尼）来清楚地表达涵义。在这部书中，他说，讲话者和听众的关系就是"理解"（指讲述者）和"使理解"（指使听众理解）的关系，为了使这种关系达到完美和谐，讲述者必须有一些技巧，在贾希兹的阐述中，白雅尼主要包括：比喻、隐喻、借代以及言简意深（既用简单明了的词汇表达出很清楚而又深厚的涵义）等。贾希兹的这些归纳为阿拉伯修辞学奠定了良好的基础，对后世产生了巨大的影响，后人在他的基础上不断对"白雅尼"手法进行丰富、改进，最终形成了如今的修辞学理论。

在《修辞达意书》中，贾希兹还提到了白蒂阿（阿拉伯修辞学的第三部分）这种修辞手法，如果说白雅尼是为了清楚达意而使用的修辞手法的话，那么在贾希兹看来，白蒂阿就是为了使文章更加优美、绚丽，对文章进行润色而采用的修辞手法了。所以，尽管白蒂阿中也有比喻、隐喻等手法，但其使用的目的与白雅尼有所不同。贾希兹认为："白蒂阿是阿拉伯人所独有的特长，因此，阿拉伯人的语言更优于其他民族，他们的舌头也比其他民族更伶俐。"②他概括了几种白蒂阿修辞手法，

---

① 传统的阿拉伯语修辞学体系将修辞学划分为三部分：第一部分音译为迈阿尼，既辞义学（又译作句式修辞）；第二部分音译为白雅尼，既辞巧学（又译作形象修辞）；第三部分是白蒂阿，既辞采学，（又译作藻饰修辞）。——笔者注

② 贾希兹：《修辞达意书》，阿拉伯文版，第55—56页。

如:骈俪,他认为骈体文能够给人以美感;对偶,其实也是骈体文中常有的手法,用在诗歌中,给人对仗工整的感觉;语言流畅,这一点,在伊本·穆阿太兹后来的著作《白蒂阿》中也谈到过,主要指讲究措辞,使文章如行云流水、琅琅上口,另外还有引用、联想、伏笔等等。

第二,在诗歌评论方面,贾希兹认为,诗歌就是"技巧"的产物,"技巧"决定了诗歌的风格,他认为这是文学创作的首要因素。其次,他还对当代许多阿拉伯诗人与外籍诗人的诗歌进行了比较,这也可以说是比较研究的初探,但他对后人的影响主要是《修辞达意书》中体现的观点。

贾希兹第一次对修辞研究的如此深入而全面,开辟了修辞领域的新天地,并且为以后阿拉伯修辞学的形成及划分提供了一定的参考依据,为后人进一步研究也铺垫了牢固的基石,因此说他是修辞学的鼻祖、阿拉伯文学评论的奠基人是毫不为过的。

二、伊本·古太白的文论

伊本·古太白(Iben Gutab,828—889)全名艾卜·穆罕默德·阿卜杜拉·本·穆斯里穆,波斯血统,生于库法,在巴格达接受教育,饱读诗书,精通语言、语法、诗歌、修辞学等等。他一生创作了大量的优秀作品,拓宽了文学评论的领域,对阿拉伯文学评论活动的发展有着重大的影响。和贾希兹一样,伊本·古太白也是一位能够积极引进希腊、波斯等国外文学观点的评论家,是逊尼派的代言人。他最重要的关于文学评论的著作是《作家的文学》和《诗与诗人》,这两部著作集中体现了他许多新颖的文学观点。《作家的文学》是一部集中研究作家文化的书,而《诗与诗人》则体现了作者对诗歌评论的见解以及对诗歌与诗人所进行的划分。

首先,伊本·古太白进行文学评论已经摆脱了过去许多学者严格从语言、语法的角度出发的束缚。针对当时崇古抑今的流派,他认为,应该从诗歌的价值来对诗歌进行评论,而不是仅从它是古代诗歌还是现代诗歌来下结论。因为在他看来,古诗在它所处的时代也是新诗,但却不减其艺术价值;同时,他还表明,不应该以先入为主的观点来对待诗歌,好的则愈加其好,坏的则愈添其坏,而是应该以公正、客观的态度来给予各种诗歌以同等机会,让公众来进行评论。在他的观点里,从文学作品的艺术和美学角度来衡量诗歌的价值才是正确的做法,而不是根据它是古诗还是今诗来评判。伊本·古太白的这种观点为我们建立了一种新的文学评论的首要基础,反驳了那些唯古论者的错误看法,对阿拉伯文学评论后来在正确基础上进一步发展起到了很好的作用。因此,他可以说是第一个以科学的态度来进行文学研究的人,也是将文学评论提升到一个新的台阶的人。

其次,伊本·古太白对诗歌与诗人也有着细致而广泛的研究。从诗歌的种类来看,他把诗歌分为四种,一种是语言优美、意义隽永的诗歌,一种是过于雕琢词汇、意义艰深晦涩的诗歌,一种是语言平实、意思明朗的诗歌,而第四种是语言与意境都平淡无奇的诗歌。此外,伊本·古太白还谈到了"措辞"与"意义"的关系。他所说的"措辞"与"意义"有着特殊的涵义。"措辞"是指如何掌握韵律,对单个的字词、韵律和韵脚末尾的字母进行很好的编辑,使之符合音律上的美感,形成一种文风,这就是他在四类诗歌中所说的"语言优美"这一条。而他所说的"意义"不是指单个词的涵义,而是指每个诗句或整体诗歌所体现出来的思想,也就是意境。他认为,措辞与意境能够很好地结合的诗歌才是优秀的诗歌。对诗人,伊本·古太白照他自己的看法进行了划分,他认为诗人主要可以分为雕琢型的诗人和即兴型的诗人,他们的分别就在于天赋。雕琢型的诗人在创作每一句诗词时都要经过反复的思考、修改和润色,往往成为了诗歌的奴隶,而且有时还会使诗歌结构松散、累赘,甚至使原来的意思扭曲,对于这一点,他说:"欧麦尔·本·拉哲伊对某些诗人(这里指雕琢型诗人——笔者注)说:'我的诗句就像是亲兄弟,而你们的诗句就像是堂兄弟。'"①这里也体现了作者对即兴型诗人的态度,那就是:即兴型诗人有着很高的天赋,他们创作诗歌往往不经过很多的修改,保持由灵感或激情而产生的诗歌的本来面貌,他还认为,天赋也有很多种,具有不同天赋的诗人就会写出不同特点的诗歌来。如有的即兴型诗人擅长写赞颂诗,而有的则善于写讽刺诗等等。在这点上,伊本·古太白有以偏概全的倾向,因为他没有强调出,诗歌经过适当的加工、润色还是必要的,不应过分抬高天赋的作用。

尽管伊本·古太白的文学评论观点存在着许多不足的地方,但是,他对阿拉伯文学批评的作用,对后代文学批评的发展还是起到了不可替代的作用。

---

① 〔黎巴嫩〕阿卜杜·阿齐兹·阿提格博士:《阿拉伯文学评论史》,贝鲁特:阿拉伯复兴出版社,1973年,第383页。

三、伊本·萨拉姆的诗论

在阿拔斯时期,属于推崇古代诗人这一流派的文学批评家是伊本·萨拉姆(Iben Salām,767—846),他原名穆罕默德·本·萨拉姆,出生在巴士拉,被认为是阿拉伯诗歌评论的权威,他最著名的著作是《诗人的等级》一书。《诗人的等级》选录了蒙昧时期和伊斯兰初期阿拉伯著名诗人的诗作,并且汇集了前人对这些诗歌的评论,并在此基础上进行分析,依据他的文学评论观点加入自己的见解。

在书中第一部分,伊本·萨拉姆首先用了大量的篇幅分析了上述两个时期诗歌中的伪作,他同意之前许多学者的看法,认为这两个时期的诗歌有许多是后人托名伪作的,经过仔细的分析,他还提出了一些衡量什么是伪作诗歌的尺度。其次,也就是这本书的主要内容是对这两个时期的诗人进行了等级分类,以至于有人甚至认为这部著作是由两部分小书构成的,一部分谈的是蒙昧时期的诗人级别(包括一些跨时代的诗人),另一部分谈的是伊斯兰初期的诗人级别。在他看来,蒙昧时期诗人主要是由"游牧诗人"构成的,属于这批诗人第一等级的是著名的悬诗诗人乌姆鲁勒·盖斯、祖海尔、纳比阿和艾阿沙;而伊斯兰初期的诗人他称为"城居诗人",居于第一等级的是哲利尔、法拉兹达格、艾赫泰勒和拉阿,沿袭这种划分体系,他将每个时期的诗人分为十个等级,每个等级有四位诗人,诗人优劣的依据主要是看他们诗作的数量与旨趣上,数量繁多、题材多变、旨趣丰富的诗人就会被排在首列。他还在收集前人对这些诗人评论的基础上,加入了自己的评论观点。他首先承认,作诗要有技巧,要不断学习,并且培养自己的鉴赏能力,这对作诗、论诗都是十分重要的。对每个诗人,他知道从客观的角度,以肯定他们特长的手法来进行比较,而不是以绝对的优劣来评判他们。

伊本·萨拉姆的《诗人的等级》没有提到阿拔斯时代的诗人,只是重视前朝,这使他成为了古代诗人流派的代表。他将过去散散落落的诗歌评论汇集一堂,并加入了自己个人的观点,所以这部书既是一部文学史书籍,也是一部文学研究书籍,尽管还处在探索之中,但它为后人研究蒙昧时期与伊斯兰初期的诗歌提供了极大的便利。

四、伊本·穆阿太兹的白蒂阿修辞学

伊本·穆阿太兹（Iben Muattaz，868—906）是古今结合流派的代表人，全名艾卜·阿拔斯·阿卜杜拉·本·穆阿太兹·本·穆太瓦卡勒·本·穆阿太萨姆·本·哈伦·拉希德，是阿拔斯朝哈里发哈伦·拉希德的第五代孙子，生于巴格达，晚年卷入政治斗争，做了不到一天的哈里发就结束了一生。伊本·穆阿太兹不仅是一位多产的诗人，还是一位文学评论家。他在一生中著有十几部有关诗歌、文学和修辞学的著作。有一些已经流失，目前仅存的有《诗人的等级》、《诗集》、《文学》、《诗与诗人》、《白蒂阿》（阿拉伯修辞学中的第三部分）等。《白蒂阿》吸取了贾希兹文学评论的一些成果，并将其进一步系统化、深入化，被认为是探讨诗歌、修辞和文学的第一部提纲挈领的著作。正因为这本书，伊本·穆阿太兹被认为是白蒂阿修辞学的创始人。

在《白蒂阿》一书中，伊本·穆阿太兹以许多优秀诗歌的语言为例，指出和总结了一种阿拉伯语言中重要的修辞手法：白蒂阿。白蒂阿是阿拉伯语的三大修辞手法之一，主要是指如何在清楚的表达语意的基础上，对语言进行润色，使之优美、迤逦，具有更强的文学艺术特色。正如伊本·穆阿太兹在书中指出的那样："这本书的目的是使人们了解，在古代就已经存在这种修辞手法了，今人并未超过古人多少。"[①]因此，他的这本书正是很好地汇编了有关这类修辞手法的例证，使之形成一种艺术风格。

最初伊本·穆阿太兹在书中指出，白蒂阿这种修辞手法主要包括借喻、双关、衬托、词尾归首以及语言通畅等五大种类。其中，关于"语言通畅"阿慕鲁·贾希兹也曾谈到过。为了使白蒂阿这种艺术手法更加丰富，伊本·穆阿太兹反对将它局限在一个范围之内，他随后又对这一手法进行了补充，列举了其他13种手法。如：前后呼应、反复、引申、渲染、夸张、反语等等。如果这样算来，那么在《白蒂阿》这本书中，伊本·穆阿太兹就一共提到了18种有关白蒂阿的修辞手法，在他之前，除了艾斯迈阿曾经提到过双关、贾希兹曾经提到过语言流畅外，还没有人如此全面、如此系统地对白蒂阿修辞手法进行汇编和总结，因此，伊本·穆阿太兹为白蒂阿成为一门修辞学科奠定了很好的基础。

---

① 〔黎巴嫩〕阿卜杜·阿齐兹·阿提格博士：《阿拉伯文学评论史》，第397页。

《白蒂阿》收集的主要是《古兰经》和一些古代诗人的精美诗句,而他的另一部著作则是与伊本·萨拉姆同名的著作《诗人的等级》,但侧重点有所不同:伊本·萨拉姆的《诗人的等级》主要收录的是蒙昧时期和伊斯兰初期诗人的作品,而伊本·穆阿太兹的同名著作则主要评论的是当代诗人的诗作。这部有些类似于文学史的书籍收录了与他同时代的 100 多位优秀诗人的作品,其重点是一些贵族阶级喜闻乐见的诗歌,并对这些诗歌进行了分析,以他自己的喜好将诗人划分了等级,这本书不仅是一部文学史书籍,而且还是一部鉴赏名著,体现了伊本·穆阿太兹重视诗歌美学价值的观点。不管他对诗人的划分标准是否客观,这本书对研究伊本·穆阿太兹时代的文学现象还是有着不可忽视的作用的,特别是与伊本·萨拉姆的《诗人的等级》结合起来,互为补充,可以有助于研究者把握阿拉伯古代直到阿拔斯时期的诗歌发展脉络。

第四节　古代与中古日本文论

日本古代文论与中国的文学理论关系密切,但又表现出鲜明的日本民族的文学理念与审美特征。日本古代文学是由两大支脉构成的:一是日本人学习、借鉴中国的文学样式直接用中文创作的汉文学;一是日本人使用本民族语言——日语创作的和文文学。由于日本古代没有文字,所以作为书面文学,日本最早诞生的却是汉文作品。现存最早的日本汉诗是大友皇子于天智七年(668)创作的五言诗《侍宴》。这时,我国已进入繁荣统一的唐代。日本人仰慕大陆文学,他们在努力从中国文学中汲取滋养的同时,也不断受到中国诗学理论的刺激,这些都促使他们借鉴或直接借用中国文学的批评方式、概念等,首先在汉文学系统中建立起自己的评价体系,然后融合日本本民族的审美意识,逐步形成了有异于异域文化的独特的和文文学的理论和价值标准。

日本古代文学一般沿用历史分期,即大和时代(？—794,又称"上代")、平安时代(794—1192,又称"中古")、镰仓·室町时代(1192—1603,又称"中世")和江户时代(1603—1868,又称"近世")。前两个时代,文学的创作主体是贵族,除日本文学草创时期所具有的浑厚、质朴外,其风格细腻哀婉、优美雅致,突出表现出贵族文学的特点。后两个时代,贵族式微,武士阶级执柄,没落贵族、寺院僧侣、新兴武士与町人纷纷登上文坛,文学风格呈现出多元化趋势。在意识形态方面,尽管传统神道似有若无地出现在文学作品中,但它却是构筑日本古代文学的灵魂,而输入的儒、佛、道教思想对日本文学的浸润与影响亦不可低估,尤其是佛教的无常观,对17世纪前的日本文学的影响极为明显;儒学思想则对江户文学的影响最大,明治维新多赖其力。

一、大和时代的文论

大和时代是日本古代文学的源头,同时孕育出了古代文论的萌芽。

公元712年,准汉文体的日本首部史书《古事记》(3卷)问世,这也是一部日本最早最完备的叙事文学作品。随后,纯汉文体史书《日本书纪》(720)、日本首部汉诗集《怀风藻》(751)、首部和歌总集《万叶集》(约在759年之后)相继问世。从此,日本由传承文学进入了以文人创作为主的书面文学时期,并表现出作者的若干批评意识。

《万叶集》(20卷)收各类和歌与少量汉诗共约4500首,其中的部分歌序已出现批评文字,歌人大伴池主就大伴家持的作品议论道:"骋思非常,托情有理,七步成章,数篇满纸。巧遣愁人之重患,能除恋者之积思。"池主是万叶末期的歌人,善交际,常与家持有书信往还。从他身上,可以看出当时的批评精神。

《万叶集》的编者不详,分类不统一,似乎最后未经统一整理。其中既有仿照我国的《文选》依内容分为"杂歌、相闻、挽歌"三类的,也有一部分按四季分类。后者为《古今和歌集》(略称《古今集》)以降的敕撰和歌集的编辑提供了范例。还有的基于对《诗经》中"赋、比、兴"的理解,按表现方法将部分和歌分为正述心绪歌、寄物陈思歌和譬喻歌三类。这些都说明,在和歌分类体系化方面,万叶歌人曾作过许多尝试。

在万叶歌人批评精神的推动下,藤原浜成(724—790)借鉴中国的诗学理论,奉敕于宝龟三年(772)完成了首部歌学论著《歌经标式》。"歌经"疑出《诗经》,谓"歌学经典";"标式"意为和歌的法式、规则。现有真本与抄本两种。抄本取真本精要,为其缩写本。首先,浜成以《诗大序》为范本,在序跋里着重论述了和歌的社会功能、与时代的关系以及艺术性质等问题,指出"夫和歌者,所以感鬼神之幽情,慰天人之恋心者也";"动天地,感鬼神,莫近于和歌",且"君德彰而颂声兴,王泽裕而和歌盛",以此来标举和歌具有无穷的感化力量和崇高的社会地位。同时,浜成认为和歌"达于幽微之旨,大小之际","所以异于风俗之语言,长于游乐之精神也"。从而为和歌赋予了很高的艺术品位和价值。

《歌经标式》的正文主要叙述了两方面的内容:一是歌病,一是歌体。浜成十分重视和歌的音韵问题,因为当时正处于由古代歌谣向文人创作转变的过渡时期,和歌迫切需要定型,而当时的歌坛现状并不乐观,"近代歌人虽表歌句,未知音韵,令他悦怡,犹无知病。准于上古,既无春花之美;传之末叶,不是秋实之味。何能感慰天人之际者乎?"① 于是,浜成参照汉诗的声韵规则,针对和歌创制方面存在的问题,将歌病归纳为七种:头尾、胸尾、腰尾、黡子、游风、声韵和遍身。关于歌体,浜成将其分为三类:求韵、查体和雅体。然后,又依表现技巧论品等,将雅体下分为十种。其中,尤推"头新腰古"为极品,浜成把它称之为"妙佳"体。显然,浜成不仅重视对古歌的继承,更重视歌作的创新。这对其后的文人创作,无疑具有积极的指导意义。

二、平安时期的文论

平安初期,作为一项基本国策,日本举国吸收唐文化,史称"讴歌唐风时代"。这一时期,日本汉文学得到空前发展,先后诞生了三部敕撰汉诗、汉文集:《凌云集》(814)、《文华秀丽集》(818)和《经国集》(827)。从"敕撰三集"的整体风格来看,其评诗选诗的标准主要来自我国六朝的审美理念和批评意识。因为当时的日本诗人绝大多数都是朝臣、贵族,六朝的唯美文学符合他们的精神需求。而且,表现在"敕撰三集"中的审美特点,对日本和文文学由质朴浑厚、苍劲有力的万叶歌风向优美、纤丽的《古今集》风格的转变,起到了至关重要的媒介作用。但是另一方面,"敕撰三集"的序文却再三强调魏文帝的"文章经国"思想,称文章可以"宣上下之象,明人伦之叙,穷理尽性,以究万物之理","魏文帝《典论》之智,经国而无穷"。② 实际上,这些只是反映了皇室的文治主张,并未体现在作品中。

"敕撰三集"时代出现了一位博学多才的诗僧、文论家空海(774—835)。他撰写了一部日本最早的诗论《文镜秘府论》。空海早年出家,804年入唐留学,806年归国后创立日本真言宗,开办了日本首家庶民

---

① 藤原浜成:《歌经标式序》(抄本)。
② 滋野贞主:《经国集序》。

公学——综艺种智院。其一生著述很多,主要有佛论《十住心论》(10卷)、汉诗文集《性灵集》(10卷)、汉字辞书《撰隶万象名义》(30卷)等,内容遍及佛学、文学、文字学等领域。谥号"弘法大师",今有《弘法大师全集》刊行。

《文镜秘府论》成书于820年,有"文林之奇籍,学海之秘录"之说。全书以天、地、东、南、西、北等六卷为次,内容涉及声韵、对偶、格式、体裁等诗学理论,"总有一十五类:谓《声谱》、《调声》、《八种韵》、《四声论》、《十七势》、《十四例》、《六义》、《十体》、《八阶》、《六志》、《二十九种对》、《文三十种病累》、《十种疾》、《论文意》、《论对属》"等。① 不过,全书只有天卷的总论、东西卷的两篇小序为空海自撰,其余部分均取自我国六朝至中唐时期的诗评、诗论,主要有刘勰《文心雕龙》,沈约《四声谱》,晋陆机《文赋》,隋刘善经《四声指归》,唐王昌龄《诗格》,皎然《诗式》、《诗评》、《诗议》,崔融《唐朝新定诗体》,元兢《诗髓脑》、《古今诗人秀句》,殷《河岳英灵集》,佚名《文笔式》等。为便于记诵,空海辑其要旨,另著有《文笔眼心抄》一卷。

《文镜秘府论》的问世具有两方面的意义:一是它为日本人创作汉诗提供了借鉴,并给日本歌论家以启示,如壬生忠岑(?—920)的歌论《和歌体十种》、京极为兼(1254—1332)的歌论《为兼卿和歌抄》等都受其启发,承其余脉;二是空海引用的都是六朝、隋唐旧本,利用此书,既能参证古本之真,纠正传本之失,又可搜集唐人乃至先唐的佚诗佚文。因此,《文镜秘府论》一向为中日学界所重视。

9世纪末,日本汉文学迎来了第一次繁荣,菅原道真(845—903)则是其间最具代表性的诗人、汉文学家,著有《菅家文草》(12卷)、《菅家后草》和《菅家遗训》等;他还是位著名歌人,有和歌34首入选《古今集》等敕撰和歌集里,并撰有《新撰万叶集》。由于他学兼和、汉,善诗能歌,且累官至右丞相,怀仁慈于百姓,所以后人尊其为亚圣、文神,至今受祭于日本各地的神社——天满宫。道真文学的风格与内涵都极为丰富。他在京城创作的汉诗具有平安贵族的唯美主义倾向,两次左迁时期的诗作,风格平易,感情真挚,为民代言,表现出儒家的社会功用性文学价值观。在和文文学方面,他"同化唐诗为和诗",倡导"和魂汉才"(《菅家遗训》)式人才;又以每首和歌配一首同样题材的汉诗(七言绝句)的形式,编撰了《新撰万叶集》(又称《菅家万叶集》),首次将

---

① 空海:《文镜秘府论序》。

和、汉韵文集于一处,供人欣赏和习诵。在由汉诗繁荣转向和歌复兴的过程中,《新撰万叶集》起到了相当积极的推动作用。同时,在论及古、今和歌时,《新撰万叶集》已隐约透露出"花实相兼"的批评标准,其中说:"傅见歌体,虽诚见古知今,而以今比古,新作花也,旧作实也。以花比实,今人情彩剪锦,多述可怜之句,古人心绪织素,少缀不整之艳。"

10世纪初,和歌复兴,纪贯之、壬生忠岑等四人奉敕于905年编定《古今和歌集》(20卷)。序文由真名(汉文)序、假名(日文)序两种。假名序由纪贯之撰写,作为现存最早的日本人使用本民族文字撰写的文章,无论在日本国语史上,还是在日本文论史上都具有重要的史料价值。

纪贯之(?—945),名取自《论语》"吾道一以贯之"。著名歌人,36歌仙之一,在《古今和歌集》、《后撰集》、《拾遗集》等敕撰和歌集的所有作者中,收入他的歌最多;且长于歌论和散文,著有《大井行幸和歌序》、《新撰和歌集序》以及日本首部和文日记《土佐日记》等。

纪贯之的歌论来源于丰富的创作实践。他作歌重视语言技巧,表现细腻准确,优雅艳丽,其和歌被誉为《古今和歌集》的代表性歌风。《古今集·假名序》系统地论述了和歌的起源、本质、功能、风格、题材、歌体等理论性问题,这在日本歌学史上是一个划时代的进步。与真名序比较,虽然两序都接受了《诗品序》、《诗大序》的影响,但是假名序立足于和文文学的审美时尚,以及歌形短小、容量有限的特点,有意识淡化了和歌的政教作用,重点从美学的角度去阐释和歌的性质和表现,他说:夫和歌者,"以人心为种子,咏形于万言。人生世上,诸事百端,和歌乃将心之所思、目之所见、耳之所闻咏出者也。"①纪贯之所指的"心之所思"是由"诸事百端"感发的"思",他更重视"目之所见,耳之所闻"等具象事物,而非"感生于志"(真名序)的抽象表现。同时,假名序在评点歌人在原业平、小野小町等六歌仙的作品时,提出了以"心、词、体"三要素为中心的批评基准,从而兼顾了和歌的内容、表现与形式等三个主要方面。关于和歌的表现方式,纪贯之在《新撰和歌集序》里明确提出了"花实相兼"的审美要求,以"义尤幽玄而文犹质"的"上代之篇"为和歌的最高境界。纪贯之的这些观点,为日本歌学体系的确立奠定了基础;其审美理念,也为中世和歌的审美主潮——"幽玄"美的

---

① 纪贯之:《古今和歌集》(假名序)。

形成播下了种子。

11世纪初,《源氏物语》、《枕草子》等相继问世,物语、随笔等散文文学创作进入繁荣期。《源氏物语》不仅代表着日本物语文学的最高水平,也是世界上最早的一部长篇小说。此前,日本的物语作品存在着两个支系:一是发轫于《竹取物语》的虚构性创作小说,一是以《伊势物语》为发端的写实性歌物语,《源氏物语》则是融合了二者之长的成功之作。关于物语创作中虚构与写实的关系问题,《源氏物语》的作者紫式部曾经借助小说的主人公源氏之口,明确主张:物语应该写实,应该记录人世间的真实情况,但是这种"真实"并非所见所闻的原始再现,而是含有将真实典型化、艺术化了的虚构成分,她说:"物语并非如实记载某一人的事迹,但不论善恶,都是世间真人真事。观之不足,听之不足,但觉此种情节不能笼闭在一人心中,必须传告后世之人,于是执笔写作。因此欲写一善人时,则专选其人之善事,而突出善的一方;在写恶的一方时,则又专选稀世少见的恶事,使两者互相对比。这些都是真情实事,并非世外之谈。"①紫式部的这番议论是日本最早的有关小说理论的探讨。

三、中世时代的文论

镰仓·室町时代的四百年间,即中世时代,战乱频仍,灾害不断,社会极度动荡,百姓苦不堪言。这期间,净土宗、日莲宗,尤其是禅宗等新兴宗教格外盛行,佛教思想深深地扎根到了民众的精神生活之中。在这种社会状况与文化背景的孕育下,随之诞生了由僧人、隐士为创作主体的随笔(如《徒然草》、《方丈记》等)、说话文学(如《宇治拾遗物语》、《沙石集》等)以及五山汉文学等;同时,承久之乱(1221年)以后,公卿势力衰退,上层武士作为文化贵族慢慢占据统治地位,符合武士的审美情趣,并得到武士政权支持的戏剧文学——能乐、狂言应运而生;以武士为题材的军事小说《平家物语》、《太平记》等也十分繁荣,新兴的武士文学表现出旺盛的生命力。另一方面,藤原俊成的歌论《古来风体抄》、藤原定家的"有心"说、世阿弥的能乐论《风姿花传》、正彻的歌论及歌话《正彻物语》、心敬的连歌论《私语》以及五山诗僧虎关师炼的《济北诗话》等构成了中世文学理论的发展主线。就整个中世而言,新

---

① 紫式部:《源氏物语》,丰子恺译,人民文学出版社,1980年,第527页。

旧思想交错，公卿、武士、僧人文学异彩纷呈，但究其底蕴，无论何种样式的文学作品，都受到佛教思想的影响，有些甚至留下了鲜明的印记。

镰仓初期的二三十年间，复古思想明显，迎来了和歌创作的短暂繁荣，和歌理论也取得了明显的进步。元久二年（1205），源通具、藤原定家等人奉诏编定了第八部敕撰集《新古今和歌集》（20卷）。其歌风重视修辞和表现技巧，笔致纤巧细腻，所咏内容相对复杂，许多作品散发出古典艺术美的馨香，飘溢着咀嚼不尽的余情和余韵，形成这种歌风的核心理念是藤原俊成的"幽玄体"和其子定家的"有心"说。

藤原俊成（1114—1204），著名歌人，正三品皇太后宫大夫。直到91岁逝世，长期主盟歌坛，并培养了包括其子定家在内的许多优秀歌人。俊成在歌论《古来风体抄》中认为：《万叶集》是和歌表现的原点，是抒情的故乡，《古今和歌集》则基本形成了和歌的独特美，歌人应该把自己置于这种独特美的传统之中，而和歌的传统犹如佛门《天台摩诃止观》的金口相承，万古不易。歌人只有在自己的内心世界里牢固地确立发现这种独特美的主体性，才能创作出"风体幽玄"的上乘之作。俊成倡导的"幽玄"，已与壬生忠岑等前人之说有所不同。他努力使和歌的传统美进一步内潜、深化，旨在寻求一种深邃、静寂的氛围和意境，以及由此而产生的韵味清幽、余味绵长的复合性情调美。

藤原定家（1162—1241）是日本中世时代的代表性歌人，日本早期的古典文学研究家，著有歌论《近代秀歌》、《每月抄》、《咏歌之大概》和歌研究《三代集之问事》、《万叶集长歌短歌说》以及汉文日记《明月记》等。《近代秀歌》（1209）为书信体歌论，定家主张："词慕古，心求新，姿冀高，仿宽平①以往之歌，则佳作自得。"作为"慕古"的具体做法，可以有意识地借用古人的词语，试作"拟古歌"。在《每月抄》（1219）中，定家将歌体归纳为十种，其中又以"幽玄体、会心体、丽体、有心体"四种为基本歌体。但"十体之种，有心体最代表和歌之精神。""不用此体，绝咏不出佳作。兼之，有心体含摄其余九体。幽玄体必须有心，品高体亦必须有心。其余诸体，概莫能外。"他认为，咏歌的关键不是表现形式和内容，而是创作主体能否"凝心于一境"，"以心为体"。只有作者全身心地专注于所咏对象，凝神谛视，内省弛思，才能产生丰富的意象，幻化出神秘而超越现实的象征性世界，创造出情调性的艳丽美。关于"心"与"词"的关系，定家主张：心为先，词次之。最好心、词兼顾，

---

① 宽平（889—898），宇多、醍醐天皇年号，即《古今集》时代以前。

因为二者犹如鸟之双翼。由此可知,定家歌学的核心理念是"有心",总体追求的是一种"心深"、"姿高"、词巧、情溢于言外的冶艳美。

中世时期,随着庶民势力的上升,民间文学、戏剧、曲艺等相继涌起。南北朝末至室町初期,观阿弥及其子世阿弥在上层武士的支持下,摄取民间杂艺、伎乐、歌舞等的精华,提炼成一种舞台剧"能乐"。能乐又称"能"或"猿乐",是日本最古老的剧种,世阿弥则是能乐的集大成者。他不仅是一位剧作家,而且还是一位优秀的演员和能乐艺术理论家,著有能艺论《风姿花传》、《花镜》、《申乐谈仪》等二十余部。《风姿花传》基本代表了他的艺术思想。内容主要涉及能乐的历史、演员的基本功训练、表演中写实与象征的关系以及演出效果、脚本编写、舞台审美、演技演艺等问题。在创作论方面,世阿弥认为编写好的脚本至为关键,是"能乐的生命"。他要求剧作者要"善于安排",开场应"首先介绍典据出处,将人所共知的典故来历叙述明白"。这样,"从一开始就能给人以华丽绚烂的感觉"。同时还指出:"在编写'能'时,应使用优雅的词句","优雅的词句,配以演技,不期而然地会使角色具有优雅之风情"。

> 因此,所谓好的"能",其典据确当,风体新颖,眼目鲜明,以全体富于幽玄之趣者为第一等。风体虽无新颖之处,但结构并不繁冗,端直自然、富于意趣者亦为第一等。①

值得注意的是,世阿弥所讲的"幽玄之趣"在部分地继承了藤原俊成、定家父子倡导的典雅艳丽的"幽玄"美的同时,为了满足新兴武士阶级的要求,能乐中又揉进了许多质朴刚健的因素。因此,世阿弥的"幽玄"具有质朴与艳丽、刚健与雅致对立统一的性质,是一种蕴涵着多种因素的复合美。

世阿弥将演出的最佳效果称为"花","花"则以"幽玄"为根底。欲达到这一效果,演员必须有良好的艺德和演技。关于艺德,世阿弥主张:演员应该眼睛向下,心里装着观众。只有这样,才能"福寿达人",受到"众人爱敬"。在表演技巧方面,世阿弥强调扮相要适应人物需要,或形神兼备,或神似而非形似。概言之,《风姿花传》的内容十分丰富,世阿弥其后的许多著述,如《花镜》中的"初心不可忘论"、《至花道》中的"二曲三体说"等观点都来自《风姿花传》。

---

① 曹顺庆主编:《东方文论选》,四川人民出版社,1996年,第706页。

在汉文学方面,镰仓时代(1192—1333)后期,以禅僧为创作主体的五山汉文学兴起,以镰仓、京都为中心的五大名刹的高僧开始取代公卿贵族,成为日本中世文化的领导阶层。虎关师炼则是五山文学的开拓者,素有"山有富士,僧有炼公"(万元师蛮《本朝高僧传》)之誉。虎关师炼(1278—1346),日本临济宗高僧,著有《元亨释书》(30卷)、《聚文韵略》(5卷)、《济北集》(20卷)等。其中,《济北诗话》为日本诗话之嚆矢,载于《济北集》第11卷。

虎关师炼仰唐诗慕宋诗,强调复兴古文,其文学观主要受宋诗诗学的影响,提倡"学道忧世,匡君济民"(《济北诗话》);主张废弃骈俪文,克服"人情浮矫"之风,"使天下学古文,跨汉唐,阶商周",使"文明之化,兴于当代"(《答藤丞相》)。虎关论文章,贵雅尚醇,称"文从字顺","浑然天成"才算得上佳作妙品。虎关论诗,以"适理"和"雅正"为批评基础,认为:"夫诗之为言也,不必古淡不必奇工,适理而已。"(《济北诗话》)。不过,虎关评诗、论人几近苛严。以陶渊明为例,他认为陶潜诗非"尽美",人非全节。盖因"文辞施于野旅穷寒者易,敷于官阁富盛者难";潜"诗清淡朴质,只为长一格也,不可言全才矣。又,元亮之行,吾犹有议焉。"身为彭泽令,不思为百姓谋福祉,才数十日竟挂冠而去,正所谓,"守洁于身者易矣,行和于邦者难矣",潜避难趋易,"非大贤矣"(《济北诗话》)。虎关不仅苛于责人,更严于律己。所以,其渊博的学识和高尚的人品对禅林的影响很大。受其熏染,中岩圆月、义堂周信、绝海中津等杰出诗僧相继诞生,从而迎来了五山汉文学的繁荣。

五山汉文学持续了二三百年,它留给后人的不单纯是汉文学及其理论,诗僧们"无论在摄取、研究中国文化方面,还是在内省外察、观照人性本源、探求及表现民族精神方面,也都做出了非凡的努力,创造出了外来文化与本民族文化相统一、传统的贵族文化与新兴的武士文化相融合的崭新文化——禅文化。这种文化和精神反映了时代的要求,满足了大多数人的愿望,加之禅宗作为官方宗教的特殊地位,所以这一时期的禅文化、禅文学理念作为一种时代精神",[①]不仅渗透到了和歌、连歌、能乐等和文文学的创作理念中,而且也深刻地影响到了茶道、插花等艺术以及饮食、建筑等日常生活的各个层面。因此,五山汉文学在日本文论史、日本精神史,乃至日本文化史上的突出地位都是不容置疑的。

---

① 高文汉:《中日古代文学比较研究》,山东教育出版社,1999年,第499—500页。

四、近世的文论

公元 1603 年，德川家康结束了长期战乱的局面，统一了全国，设幕府于江户（今东京），开启了江户时代，历史进入近世。

直至明治维新，日本近世的二百余年间，幕府奉朱子学为官学，强调忠孝思想、儒家道德；分国民为"士农工商"四等，身份实行世袭制；统一货币，发展经济，并令各藩设馆办学，普及庶民教育。随着经济的发展，城市工商业者和市民的经济实力的增强，以描写他们的生活和理想为题材的城市文学、市民文学应运而生，"假名草子"、"浮世草子"、"黄表纸"、"洒落本"、"读本"体等样式的通俗小说相继诞生；浅井了意、都贺庭钟、山东京传、泷泽马琴等人有关小说的论述，为近世小说理论体系的建立打下了基础；由连歌脱胎出来的俳谐经过松永贞德、西山宗因等俳人的努力，至松尾芭蕉，已经摆脱了原有的戏谑成分，发展成为以清寂为主色调的俳句文学；契冲《万叶代匠记》，荷田在满《国歌八论》，本居宣长《石上私淑言》、《紫文要领》，内山真弓《歌学提要》等，不仅丰富了日本的国学研究，而且进一步推进了和歌以及小说理论的发展；藤原惺窝《文章达德纲领》、林道春《罗山文集》、荻生徂徕《萱园随笔》、石川丈山《诗法正义》、皆川淇园《淇园诗话》、江村北海《日本诗史》、广濑淡窗《淡窗诗话》以及斋藤拙堂《拙堂文话》等著述，既展现出日本近世汉文文学理论的发展概貌，也表现出它与我国明、清文坛的"格调说"、"神韵说"、"性灵说"等诗学理论的密切关系。

日本近世小说家、文论家对小说理论的探讨，主要集中在它的社会作用、自己的艺术主张、对物语小说的评价以及中日小说的比较等方面，这些论述多出现在作者为自己的作品所写的序跋里。关于小说的社会作用，著名小说家山东京传（1761—1816）曾表白说：自己写"读本"小说是为了"摩出忠尽奸黠光景，私寓劝惩，警诲蒙稚"；他在《忠臣水浒传自序》中，称自己的小说"固是寓言附会，然示劝善惩恶于儿女，故施国字，陈俚言，令儿女易读易解也，使所谓市井之愚夫愚妇敦行为善耳。"山东京传"劝善惩恶"、"警诲蒙稚"的主张基本代表了那个时代的小说的创作理念。

泷泽马琴（1767—1848）的著述十分丰富，有"杂书、国字小说大小二百八十余部"，体裁包括"黄表纸"、"读本"、"合卷"、净琉璃、随笔、纪行等。在其杂著中，《读〈本朝水浒传〉并批评》是日本最早的单篇小说评论。马琴认为:真正的小说应类中国的演义小说,立意要"义发劝惩"、笔法要"虚实相伴","述古添新",语言表现最好"雅俗折中,和汉混淆",结构方面应遵循"元明才子"的"稗史七则",即"主客、伏线、衬染、照应、反对、省笔、隐微"。究其观点的本源,马琴明显受到冯梦龙、金圣叹等人的影响,其小说创作也多有借鉴、模仿《水浒传》、《三国演义》的痕迹。

本居宣长(1730—1801)为日本著名国学家,业绩遍及日本神学、史学、语言学、歌学、小说理论等许多方面,其《石上私淑言》是日本古代最完备的"和歌概论",物语专论《紫文要领》、《源氏物语玉小栉》则代表了江户时代小说理论的最高水平。所谓"紫文",指的是作者紫式部所写的《源氏物语》。传统的《源氏物语》论多注重于意识形态,儒学家指斥它为"淫书",佛学家认为其主旨是"因果报应",而本居宣长则从日本传统美学的角度出发,认为"物哀"是其本质。日语中的"哀"具有多种涵义,在这里泛指由自然、人生百态而生发出的哀怨、悲愁、风雅、优美、纤细抑或是饶有风趣、富有韵致的情感世界。"物"是感知的对象,"哀"是感情的本源。哀戚、悲愁是"物哀"的基本感情色调。本居宣长把"物哀"视为《源氏物语》的最高精神,日本传统美学最重要的理念之一。在《紫文要领》中,他指出:日本物语与严谨庄重的中国小说不同,物语主要将人情世故原样写出,旨在展现所写人物的细腻、微弱的内心深层的震颤,并把微妙的情感传达给读者。所以,物语内容大多是无常的,杂乱的。

从连歌中派生出来的俳谐,在江户时代获得了惊人的发展。著名俳人松尾芭蕉对俳文、俳论都做出了突出贡献,但他没有俳论专著,其理论主要通过文章、信函及其弟子去来的《去来抄》、土芳的《三册子》等流传下来。"闲寂"是蕉风理论的核心内容,芭蕉主张与人生欲念保持距离,齐物我,超生死,以一种寂静、清澈的心境来审视自然和人生,"让情与理完全消失在自然景物生动的艺术形象中,形成象征与暗示的艺术魅力,使人产生丰富的联想与想像",[①]从而赋予作品轻灵洒脱、恬淡清幽之趣。同时,芭蕉主张作品要富有"余情"。"余情"由自然而生,不可强求。由于深受禅与老庄思想的影响,所以芭蕉认为作者只有进入空、寂、无的境界,才能创作出微妙深隐、韵味无穷的作品。

江户时期的汉文学理论,主要受我国宋严羽《沧浪诗话》以及明、

---

① 姜文清:《东方古典美》,中国社会科学出版社,2002年,第199页。

清时期"格调说"、"性灵说"、"神韵说"等诗风、诗论的影响。具体地说,江户初期的八十余年间,以藤原惺窝、林罗山为代表的程朱学派主导文坛,他们主张以经学为主,尚实学,重功用,旨在经国济民。所以,其时的作品具有浓郁的道学气息,恰如斋藤拙堂在《日本诗史》卷三中所言:"当时诸儒咏言,率出性理之余绪,乏温柔旨";论诗亦多即兴而发,议论零散,缺乏系统。对此,斋藤拙堂亦指出:"尔时诗论未透,雅音罕振。"江户中期,堀川、古义、萱园等学派继起,慕古思潮是其主流,但诗学主张不一,文坛门户深深,论诗者往复辩驳,新论异说迭出,不乏真知灼见。自18世纪末,许多学者意识到张皇门户之害,开始调和诸家之说,博取众长,出版了不少有影响的文论、诗话,遂使文坛出现融合混成的局面。就意识形态而言,儒家思想始终主宰江户文坛,并且这种局面一直持续到日本汉文学消歇的明治、大正时期。

▲ 近现代
19世纪中期—20世纪初期

第十章 近现代文论

第一节 近现代文论概述

著名东方学家季羡林先生曾直言不讳地指出:"反观我们东方国家,在文艺理论方面噤若寒蝉,在近现代没有什么人创立出什么比较有影响的文艺理论体系,王国维也许是一个例外。没有一本文艺理论著作传入西方,起了影响,引起轰动。"[①]他的话准确地概括了东方近现代文论的状况,也许正因为如此,皇皇巨著《东方文论选》中也未收入近现代文论。

当然,振叶寻根、观澜索源、钩沉梳理,还是能发掘出东方近现代文论的一些蛛丝马迹。它虽然不如东方古代文论那么系统完整、那么震烁东西方文坛,但是也有它存在的价值。作为一种有关文学本身的、在抽象层面上展示的理论研究,东方近现代文论在各国文论相互学习、交流、影响、融合的过程中,会再生出一些新的文论,其中的新概念、新范式、新命题会熔铸成一种前所未有的现代性和东方性。总之,经过东方各国文艺理论家的共同努力,他们所创立的许多新学说必定会形成一个内容有同有异、独立于西方文论的庞大深邃的东方文论体系。

在这些东方国家中,日本、印度、埃及、伊朗等国家的近现代文论影响较大,而朝鲜(韩国)、东南亚和西亚一些国家的文论则表现出正在

---
① 季羡林:《东方文论选·序》,曹顺庆主编,第2页。

迅速发展的势头。由于近现代印度文论、阿拉伯文论和日本文论要列专节介绍,因此,下面将按地域重点介绍其他国家的近现代文论,以便使人有一个全景式的了解和认知。

近现代东亚地区的文坛除日本在"脱亚入欧"以后文论比较发达以外,朝鲜的文论经过一段的沉寂之后,也在古代文论的基础上受域外的影响,而得到长足的发展。申采浩(1880—1936)是朝鲜近代著名文论家,他提出的许多文学主张对从近代过渡到现代的朝鲜文坛有深远的影响。他的文论著作主要有《近今国文小说著者之注意》(1908)、《天喜堂诗话》(1909)、《小说家的趋势》(1909)、《浪客的新年漫笔》(1925)等。他在《近今国文小说著者之注意》中写道:"那些用俚谈俗语创作的小说虽然是妇人和小孩的钟爱之物,但只要思路再拓展一点,笔力再雄健一点,则将会赢得满堂听众的喝彩。甚至如果将其精华部分转写成文字,那么读者将会因故事的凄惨悲凉而泪如雨下,也会因故事的壮丽痛快而禁不住意气洋洋。感动陶醉之后,其品性必然受到感化。因此,可以说社会的大趋向是由国文小说所定的。"① 他从小说的感化作用之巨大,来说明"小说是国民之魂"的道理。新小说在朝鲜的兴起,正是社会进入近代的标志之一。他在《小说家的趋势》中说道:"小说将国民引向强处,则国民强大;将国民引向弱处,则国民羸弱;引向正直,则为正直;引向邪恶,则为邪恶。小说家应该处处谨慎小心,如果总是把色情淫秽的东西当作小说的主旨,这个社会将走向何处?"② 他认为"小说是国民的指南针",明确指出小说对国民精神所起到的巨大的导向作用,因而强调小说家责任之重大,并极力主张要将积极向上、健康正确的思想注入新小说。他不仅对小说的教化作用分析得一清二楚,还以"诗界革命者"的姿态在《天喜堂诗话》中大胆提出诗歌改革的主张。他认为:"所谓诗,是民族语言的精华。强悍的国民有强劲的诗歌,而文弱的国民,其诗就是文弱的,因此,一国的盛衰治乱大抵可以从其诗歌中感觉出来。如果要使该国由弱变强,就必须从改良文弱的诗歌着手。"③

至20世纪20年代中期,朝鲜进入现代社会发展的轨道,新文艺运动兴起,各种文艺思潮前仆后继地在文坛上出现,申采浩以强烈的爱憎

---

① 朴忠禄:《朝鲜文学论稿》,北京大学出版社,1994年,第121页。
② 同上书,第123页。
③ 同上书,第119页。

情感、犀利的批判精神,提出自己的文学主张。他在《浪客的新年漫笔》中写道:"艺术之所以为艺术,是因为它高尚,让愿做贵族子弟玩偶的姜明花成为烈女的文学是什么艺术呢?置身边数百万忍饥挨饿的人于不顾,却企图靠卖小说来赚那一、两块钱,这样的艺术家追求的是什么艺术呢?"①从上述文论的引文中,不难分辨出作者进步的文艺美学观。他从小说和诗的特性、社会教育功能,以及它们的现状和存在的问题出发,阐明自己的观点,并上升到理论层次,成为朝鲜近现代文坛颇有建树与特色的文论。

20世纪前期,朝鲜兴起的新文艺运动,其序幕即新文章运动,时人倡导写文章由国汉文混用体过渡到国文专用体。不久,这种原来重在文学表现形式即文章本身的改革运动发展为追求一种新的文学内容的新文学运动。新文学先驱、著名评论家李光诛(1892—?)在《青春》杂志第12期(约1916年)上撰文评论入选小说《可疑的少女》时指出:"首先,这部作品是用纯粹的文体写成。当然,在征文要求中点明要用'时文体',但如果不进行实践是很难写出如此精到的时文来的。……其次,这部作品倾注了作者的精诚。作者写作时不是那种'今天我无事,写写小说看'的态度,而是把写小说看作自己的神圣事业,以严肃、精诚的态度从事写作。……第三,这部作品摆脱了传统说教旧套,有一种进入艺术殿堂的气息。实际上,这是新兴文学的核心。……第四,古代文学所描述的一般都是'理想的'至善之境,而这篇应征作品却多少摆脱了这一流弊,深入到了'现实'中。第五,令人高兴的是,这部作品中有着新思潮的萌芽。"②这是朝鲜近现代文坛上较早的一篇文学评论,但是却以文论的角度对新文学的概念进行了从形式到内容的界定,具有理论指导意义。

朝鲜早期的近现代文论多发表在文学刊物上。朝鲜第一个文学杂志《创造》(1919年2月创刊)由日本留学生金东仁(1900—1951)和朱耀翰(1900—1979)等4人创办。他们在该杂志上发表自己的文学主张。金东仁在其《朝鲜近代小说考》中的"春园论"一节中谈到有关这部杂志所形成的《创造》派同人的文学倾向时指出:"到春园为止,此前的文艺作品中,小说所追求的是'有趣的故事'、'有意思的恋爱或偷情',而《创造》却与此不同。它把'实践现实主义'作为小说的最高境

---

① 朴忠禄:《朝鲜文学论稿》,第123页。
② 〔韩〕赵润济:《韩国文学史》,张琎瑰译,社会科学文献出版社,1998年,第430页。

界,否定'故事趣味'。"①接着他说道:"1919 年,笔者同常春、耀翰等数人创办《创造》,掀起文艺运动。新兴少年们实力有限,但这却是充满热情的运动。我们要拿给人们看的东西绝不是有关新旧道德、自由恋爱这类局部的东西,而是人生问题,以及人生的苦闷。……我们的小说取材不在于区区的朝鲜社会风俗改良,而是想描述人生问题,写生的痛苦。也就是说,我们已从劝善惩恶中走出,转向揭示朝鲜社会问题——然后再转向朝鲜社会教化——以此为宗旨的朝鲜小说最后终于登上了小说真正的舞台,即揭示人生问题。"②《创造》派同人文学提倡现实主义文学,提倡揭示人生问题,形成一种以确切的文学思潮为指导的具有某种思想倾向的文学流派,这在朝鲜近现代文论中具有开创意义。

近现代东南亚地区正处于东西方文化冲突的中心地带,文坛上的文论、成就远逊于政治上的抉择。因此,不少的文人学者将大量的精力用于寻求救国救民的道理,而对于文论则注重不够,但也有不少文人在一些文章著作中,零星地表现出自己的文艺观,缺乏系统性。

近现代越南文坛自潘佩珠(1867—1940)始,虽作家屡出,但传世文论却颇为鲜见,直至邓台梅(1902—1984)才有较为系统完整的文论出现。邓台梅主要的文论著作有《潘佩珠诗文》(1945)、《20 世纪初期的越南革命诗文》(1960)、《在学习和研究的道路上》(共三卷,1959、1969、1973)等。邓台梅曾以学者的身份对文化文学交流中的文化和文学问题发表过精辟的论述:"在整整 8 个世纪里,在我们作家的文学创作中,实际占统治地位的还是中国古语写成的官方文学。""值得庆幸的是,在这一作家群中间,竟涌现出许多由于他们纯洁的思想、高贵的灵魂、深沉的人道主义情操和独特的风格而获得历代人民景仰的人物。"③他深刻地指出,正是由于正确地汲取了中国汉语言文学的有益营养,不少越南作家才创造出大量的精神财富,并满足了历代人民的审美需求。此外,邓台梅还在《越南文学与中国文学密切而悠久的关系》(1961)一文中,进一步阐述了文学与文化交流的本质问题。他指出:"实际上,在一定的历史条件下,带有强制性的文化交流,在客观上对后进的民族文化也是或多或少有些贡献的。当时,越南社会还停留在部落社会时期,一个进步得多的文化力量冲进来,有人认为这是一种

---

① 〔韩〕赵润济:《韩国文学史》,张琏瑰译,社会科学文献出版社,1998 年,第 479 页。
② 同上书,第 504 页。
③ 《东方丛刊》1998 年第 3 期,第 152 页。

'偶然'现象,从本质上看,这是历史的必然。"同时,作者也指出这种情况使一部分不能正确对待外来影响的越南作家对民族文学采取了虚无主义的态度。他们"只沉浸于'之乎者也','子曰''诗云'等引语中,对母语却抛之脑后"。此外,"他们对一些根据作家想像力而创作的作品(故事、小说等)则表示轻视,并称这些作品为'外书'。"这些观点切中时弊地批评了当时那些受到儒家思想熏陶而崇尚"内书"的越南知识分子。他认为正确对待文化文学影响的态度应该是"努力使中国古典诗文的体裁进入文学创作领域,进行具有文学艺术构建的工程,也就是我们称为'有构建的意义的创造'。他们开拓了在趣味方面具有抒情性或者哲理性或者小说型的领域。"[①]可见他主张在模仿的基础上要有创新,并且认为当时已有一些越南作家做出了自己的贡献,邓台梅的文论思想对后世越南文坛影响很大。

近现代缅甸文坛和越南一样,文论的研究一直不被人重视,但吴登佩敏(1914—1978)却在这方面起到了先驱作用。早在1937年发表的《古代的叛逆作家们》的文章中,他就开门见山地指出:"环顾缅甸文学发展史,人民可以发现用自己智慧创作的文学作品极为罕见。纵观缅甸文学,甚至使人可以得出这样的结论:缅甸人是缺乏智慧,或者说是很少动脑筋的人。"很显然,对于作家来讲,他反对碌碌无为,随波逐流,提倡作家要有开创精神和鲜明的政治倾向性。他态度鲜明地写道:"有人说新闻工作者、小说家、诗人不应该有党派意识,不能参加某个组织;报纸、小说也不应有党派意识,不应受某个组织的影响。我坚决,而且永远反对这种主张。"他在文中诘问道:"当沦为奴隶的缅甸人民产生民族意识,要求独立的时候,当贫苦的农民要求生存权利的时候,一个不倾向于任何一方的人,会全力以赴支持沦为奴隶的缅甸人民吗?会积极支持贫苦农民吗?"1948年,吴登佩敏在《加尼觉》杂志上发表了题为《使历史倒退的作家们》的文章,强调文学的教育作用和认识作用。他深刻地指出:"包括文学在内的艺术,不仅应像照相一样反映人的社会、人的生活,而且应该引导人们去求得生活的变化和进步。"这种观点在"为艺术而艺术"的论调盛行的文坛上,起到了发聩震聋的作用。1949年他在《同志》杂志上发表了《关于今日人民文学的种种问题》一文,首先对"人民文学"一词进行了界定:"站在包括农民、工人、城市贫民、摊贩、职员和其他劳动人民在内的广大人民一边,在人民解

---

① 《东方丛刊》1998年第3期,第153、154、156页。

放进步事业中起鼓励、组织作用的,或是在反对人民的敌人的斗争中起积极作用的文学,便是人民文学。"①这是他一直主张"文学必须为人民、必须创作对人民有益的文学"的必然结果。1956年12月3日时任缅甸作家协会主席的吴登佩敏在作家节纪念大会上发表讲演,在讲到文学要联系群众的生活时说:"如果把继承过去的精华比喻为树苗扎根,那么联系当今社会、当今人民的生活,就等于给树浇水、吸取空气、晒太阳、施肥料一样。如果树木离开了水、空气、阳光就不能生存,脱离了人民的生活就产生不了文学。"他还说:"如果我们真正要反映人民的生活,那么我们能写作的事情就像人口那样多地大量存在着。"他以形象的比喻说明了文学创作之树如果想长青不衰,就需要有人民生活作水、空气、阳光、养料;否则,就产生不了文学。人民生活是创作的源泉。最后他进一步指出:"我们的人民大众是我们的恩人。报答恩人的最好办法是深入研究人民的生活经验,在我们创作的文学作品中反映人民生活的各个方面,跟人民一起参加开创新生活的斗争。"②

泰国近现代文论有成就者当属西巫拉帕(1905—1974)。他的文论主张始终是和"文艺为人生,文艺为人民"的文学运动相一致的。1941年,他在《1932年革命的背景》一文的后记中就提出了"使民主制度消亡,还是存在下去"是一个"令人深思的问题",他指出:"十五年的民主制度(指君主立宪制——原笔者注)给了他们以新的形象。然而昔日'民团'的人在另一个时代成了凶徒,上述形象的改变并不是别人造成的,或者出自哪一位上帝的意愿,而是他们自己的所作所为。"③他以自己的尊严表明了自己反对日军侵略和泰国政府卖国求荣的立场,以自己新的世界观和文艺观确立了在泰国这场进步文学运动中的旗手位置。他不仅发表了革命的现实主义作品,而且不同流合污,有自己的鲜明态度和明确的目标。他在小说《生活的战争》一书的再版"前言"(1944)中明确表示:"在我还有些气力和能够思考的时候,我还想写点东西,而不愿用这气力和陈腐的旧思想去赚钱……"他在文学创作上永不满足,不断追求,走出一条自己的路。他在小说《男子汉》再版"前言"(1944)中直言不讳地说:"只要我的脑子还没有残废,力气还可以握住钢笔,我还要写下去,以我自己负责的态度写下去,以我的观点写

---

① 姚秉彦等编:《缅甸文学史》,北京大学出版社,1993年,第255—258页。
② 孟昭毅:《东方文学交流史》,天津人民出版社,2001年,第307页。
③ 栾文华:《泰国文学史》,社会科学文献出版社,1998年,第257页。

下去,是好是坏,是对是错,只能听便,但这却是我的决心和意愿。"①总的来看,西巫拉帕的文论和他的创作实践都表明"文学是现实生活的反映"这一重要的观点,他提倡作家应该重视"对生活的态度",要努力"寻求在那个时代所能寻求到的艺术手段和经验"。②

近现代南亚穆斯林文学界活跃着一位作家,即穆罕默德·伊克巴尔(1877—1938)。他的文论融会着他对文学创作的独特思考和特殊理解。早在1910年,他在论及东西方思想家和诗人对他的人生和诗歌创作的影响时写道:"我承认,我深深受益于黑格尔、歌德、米尔扎·迦利布、布尔扎·阿卜杜尔·贝迪尔和华兹华斯。前面两人引导我进入了事物的内在本质,第三人和第四人教导我在吸收外国的思想之后怎样保持东方的精神和言行,最后一人在学生时代解救我于无神论之外。"③伊克巴尔在这里明确指出一个作家应该如何正确对待文学和文化传统,而又应该如何正确对待外来文学、文化传统的影响等重大理论问题。1915年,他发表了叙事体诗歌《自我的秘密》,这其中浸透了他的宗教哲理思想,也充分表达了他的文艺理论观点。他在此书的序中提出了影响与接受的关系。他认为,近代西方哲学强调人的个体作用,鼓励个人的志趣,从而摆脱了西方古典哲学宣扬遁世思想的束缚。穆斯林应该运用现代欧洲的理论,改变自己那些不完善的哲学传统。他在序言中写到:"在这篇诗歌里,我试图将这一复杂问题从烦琐的哲学论述中解放出来,涂之以想像的色彩,以使它变得通俗易懂。这篇寓言的目的不在于解释诗歌本身,而是给那些对这个深奥问题感到生疏的人们加以引导。"④他在书中的第八部分,即论述"关于诗歌的真谛和伊斯兰文学的改革"的问题时,指出:"凡是好的、公正的和美的,/我们都应该苦苦寻觅。/凡是在你心中留下印记的,/都使愿望在你的心中激起。/美造就愿望的春天,/愿望在它的光辉中沐浴。""他的脑海里,郁金香含苞待放,/歌潮涌动,要倾诉衷肠。/他的思想是月亮和星星的伴侣,/他创造美而不知道丑的涵义。"⑤他在这里指出作家应该追求美,才是创作的真谛。在这一部分的结尾,他对作家提出了自己的希望:

---

① 栾文华:《泰国文学史》,社会科学文献出版社,1998年,第258页。
② 同上书,第261页。
③ 《东方研究》"百年校庆论文集",蓝天出版社,1998年,第453—454页。
④ 〔巴基斯坦〕穆罕默德·伊克巴尔:《自我的秘密》,刘曙雄译,北京大学出版社,1999年,第12—13页。
⑤ 同上书,第115—116页。

"你应对文学认真思考审视,/你应回到阿拉伯人那里。/你应把心托付给阿拉伯的苏尔玛,/以使汉志的早晨从库尔德的傍晚升起。/你已从波斯的花园采撷了鲜花,/你已从印度和伊朗看到了新春的笑靥。"①伊克巴尔的意思是,作家应该按照伊斯兰教义的要求进行文学创作,以表达"纯洁的穆斯林理想",因为,他们以前已经从古代波斯的创作中吸取了营养,现在又从印度和伊朗的诗歌创作中发现了更多的创作素材和灵感。在这里,伊克巴尔以娓娓的语言曲折地表达了自己诸多的美学思想。

近现代伊朗著名的诗人尼玛·尤什吉(1897—1960)是伊朗自由体诗歌的创始人。他早年深受法国浪漫派诗人的影响,主张诗歌应该突破传统形式的束缚,提倡写自由体诗,以生动活泼的鲜活的语言来描写现实,反映现实人生。但是由于他任凭自己的想像写诗,并采用大量的象征手法,因此,有些诗晦涩难懂。他在参加1946年伊朗第一次作家代表大会上所做的发言中,直言不讳地指出:"反对我的人甚多,这,我是清楚的。因为对事物,我是逐渐理解的。人们也是如此。事情总是逐渐明朗的。特别是我的一些诗,对于那些对诗歌没有一种特殊的感应的人,是晦涩的。"②他在1946年发表的《两封信》等理论著作中,阐明了对自由体诗的看法和态度,以及自由体诗的创作方法和原则。他认为诗歌的内容和形式应该随着社会的发展而进行相应的变革,以适应"时代的需要"。他主张打破传统的古典格律诗的束缚,以充分反映现实生活和人民大众的思想感情。但他并不排斥自由体诗也应该大体押韵:"在我看来,没有韵律的诗歌如同赤身裸体的人一般。不言而喻,衣饰能增加人的美观。因此,我认为,无论写旧体诗还是自由体诗,韵律还是必不可少的。"③尼玛·尤什吉的诗歌理论在当时文坛产生了深远的影响。

总的看来,近现代东方文论除日本、印度、埃及等国以外,都尚处于发展定型的过程中,表现尚欠理论性和系统性的特点,即使如此,这些文论对各国文学的发展都有不小的指导意义,显示出勃发和崛起的生命力,预示着近现代东方文论终究会继往开来的前景。

---

① 〔巴基斯坦〕穆罕默德·伊克巴尔:《自我的秘密》,刘曙雄译,北京大学出版社,1999年,第120页。
② 张鸿年:《波斯文学史》,北京大学出版社,1993年,第270页。
③ 乐黛云等主编:《世界诗学大辞典》,春风文艺出版社,1993年,第356页。

第二节　近现代印度文论

近现代印度文论是在继承了古代印度味论、韵论、庄严论、修辞论、曲语论、合适论等文论的基础上发展起来的,这里不只是名词的继承,更重要的是对文学文本的模式和程式,以及文学性是如何通过它们得以表现的过程所进行研究的继承。因此,对于与希腊、中国同样具有世界影响的印度文论而言,它在近现代的表现就显得尤其具有研究的价值和意义。

近现代印度文论的集大成者,首推罗宾德拉那特·泰戈尔(1861—1941)。他不仅是一位享誉世界的文学家和诗人,而且他的文学思想也影响深广。他用孟加拉语写就的文论著作主要有:《五光十色》(1903)、《古代文学》(1904)、《现代文学》(1905)、《文学》(1907)、《文学道路》(1936)和《文学形式》(1936)等。用英语写成的文论著作主要有:《创造的统一》(1922)、《人格》(1932)、《一个诗人的信仰》(1961)中的有关章节等。他的文艺观主要来源于印度传统味论、印度梵主义和西方浪漫主义等。

泰戈尔是印度传统的美学理论即味论的继承者。他认为文学创作归根结底是味的创作,味是艺术的生命,"味"其实就是现今人们所说的"情趣",有时也译为"情味"。他指出:"文学要说明的真实就是享受,真实就是永恒。文学解释了奥义书上的这句话:'它们是情味的形式,人获得那种情味就感到欢悦。'"[①]他在评论舞台艺术时还说:"复杂化就是无能的表现。刻板写实主义就像蝗虫一样钻入艺术内部,像蟑螂一样汲干艺术的所有情味。"[②]他指出戏剧艺术的复杂化,会使人们愈来愈看重形式,而忽略了内容里的真实情味,艺术将成为"空而无物"的东西。他还进一步指出:"人类的文学,人类的艺术是为充实人的虚无,为了在种种感情和情味里唤醒人类心灵而存在。"[③]他在这里指出人在艺术作品里认识了人的本质,就感到愉悦,就产生美感,这种对审美本质的概括,基本具有了唯物主义认识论的特点。

泰戈尔经过大量的文学实践,得出了美是什么,即美的本质是什么

[①] 《泰戈尔论文学》,倪培耕等译,上海译文出版社,1988年,第39页。
[②③] 同上书,第130页。

的结论。他在《美和文学》一文中写道:"美就产生在发展与抗衡的韵律之中。在世上这种释放和吸收的永恒游戏里,美处处表现自己。"①他所说的韵律不是形式上的韵律,而是宇宙间变化和运动着的自然规律,其中有某种客观规律可循,这就是美。他还说:"文学在和谐的光辉里向我们显示一幅完整的图画,从而使我们享受到快乐。这光辉就是美。"②他在这里指出美就在和谐的光辉里,这光辉就是美。

泰戈尔对文学艺术的本质有自己的阐释。他认为,文学艺术是人们过剩精力的游戏,文学的目的是满足人们超出物质和科学需要以外的一种享受需求,他指出:"人有着情感精力的蕴藏,这种精力并不完全用于人的自我生存。这种过剩在艺术创作中寻求发泄的机会,人的文明正是建立在过剩之上。"③他还总结说:"在我们的心与世界的关系中,哪里有过剩的因素,哪里就产生艺术。换言之,我们的人格在哪里感到富有,它就在哪里迸发。"④此外,他还认为,享受才是文学艺术的灵魂。因为"古代印度的修辞学家毫不踌躇的说过,享乐是文学的灵魂——这种享乐与利害无关"。⑤他还进一步阐释说:"被我们称之为'文学'或'艺术'的那个东西的目的,就是获得那个认识的享乐(欢悦),那个享乐就是在认识客观物质与主观感情的统一里的享乐。"⑥

泰戈尔还认为,文艺创作和文艺欣赏是一种"游戏",他指出:"人在文学和艺术里满足了自己本性的渴望。我们称这为'游戏',在想像里,有着自己的纯洁的认识。人高兴地参加到罗摩游戏里去——如果没有这个游戏,那要痛苦得心碎。"⑦在这里,"罗摩游戏"即指以罗摩为题材的文艺创作及对它的欣赏。他还接着说:"我们的经典把创造者说成是游戏家,也就是说,他在自己的创作里认识了自己五光十色的情味。人也在自己的内心创造着自己,在种种感情和情味里认识着自己,人也是游戏家。这种游戏的历史抒写和镂刻在人的文学和艺术里。"⑧他认为,文学欣赏过程即是人在毫无阻碍的游戏里,通过对种种味的体验,认识自己。

---

① 《泰戈尔论文学》,倪培耕等译,上海译文出版社,1988年,第57页。
② 同上书,第67页。
③ 同上书,第91页。
④ 同上书,第102页。
⑤ 同上书,第90页。
⑥ 同上书,第256页。
⑦⑧ 同上书,第171页。

泰戈尔根据《奥义书》中梵我如一的思想,提出:"即在有限之中达到与无限结合的欢娱。"①他将这种美学思想称作是他"诗歌创作的惟一主题",即认为有限与无限、自我与非我、人与自然的统一,才是艺术的真正原则。泰戈尔还强调真善美的统一,他认为:"美的形象是善的完美形式,善的形象是美的完美本质。""获得真的现实就是享受,这就是最高形式的美。"②"艺术的功用,便在于建设人的实在世界——真与美的活生生的世界。"③泰戈尔所说的善与美是统一的,然而他所强调的真却是内心真实、人格真实、情感真实,"人们在自己的诗画和工艺品中揭示真实"。④"文学要说明的真实就是享受,真实就是永恒。文学解释了奥义书上的这句话:'它们是情味的形式,人获得那种情味就感到欢悦。'"⑤可见泰戈尔认为最高的真实就是梵,就是无限,就是永恒。泰戈尔在上述观点中基本勾画出自己客观唯心主义的思想体系,而且在相当长的时间内,这些思想影响着印度近现代的文坛。

近现代印度文论涉及的另外一位著名的人物是普列姆昌德(1880—1936),他在印度国内外,不仅以长、中、短篇小说著称于世,而且还以百余篇有关文学和评论的论文享有盛誉。虽然他对文学的观点和看法不是那么系统和完整,但是,他毕竟继承了古代印度丰富的文学理论,大胆提出了自己的文学观,丰富了近现代的印度文论。

普列姆昌德从传统和现代的意义上,对文学的本质进行了高度的概括,他说:"给文学下的定义很多,但我认为最佳的定义是批评生活。"⑥他认为文学除娱乐目的以外,还应该思考生活中的问题,评论它,干预它,而且要力图解决它。随之而来的是文学的特性:"文学只有在它表现了生活的真实和感受的情况下才能全面显示出它的特性。""只有那些表现了某种真实的、语言成熟洗练而优美的、具有能影响心灵和头脑的特性的著作才能称文学。"⑦他认为:"文学的基础是感情的美的,离开了这一点,一切都不能被称为文学。"因此,在宣传和文学融为一体的作品中,"内容越是枯燥的东西,越是宣传品;而越是具

---

① 《泰戈尔论文学》,第361页。
② 同上书,第32、37页。
③ 同上书,第102页。
④ 同上书,第38页。
⑤ 同上书,第39页。
⑥ 《普列姆昌德论文学》,唐仁虎、刘安武译,漓江出版社,1987年,第121页。
⑦ 同上书,第132页。

有美感的东西便越是真正的文学作品。"①普列姆昌德从实际事例出发指出文学的本质、文学的定义,应该说这是难能可贵的,因为要给文学下定义,必须将文学这一本体从其他相关的概念和实体中剥离出来,才有可能对其进行界定,而他是在未能将文学本质进行剥离的情况下,对其进行界定的,应该说这种观点是较为客观的。

  普列姆昌德在自己大量的文艺论文中还对文学的目的和意义等问题进行了分析阐述。他认为:"文学的目的是创造美,而美是相比较而存在的,没有丑恶,美的幻想是不可能的,正如光明是由于有黑暗相比较才能表现出来。"②他认为:"文学的最高理想是为了艺术才创作文学。谁也不会对'为艺术而艺术'的理论有异议。以人的本性为基础的文学才能成为有长久生命力的文学。"③他提出文学的目的就是创造美,其最高理想就是:为了艺术。这种观点虽然不乏理想主义和唯美主义色彩,但它清楚地表明文学本体中的艺术美的重要性,这对当前的中国文坛也是有意义的。在论及文学的功利性问题时,普列姆昌德更是直言不讳地指出:"文学的根本基础是真、善、美。文学的素材是人类的生活,有时既包括有生命的生活,也包括无生命的生活。但是,其目的毕竟是有一些的。"④只是"高明的文艺家可以把实用性成功地掩盖起来,而不高明的文艺家则往往成为说教者而遭到人们的嘲笑"。⑤可以这样理解,普列姆昌德是承认文学的功利性目的的,因为文学作品的产生的确对实用精神负有某种义务,对社会负有某种责任,这是无可否认的。

  此外,普列姆昌德还对文学与生活等问题有独特的理解。他认识到:"文学的基础是生活",而生活的本质是美和真,因此,他认为:"真正的乐趣从美和真中才能得到,而表现和创造这种乐趣则是文学的目的。"⑥因为文学要表现生活,而生活的目的就是寻求乐趣,因此文学自然要表现和创造这种乐趣了。普列姆昌德指出,虽然据说文学的"情味"有九种,但是他果断地说:"我们认为文学中只有一种情味,那就是艳情。从文学的观点看,任何一种情味都不是情味,不会艳情和不美的

---

① 《普列姆昌德论文学》,第87、86页。
② 同上书,第68页。
③ 同上书,第45页。
④⑤ 同上书,第73页。
⑥ 同上书,第76页。

作品是不能归入文学的。"①他利用印度文学自梵语古典文学起就有的"情味"论的传统理论来解释文学与现实生活的关系,颇有创见性。

普列姆昌德在论述到文学与情感问题时还进一步指出:"文学不是理智的产物,是心灵的产物。在知识和训诫不能成功之处,文学能赢得胜利。"②从这点出发,他指出了文学作品和宗教经典的区别。他还进一步说明:"文学与感情的关系比与理智的关系更密切。哲学、科学和伦理学依赖于理智,诗歌、长篇小说和散文诗依赖于感情。"③他甚至举例说:"我们之所以认为《罗摩衍那》是纯文学,不是因为它充满了思想和哲理,而是因为它字里行间都洋溢着美的情味,是因为其中有表现出其具有牺牲、爱、情义和勇气等丰富的思想感情的人物。"④他认为是文学在努力唤醒人们的美好感情,只有人才有这种感情,"谁身上的这种感情强烈,同时又具有表现它的能力,他就会成为文学的创造者"。⑤于是作家由此而产生了。他不仅指出了作品中的情感问题,即作品的美感问题,而且还提出了读者在审美时的情感问题和阅读心理问题。他说:"虽然我们承认人的智慧千差万别,但是我们的感情一般说来是一种形式,区别仅仅在于感情的发展。有些人身上感情发展很强烈,以至于变成行动表现出来。而在大多数人身上感情却熟睡着,文学正是要努力把那些感情从熟睡状态唤醒。"⑥他认为作家要用自己美好的感情去唤醒人和社会的健康情趣,去调动读者的阅读心理和情感。当然,文学作品决不能忘记这样一条真理:"它的目标应该对准人身上的人性和美好的感情所隐蔽的地方。"应该实事求是地承认,普列姆昌德的文论是丰富而全面的,对现代印度文论的影响也是深远的。

近现代印度文论除泰戈尔和普列姆昌德以外,还有不少人也做出了他们的贡献。但他们未能完全摆脱泰戈尔和普列姆昌德开创的文论道路。仍然是在继承传统的基础上,有所创新,形成了印度近现代文论的又一番繁荣景象。

印度传统的味论在19世纪后的印度文艺理论界获得了长足的发展。至20世纪,在用传统诗学的观点阐述古典味论的基础上,一些文

---

① 《普列姆昌德论文学》,第77页。
② 同上书,第78页。
③ 同上书,第84页。
④ 同上书,第86页。
⑤ 同上书,第122页。
⑥ 同上书,第123页。

论家开始从现代心理学、社会文化学、现代美学以及马克思主义等学说角度重新阐释古典味论。代表文论家主要有默哈维尔·伯勒萨德·德维威蒂、休克尔和纳盖德拉等。

默哈维尔·伯勒萨德·德维威蒂(1864—1938)是严格意义上的印地语现代评论的开创者。1903年起,他通过主办大型刊物《艺术女神》成为这一时期的文坛领袖。文学史家习惯于将印度20世纪初至20年代中期的20年左右的时间称为"德维威蒂时代"。他创作的文论著作《知味者欢乐》、《文学对话》、《文学指南》与《批评烟雾》等,对文学创作的目的和内容、技巧风格和语言韵律等方面的问题,进行了广泛的阐述。他是印度首位用现代意识看待传统味论并利用传统味论的文论家,其观点具有开先河的意义。他的主张和著作中的观点表明,他在印度传统美学和现代意义的美学之间找到了契合点。

休克尔(1884—1940)在自己的论述中强调味的现实性,认为艺术味来自生活味。他强调味的社会功能,揭示味在传播过程中的非个人性和普遍性的审美本质,他认为倘若没有普遍性,文学就会成为娱乐工具。他说:"心灵的解放状态就是味的境地,为了心灵的这种解放,人们所进行的词构建就叫诗。"①这个定义强调了味与情的作用,表明了作者味论客观派的主张。

纳盖德拉(1915—　)是印度当代文艺评论家。他在文论方面的主要贡献是比较系统地探讨了印度和西方诗学理论,企图构建印度诗学的理论体系。他成功地运用现代心理学与美学的理论和观点,重新阐释印度古典味论,主要文论著作有《印度诗学传统》(1957)和《味论》(1964)等。前一部著作主要摘译了印度古代到20世纪纳盖德拉评述的诗学观念,较为全面地描述了印度的诗学传统;后一部著作不仅阐述了"味"的词义演变、味派的发展、味的生成、味的种类等问题,而且探讨了味与印度诗学理论之间的关系,以及味与西方诗学理论的比较等问题。这部印度当代著名的文论著作,使印度传统的味论有了现代意义。②

印度现当代文论也重视对诗(文学)的特异性或诗的定义的考察与探讨。南德·杜拉利·瓦杰伯伊(1906—1968)的主要文论著作有《现代文学》、《20世纪印地语文学》、《论伯勒萨德》和《论苏尔达斯》等。

---

① 乐黛云等主编:《世界诗学大辞典》,第556、521页。
② 同上书,第555页。

他认为文学本质、文学功用、文学动力都取决于内心的真实、内心经验或内心情感。他认为:"诗就是依藉自然现象,唤起人的天然情感和美的感触的优美图画。"①默尔泰卡尔(1907—1956)主要的文论著作有《艺术和人》、《文学的神圣性》、《美与文学》等。他认为:"整个艺术实践目的是美的作品创造,美的经验的激发。"②他的这些艺术思想开辟了印度形式主义文论的新局面,影响了后世一代作家的创作。

总的来看,近现代印度文论家往往善于从西方近现代文艺理论中汲取营养和灵感,在印度古典诗学的基础上重新建构新的理论,无论是味论客观派、味论主观派,还是新形式主义理论等等,都未能脱离近现代印度文论发展的这一轨道和大趋势。

第三节 近现代阿拉伯文论

近现代阿拉伯地区由于西方列强的争夺,曾先后沦为殖民地和半殖民地。西方文化的渗透,客观上给阿拉伯世界带来了先进的西方资产阶级文化,并成为阿拉伯文化文学发展的借鉴。从19世纪后期到第一次世界大战期间,阿拉伯的文学和文论在普遍展开的资产阶级改良主义运动中,得到了长足的发展。埃及、突尼斯、黎巴嫩、叙利亚和伊拉克、伊朗等阿拉伯国家的文学和文论,开始呈现出明显的民族主义色彩。尤其是20世纪20年代的阿拉伯文坛,先后兴起的埃及"笛旺派"和由黎巴嫩、叙利亚等在美洲的侨民作家组成的"旅美派"等文学流派,他们不仅在文学上硕果累累,而且在文论上也对文学的本质和美学等问题提出了具有指导意义的理论阐述。这不仅保证了近现代阿拉伯文学的健康发展,而且对以后的阿拉伯文学的发展也产生了极其深远的影响。

拉斐仪(1880—1938)是埃及近现代较早的文学评论家,其文论著作主要有《在〈古兰经〉的旗帜下》(1926)、《月谈集》(1936)、《笔的启示》(1936)等。他坚信阿拉伯语言文学遗产的价值,坚信阿拉伯文艺复兴必须以阿拉伯标准文学语言为基础,主张文学应该把人间之美体现出来,把生活的意义提高一步。他认为作家的责任是阐述哲理,澄清

---

① 乐黛云等主编:《世界诗学大辞典》,第521页。
② 同上书,第522页。

是非,消除动荡和混乱,以其思想架起精神世界与生活之间的桥梁。他宣称阿拉伯文学可以容纳一切新事物,用反阿拉伯风格和形式写出的东西,不是阿拉伯文学。

萨拉迈·穆萨(1888—1958)也是埃及近现代著名的文学评论家,他利用创办《未来》(1914)杂志以及参与十多种报纸杂志编辑的工作之便,积极参加文学论争,并提出许多很有价值的观点。他认为,阿拉伯古代文学多是"国王的文学"和"消遣的文学",现代文学则应是千百万人的文学、人民的文学、斗争的文学。应该建立反对殖民主义压迫、用人民语言书写的、人民的、社会主义的文学。他指出:"人民是一切,人民是始与终。"文学家对此是负有责任的,在他们所写的一切作品中都应体现这一责任。他还认为:"文学的目标是人道主义,而不是艺术美。人道主义比美更具有永恒性。文学是从整体上,而不是从局部去观照人类的艺术。"①他的一些观点和主张,在 20 世纪上半叶,曾引起埃及乃至阿拉伯思想文化界的激烈争论,但也颇具影响。

埃及现代诗歌流派"笛旺派"的出现,使埃及现代文论得到了发展,"笛旺"(又译"迪万")是"诗集"一词的音译,"笛旺派"又称为"诗集派",因该派主将阿卡德(1889—1964)等人写诗以"笛旺"为题而得名。阿卡德主要的文论著作有《书和生活中的阅历》(1924)、《文学艺术审视》(1924)、《象征主义》(1947)、《当代文学问题》(1953)等。他主张诗歌作品应表达作者个人感情,文学是作家内心生活的历史,灵魂的写照。因此,他重视研究作者的特殊性。他在 1931 年写的《伊本·鲁米》的前言中指出:"不能从其文学中找出他本人独具的个性的文学家,是不值得去研究的。"阿卡德在为马齐尼(1890—1949)于 1913 年出版的第一版诗集的序中写道:"今天的我们已不是 20 世纪前的我们。新一代具有东方人的感觉,面对着西方人面对的世界。"②他以"东方人的感觉"指出:"艺术美和人体一样都趋向自由,自由即美","美的艺术带来两种享受:自由和有序。"③阿卡德提出的这些主张和见解,不仅有个人的认知和思考,主要代表了阿拉伯当时在文学发展中的历史要求。这一流派与海外旅美派遥相呼应,标志着阿拉伯文学新时期的到来。

---

① 乐黛云等主编:《世界诗学大词典》,第 414—415 页。
② 高慧勤、栾文华主编:《东方现代文学史》,海峡文艺出版社,1994 年,第 1246 页。
③ 乐黛云等主编:《世界诗学大词典》,第 3 页。

20世纪20年代以后涌向美洲大陆谋求发展的黎巴嫩、叙利亚等国的阿拉伯作家成立了"笔会"等一些文学社团,他们在20年代至30年代期间,进行了大量的文学活动,形成颇具特色的"旅美派"作家群和"旅美派"文学。他们不仅在诗歌和小说创作中有诸多成就,而且在文论方面也颇有建树,代表作家主要有纪伯伦和努埃曼等。

纪伯伦(1883—1931)是在世界上有着广泛影响的阿拉伯作家,他的作品被称为"东方赠给西方的最好礼物"。他在艺术上追求爱与美的主旨,在他的艺术性散文《音乐短章》(1905)、散文诗集《泪与笑》(1913)和诗文集《珍趣篇》(1923)等作品里,包含了他对美学的大量见解。他认为:"美是上帝,是真理。美是爱情的向导,精神的醇酒,心灵的佳肴。""艺术是从已知世界走向未来世界,从自然走向无穷的一步。""艺术的精美只有通过风格才能体现出来,风格和思想是一对孪生兄弟。"他提倡:"诗人应有理想、梦想,应让思维有一片高于客观世界的领地,不应做岁月的奴隶,而应迈着坚定步伐走向真理,步入完美。"[1]纪伯伦以他在文论中的睿智与博大赢得生前身后名。

旅美派中堪与纪伯伦相比的文论家是努埃曼(1889—1988)。他的主要文论著作是《筛》(1923)和《在新筛中》(1973)等。他在大量创作实践的基础上,系统阐述了他在文学方面创新、改革和反对因循守旧的思想。尤其在《筛》中的理论部分,重点讨论了文学批评的定义、标准和特点等问题,提出了文学批评的任务是认真鉴别作品的优劣和其中的美丑,就像用筛子筛选粮食一样,达到取优去劣的目的。他提出了"创造性批评"的概念,即文学批评家不应满足于跟在文学创作后面,而应超越它,为它引领道路。批评家不仅是"提纯者,估价者,排名者",更应成为"艺术创造者","助产士"和"导师"。[2] 他在这部论著中还提出这样一些观点:文学负有人类的精神使命,应能帮助人认识他自己,认识使他得以前进的力量;文学作品是作者心灵和读者心灵之间的使者,而批评家的力量在于,有能力阐明作品中蕴涵的一切积极因素,使作者和读者心灵间产生更好的沟通。"笛旺派"主将阿卡德曾在为《筛》写的序言中指出:"努埃曼革了语言枷锁的命,使人们认识到文学创作中思想、情感是第一位的,语言不过是表达工具;语法词法,不能创

---

[1] 乐黛云等主编:《世界诗学大辞典》,第231页。
[2] 高慧勤、栾文华主编:《东方现代文学史》,第1292页。

造出一个民族,但思想、感情每天都在更新着人类。"①旅美派的观点与笛旺派的主张相呼应,对阿拉伯文坛产生了重大影响。

阿拉伯旅美派文学,即过去史书论著中所称叙美派文学,其成员大多是来自黎巴嫩、叙利亚,由于当时特殊的政治历史处境,所有这些文学家都称自己为"叙利亚人",实际上来自黎巴嫩的占大多数,现在再称"叙美派"就很不确切了。从阿拉伯文论角度讲,叙利亚近现代文论的第一人当推古斯塔基·希木绥(1858—1941)。他在 1907 年出版的文论专著《批评学取饮者之泉》中,大量借鉴古代阿拉伯文学批评和西方文学批评的研究成果,论述了文学批评的基本法则,提出"批评阶梯论",即"批评必经阐释→分类→判断三阶段。阐释有三个先决条件:(1)澄清和确定被批评对象与文学史的关系;(2)弄清其类别和问世的时间地点,确定隐藏于作者及其作品之间的关系";(3)"做出'公正判断'的条件是:批评家应是专门家;不应因个人爱好而毁誉失度;掌握分寸感;勿混淆作品与作者;批评对象是话,而不是说者。只有随着这三个阶梯提高才能达到中肯的批评。"②古斯塔基·希木绥堪称是阿拉伯近代全面阐发论述了文学批评本质的第一人,具有开拓性影响。

在近现代阿拉伯文论中,突尼斯的地位是不能忽视的。1901 年获得"诗坛酋长"称号的诗人穆罕默德·沙兹利·哈兹纳达尔(1879—1954)最先提出改革诗歌的号召。他在《诗之产生与发展》(1919)的讲演中,支持诗歌革新派的主张,提倡诗首先是心灵的声音,因此,诗的主要使命是描写人,写人的感情及人生的一切。为当时的浪漫主义诗风起到推波助澜的作用。

另外一位突尼斯文论家是著名诗人沙比(1909—1934),这位英年早逝的诗人不仅留下著名的诗集《生命之歌》(1955),而且还写有许多有关诗歌的文论著作,其中最重要的是《阿拉伯的诗歌想像》(1929)。这篇讲演比较全面地论述了他对诗歌创作的基本观点:"提倡诗歌创作自由,主张创新,反对因袭清规戒律,主张在诗歌中再现生活,表达人的内心世界。"③在继后的许多文论中,他还进一步阐述了自己的艺术主张和美学理想。对后世阿拉伯诗歌的创作和诗歌理论都产生了积极的影响。

---

① 高慧勤、栾文华主编:《东方现代文学史》,第 1293 页。
② 乐黛云等主编:《世界诗学大辞典》,第 368 页。
③ 季羡林主编:《东方文学史》,吉林教育出版社,1995 年,第 1512 页。

突尼斯作家协会主席,当代批评家穆罕默德·姆扎利(1925—)在 1969 年发表的文论著作《思想启示录》中,集中表达了他对文化和文学的见解。其主要观点是:"建立真正的民族文化和突尼斯文学,此文学应从民族自身深处产生。文学是影响和被影响,是给与取,是和时代、环境、现实的对话、交流和辩论。文学具有崇高使命,关心人类事务,不应怕政治参与,但应区分文学与政治,反对奴隶主义和空洞虚伪。""对文学的总的要求:体验的真确,观点的新颖,表达的地道,目的的真诚。"①穆罕默德·姆扎利在文论方面的成就推动了突尼斯文学的发展。

在近现代阿拉伯文论中,埃及的文论家做出了巨大贡献。具有"阿拉伯文学之柱"赞誉的塔哈·侯赛因(1889—1973)是阿拉伯文学史和文论史上成就最高、影响最大的少数几位人物之一,其文学批评和文论著作主要有《纪念阿布·阿拉》(1914)、《伊本·赫尔东的社会哲学》(1918)、《星期三漫谈》(三卷,1925、1926、1945)、《论蒙昧时期的诗歌》(1926)、《哈菲兹与邵基》(1929)、《阿拉伯半岛的文学生活》(1935)、《和囚禁的阿布·阿拉在一起》(1935)、《诗歌与散文漫谈》(1938)、《和穆台纳比在一起》(1937)、《埃及文化的前途》(1938)、《文学与批评数章》(1945)、《阿布·阿拉之声》(1945)、《争论与批评》(1955)、《批评与改革》(1956)、《我们的当代文学》(1958)、《阿拉伯文学史研究集》(二卷,1970)、《模仿与革新》(1978)、《书籍与著者》(1980)等专著和文论集。可以说文学研究、文学批评的工作贯穿了塔哈·侯赛因的一生。他在这些著述中深入研究了古代阿拉伯文学遗产的美学价值、代表诗人、作家的历史地位,译介了欧洲现代文艺理论、批评标准和批评方法,提出阿拉伯新文学发展的大趋势。这些个性鲜明、富于创见性和挑战性的观点,形成了塔哈·侯赛因的文论体系。

他在首次震撼文坛的《论蒙昧时期的诗歌》一书中,公开宣称:"科学的研究方法,应是不顾神学和传统的清规戒律而进行的客观评价,研究者所关心的只是科学真理本身,绝无其他。"②在此观点的指导下,他在书中得出这样的结论:"归诸于伊斯兰教之前的诗歌是后来时期编

---

① 乐黛云等主编:《世界诗学大辞典》,第 348 页。
② 高慧勤、栾文华主编:《东方现代文学史》,第 1317 页。

造的。"①他的这些观点是对传统观念的颠覆,即文学研究要突破宗教偏执的影响和束缚,文学所追求的首先是艺术美,而不是充当神学需要的奴婢。在《诗歌与散文漫谈》一书中,收入他1932年应邀在黎巴嫩所做题为《阿拉伯文学及其在世界几大文学中的地位》的学术演讲。在这篇文章中,他针对当时的两种倾向,即有人贬低阿拉伯人的文化遗产和文学传统,也有人以古代文学遗产的保护者自居,他提出:"不应把阿拉伯文学称之为死去的文学,因为它活着,生机勃勃。""同时,我们也不能抵制或拒绝欧洲现代文学。我们从那里汲取营养。"②他一方面认识到古代阿拉伯诗歌、史诗、诗剧和散文作品的多样性和丰富性,指出:"阿拉伯文学具有一种绝不亚于《伊利亚特》和《奥德赛》的奇妙的艺术之美。"同时又意味深长地指出这些艺术美未能被充分发现,其原因如果说是"阿拉伯文学的过错,只是人们不去读它,也不去理解它"。③另一方面,又指出欧洲现代文学学习的必要性并颇有见地说:"我们是这样去做的:把别人的东西拿来,好好尝一尝,送进肚里去消化,最后将它消化掉,加以吸收。"④塔哈·侯塞因的文论使埃及乃至阿拉伯世界确立了新的文艺理论以及新的文学批评标准,对阿拉伯各国现当代文学的迅速崛起起到积极的推动作用,文学史的发展无可辩驳地证明了这一点。

在近现代埃及文坛上,另外一位有影响的文论家是陶菲格·哈基姆(1898—1987),他是埃及乃至整个阿拉伯世界现当代文坛最著名的作家和思想家之一。他的文论著作主要有《在思想的阳光下》(1938)、《来自象牙之塔》(1941)、《文学艺术》(1952)、《均衡论》(1955)、《我们的戏剧模式》(1967)、《悟性归来》(1974)、《在思想和艺术之间》(1976)、《生命文学》(1976)等。陶菲格·哈基姆从思想家的立场探讨了文艺的美学本质问题。在《文学艺术》的开篇他就指出:"只有文学才会发现和保存人类和民族永恒的价值,只有文学才会带有并传承民族性和人性觉悟的钥匙……而艺术则是驮着文学在时间与空间驰骋的活跃而有力的骏马。"⑤在《来自象牙之塔》一书中,他提出了著名的

---

① 〔美〕伦纳德·S.克莱因主编,李永彩译:《20世纪非洲文学》,北京语言学院出版社,1991年,第61页。
② 《东方文学专集》(一),中国社会科学出版社,1979年,第205—206页。
③ 同上书,第207页。
④ 同上书,第210页。
⑤ 季羡林主编:《东方文学史》,第1481页。

"象牙之塔"论。他解释说:"我不要求作家把自己囚禁起来,与世无交,以成为一个思想家,或离群索居,生活在思考的禅房里,而是要求他们与那些他欲与之交流的各色人等进行交往。""作家经常生活在人们中间,但他又置身于高耸的'象牙之塔'中,这象牙之塔不是别的什么,只是那颗超越践踏的纯洁的心。他和人们在一起,在泥土中,是以他的身体,而不是他的心。他和他们分享一切,但不分享他们的道德虚弱,思想贫乏。他和人们在一起,为的是了解他们,爱护他们,描摹他们,之后却要引导他们,以使他们有一个榜样。"①陶菲格·哈基姆从作家的角度,指出文学与生活的本质关系问题。所谓"象牙之塔"实际是指作家的一种思想境界,一种精神人格,一种写作状态。他认为作家的使命感在于引导人民登上艺术的大雅之堂,即"不应向人们描写他们那个世界,而应把他们引向他的世界"。

陶菲格·哈基姆还在大量艺术实践的基础上,提出一种旨在发展阿拉伯文学艺术语言的主张。由于官方的或正规的阿拉伯标准语和人民大众的日常用语差别很大,影响了文学的创作和欣赏,因此,他试图建立"第三种"或"中间"语言,并在剧本《交易》(1956)、《每张嘴都有饭吃》(1963)等作品中进行大胆尝试,其目的在于要找到这样一种语言,它既不与标准规范语的原则相矛盾,为任何角色所使用,又能被阿拉伯国家中任何职业和阶层的人所理解。他认为这种语言可促进说阿拉伯语的人民之间的彼此了解和接近。他的"第三种语言"论既受到一些人的赞许,也有人提出异议。陶菲格·哈基姆的文论还有很多,对埃及和阿拉伯现当代文坛具有广泛而深远的影响。

埃及现代提倡"静悄悄的批评"的文论家是叶海亚·哈基(1905—),他因主张平心静气、隽永涓细的文学批评,反对大喊大叫、金刚怒目式的批评而著名。他主要的文论著作有《批评的步伐》(1961)《埃及短篇小说的黎明》(1960)和《思而笑一泪而笑》(1966)等。他指出:"文学是知识、鉴赏力升华的结果,与作家个人能力关系极大。"他强调:"作家必须重视人性和人道主义价值,因为艺术把人从兽性和消极状况中拯救出来。"他认为:"文学是不断的创造工程,创造性只能建立在主题和表达上,只有风格精美,文学才能精深、超卓。"②这些文论方面的见解使他成为埃及现代著名文论家。

---

① 乐黛云等主编:《世界诗学大辞典》,第603页。
② 高慧勤、栾文华主编:《东方现代文学史》,第1432页。

1988年获得诺贝尔文学奖的埃及作家纳吉布·迈哈福兹（1911—　）在文论方面也卓有建树。他认为"文学是对现实的革命，而不是简单的描绘"。"文学是一种审美活动。"①他创作了大量有悲剧性的社会小说，因为他认为，社会悲剧的深刻性来自于对生活本质的认识，如果可以"解决社会的悲剧也许可以最终解决或减轻生活的悲剧"。② 面对现实中的危机和悲剧，他认为："既然生命的终结是束手无策与死亡，那么，它就是一种悲剧。这种悲剧无论是令人伤心哭泣的，还是令人开颜欢笑的，终究是一种悲剧，甚至对于那些视生命为走向来世之通道的人来说也是一样。"③纳吉布对小说的美学本质有自己独特的认识，他认为："小说是既有事实又有象征、既有观察又有想像的一种文学构成——不能把'小说'判别为作家所相信的历史事实，因为作家选择这种文学形式，无须保持历史的原貌，他只是在小说中表达自己的意见。"④

纳吉布从艺术哲学的角度，提出创作技巧要不断创新。他虽然曾经说过："欧洲一些新的创作方法也许我们永远学不会。阿拉伯作家固有的文化基因决定他们要选择适当的形式与本土的内容相一致。"⑤但是，由于他博览群书、通今博古、学贯东西、传承创新、借鉴再造，熔传统与现代于一炉，所以他自豪地说："通过这些作品，我可以说，自己是烩诸家技巧于一鼎的。我不出于一个作家的门下，也不只用一种技巧。"⑥这种被文学史家称为"新现实主义"风格的写作动因是阿拉伯文学发展的必然趋势，因为只有"描写特定的思想和感觉，以细节为手段"，⑦才能使现实成为表达思想和感情的方法。纳吉布·迈哈福兹的这些论述，使之不愧为阿拉伯当代文论的一大家。

此外，埃及作家阿卜杜拉赫曼·哈米西（1920—　）在《我们所需要的艺术》一书中所提倡的社会主义艺术的必要性，反映了埃及1952年革命后一个时期内左派文学艺术的立场。伊拉克女诗人娜齐克·梅拉伊卡（1923—　）在《当代诗歌问题》（1962）中的观点，代表了自由诗运

---

① 高慧勤、栾文华主编：《东方现代文学史》，第1432页。
② 《我对你们说》，转引自《〈宫间街〉译者序言》，湖南人民出版社，1986年，第2页。
③ 《我对你们说》，转引自《东方研究》"百年校庆论文集"，第144页。
④ 《〈为我们街区的孩子们〉作证》，同上书，第139页。
⑤ 《诺贝尔文学奖得主全传》，明天出版社，1997年，第767页。
⑥ 季羡林主编：《东方文学史》下册，第1492页。
⑦ 《阿拉伯世界》1985年第4期，第106页。

动的革新思想等等。这些文论无疑都促进了阿拉伯现当代文学的发展。

第四节 近现代日本文论

日本近现代文学理论的发展与近现代文学创作的实践基本上是同步进行的。从明治维新到第二次世界大战之前,整个进程虽不足百年,但日本文学界对具有几百年发展历史的西方文学及理论表现出极大的关注和热情的译介,从文艺复兴开始出现在西方文学史上的主要文艺思潮如写实主义、浪漫主义、自然主义、现代主义等都在日本有不同程度的发展。特别是那些站在时代前列的批评家,以敏锐的目光审视着形势的变化与民族的需要,一方面注重吸收和借鉴西方文化,一方面注意对本民族文学的历史传统进行深刻反思,同时力图将西方文化与本民族特有的文化观念、文学传统及审美情趣融合在一起,从而形成具有自己民族特色的文学批评理论。如坪内逍遥的《小说神髓》既借鉴西方的写实主义,又大量引证日本与中国文学;二叶亭四迷的《小说总论》不仅依据了别林斯基的现实主义文学理论,也借鉴了中国古典文论中有关"形"与"意"的理论;北村透谷的《内在生命论》不仅受到美国爱默生思想的启发,也有浓厚的老庄思想影响的痕迹;长谷川天溪的自然主义文学理论,既借鉴了左拉等欧洲自然主义的主张,又融进了日本传统的"物哀"的审美观念……,这些在融合中而形成的某些独到见解使得日本近现代文论在世界近现代文论史上占据着显著的一隅。

但是,日本近现代社会历史的特殊性使得日本近现代的文学理论并没有亦步亦趋地循着西方的足迹,而是在发展中显示出了自己的独特性,如日本近代文学没有像西方那样以浪漫主义作为开端,而是以写实主义的诞生迎来了文学的近代曙光;再如在西方没有得到完全发展的自然主义,在日本却找到了适宜的土壤,从而成为日本近代文学史上声势最大、影响最广、持续时间最长的一个流派……而且各流派之间的依存与对峙甚或相同流派内部与不同流派之间的争论常常高潮迭起,推动了日本近现代文论向前自觉发展的意识。

写实主义是日本近代文学史上的第一个文学流派,其奠基者坪内逍遥(1859—1935)接受了西方近代文学观念的影响,他在理论著作《小说神髓》中不仅确立了小说的艺术地位,而且从批评以劝善惩恶为目的的封建旧文学观出发,规定了小说描写的内容,强调"小说的主要目的,是写人情,其次是写世态风俗",将写实主义作为近代小说的基本方法加以提倡,其理论主张的具体实践就是小说《当代书生气质》的创作。《小说神髓》从文学观和方法论上提出了写实主义的主张,对日本近代写实主义文学的形成与产生奠定了初步的基础,但由于作者在理论上没有完全摆脱传统小说观念的束缚,在创作实践上也没有完全摆脱旧文学的窠臼,因此,其后继者二叶亭四迷(1864—1909)从对《当代书生气质》的批评入手,展开了文学评论活动,完成了对写实主义理论的进一步建构。其《小说总论》(1886)在扬弃坪内逍遥写实论的偏颇并继承其写实精神的基础上,具体阐明了文学的本质与现象、内容与形式等有关文学创作的根本性问题,深化了近代的写实主义理论,其理论主张的实践是长篇小说《浮云》的诞生。

写实主义的另一个支派是砚友社,它作为日本近代文学史上的第一个文学社团,在创作上试图把江户戏作文学的写实主义与坪内逍遥提倡的近代写实主义结合起来。尾崎红叶是极力提倡写实主义的小说家,山田美妙则在理论上对写实主义加以论述。他在《言文一致论概略》(1888)等文章中力主提高日本小说和小说家的地位,强调言文一致,巧用俗语,与二叶亭四迷一起为推动日本文学近代化的进程做出了重要贡献。

日本近代的写实主义由于没有从本质上深刻把握人生与社会的关系,其理论未能自成体系,也未能像西欧写实主义那样得到充分发展。因而当写实主义在探索道路上艰难成长时,浪漫主义以不同的方式出现在文坛上。

森鸥外(1862—1922)是日本近代浪漫主义的先驱,他针对因砚友社支配文坛而出现的文学批评与理论的混乱,强调以审美学作为文艺批评的标准,他在《小说论》(1889)中比较了自然科学的理论和方法与文学的理念和方法存在的差异,批判了左拉的自然主义方法论,反驳了《小说神髓》所提倡的写实主义,并在1891年10月到1892年6月与坪内逍遥就文学评论与创作有无"理想"问题展开了日本近代文学史上第一次大规模的文学论争,这对提高日本近代初期文艺理论的水平起到了促进作用。

日本近代的浪漫主义运动是由以《文学界》为中心的一群文学青年发起的,北村透谷(1868—1894)是这一运动的理论指导者,他在连续发表的《厌世诗人与女性》(1892)、《内部生命论》(1892)、《何谓干预人生》(1893)等文章中,阐述并弘扬以自我为主体的自由主义和理想主义,呼吁摆脱文学对封建观念和近代反动政治的依附性,强烈主张文学艺术应从世俗中独立出来。北村透谷提出的问题具有超越性,这对于日本文坛克服近世旧的文学观念和确立新的文学观念,完成自己的理论体系做出了很大的贡献。

"东京新诗社"的创立和"明星派"的形成将浪漫主义运动推向一个新阶段。与谢野铁干(1873—1935)既是新诗社的创立者,也是和歌改革的组织者,他在《亡国之音——斥现代无丈夫气的和歌》(1894)一文中鞭挞了当时萎靡纤弱的传统歌风,提倡创作气势轩昂的短歌,第一次发出了革新和歌的呼声。女诗人与谢野晶子在短歌集《乱发》中以叛逆精神向传统的封建道德提出了挑战。

中日甲午战争后社会矛盾的激化和阶级对立的加深使浪漫主义开始退潮并发生裂变。高山樗牛(1871—1902)的观点代表了部分转变作家的态度。他在《时代精神论》(1899)、《国粹保存主义》(1898)等文章中,既否定《小说神髓》、《浮云》所开辟的现实主义方向和批判精神,又批评《文学界》的"远离时代精神",而且强调国家主义精神,认为艺术应受国家和社会的制约,主张作家应完全丧失自我的主体,从而与国家、社会、时代统一起来。另外,在《论美的生活》(1901)中他强调本能的满足就是美的生活,是超越理性与道德的,这一论点虽然为以后日本自然主义的产生作了理论上的准备,但其观点首先遭到长谷川天溪的严厉批判,后又受到近代文学的先驱坪内逍遥和森鸥外的批评与讽刺。

与高山樗牛的观点相对的是社会小说理论的倡导者田冈岭云,他在《孤愤危言》(1898)和《岭云摇曳》(1899)等文中呼吁要创作"写实"和"暴露"的文学,主张小说要"怀着伟大的理想来写实,注入燃烧般的同情来暴露",作家"应代贫者宣泄苦闷,将他们的呼声诉诸天下"。这一观点遭到高山樗牛的反对,他在《所谓社会主义》(1897)和《关于社会问题》(1897)等文章中认为:"现今所谓的社会小说,教贫弱者不以服从而以反抗,教犯罪者不以忏悔而是以造反,……此乃于社会道德无裨益。"由此引起他与田冈岭云之间围绕社会小说问题展开了长达一年(1897—1898)的论争。

社会小说虽具有一定的进步倾向,但它产生于浪漫主义分化和衰落时期,而且由于不具备明确的阶级性而未能成为左右文坛的力量。真正统治19世纪末20世纪初日本文坛的是自然主义。

日本自然主义是在接受以左拉为代表的西方自然主义理论影响的基础上又创造性地建立起具有日本特点的比较系统的理论体系的一个文学流派，在其发展过程中出现了一大批文学评论家，他们的理论不仅指导了自然主义文学创作运动的繁荣，而且促进了日本近代文学的发展和变异。其主要理论观点是：强调"无解决、无理想"的"平面描写论"；强调"逼近自然"的"露骨描写论"；强调人的本性的"自然性"。

小杉天外（1865—1962）与永井荷风（1879—1959）作为日本自然主义理论的先驱，首先于1902年在《〈流行歌〉序》和《〈地狱之花〉跋》中明确提出自然主义文学的主张，强调人的生物本能支配其社会行为，提倡贯彻客观的写实态度；其后，田山花袋（1871—1929）在《露骨的描写》（1904）中主张不要理想，排除技巧，提倡用大胆露骨的描写表现人生赤裸的真实。上述作家的努力为自然主义的产生和发展作了理论上的准备。岛村抱月（1871—1918）是自然主义理论的指导者，他于1906年发表《被囚禁的文艺》一文，系统地介绍了西欧文艺思潮的变迁和趋向，第一次深入地阐述了自然主义的论点，在社会上和文坛上引起了很大反响，在他的周围，汇集了一批自然主义理论家如片上天弦、长谷川天溪等，他们为促成自然主义文学理论与创作的繁荣做出了贡献。不久文坛上出现的岛崎藤村的《破戒》和田山花袋的《棉被》成为日本自然主义的两部代表性作品。随后，岛村抱月又在《文艺上的自然主义》和《自然主义的价值》（1908）等文章中系统论述了自然主义文学产生的根据及其价值和意义，他后来将自己的论文结集为《近代文艺之研究》出版，这部文集被视为"日本自然主义的经典"。他还写有《怀疑与自由》、《观照即为人生也》（1909）等文章，进一步以美学为依据，主张通过现实的观照，深入挖掘美与实际生活的关系，对艺术的本质进行探讨，为自然主义文学运动打下了理论基础。长谷川天溪（1876—1940）也为自然主义理论的确立做出了巨大努力，他在《排除理论的游戏》（1907）、《暴露现实的悲哀》（1908）、《无解决的解决》（1908）等文章中，主张原原本本地追求实际人生的真实，并提出"破理显实"和"无解决论"等自然主义的纲领性口号。岛村抱月和长谷川天溪是自然主义理论的代表作家，他们为建立日本自然主义理论体系做出了重大贡献。

岩野泡鸣（1873—1920）是从理论和创作实践两个方面推进自然主义文学运动的代表性的人物，主要评论文章有《神秘的半兽主义》（1906）、《自然主义表象诗论》（1907）、《新自然主义》（1908）等，其中《神秘的半兽主义》是他的理论基础，他提出"人生即艺术，艺术即实行"的主张,强调文艺的目的是表现超越道德的肉欲。在这种理论的指导下,自然主义沿着田山花袋的《棉被》所开创的方向逐渐演化为专写作家身边琐事和阴暗心境的"私小说",于是有关私小说的理论也开始出现。久米正雄(1891—1952)在《私小说与心境小说》(1925)中提出私小说是艺术的正路、基础和真髓,对私小说作为纯文学形式给予了肯定。

1912年,日本进入大正初期,自然主义发展到它的后期,这时,随着作家队伍的分化而出现的某些自然主义评论家如相马御风(1883—1950)和片山天弦(1884—1928)等已经提不出新的见解,还有一些评论家如小栗风叶等只如昙花一现,自然主义理论活动开始走向低谷。

当自然主义尚处在鼎盛时期的时候,就出现了一些反自然主义理论家和文学流派,同时在自然主义内部以及自然主义与反自然主义之间开始围绕某些理论问题展开长达5年多达8次的论争,这是日本近代文学史上规模最大、参加人数最多、持续时间最长的一场论争,其中最著名的第四次论争是在1908年以岛村抱月、长谷川天溪等自然主义理论家为一方,同以后藤宙外、木通口龙峡等反自然主义理论家为另一方围绕"自然主义价值论"展开的。岛村抱月发表了《自然主义的价值》,文章针对文坛对自然主义有无意义和价值的质疑,从理论上给予了肯定的论述;反自然主义理论家立刻撰文反驳,其中田中王堂在《论我国的自然主义》(1908)中对抱月的客观描写、真与美、暴露现实、自然主义与新道德的关系等四个问题进行批判,成为反论一方中最重要的文章。此后,自然主义与反自然主义的论争,不仅限于艺术上的主张,而且扩大到人生观等问题。夏目漱石、厨川白村、石川啄木等理论家纷纷撰文,投入到反自然主义的行列中。

夏目漱石(1867—1916)是日本近代批判现实主义的杰出代表,他与自然主义理论家长谷川天溪的论争首先是围绕"余裕"问题展开的。原因是他在为作家高滨虚子的小说《鸡头》写的序文中,没有按照西方文学的分类标准而是按照自己的见解将小说分为余裕和非余裕两种。此后,他继续理论方面的研究与探索,在《文学论》(1907)、《文学评论》(1909)等著述中,提出应将日本文学的主体发展作为中心,以西方文学作为参照等观点,较好地调适了日本与西方、传统与近代等之间的文学关系,这样,他不仅反对和突破了自然主义的"原原本本"的写实论,而且继承了日本传统的写实主义的合理内核,从而推进了现实主义的发展,将日本近代文学及理论推向一个新的高峰。

厨川白村(1880—1923)是一个在反自然主义文学运动史上被忽视但却对日本近代文论做出重要贡献的理论家,其代表作品《苦闷的象征》是在自然主义与反自然主义的几次大论争之后发表的,他运用柏格森的生命哲学和弗洛伊德的精神分析学理论,既反对左拉极端的写实主义描写论,也反对日本自然主义的平面描写论,提出了"生命力受了压抑而生的苦恼乃是文艺的根蒂,而其表现法乃是广义的象征主义"这一独特的理论命题,对日本近代文学理论的建设和实践具有建设性的指导意义。

石川啄木(1886—1912)是站在时代的高度从宏观的视角对自然主义进行批判的理论家。他在以"强权、纯粹自然主义的最后及明日的考察"为副标题的著名论文《时代闭塞的现状》(1910)中,批判了自然主义由于丧失理想给青年一代造成危害,从而使整个时代呈现出沉闷闭塞的状况,同时科学分析了自然主义的衰落是时代的必然,号召人们要向这个时代闭塞的现状宣战,必须抛弃自然主义,将全部精神倾注在对明日的考察上,即树立"最确实的理想"。

在对自然主义的批判声中,岛村抱月发表了《现实主义的分化与新及深》(1910),正式宣告作为一个时代的自然主义文学的结束。因此,当作为主流势力的自然主义文学在文坛上开始减弱时,相继兴起的是"新浪漫主义"、"白桦派"和"新思潮派"等以反对自然主义为主旨的文学流派,日本文学进入了由近代向现代过渡的时期。

新浪漫主义又称唯美主义,是在自然主义处于鼎盛时期出现在日本近代文坛上的一个反自然主义文学流派,并在1910到1913年间成为日本文学的主潮,随后逐渐取代了自然主义文学。它一方面反对自然主义偏重于对客观物质世界的描写,主张"艺术第一,生活第二",另一方面又继承了自然主义注重对人的感官本能的描写,主张唯美的属性就是享乐主义,文学应该以享乐为目的。但是,新浪漫主义的成就主要是在创作上,在理论上,它没有像自然主义那样建立起自己完整的体系,其文学主张大多散见于作家的作品中,主要通过小说的主人公来加以表述。首先为唯美主义作理论准备的是上田敏,他在小说《漩涡》(1910)中通过主人公的人生追求,提倡艺术上的"享乐主义",全面论述了其唯美主义的主张。随后,永井荷风(1879—1959)在《冷笑》(1909)、《欢乐》(1909),谷崎润一郎(1886—1965)在《金色之死》(1914)、《异端者的悲哀》(1917)、《褴褛之光》(1918)等作品中,从不同角度补述了上田敏的唯美享乐的文学观,为新浪漫主义文学的展开奠定了理论基础。在这种唯美文学理论的指导下,日本新浪漫派作家更加积极开展创作活动,但是,当它盛极文坛时却引起了情话文学和殉情文学的泛滥。针对这一现象,某些评论家著文进行批判,其中有代表性的文章是赤木桁平的《扑灭"游荡文学"》(1916),但此文发表后马上遭到以安成贞雄为代表的评论家的反驳,他在《"游荡文学"不可能扑灭》中阐述了自己的观点,因此,"游荡文学论"成为当时文坛论争的中心议题,其最终结果是一方面促使新浪漫主义产生动摇和分化,另一方面促进了白桦派文学的发展,同时也为新思潮派的出现作了准备。

作为以理想主义和人道主义为思想基础的白桦派,其兴起的初衷是不满于自然主义的"无解决"和新浪漫主义的"为艺术而艺术",它提倡尊重人的个性和"为人生的艺术",尽管白桦派主将武者小路实笃(1885—1976)在《六号杂感》(1910)中概述了这个流派的理论主张,即大胆肯定个性并把发挥个性作为人生的最大目的,但作为一个流派,它并没有统一的文学主张,作家的创作风格也各不相同。

新思潮派是在白桦派全盛时出现于文坛上的日本近代最后一个重要的文学流派,它既反对自然主义的纯客观描写,又对白桦派的理想主义持怀疑态度,但它也没有自己统一的文学思想和明确的文学主张,而是继承与综合了其前期各种思潮和流派的文学理念和方法,即把自然主义的写实、唯美主义的浪漫和白桦派的理想精神进行合理整合,在接受夏目漱石的现实主义影响的基础上,主张从主观上观察和解释现实,力图协调真、善、美三者之间的关系。

上述三个以反对自然主义为主旨的文艺思潮,虽各有较为出色的理论家,如白桦派的武者小路实笃,新思潮派的芥川龙之介和菊池宽等,但因文学主张各不相同,因而没有像自然主义那样建立起完整的理论体系。但是,新思潮派的菊池宽同白桦派的里见淳之间于1922年围绕"文艺作品的内容价值"问题展开的论争却是日本近代文学批评史上具有深远影响的一件事情。他们的根本分歧在生活与艺术何者为第一。菊池宽主张"生活第一,艺术第二",里见淳主张"艺术第一"。他们的论争涉及内容与形式、素材与表现等文学创作的根本性问题,这不仅在日本近代文学批评史上具有开创性的意义,而且引发了其后一系列有关小说技法的论争,比如广津和郎与佐藤春夫等关于"散文艺术论"的论争(1924—1925);久米正雄与中村武罗夫等围绕"私小说、心境小说"的争论(1924—1927);谷崎润一郎与芥川龙之介之间的"结构的美观和诗的精神"的议论(1927)乃至现代初期的围绕"形式主义"的论争（1928—1930）等。① 由此可见，这场论争的意义之重大。

20世纪初，欧洲的现代主义文学思潮和社会主义思想通过各种途径传播到日本，随着文坛上民众文学与工人文学的诞生和现代艺术派的萌芽，以"民众艺术论"和"第四阶级论"为基础形成了无产阶级文学的艺术观，以未来派、表现主义为代表产生了现代艺术派的艺术观，两者之间的对峙，揭开了现代文学的序幕。

日本无产阶级文学是先后以《播种人》和《文艺战线》为阵地而形成的革命文学流派，其发展道路虽坎坷曲折，中间经过4次裂变和多次论争，但在对文学理论体系的建立和重视方面，是日本近现代文坛上任何一个流派都无法相比的。平林初之辅（1892—1931）是无产阶级文学的早期理论家，他在《文艺运动与工人运动》（1922）一文中提出了无产阶级文艺运动的性质和意义，并第一次将"无产阶级文学"这个苏联概念引进日本，初步构建起无产阶级文学理论的框架。青野季吉（1890—1961）是无产阶级文学的主要理论家，他在《"经过调查"的艺术》（1925）等文章中，按照马克思主义的文艺批评标准，主张应突破传统的"内在批评"的模式而采取外在的批评形式。他还在发展平林初之辅的论点的基础上，提出了阶级艺术论的观点。藏原惟人（1902—1991）是继青野季吉之后对无产阶级理论做出重大贡献的理论家，其理论活动的中心是提倡"无产阶级现实主义论"，主要文章有《无产阶级现实主义的道路》（1928）和《无产阶级现实主义》（1929）等。他在1930年发表的《关于文艺方法的感想》中，把苏联的"辩证唯物主义创作方法"介绍到日本，认为它是"无产阶级现实主义"的发展。藏原惟人的无产阶级现实主义丰富和发展了无产阶级文学理论，他与青野季吉一起在确立和发展无产阶级文学理论中起到了指导者的作用。此后，无产阶级文学运动内部就"艺术大众化"和"政治价值与艺术价值"问题进行过两次大论争。

日本无产阶级文学运动在30年代上半期处于重建以及理论与创作的新转变时期，随着苏联的"社会主义现实主义"创作理论的引进，无产阶级文学内部就此问题展开了讨论，这次讨论，对社会主义现实主义思潮在日本的传播产生了重大影响。

作为革命文学的无产阶级运动，曾两次遭到统治者的镇压，最终于

---

① 参考《日本文学史·近代卷》，叶渭渠、唐月梅著，经济日报出版社，2000年，第570页。

1934年完全瓦解。

日本现代主义文学是在20年代初无产阶级文学遭到统治阶级残酷镇压,文坛处在空白时期出现的,其发展过程如无产阶级文学一样,也是经历了几次裂变。最早出现的是以横光利一(1898—1947)和川端康成(1899—1972)为代表的"新感觉派",他们在创作上重视自我感觉和主观感情,对现实生活采取否定态度。新感觉派的核心人物横光利一的成就主要是在创作方面,真正为建立新感觉主义理论立下功劳的是川端康成,他的《新进作家的新倾向解说》(1925)是支撑新感觉派的重要理论文章,他从哲学思想到文学形式对这一流派作了全面系统的论述,他强调新感觉主义是"感觉的发现",与一般的所谓感觉完全不同。片冈铁兵(1894—1944)与川端康成一起被称为新感觉派理论的两根支柱,主要文论有《告青年读者》、《新感觉派的如是主张》等。此外,新感觉派的主要理论家还有今东光、中河与一等。1928年,代表文学革命倾向的新感觉派与代表革命文学倾向的无产阶级文学围绕"形式主义"问题进行论争,其中涉及人生观、文学观和文学方法等问题,他们之间的对立,实际上是两种不同性质的文学对立与抗争的反映。

新感觉派解体后取而代之的是新兴艺术派,但这一流派既没有自己的理论体系,也没有新的文学精神,很快被从其中分化出来的新心理主义所代替。伊藤整(1905—1965)是新心理主义文学理论的倡导者和建设者,发表了大量的理论著作,推动了日本现代艺术派文学的发展,其文学评论集《新心理主义文学》(1932)被认为是这一思潮文学理论的纪念碑式的作品。

进入30年代,日本为摆脱由经济危机而引发的其他一系列危机,在国内实行法西斯统治,日本共产党及其领导的无产阶级文学运动遭到镇压,大批无产阶级作家宣布"转向",无产阶级文学运动走向低潮,与无产阶级文学处于对立位置上的新感觉派及其后的新兴艺术派逐渐解体,私小说也开始衰微。在这种情况下,无产阶级文学派作家林房雄、武田麟太郎与艺术派作家川端康成、小林秀雄共同携手,以创刊的《文艺界》杂志为阵地,以探讨开拓社会思想的视野和新的文学方法为目的,他们与随后创刊的《行动》杂志以及由前无产阶级作家同盟的成员或同情者组成的"人民文库派"等共同形成了具有反法西斯倾向的文艺运动,促成了1933年至1937年日本现代文学史上"文艺复兴"局面的出现。这时期最有影响的人物是正统艺术派的代表理论家小林秀雄(1902—1983)。他在无产阶级文学派和现代艺术派对立于文坛时，以孤身奋战而自立于文坛，他从纯粹的文学批评立场出发，在1929年发表的《种种意匠》中将当时文坛上各种艺术流派的动向称作"种种意匠"，他既批评了无产阶级文学的"观念意匠"，也批判了新感觉派文学的"感觉意匠"。他在1935年发表的《私小说论》是其最有代表性的文论，也是日本文学评论史上影响最大的私小说论。

但是，随着1935年日本国内政治日益法西斯化和军国主义化，左翼作家和评论家完全被禁止执笔，文艺复兴运动开始出现变异的倾向，这时以《日本浪漫派》杂志为核心，以保田与重郎和龟井胜一郎为代表形成的"日本浪漫派"狂热鼓吹国粹主义，使文学成为为日本军国主义服务的工具。特别是1937年后日本法西斯势力的猖獗和各种为侵略战争服务的文学充斥文坛，真正意义上的文学开始消失，现代文学理论的发展出现中断，这种局面直到1945年第二次世界大战结束后，战后文学的重建与战后派的兴起才得到改观。

重要人名中外文对照表

A

艾布拉姆斯 M. H. Abrams
阿尔都塞 Louis Althusser
阿多诺 Theodor Adorno
艾尔曼 Mary Ellmann
爱德华·赛义德 Edward Said
艾德里安娜·里奇 Adrienne Rich
艾亨鲍姆 Boris Eikhenbaum
艾柯 Umberto Eco
艾略特 Thomas Stearns Eliot
埃伦·莫娥斯 Ellen Moers
爱伦·坡 Edgar Allan Poe
奥尔巴赫 Erich Auerbach
奥古斯丁 Aurelius Augustinus
奥古斯特·威廉·施莱格尔 August W. Schlegel

B

巴尔扎克 Honoré de Balzac
巴赫金 М. М. Бахтин
保罗·德·曼 Paul de Man
本雅明 Walter Benjamin
比尔兹利 Monroe C. Beardsley
别林斯基 Виссарион Григорьевич Белинский
波德莱尔 Charles Baudelaire
柏格森 Henri Bergson
薄迦丘 Giovanni Boccaccio
柏拉图 Plato
布莱奇 David Bleich
布莱希特 Bertolt Brecht
布雷蒙 Claude Bremond
布鲁克斯 Cleanth Brooks
布鲁姆 Harold Bloom
布希亚德 Jean Baudrillard
布瓦洛 Nicolas Boileau-Despréaux
布莱 Georges Poulet

C

卡斯特尔维屈罗 Castelvetro
车尔尼雪夫斯基 Николай Гаврилович Чернышевский

D

达·芬奇 Da Vinci
但丁 Alighieri Dante
德莱顿 John Dryden
德里达 Jacques Derrida
德路兹 Gilles Deleuze
狄尔泰 Wilhelm Dilthey
狄德罗 Denis Diderot
笛卡儿 René Descartes
蒂尼亚诺夫 Yury Tynianov
杜勃罗留波夫 Николай Александрович Добролюбов
杜夫海纳 Mikel Dufrenne

F

法兰兹·法农 Franz Fanon
费什 Stanley Fish
伏尔泰 Voltaire
福柯 Michel Foucault

弗莱 Northrop Frye

弗雷泽 J. G. Frazer

弗里丹 Betty Friedian

弗雷德里希·施莱格尔 Friedrich von Schlegel

福楼拜 Gustave Flaubert

弗洛伊德 Sigmund Freud

G

高特舍特 Johann Christoph Gottsched

歌德 J. W. von Goethe

哥德曼 Lucien Goldman

戈蒂叶 Theophile Gautier

葛兰西 Antonio Gramsci

格雷马斯 Algidas Julein Greimas

格林布拉特 Stephen Greenblatt

H

哈贝马斯 Jürgen Habermas

哈特曼 Geoffrey Hartman

哈桑 Ihab Hassan

海登·怀特 Hayden White

海德格尔 Martin Heidegger

豪威尔斯 William Dean Howells

贺拉斯 Qutintus Horatius Flaccus

赫什 Jr. E. D. Hirsch

黑格尔 G. W. F. Hegel

亨利·詹姆斯 Henry James

胡塞尔 Edmund Husserl

华兹华斯 William Wordsworth

霍米·巴巴 Homi K. Bhabha

霍兰德 Norman N. Holland

J

济慈 John Keats

吉尔伯特 Sandra M. Gilbert

伽达默尔 Hans-Georg Gadamer

K

卡勒 Jonathan Culler

卡斯特尔维屈罗 Castelvetro

康德 Immanuel Kant

柯尔律治 Samuel Coleridge

克里斯蒂娃 Julia Kristeva

科林伍德 Robin George Collingwood

克罗齐 Benedetto Croce

L

拉康 Jacques Lacan

莱辛 Gotthold Ephrain Lessing

兰波 Arthur Rimbaud

兰色姆 John Crowe Ransom

朗吉弩斯 Longinus

利奥塔德 Jean-Fran?ois Lyotard

理查兹 I. A. Richards

里尔克 Rainer Maria-Rilke

利法代尔 Michael Riffaterre

利维斯 F. R. Leavis

列维-斯特劳斯 Claude Lévi-Strauss

刘易斯 George Henry Lewes

卢卡奇 Georg Lukacs

卢梭 Jean-Jacques Rousseau

罗兰·巴尔特 Roland Barthes

大卫·洛奇 David Lodge

洛特曼 Yury Lotman

M

马尔库塞 Herbert Marcuse

马拉美 Stephane Mallarmé

马歇雷 Pierre Macherey

梅德维杰夫 P. N. Medvedev

米勒 J. Hillis Miller

米利特 Kate Millett

莫尔 Toril Moi

穆卡洛夫斯基 Jan Mukarovsky

司汤达 Stendhal
苏格拉底 Socrates
苏姗·格巴 Susan Gubar
苏珊·考普曼·科尼隆 Susan Koppelman Cornillon
苏珊·桑塔格 Susan Sontag
索绪尔 Ferdinand de Saussure

N

尼采 Friedrich W. Nietzsche

P

庞德 Ezra Pound
培根 Francis Bacon
佩特 Walter Horatio Pater
蒲柏 Alexander Pope
普林斯 Gerald Prince
普洛普 Vladimir Propp

T

泰纳 Hippolyte Adolphe Taine
退特 Allen Tate
托尔斯泰 Лев Толстой
托多洛夫 Tzvetan Todorov
托马舍夫斯基 Boris Tomashevsky
托马斯·阿奎那 Thomas Aquinas

Q

乔姆斯基 Noam Chomsky
乔治·爱略特 George Eliot
乔治·桑 George Sand

W

瓦雷里 Paul Valéry
王尔德 Oscar Wilder
魏尔伦 Paul Verlaine
维柯 G. Vico
韦勒克 René Wellek
威廉姆斯 Raymond Williams
卫姆塞特 William K. Wimsatt
维特根斯坦 Ludwig Wittgenstein
维谢洛夫斯基 Веселовский А. Н.
文克尔曼 Johann Joachim Winckelmann
沃伦 Robert Penn Warren
伍尔夫 Virginia Woolf

R

热奈特 Gérard Genette
日尔蒙斯基 Victor Zhirmunsky
荣格 Carl Gustav-Jung

S

萨特 Jean-Paul Sartre
塞缪尔·约翰生 Samuel Johnson
锡德尼 Philip Sidney
莎士比亚 William Shakespeare
圣·艾弗蒙 Saint-Évremond
圣伯夫 Charles Augustin Sainte-Beuve
什克洛夫斯基 Victor Shklovsky
施莱尔马赫 Friedrich Daniel Ernst Schleiermacher
叔本华 A. Schopenhauer
斯潘诺斯 Baruch de Spinoza
斯皮瓦克 Gayatri Spivak
斯达尔夫人 Madame de Staël

X

锡德尼 Sidney
席勒 J. C. F. von Schiller
西蒙娜·德·波伏娃 Simone de Beauvoir
西塞罗 Cicero
西苏 Hélène Cixous
夏多布里昂 François-René de

Chateaubriand
肖瓦尔特 Elaine Showalter
雪莱 Percy Bysshe Shelley

Y

雅可布森 Roman Jakobson
亚里士多德 Aristotle
燕卜荪 William Empson
姚斯 Hans Robert Jauss
叶芝 William Butler Yeats

伊壁鸠鲁 Epikouros
伊格尔顿 Terry Eagleton
伊利格瑞 Luce Irigaray
伊塞尔 Wolfgang Iser
英伽登 Roman Ingarden
雨果 Victor-Marie Hugo

Z

詹姆逊 Fredric Jameson
左拉 Emile Zola

重要作品中外文对照表

B

《悲剧的诞生》The Birth of Tragedy
《标准语与诗性语》Standard Language and Poetic Language
《保卫马克思》For Marx

C

《忏悔录》Les Confessions
《超越快乐原则》Beyond the Pleasure Principle
《超越形式主义》Beyond Formalism
《传统与个人才能》Tradition and the Individual Talent
《创造进化论》évolution Créatrice (Creative Evolution)
《创作家与白日梦》Creative Writers and Daydreaming
《纯粹理性批判》Critique of Pure Reason
《词与物》Les Mots et les choses
《存在与时间》Being and Time

D

《第二性》The Second Sex
《地球上不幸的人们》The Wretched of the Earth
《东方主义》Orientalism
《对理论的对抗》The Resistance to Theory

F

《斐德若篇》Pheadrus

《疯癫与文明》Madness and Civilization
《符号学原理》Elements of Semiology
《弗朗索瓦·拉伯雷的创作与中世纪和文艺复兴时期的民间文化》Творчество Франсуа Рабле и народная культура средневековья и Ренессанса
《妇女的时间》Women's Time
《否定的辩证法》Negative Dialectics

G

《感受谬见》The Affective Fallacy
《阁楼上的疯女人:妇女作家与19世纪的文学想像》The Madwoman in the Attic: The Woman Writer and the Nineteen Century Literary Imagination
《关于语言的话语》The Discourse on Language
《规训与惩罚》Discipline and Punish

H

《汉堡剧评》Hamburgische Dramaturgie
《含混七型》Seven Types of Ambiguity
《黑皮肤、白面具》Black Skin, White Masks
《荒野中的批评》Criticism in the Wilderness
《回忆大屠杀:记忆的形态》Holocaust Remembrance: The Shapes of Memory

J

《基督教真谛》夏多布里昂
《交流》Communications

《结构人类学》Structural Anthropology
《结构语义学》Sémantique Structurale
《金枝》The Golden Bough
《精神分析引论》Introductory Lectures on Psychoanalysis
《镜与灯》The Mirror and the Lamp
《精制的瓮——诗的结构研究》The Well-Wrought Urn: Studies in the Structure of Poetry
《机械复制时代的艺术作品》The Age of Mechanical Reproduction
《交往行为理论》The Theory of Communication Action

K

《〈克伦威尔〉序言》Preface to *Cromwell*
《科学与诗》Science and Poetry

L

《拉奥孔》Laokoon
《浪漫主义的修辞学》The Rhetoric of Romanticism
《浪漫主义与当代批评》Romanticism and Contemporary Criticism
《立场》Positions
《理想国》The Republic
《论崇高》Peri Hupsous
《论分析心理学与诗歌的关系》On the Relation of Analytical Psychology to Poetry
《论黑人女性主义文学批评》Toward a Black Feminist Criticism
《论批评》An Essay on Criticism
《论素朴的诗与感伤的诗》über naïve und sentimentalische Dichtung
《论俗语》De Vulgari Eloquentia
《论戏剧诗》An Essay of Dramatic Poesy

《论戏剧艺术》狄德罗
《论文字学》Of Grammatology
《列宁和哲学及其他论文》Lenin and Philosophy

M

《盲点与洞见》Blindness and Insight: Essays in the Rhetoric of Contemporary Criticism
《美杜莎的笑声》The Laugh of the Medusa
《美学》Aesthetics
《美学原理》Essence of Aesthetic
《美学意识形态》The Ideology of the Aesthetic
《梦的解析》The Interpretation of Dreams
《民间故事形态学》Morphology of the Folktale
《美学理论》Aesthetic Theory
《马克思主义与形式》Marxism and Form
《马克思主义与文学批评》Marxism and Literary Criticism

N

《女性的奥秘》The Feminine Mystique

P

《判断力批判》Critique of Judgment
《批判与真理》Critique et Verite
《批评的剖析》Anatomy of Criticism
《批评与小说》Criticism and Fiction
《批评与意识形态》Criticism and Ideology
《评新历史主义》On New Historicism
《普通语言学教程》Course in General Linguistics

Q

《敲钟人：浪漫主义传统研究》The Ringers in the Tower: Studies in Romantic Tradition

《权力／知识》Power/Knowledge

R

《〈人间喜剧〉前言》*La Comedie humaine*

《人文科学话语中的结构、符号和嬉戏》Structure, Sign and Play in the Discourse of the Human Sciences

S

《S/Z》S/Z

《萨拉辛》Sarrasine

《散文的诗学》The Poetics of Prose

《散文理论》Theory of Prose

《丧钟》Glas

《神话学》Mythology

《神学大全》Summa Theologiae

《诗的艺术》L'Art Poétique

《实践理性批判》Critique of Practical Reason

《〈十日谈〉语法》*Grammaire du Décaméron*

《实用批评》Practical Criticism

《诗学》Poetics

《诗艺》Ars Poetica

《审美意识形态》The Ideology of the Aesthetic

《书写与差异》Writing and Difference

《属下能说话吗？》Can the Subaltern Speak?

《思考妇女》Thinking about Women

T

《她们自己的文学》A Literature of Their Own

《陀思妥耶夫斯基创作问题》Проблемы поэтики Достоевского（Problems of Dostoevsky's Poetics）

W

《为诗辩护》Defense of Poesie（Apologie for Poetrie）

《为诗一辩》Defence of Poetry

《文本的快乐》The Pleasure of the Text

《文本的召唤结构》Die Appellstruktur der Texte（The Appeal Structure of the Text

《文化的定位》The Location of Culture

《文集》Écrits: A Selection

《文学的艺术作品》The Literary Work of Art

《文学的原型》The Archetypes of Literature

《文学妇女》Literary Women

《文学理论》Literary Theory

《文学批评原理》Principles of Literary Criticism

《文学与意义》Litterature et signification

《文学生产理论》A Theory of Literary Production

《物的秩序》The Order of Things

《误读的地图》A Map of Misreading

《无中介的见识》The Unmediated Vision

X

《细读》Scrutiny

《飨宴》Convivio（Banquet）

《笑——论滑稽的意义》Le Rire（Laughter）

《小说的艺术》The Art of Fiction

《小说中的妇女形象：女性主义的角度》

《Images of Women in Fiction: Feminist Perspectives》
《写作的零度》Writing Degree Zero
《心理学与文学》Psychology and Literature
《新批评》The New Criticism
《形而上学》Metaphysics
《性史》The History of Sexuality
《"形式方法"论》The Theory of the "Formal Method"
《性的政治》Sexual Politics
《性/文本政治》Sexual/Textual Politics
《叙事话语》Narrative Discourse
《隐藏的上帝》The Hidden God

Y

《一间自己的房间》A Room of One's Own
《意识形态和意识形态国家机器》Ideology and Ideological State Apparatuses
《艺术形式》The Form of Art
《意图谬见》The Intentional Fallacy
《意义之意义》The Meaning of Meaning
《隐含的读者》The Implied Reader
《影响的焦虑》The Anxiety of Influence
《永久的阴影:大屠杀余悸》The Longest Shadow: In the Aftermath of the Holocaust
《狱中札记》Prison Notebooks
《原始思维》Pensee Sauvage
《原型批评:神话理论》Archetypal Criticism: Theory of Myths
《阅读的命运》The Fate of Reading
《阅读的寓言》Allegories of Reading
《阅读行为》The Act of Reading: A Theory of Aesthetic Response

Z

《怎样读诗》Understanding Poetry
《怎样读小说》Understanding Fiction
《真理与方法》Truth and Method
《诊所的诞生》The Birth of the Clinic
《拯救文本:文学/德里达/哲学》Saving the Text: Literature/Derrida/Philosophy
《政治无意识》The Political Unconscious
《知识考古学》The Archaeology of Knowledge
《致斯加拉大亲王书》Letter to Can Grande
《迈向女权主义诗学》Towards a Feminist Poetics
《作为社会事实的审美功能、标准和价值》Aesthetic Function, Norm and Value as Social Facts
《作为手法的艺术》Art as Technique
《作为向文学理论挑战的文学史》Literary History as a Challenge to Literary Theory
《作为主人的批评家》The Critic as Host
《作者之死》The Death of the Author

后 记

　　《外国文论简史》是在《世界文学简史》之后应运而生的。它的意图是希望成为《世界文学简史》的姊妹篇,在高校中文系和外文系的外国文学课程中发挥应有的作用。数年前,北大出版社出版了李明滨先生主编的《世界文学简史》,此书问世后即被许多高校用作教材,于是出版社便有了编写一部《外国文论简史》与之配套的构想,也就有了我们现在这本书。

　　《外国文论简史》应该具有怎样的品格,或者说它应该按照什么原则来编写?这是应该说明的。经过反复讨论,我们确立了三条原则:一是将"外国"的范围大致划定为"西方"和"东方"两部分。按照以往外国文学界约定俗成的做法,这里的"东方"自然指"中国"之外的"东方",其中的印度、阿拉伯与日本等应该是研讨的重点,而"西方"则主要指欧美地区。二是为了突出"史"的脉络,我们采用了按时代顺序分期编写的原则,就西方而言,大致分为"古代"、"中古"、"近代"和"现当代"四段。古代与中古从公元前8世纪到公元13世纪,近代从13世纪到19世纪,现当代主要是20世纪。东方的情形稍有不同,大致分为"古代与中古"、"近现代"两段。这里的古代与中古是一个非常笼统的概念,大约从公元前15世纪到公元19世纪初期,由于不同国家和地区文学史上的分期差异很大,这个古代与中古的时期概念只能从宏观上考虑。近现代的情况也类似,我们只能将其从总体上笼统界定在19世纪中期到20世纪初期。但愿这种分法能够大体符合东方文学史与文论史的实际情形。三是作为一部"简"史,必须突出结构的简明和篇幅的简短,同时又要不失历史脉络的清晰和重点的突出。在各阶段,要突出重要的理论流派和文论家;在总体上则要采用"厚今薄古"的原则,突出现当代。就篇幅而论,在几千年历史长河中只有一个多世纪的"现当代"占去了全书篇幅的一半以上。

　　参加编写《外国文论简史》的作者绝大部分是获得博士学位、目前已在各自学校中发挥骨干作用的中青年学者,他们既有坚实宽厚的专业基础,又不乏接纳新知新论的敏锐与自觉;参加本书编写的也有像中国社会科学院外国文学所前所长黄宝生这样知名的老专家。这支老中青结合的队伍在前人取得成就的基础上,以勤奋的态度和严谨的学风团结协作,共同努力,完成了本书的编写。作为主编我要向所有参加编写的学者表示敬意。

需要说明的是,本书在编写中参考了中外学者在这一领域中的著述,有些观点相近,有些观点则不同。但无论同异,都自有其必然性。正如刘勰所说:"有同乎旧谈者,非雷同也,势自不可异也;有异乎前论者,非苟异也,理自不可同也。"不过,他们的工作毕竟为我们这本书提供了基础与前提,为此,我们理当向他们表示谢意。

还需要说明的是,山东师范大学的于冬云博士始终协助主编工作,在本书编写过程中付出了超乎寻常的努力,她不仅承担了难度较大的章节,在联络作者,组织编写方面付出甚多,还参加了初稿的审阅。她任劳任怨,毫无倦息,总是以灿烂的笑容面对繁杂的编务,没有她付出的艰辛,本书的完成是难以想像的。北京大学出版社的张冰和袁玉敏作为本书的责编也为本书贡献了她们的辛劳和聪明才智,对上述三位女士,我心中始终怀着深深的感激之情。

刘象愚

本书执笔者(按汉语拼音为序)

北京师范大学:刘象愚(导论、后记)/夏忠宪(第八章第十八节)
北京邮电大学:代显梅(第七章第四节)
北京语言大学:杨茜(第八章第二节)/郭军(第八章第十二节、十三节)
北京外国语大学:赵国新(第八章第十五节)
福建师范大学:苏文菁(第六章第三节)
广州外语外贸大学:肖四新(第三章,第四章第一节)
广西师范学院:谢永新(第八章第一节)
华中师范大学:胡亚敏(第八章第十节)
海南大学:孙绍先(第八章第十六节)
黑龙江大学:王业伟(第八章第七节、十一节)
江西师范大学:杨正和(第八章第四节)
江西赣南师范学院:高伟光(第五章第二节,第六章第一节、二节)
南开大学:王立新、章利新(第一章第三节)

南京师范大学:杨洪承、温潘亚(第七章第二节)

山东师范大学:于冬云(第八章第五节、十四节、十六节,重要作品中外文对照表)/王化学(第六章第四节,第七章第三节)/杨黎红(第八章第九节)

山东大学:高文汉(第九章第四节)

山西大学:郝琳(第四章第二节、三节、四节,第九章第一节,重要人名中外文对照表)

上海大学:张敏(第五章第一节、三节,第八章第三节)

天津师范大学:孟昭毅、甘丽娟(第十章)

烟台大学:马小朝(第一章第一节、二节,第二章,第七章第一节,第八章第八节)

武汉大学:严泽胜(第八章第十二节)

浙江大学:张德明(第八章第十七节)

中国社会科学院外文所:周启超(第八章第六节)/黄宝生(第九章第二节)/宗笑飞(第九章第三节)